The Mortal Instruments
City of Lost Souls

~∞ 5 · 혼령들의 도시 ∞~

섀도우 헌터스

노블마인

Contents

2부
숨겨진 것들

3부
모든 것이 변한다

악임을 알고 악을 선택하는 인간은 없다.
자신이 추구하는 행복이라고, 선이라고 착각해서 선택할 뿐이다.

—메리 울스턴크래프트

프롤로그

사이먼은 가만히 서서 현관문만 빤히 바라보았다.

지금껏 집이라고 부른 곳은 여기뿐이었다. 부모님은 갓 태어난 사이먼을 이 집으로 데리고 왔다. 그 후로 내내 사이먼은 여기 이 브루클린 연립주택에서 자랐다. 여름이면 무성한 나뭇잎이 그늘을 드리운 이 거리에서 뛰어 놀았고, 겨울이면 역시 이 거리에서 쓰레기통 뚜껑으로 만든 썰매를 탔다. 아버지가 돌아가신 후에는 이 집에서 시비(유대교에서 부모나 배우자의 장례식 후 지키는 7일 간의 복상 기간—옮긴이)를 치렀다. 그리고 바로 여기서 사이먼은 클라리와 처음으로 키스를 했다.

이 집으로 들어가지 못하는 날이 오리라고는 상상도 해본 적이 없었다. 사이먼이 마지막으로 엄마를 봤을 때, 엄마는 그에게 괴물이라고 소리치며 물러나라고 기도했다. 글래머를 써서 자신이 뱀파이어인 것을 엄마가 망각하도록 만들기는 했지만 효과가 얼마나 오래갈지는 알 수 없었다. 추운 가을 날씨에 가만히 선 채 굳게 닫힌 현관문을 보고 있자니 아무래도 글래머의 효과가 오래가지 못한 것 같다는 생각이 들었다.

문에는 여러 가지 상징들이 잔뜩 그려져 있었다. 다윗의 별이 페인트로 그려져 있었고, 생명이라는 뜻의 차이 상징도 선명하게 그려져 있었다. 그리고 문손잡이와 노커(방문자가 문을 두드리도록 달아놓은 철물—옮긴이)에는 성구함(구약성서의 율법이 들어 있는 작은 상자—옮긴이)이 매달려 있었다. 심지어 문 안을 들여다보게 만들어놓은 핍홀에는 신의 손이라는 뜻의 함사가 그려져 있었다.

사이먼은 뻣뻣한 몸을 움직여 현관문 오른편에 붙어 있는, 금속으로된 메주자(모든 유대인 가정 현관문에 붙여 두는 판으로 신명기의 두 말씀이 적혀 있다—옮긴이)에 손을 얹었다. 신성한 물건에 사이먼의 손이 닿자 연기가 피어올랐다. 하지만 사이먼의 손에는 아무 느낌도 들지 않았다. 아픔도 느껴지지 않았다. 그저 무시무시할 정도로 텅 빈 느낌이, 차가운 분노가 스멀스멀 솟구쳐 올랐다.

문 아래쪽을 발로 차자 집 전체가 울리는 소리가 들렸다.

"엄마!"

사이먼이 소리쳐 불렀다.

"엄마, 나야!"

아무도 대답하지 않았다. 그저 문의 빗장을 돌리는 소리만 들렸다. 사이먼의 예민해진 청각에 엄마의 발소리가, 숨소리가 들렸지만 엄마는 아무 말도 하지 않았다. 현관문이 가로막고 있는데도 두려움과 공포의 매캐한 냄새가 스며 나왔다.

"엄마!"

사이먼이 다시 소리쳤다.

"엄마, 이러지 마! 문 좀 열어봐! 나라고 나, 사이먼이라니까!"

엄마가 발로 차기라도 한 듯 문이 요란하게 흔들렸다.

"썩 꺼져!"

두려움에 사로잡힌 엄마의 목소리는 평소와 전혀 다르게 거칠었다.

"살인마!"

"난 사람 안 죽여."

사이먼이 문에 머리를 기대고 말했다. 발로 차면 그대로 열릴 것 같았지만 그렇게 열어봤자 무슨 소용이 있을까 싶었다.

"내가 말했잖아. 난 동물 피만 먹는다고."

"넌 내 아들을 죽였어."

엄마가 말했다.

"내 아들을 죽이고 내 아들 행세를 하고 있잖아."

"내가 엄마 아들이라니까…"

"내 아들 얼굴을 하고 내 아들 목소리로 말하지만, 넌 내 아들이 아니야! 넌 사이먼이 아니라고!"

비명을 지르듯 엄마 목소리가 높아졌다.

"내 손에 죽기 전에 당장 내 집에서 꺼져, 이 괴물아!"

"누나는…."

사이먼이 말했다. 얼굴이 젖어드는 느낌이 들었다. 두 손을 들어 얼굴을 만지니 손이 붉게 물들었다. 눈물에 피가 섞여 흘러내리고 있었던 것이다.

"베키 누나한테는 뭐라고 했는데?"

"네 누나한테 갈 생각하지 마."

뭐가 넘어지기라도 한 듯 집 안에서 와장창하는 소리가 들렸다.

"엄마."

사이먼이 다시 입을 열었지만 이번에는 목소리를 높일 수가 없었다. 거친 속삭임 같은 소리만 간신히 새어나왔다. 손이 욱신거리기 시작했다.

"꼭 알아야겠어…. 누나도 같이 있어? 엄마, 문 좀 열어봐. 제발요…."

"베키한테 가까이 갈 생각도 하지 마!"

소리만으로도 사이먼은 엄마가 문에서 물러나는 것을 알아차릴 수 있었다. 곧이어 부엌문이 끼익 하고 열리는 소리가 똑똑히 들리더니 엄마가 리놀륨으로 된 부엌 바닥 위를 걷는 소리가 뻐걱뻐걱 들렸다. 그리고 서랍 여는 소리가 이어졌다. 문득 엄마가 부엌칼을 찾는 모습이 사이먼의 머리에 떠올랐다.

안 그러면 널 죽여버릴 테다, 이 괴물아.

그런 생각이 들자 사이먼은 화들짝 놀랐다. 만약 엄마가 공격해온다면 마크가 떠오를 것이다. 마크는 릴리스를 파괴했듯 엄마를 파괴할 것이다.

사이먼은 손을 내리고 천천히 뒷걸음질을 쳐 비틀거리며 계단을 내려가 인도를 가로질러 블록에 그늘을 드리운 커다란 나무 가까이 갔다. 그리고 그 자리에 가만히 서서 자신에 대한 엄마의 증오심으로 얼룩지고 엉망이 된 현관문을 빤히 바라보았다.

아니야, 사이먼은 스스로에게 말했다. 엄마는 날 증오하는 게 아니야. 엄마는 내가 죽었다고 생각해서 그런 거야. 엄마가 증오하는 대상은 진짜로 존재하는 게 아니야. 나는 엄마가 말하는 그런 괴물이 아니잖아.

현관문을 빤히 바라보며 얼마나 오랫동안 그 자리에 서 있었을까, 코트 호주머니에 들어 있던 휴대전화가 진동을 하며 벨소리를 울렸다.

반사적으로 휴대전화로 손을 가져가다 메주자에 새겨져 있던 다윗의 별 문양 그대로 불에 탄 흔적이 손바닥에 남아 있는 것이 눈에 들어왔다. 사이먼은 그 손 대신 다른 손으로 휴대전화를 잡아 귀에 갖다 댔다.

"여보세요?"

"사이먼?"

클라리였다. 숨 가쁜 듯한 목소리가 다시 이어졌다.

"지금 어디야?"

"집인데."

사이먼은 그렇게 말하고 잠시 뜸을 들였다.

"엄마 집."

사이먼은 다시 고쳐 말했다. 자신의 목소리가 공허하고 멀리서 들리는 듯 느껴졌다.

"왜 인스티튜트로 안 돌아갔어? 다들 괜찮은 거야?"

"그것 때문에 전화한 거야."

클라리가 말을 이었다.

"너 떠나고 나서 메이리스가 옥상에서 내려왔는데, 거기 아무도 없었대. 원래 제이스가 거기서 기다리고 있기로 했는데."

사이먼의 몸이 움직였다. 기계인형이라도 된 듯 미처 스스로 느낄 사이도 없이 지하철역을 향해 걷기 시작했다.

"그게 무슨 소리야, 거기 아무도 없었다는 게?"

"제이스가 사라졌어."

클라리가 말했다. 클라리의 목소리가 긴장한 것을 사이먼도 느낄 수 있었다.

"세바스찬도 사라졌고."

잎이 다 떨어진 나무 그늘 밑에서 사이먼이 걸음을 멈췄다.

"하지만 세바스찬은 죽었잖아. 그 자식은 죽었다고, 클라리…."

"그럼 세바스찬 시체가 왜 거기 없는지 그 이유를 말해봐. 그 자리에 시체가 없었으니까."

결국 클라리는 갈라진 듯 쉰 소리를 뱉어냈다.

"옥상에 아무것도 없었다니까. 엄청나게 많은 피하고 깨진 유리조각만 있었단 말이야. 둘 다 사라져버렸어, 사이먼. 제이스가 사라져버렸다고…."

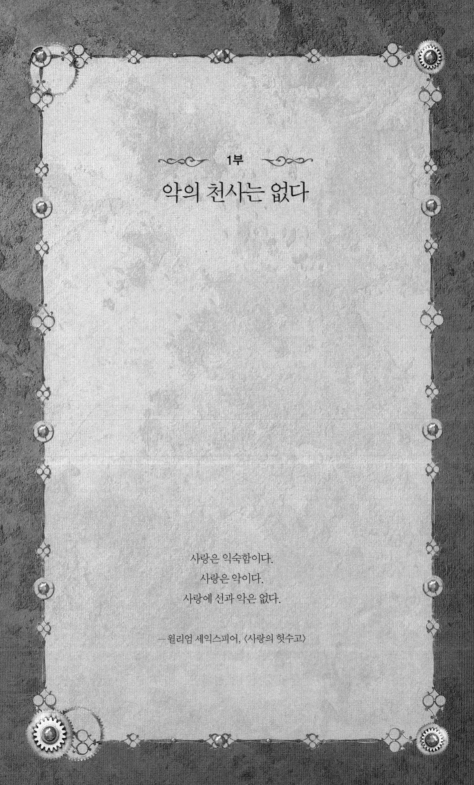

~⚬~ 1부 ~⚬~
악의 천사는 없다

사랑은 익숙함이다.
사랑은 악이다.
사랑에 선과 악은 없다.

—윌리엄 셰익스피어, 〈사랑의 헛수고〉

1
마지막 의회

2주일 후

"평결이 얼마나 오래 걸릴까?"

클라리가 물었다. 얼마나 오래 기다리고 있었는지 모르겠지만, 느낌으로는 열 시간도 넘게 기다린 것 같았다. 검정색과 핫핑크색 분첩을 떠오르게 하는 이사벨의 방은 시계라고는 보이지 않고 여기지기 쌓인 옷들이며 무기들, 반짝이는 화장품, 쓰던 브러시들, 열린 서랍 속의 레이스 속옷들, 얇은 스타킹, 깃털 목도리밖에 눈에 들어오지 않았다. 화려한 라스베이거스 쇼 같은 뮤지컬 〈라카지〉의 백스테이지라고 해도 믿을 법한 방인데도 여기서 2주일을 보내다보니 클라리는 어느새 요란하고 화려한 이 방이 편안하게 느껴졌다.

이사벨은 창가에 선 채 고양이 처치를 품에 안고는 멍한 얼굴로 쓰다듬고 있었다. 처치는 못되어 보이는 노란 눈으로 이사벨을 보고 있었다. 창밖에서는 11월의 폭풍이 강하게 몰아치면서 빗줄기가 투명한 페인트처럼 유리창 위로 길게 줄무늬를 그리며 흘러내리고 있었다.

"그렇게 오래 걸리지 않을 거야." 이사벨이 천천히 대답했다. 화장을 전혀 하지 않은 이사벨은 평소보다 어려 보였고 검은 눈은 더 커 보였다. "아마 한 5분 정도."

이사벨의 침대 위, 잡지 더미와 덜그럭대는 천사의 검 더미 사이에 앉은 클라리는 쓴맛이 나는 침을 억지로 삼켰다.

금방 돌아올게. 5분이면 돼.

그것은 클라리가 이 세상 누구보다 사랑하는 남자에게 가장 최근에 한 말이었다. 그런데 어쩌면 그 말이 그에게 할 수 있었던 최후의 말이 될지도 모르겠다는 생각이 머리를 스쳤다.

그 말을 한 순간을 클라리는 똑똑히 기억하고 있었다. 옥상 정원. 10월의 밤은 수정같이 맑아 구름 한 점 없는 검은 하늘에서 별들이 얼음처럼 새하얗게 빛났다. 검은색 룬들이 어지럽게 그려져 있는 바닥의 포석에는 이코르(신들의 몸속을 피처럼 흐른다는 영액─옮긴이)와 피가 흩뿌려져 있었다. 그리고 제이스의 입술이 클라리의 입술에 포개어져 있었다. 으스스 떨리는 그곳에서 따뜻한 것은 그의 입술뿐이었다. 클라리는 목에 건 모겐스턴 반지를 움켜쥐었다. 사랑은 태양과 모든 별들을 움직인다. 클라리는 엘리베이터가 움직이자 그에게로 고개를 돌렸다. 하지만 엘리베이터는 곧 클라리를 건물 속 어둠으로 끌고 내려갔다. 클라리는 로비로 내려가 다른 섀도우 헌터들을 만났고, 엄마, 루크, 사이먼과 부둥켜안았지만 마음 한편은, 언제나 그랬듯 여전히 제이스와 함께였다. 그의 곁에서, 단 둘이 함께 옥상에서 화려한 조명으로 눈이 부신 추운 도시를 내려다보고 있었다.

릴리스가 시도한 의식의 잔재를 살피려고 메이리스와 카디르가 옥상으로 엘리베이터를 타고 올라갔다. 그리고 10분 뒤 메이리스 혼자 내려왔다. 엘리베이터 문이 열리고 하얗게 질린 채 당황한 듯 굳은 메이리스의 얼굴을 본 순간 클라리는 알아차렸다.

그 뒤로 일어난 일들은 모두 꿈 같았다. 로비에 있던 섀도우 헌터들이 메이리스에게로 몰려갔다. 알렉은 매그너스한테서 서둘러 물러났고 이사벨은 벌떡 일어났다. 범죄 현장에서 터지는 카메라 플래시처럼 새하얀 빛들이 어둠을 가르며 번쩍거렸다. 하나 또 하나, 천사의 검들이 어둠 속에서 빛나기 시작한 것이다. 사람들 틈을 헤치고 나아가는 클라리의 귀에 말소리가 띄엄띄엄 들려왔다. 옥상 정원에 아무도 없다, 제이스가 사라졌다. 세바스찬이 있던 유리관이 박살나 열려 있고, 유리 파편이 여기저기 흩어져 있다. 관이 놓여 있던 받침대에서는 오래되지 않은 피가 뚝뚝 흘러내렸다.

섀도우 헌터들은 신속하게 계획을 짜고, 인스티튜트 건물 주변 반경을 샅샅이 살폈다. 그 자리에는 매그너스도 있었다. 그는 손에서 푸른 불꽃을 번쩍이며 클라리에게 제이스의 흔적을 추적할 수 있을 만한 물건을 가지고 있냐고 물었다. 클라리는 멍한 상태로 모겐스턴 반지를 매그너스에게 건네주고는 구석에 처박혀 사이먼에게 전화를 걸었다. 그리고 전화를 막 끊었을 때 어느 섀도우 헌터의 목소리가 사람들 틈에서 터져 나왔다.

"추적술? 그건 살아 있을 때나 효과가 있는 거지. 피를 그렇게 많이 흘린 걸로 봐서는 분명…."

그것이 마지막 지푸라기였던가 보다. 계속되는 저체온증에 피로와 쇼크가 더해지면서 클라리는 무릎에서 힘이 빠져버렸다. 쓰러지는 클라리를 조슬린이 붙잡았다. 그리고는 검푸른 어둠이 이어졌다.

다음 날 아침, 루크의 집 침대에서 눈을 뜨자마자 클라리는 벌떡 일어나 앉았다. 스프링해머처럼 가슴이 쿵쾅쿵쾅 가쁘게 뛰었다. 그래, 그건 다 꿈이야. 내가 악몽을 꾼 거야.

하지만 힘겹게 침대에서 일어나 보니 팔다리에 희미한 멍 자국들이 남아 있었다. 모겐스턴 반지도 없었다. 악몽을 꾼 것이 아니었다. 청바지와 후드티를 입고 비틀거리며 거실로 나가보니 엄마와 루크, 그리고 사이먼이 심각한 얼굴로 앉아 있었다. 물어볼 필요도 없었지만 클라리는 물었다.

"제이스 찾았어? 돌아왔어?"

조슬린이 일어났다.

"그게, 아직 행방을 몰라서…."

"그래도 죽은 건 아니지? 시체가 발견된 건 아니잖아?"

클라리는 사이먼 옆자리에 털썩 주저앉으며 계속 말했다.

"아니야…. 안 죽었어. 난 알 수 있어."

모두가 아는 이야기를 루크가 하는 내내 사이먼이 클라리의 손을 잡아주었다. 제이스는 여전히 실종 상태이고 세바스찬 역시 마찬가지라고 했다. 옥상 바닥에 떨어져 있던 피는 제이스의 것으로 밝혀졌다고 했다. 하지만 다행히 생각과 달리 흘린 피의 양이 많지 않았다. 실제보다 출혈량이 많아 보이도록 관에 있던 물과 피가 섞여 있었던 것이라고 했다. 그래서 무슨 일이 있었는지는 알 수 없지만 제이스가 살아 있을 가능성에 더 무게를 두게 되었다고 했다.

"그런데 대체 무슨 일이 있었던 건데요?"

클라리가 물었다.

루크는 푸른 눈에 심각한 빛이 가득한 채로 고개를 가로저었다.

"그건 아무도 몰라, 클라리."

클라리는 온몸의 혈관 속에 피 대신 얼음물이 돌아다니는 것 같은 느낌이 들었다.

"나도 돕고 싶어요. 뭔가 하고 싶다고요. 제이스가 사라졌는데 여기 이렇게 넋 놓고 앉아 있긴 싫어."

"그건 걱정하지 마." 조슬린이 싸늘하게 말했다. "클레이브에서 널 보고 싶어 하니까."

클라리는 벌떡 일어섰다. 온몸의 관절과 힘줄에서 보이지 않는 얼음이 우두둑 부서지는 듯한 느낌이 들었다.

"좋아. 뭐든 다 할게요. 그들이 제이스만 찾아줄 수 있다면 그들이 듣고 싶어 하는 거 다 말해줄 거야."

"그들이 듣고 싶어 하는 대로 말해준다고 해도 그들한테는 숙음의 검이 있잖니." 조슬린의 목소리에는 절망이 어려 있었다. "정말이지 나도 어떻게 해야 할지 모르겠구나."

그리고 지금, 2주일 동안 되풀이되는 증언과 수십 명의 증인 소환이 이어지고 죽음의 검을 손에 들기를 수십 번 반복한 뒤에 클라리는 이사벨의 침실에서 위원회가 자신의 운명에 대한 판결을 내리기를 기다리고 있었다. 기억하고 싶지 않은데도 죽음의 검을 손에 쥐었을 때의 느낌이 되살아났다. 마치 자그마한 낚싯바늘들이 촘촘히 손에 박혀 몸속에서 진실을 낚아채 뽑아내는 듯한 느낌이었다. 말하는 별들로 둘러싸인 원 안에 무릎을 꿇고 죽음의 검을 쥐자 자신의 목소리가 위원회에게 모든 것을 다 말하는 소리가 들렸다. 발렌타인이 어떤 식으로 천사 라지엘을 소환했는지, 그리고 모래 위에 있던 발렌타인의 이름을 지우고 클라리 자신의 이름을 그 위에 쓰자 라지엘을 통제할 수 있는 힘을 얻게 되었다는 것도 모두 이야기했다. 천사 라지엘이 자신에게 한 가지 소원을 들어주겠다고 했을 때 죽은 제이스를 되살려달라고 했으며, 릴리스가 어떻게 제이스의 피를 얻게 되었는지, 릴리스가 자신의 아들이라고 생각한 세바스찬을 사이먼의 피를 이용해 부활하게 만들었다는 것도 이야기했다. 그리고 사이먼이 가진 카인의 마크가 어떻게 릴리스를 파멸시켰는지도 이야기했고 그때 세바스찬도 단순히 후퇴를 한 것이 아니라 함께 파멸을 맞은 것으로 모두들 생각했다는 것도 이야기했다.

클라리는 한숨을 쉬고 휴대전화를 열어 시간을 확인했다.

"한 시간도 넘었는데 아직 소식이 없네. 이게 정상이야? 나쁜 징조 아니야?"

이사벨이 처치를 던지듯 내려놓자 고양이가 긴 울음소리를 내질렀다. 침대로 다가와 클라리 옆에 앉은 이사벨은 평소보다 훨씬 더 갸름해 보였다. 클라리가 그런 것처럼 이사벨도 지난 2주일 동안 살이 빠졌다. 하지만 블랙 시가렛 팬츠와 딱 달라붙는 회색 벨벳 탱크톱 차림의 모습은 언제나처럼 우아했다. 심지어 마스카라가 번져 눈 주위가 얼룩졌는데도 여느 사람들이라면 너구리처럼 보일 텐데 이사벨은 마치 프랑스 여배우 같았다. 이사벨이 두 손을 내밀자 엘렉트럼(자연의 금과 은을 합금한 금속으로 비율에 따라 금색에서 은백색까지 다양한 색이 있다—옮긴이) 팔찌들에 달린 룬 모양의 참 장식들이 흔들리며 경쾌하게 찰랑거렸다.

"아니, 나쁜 징조 아니야. 그냥 할 이야기가 많다는 뜻일 뿐이야."

이사벨은 손에서 라이트우드 가문의 반지를 빼내며 말을 이었다.

"넌 괜찮을 거야. 법을 어기진 않았잖아. 그게 제일 중요한 거야."

클라리는 한숨을 내쉬었다. 이사벨의 따스한 어깨가 바로 옆에 있는데도 얼어붙은 듯한 혈관이 녹아내리지 않았다. 엄밀히 따지자면 자신이 법을 어기지 않은 것은 사실이지만 클레이브가 그녀에게 화가 나 있다는 것을 클라리는 잘 알고 있었다. 섀도우 헌터가 죽은 자를 되살리는 것은 법에 어긋나는 짓이지만 천사가 그렇게 하는 것은 괜찮다. 그렇지만 클라리가 제이스를 되살려달라고 천사에게 부탁했고 그런 사실을 아무에게도 말하지 않기로 약속한 것은 보통 심각한 일이 아니었다.

이제 그 사실이 밝혀져 클레이브를 뒤흔들어놓았다. 클라리는 자신의 선택이 그토록 끔찍한 결과를 가져왔으니 클레이브가 자신을 벌주고자 할 것이라고 생각했다. 사실 어떻게 보면 클라리는 클레이브가 자신을 벌주기를 바라고 있었다. 뼈를 으스러뜨리고, 손톱을 뽑아내고, 침묵의 형제들이 길닐 같은 생각으로 뇌를 뽑아내버리기를 바랐다. 제이스를 되살릴 수만 있다면 자신의 고통을 대가로 치르겠다는 악마의 거래인 셈이었다. 그렇게 고통을 당하기라도 해야 그날 제이스 혼자 옥상에 두고 내려온 죄책감을 조금이라도 벗어버릴 수 있을 것 같았다. 물론 이사벨과 다른 사람들은 클라리가 그런 생각을 하는 것이 말도 안 되는 일이라고, 그들 모두 제이스가 옥상에 있는 것이 위험하리라고는 전혀 생각하지 못했고, 만약 클라리가 그때 옥상에 함께 있었다면 제이스와 마찬가지로 지금쯤 행방불명이 되었을 것이라고 수백 번도 넘게 말했지만 클라리의 생각은 변함이 없었다.

"그만 좀 해."

이사벨이 말했다. 한순간, 클라리는 그 말이 자신에게 한 말인지 아니면 고양이 처치한테 한 말인지 분간이 가지 않았다. 처치는 이사벨이 내려놓았을 때 하던 그대로 주인의 죄책감을 자극하려는 듯 등을 대고 드러누워 네 다리를 뻗은 채 죽은 척하고 있었다. 그런데 그때 이사벨이 검은 머리카락을 옆으로 쓸어 넘겼고 클라리는 조금 전의 그 말이 고양이가 아니라 자신에게 하는 말임을 깨달았다.

"뭘 그만하라는 건데?"

"너한테 일어날지도 모르는 끔찍한 일만 미친 듯이 상상하는 거 말이야. 아니면 넌 살아 있고 제이스는…실종되었다는 이유로 네가 당하기를 바라는 일들을 상상하는 거."

제이스의 이름을 말할 때 이사벨의 목소리는 마치 LP가 튀듯 끊어졌다가 다시 이어졌다. 이사벨은 제이스가 죽었다거나 심지어 사라졌다는 말조차 입 밖으로 꺼내려고 하지 않았다. 이사벨과 알렉 모두 그런 가능성조차 생각하기를 거부했다. 그리고 이사벨은 그렇게 어마어마한 비밀을 감추고 있었다는 것에 대해 클라리에게 단 한 번도 화를 내지 않았다. 사실 이 모든 일을 겪는 내내 이사벨은 클라리의 가장 든든한 방패가 되어 주었다. 날마다 위원회 회의실 문 앞에서 만나서 수군거리며 쏘아보는 새도우 헌터들 옆을 지나갈 때 클라리의 팔을 꼭 잡아주었다. 그리고 길고 긴 위원회 심문 내내 기다려주고, 클라리를 흘끗거리는 사람이 있으면 칼날 같은 눈길로 쏘아보기도 했다. 그 모든 것이 클라리는 놀랍기만 했다. 이사벨과 클라리는 지금껏 서로 절친이라고 할 만한 사이가 아니었다. 둘 다 동성 친구보다는 이성 친구와 함께 있는 것을 더 편하게 여기는 스타일이었다. 그런데도 이사벨은 클라리 곁을 떠나지 않았다. 클라리는 그런 이사벨이 고마우면서도 한편으로는 당혹스럽기도 했다.

"그렇겐 못 하겠어." 클라리가 말했다. "나도 순찰을 할 수 있게 허락해주기라도 한다면…뭐든 좋으니까 나도 할 수 있게만 해주면…그런다고 해서 해가 될 것도 없잖아."

"나도 잘 모르겠어."

이사벨의 목소리는 지친 듯 들렸다. 지난 2주일 간 이사벨과 알렉은 하루 열여섯 시간씩 계속되는 순찰과 수색으로 지쳐 얼굴이 거의 흙빛이 되다시피 했다.

"다 소용없는 짓이라는 생각이 들 때도 있어."

그 순간 클라리는 얼어붙었던 몸이 와지끈 무너져 내리는 것만 같았다.

"너 지금 제이스가 죽었다고 생각한다는 말이야?"

"아니, 그런 게 아니고. 내 말은 그들이 아직 뉴욕에 있을 것 같지 않다는 뜻이야."

"하지만 다른 도시들에서도 순찰을 하고 있잖아, 안 그래?"

클라리는 한 손을 목에 댔다가 그제야 모겐스턴 가문의 반지가 거기 없음을 깨달았다. 매그너스가 아직도 제이스에 대해 추적술을 쓰고 있었지만 전혀 통하지 않고 있었다.

"물론 하고 있지."

이사벨이 호기심 어린 표정으로 손을 내밀어 클라리의 목걸이에 모겐스턴의 반지 대신 걸려 있는 정교한 은종을 살짝 건드렸다.

"이건 뭐야?"

클라리는 잠시 머뭇거렸다. 이 종은 실리코트의 요정 여왕한테서 받은 선물이었다. 아니, 정확히 말하면 선물은 아니었다. 요정 여왕은 선물을 주지 않는다. 이 종은 클라리가 요정 여왕에게 도움을 받고 싶을 때 신호를 보내라고 준 것이다. 제이스의 소식이 들리지 않는 날들이 길어질수록 클라리는 자기도 모르게 손이 요정 여왕의 종으로 향하는 것을 느끼곤 했다. 하지만 요정 여왕에게 도움을 청할 때에는 무시무시한 대가가 따른다는 것을 알기에 클라리는 매번 종을 울리는 것을 포기했다.

클라리가 이사벨의 물음에 막 대답을 하려는데 문이 열렸다. 두 소녀 모두 몸을 꼿꼿이 세워 앉았다. 클라리가 이사벨의 핑크빛 베개를 너무 세게 쥐는 바람에 베개의 모조 다이아몬드 장식이 손바닥을 아프게 파고들었다.

"안녕."

호리호리한 몸이 방으로 들어와 문을 닫았다. 이사벨의 오빠 알렉은 위원회 예복 차림이었다. 은색 룬이 그려진 검은색 가운 사이로 청바지와 긴팔 검정 티셔츠가 보였다. 온통 검은 차림 때문에 안 그래도 창백한 그의 피부가 더 창백해 보였고 크리스털처럼 푸른 눈도 더 푸르게 보였다. 여동생처럼 검고 곧은 머리는 턱선 바로 위까지 내려오게 잘랐고 입은 굳게 다물어 입술이 가는 실처럼 보였다.

클라리는 심장이 두근거리기 시작했다. 알렉은 전혀 기쁜 얼굴이 아니었다. 이런 얼굴이라면 어떤 소식을 가지고 왔든 좋은 소식일 리 없었다.

이사벨이 먼저 물었다. "어떻게 됐어? 평결이 어떻게 나왔어?"

알렉은 화장대 의자에 앉더니 등지고 있던 이사벨과 클라리 쪽으로 의자를 빙글 돌렸다. 다른 때였다면 그 모습이 우스꽝스럽게 보였을 것이다. 큰 키에 무용수처럼 다리가 긴 알렉이 쪼그리고 걸터앉는 바람에 화장대 의자가 마치 인형 집 가구처럼 보였다.

"클라리." 알렉이 입을 열었다. "지아 펜할로우가 평결을 내렸어. 넌 그 어떤 범법 행위도 하지 않았어. 법을 어기지 않은 거야. 그리고 지아는 네가 충분히 벌을 받았다고 생각하고 있어."

이사벨이 모두에게 들릴 정도로 한숨을 내쉬고는 미소를 지었다. 한순간 안도감이 클라리의 모든 감정을 뒤덮고 있던 얼음을 뚫고 밀려왔다. 처벌은 없다. 침묵의 도시에, 제이스를 도울 수도 없는 곳에 갇혀 있는 일은 일어나지 않는다. 늑대인간들의 대표로 평결을 위해 위원회에 참석한 루크가 회의가 끝나는 대로 엄마를 만나겠다고 약속했지만 클라리는 엄마한테 전화를 걸려고 전화기로 손을 뻗었다. 기분을 바꿀 수 있게 엄마에게 좋은 소식을 전하고 싶은 마음이 너무도 간절했다.

"클라리." 막 휴대전화 플립을 여는데 알렉이 나섰다. "기다려."

클라리가 알렉을 쳐다보았다. 그는 장의사처럼 여전히 심각한 표정이었다. 문득 불길한 예감이 들어 클라리는 휴대전화를 노노 침대에 내려놓았다.

"알렉⋯. 뭔데 그래?"

"위원회가 이렇게 오래 걸린 건 네 평결 때문이 아니었어. 다른 문제가 있었어."

다시 온몸이 얼어붙으며 클라리는 부들부들 떨렸다.

"제이스에 대한 거야?"

"정확히 말하자면 그건 아니야."

알렉은 의자 등받이를 두 팔로 감싸며 몸을 앞으로 숙이고는 말을 이었다.

"오늘 아침 일찍 모스크바 인스티튜트에서 보고가 왔어. 어제 랭겔 섬의 보호막이 무너졌대. 보수팀을 파견하기는 했는데 그렇게 중요한 보호막이 오랫동안 파괴된 채로 있다는 건…. 그게 위원회의 최우선 과제가 될 거야."

클라리가 알기로 마법의 보호벽 같은 역할을 하는 보호막은 1세대 섀도우 헌터들이 지구 주위에 쌓아놓은 것이었다. 악마들이 보호막을 통과하는 것이 불가능한 일은 아니지만 쉽지 않아, 보호막은 악마들의 대규모 침공으로부터 세상을 보호하는 역할을 하고 있었다. 언젠가 제이스한테서 들은 말이 떠올랐다. 그 말을 들은 게 벌써 몇 년도 더 된 옛일처럼 느껴졌다. 악마의 침입은 소규모로만 일어났고 그것도 쉽게 제압됐어. 하지만 내가 섀도우 헌터가 된 후에도 점점 더 많은 악마들이 보호막을 뚫고 침입하고 있어.

"저런, 큰일이네. 하지만 그게 무슨 상관인지 난 전혀…."

"클레이브에는 우선순위라는 게 있어."

알렉이 말허리를 자르고 끼어들었다.

"지난 2주일 동안은 제이스와 세바스찬을 찾는 일이 최우선순위였어. 그런데 사방을 샅샅이 뒤졌는데도 다운월드 어디에서도 둘 중 그 누구의 흔적도 발견되지 않았어. 매그너스의 추적술도 전혀 통하지 않고. 진짜 세바스찬 벌락을 키운 엘로디도 자신과 연락을 취한 사람이 아무도 없다고 확인해주었어. 그건 뭐 별 기대할 만한 정보도 아니지만, 어쨌든 그래. 그리고 발렌타인의 옛 서클 회원들 사이에 미심쩍은 움직임이 있다는 첩자의 보고도 전혀 없어. 침묵의 형제들도 릴리스가 어떤 목적으로 의식을 치르려 했는지, 그리고 그 의식이 성공했는지 여부를 전혀 파악하지 못하고 있어. 세바스찬이, 물론 그들은 그에 대해 말할 때 조녀선이라고 부르는데, 아무튼 세바스찬이 제이스를 납치했다는 게 전반적인 의견이긴 한데 그에 대해 우리가 아는 게 하나도 없는 상태야."

"그래서?" 이사벨이 물었다. "뭘 어쩌겠다는 건데? 순찰을 더 하래? 수색을 더 하래?"

알렉이 고개를 가로저었다.

"수색을 확대하자는 논의는 없었어."

알렉은 나지막이 말을 이었다.

"우선순위를 낮추기로 했어. 2주일이나 지났는데 아무런 성과도 없었잖아. 이드리스에서 온 특별 위원회는 다시 돌아갈 거야. 이제는 보호막 문제가 최우선순위가 됐어. 그뿐 아니라 위원회는 지금 까다로운 협상을 진행 중이고, 위원회 재구성을 허용하는 법안도 갱신해야 하고, 신임 영사와 심문관도 선출하고, 다운월드 사람들에 대한 처우 변경도 결정해야 하고…. 아무튼 위원회는 진행 중이던 사안들에 대해 완전히 손을 놓는 것은 바라지 않고 있어."

클라리는 알렉을 빤히 쳐다보았다.

"그러니까 아무짝에도 쓸모없는 법 나부랭이 좀 고치는 일 때문에 바빠서 제이스가 실종된 건 신경 안 쓰겠대? 이대로 포기하겠대?"

"포기하겠다는 게 아니라…."

"알렉." 이사벨이 매섭게 말했다.

알렉은 숨을 들이마시더니 두 손으로 얼굴을 감쌌다. 제이스처럼 긴 손가락마다 제이스처럼 흉터가 나 있었다. 그리고 오른쪽 손등에는 새도우 헌터의 눈 마크가 새겨져 있었다.

"클라리, 너는…아니 우리는 제이스를 찾는 중이었지만 클레이브는 세바스찬을 찾고 있었던 거야. 물론 제이스도 찾고 있었지만 초점은 세바스찬에게 맞춰져 있었어. 그 자식이 위험인물이니까. 그 자식은 알리칸테의 보호막을 파괴했어. 그리고 많은 이들의 목숨을 빼앗았고. 제이스는…."

"흔해빠진 새도우 헌터일 뿐이지." 이사벨이 끼어들었다. "우리 같은 새도우 헌터가 죽거나 사라지는 건 항상 있는 일이잖아."

"죽음의 전쟁을 이끈 영웅이니까 조금 더 특별하다고는 할 수 있지."

알렉이 다시 말을 이었다.

"그렇지만 클레이브의 입장은 분명해. 수색은 계속될 거야, 단 지금 당장은 기다려야 해. 그들은 세바스찬이 다음 단계로 넘어가려 한다고 예상하고 있어. 그 전까지는 클레이브에서 우선순위 세 번째가 될 거야. 그보다 못할 수도 있고. 그들은 우리가 예전으로 돌아가기를 바라고 있어."

예전으로 돌아가라고? 클라리는 자신의 귀를 의심했다. 제이스가 없는데 어떻게 예전으로 돌아가라는 거야?

"맥스가 죽었을 때도 그들은 그렇게 말했어." 이사벨이 말했다. 그녀의 검은 눈은 눈물 대신 분노로 활활 타오르고 있었다. "예전으로 돌아가기만 하면 슬픔을 더 빨리 극복할 수 있을 거라고 말이야."

"좋은 뜻에서 하는 말일 거야." 여전히 두 손으로 얼굴을 감싼 채 알렉이 말했다.

"아빠한테도 그런 말 좀 하지그래. 아빠는 위원회 회의 참석하러 이드리스에서 오시기는 한 거야?"

알렉이 두 손을 내리며 고개를 가로저었다.

"아니. 이런 말이 위로가 될지는 모르겠지만, 회의 중에 많은 사람들이 제이스를 찾는 데에 전력을 기울여야 한다고 화를 내며 큰소리로 말했어. 매그너스는 물론이고, 루크, 펜할로우 영사, 그리고 심지어는 재커라이어 형제도 그랬어. 하지만 그 정도로는 충분하지가 않았어."

클라리가 알렉을 빤히 바라보았다. "알렉. 너 뭐 느껴지는 거 없어?"

알렉의 푸른 두 눈이 어두워지면서 휘둥그레졌다. 그 순간 클라리는 처음 인스티튜트에 왔을 때 자신을 무척이나 미워하던, 물어뜯어 끝이 너덜너덜해진 손톱에 여기저기 구멍이 나고 부스러기가 어깨에 달라붙은 스웨터 차림을 하고 있던 알렉이 떠올랐다.

"너 많이 속상한 거 알아, 클라리." 알렉은 날카로운 목소리로 말했다. "그렇지만 만약 이사벨과 내가 너에 비해 제이스에 대해 걱정을 덜 한다고 말하는 거라면…."

"그런 게 아니야." 클라리가 말허리를 잘랐다. "내가 말하려는 건 너하고 제이스의 파라바타이 관계야. 나 코덱스에서 의식에 대해 읽었어. 파라바타이가 너희 둘을 서로 이어주고 있잖아. 그래서 넌 제이스에 대해 느낄 수 있고, 전투를 할 때도 도움이 되잖아. 그러니까 내 말은…너 혹시 제이스가 아직 살아 있다면 느낄 수 있는 거 아니야?"

"클라리." 이사벨이 걱정스러운 목소리로 말했다. "넌 아직…."

"살아 있어." 알렉이 조심스럽게 말을 꺼냈다. "만약에 제이스가 잘못되었다면 내가 그걸 느낄 수 있을 거라는 그런 말이지? 뭔가 근본적으로 잘못된 것만은 확실해. 그 정도까지는 느낄 수 있어. 그래도 어쨌든 그 자식 아직 숨은 쉬고 있어."

"그 '잘못'되었다는 느낌 말이야, 혹시 제이스가 어딘가에 갇혀 있어서 그런 느낌이 드는 걸 수도 있을까?"

클라리가 기어들어가는 목소리로 물었다.

알렉은 잿빛 빗줄기로 뒤덮인 창문으로 시선을 돌렸다.

"그럴 수도 있지. 어떻게 설명해야 할지를 모르겠어. 이런 느낌이 든 건 처음이란 말이야."

"그래도 살아 있긴 한 거잖아."

그 말에 알렉은 클라리에게로 얼굴을 돌렸다. "그건 확실해."

"그럼 위원회는 자기들 맘대로 하라그래. 제이스는 우리가 찾자." 클라리가 말했다.

"클라리… 만약 그게 가능하다고 해도…. 찾을 수 있었다면 우리가 진작…" 알렉이 더듬거렸다.

"지금까지는 클레이브가 우리한테 시키는 대로만 했던 거잖아." 이사벨이 끼어들었다. "수색하고 순찰하고 말이야. 다른 방법이 있을지도 몰라."

"네 말은 법에 어긋나는 방법을 찾아보자는 거잖아."

알렉이 주저하듯 말했다. 클라리는 알렉이 법에 대한 섀도우 헌터들의 강령을 읊는 것은 되풀이하지 말아주었으면 하고 바랐다. '세드 렉스 두라 렉스(Sed lex, dura lex), 악법도 법이다.' 클라리는 그 말을 받아들일 수 없을 것 같았다.

"요정 여왕이 부탁 하나를 들어준다고 했어. 이드리스에서 열린 불꽃놀이 파티에서 그렇게 말했단 말이야." 클라리가 말했다. 그날 밤을 떠올리자, 그때 얼마나 행복했던지를 떠올리자 한순간 심장이 바짝 쪼그라드는 것 같아서 클라리는 생각을 멈추고 심호흡을 했다. "자기와 접촉할 수 있는 방법도 알려줬고."

"요정 여왕은 공짜로 부탁을 들어주지 않아."

"그건 나도 알아. 어떤 대가를 치러야 하든 난 상관없어."

클라리는 자신에게 종을 건네던 요정 소녀가 한 말을 떠올렸다. 당신은 그를 구하기 위해서라면 어떤 일이라도 할 거예요. 어떤 대가를 치르더라도, 지옥이나 천국에 빚을 진다고 해도.

"너희 중 한 사람이 나하고 같이 가줬으면 좋겠어. 난 요정 말을 잘 못하잖아. 너희가 나하고 같이 가주면 어떤 위험이 되었든 도를 넘어서지는 않게 할 수 있을 거야. 어쨌든 요정 여왕이 할 수 있는 게 정말 있다면…."

"내가 같이 갈게." 대뜸 이사벨이 나섰다

그러자 알렉이 험악한 얼굴로 여동생을 보았다.

"요정 여왕하고는 벌써 이야기해봤어. 위원회가 요정들을 대상으로 광범위하게 심문을 했단 말이야. 요정들은 거짓말 못하잖아."

"위원회는 그들한테 제이스와 세바스찬이 어디 있는지만 물었잖아. 그 두 사람을 찾을 생각이 있는지를 물은 게 아니고 말이야. 요정 여왕은 내 아버지에 대해서도 알고 있었고, 아버지가 소환해서 잡아두었던 천사에 대해서도 알고 있었어. 거기다 나와 제이스의 출생의 비밀에 대해서까지도 알고 있었잖아. 내 생각에 이 세상에서 일어나는 일 중에 요정 여왕이 모르는 건 거의 없을 것 같아." 클라리가 말했다.

"그건 맞는 말이야." 이사벨이 살짝 생기가 돌아온 목소리로 끼어들었다. "오빠도 알잖아, 요정들한테서 제대로 된 정보를 얻어내려면 우선 제대로 된 질문을 해야 한다는 거 말이야. 요정들이 진실만 말하는 건 사실이지만 그들한테 제대로 된 질문을 하는 건 보통 어려운 일이 아니야. 하지만 부탁이라면 문제가 다를 수도 있지."

"그렇게 했을 때 닥칠 수 있는 위험이 글자 그대로 한계가 없다는 게 문제잖아. 만약 클라리가 요정 여왕을 만나도록 내가 내버려뒀다는 걸 제이스가 알게 되면 그 자식 아마…."

"난 상관없어." 클라리가 말했다. "제이스가 나라도 그렇게 할 거야. 다들 생각해봐. 만약에 내가 실종됐다면…."

"아마 이 세상을 몽땅 불태워서 잿더미 속에서 너를 끄집어내겠지. 그러고도 남을 거야." 알렉은 지친 듯한 목소리로 말했다. "젠장, 나라고 지금 이 세상을 불태우고 싶지 않은 줄 알아? 내가 이러고 있는 건…."

"내 오빠라서 그렇다는 거잖아. 알아들었어." 이사벨이 말했다. 알렉의 얼굴에는 애써 참는 기색이 역력했다.

"이사벨, 만약 너한테 무슨 일이라도 생긴다면…. 맥스가 그렇게 됐는데, 제이스도 그렇고…."

이사벨이 벌떡 일어나더니 방을 가로질러 가서 두 팔로 알렉을 껴안았다. 그리고 오빠의 귀에 무어라 속삭이는지 완전히 똑같은 색인 두 사람의 검은 머리가 서로 포개어졌다. 그런 두 사람의 모습이 클라리는 조금도 부럽지 않았다. 언제나 오빠가 있었으면 하고 바랐던 클라리였다. 그러다 정말로 오빠가 생겼다. 세바스찬 말이다. 이것은 마치 귀여운 강아지가 생기기를 바라다 덜컥 무시무시한 도사견을 기르게 된 꼴이었다.

알렉이 다정한 손길로 여동생의 머리를 잡아당기고는 고개를 끄덕이더니 동생을 놓아주었다.

"우리 다 가야지. 그래도 나, 최소한 매그너스한테만은 이야기해주고 싶어. 우리가 뭘 하려는지 말이야. 안 그러면 너무 불공평하잖아." 알렉이 말했다.

"내 휴대전화 쓸래?" 이사벨이 낡은 분홍색 휴대전화를 오빠에게 내밀며 물었다. 하지만 알렉은 고개를 가로저었다.

"지금 아래층에서 다른 사람들하고 같이 기다리고 있어. 클라리, 너도 루크한테 뭐든 핑계거리를 대야 하잖아. 아마 루크는 너하고 같이 집에 돌아갈 거라고 생각하고 있을 거야. 그리고 네 어머니가 이번에 일어난 이 모든 일에 대해 굉장히 괴로워한다고 루크가 말했어."

"엄마는 세바스찬이 존재하는 게 자기 탓이라고 자책하고 있어. 지금 껏 내내 세바스찬이 죽었다고 생각했으면서도 말이야." 클라리는 일어서면서 말했다.

"그건 조슬린 탓이 아니야. 조슬린 탓하는 사람 아무도 없어." 그렇게 말하면서 이사벨은 벽에 걸린 황금색 채찍을 내려 반짝이는 팔찌처럼 손목에 감았다.

"그런 건 상관없어. 자책을 할 때는 그런 건 신경 안 쓰는 법이야." 알렉이 말했다.

세 사람은 입을 꾹 다문 채 인스티튜트의 복도를 걸어갔다. 현재 상황을 처리하기 위해 이드리스에서 파견된 특별 위원들을 포함한 다른 새도우 헌터들 때문에 복도는 평소와 달리 몹시 붐볐다. 거기 있는 누구도 이사벨이나 알렉이나 클라리를 눈여겨보지 않았다. 처음에 클라리는 사람들이 자기만 쳐다본다는 느낌이 너무 심하게 들었다. '발렌타인의 딸'이라며 수군대는 소리도 여러 번 들었다. 그 때문에 인스티튜트에 오는 것이 두려워지기 시작했는데 위원회에 몇 번이나 참석하다보니 이제는 더 이상 자신을 신기하게 여기지 않는 것 같았다.

세 사람은 아래층으로 내려가는 엘리베이터를 탔다. 인스티튜트의 신도석은 여느 때와 마찬가지로 켜 있는 양초에 마법의 불까지 더해져 밝았고 위원회 위원들과 그 가족들이 자리를 메우고 있었다. 루크와 매그너스는 나무로 된 긴 좌석에 앉아 이야기를 나누고 있었는데, 루크 옆에는 그와 똑같이 생긴 푸른 눈에 키가 큰 여자가 앉아 있었다. 여자는 머리를 곱슬곱슬하게 하고 잿빛 갈색으로 염색도 했지만 클라리는 누구인지 한눈에 알아볼 수 있었다. 루크의 여동생 아마티스였다.

매그너스가 알렉을 보자마자 자리에서 일어나 다가왔다. 이사벨은 긴 의자에 앉아 있던 사람들 속에서 아는 얼굴을 발견했는지 늘 그렇듯 어디로 간다는 말 한마디 없이 휙 가버렸다. 클라리는 인사를 하려고 루크와 아마티스에게로 다가갔다. 둘 다 지쳐 보이는 얼굴이었는데 아마티스가 이해한다는 듯 루크의 어깨를 다독거리고 있었다. 클라리를 보자 루크가 자리에서 일어나 클라리를 끌어안았다. 아마티스는 위원회에서 무죄 판결이 난 것을 축하한다고 말했고 클라리는 고개를 끄덕였다. 몸은 그 자리에 있었지만 클라리는 몸도 마음도 마비된 듯 멍해서 그저 반사적으로 사람들에게 반응할 뿐이었다.

매그너스와 알렉이 언뜻 보였다. 두 사람은 이야기를 나누고 있었는데, 연인들이 둘만의 세계에 빠져 이야기를 나눌 때 서로에게 몸을 기울이듯 알렉도 매그너스에게 가까이 몸을 기울이고 있었다. 행복해 보이는 두 사람을 보니 클라리는 기쁘면서도 한편으로는 가슴이 아팠다. 자신도 다시 저들처럼 될 수 있을까, 아니 그렇게 되기를 바라기는 하는 걸까, 라는 생각이 들었다. 문득 제이스가 한 말이 떠올랐다. 너 말고 다른 사람을 원하는 건 생각도 하기 싫어.

"정신 좀 차려라, 클라리."

루크가 말했다.

"집으로 돌아갈래? 네 엄마, 지금 너 보고 싶어서 미칠 지경이야. 그리고 아마티스가 내일 이드리스로 돌아가니까 그 전에 둘이 만나서 밀린 이야기도 하고 싶을 거고. 우리 다 같이 저녁 식사를 하면 좋을 것 같은데. 레스토랑은 네가 골라라."

루크는 걱정스러운 마음을 감추려 애쓰고 있었지만 클라리는 그의 목소리에서 걱정하는 기색을 알아차릴 수 있었다. 클라리가 요즘 들어 제대로 먹지 못해서 벌써 옷들이 예전보다 헐렁해지고 있었다.

"별로 축하 같은 건 하고 싶은 기분이 아닌데. 위원회가 제이스 찾는 일을 우선순위에서 밀어냈는데 축하할 게 뭐 있어요."

"클라리, 제이스 찾는 일을 그만둔다는 뜻이 아니잖니."

루크가 말했다.

"그건 나도 알아요. 하지만 이건 마치…수색과 구조 작업을 하다가 이제부터는 시체 찾는 작업을 하겠다고 말하는 것 같단 말이에요. 어쨌든 나한테는 그렇게 들린다고요."

클라리는 침을 꿀꺽 삼키고 다시 말을 이었다.

"그건 그렇고, 저녁은 이사벨하고 알렉이랑 타키에 가서 먹을까 생각 중이에요. 그냥…평범하게 있으려고요."

아마티스가 문을 향해 고갯짓을 했다. "밖에 비가 제법 내리는데."

클라리는 억지로 입술을 당겨 올리며 미소를 지었다. 스스로도 가짜라고 느껴지는 이 미소가 남들 눈에는 어떻게 보일까, 궁금했다.

"비 좀 맞는다고 큰일 나는 거 아니잖아요."

루크가 클라리의 손에 지폐 몇 장을 쥐여주었다. 보통 아이들처럼 친구들과 어울리겠다는 말에 적잖이 안심한 표정이었다.

"뭐든 먹겠다고 약속해."

"그럴게요."

죄책감이 밀려와 클라리는 루크를 향해 반은 진심을 담은 미소를 지어 보이고는 휙 돌아섰다.

매그너스와 알렉은 조금 전까지 있던 곳에 없었다. 그들을 찾으려고 주위를 둘러보던 클라리는 사람들 틈에서 눈에 익은 이사벨의 길고 검은 머리를 찾아냈다. 이사벨은 인스티튜트의 커다란 이중 문 옆에 서서 누군가와 이야기를 하고 있었는데 상대가 누구인지는 클라리 눈에 보이지 않았다.

클라리는 이사벨에게로 다가갔다. 가까이 가니 그제야 이사벨의 대화 상대 중 하나를 알아볼 수 있었다. 알린 펜할로우였다. 알린 옆에는 창백할 정도로 흰색에 가까운 금색 곱슬머리의 가냘픈 소녀가 서 있었다. 머리를 귀 뒤로 넘겨서 끝이 살짝 뾰족한 귀가 똑똑히 보였다. 이 소녀는 위원회 예복 차림이었고, 가까이 가서 보니 눈은 아주 선명하면서 특이한 청록색이었다.

"엄마가 신임 위원이 되었다니, 좀 이상하겠어."

클라리가 다가가니 이사벨이 알린에게 이런 말을 하고 있었다.

"지아도 딱히 사정이 나은 건 아니지만…. 어서 와, 클라리. 알린 너도 클라리 알 거야."

두 소녀는 고개를 끄덕여 인사를 나눴다. 클라리는 언젠가 알린과 제이스가 키스하는 모습을 본 적이 있었다. 그때는 미칠 것처럼 괴로웠지만 이제는 그 기억이 어떤 아픔도 주지 않았다. 지금 같아서는 제이스가 다른 누군가와 키스하는 모습이라도 볼 수 있으면 좋겠다 싶었다. 최소한 제이스가 살아는 있다는 뜻이니까.

"이쪽은 알린의 여자친구, 헬렌 블랙손이야."

이사벨은 여자친구라는 말을 특히 강조하면서 청록색 눈의 소녀를 소개했다. 클라리는 이사벨을 휙 쏘아보았다. 이사벨은 내가 무슨 바보인 줄 아나? 안 그래도 클라리는 알린한테서 제이스와 키스한 것은 자신에게 맞는 남자가 존재하는지 실험하기 위해서 딱 한 번만 해본 것뿐이라는 해명을 들은 적 있었다. 이제 보니 그 실험의 결과는 '존재하지 않는다'로 나온 것 같았다.

"헬렌의 가족은 로스앤젤레스 인스티튜트를 운영하고 있어. 헬렌, 이쪽은 클라리 프레이."

"발렌타인의 딸이구나."

헬렌은 놀라면서도 조금은 대단하다는 표정을 지으며 말했다. 그 모습에 클라리는 움찔했다.

"그거에 대해서는 별로 생각하지 않으려고 애쓰고 있어."

"미안해. 왜 그렇게 애쓰는지는 알겠어."

헬렌이 얼굴을 붉히며 말했다. 너무도 창백한 헬렌의 피부는 마치 진주처럼 살짝 윤이 났다.

"어쨌든 난 위원회가 제이스를 찾는 것을 최우선으로 해야 한다는 데에 투표했어. 그런데 안타깝게도 우리가 수적으로 밀리고 말았네."

"고마워."

그에 대해서는 더 이상 이야기하고 싶지 않아서 클라리는 알린에게로 시선을 돌리며 이렇게 말을 이었다.

"어머니께서 신임 위원이 되신 거 축하해. 굉장히 신나겠어."

알린은 대수롭지 않다는 듯 어깨를 으쓱했다.

"엄마는 지금도 많이 바쁘신데 뭐."

알린은 이사벨한테로 시선을 돌리며 계속 말을 이었다.

"너희 아빠가 심문관 자리에 지원하신 거 알고 있었어?"

클라리는 곁에 있던 이사벨의 몸이 굳어버리는 것을 느낄 수 있을 것 같았다.

"아니, 아니, 아니, 몰랐어."

"나 깜짝 놀랐어. 난 너희 아빠가 여기 인스티튜트를 운영하는 데에 상당히 열성적이신 줄 알았는데…."

알린은 잠시 말을 끊고 클라리를 지나쳐 어딘가로 시선을 돌리며 다시 말을 이었다.

"헬렌, 아무래도 네 남동생이 저기서 세계 최대의 촛농 웅덩이를 만들 작정인가 봐. 얼른 가서 저 녀석 말려야겠다."

그 말에 헬렌은 못살겠다는 듯 한숨을 내쉬고는 열두 살짜리 사내아이들에 대해 뭐라고 중얼거리면서 사람들 사이로 사라졌고 그와 동시에 알렉이 사람들을 헤치며 나타났다. 그는 알린과 포옹을 하며 인사를 나

넀다. 클라리가 종종 잊어버릴 때가 있지만 펜할로우 집안과 라이트우
드 집안은 오랜 세월 가깝게 지낸 사이였다. 알렉은 사람들 틈에 섞인
헬렌에게로 시선을 돌렸다.

"쟤가 네 여자친구야?"

알린은 고개를 끄덕였다. "헬렌 블랙손이야."

"쟤네 집안에 요정 피가 흐른다고 들었는데." 알렉이 말했다.

그랬구나, 라고 클라리는 생각했다. 그제야 헬렌의 뾰족한 귀를 이해
할 수 있었다. 네피림의 피가 우성인 까닭에 요정과 섀도우 헌터 사이에
서 태어난 아이는 섀도우 헌터가 되지만 이따금 요정의 특징이 묘하게
드러날 때가 있다. 심지어는 몇 대를 내려가서 요정의 특징이 발현되기
도 한다.

"아주 조금." 알린이 말했다. "참, 너한테 고맙다고 하고 싶었어, 알렉."

알린의 말에 알렉은 어리둥절한 표정을 지었다 .

"왜?"

"합의의 선낭에서 네가 한 행동 말이야." 알린이 말했다. "매그너스하
고 키스했잖아. 그걸 보고서 우리 부모님한테 이야기를 할…커밍아웃을
할 용기가 생겼어. 그리고 만약에 그때 말씀 못 드렸다면, 아마 헬렌을
만났을 때 나 용기가 없어서 말도 못 건넸을 거야."

"아."

알렉은 자신의 행동이 가족 이외의 사람에게 영향을 미치리라고는 생
각도 못 했다는 듯 놀란 표정을 지었다.

"그럼 네 부모님은…그걸 잘 받아들이셨어?"

알렉의 물음에 알린은 눈을 부라렸다.

"우리 부모님은 아예 무시하고 계셔. 그 일에 대해 아무 말도 안 하면 없던 일이 된다고 생각하는 것처럼 말이야."

클라리는 이사벨이 동성애자에 대한 클레이브의 태도에 대해 이야기 해주었던 것이 떠올랐다. 그런 일이 있다 해도 절대 입에 올리지 않아.

"하긴 그 정도로 그친 것도 다행이긴 하지만."

"그래, 더 안 좋을 수도 있었어."

알렉이 말했다. 그의 목소리에 암울한 기색이 묻어 있었다.

알린의 얼굴에 공감한다는 표정이 스며들었다.

"너도 힘들었구나. 만약 너희 부모님께서 받아들이지 못하신다면…."

"우리 부모님은 그 일에 대해서 별 문제 없으셔."

이사벨이 지나치다 싶을 정도로 날카롭게 말했다.

"그래, 뭐 어쨌든. 지금으로서는 뭐라고 단정 지어서 말 못 하겠어. 제이스가 실종된 문제에 대해서도 말하기가 그렇고. 아무튼 너희 모두 다 걱정이 많겠다."

알린은 크게 숨을 들이마시고 다시 말을 이었다.

"사람들이 너희한테 제이스에 대해서 별별 말도 안 되는 소리 한다는 거 나도 알아. 원래 무슨 말을 해야 할지 모를 때 그렇게 하는 법이야. 난 다만…너희한테 해주고 싶은 말이 있어."

알린은 초조한 듯 지나가는 사람한테서 몸을 확 피하더니 라이트우드 남매와 클라리에게로 바짝 다가오며 목소리를 낮췄다.

"알렉, 이사벨…. 전에 이드리스에서 너희가 우리 집에 놀러온 적이 있었어. 그때 내가 열세 살이었고 제이스는…아마 열두 살이었을 거야. 제이스가 브로슬린드 숲이 보고 싶다고 해서 우리는 말 여러 마리를 빌려 타고 갔어. 물론 우리는 길을 잃었지. 브로슬린드 숲을 빠져나올 수가 없었어. 날이 어두워지고 숲이 더 깊어지자 나는 겁이 났어. 우리 모두 거기서 죽을 거라고 생각했어. 그런데 제이스는 조금도 겁을 내지 않았어. 우리가 반드시 길을 찾아낼 수 있을 거라고 말했어. 그리고 여러 시간이 걸렸지만 결국 제이스는 길을 찾아냈지. 제이스가 우리를 숲에서 데리고 나왔어. 나는 너무 고마워서 어쩔 줄을 몰랐는데 제이스는 대체 얘가 왜 이렇게 호들갑을 떠나, 라는 얼굴로 나를 봤어. 마치 자기가 길을 찾아내는 게 당연한 일이라도 되는 듯이 말이야. 제이스는 실패라는 건 아예 염두에 두지도 않았던 거야. 그러니까 내 말은⋯제이스는 반드시 너희한테로 돌아오는 길을 찾아낼 거야. 난 알아."

클라리는 이사벨이 우는 것을 한 번도 본 적 없었다. 그런 이사벨이 지금 눈물을 참으려고 필사적으로 애쓰는 기색이 역력했다. 이상할 정도로 휘둥그렇게 뜬 이사벨의 두 눈이 눈물로 반짝거렸다. 알렉은 자기 신발만 내려다보고 있었다. 클라리도 괴로움에 속이 터질 것 같았지만 애써 참았다. 세이스가 열두 살이었던 때가 있었다는 게 상상이 가지 않았다. 그가 어두운 숲에서 길을 잃었다는 것도, 또 그가 지금 어딘가에서 길을 잃었고, 어딘가에 잡혀 있고, 그래서 자신이 찾아오기를, 찾아와 도와주기를 바라고 있다는 것도 상상이 가지 않았다.

"고마워, 알린."

이사벨도 알렉도 입을 열 생각을 하지 않아서 클라리가 나섰다. 알린은 수줍은 듯 살짝 미소를 지었다.

"내 진심은 그래."

"알린!"

헬렌의 목소리가 들렸다. 헬렌은 두 손이 파란 촛농으로 범벅이 된 사내아이의 손목을 움켜쥐고 있었다. 아마도 아이는 신도석에 장식된 거대한 나뭇가지 모양 촛대의 양초들을 가지고 장난을 친 것 같았다. 장난기 가득한 미소를 짓고 있는 열두 살 정도의 그 아이는 눈동자는 누나와 똑같이 선명한 청록색이었지만 머리는 짙은 갈색이었다.

"우린 이만 가봐야겠어. 안 그러면 줄스가 여길 온통 엉망으로 만들 것 같아. 팁스하고 리비도 안 보이고 말이야."

"걔들은 촛농 먹고 있어."

문제의 이 아이, 그러니까 줄스가 거들어주듯 한마디 했다.

"내가 미쳐."

헬렌은 짜증스럽게 중얼거리더니 미안한 얼굴로 다시 말을 이었다.

"난 신경 쓰지 마. 남동생과 여동생 여섯에 내 위에도 하나가 더 있거든. 그래서 늘 동물원에 있는 것 같아."

줄스가 알렉과 이사벨 그리고 클라리를 차례로 보며 물었다.

"형하고 누나는 형제들이 몇 명이나 돼?"

순간 헬렌의 얼굴이 창백해졌다. 이사벨이 대단히 침착한 목소리로 대답했다.

"우린 삼남매야."

그러자 줄스가 클라리를 빤히 바라보았다.

"누나는 안 닮아 보이는데."

"난 얘네랑 가족이 아니야. 나는 형제가 없어." 클라리가 말했다.

"하나도 없어?" 클라리가 마치 자기 발에는 오리처럼 물갈퀴가 있다고 대답하기라도 한 듯 줄스의 목소리에는 못 믿겠다는 기색이 역력했다. "그래서 그렇게 슬퍼 보이는 거야?"

클라리는 세바스찬을 떠올렸다. 얼음처럼 하얀 그의 머리와 검은 눈이 생각났다. 만약에 나한테 오빠만 없었다면 이 모든 일은 일어나지 않았을 거야. 증오의 맥박이 짧게 고동치며 얼음같이 차가워진 피를 녹여주었다.

"맞아. 그래서 슬퍼."

클라리는 부드럽게 대답했다.

2
가시

사이먼은 인스티튜트 밖에서 클라리, 알렉, 이사벨을 기다리고 있었다. 건물의 석조 돌출부 밑에 있어서 그나마 조금이라도 비를 피할 수 있었다. 고개를 돌리니 세 사람이 문으로 나오는 것이 보였다. 클라리도 비에 젖은 검은 머리카락이 이마와 목에 들러붙어 있는 사이먼을 발견했다. 사이먼은 머리카락을 뒤로 넘기며 궁금하다는 눈빛으로 클라리를 바라보았다.

"나 무죄래."

클라리가 말했다. 하지만 사이먼의 얼굴에 미소가 번지기 시작하자 클라리는 고개를 가로저었다.

"그런데 제이스 찾는 일이 우선순위에서 밀렸어. 그게…아무래도 저 사람들은 제이스가 죽었다고 생각하는 게 틀림없어."

사이먼은 자신의 젖은 청바지와 티셔츠를 내려다보았다. 목 부분과 소매 끝에 배색 처리가 된 주름진 회색 링거티에는 가슴 부분에 블록체로 분명 나는 잘못된 결정을 했다라고 적혀 있었다.

사이먼도 고개를 가로저었다.

"큰일이네."

"클레이브는 원래 그래. 괜히 다른 상상은 하지 않는 게 좋아." 이사벨이 말했다.

"'바시아 코쿰(Basia coquum).' 원래 거기 좌우명이 그렇잖아." 사이먼이 말했다.

"'데센수스 아베르노 라실리스 에스트(Descensus Averno facilis est)'지. '지옥으로 떨어지기는 쉽다.'" 알렉이 말을 이었다. "그냥 '우리가 시키는 대로 해'라고 해도 되고."

"젠장." 사이먼이 말했다. "난 제이스가 언젠가 날 화나게 할 줄 알았다니까."

젖은 갈색 머리가 눈앞으로 흘러내리자 사이먼은 짜증난다는 듯 머리를 쓸어 넘겼고 그 바람에 그의 이마에 새겨진 은색의 카인의 마크가 언뜻 클라리의 눈을 스쳤다.

"이제 어떡할 건데?"

"요정 여왕한테 가야지."

클라리가 말했다. 목에 단 요정 여왕의 종을 만지며 클라리는 케일리가 루크와 엄마의 피로연에 찾아왔으며, 도움을 주겠다는 요정 여왕의 약속을 전했다는 것을 사이먼에게 이야기했다.

그 말에 사이먼은 미심쩍다는 표정을 지었다.

"너하고 제이스한테 서로 키스하라고 했던 거만한 빨강 머리 여자 말이야? 난 그 여자 마음에 안 들던데."

"넌 그 여자를 그렇게만 기억하고 있어? 클라리를 제이스하고 키스하게 만든 것밖에 기억 안 나?"

이사벨은 짜증난다는 목소리로 말했다.

"요정 여왕은 위험한 존재야. 항상 장난을 친다고. 매일 아침식사 전에 최소한 인간 서너 명은 비명을 지르게 해야 직성이 풀리는 여자란 말이야."

"난 인간 아니잖아." 사이먼이 말했다. "더 이상은 말이야."

사이먼은 이사벨을 흘끗 보더니 시선을 떨구었다가 다시 클라리를 보며 말했다.

"내가 같이 가줄까?"

"너랑 같이 가면 도움이 되겠지. 데이라이터에다 카인의 마크도 있으니…. 요정 여왕이라도 함부로 못 할 거야."

"난 그렇게 생각 안 하는데." 알렉이 말했다.

클라리는 그에게로 시선을 돌리며 물었다. "매그너스는 어디 갔는데?"

"자기는 안 오는 게 좋겠다고 하더라. 아무래도 매그너스하고 요정 여왕 사이에 무슨 일이 있긴 있었던 것 같아."

알렉의 말에 이사벨이 눈썹을 치떴다.

"네가 생각하는 그런 일 말고…. 어쨌든 사이가 별로 안 좋은 것 같기는 해."

알렉은 한숨을 내쉬며 이렇게 덧붙였다.

"나하고 사귀기 전에 어떻게 살았는지 생각해보면 무슨 일이 있었든 별로 놀랄 것도 없지만."

"알렉!"

이사벨이 오빠에게 말을 하려고 뒤로 처진 사이 클라리는 우산을 확 펼쳤다. 오래전 사이먼이 자연사 박물관에서 사준, 공룡 무늬가 그려진 우산이었다. 우산을 알아본 사이먼이 재미있다는 표정을 짓는 것이 클라리의 눈에 띄었다.

"같이 걸을래?"

사이먼은 그렇게 묻더니 팔짱을 끼라는 듯 클라리에게 팔을 불쑥 내밀었다.

비가 계속 내려 홈통에서 흘러나온 빗물이 실개천을 이루었고, 지나가는 택시 바퀴에서는 물이 튀었다. 이상해, 이제는 춥다는 감각을 느낄 수 없는데도 몸이 젖어 축축해지는 것이 왜 여전히 짜증스러울까. 사이먼은 생각했다. 살짝 시선을 돌려 어깨 너머로 알렉과 이사벨을 살폈다. 이사벨은 인스티튜트에서 나온 후로는 자신에게 눈길도 주지 않아서 사이먼은 그녀가 무슨 생각을 하는지 궁금했다. 이사벨은 오빠와 이야기를 하고 싶어 하는 눈치였는데 모두들 파크 애비뉴의 모퉁이에 멈춰 섰을 때 사이먼은 이사벨이 이렇게 말하는 소리를 들었다.

"그래서, 어떻게 생각해? 아빠가 심문관 자리에 지원한 거 말이야."

"내 생각에는 지루하고 시시한 일 같은데."

이사벨은 투명한 비닐에 색색깔의 꽃 그림이 전사된 전형적인 소녀 취향의 우산을 들고 있었다. 알렉이 비를 맞아가면서도 굳이 여동생의 우산에서 빠져나와 걷는 것도 무리가 아니었다.

"아빠가 왜 그 자리를 맡고 싶어 하는지 도무지 모르겠어."

"지루하고 말고 그게 문제가 아니잖아."

이사벨은 속삭이듯 말을 이었다.

"아빠가 심문관이 되면 이드리스에 계속 계셔야 되잖아. 계속 말이야. 여긴 안 오시고. 인스티튜트 운영은 못 하고 심문관 활동만 해야 되는 거잖아. 두 가지 일을 한꺼번에 할 수는 없으니까 말이야."

"이사벨, 너 몰랐냐? 안 그래도 아빠는 내내 이드리스에만 계시잖아."

"오빠…."

이사벨이 다시 뭐라고 말을 시작했지만 신호등이 바뀌고 차들이 빠르게 내달리며 인도에 얼음처럼 차가운 물을 뿌리는 통에 말소리가 묻혀 버렸다. 클라리는 차들이 뿌리는 물을 피하려다 하마터면 사이먼과 부딪힐 뻔했다. 사이먼은 클라리가 넘어지지 않도록 손을 잡아주었다.

"미안. 딴생각 하고 있었어."

클라리가 멍하니 말했다. 사이먼의 손에 잡힌 클라리의 손은 자그마하고 차가웠다.

"알아."

사이먼은 되도록 걱정하는 기색을 감추려 애쓰며 말했다. 클라리는 지난 2주일 내내 '딴생각'만 하고 있었다. 처음에는 울더니 그다음에는 화만 냈다. 제이스 수색 작업에 함께할 수 없다고 화를 냈고, 위원회의 끝없는 닦달에 화를 냈고, 클레이브의 의심을 받는다는 이유로 말 그대로 꼼짝 못 하고 집에 갇혀 있게 된 데에 화를 냈다. 그중에서도 클라리를 가장 화나게 만드는 것은 도움이 될 만한 룬을 그려내지 못하는 자기 자신이었다. 밤중에 몇 시간이고 책상에 앉아 손가락 마디마디가 하얗게 질릴 때까지 스텔레를 쥐고 있는 클라리를 보면 사이먼은 저러다 스텔레가 부러지는 건 아닐까, 라는 걱정이 들었다. 클라리는 제이스가 어디 있는지 알려줄 이미지를 떠올리려고 애를 쓰는 듯했다. 하지만 하루 또 하루가 지나도 아무 일도 일어나지 않았다.

나이 들어 보여. 5번가 석벽 사이 틈을 통해 공원으로 들어가면서 사이먼은 생각했다. 늙어 보인다는 의미가 아니라, 모든 것을 바꿔버린 바로 그날 밤, 팬더모니엄 클럽으로 함께 들어가던 그때의 클라리와는 전혀 다른 사람이 되었다는 뜻이다. 실제로 키가 더 자라기도 했지만 단지 그 것만을 말하는 것은 아니다. 얼굴 표정도 훨씬 진지해졌고, 걷는 모습도 더 우아하면서 힘이 넘쳤고, 초록색 눈도 예전처럼 쉴 새 없이 두리번거리기보다는 더 집중하는 듯 보였다. 조슬린 아줌마를 닮아가고 있잖아. 문득 그런 생각이 들어 사이먼은 흠칫 놀랐다.

클라리가 원을 이루고 서서 빗물을 뚝뚝 흘리는 나무들 사이에서 걸음을 멈추었다. 나뭇가지들이 비를 거의 막아 주어서 이사벨과 클라리는 우산을 접어 가까이 있는 나무 둥치에 기대어 세웠다. 클라리는 목에 걸었던 체인의 잠금쇠를 풀어 종을 빼내 손바닥에 쥐었다. 그러고는 심각한 표정으로 함께 온 친구들을 둘러보았다.

"이건 위험한 일이야."

클라리가 입을 열었다.

"일단 시작을 하면 난 다시 되돌릴 수 없어. 그러니까 나하고 같이 가고 싶지 않아도 괜찮아. 나 다 이해하니까."

사이먼이 손을 내밀어 클라리의 두 손 위에 포갰다. 다른 생각은 할 필요도 없었다. 클라리가 가는 곳은 어디든 사이먼도 함께 갔다. 이미 둘은 너무도 많은 것을 함께 했기에 클라리와 함께 가지 않는다는 것은 생각할 수도 없었다. 이사벨도 그 뒤를 따랐고 마지막으로 알렉이 손을 얹었다. 그의 길고 검은 속눈썹에서 빗방울이 눈물처럼 떨어졌다. 하지만 그의 표정은 결연했다. 네 사람은 굳게 손을 맞잡았다.

클라리가 종을 울렸다.

세상이 빙빙 도는 것만 같았다. 포털을 통과할 때 엄청난 소용돌이 속으로 휘말려 들어가는 것처럼 느껴지던 것과는 또 달랐다. 이번에는 회전목마에 앉아 있는데 점점 더 속도가 빨라지는 듯한 느낌이 들었다. 어지러워지면서 숨이 가빠질 즈음 빙빙 돌던 느낌이 갑자기 멈췄다. 클라리는 조금 전과 마찬가지로 선 채 이사벨, 알렉, 사이먼의 손을 잡고 있었다.

네 사람은 서로 잡고 있던 손을 놓았다. 클라리가 주위를 둘러보았다. 짙은 갈색의 어둠 속에서 마치 호랑이 눈을 닮은 보석 타이거아이처럼 반짝이는 복도. 여기는 전에도 와본 적 있는 곳이었다. 바닥은 수천 년 동안 요정들의 발길에 닿고 닳아 매끈했다. 벽에 박힌 황금 부스러기들에서 빛이 뿜어져 나왔고 통로 끝에서는 알록달록한 색의 커튼이 바람에 나부끼듯 앞뒤로 흔들리고 있었다. 하지만 이 지하 세계에 바람이 불리 없었다. 클라리가 가까이 가보니 그 커튼은 나비들을 꿰매어 만든 것이었다. 그중에는 아직 살아 있는 나비들도 있어서 그들이 몸부림치는 통에 커튼이 산들바람에 흔들리듯 움직이는 것이었다.

클라리는 목으로 올라오는 신물을 삼켰다.

"여보세요? 아무도 없어요?"

클라리가 물었다.

그러자 커튼을 옆으로 젖히며 요정 기사 멜리온이 복도로 나왔다. 그는 클라리가 전에도 본 적 있는 하얀 갑옷 차림이었는데 이번에는 왼쪽 가슴에 표지를 하나 달고 있었다. 알파벳 C가 네 개 그려진 그 표지는 루크의 위원회 예복에도 달린 것으로, 위원회 소속임을 알려주는 것이었다. 나뭇잎 색의 눈동자 바로 밑에는 새로 생긴 듯한 흉터가 자리하고 있었다. 멜리온이 차가운 눈빛으로 클라리를 바라보았다.

"실리코트의 여왕 폐하를 알현하려 할 때에 '여보세요?' 같은 무식한 언어를 쓰다니. 손을 흔들어 하인을 부르는 것도 아닌데. 이런 때에는 '만나 뵙게 되어 영광입니다'라고 하는 것이 옳은 예법입니다."

"하지만 아직 만나지도 못했잖아요. 여왕이 여기 있는지 없는지도 모르고."

클라리의 말에 멜리온은 경멸하는 듯한 표정으로 바라보았다.

"여왕 폐하께서 이곳에서 그대를 맞이할 준비가 되지 않으셨다면 종이 울린다고 해서 그대가 여기까지 오는 일은 이루어지지 않았을 것입니다. 그럼 가시지요. 나를 따라오세요, 일행도 함께."

클라리는 고개를 돌려 친구들에게 따라오라는 몸짓을 하고는 나비 날개 하나라도 자기 어깨에 부딪혀 나비가 아파하는 일이 없기를 바라며 어깨를 움츠린 채로 멜리온을 따라 고통받는 나비들의 커튼 아래로 지나갔다.

네 사람 모두 차례로 여왕의 방으로 들어갔다. 클라리는 놀라서 눈을 깜박거렸다. 여왕의 방이 지난번에 왔을 때와는 완전히 다른 모습이었기 때문이다. 요정 여왕은 팔걸이와 등받이 없이 백색과 황금색으로 된 긴 의자에 비스듬히 기댄 듯 앉아 있었고, 주위로는 검은색과 흰색 정사각형 무늬가 있는 바닥이 사방으로 이어져 있어서 마치 거대한 체크 판처럼 보였다. 위험해 보이는 가시투성이 줄기들이 천장에서 아래로 늘어져 있었는데, 각각의 가시들에서는 도깨비불이 반짝이고 있었다. 원래는 눈을 멀게 할 정도로 밝은 빛이어야 하지만 이곳의 도깨비불은 꺼져가는 듯 희미했다. 그 빛들이 방을 비추고 있었다.

멜리온은 여왕 옆으로 걸어갔다. 그곳에는 멜리온 말고 다른 신하는 보이지 않았다. 요정 여왕이 천천히 몸을 바로 세워 앉았다. 언제나처럼 아름다운 모습이었다. 금색과 은색이 섞이고 속이 비칠 정도로 얇은 드레스 차림에 붉은 장미 같은 구릿빛 머리카락을 새하얀 한쪽 어깨 위로 조심스럽게 늘어뜨렸다. 클라리는 여왕이 왜 저렇게까지 치장에 신경을 썼을까, 의아했다. 그 자리에 있는 이들 중에 그녀의 아름다움에 관심을 가질 만한 이는 사이먼 하나뿐인데 그나마도 사이먼은 여왕을 싫어했다.

"만나서 반갑구나, 네피림 그리고 데이라이터."

여왕이 클라리 일행을 향해 고개를 숙이며 말했다.

"발렌타인의 딸이여, 무엇이 그대를 이리로 오게 하였지?"

클라리가 두 손을 펼쳤다. 그러자 요정 여왕이 준 종이, 마치 다 알지 않느냐고 쏘아붙이는 듯 반짝거렸다.

"폐하께서 시녀를 제게 보내어 폐하의 도움이 필요하면 이 종을 울리라고 하셨잖아요."

"그런데 그대는 내게 원하는 것이 아무것도 없다 하지 않았느냐. 그대가 원하는 것은 모두 다 가졌다면서 말이다."

클라리는 지난번에 여왕을 만나러 왔을 때 제이스가 무슨 말을 했는지, 어떻게 여왕의 비위를 맞추고 여왕의 마음을 사로잡았던가를 떠올리려고 애썼다. 그때 제이스는 마치 딴 사람이 된 듯 평소에 하지 않던 말들을 늘어놓았다. 클라리는 어깨 너머로 이사벨과 알렉을 흘끗 보았지만 이사벨은 빨리 말하라는 듯 짜증스러운 몸짓만 할 뿐이었다.

"상황이 달라졌어요."

그러자 여왕이 우아한 몸짓으로 두 다리를 쭉 뻗었다.

"그랬구나. 나한테 바라는 것이 무엇이지?"

"제이스 라이트우드를 찾아주세요."

침묵이 이어지면서 괴로움에 비명을 지르는 듯한 도깨비불 소리만이 조용하게 들렸다. 한참 만에 여왕이 입을 열었다.

"클레이브도 실패한 일을 요정들이 할 수 있다고 믿는 걸 보니 그대는 우리가 정말로 대단한 힘을 지니고 있다고 생각하는 듯싶구나."

"클레이브가 찾으려는 건 세바스찬이에요. 전 세바스찬은 어찌되든 관심 없어요. 제가 찾고 싶은 사람은 제이스니까."

클라리는 계속 말을 이었다.

"그리고 여왕께서는 겉으로 드러나는 것보다 많은 걸 알고 계시다는 거 저 다 알고 있어요. 이런 일이 일어나리라는 것도 예언하셨잖아요. 아무도 예상 못 했어요. 하지만 하필이면 그날, 제이스가 사라진 바로 그날, 무슨 일이 벌어지리라는 것을 전혀 모르는 상태로 저한테 이 종을 보내셨다고는 생각하지 않아요."

"그럴지도 모르지."

여왕은 반짝이는 자신의 발톱을 감탄하듯 보며 말했다.

"제가 보니까 요정들은 감추고 싶은 진실이 있을 때 '그럴지도 모르지'라는 말을 하는 것 같아요. 그러면 솔직한 대답을 피할 수 있으니까요.”

“그럴지도 모르지.”

여왕은 흥미롭다는 듯한 미소를 지으며 말했다.

“‘아마도’라는 말도 괜찮은데.”

알렉이 한마디 했다.

“‘어쩌면’도 그렇고.”

이사벨도 끼어들었다.

“‘그럴지도 모르지’라는 말이 뭐 어때서. 좀 구식이긴 하지만 뜻은 분명하잖아.”

사이먼이 말했다.

여왕은 클라리 일행이 떠드는 소리가 얼굴 주위에서 붕붕대는 성가신 벌떼라도 되는 듯 손을 휘저었다.

“발렌타인의 딸이여, 나는 그대를 믿지 않는다.”

요정 여왕은 계속 말을 이었다.

“한때 내 그대에게 도움을 바란 적이 있으나 그때는 이미 지났다. 멜리온이 위원회에 참여하게 되었다. 그러니 더 이상은 그대가 내게 줄 수 있는 것이 없을 듯싶구나.”

“만약 정말 그렇게 생각하신다면 제게 종을 보내지 않으셨겠죠.”

클라리가 대꾸했다.

잠시 두 여자가 서로를 쏘아보았다. 요정 여왕의 겉모습은 아름다웠지만 그 뒤에는 뜨거운 태양 아래에서 하얗게 바랜 작은 동물의 뼈를 생각나게 만드는 무언가가 숨어 있는 것 같았다. 한참 만에 여왕이 입을 열었다.

"좋다. 내, 그대를 도와줄 수도 있을지도 모르지. 허나 나는 그에 대한 대가를 요구할 것이야."

"언젠 안 그랬나."

사이먼이 중얼거렸다. 그는 두 손을 호주머니에 쑤셔 넣은 채 혐오스럽다는 얼굴로 여왕을 빤히 보았다.

알렉이 웃음을 터뜨렸다.

그러자 요정 여왕이 불꽃을 쏘듯 매섭게 노려보았다. 잠시 후 알렉이 비명을 지르며 주춤주춤 뒷걸음질을 쳤다. 두 손을 앞으로 내민 채 숨을 헐떡이는 알렉의 피부가 쪼글쪼글 주름지더니 두 손이 안으로 휘고 관절이 부풀어 올랐다. 등은 굽고 머리카락은 하얗게 세고 푸른 눈은 생기를 잃으며 주름진 얼굴 속으로 쑥 들어가버렸다. 클라리는 숨이 탁 막혔다. 젊은 알렉은 온 데 간 데 없이 사라지고 구부정한 허리의 백발 노인이 부들부들 떨며 서 있었다.

"인간의 아름다움이란 정말 빨리 사라져버린다니까."

요정 여왕은 흡족한 듯 말했다.

"네 모습을 보아라, 알렉산더 라이트우드. 겨우 60년만 지나도 네 꼴이 어찌 될지 잠깐 보여준 것이다. 그런 꼴을 보면 너의 마법사 애인이 뭐라고 말할까?"

알렉의 가슴이 들썩거렸다. 이사벨이 재빨리 오빠 곁으로 다가가 그의 팔을 잡았다.

"알렉, 걱정하지 마. 이건 그냥 글래머야."

이사벨은 여왕에게로 고개를 돌리며 외쳤다.

"당장 그만둬요! 글래머 거두라고요!"

"만약에 너와 네 일행이 내게 조금만 더 공손하게 말한다면 한번 고려해보마."

"그렇게 하겠습니다. 무례한 행동이 있었다면 사과드리겠습니다."

클라리가 재빨리 대답했다.

요정 여왕은 콧방귀를 뀌었다.

"정말이지 제이스가 그립구나. 너희 중에서 그나마 제일 아름답고 예의도 가장 바른데 말이다."

"저희도 그가 그립습니다."

클라리가 낮은 목소리로 말했다.

"저희도 일부러 예의 없이 군 건 아닙니다. 저희 인간들은 슬프면 평소와 다르게 행동하는 경우가 있어서 그런 것뿐입니다."

"흥."

여왕은 그렇게 말했지만 손가락을 탁 튕겨 알렉에게 씌운 글래머를 거둬들였다. 알렉은 다시 원래 모습으로 돌아왔다. 하지만 여전히 얼굴은 하얗게 질린 채 망연자실한 표정이었다. 여왕이 거만한 얼굴로 그를 한 번 쏘아보고는 클라리에게로 시선을 돌렸다.

"반지 한 쌍이 있다."

여왕은 다시 말을 이었다.

"원래 내 아버지 것이었지. 난 그 반지들을 되찾기를 바란다. 그것은 요정들이 만든 것이라 엄청난 위력을 지니고 있다. 그 반지는 마음과 마음으로 이야기할 수 있도록 해준다. 너희 세계에 있는 침묵의 형제들이 하듯이 말이다. 현재는 그것이 인스티튜트에 보관되어 있다는 소식을 들은 바 있다."

"그런 거 본 기억이 있어. 도서관 2층에 요정이 만든 반지 두 개가 유리 상자에 들어 있어."

이사벨이 천천히 말했다.

"지금 나더러 인스티튜트에 있는 물건을 훔쳐오라는 거예요?"

클라리가 놀라서 물었다. 요정 여왕이 요구할 대가에 대해 이것저것 생각해보긴 했지만 이런 요구를 할 줄은 몰랐다.

"정당한 주인에게 돌려주는 것이니 도둑질이라 할 수는 없지."

여왕이 말했다.

"그렇게 하면 제이스를 찾아주실 건가요? '그럴지도 모르지'라는 말은 하지 말아요. 우리한테 정확히 뭘 해줄 거죠?"

클라리가 물었다.

"그를 찾는 일을 도와주마. 내 도움이 아주 유용하리라는 것은 장담할 수 있다. 예를 들어, 너희 모두의 추적술이 왜 아무 소용없는지 말해줄 수 있다. 어느 도시에 가야 그를 찾아낼 가능성이 가장 높은지를 말해줄 수도 있고…."

"하지만 클레이브가 벌써 당신을 심문했잖아요. 그들에게 어떻게 거짓말을 한 건데요?"

사이먼이 끼어들었다.

"그들은 내게 올바른 질문을 하지 않았다."

"왜 그들에게 거짓말을 한 건데요? 당신은 도대체 누구하고 동맹을 맺은 거예요?"

이사벨도 따져 물었다.

"나는 그런 것은 맺지 않는다. 내가 먼저 조너선 모겐스턴을 적으로 만들지 않는다면 그가 강력한 동맹이 될 수 있을지도 모르지. 우리에게 아무런 이득도 없는데 굳이 그를 자극하거나 그의 분노를 살 필요가 무엇이 있겠느냐? 요정들은 수명이 길지. 그래서 성급한 판단을 내리지 않고 우선은 기다리며 지켜본단다. 바람이 어느 방향으로 불지를 말이다."

"그렇지만 그 반지들이 귀중한 거니까 만약에 우리가 그 반지를 찾아다 주기만 한다면 조너선 모겐스턴을 화나게 만드는 것도 불사하겠다는, 그런 말인 거죠?"

알렉이 물었다.

하지만 요정 여왕은 미소만 지을 뿐이었다. 여러 가지 가능성이 가득 담긴 나른한 미소만.

"오늘은 이 정도면 충분할 듯싶구나. 반지를 가지고 찾아오너라. 그때 다시 이야기하도록 하지."

여왕이 말했다.

클라리는 머뭇거리며 알렉을 돌아보았다. 그러고는 다시 이사벨에게로 시선을 옮겼다.

"너희 괜찮겠어? 인스티튜트 물건을 훔치는 건데?"

"그렇게 해서 제이스를 찾을 수만 있다면 난 괜찮아."

이사벨이 대답했다.

알렉도 고개를 끄덕였다.

"무슨 일이든 할 거야."

클라리는 요정 여왕에게로 시선을 돌렸다. 여왕은 기대에 찬 눈빛으로 클라리를 바라보았다.

"그럼 거래가 성사된 걸로 생각할게요."

클라리의 말에 여왕은 기지개를 펴며 만족한 미소를 지었다.

"젊은 섀도우 헌터들, 아주 훌륭해. 내 충고 한마디 해주지. 비록 그대들이 내 충고를 들을 만한 자격은 없지만 말이다. 벗을 찾는 여정에서 그대들은 지혜를 기억해야 할 것이야. 소중한 것을 잃어버렸을 때 흔히 따르는 결과이기도 한데, 그대들이 그를 다시 찾았을 때 어쩌면 그는 그대들과 헤어졌을 때와는 전혀 다른 모습일지도 몰라."

알렉이 그린 포인트에 있는 매그너스의 아파트 정문에 도착한 것은 11시가 다 되어서였다. 이사벨이 클라리와 사이먼과 함께 타키에서 저녁을 먹자고 조르는 통에 알렉은 싫다고 거절하다 마지못해 함께 식사를 했는데 이제 생각해보니 그렇게 하기를 잘한 것 같았다. 몇 시간이 지나고 나니 실리코트 궁전에서 겪은 일을 어느 정도는 잊을 수 있었기 때문이다. 알렉은 요정 여왕의 글래머 때문에 자신이 얼마나 충격을 받았는지 매그너스한테 들키고 싶지 않았다.

이제는 2층으로 올라가기 위해 초인종을 눌러 매그너스를 부르지 않아도 된다. 열쇠가 생겼기 때문이다. 알렉은 왠지 이런 사실이 뿌듯했다. 열쇠로 문을 열고 언제나처럼 매그너스의 아파트 1층 거주자들을 지나 위층으로 올라갔다. 1층에 사는 이들을 직접 눈으로 본 적은 없지만 격렬한 사랑에 빠진 커플인 것 같았다. 한번은 '입만 열면 거짓말'이라는 쪽지가 붙은 재킷을 포함해 누군가의 물건들이 계단에 어지럽게 흩어져 있었다. 그런데 지금은 '미안해'라는 카드가 꽂힌 꽃다발이 문에 테이프로 붙여져 있었다. 뉴욕은 언제나 이런 식이다. 원하지 않는데도 이웃에 대해 필요 이상으로 자세히 알게 되는 것.

매그너스의 집 문이 살짝 열려 있고 음악 소리가 잔잔하게 흘러나왔다. 오늘은 차이코프스키였다. 매그너스의 집으로 들어서면서 손을 뒤로 해서 문을 닫는 순간 알렉의 어깨에서 긴장이 풀리는 느낌이 들었다. 매그너스의 아파트는 매번 모습이 바뀌었다. 오늘은 하얀 소파들과 빨간 탁자들, 삭막해 보이는 흑백의 파리 풍경 사진들로 꾸며진 미니멀리즘 스타일이었다. 그렇지만 이 새로운 모습도 차츰 익숙해지면서 집처럼 느껴졌다. 그리고 잉크, 향수, 정산소종 홍차(중국의 최고급 전통 홍차―옮긴이), 마법을 쓸 때 나는 설탕 탄내까지, 매그너스를 생각나게 하는 냄새들이 풍겼다. 알렉은 창틀에 앉아 졸고 있던 대장 고양이를 들어 품에 안고 서재로 향했다.

알렉이 들어서자 매그너스가 고개를 들었다. 그는 청바지 그리고 목둘레와 소매에 리벳 장식이 박힌 검은색 티셔츠 차림이었는데 평소에 비해서는 그나마 수수한 모습이었다. 검은 머리는 엉망으로 헝클어진 채 풀려 있어서 짜증스럽게 손으로 몇 번이고 쓸어 넘겼을 것 같았고, 고양이 같은 눈은 피곤한 기색이 역력했다. 알렉이 나타나자 그가 펜을 내려놓고 싱긋 미소를 지었다.

"대장 고양이가 널 좋아하네."

"귀 뒤만 긁어주면 아무나 다 좋아하던데, 뭐."

그렇게 말하면서 알렉은 졸고 있던 고양이를 안은 손을 움직였다. 그러자 고양이가 갸르릉거리는 울림이 가슴을 통해 느껴졌다.

매그너스가 의자 등받이에 기대 기지개를 켜면서 하품을 했다. 탁자 위에는 알아볼 수 없을 정도로 작은 글자와 제이스가 사라진 옥상 바닥에 그려져 있던 것과 똑같은 무늬가 여러 형태로 변형된 그림이 가득한 종이들이 널려 있었다.

"요정 여왕은 어땠어?"

"평소와 다름없었어."

"그럼 성질 더럽게 굴었겠네?"

"그랬지."

알렉은 매그너스에게 요정 궁전에서 있었던 일을 짧게 줄여 전해주었다. 알렉은 필요 없는 말은 빼고 간략하게 이야기를 간추리는 데에 뛰어난 재주가 있었다. 그래서 쉴 새 없이 수다를 늘어놓는 사람들을 이해하지 못했고, 지나치다 싶을 정도로 장황한 제이스의 말장난도 이해하지 못했다.

"클라리가 걱정이네. 그 빨강머리 꼬마가 감당 못할 일에 덤벼들고 있잖아."

매그너스가 말했다.

알렉은 대장 고양이를 탁자에 내려놓았다. 고양이는 공처럼 몸을 둥글게 말고는 다시 잠을 청했다.

"클라리는 제이스를 찾고 싶은 것뿐이야. 그걸 가지고 뭐라고 할 수는 없잖아."

매그너스의 눈빛이 부드러워졌다. 그러고는 손가락 하나를 알렉의 청바지 허리 고리에 걸더니 그를 가까이 끌어당겼다.

"그럼 만약에 제이스가 아니라 내가 그런 일을 당했다면 너도 클라리처럼 할 거라는 뜻?"

대답 대신 알렉은 고개를 돌려 매그너스가 막 옆으로 밀어낸 종이를 내려다보았다.

"이거 또 보고 있었어?"

그 말에 좀 실망한 얼굴로 매그너스가 알렉을 놓아주었다.

"열쇠가 있을 거야. 이걸 해독할 수 있는 열쇠 말이야. 나도 아직 보지 못한 고대 문자야. 이건 오래된 흑마술이야. 아주 사악한 거지. 지금껏 본 적 없는 그런 종류야."

매그너스는 다시 종이를 들여다보더니 고개를 한쪽으로 기울이며 말했다.

"거기 있는 코담뱃갑 좀 줄래? 거기 탁자 가장자리에 있는 은색 상자 말이야."

매그너스의 손이 가리키는 곳을 보니 커다란 나무 탁자 저쪽 끝에 작은 은색 상자 하나가 놓여 있었다. 알렉은 손을 뻗어 그 상자를 집어 들었다. 작은 금속 상자에는 발이 달려 있고 곡선으로 마감된 뚜껑 위에는 다이아몬드로 W.S.라는 이니셜이 새겨져 있었다.

W? 윌의 첫글자인가? 알렉은 생각했다.

윌, 카밀이 그 이름을 들먹이며 자신을 놀렸던 것 때문에 알렉이 묻자 매그너스는 이렇게 말했다. 세상에, 그게 벌써 언젯적 일인데.

알렉은 입술을 깨물었다. "이게 뭔데?"

"코담뱃갑이라니까. 아까 말했잖아."

매그너스는 종이에서 눈도 떼지 않은 채 대답했다.

"코담배? 그럼 용처럼 코로 담배 연기를 뿜는 건가?"

알렉이 미심쩍은 눈으로 상자를 들여다보았다.

그제야 매그너스가 고개를 들더니 웃음을 터뜨렸다.

"그냥 향기만 맡는 거야. 17세기, 18세기에는 굉장히 유행했던 거야. 지금은 자질구레한 것들을 모아두는 통으로 쓰고 있지만."

매그너스가 손을 내밀자 알렉이 상자를 건넸다.

"저기 혹시 말이야."

알렉은 입을 열다가 잠시 머뭇거리고는 계속했다.

"카밀이 어딘가에 있다는 게 신경 쓰이지 않아? 그 여자가 달아나버린 거 말이야."

그리고 그게 내 탓이라고 생각하지 않아? 라는 말도 하고 싶었지만 알렉은 그 말까지는 하지 않았다. 매그너스가 그런 것까지 알 필요는 없을 것 같아서였다.

"그 여자는 항상 어딘가에 존재했어. 클레이브가 불만스러워 한다는 건 나도 알아. 하지만 그녀가 나한테 접근하지 않으면서 자기 식대로 산다고 생각하는 데에 익숙해져 있으니까 괜찮아. 그게 신경이 쓰인 적이 있긴 했지만 그것도 오래전 이야기야."

"그래도 그 여자 사랑했잖아요. 한때는."

매그너스가 코담뱃갑 뚜껑의 다이아몬드 장식을 손가락으로 훑었다.

"그랬던 거 같네."

"그 여자, 아직 당신 사랑해?"

"안 그럴 거라고 생각하는데."

매그너스는 냉정하게 말을 이었다.

"마지막에 만났을 때 그 여자 별로 기분이 좋아 보이지 않았어. 하긴 나한테는 정력이 넘치게 만드는 룬이 있는 열여덟 살짜리 남자 애인이 있는데 그 여자한테는 그런 게 없으니 기분이 좋을 리 없었겠지."

매그너스의 말에 알렉은 더듬거리며 입을 열었다.

"물건 취급 당한 사람으로서 하는 말인데…. 난…날 그런 식으로 설명하는 거 싫어."

"그 여잔 언제나 질투가 너무 심해."

매그너스는 싱긋 미소를 지었다. 늘 이런 식으로 말을 돌리지. 알렉은 생각했다. 매그너스는 지나간 사랑 이야기는 하고 싶지 않다는 뜻을 분명히 했다. 하지만 그와 대화를 하다 보면 알렉은 집에 있는 것 같은 익숙함이나 편안함이 사라져버렸다. 겉으로 아무리 젊어 보여도, 심지어 지금은 위로 삐죽삐죽 솟은 머리에 맨발 차림이라 열여덟 살 정도로밖에 안 보이는데도 매그너스와 자신 사이에는 건널 수 없는 어마어마한 시간의 바다가 흐르고 있었다.

매그너스가 상자를 열어 압정 몇 개를 꺼내 보고 있던 종이에 찔러 넣어 탁자에 고정시켰다. 그러더니 고개를 들어 알렉의 표정을 살피고는 놀란 듯 그를 다시 한 번 살펴보았다.

"괜찮아?"

대답 대신 알렉은 손을 내려 매그너스의 두 손을 잡았다. 매그너스는 알렉이 이끄는 대로 따라 일어나면서 궁금하다는 표정으로 그를 바라보았다. 하지만 알렉은 매그너스가 입을 열기 전에 그를 가까이 끌어당겨 키스했다. 매그너스가 기분 좋은 듯, 부드러운 소리를 내며 알렉의 셔츠 뒤쪽을 붙잡아 들추자 그의 손가락이 알렉의 등에 서늘하게 와 닿았다. 알렉은 앞으로 몸을 숙여 매그너스를 가두듯 탁자로 밀어붙였다. 매그너스는 싫은 기색을 보이지 않았다.

"가요."

알렉이 매그너스의 귓가에 속삭였다.

"늦었어. 침대로 가자고."

매그너스는 입술을 깨물며 어깨 너머로 탁자 위의 종이를 보았다. 그의 시선은 종이에 적힌 의미를 알 수 없는 고대 문자로 향했다.

"먼저 가 있지그래? 나도 곧 갈게…. 5분 뒤에."

"알았어."

매그너스가 한번 연구에 빠지면 5분이 몇 시간이 될 수도 있다는 사실을 잘 알면서도 알렉은 몸을 똑바로 일으키며 말했다.

"이따 봐요."

****

"쉿."

클라리는 손가락을 입에 갖다 대고는 사이먼에게 앞장서서 루크의 집 현관으로 들어가려는 몸짓을 했다. 불이 다 꺼져 있어서 거실은 어둡고 조용했다. 클라리는 자신의 방으로 가라고 사이먼에게 손을 휘젓고는 물을 마시려고 부엌으로 향했다. 그러다 부엌에 채 들어가기 전에 멈춰서 버렸다.

복도에서도 엄마 목소리가 똑똑히 들렸다. 목소리에서 긴장을 느낄 수 있었다. 제이스가 사라져버려 자신이 최악의 악몽을 겪고 있는 것처럼 엄마도 지금 최악의 악몽을 겪고 있다는 것을 클라리는 알고 있었다. 엄마에게는 아들이 이 세상 어딘가에 살아 숨 쉬며 무슨 짓을 할지 모른다는 사실이 온몸을 갈기갈기 찢기는 것처럼 끔찍한 일이었다.

"그래도 클라리가 무죄 판결을 받았잖아, 조슬린."

루크의 목소리가 들렸다. 속삭이는 탓에 그의 목소리는 드문드문 끊기며 들렸다.

"더 이상의 처벌은 없을 거야."

"이게 다 내 탓이야."

루크의 어깨에 머리를 기대고 있기라도 한 건지, 엄마의 목소리는 무언가로 입을 가린 것처럼 작고 불분명하게 들렸다.

"내가 그…아이를 낳지만 않았어도 클라리가 지금 이런 일을 겪지는 않았을 거야."

"이렇게 될 줄 몰랐잖아…."

루크의 목소리가 웅얼거리듯 흐려졌다. 클라리는 그의 말이 옳다고 생각하면서도 엄마에게 아주 잠깐 분노가 치밀어 미안한 생각이 들었다. 세바스찬이 태어나자마자 죽여버렸다면 지금 이렇게 모두들 힘들진 않았을 텐데. 하지만 금세 그런 생각을 하는 자신이 너무 끔찍하게 느껴졌다. 클라리는 홱 돌아서 서둘러 자신의 방으로 들어가 누가 쫓아오기라도 하는 듯 얼른 문을 닫았다. 침대에 앉아 닌텐도 게임기로 게임을 하던 사이먼이 깜짝 놀라 고개를 들었다.

"무슨 일 있어?"

클라리는 애써 미소를 지어 보였다. 이 방에 사이먼이 있는 것이 너무도 익숙했다. 둘은 어려서부터 걸핏하면 루크의 집에서 잤다. 클라리는 이 방을 남아도는 방이 아닌 자기 방으로 만들려고 애를 썼다. 그래서 사이먼과 함께 찍은 사진, 라이트우드 가족과 함께 찍은 사진, 제이스와 가족과 함께 찍은 사진들을 옷장 위 거울 가장자리 여기저기에 붙여놓았다. 루크가 준 화판도 있었고, 그 옆에는 미술 도구들을 깔끔하게 정리해둔 도구함도 있었다. 클라리는 좋아하는 일본 만화 《강철의 연금술사》, 《바람의 검심》, 《블리치》의 포스터도 붙였다.

그리고 여백 여기저기에 클라리가 낙서며 그림들을 그려놓은 두꺼운 《섀도우 헌터 규약서》 사본 하나, 선반 하나 가득 꽂힌 초자연적이고 불가사의한 현상에 대한 책들, 책상 위에 놓인 스텔레, 유럽 한가운데에 금색으로 국경이 표시된 이드리스가 있는, 루크가 준 새 지구본까지, 섀도우 헌터로 살고 있음을 보여주는 흔적도 군데군데 눈에 띄었다.

반면 클라리의 침대 한가운데에 책상다리를 하고 앉아 있는 사이먼은 클라리의 예전 삶과 현재의 삶 모두에 속해 있었다. 사이먼이 창백한 얼굴 때문에 유난히 더 검게 보이는 눈으로 클라리를 바라보았다. 그의 이마에서 카인의 마크가 보일 듯 말 듯 빛났다.

"엄마가 별로 좋아 보이지 않아."

클라리는 입을 열면서 문에 기댔다.

"마음 놓으시지 않았어? 네가 무죄 판결 받은 거에 대해서 말이야."

"세바스찬 때문에 그러신 거지. 모든 게 엄마 잘못이라고 생각하시나 봐."

"그건 아줌마 잘못이 아니잖아. 그 자식이 그렇게 된 건 다 발렌타인 때문이잖아."

사이먼의 말에 클라리는 아무 대꾸도 하지 않았다. 세바스찬이 태어나자마자 엄마가 그를 죽였어야 했다는 생각이 다시 머릿속에 떠올라서였다.

"너하고 아줌마 둘 다 자기 잘못이 아닌 일을 가지고 자기 탓을 하고 있어. 너는 제이스를 옥상에 두고 온 걸 가지고 자기 탓을 하고 있고….”

사이먼의 말에 클라리는 고개를 홱 들어 그를 매섭게 쏘아보았다. 그 일을 가지고 자기 탓이라고 말한 적은 한 번도 없었다. 물론 사이먼의 말이 틀린 것은 아니었지만.

“난 한 번도 그런 적 없….”

“아니야. 있어.”

사이먼이 다시 말을 이었다.

“그런데 나도 제이스를 옥상에 두고 왔고, 이사벨도 그랬고, 알렉도 그랬어. 심지어 알렉은 제이스의 파라바타이인데도 그랬어. 우리가 미리 알 도리가 없었던 일이야. 그리고 만약에 네가 그 자리에 남아 있었더라면 더 끔찍한 일이 벌어졌을지도 몰라.”

“그럴지도 모르지.”

클라리는 그 일에 대해 더 이상 이야기하고 싶지 않았다. 그래서 사이먼의 시선을 피하면서 이를 닦고 털이 보송보송한 잠옷으로 갈아입으려고 욕실로 갔다. 욕실에서는 거울도 피했다. 창백하고 눈 밑에 다크서클이 짙게 드리운 자신의 모습이 보기 싫어서였다. 자신은 강한 사람이라고, 쉽게 무너질 사람이 아니라고 생각하고 싶었다. 게다가 계획도 있었다. 인스티튜트에서 물건을 훔쳐야 하는, 조금은 미친 것처럼 보일 수도 있는 계획이긴 하지만.

이를 닦은 다음 곱슬곱슬한 머리를 뒤로 당겨 하나로 묶고 욕실에서 나오다가 사이먼이 레스토랑 타키에서 가지고 온 게 분명한 피가 든 병을 어깨에 메고 온 메신저백에 도로 집어넣는 것을 보았다.

클라리는 그에게로 다가가 그의 머리카락을 헝클어뜨렸다.

"그거 냉장고에 넣어둬도 돼. 실온에 두는 거 싫으면."

"사실 얼음처럼 차가운 피는 실온의 피보다 더 안 좋아. 따뜻한 게 제일 나아. 그렇다고 해서 내가 이걸 냄비에 데우면 너희 엄마가 날 가만 안 둘걸."

"조던이 뭐라고 안 해?"

클라리가 물었다. 사이먼과 같이 산다는 사실을 조던이 잊어버린 건 아닌지 궁금했다. 이번 주 내내 사이먼은 밤마다 클라리의 집에서 지냈다. 제이스가 사라지고 처음 하루 이틀 동안 클라리는 잠을 잘 수가 없었다. 담요를 다섯 장이나 덮어도 추웠다. 몸을 부들부들 떨면서 눈을 뜨고 누워 혈관 속에서 얼어붙은 피가 느릿느릿 흘러가는 모습을, 산호색 얼음이 심장에 그물망처럼 퍼져가는 모습을 상상했다. 꿈을 꿀 때마다 유빙이 둥둥 떠다니는 시커먼 바다와 얼어붙은 호수 그리고 제이스가 나타났다. 제이스의 얼굴은 그림자나 구름 아니면 고개를 돌리는 그의 은빛 머리카락에 가려 보이지 않았다. 잠깐 잠이 들었다가도 이내 물에 가라앉는 것만 같은 느낌에 벌떡 깨버렸다.

위원회가 심문을 한 첫날, 클라리는 집에 돌아오자마자 침대로 기어들어갔다. 잠이 안 와 뜬눈으로 침대에 누워 있는데 창문 두드리는 소리가 나더니 사이먼이 창문을 통해 넘어 들어오다 하마터면 방바닥으로 굴러 떨어질 뻔했다. 사이먼은 아무 말 없이 침대로 올라와 클라리 옆에 몸을 쭉 뻗고 누웠다. 밖에 있던 탓에 그의 피부는 차가웠고 몸에서는 곧 다가올 겨울의 냉기와 도시의 냄새가 풍기는 것 같았다.

클라리가 어깨를 사이먼의 어깨에 맞대자 꽉 쥔 주먹처럼 잔뜩 굳어 있던 그의 몸에서 긴장이 살짝 풀렸다. 사이먼의 손은 차가웠지만 클라리의 팔에 와 닿는 그의 코듀로이 재킷 질감처럼 익숙한 느낌이었다.

"언제까지 있을 거야?"

어둠 속에서 클라리가 속삭이듯 물었다.

"네가 가라고 할 때까지."

클라리가 사이먼에게로 고개를 돌렸다.

"이사벨이 뭐라고 안 할까?"

"이사벨이 나더러 너한테 가보라고 했어. 네가 잠을 통 못 잔다면서 내가 옆에 있어서 네 마음이 편해질 수 있다면 그렇게 하라던데. 아니면 네가 잠이 들 때까지만이라도 옆에 있든지."

클라리는 마음이 놓인 듯 크게 숨을 들이마셨다.

"그럼 밤새 있어줘. 부탁이야."

사이먼은 그 말대로 했고 그날 밤 클라리는 악몽을 꾸지 않았다. 사이먼이 곁에 있는 동안은 꿈 하나 꾸지 않고 검은 바다 같은 평온한 잠에, 고통 없는 망각의 세계로 빠져들 수 있었다.

"조던은 피는 신경 안 써. 그 녀석은 내가 내 진짜 모습을 편하게 받아들여야 한다는 것만 신경 쓰거든. 내면에 숨은 뱀파이어의 모습을 받아들여라 어쩌고저쩌고 하면서 말이야."

사이먼이 말했다.

클라리는 누운 채 사이먼의 곁으로 미끄러져 가서 베개를 꼭 끌어안았다.

"내면의 뱀파이어가…외면의 뱀파이어와 뭐 다른 게 있어?"

"확실히 있지. 그 자식, 나더러 복근이 드러나는 셔츠를 입고 페도라를 쓰라고 하는데. 나 열심히 거부하는 중이야."

클라리가 보일 듯 말 듯 미소를 지었다.

"그러니까 내면의 뱀파이어라는 게 매그너스처럼 생긴 거야?"

"잠깐, 그 말 들으니까 생각났다."

사이먼이 자신의 메신저백을 뒤져 만화 두 권을 꺼냈다. 그러고는 자랑스럽게 흔들더니 클라리에게 건넸다.

"《매지컬 러브 젠틀맨》15권하고 16권이야. 다 품절인데 '미드타운 코믹스'에서 겨우 찾아냈어."

클라리는 만화책을 집어 들어 현란한 색의 뒤표지와 앞표지를 번갈아 보았다. 이런 만화를 보면 두 팔을 휘저으며 좋아하던 때가 있었는데. 이제는 그저 사이먼에게 미소를 지으며 고맙다는 말만 할 뿐이었다. 그래도 어쨌든 사이먼은 날 위해 이걸 구해다준 거야, 친구라서. 클라리는 생각했다. 지금 당장은 이런 걸 볼 정신이 없을 것 같았지만.

"너 끝내준다."

클라리는 자신의 어깨로 사이먼의 어깨를 툭 치며 말했다. 그러고는 베개에 기대 누워 만화책을 무릎 위에 균형 있게 올려놓았다.

"그리고 요정 여왕 궁전에 같이 가준 것도 고마워. 거기 가면 안 좋은 기억이 떠오를 거란 건 알지만 그래도…. 난 네가 곁에 있어야 마음이 편해."

"너 잘했어. 프로처럼 요정 여왕을 상대하던데."

사이먼도 클라리 옆에 누웠다. 두 사람의 어깨가 맞닿았다. 둘은 천장을 올려다보았다. 갈라진 자국도 예전 그대로이고, 오래된 형광 별 스티커들도 더 이상 반짝이지는 않지만 예전 그대로 붙어 있었다.

"그래서 정말 할 거야? 요정 여왕한테 그 반지 훔쳐다줄 거야?"

"응."

클라리는 참고 있던 숨을 내쉬며 말을 이었다.

"내일 할 거야. 정오에 지역 컨클레이브 회의가 있어. 다들 거기 참석하거든. 그때 하려고."

"나 그거 별로 마음에 안 들어, 클라리."

클라리는 몸이 굳는 느낌이 들었다.

"뭐가 마음에 안 드는데?"

"요정들하고 거래하는 거잖아. 요정들은 거짓말쟁이야."

"요정은 거짓말 못해."

"내 말이 무슨 뜻인지 알잖아. '요정은 진실을 흐린다'라는 말 정도로는 부족하다고."

클라리는 고개를 돌려 턱을 사이먼의 쇄골에 대고 그를 쳐다보았다. 그러자 사이먼의 팔이 자동적으로 올라가 클라리의 어깨를 감싸며 가까이 끌어당겼다. 그의 몸은 차갑고 셔츠는 아직도 비에 젖어 축축했다. 하지만 늘 머리에 착 달라붙어 있는 머리카락은 다 말라 있었다.

"나도 요정들하고 엮이는 건 싫어, 정말이야. 하지만 네가 사라졌대도 난 똑같이 했을 거야. 그리고 너도 만약에 내가 사라졌다면 똑같이 할 거고, 안 그래?"

클라리가 물었다.

"당연히 나도 그랬겠지. 그래도 좋은 계획이 아니라는 게 달라지는 건 아니잖아." 사이먼은 고개를 돌려 클라리를 보며 말을 이었다. "네 기분이 어떤지는 알아. 우리 아버지가 돌아가셨을 때에도…."

클라리의 몸이 굳었다.

"제이스는 죽은 게 아니야."

"나도 알아. 그렇다고 말한 게 아니야. 다만 내 말은…내가 곁에 있으면 기분이 나아진다는 말, 굳이 할 필요 없어. 난 항상 네 곁에 있을 거니까. 슬프면 혼자라고 느끼기 쉬워. 하지만 넌 혼자가 아니야. 네가 나처럼 믿음은, 그러니까 종교에 대한 믿음은 없겠지만 그래도 네 곁에 널 사랑하는 사람들이 있다는 건 믿을 수 있잖아, 안 그래?"

사이먼은 긍정적인 대답을 기대하는 듯 두 눈을 크게 뜨고 클라리를 바라보았다. 언제나 보던 짙은 갈색 눈동자 그대로였지만 그의 피부가 모공 하나 없이 투명하게 보이는 것처럼 그의 눈도 마치 막 하나가 더 생긴 듯 색이 달라 보였다.

그건 나도 믿어. 하지만 지금은 그런 게 아무 상관없어. 클라리는 생각했다. 어깨로 사이먼의 어깨를 다시 슬쩍 쳤다.

"내가 뭐 하나 물어봐도 돼? 사적인 거지만 아주 중요한 건데."

"뭔데?"

사이먼의 목소리에서 살짝 경계하는 기색이 느껴졌다.

"카인의 마크에 대한 건데, 너한테 그런 게 있으니까 만약에 내가 밤중에 우연히 널 걷어차게 되면 보이지 않는 힘에 의해 나도 일곱 번 정강이를 걷어차이게 되는 거야?"

그 말에 웃느라 사이먼의 몸이 흔들리는 것이 클라리에게 그대로 전해졌다.

"닥치고 잠이나 자, 클라리 프레이."

3
나쁜 천사들

"야, 네가 여기 산다는 사실을 잊어버린 줄 알았다."

열쇠를 손에 들고 달랑거리며 둘의 작은 아파트 거실로 들어서는 사이먼을 보자마자 조던이 한마디 했다. 평소라면 두꺼운 이불 위에 아무렇게나 누워 긴 다리는 옆으로 늘어뜨리고 손에는 엑스박스 게임기를 들고 있을 터였다. 그런데 오늘은 두꺼운 이불 위에 있는 것은 맞는데 누워 있는 대신 허리를 꼿꼿이 세우고 넓은 어깨만 앞으로 구부정하게 숙여 두 손을 청바지 호주머니에 찔러 넣은 채 앉아 있었다. 게임기는 어디에도 보이지 않았다. 조던은 사이먼을 보자 안도한 듯 중얼거렸고 사이먼은 곧 그 이유를 알아차렸다.

아파트에는 조던 혼자만 있는 게 아니었다. 그의 맞은편에 있는 우둘투둘한 오렌지색 벨벳 팔걸이 의자에—이 의자는 조던의 다른 가구들과 전혀 어울리지 않는 것이었다—마야가 앉아 있었다. 고불거리는 머리를 두 가닥으로 땋은 모습이었다. 사이먼이 마지막으로 만났을 때 마야는 우아한 파티복 차림이었다. 하지만 오늘은 늘 보던, 가장자리가 너덜너덜한 청바지에 긴팔 티셔츠 그리고 캐러멜색 가죽 재킷 차림이었다. 마야는 조던만큼이나 어색해 보였다. 허리는 똑바로 세워 앉았고 시선은 창 밖 어딘가를 향해 있었다. 그러다 사이먼을 보자 마야는 반가운 듯 꿈틀거리며 몸을 일으켜 포옹으로 인사를 대신했다.

"잘 지냈어? 너 어떤가 보려고 들렀어."

마야가 말했다.

"난 괜찮아. 그러니까 내 말은, 지금 돌아가는 상황을 생각할 때 이 정도면 괜찮은 편이라고."

"제이스 얘기 아니야. 네가 어떤지 묻는 거야. 정말 괜찮아?"

"나?"

사이먼은 놀란 듯 되묻고는 다시 말을 이었다.

"나야 괜찮지. 이사벨하고 클라리가 걱정이지. 너도 알잖아, 클레이브가 클라리를 심문한 거…."

"클라리가 무죄 판결 받은 건 들었어. 다행이야."

마야는 사이먼이 하려던 이야기에 일단 장단을 맞춰주었다.

"그래도 난 네가 걱정이야. 너희 엄마하고 있었던 일도 그렇고."

"그건 어떻게 알았어?"

사이먼이 조던을 홱 쏘아보며 물었지만 조던은 보일 듯 말 듯 고개를 가로저었다. 사이먼은 더 이상 아무 말도 하지 않았다.

마야는 땋은 머리 한쪽을 잡아당겼다.

"우연히 에릭을 만났어. 하필이면 말이야. 에릭이 무슨 일이 있었는지 이야기해줬어. 그 일 때문에 네가 지난 2주일 동안 밀레니엄 린트의 콘서트 약속을 못 지켰다는 것도 이야기해줬고."

"저기, 걔네 밴드 이름 바꿨거든." 조던이 끼어들었다. "이제는 미드나이트 부리토래."

그 말에 마야가 짜증스러운 얼굴로 노려보자 조던은 의자로 파고들 듯 슬쩍 몸을 숙였다. 사이먼은 자기가 집에 도착하기 전에 두 사람이 무슨 이야기를 했을지 궁금했다.

"가족 중에 다른 사람하고는 이야기해봤어?"

마야가 물었다. 목소리가 부드러웠다. 그녀의 갈색 눈동자에 걱정이 가득했다. 사이먼은 무례한 일이라는 걸 알지만 이런 식의 시선을 받는 것이 싫었다. 아무 일도 일어나지 않은 척할 수 있었는데 마야가 걱정하는 바람에 지금의 문제들이 현실로 다가오는 것 같아서였다.

"됐어. 우리 가족은 아무 문제 없어."

사이먼이 말했다.

"정말? 너 전화기 여기 두고 갔잖아."

조던이 협탁에 있던 사이먼의 휴대전화를 집어 들며 말했다.

"그런데 네 누나가 하루 종일 5분마다 한 번씩 전화를 했단 말이야. 어제도 그랬고."

사이먼은 뱃속이 서늘해지는 느낌이 들었다. 조던에게서 휴대전화를 받아들어 액정 화면을 살펴보았다. 레베카 누나한테서 온 전화가 열일곱 통이나 부재중 통화로 표시되어 있었다.

"젠장. 피할 수 있을 줄 알았는데."

"어쨌든 누나잖아. 언젠가는 너한테 전화를 했을 거야."

마야가 말했다.

"그건 나도 알아. 하지만 지금까지는 나름대로 누나를 피한다고 피해

왔어…. 누나가 없을 거라고 생각되는 때에만 문자를 남기든지, 뭐 그런 식으로. 난 그냥…결국에는 이렇게 될 줄 알면서도 피해왔던 것 같아."

"그래서 이제 어떡할 건데?"

사이먼은 휴대전화를 창틀에 내려놓았다.

"계속 피할까?"

"그러지 마. 누나하고 이야기해야 돼."

조던이 호주머니에서 두 손을 빼며 말했다.

"뭐라고 이야기해?"

사이먼의 입에서 의도한 것보다 더 날카로운 목소리가 튀어나왔다.

"너희 어머니가 분명히 누나한테 무슨 이야기를 했을 거야. 그래서 누나가 걱정하고 있는 거고."

조던의 말에 사이먼은 고개를 가로저었다.

"몇 주 있으면 추수감사절이라 누나가 집에 올 거야. 엄마하고 나 사이 일에 누나가 말려드는 거 난 싫어."

"이미 말려들었어. 누나도 내 가족이잖아. 게다가 이건…네 엄마하고 너 사이에 벌어진 일도 그렇고, 다른 일들도 그렇고…. 다 이젠 네가 겪고 있는 현실이잖아."

마야가 말했다.

"그럼, 누나는 여기 끼어들지 않게 하고 싶어."

사이먼은 자신이 말도 안 되는 소리를 하고 있다는 것을 잘 알고 있었다. 하지만 어쩔 수가 없었다. 누나는…특별한 존재였다. 남들과 달랐다. 지금 겪고 있는 이 모든 말도 안 되는 일들이 건드리게 둘 수 없는, 소중한 삶의 기억 한편에 있는 존재였다. 아니, 남아 있는 소중한 삶의 기억 전부였다.

마야가 두 손을 번쩍 들어 올리더니 조던을 돌아보았다.

"사이먼한테 뭐라고 말 좀 해 봐. 넌 사이먼을 지켜주는 프리터 수호자잖아."

"그만 좀 해."

조던이 미처 입을 열기도 전에 사이먼이 먼저 말했다.

"너희 둘은 부모님하고 연락하고 지내? 가족하고 연락하냐고?"

두 사람은 재빨리 서로를 바라보았다.

"아니."

조던이 천천히 말했다.

"그렇지만 우린 둘 다 가족하고 사이가 별로 안 좋았어. 그 전부터….."

"더는 할 말 없어. 우린 고아야. 폭풍 속에 남겨진 고아라고."

사이먼이 말했다.

"누나를 그런 식으로 외면해서는 안 돼."

마야가 고집스럽게 말했다.

"누나가 돌아와서 너희 집이 〈엑소시스트〉 세트처럼 된 걸 보면 뭐라고 생각하겠어? 게다가 너희 엄마는 너에 대해서 아무 말도 안 할 텐데 말이야, 응?"

조던이 몸을 앞으로 숙이고 두 손으로 무릎을 짚으며 말을 이었다.

"그러면 너희 누나는 경찰에 전화할 거고 엄마는 체포되고 말 거야."

"어쨌든 지금은 누나 목소리를 들을 준비가 안 됐단 말이야."

말은 그렇게 했지만 사이먼은 자신의 입지가 점점 줄어든다는 것을 느낄 수 있었다.

"나 다시 나가야 돼. 어쨌든 누나한테 문자할게. 약속해."

"알았어."

조던이 말했다. 그런데 그 말을 하면서 조던은 사이먼이 아니라 마야를 보고 있었다. 마치 자신이 사이먼을 설득한 것을 보고 마야가 기뻐하기를 바라기라도 하는 것처럼. 내가 집을 비운 지난 2주일 내내 두 사람이 만난 건가? 사이먼은 생각했다. 자신이 집에 들어섰을 때 두 사람이 어색하게 앉아 있던 모습을 떠올리면 그게 아닌 것 같기도 하지만 그렇다고 해서 쉽게 아니라고 단정 지을 자신도 없었다.

"일단 그렇게 시작할게."

덜컹거리는 금색 엘리베이터가 인스티튜트 3층에서 멈췄다. 클라리는 깊게 숨을 들이마시고 엘리베이터에서 복도로 나왔다. 알렉과 이사벨이 장담한 대로 아무도 없고 조용했다. 인스티튜트 밖 요크 가에서 차들이 오가는 소리만 웅웅 들려올 뿐이었다. 클라리는 창문으로 들어오는 불빛 속에서 피어오르는 먼지들이 서로 스치는 소리까지 들릴 것 같다고 생각했다. 벽에는 인스티튜트 거주자들이 밖에서 들어와 겉옷을 걸 수 있도록 벽걸이가 쭉 붙어 있었다. 제이스의 검정 재킷 하나도 소매가 헐렁거리는 채로 유령처럼 벽에 걸려 있었다.

몸을 부르르 떨면서 클라리는 복도를 따라 걸음을 옮겼다. 제이스를 따라 처음으로 이 복도들을 걷던 때가 떠올랐다. 그때 제이스는 무심한 목소리로 섀도우 헌터들과 이드리스에 대해, 이 세상에 존재하리라고는 상상도 못한 비밀들에 대해 이야기해주었다. 그리고 클라리는 그런 제이스를 몰래 살펴보았다. 빛을 받아 반짝거리는 색이 엷은 머리카락, 우아하게 움직이는 손, 몸을 움직일 때마다 따라 움직이는 팔의 근육들까지. 그런데 이제 생각해보니 제이스는 클라리가 자신을 훔쳐보고 있다는 사실을 눈치챘던 것 같다.

들키지 않고 도서관에 도착한 클라리는 문을 밀어서 열었다. 도서관은 맨 처음 이곳에 왔을 때처럼 클라리를 부르르 떨게 만들었다. 탑 안에 있어서 원형을 이루는 도서관에는 책들이 꽂힌 서가 바로 위 높이, 그러니까 벽의 중간 정도 되는 위치에 난간이 있는 2층 통로가 설치되어 있었다. 클라리가 아직도 호지의 것이라고 생각하는 책상은 여전히 도서관 한가운데를 차지하고 있었다. 굵은 참나무 판 하나를 깎아 만든 넓은 책상 상판은 무릎을 꿇은 두 개의 천사 조각이 떠받치고 있었다. 클라리는 지금도 날카로운 눈을 한 까마귀 휴고를 어깨에 얹은 호지가 그 책상에서 일어날 것만 같았다.

호지에 대한 기억을 떨쳐버리고 클라리는 서둘러 도서관 끝에 있는 원형 계단으로 걸어갔다. 청바지 차림에 고무밑창 달린 운동화를 신고 발목에는 소리가 안 나도록 하는 룬까지 새겨 스스로도 으스스하다 싶을 정도로 조용히 층계를 통해 도서관 2층 통로로 올라갔다. 그곳에도 책들이 많이 있었지만 전부 굳게 잠긴 유리 서가에 들어 있었다. 그중에는 표지가 너덜너덜해지고 제본한 자리도 다 낡아 간신히 책을 묶은 실 몇 가닥만 남은, 아주 오래된 듯 보이는 책들도 있었다. 그리고 《사악한 종교 집단》, 《악마의 천연두》, 《죽은 자 되살리기 안내서》 같이 흑마술이나 위험한 마법에 대한 것이 분명해 보이는 책들도 있었다.

굳게 잠긴 서가 사이에는 유리 진열장들도 있었다. 그 진열장마다 진귀하고 아름다운 공예품들이 들어 있었다. 어마어마한 크기의 에메랄드

마개에 섬세하게 세공한 작은 유리병도 있고, 한가운데에 다이아몬드가 박혔고 보통 사람 머리에는 맞지 않을 것 같은 크기의 왕관에, 날개가 시계태엽 장치로 되어 있는 천사 모양의 펜던트도 있었다. 그리고 마지막 진열장에 이사벨이 말한 대로, 요정들이 만든, 갓난아기의 숨결처럼 섬세한 잎사귀 모양의 반짝이는 금반지 한 쌍이 자리하고 있었다.

물론 그 진열장도 잠겨 있었지만, 문을 여는 룬이 쉽게 잠금 장치를 풀어주었다. 이 룬을 그릴 때 너무 강력해서 유리 진열장을 폭파시키는 바람에 사람들을 불러 모으는 불상사가 벌어지지 않도록 클라리가 이를 악물고 조심스럽게 그려야 했다. 클라리는 조심스럽게 진열장 문을 열었다. 그런데 스텔레를 다시 호주머니에 집어넣고 나자 선뜻 몸이 움직여지지 않았다.

이거 진짜 요정 여왕 거 맞아? 언젠가 제이스가 요정들의 약속은 꼬리에 독침이 달린 전갈 같다고 했는데, 그런 요정들의 여왕을 위해 클레이브의 물건을 훔치는 게 잘하는 짓일까?

의심을 떨쳐버리려는 듯 클라리를 고개를 가로저었다. 그리디 몸이 그대로 굳어버렸다. 도서관 문이 열린 것이다. 삐그덕 문이 열리면서 수군대는 말소리와 발자국 소리가 들렸다. 다른 생각할 겨를도 없이 클라리는 2층 통로의 차가운 나무 바닥에 납작 엎드렸다.

"네 말이 맞았어, 제이스."

즐거운 기색이 역력한, 그리고 소름이 끼칠 정도로 귀에 익숙한 목소리가 아래쪽에서 들려왔다.

"아무도 없네."

클라리는 혈관부터 얼어붙기 시작해 온몸이 꼼짝도 할 수 없게 얼어붙은 것만 같았다. 숨조차 쉴 수 없었다. 이런 충격은 자신의 아버지가 제이스의 가슴을 검으로 찌르는 것을 목격한 후로 처음이었다. 클라리는 아주 천천히 통로 가장자리로 기어가 아래를 내려다보았다.

그리고 비명이 터져 나올까 봐 입술을 세게 깨물었다.

뾰족한 원뿔 모양을 이루며 위로 솟은 천장 맨 꼭대기에 난 채광창으로 햇빛이 들어왔다. 햇빛은 무대 위를 비추는 스포트라이트처럼 도서관 바닥 한 부분을 비췄다. 바닥에는 유리와 대리석 조각들 그리고 준보석들로 잔과 검을 든 라지엘 천사의 모습이 새겨져 있었다. 그리고 활짝 펼친 라지엘 천사의 두 날개 중 하나 바로 위에 조녀선 크리스토퍼 모겐스턴이 서 있었다.

세바스찬 말이다.

클라리의 오빠. 그는 '진짜' 살아 있는 것처럼 보였다. 창백한 낯빛, 얼굴의 모든 각과 면 그리고 큰 키에 호리호리한 몸매, 검은 옷차림. 처음 만났을 때 검은색이던 머리는 진짜 세바스찬 벌락과 어울리게 은빛이 도는 머리카락으로 바뀌어 있었다. 지금의 창백해 보이는 모습이 그와 더 잘 어울렸다. 검은 눈동자에서는 생기와 힘이 뿜어져 나왔다. 클라리가 마지막으로 봤을 때 그는 잘린 한쪽 손에 붕대를 감은 채 백설공주처럼 유리관에 누워 있었다. 그런데 붕대를 감았던 손은 다쳤다는 흔적을 찾아볼 수도 없을 정도로 멀쩡해 보였다. 손목에 반짝이는 은빛 팔찌를 하고 있기는 했지만.

그리고 세바스찬 옆에는 제이스가 흐린 햇빛에 금발을 반짝이며 서 있었다. 지난 2주일 동안 클라리가 상상한 모습의 제이스는 이런 것이 아니었다. 두들겨 맞고, 피 흘리고, 괴로워하고 굶주린 채 어딘가 어두운 감옥에 갇혀 고통에 비명을 지르거나 자신의 이름을 외쳐 부르고 있으리라 상상했다. 그런데 지금 저 아래에 있는 제이스는 클라리가 마지막으로 본 모습, 건강하고, 생기 넘치고, 아름다운, 상기된 모습, 클라리가 기억하는 예전의 모습 그대로였다. 두 손은 무심히 청바지 호주머니에 찔러 넣었고, 하얀 티셔츠 밖으로 룬 마크들이 희미하게 보였다. 셔츠 위에는 처음 보는 황갈색 스웨이드 재킷을 입고 있었는데, 그 재킷 때문에 피부에 금빛이 돌았다. 얼굴로 쏟아지는 햇빛을 즐기려는 듯 제이스가 고개를 뒤로 젖혔다.

"난 항상 맞는 말만 해, 세바스찬. 이제는 너도 나에 대해서 알 때가 된 거 같은데."

세바스찬이 심각한 얼굴로 제이스를 한 번 보더니 미소를 지었다. 클라리는 그 모습을 빤히 노려보았다. 그것은 진심이 담긴 미소처럼 보였다. 하지만 알 게 뭐야? 세바스찬은 전에도 클라리에게 미소를 지은 적이 있다. 하지만 그것은 엄청난 거짓이었다.

"아무튼, 소환에 대한 책들은 어디 있는 거야? 혼돈에 빠진 이곳에서 질서라는 걸 찾아볼 수 있으려나?"

"그런 건 없어. 알파벳순으로 정리되어 있지 않거든. 여긴 호지의 특별한 시스템에 따라 정리되어 있어."

"그 사람 혹시 내가 죽인 자 아냐? 그렇다면 마음이 편치 않은데. 그냥 내가 위층을 맡을 테니 너는 아래층을 맡도록 해."

세바스찬은 그렇게 말하더니 2층 통로로 이어지는 계단으로 걸어갔다. 클라리는 두려움으로 심장이 쿵쿵 뛰기 시작했다. 제이스가 세바스찬과 결투를 했고 이기긴 했지만 그 과정에서 하마터면 죽을 뻔했다는 것을 클라리는 잘 알고 있었다. 백병전이라면 오빠를 이길 수 없을 것이 뻔했다. 다리를 부러뜨리지 않으면서 2층 통로 난간에서 도서관 바닥으로 뛰어내릴 수 있을까? 하지만 설령 성공한다고 해도 그다음에는 어떻게 할 건데? 그 상황에서 제이스가 어떻게 나올까?

세바스찬이 첫 번째 계단에 발을 올리는데 제이스가 그를 불렀다.

"잠깐만. 여기 있다. '치명적이지 않은 마법' 코너에 있어."

"치명적이지 않은? 그런 게 무슨 재미가 있어?"

세바스찬은 투덜거리듯 말했지만 계단에서 발을 내려 다시 제이스에게로 갔다.

"여기 제법 도서관답네."

옆으로 스쳐가는 책 표지들을 읽으며 세바스찬이 말했다.

"《애완용 꼬마 도깨비 양육법》,《드러낸 악마들》."

그러다 책꽂이에서 책 한 권을 꺼내더니 나지막한 소리로 한참 낄낄거렸다.

"뭔데 그래?"

제이스가 고개를 들고 입꼬리를 들어 올리며 물었다. 클라리는 당장이라도 아래로 내려가 그를 끌어안고 싶은 마음이 간절했지만 다시 한번 입술을 깨물며 참았다. 치명적인 산이라도 끼얹은 것 같은 고통이 밀려왔다.

"이거 포르노네. 봐, 악마들이…드러냈다잖아."

제이스가 세바스찬의 뒤로 가더니 한 손을 세바스찬의 팔에 기대고 균형을 잡으며 그의 어깨 너머로 책을 같이 보았다. 제이스는 마치 알렉과 함께 있는 것처럼, 너무도 편하고 익숙해서 몸에 손을 대는 것이 너무도 자연스러운 상대와 함께 있는 것처럼 보였다. 하지만 물론 둘은 그런 사이가 아니었다.

"그런 걸 어떻게 알아보는데?"

세바스찬이 책을 탁 덮더니 그 책으로 제이스의 어깨를 툭 쳤다.

"내가 너보다 더 많이 아는 것도 있거든. 그 책들은 찾았어?"

"찾았어."

제이스는 가까이 있는 탁자에서 무거워 보이는 책 여러 권을 들어 올리며 말을 이었다.

"내 방에 들를 시간 있을까? 내 물건 좀 챙기게…."

"필요한 게 뭔데?"

세바스찬의 물음에 제이스는 어깨를 으쓱했다.

"주로 옷들하고, 또 무기하고."

세바스찬이 고개를 가로저었다.

"너무 위험해. 빨리 들어왔다 나가야 돼. 없어서는 안 될 것만 챙겨."

"내가 제일 좋아하는 새킷이야말로 없어서는 안 될 거라고."

제이스가 말했다. 목소리만 들어서는 알렉이나 다른 친구에게 말하는 것 같았다.

"내 옷이라 나처럼 포근하고 세련됐거든."

"야, 우리 돈 있어. 옷 필요하면 사. 그리고 몇 주만 있으면 네가 여길 다스리게 될 거야. 그때 가서 네가 제일 좋아한다는 그 재킷, 깃대에 달고 우승기처럼 흔들든지 하라고."

제이스가 웃음을 터뜨렸다. 클라리가 좋아하는 부드럽고 다정한 웃음소리였다.

"경고하는데, 그 재킷 진짜 섹시하거든. 네 말대로 했다가는 인스티튜트가 후끈 달아오를 거야."

"그거 괜찮네. 안 그래도 여기 지금 너무 우울해 보이는데 말이야."

세바스찬이 제이스가 입고 있는 재킷의 등을 움켜잡더니 옆으로 홱 끌어당겼다.

"그만 가자. 그 책들 들어."

세바스찬이 자신의 오른손을 내려다보았다. 제이스를 붙잡지 않은 그 손에서 가느다란 은색 반지가 반짝거렸다. 세바스찬은 엄지로 반지를 빙빙 돌렸다.

"야, 혹시 말이야…."

제이스가 말꼬리를 흐렸다. 순간 클라리는 그가 위를 올려다보고는 자신을 발견했다고 생각했다. 그의 얼굴이 살짝 위를 향해 있었기 때문이다. 하지만 클라리가 숨을 참고 있는 사이 두 사람은 신기루처럼 금세 떠나버렸다.

클라리는 천천히 머리를 팔 위로 내렸다. 깨물었던 입술에서 피가 나 입 안에 피 맛이 번졌다. 일어나서 달아나야 한다는 것은 알고 있었다. 그 자리에 그대로 있어서는 안 된다. 하지만 몸속의 혈관이 모조리 얼어붙은 것 같아서 조금이라도 움직이면 온몸이 산산조각 날 것 같았다.

매그너스가 어깨를 흔드는 바람에 알렉은 잠에서 깼다.

"일어나, 귀염이. 얼른 일어나서 새 하루를 맞이해야지."

알렉은 푹 파묻혀 있던 베개와 이불 틈에서 몸도 제대로 가누지 못한 채로 빠져나와 연인을 향해 눈을 깜박거렸다. 매그너스는 밤을 새우다시피 했는데도 알렉이 보기에 짜증이 날 정도로 기운이 넘쳐 보였다. 젖은 머리가 흰 서츠 어깨에 물방울을 뚝뚝 떨어뜨려 속이 투명하게 들여다보였다. 그리고 군데군데 구멍이 뚫리고 단이 너덜너덜하게 실밥이 풀어진 청바지를 입었는데, 이것은 그가 하루 종일 아파트에 처박혀 있겠다는 뜻이었다.

"귀염이?"

알렉이 물었다.

"시험 삼아 해본 거야."

매그너스의 대답에 알렉은 고개를 내저었다.

"싫은데."

매그너스는 어깨를 으쓱했다.

"앞으로 안 할게."

매그너스는 알렉이 좋아하는, 설탕 넣은 블랙커피가 담긴 이 빠진 파란 머그잔을 건넸다.

"잠 좀 깨."

알렉은 눈을 비비며 일어나 앉아 머그잔을 받아들었다. 쌉쌀한 첫 모금이 온몸 구석구석을 깨웠다. 전날 밤 침대에 누워 매그너스가 오기를 기다리다 피곤을 이기지 못하고 새벽 5시쯤 잠이 든 것이 기억났다.

"오늘은 위원회 회의 빠질래."

"마음은 알겠는데, 오늘 터틀 연못 근처 공원에서 네 여동생이랑 다른 사람들 만나기로 했잖아. 그 약속 잊어버리지 않게 일깨워달라고 네가 나한테 부탁도 했고."

알렉은 침대 가장자리 아래로 늘어뜨린 두 다리를 흔들었다.

"지금 몇 시?"

매그너스는 커피가 쏟아지기 전에 머그잔을 알렉의 손에서 살며시 빼앗듯 받아들고는 침대 옆 협탁에 내려놓았다.

"괜찮아, 아직 한 시간 남았어."

매그너스가 앞으로 몸을 숙여 알렉의 입술에 입을 맞췄다. 알렉은 두 사람이 처음으로 키스를 했던 순간이 떠올랐다. 바로, 여기 아파트에서였다. 그는 두 팔로 연인을 안아 자신에게로 끌어당겼다. 그러다 갑자기 움직임을 멈췄다.

알렉은 연인의 품에서 빠져나오며 벌떡 일어나 서랍장으로 다가갔다. 그 서랍장에는 자신의 옷을 넣어두는 서랍이 따로 있었다. 욕실에는 자신의 칫솔도 있고, 현관 열쇠도 가지고 있었다. 이 정도면 누군가의 삶을 차지하고 있다는 증거로 충분했다. 그런데도 알렉은 뱃속에 느껴지는 서늘한 기운을 떨쳐버릴 수가 없었다.

매그너스가 한 팔을 베고 침대에 누운 채 뒹굴뒹굴하며 알렉을 지켜보았다.

"그 목도리 해."

벽걸이에 걸린 푸른색 캐시미어 목도리를 손가락으로 가리키며 매그너스가 말했다.

"네 눈동자랑 잘 어울려."

알렉은 그 목도리를 보았다. 순간 그 목도리에, 매그너스에게, 그리고 무엇보다도 자신에게 분노가 끓어올랐다.

"그런 말 하지 마요. 저 목도리는 몇백 년도 더 된 거잖아. 그것도 빅토리아 여왕이 죽기 직전에 왕실인지 아니면 다른 뭔가에 당신이 해준 특별한 봉사에 대한 보답으로 준 거잖아."

매그너스가 벌떡 일어나 앉았다.

"뭣 때문에 그래?"

알렉이 매그너스를 노려보았다.

"이 아파트에서는 내가 제일 새 건가?"

"그런 영광이라면 대장 고양이가 차지해야지. 이제 겨우 두 살밖에 안
됐으니까."

"제일 새 거 말이야, 제일 어린 거 말고."

알렉이 쏘아붙이듯 말했다.

"W.S.가 누구야? 윌이야?"

매그너스는 귀에 물이라도 들어간 듯 머리를 흔들었다.

"무슨 소리 하는 거야? 코담뱃갑 말하는 거야? W.S.는 울시 스콧이
야. 그 사람은…."

"프리터 루퍼스 설립자잖아. 나도 알아."

알렉은 청바지를 입고 지퍼를 올리며 말을 이었다.

"당신이 전에도 그 사람에 대해 말한 적 있고. 그리고 그 사람, 역사적
인 인물이잖아. 그런데 그 사람 코담뱃갑이 자기 잡동사니 서랍에 들어
있네. 그 안에 또 뭐가 들었는데? 조녀선 새도우 헌터가 쓰던 손톱깎
이?"

고양이 같은 매그너스의 눈이 싸늘해졌다.

"도대체 왜 이러는 거야, 알렉산더? 난 너한테 거짓말 안 해. 나에 대
해 궁금한 거 있으면 그냥 나한테 물어봐."

"됐어요."

알렉은 셔츠 단추를 잠그며 툭 내뱉듯 말했다.

"당신은 친절하고 재미있고 모든 게 멋져. 하지만 속을 보여주진 않아, 귀염이. 남의 문제에 대해서는 하루 종일도 말할 수 있으면서 당신 자신에 대해, 아니면 당신이 지금껏 살아온 일에 대해서는 말을 안 해. 내가 물으면 낚싯바늘에 걸린 미끼처럼 버둥거리기만 하고."

"내 과거에 대해 물을 때마다 왜 나는 영원히 살 수 있는데 넌 그러지 못하는지 때문에 싸움을 거니까 그렇지."

매그너스는 톡 쏘듯 말했다.

"내가 불사의 존재라는 사실이 우리 사이에서 끊임없이 시빗거리로 존재하니까 그런 거잖아, 알렉."

"우리 사이에 시빗거리가 존재해서는 안 되는 거잖아."

"내 말이 그거야."

알렉은 목이 뻣뻣하게 굳는 것 같았다. 하고 싶은 말이 너무도 많은데 자신은 제이스나 매그너스 같은 말재주가 없었다. 그래서 대신 벽걸이에 걸린 푸른 목도리를 낚아채 도전적인 태도로 목에 둘렀다.

"기다리지 말아요. 오늘 밤에 순찰 나가야 할지도 모르니까."

알렉이 말했다. 그리고 아파트 문을 쾅 닫고 나가는데 매그너스가 외치는 소리가 들렸다.

"그 목도리 말인데, 갭에서 산 거야! 그것도 작년에 산 거라고!"

알렉은 눈을 부라리며 계단을 뛰어 내려가 로비로 갔다. 늘 켜져 있던 전구가 꺼져 주위가 너무 어두워 알렉은 후드를 뒤집어쓴 누군가가 어둠 속에서 다가오는 것을 보지 못했다. 기척을 알아차린 알렉은 소스라치게 놀라 찰랑 소리를 내며 열쇠를 떨어뜨렸다.

후드를 뒤집어쓴 이는 알렉을 향해 미끄러지듯 다가왔다. 그는 후드를 썼다는 것 말고는 나이가 많은지 적은지, 여자인지 남자인지, 아니 인간인지 아닌지도 알아볼 수가 없었다. 후드 속에서 나지막하고 쉰 목소리가 새어나왔다.

"카밀 벨코트가 보낸 전갈이 있다, 알렉 라이트우드."

"오늘 저녁에 순찰 같이 갈까?"

느닷없이 조던이 물었다.

마야는 놀라 그를 돌아보았다. 조던은 두 팔꿈치로 부엌 조리대 상판을 짚은 채 조리대에 등을 기대고 서 있었다. 진지하다고 하기에는 너무 꾸민 듯한 자세 때문에 조던의 말은 진실하게 와 닿지 않았다. 누군가를 너무 잘 아는 것도 좋은 게 아니구나. 마야는 생각했다. 너무 잘 아는 사람들 사이에서는 슬쩍 속아 넘어가주는 것도 쉽지 않고 속아 넘어가주는 것을 모른 척하기도 쉽지 않다. 그게 그렇게 어려운 일도 아닌데.

"순찰을 같이 가?"

마야가 되물었다. 사이먼은 옷을 갈아입으려고 자기 방에 가 있었다. 마야는 사이먼에게 지하철까지 같이 가자고 이미 말을 해둔 터였는데, 그런 말을 하지 말걸, 하는 후회가 밀려왔다. 마지막으로 조던을 만났을 때 제대로 이야기를 했어야 한다는 생각이 들었다. 멍청하게 키스만 할 게 아니라. 하지만 그때는 제이스가 사라져버려 온 세상이 산산조각 날 것만 같았고 마야에게는 현실을 외면할 핑계가 필요했었다.

물론 자신에게 고통을 안기고 늑대인간으로 변한 옛 남자친구 생각을 하지 않는 건 그다지 어려운 일은 아니다. 그가 탄탄한 근육이 붙은 늘

씬한 몸에 초록색 셔츠를 걸치고, 엷은 갈색 눈으로 바라보고 있지만 않는다면.

"제이스 수색 작업은 취소한 줄 알았는데."

조던에게서 시선을 돌리며 마야가 말했다.

"그게, 좀 줄인 거지, 완전히 그만둔 건 아니야. 그리고 난 클레이브가 아니라 프리터야. 그러니까 내 시간에는 내 마음대로 제이스를 찾아볼 수 있어."

"그건 그러네."

조던은 손으로는 조리대 위에 있는 무언가를 만지작거리며 정리하고 있었지만 눈은 여전히 마야를 향해 있었다.

"저기, 너…. 스탠퍼드 대학 가고 싶어 했는데. 아직도 그래?"

조던의 말에 마야는 심장이 쿵 내려앉았다.

"대학 가는 건 더 이상 생각 안 해봤어. 내가…."

마야는 목청을 가다듬고 다시 말을 이었다.

"내가 변한 이후로는."

조던이 얼굴을 붉혔다.

"넌…그러니까 내 말은, 넌 항상 캘리포니아에 가고 싶어 했잖아. 넌 역사 공부 하고 싶다고 했고, 난 거기로 가서 파도타기 하기로 했고. 기억나?"

마야는 두 손을 가죽 재킷 호주머니에 쑤셔 넣었다. 화를 내야 하는 상황인 것 같은데 이상하게 화가 나지 않았다. 대학교에 가고, 또 언젠가는 가질 수도 있었던 가정을 꾸리는 것까지, 인간으로서의 미래를 꿈꾸지 못하게 만들었다는 사실 때문에 아주 오랫동안 조던을 미워했다. 하지만 경찰서 건물에서 함께 사는 다른 늑대인간들 중에는 예전의 꿈을 그대로 지켜가는 이들도 있었다. 배트만 해도 아직 예술가로 살고 있었다. 꿈을 포기하고 산 건 조던 때문이 아니라 마야 스스로의 선택이었던 것이다.

"기억나."

마야가 대답했다.

조던의 뺨이 다시 붉어졌다.

"오늘 밤에 말이야, 지금까지 브루클린 네이비 야드는 아무도 수색을 안 했거든. 그래서 내 생각에는… 그런데 그게 나 혼자서는 재미가 없을 것 같아서 말이야. 하지만 너 내키지 않으면…."

"아니야."

마야는 자신의 목소리가 마치 남의 목소리처럼 들렸다.

"그러니까 내 말은, 같이 간다고. 같이 갈게."

"정말?"

조던의 초록빛을 띤 갈색 눈이 반짝거렸다. 마야는 괜한 말을 했다 싶은 생각이 들었다. 자신의 감정도 제대로 알지 못하는 상황에서 조던에게 쓸데없는 희망을 주어서는 안 되는 거였다. 그가 이런 반응을 보인다는 것이 마야는 믿기지 않았다.

조던이 앞으로 몸을 숙이자 그의 목에 걸고 있던 프리터 루퍼스 메달이 반짝거렸다. 그리고 그가 쓰는 익숙한 비누 냄새가 풍기면서 동시에…늑대 냄새도 났다. 마야가 눈을 깜빡이며 그를 올려다보는데 사이먼의 방문이 열리면서 후드 티를 입은 그가 어깨를 으쓱하며 나왔다. 그러다 문가에 멈칫 서더니 천천히 눈썹을 추켜올리며 조던과 마야를 번

갈아 쳐다보았다.

"저기, 나 혼자 지하철로 가도 돼."

사이먼은 입꼬리를 살짝 올려 보일 듯 말 듯 미소를 지으며 마야에게 말했다.

"넌 여기 있고 싶으면 그냥…."

"아니야."

마야가 불안한 듯 주먹을 쥐고 있던 두 손을 서둘러 호주머니에서 빼며 대답했다.

"아니, 같이 갈 거야. 조던, 저기…. 나중에 보자."

"오늘 밤이야."

조던이 뒤에서 말했지만 마야는 그를 돌아보지도 않고 서둘러 사이먼을 뒤따라갔다.

사이먼은 낮은 언덕을 혼자 터덜터덜 걸었다. 뒤편 센트럴 파크의 시프메도에서 프리스비를 가지고 노는 사람들이 떠드는 소리가 멀리서 울리는 음악처럼 들렸다. 바람은 불지만 화창하고 상쾌한 11월이었다. 햇빛에 나뭇잎들이 진홍색, 황금색, 황색으로 눈부시게 반짝거렸다.

언덕 꼭대기에는 여기저기 바위들이 널려 있었다. 한때는 나무와 바위들이 가득한 야생의 상태가 존재했음을 짐작할 수 있게 하는 풍경이었다. 암녹색 실크 드레스에 자수가 놓인 검정색과 은색 코트 차림의 이사벨이 바위에 앉아 있었다. 이사벨은 사이먼이 다가가자 고개를 들더니 얼굴로 흘러내린 길고 검은 머리를 밀어냈다.

"클라리하고 같이 오는 줄 알았는데. 클라리는 어디 있어?"

가까이 다가오는 사이먼에게 이사벨이 물었다.

"인스티튜트에서 떠났대."

사이먼은 이사벨이 앉은 바위에 같이 앉으며 두 손을 바람막이 점퍼 호주머니에 쑤셔 넣었다.

"문자 왔어. 곧 도착할 거야."

"알렉도 오는 중인데…."

이사벨이 막 입을 여는데 사이먼의 호주머니에서 휴대전화가 진동하며 말을 끊었다.

"문자 온 거 같은데."

사이먼은 어깨를 으쓱했다.

"나중에 확인하지 뭐."

그러자 이사벨이 속눈썹 긴 눈으로 그를 쓱 살폈다.

"어쨌든, 아까 말했지, 알렉도 오고 있는 중이라고. 브루클린에서 오는 거니까…."

사이먼의 휴대전화가 다시 진동했다.

"됐어, 더는 못 참겠네. 네가 확인 안 하면 내가 할 거야."

이사벨이 몸을 앞으로 숙이더니 사이먼이 반항하는데도 그의 호주머니에 손을 쓱 집어넣었다. 그러는 중에 이사벨의 머리가 사이먼의 턱을 스쳤다. 이사벨의 바닐라 향 향수와 체취가 사이먼의 코를 스쳤다. 이사벨이 호주머니에서 휴대전화를 꺼내 몸을 뒤로 빼자 사이먼은 마음이 놓이면서도 아쉬운 느낌이 들었다.

이사벨이 눈을 찡그리고 휴대전화 화면을 들여다보았다.

"레베카? 레베카가 누구야?"

"누나야."

이사벨의 몸에서 긴장이 풀렸다.

"너 만나고 싶대. 못 본 지 한참 됐다고 하는데…."

사이먼이 이사벨의 손에서 휴대전화를 낚아채 탁 덮고는 도로 호주머니에 집어넣었다.

"알아, 나도 안다고."

"누나 안 보고 싶어?"

"보고 싶지…. 나도 보고 싶어 죽겠어. 하지만 누나가 알게 하고 싶지 않아. 나에 대해서 말이야."

사이먼은 나뭇가지 하나를 집어 들더니 휙 던지고 다시 말을 이었다.

"우리 엄마가 사실을 알고 어떻게 했는지 생각해봐."

"그럼 밖에서 만나. 누나가 난리를 칠 수 없는 곳에서 말이야. 집에서 먼 곳."

"난리를 치지는 않더라도 누나는 엄마가 그랬던 것처럼 나를 괴물 보듯 할 거란 말이야."

사이먼이 낮은 목소리로 말했다.

그러자 이사벨이 사이먼의 허리를 툭 쳤다.

"우리 엄마는 제이스가 발렌타인의 아들이자 스파이라고 생각했을 때 제이스를 쫓아냈어…. 하지만 그러고는 엄청나게 후회하셨지. 오빠가 매그너스와 사귀는 것에 대해서도 엄마, 아빠는 이제 마음을 바꾸고 계시고. 그러니까 너희 엄마도 마음을 바꾸실 거야. 먼저 누나를 네 편으로 만들어. 그게 도움이 될 거야."

이사벨은 고개를 살짝 기울이며 계속 말했다.

"형제자매가 부모보다 더 많이 이해해줄 때가 있는 것 같아. 아마 기대치가 다르기 때문이겠지. 난 절대, 무슨 일이 있어도 알렉 오빠를 버릴 수 없을 것 같아. 오빠가 무슨 짓을 하더라도 말이야. 절대로. 제이스도 마찬가지이고."

이사벨은 사이먼의 팔을 꽉 잡았다가 놓았다.

"난 남동생을 잃었어. 다시는 볼 수 없게 되었다고. 너희 누나는 그런 일 당하게 하지 마."

"뭘 당하게 하지 말라는 거야?"

알렉이 물었다. 모르는 사이에 발 앞의 낙엽을 걷어차며 언덕을 올라오고 있었다. 그는 늘 입던 추레한 스웨터에 청바지 차림이었는데, 눈 색깔에 어울리는 짙은 푸른색 목도리를 목에 두르고 있었다. 매그너스한테 선물 받았나 보네. 사이먼은 생각했다. 알렉이 저런 것을 직접 살 리 없었다. 색을 맞춘다는 것은 알렉과는 거리가 먼 일이니까.

이사벨이 목청을 가다듬었다.

"사이먼의 누나가…."

하지만 더 이상 말을 잇지 못했다. 갑자기 싸늘한 바람이 휘몰아치며 낙엽들이 소용돌이치듯 휩쓸려 날아갔다. 이사벨이 먼지를 막으려고 손을 얼굴로 들어 올리는데 허공에서 빛이 반짝이는가 싶더니 반투명한 포털이 열리면서 한 손에 스텔레를 든 클라리가 눈물로 젖은 채 나타났다.

4
불멸의 존재

"정말 제이스 맞아?"

이사벨이 물었다. 클라리 생각에는 벌써 마흔일곱 번째 묻는 것 같았다. 클라리는 안 그래도 아픈 입술을 꾹 깨물고 속으로 10까지 셌다.

"내가 봤다니까, 이사벨. 정말 내가 제이스를 못 알아볼 것 같아서 묻는 거야?"

클라리는 시선을 들어 곁에 서 있는 알렉을 보았다. 그의 목에 두른 푸른빛 목도리가 깃발처럼 바람에 나부꼈다.

"너라면 다른 사람을 매그너스로 착각할 수 있을 것 같아?"

"아니, 절대 그럴 리 없지."

두 번 생각도 하지 않고 알렉이 대답했다. 그의 푸른 눈동자는 근심으로 어두워져 있었다.

"그러니까 내 말은…. 그래, 우리가 너무 따지듯 묻긴 했지. 괜히 물은 거 맞아."

"인질로 잡혔을 수도 있어."

다시 바위에 기대며 사이먼이 말했다. 가을 햇살에 그의 눈이 갈아놓은 커피색으로 보였다.

"세바스찬이 자기 계획에 동참하지 않으면 아끼는 사람을 해치겠다고 제이스를 협박했을 수도 있잖아."

그 말에 모두의 시선이 클라리에게 향했지만 그녀는 부정하듯 고개를 가로저었다.

"너희가 못 봐서 그래. 인질로 잡힌 사람의 모습이 아니었어. 그 자리에 있는 게 너무도 만족스러워 보였다니까."

"그럼 최면에라도 걸렸나 보지. 릴리스한테 당했을 때처럼 말이야."

알렉이 끼어들었다.

"나도 처음에는 그렇게 생각했어. 그런데 릴리스한테 최면을 당했을 때는 로봇 같았어. 같은 말만 계속해서 되풀이했었거든. 그런데 이번에는 보통 때의 제이스 그대로였어. 농담하는 것도, 미소를 짓는 것도 보통 때의 제이스 그대로였단 말이야."

"스톡홀름 신드롬에 걸린 걸지도 모르지. 세뇌당하고 나면 자신을 인질로 잡은 사람한테 공감하게 된다잖아."

사이먼이 말했다.

"스톡홀름 신드롬에 걸리려면 몇 달은 걸려."

알렉이 반박하고 나섰다.

"어때 보였어? 다치거나 아니면 어디 아파 보이진 않았어? 둘 다 어떤 모습이었는지 말해줄래?"

알렉의 이 질문도 처음은 아니었다. 바람이 불어와 마른 낙엽들을 발치로 몰고 오는 사이 클라리는 제이스가 활기차고 건강해 보이더라는 이야기를 했다. 세바스찬도 마찬가지였고. 두 사람은 너무도 침착해 보였다. 제이스는 평소와 다름없이 깨끗하고 세련된 차림이었다. 세바스찬은 값비싸 보이는 검정색의 긴 울 트렌치코트를 입고 있었다.

"버버리 광고 악마 버전 같네."

클라리가 이야기를 마치자 사이먼이 한마디 했다. 이사벨이 그를 쏘아보았다.

"어쩌면 제이스가 무슨 계획을 가지고 있는 건지도 몰라. 세바스찬을 속이려고 그러는 걸지도 모르잖아. 그의 편인 척 하면서 무슨 계획을 세우고 있는지 알아내려고 말이야."

이사벨이 말했다.

"만약에 제이스가 그런 생각을 가지고 있다면 어떻게든 우리한테 그런 사실을 알려줬을 거야. 이렇게 우리가 걱정하고 괴로워하게 가만 내버려두지 않고 말이야. 이건 너무 잔인하잖아."

알렉이 말했다.

"우리한테 연락을 하는 게 너무 위험하다면 또 모르지. 제이스는 우리가 자기를 믿는다고 생각하기 때문에 이러는 걸 거야. 그러니까 우리는 제이스를 믿어야 돼."

이사벨의 목소리가 높아졌다. 그러면서 이사벨은 몸을 부르르 떨며 두 팔로 자신의 몸을 감싸 안았다. 자갈길을 따라 서 있는 나무들도 헐벗은 가지들을 부르르 떨었다.

"클레이브에 알리는 게 맞는 것 같아."

클라리는 자신의 목소리가 무척이나 멀리서 들리는 것 같았다.

"이건…우리 힘으로 처리할 수 있는 일이 아닌 것 같아."

"클레이브에는 알리면 안 돼."

이사벨이 굳은 목소리로 말했다.

"왜 안 되는데?"

"클레이브는 제이스가 세바스찬한테 협력한다고 판단하면 그를 보는 즉시 죽이라는 명령을 내릴 거야. 그게 법이니까."

알렉이 말했다.

"만약에 이사벨이 옳으면 어떡하고? 제이스가 세바스찬을 속이고 있는 거면 어떡할 건데? 정보를 얻어내려고 일부러 같은 편인 척 하는 거라면 어떻게 되는 거냐고?"

그렇게 말하는 사이먼의 목소리에는 약간의 의심이 묻어 있었다.

"그걸 증명할 방법이 없잖아. 그리고 만약에 제이스가 일부러 세바스찬과 한 편인 척 위장하는 거라고 우리가 주장했는데 그 말이 세바스찬의 귀에 들어간다면 그는 분명히 제이스를 죽일 거야." 알렉이 말했다. "만약 제이스가 최면에 걸린 거라면 클레이브가 제이스를 죽일 거고. 그러니까 그들한테는 아무 말도 해서는 안 돼."

알렉의 목소리는 단호했다. 클라리는 놀란 얼굴로 그를 보았다. 지금껏 법은 꼭 지켜야 한다고 버릇처럼 말하던 알렉의 입에서 그런 말이 나왔다는 것이 믿기지 않았다.

"이건 세바스찬이 관계된 일이잖아. 클레이브가 가장 증오하는 게 바로 세바스찬이야. 발렌타인을 제외하면 말이야. 그런데 발렌타인은 이제 죽었어. 그리고 죽음의 전투로 인해서 아는 사람을 잃지 않은 사람이 사실상 거의 없는 상태인데 이드리스의 보호막을 부순 게 바로 세바스찬이잖아."

이사벨이 말했다.

클라리는 운동화로 발 아래 자갈을 긁었다. 이 모든 상황이 깨려고만 하면 언제든 깰 수 있는 꿈처럼 느껴졌다.

"그래서 이제 어떻게 할 건데?"

"매그너스하고 이야기해보자. 무슨 좋은 생각이 없는지 말이야." 알렉은 목도리 한 귀퉁이를 잡아당기며 말을 이었다. "그는 위원회에 알리지 않을 거야. 내가 그렇게 해달라고 하지 않는 이상은."

"그러지 않는 게 좋겠지. 만약 그랬다가는 최악의 애인이 될 테니까."

이사벨이 못마땅한 듯 말했다.

"내가 말했잖아, 매그너스는 절대로…."

"그럼 이제 필요 없는 거 아니야? 요정 여왕을 만나는 거 말이야."

사이먼이 끼어들었다.

"이젠 다 알았잖아. 제이스가 최면에 걸린 건지 아니면 무슨 꿍꿍이속이 있든지 간에 아무튼…."

"실리코트 여왕과의 약속은 어기면 안 돼. 네 피부가 지금 상태를 유지하기를 바란다면 말이야."

이사벨이 단호하게 말했다.

"하지만 클라리가 그 여자한테 반지를 줘봤자 우리가 얻을 수 있는 건 아무것도 없잖아. 우린 더 많은 걸 알아냈어. 우리가 아는 것에 맞춰서 다른 질문을 해야 한단 말이야. 물론 그 여자가 대답은 안 해주겠지. 예전에 한 질문에 대해서만 답을 해줄 거야. 원래 요정들이란 그런 식이니까. 그들은 호의를 베풀지 않아. 우리가 매그너스한테 가서 이야기를 하게 내버려둘 리가 없어."

사이먼이 따지듯 말했다.

"다 상관없어."

클라리는 두 손으로 얼굴을 문질렀다. 손은 젖지 않았다. 다행히도 어느새 눈물이 멎어 있었다. 울어서 퉁퉁 부은 눈을 하고 요정 여왕을 만날 수는 없었다.

"반지 못 가지고 왔어."

클라리의 말에 이사벨이 눈을 깜박거렸다.

"뭐?"

"제이스하고 세바스찬을 보고 너무 놀라서 반지를 훔칠 정신이 없었어. 그냥 인스티튜트를 빠져나와 포털로 여기 온 거야."

"뭐, 그럼 아예 요정 여왕을 만나러 갈 수가 없는 거네. 요정 여왕이 너한테 요구한 걸 안 하면 엄청나게 화를 낼 거야."

알렉이 말했다.

"화를 내는 정도가 아닐 거야." 이사벨이 끼어들었다. "지난번 실리코트에 갔을 때 요정 여왕이 알렉 오빠한테 하는 거 봤잖아. 그때는 그냥 글래머만 썼지. 하지만 이번에는 클라리를 바닷가재나 뭐 그런 걸로 만들어버릴지도 몰라."

"요정 여왕은 알고 있었어." 클라리가 말했다. "요정 여왕이 그랬잖아, '그대들이 그를 다시 찾았을 때 어쩌면 그는 그대들과 헤어졌을 때와는 전혀 다른 모습일지도 몰라'라고 말이야."

요정 여왕의 목소리가 머릿속에 떠오르자 클라리는 몸이 부르르 떨렸다. 왜 사이먼이 그토록 요정 여왕을 싫어하는지 알 것 같았다. 요정들은 언제나 인간의 머릿속 빈틈에 딱 들어맞는 단어를 정확히 알고 있었다. 고통스럽지만 외면하거나 지워버릴 수 없는 단어를, 정확히 말이다.

"요정 여왕이 우리를 가지고 논 거야. 그 반지를 갖고 싶어 하기는 하지만 내 생각에는 요정 여왕이 우리를 진짜로 도와줄 가능성은 없을 것 같아."

"알았어."

이사벨이 미심쩍다는 투로 말을 이었다.

"하지만 만약에 요정 여왕이 그 정도까지 알고 있다면 더 많은 것을 알고 있을 수도 있잖아. 그리고 우리가 클레이브에 갈 수 없는 상황에서 요정 여왕 말고 우리를 도와줄 수 있는 이가 또 누가 있어?"

"매그너스가 있잖아. 매그너스는 지금껏 내내 릴리스의 주술을 해독하려고 시도하고 있고. 내가 본 걸 말해주면 도움이 될 거야."

클라리가 말했다.

그러자 사이먼이 눈을 부라렸다.

"마침 매그너스하고 사귀는 사람을 우리가 알고 있어서 다행이네. 안 그랬다면 우리 모두 누워서 앞으로 어떻게 하나 궁리만 하고 있었을 텐데 말이야. 아니면 매그너스를 고용할 돈을 마련하려고 레모네이드라도 팔고 있든지."

사이먼의 말에 알렉이 조금 짜증난 표정을 지었다.

"레모네이드에 약을 넣지 않고는 매그너스를 고용할 만큼의 돈은 절대 못 벌걸."

"그냥 말이 그렇다고. 우리 모두 네 애인이 비싸다는 거 잘 알고 있어. 난 다만 무슨 문제가 생길 때마다 우리가 그 사람한테 쪼르르 달려가는 게 싫다는 것뿐이야."

"매그너스도 같은 생각이야. 오늘 다른 할 일이 있거든. 하지만 오늘 밤에 내가 이야기하면 내일 아침 그의 아파트에서 만날 수 있을 거야."

알렉의 말에 클라리는 고개를 끄덕였다. 이대로 내일 아침에 일어날 수 있을까 싶은 생각이 들었다. 매그너스한테 한시라도 빨리 이야기하는 것이 나을 것 같았지만 인스티튜트 도서관 바닥에 피를 한 양동이쯤 흘리고 오기라도 한 듯 온몸의 진이 다 빠지고 너무 피곤했다.

이사벨이 사이먼에게 다가갔다.

"그럼 남은 오후에는 우리 다 시간이 있다는 뜻이네. 우리 타키에 가는 게 어때? 거기서는 피도 파는데."

사이먼이 걱정하는 기색이 역력한 얼굴로 클라리를 흘끗 보았다.

"너도 갈래?"

"아니, 됐어. 난 택시 타고 윌리엄스버그로 갈 거야. 엄마하고 같이 좀 있어야 할 것 같아서. 안 그래도 세바스찬 때문에 엄마 힘들어하는데 이제는…."

이사벨이 고개를 앞뒤로 흔들자 검은 머리가 바람에 날렸다.

"너희 엄마한테 네가 본 걸 말하면 안 돼. 루크가 위원회에 있잖아. 그는 위원회에 진실을 숨겨서는 안 돼. 그리고 엄마한테 네가 본 걸 루크한테 이야기하지 말라고 할 수도 없고."

"알아."

클라리는 불안한 표정으로 자신을 빤히 보는 세 친구를 바라보았다. 어쩌다 이렇게 됐을까? 클라리는 생각했다. 지금껏 엄마에게 비밀이라고는 없었다. 어쨌든 진짜 비밀이라고 할 만한 것은 하나도 없었다. 그런데 지금 클라리는 엄마와 루크 두 사람에게 말 못 할 엄청난 비밀을 가지고 집으로 돌아가려 하고 있다. 알렉과 이사벨 라이트우드 남매, 매그너스 베인같이 6개월 전만 해도 이 세상에 존재하는지도 몰랐던 이들에게는 말할 수 있는 것을 엄마와 루크에게는 말하지 못하다니. 세상의 중심축이 바뀌고 믿었던 모든 것을 더 이상 믿을 수 없는 상황이 올 수도 있다는 것이 너무 이상했다.

그래도 사이먼은 곁에 있다. 언제나 변함없는 사이먼. 클라리는 사이먼의 볼에 입을 맞추고 다른 이들에게 손을 흔들어 인사한 다음 돌아섰다. 세 사람 모두 자신을 걱정스럽게 바라본다는 것이 느껴졌지만 클라리는 공원을 가로질러 걸어갔다. 낙엽들이 운동화 밑에서 작은 뼈처럼 바스락 소리를 내며 부서졌다.

알렉은 거짓말을 했다. 그날 오후에 다른 할 일이 있는 사람은 매그너스가 아니었다. 알렉 자신이었다.

자신이 하려는 일이 잘못된 것이라는 건 알지만 도저히 피할 수가 없었다. 더 많이 알고 싶은 욕구는 마약과 같다. 그래서 지금 알렉은 마법의 불을 손에 들고 대체 내가 지금 무슨 짓을 하는 거지, 라고 생각하면서도 여기 지하로 찾아왔다.

뉴욕 지하철역이 다 그렇듯, 여기도 녹이 슨 냄새와 물, 쇠 그리고 부패한 냄새가 풍겼다. 하지만 알렉이 가본 여느 역들과 달리 이곳은 기분 나쁠 정도로 조용했다. 침수되었던 흔적을 제외하고 벽과 플랫폼은 깨끗했다. 둥근 모양의 천장은 군데군데 샹들리에가 높이 달려 있고 초록색 타일로 장식되어 있었다. 그리고 굵은 블록체로 시청이라고 쓴, 역시 타일로 된 명패가 벽에 붙어 있었다.

이 시청 지하철역은 1945년부터 폐쇄되었지만 랜드마크의 일환으로 시에서 그대로 보존하고 있었다. 이따금 6번 지하철 차량이 방향을 바꾸기 위해 이곳을 통과할 때가 있지만 사람이 플랫폼에 내리는 일은 절대 없다. 알렉은 산딸나무가 에워싼 시청 공원 바닥에 있는 해치를 통해 먼데인이라면 다리가 부러질 수도 있는 높이에서 이곳으로 뛰어내렸다. 그리고 일어났다. 먼지 냄새를 맡으며 숨을 쉬자 심장박동이 빨라졌다.

여기까지 오게 된 것은 매그너스의 아파트 입구에서 만난 뱀파이어 심부름꾼이 준 메모 때문이었다. 처음에는 그 메모에 신경 쓰지 말자고 다짐했다. 하지만 차마 메모를 버릴 수가 없었다. 그래서 청바지 호주머니에 구겨 넣었다. 그 뒤로 하루 종일, 센트럴 파크에 갈 때조차 메모에 신경이 쓰였다.

매그너스와 관련된 일이라면 늘 이런 식이었다. 충치가 생겼을 때 사람들이 흔히 더 나빠질 거라는 걸 뻔히 알면서도 안 좋은 결정을 내리는 것처럼, 지금 알렉도 바로 그런 상황이었다. 매그너스에게는 잘못이 없다. 그가 수백 살도 더 먹은 것은 그의 잘못이 아니다. 예전에 누군가와 사랑에 빠졌던 것도 잘못이라고 할 수는 없다. 그렇지만 그 모든 일이 알렉의 마음을 괴롭혔다. 그래서 어제보다 제이스의 상황에 대해 더 많이 알게 되었고 동시에 알아야 할 것이 더 많아진 지금은 이 모든 걸 마음에 담아두기가 너무 힘겨웠다. 그래서 누군가와 이야기를 해야만 했다. 어디론가 가서, 어떻게든 하지 않고서는 견딜 수가 없었다.

그래서 여기로 온 것이다. 그 여자도 분명 여기 있을 것이다. 알렉은 자신할 수 있었다. 천천히 플랫폼을 걸어갔다. 머리 위 둥근 천장 꼭대기에 난 채광창을 통해 공원의 햇빛이 스며 들어왔고, 빛이 닿는 지점에서 타일 네 줄이 거미 다리처럼 길게 뻗어나갔다. 플랫폼 끝에 있는 짧은 계단이 어둠 속으로 이어져 있었다. 알렉은 글래머가 있음을 감지할수 있었다. 먼데인의 눈에는 그저 콘크리트 벽으로만 보이겠지만, 알렉의 눈에는 열린 문이 보였다. 그래서 조용히 계단을 올라갔다.

그러자 어두침침하고 천장이 낮은 방이 나타났다. 자수정으로 된 채광창으로 희미한 빛이 들어왔다. 그림자 진 구석에 아치 모양의 금박 입힌 등받이가 있는 우아한 벨벳 소파가 놓여 있었고, 거기에 카밀이 앉아있었다.

카밀은 알렉이 기억하는 그대로 아름다웠다. 마지막으로 봤을 때는 공사 중인 건물 파이프에 사슬로 묶인 채 지저분한 꼴을 하고 있었지만. 지금 카밀은 빨간 하이힐 구두에 깔끔한 검정 정장 차림을 하고, 구불구불한 머리는 어깨 아래로 길게 늘어뜨린 모습이었다. 무릎에는 파트릭모디아노의 책 《La Place de l'Etoile》이 펼쳐져 있었다. 알렉도 그 정도 프랑스어는 알아볼 수 있었다. '별의 광장'이라는 뜻이었다.

마치 알렉이 오기를 예상했다는 듯 카밀이 고개를 들었다.

"안녕, 카밀."

알렉이 인사를 건넸다. 그러자 카밀이 천천히 눈을 깜박거렸다.

"알렉산더 라이트우드. 계단을 오르는 발소리를 듣고 알아차렸지."

카밀은 손등을 볼에 가져다대며 알렉을 향해 미소를 지었다. 그녀의 미소에서 뭔가 거리감이 느껴졌다. 먼지만큼의 따스함도 느껴지지 않는 미소였다.

"매그너스의 전갈을 가지고 온 건 아닌 것 같은데."

알렉은 아무 대꾸도 하지 않았다.

"그럴 리가 없지. 나도 참 별 생각을 다 하네. 내가 어디 있는지 그가 어떻게 안다고."

"나라는 건 어떻게 알았지? 계단을 올라올 때 말이야."

알렉이 물었다.

"넌 라이트우드 집안 사람이잖아. 너희 집안 사람들은 포기를 몰라. 그날 밤 내가 해준 이야기를 듣고서 네가 가만히 있을 리 없다는 걸 알고 있었지. 네 기억을 살짝 건드려볼까 싶어 전갈을 보낸 거야."

"당신이 나한테 한 약속, 굳이 상기시킬 필요 없었어. 아니면 당신이 거짓말을 하는 건가?"

"그날 밤 자유를 찾기 위해서라면 난 무슨 말이든 할 수 있었어. 하지만 난 거짓말은 안 해."

카밀은 밝으면서도 동시에 어두운 눈빛으로 몸을 앞으로 숙이며 말을 이었다.

"넌 클레이브와 위원회에 속해 있는 네피림이야. 그리고 내 목에는 섀도우 헌터들을 죽인 데 대한 현상금이 걸려 있고. 하지만 네가 나를 클레이브와 위원회 앞에 끌고 가기 위해 여기 찾아온 게 아니라는 건 잘 알고 있어. 네가 여기 온 건 답이 듣고 싶어서겠지."

"내가 알고 싶은 건 제이스가 어디 있느냐는 거다."

알렉이 말했다.

"그것도 알고 싶겠지." 카밀이 말했다. "하지만 너는 내가 그 답을 알고 있을 이유가 없다는 걸 잘 알 테고, 정말로 나는 그 답을 몰라. 안다면 기꺼이 알려주지. 그가 릴리스의 아들에게 잡혀갔다는 건 알고 있어. 그리고 난 그녀에게 충성을 바쳐야 할 이유도 없지. 그녀는 이미 죽었으니까. 날 찾기 위해 수색을 했다는 걸 알고 있어. 내가 무얼 알고 있는지 알아내려고 말이야. 이 말은 해줄 수 있어. 난 아는 게 아무것도 없어. 네 친구가 어디 있는지 안다면 다 말해줬을 거야. 나도 더 이상 네피림과 척을 질 이유가 없으니까 말이야."

카밀은 한 손으로 숱 많은 금빛 머리카락을 쓸어 넘기며 말을 이었다.

"하지만 네가 여기 온 건 그 때문이 아니잖아. 인정할 건 인정하지그래, 알렉산더."

알렉은 호흡이 가빠지는 것이 느껴졌다. 이런 순간이 오리라고 예상은 했다. 깊은 밤, 뜬눈으로 매그너스의 곁에 누워, 마법사의 숨소리를 들으며, 자신의 숨소리를 들으며, 하나하나 숨소리를 헤아렸다. 숨소리 하나가 늘 때마다 젊음이 사라지고 죽음에 다가가는 것이다. 밤이 지날 때마다 알렉은 모든 것이 끝나는 순간으로 가까이 가고 있었다.

"나를 불멸의 존재로 만들 방법을 알고 있다고 말했지. 매그너스와 내가 영원히 함께할 방법을 알고 있다고 했잖아."

"내가 그랬지. 이거 재미있네."

"지금 당장 말해줘."

"물론 그럴 거야. 대가만 충분하다면."

책을 내려놓으며 카밀이 말했다.

"대가 같은 건 없어." 알렉이 말했다. "난 널 풀어줬어. 그러니까 내가 알고 싶은 걸 말해. 그렇지 않으면 클레이브한테 너에 대해 보고할 거야. 그러면 그들은 해가 뜰 때까지 널 인스티튜트 지붕에 쇠사슬로 묶어두겠지."

카밀의 눈빛이 냉혹하게 변했다.

"나는 협박 따위는 개의치 않아."

"그렇다면 내가 원하는 걸 말해."

카밀이 벌떡 일어나면서 두 손으로 재킷 앞을 쓸어내려 주름을 폈다.

"그럼 와서 내 입을 열어보시지, 섀도우 헌터."

그 순간 알렉은 지난 몇 주 동안 쌓이고 쌓인 좌절과 고통, 절망이 한꺼번에 폭발했다. 곧장 카밀에게로 뛰어갔다. 카밀도 송곳니를 드러내며 달려들었다.

알렉이 간신히 세라프 검을 뽑는데 카밀이 바로 앞으로 들이닥쳤다. 뱀파이어와는 예전에도 싸워본 적이 있었다. 그들의 민첩함과 힘은 어마어마하다. 토네이도 가장 바깥쪽과 맞서 싸우는 듯한 느낌이다. 알렉은 옆으로 홱 비키자마자 중심을 잡고 서서는 쓰러져 있던 사다리를 카밀 쪽으로 걷어찼다. 사다리 때문에 카밀이 주춤하는 사이 알렉이 검을 들어 올리며 속삭였다.

"누리엘."

천사의 검이 별처럼 빛을 뿜어냈다. 그 바람에 카밀이 머뭇거렸지만 다시 알렉에게 덤벼들어 긴 손톱으로 그의 얼굴과 어깨를 할퀴며 공격했다. 알렉은 축축하면서도 따스한 피가 흐르는 것을 느꼈다. 몸을 홱 돌려 카밀을 향해 검을 휘둘렀지만 카밀은 검이 닿지 않을 정도로 뛰어오르며 놀리듯 깔깔 웃었다.

알렉이 플랫폼으로 이어지는 계단으로 달려갔다. 카밀도 그 뒤를 쫓았다. 알렉이 옆으로 피하더니 몸을 홱 돌려 벽을 디디고는 막 아래로 떨어지는 카밀을 향해 뛰어올랐다. 둘은 허공에서 맞부딪쳤다. 카밀이 괴성을 내지르며 손톱을 휘둘렀다. 하지만 알렉이 그녀의 두 팔을 꽉 붙잡았다. 바닥으로 쿵 떨어져 정신을 잃을 뻔한 순간에도 잡은 두 팔은 놓지 않았다. 카밀을 바닥으로 밀어붙여야만 이길 수 있기 때문이다. 알렉은 마음속으로 제이스에게 고마워했다. 제이스와 함께 연습실에서 수도 없이 공중제비를 연습한 덕에 어떤 표면이든 딛고 잠깐이라도 공중으로 뛰어오를 수 있게 되었기 때문이다.

바닥을 구르면서도 알렉은 세라프 검을 휘둘렀다. 하지만 카밀은 연기처럼 흐릿하게 보일 정도로 빠르게 움직이며 쉽게 검을 피했다. 카밀이 하이힐로 알렉을 걷어차고 뾰족한 굽 끝으로 그의 다리를 짓밟았다. 알렉이 얼굴을 찡그리며 욕을 하자 카밀의 입에서 매그너스와 알렉이 나누는 사랑, 그리고 그녀가 매그너스와 나눈 사랑에 대해 추잡한 말들이 끝도 없이 터져 나왔다. 그보다 더한 말도 튀어나올 수 있었지만 두 사람이 플랫폼 한가운데, 채광창에서 새어 들어온 햇빛이 동그라미를 그리는 곳에 이르자 추잡한 욕설은 끝이 났다. 알렉이 카밀의 손목을 움켜쥐고 아래로, 햇빛 속으로 잡아당겼다.

피부 여기저기에서 하얀 물집이 불룩불룩 솟아오르면서 카밀이 비명을 내질렀다. 풍선처럼 여기저기 부풀어 오르는 카밀의 손이 뜨거워지는 것을 알렉은 느낄 수 있었다. 그는 손가락끼리 깍지를 껴 카밀의 손을 들어 올렸다가 다시 어둠 속으로 잡아당겼다. 카밀이 이빨을 드러내 으르렁거렸다. 알렉이 팔꿈치로 카밀의 입을 갈기자 입술이 찢어졌다. 뱀파이어의 피, 인간의 그것보다 훨씬 밝고 선명한 붉은색 피가 카밀의 입가에서 뚝뚝 떨어졌다.

"이 정도면 됐어?" 알렉이 으르렁거리듯 물었다. "더 할까?"

알렉이 다시 카밀의 손을 햇빛으로 끌고 갔다. 그녀의 손은 벌써 치유가 되기 시작해 빨갛게 물집이 생겼던 피부는 분홍색으로 변해 있었다.

"안 돼!"

카밀이 숨을 헐떡이고 기침을 하더니 부들부들 떨기 시작하면서 온몸이 경련을 일으켰다. 하지만 알렉은 금세 그녀가 웃고 있다는 것을 깨달았다. 피를 흘리면서도 카밀은 웃고 있었다.

"신나게 싸우니까 내가 살아 있다는 걸 느끼겠는데, 꼬마 네피림…. 너한테 고맙다고 해야겠어."

"내 질문에 대답할 수 있게 해줘서 고맙겠지." 알렉은 헐떡이며 말했다. "대답 안 하면 널 재로 만들어버리겠어. 네가 하는 게임 이젠 지겨워."

카밀의 입술이 씨익 미소를 지었다. 얼굴은 여전히 피투성이였지만 찢어진 입술은 벌써 다 아물었다.

"너를 불멸의 존재로 만들 방법 같은 건 없어. 흑마술을 쓰거나 너를 뱀파이어로 만들지 않고서는 불가능해. 하지만 넌 그 두 가지 방법 다 거부했잖아."

"하지만 네가 분명히…우리가 함께할 방법이 있다고 했잖아…."

"아, 그거 말이구나."

카밀의 눈동자가 춤을 추듯 이리저리 움직였다.

"네가 불멸의 존재가 되는 건 불가능할 거야, 꼬마 네피림. 가능한 방법들 중에 네가 용납할 수 있는 방법이 없으니까 말이야. 하지만 대신 매그너스가 불멸의 존재가 아니라면 문제가 달라지지 않겠어?"

클라리는 루크의 집에 있는 자기 방 책상에 종이 한 장을 펼쳐놓고 한 손에 펜을 쥐고 앉아 있었다. 해는 오래전에 졌고, 책상 스탠드 불빛이 클라리가 막 그린 룬을 환하게 비췄다.

L호선 전철을 타고 멍하니 창밖을 바라보고 있을 때 이 룬이 머릿속에 떠올랐다. 지금껏 한 번도 본 적 없는 룬이어서 그 영상이 머릿속에 생생히 남아 있는 동안 집으로 정신없이 뛰어와 질문을 퍼붓는 엄마도 본 체만체하고 곧장 방문을 닫고 펜으로 종이에 그리기 시작했는데….

방문 두드리는 소리가 났다. 클라리가 룬을 그리던 종이를 서둘러 담요 밑에 감추는데 엄마가 방으로 들어왔다.

"알아, 알아."

뭐라 따지려는 클라리를 향해 엄마가 한 손을 들어 올리며 말을 막고는 말했다.

"혼자 있고 싶어 하는 거 알아. 하지만 루크가 저녁 준비 해놨으니까 꼭 먹어."

그 말에 클라리는 엄마에게 인상을 썼다.

"그건 엄마도 마찬가지예요."

조슬린도 딸과 마찬가지로 걱정거리 때문에 식욕을 잃어 얼굴이 핼쑥했다. 상황이 이렇지 않았다면 지금쯤 신혼여행 준비로 바쁠 터였다. 멀리 있는 아름다운 어딘가로 가기 위해 짐을 싸고 있어야 할 때였다. 하지만 결혼식은 기약도 없이 연기되었고 클라리는 밤마다 벽을 통해 엄마가 우는 소리를 들어야 했다. 그 울음은 분노와 죄책감에서 비롯된, 이 모든 게 내 잘못이야라고 말하는 울음이었다.

"너 먹으면 나도 먹을게. 루크가 파스타를 만들었어."

조슬린은 억지로 미소를 지었다.

클라리는 엄마가 자신의 책상을 보지 못하게 시선을 막기 위해서 조심스럽게 각도를 맞춰 의자를 빙글 돌렸다.

"엄마. 엄마한테 물어보고 싶은 게 있어요."

"뭔데?"

클라리는 펜 끝을 깨물었다. 그림을 그리기 시작할 때부터 생긴 나쁜 버릇이었다.

"제이스하고 내가 침묵의 도시에 갔을 때 침묵의 형제들이 이런 말을 했어요. 새도우 헌터가 태어날 때 치르는 의식이 있대요. 새도우 헌터를 보호해주는 의식 말이에요. 철의 자매들과 침묵의 형제들이 주관하는 의식이라던데. 그래서 내 생각에는…."

"너도 그런 의식을 치렀는지 궁금하다는 거지?"

클라리는 고개를 끄덕였다.

조슬린이 크게 숨을 내쉬더니 두 손으로 머리카락을 쓸어넘겼다.

"했어."

조슬린이 말했다.

"매그너스를 통해서 했어. 비밀을 지켜주겠다고 맹세한 침묵의 형제 한 명과 철의 자매를 대신할 여자 마법사 한 명이 참석했지. 난 사실 하고 싶은 마음이 없었어. 널 그렇게 철저히 숨기고 있는데 굳이 초자연적인 위험으로부터 보호해야 할 필요가 있을까 싶었거든. 하지만 매그너스가 나를 설득했고, 이제 와 보니 그가 옳았던 것 같네."

클라리는 호기심 어린 표정으로 엄마를 봤다.

"그 여자 마법사가 누군데요?"

"조슬린!" 부엌에서 루크가 불렀다. "물 끓어!"

조슬린은 클라리의 머리에 재빨리 뽀뽀를 했다.

"미안. 부엌에 응급 상황이 발생했네. 5분 후에 와. 올 거지?"

　서둘러 방을 나가는 엄마를 향해 고개를 끄덕이고서 클라리는 책상으로 돌아앉았다. 아직도 머리 한구석에서 자신이 만들어낸 룬이 어른거리며 마음을 흔들었다. 다시 펜을 들어 좀 전에 그리기 시작한 룬을 완성했다. 다 그리고 나서 몸을 뒤로 기대며 자신이 만들어낸 것을 빤히 바라보았다. 그것은 문을 여는 룬과 조금 비슷해 보였지만 문을 여는 룬은 아니었다. X 표시처럼 단순하면서도 갓난아기처럼 이 세상에 처음 선보이는 모양이었다. 클라리의 분노와 죄책감 그리고 무력감에서 태어난 이 룬 속에는 보이지 않는 위협이 도사리고 있었다.

　이것은 강력한 룬이다. 이 룬이 무엇을 의미하는지 그리고 어떻게 사용될 수 있는지 클라리는 똑똑히 알고 있었다. 하지만 어떻게 해야 이 룬을 현재 상황에 도움이 되도록 이용할 수 있는지 알 수가 없었다. 마치 아무도 없는 텅 빈 도로에서 차가 고장 나서 혼자 수리해본답시고 트렁크 속을 살피다 자동차 충전 케이블 대신 가정용 전깃줄을 꺼내들고는 의기양양해한 것 같은 기분이었다.

　이제 할 수 있는 일은 자신을 비웃는 것밖에 없는 것 같았다. 클라리는 욕을 하며 펜을 책상에 내동댕이치고 두 손으로 얼굴을 감쌌다.

　폐허가 된 낡은 병원은 내부를 꼼꼼하게 회칠해서 눈에 보이는 표면은 전부 기분 나쁜 빛을 발했다. 창문이란 창문은 모두 판자로 막아놓았지만 희미한 빛뿐인 속에서도 마야의 특별한 시각은 사소한 것까지 놓치지 않고 찾아냈다. 체로 친 듯 희고 고운 석고 먼지가 쌓인 텅 빈 복도, 건설 현장임을 알리는 전구가 달렸던 흔적, 페인트 덩어리를 이용해 벽에 붙여두었던 철사 조각들, 어두운 구석에서 뭔가를 갉아대는 생쥐들.

뒤에서 목소리가 들렸다.

"동관은 살펴봤어. 아무것도 없던데. 넌 어때?"

마야가 돌아보았다. 검정색 데님 바지에 검정색 스웨터 지퍼를 반쯤 내려 초록색 티셔츠가 겉으로 드러난 차림을 한 조던이 뒤에 서 있었다.

"서관에도 아무것도 없어. 금방 무너질 것 같은 계단만 있던데. 건축에 관심 있으면 가봐."

조던이 고개를 가로저었다

"그럼 이만 여기서 나가자. 여기 좀 으스스하다."

자신이 먼저 그 말을 하지 않아도 된다는 사실에 안도하며 마야도 그러자고 했다. 둘은 부서져 내린 석고 가루가 난간에 눈처럼 하얗게 쌓인 계단을 나란히 내려갔다. 마야는 왜 자신이 조던을 따라 수색에 나섰는지 알 수 없었지만 둘이 호흡이 맞는 한 팀인 것만은 확실했다.

조던은 같이 있으면 편한 상대였다. 제이스가 사라지기 직전 둘 사이에 그런 일이 있긴 했지만, 조던은 예의를 지켰고, 마야가 불편해하지 않도록 거리를 유지했다. 둘은 달빛이 환하게 비치는 병원 건물 밖으로 나왔다. 하얀 대리석으로 지어진 병원 건물은 판자로 막아놓은 창문들이 멍한 눈동자처럼 보였다. 현관 앞에 서 있는 비틀어진 나무에서 마지막 남은 낙엽들이 떨어졌다.

"시간 낭비만 했네."

조던이 말했다. 마야는 그를 바라보았다. 조던은 낡은 해병대 병원을 빤히 보고 있었다. 마야는 조던이 자신을 보지 않을 때 그를 보는 것이 좋았다. 그래야 조던에게 기대를 안기지 않으면서 그의 턱선, 목덜미의 검은 곱슬머리, 티셔츠의 V자 네크라인 밑에 있는 쇄골까지 마음껏 구경할 수 있었다.

두 사람이 사귈 때만 해도 조던은 비쩍 마르고 속눈썹이 긴 눈에 유행이나 쫓아다니는 사내아이에 불과했다. 그런데 이제는 주먹에 흉터도 있고, 딱 맞는 초록색 티셔츠 아래에서 근육이 유연하게 꿈틀대는 남자가 되어 있었다. 하지만 이탈리아계임을 보여주는 까무잡잡하고 윤기 있는 피부와 엷은 갈색 눈은 마야가 기억하는 예전 모습 그대로였다. 비록 이제 눈동자에는 늑대인간으로 변했음을 보여주는 황금색 테두리가 있지만.

매일 아침 거울을 볼 때마다 마야는 조던과 똑같은 눈동자를 본다. 조던 때문에 변해버린 자신의 눈동자를.

"마야?" 조던이 의아한 표정으로 바라보았다. "무슨 생각해?"

"아….."

마야는 눈을 깜박이며 말을 이었다.

"저기 그게…. 아니야, 이 병원은 더 수색해봤자 소용없을 것 같네. 내 말은, 솔직히 왜 그들이 우리를 이리로 보냈는지 모르겠어. 브루클린 네이비 야드? 제이스가 여기 왜 있겠어? 그가 보트를 좋아하는 것도 아니잖아."

조던의 얼굴이 진지해졌다.

"이스트 강에서 떠내려가는 시체는 대부분 여기로 밀려와. 브루클린 네이비 야드로 말이야."

"그럼 제이스의 시체를 찾으라고 우리를 이리로 보냈단 말이야?"

"나도 모르지."

조던은 어깨를 으쓱하고는 돌아서서 걷기 시작했다. 그의 부츠가 말라서 거칠어진 잔디에 바스락바스락 스쳤다.

"이제는 포기하는 게 잘못된 일 같아서 수색을 계속한다는 생각마저 들어."

조던은 서두르지 않고 천천히 걸었다. 둘은 어깨가 닿을 듯 말 듯 가까이 서서 걸음을 옮겼다. 마야는 눈부시게 하얀 빛을 반사하는 강 건너 맨해튼의 스카이라인에서 눈을 떼지 않았다. 그리 깊지 않은 윌어바웃 베이가 가까워지자 브루클린 다리의 아치형 구조물이 눈에 들어오면서 강 건너에서 환하게 빛나는 육각형의 사우스 스트리트 시포트도 보였다. 더러운 강물 냄새, 브루클린 네이비 야드의 먼지와 기름 냄새, 풀 사이로 돌아다니는 작은 동물 냄새가 밀려왔다.

"제이스가 죽은 것 같지는 않아."

한참 만에 마야가 입을 열었다.

"그보다는 눈에 띄고 싶어 하지 않는다는 생각이 들어."

그 말에 조던이 마야를 돌아보았다.

"그러면 찾지 말아야 한다는 소리야?"

"그건 아니고."

마야는 머뭇거리며 대답했다. 둘은 낮은 담장 가까이 갔다. 마야는 담장 꼭대기에 살짝 손을 대고 담장을 따라 걸었다. 좁은 아스팔트 길을 사이에 두고 옆으로 강이 흘렀다.

"나도 뉴욕으로 달아났을 때 누가 날 찾아내지 않기를 바랐어. 그렇지만 지금 모두가 나서서 제이스 라이트우드를 찾는 것처럼 그때 누가 나를 이렇게 찾아주었다면 기분이 좋았을 것 같아."

"너 제이스 좋아해?"

속마음을 짐작할 수 없는 목소리로 조던이 물었다.

"좋아하냐고? 글쎄…. 그런 식으로 좋아하는 건 아니야."

조던이 웃음을 터뜨렸다.

"그런 식으로 좋아하냐고 물은 거 아니야. 하긴, 다들 그 자식이 눈이 돌 정도로 매력적이라고 생각하는 것 같긴 하더라."

"이성애자인 남자는 다른 남자가 매력적인지 아닌지 분간을 못한다는, 뭐 그런 뻔한 소리 하려는 거야? 네 눈에는 제이스하고 9번가 식당에 있는 털복숭이 남자가 똑같이 보여?"

"뭐, 그 털복숭이 남자는 사마귀가 있잖아. 그러니까 그 사람보다야 제이스가 조금 더 나은 것 같기는 해. 조각 같은 얼굴에 금발, 패션 광고에서 튀어나온 것 같은 차림새, 그딴 걸 네가 좋아한다면 말이야."

조던은 눈을 내리깐 채 마야를 쳐다보며 말했다.

"난 원래 검은 머리 남자를 좋아했어."

마야가 낮은 목소리로 말했다. 조던이 강 쪽으로 시선을 돌렸다.

"사이먼처럼 말이지."

"어…. 맞아."

마야는 사이먼을 그런 식으로 생각하지 않은 지 한참 되었다.

"그런 것 같네."

"그리고 너 음악 하는 사람 좋아하잖아."

조던은 팔을 들어 머리 위로 낮게 드리운 나뭇가지에서 나뭇잎을 하나 잡아 뜯고는 말을 이었다.

"그러니까, 나는 가수고, 배트는 디제이고, 그리고 사이먼은…."

"나 음악 좋아해."

마야는 머리카락을 뒤로 쓸어 넘겼다.

"또 네가 좋아하는 게 뭔데?"

조던이 손가락으로 나뭇잎을 찢었다. 그러고는 걸음을 멈추고 낮은 담장 위에 올라앉더니 몸을 돌려 마야를 보고 다시 물었다.

"내 말은, 너무 좋아해서, 예를 들면 직업으로 하고 싶은, 뭐 그런 게 있냐고?"

마야가 놀란 얼굴로 조던을 보았다.

"무슨 소릴 하는 거야?"

"내가 이거 했을 때 기억나?"

조던이 지퍼를 내려 스웨터를 벗었다. 안에는 반팔 셔츠를 입고 있었는데, 양쪽 위 팔뚝을 빙 둘러 샨티 만트라(힌두교에서 하는 평화의 기도—옮긴이)에 나오는 산스크리트어 문장으로 된 문신이 새겨져 있었다. 마야는 그 문신을 똑똑히 기억하고 있었다. 레드 뱅크에서 문신 가게를 하는 두 사람의 친구 발레리가 몇 시간이나 걸리는 이 문신을 공짜로 해주었다. 마야는 조던에게 한 걸음 다가갔다. 조던이 낮은 담장 위에 앉아 있고 마야가 서 있으니 두 사람의 눈높이가 비슷했다. 마야가 손을 내밀어 머뭇거리며 조던의 왼쪽 팔에 새겨진 문신을 손가락으로 훑었다. 그녀의 손길에 조던이 눈꺼풀을 파르르 떨며 눈을 감았다.

'비현실에서 현실로, 어둠에서 빛으로, 죽음에서 영생으로 우리를 이끄소서.'

마야는 문신에 새겨진 글을 소리 내어 읽었다. 손가락 끝에 닿는 조던의 살갗이 부드럽게 느껴졌다.

"〈우파니샤드〉에 나오는 글이네."

"네 아이디어였잖아. 넌 늘 책을 많이 읽었어. 모르는 게 없었고…."

조던이 눈을 떠 마야를 바라보았다. 뒤에서 흐르는 강물보다 조던의 눈빛이 더 환하게 보였다.

"마야, 네가 뭘 하고 싶어 하는지는 몰라도 내가 도와줄게. 나 프리터에서 일하면서 받은 돈, 많이 모아뒀거든. 너한테 그거 줄 수 있으니까…. 그 정도면 스탠퍼드 등록금은 될 거야. 전액 다는 아닐지도 몰라. 저기, 네가 아직도 스탠퍼드에 가고 싶어 하는지는 모르겠지만."

"나도 모르겠어."

마야는 마음이 흔들리는 걸 느끼면서 말했다.

"처음 늑대인간이 되었을 때는 일단 늑대인간이 되면 다른 건 될 수 없는 줄 알았어. 그저 무리의 일원으로 살아갈 뿐이라고만 생각했지, 나 혼자서 무언가를 할 수 있다고는 생각 못 했어. 그게 훨씬 더 안전한 길이라고 느꼈거든. 그런데 루크를 보니까 자신만의 삶을 살고 있었어. 서점을 운영하면서 말이야. 그리고 넌 프리터에 속해 있고. 그래서…그저 단순히 늑대인간이 아니라 다른 무언가가 될 수도 있겠구나, 라는 생각이 들었어."

"그래, 넌 다른 무언가가 될 수 있어."

조던은 쉰 듯한 목소리로 나지막하게 속삭였다.

"너 조금 전에 말했잖아…. 너 도망쳤을 때 누군가 너를 찾는 사람이 있었으면 좋았을 거라고 말이야."

조던은 크게 숨을 들이마시고 말을 이었다.

"나 너 찾아다녔어. 한순간도 멈추지 않고."

마야는 조던의 옅은 갈색 눈동자를 바라보았다. 그는 꼼짝도 하지 않았다. 하지만 무릎을 잡고 있던 두 손에 힘을 주는 듯 손가락 관절이 하얗게 변했다. 마야가 몸을 앞으로 숙였다. 조던의 턱에 돋은 짧은 수염이 보이고, 늑대인간, 치약, 그리고 남자 냄새가 풍겼다. 마야는 조던의 두 손 위에 자신의 손을 얹었다.

"그래서 날 찾았네."

이제 두 사람의 얼굴은 불과 몇 센티미터밖에 떨어져 있지 않았다. 조던의 숨결이 마야의 입술에 닿는가 싶더니 곧이어 그의 입술이 와 닿았다. 마야는 눈을 감으며 조던의 입술에 자신의 입술을 포갰다. 조던의 입술은 마야가 기억하던 그대로 부드러웠다. 그의 입술이 마야의 입술을 부드럽게 스치자 마야는 온몸에 전율이 퍼졌다. 마야가 두 팔을 들어 조던의 목을 감싸 안고는 그의 검은 곱슬머리 아래로 손가락을 쓸어내려 셔츠의 낡은 칼라 가장자리가 닿는 목덜미를 살짝 건드렸다.

조던이 마야를 더 가까이 끌어당겼다. 그는 떨고 있었다. 탄탄한 그의 몸에서 뿜어져 나오는 열기가 고스란히 마야에게 전해졌다. 그의 두 손이 마야의 등을 따라 미끄러져 내려왔다.

"마야."

조던은 이름을 속삭여 부르고는 마야의 스웨터 아랫자락을 들춰 올려 허리의 잘록한 부분을 손으로 감쌌다. 그의 입술이 다시 마야의 입술을 스쳤다.

"사랑해. 한순간도 널 사랑하지 않은 적 없어."

넌 내 거야. 앞으로도 영원히.

마야는 심장이 쿵쿵거려 조던에게서 몸을 홱 떼어내며 스웨터를 끌어내렸다.

"조던…. 그만해."

조던이 마야를 보았다. 그는 멍하면서도 걱정스러운 표정이었다.

"미안해. 안 좋았어? 너 말고 다른 사람하고는 키스해본 적이 없어. 그때 이후론…."

조던은 말꼬리를 흐렸다.

마야가 고개를 내저었다.

"아니야, 그런 게…. 못하겠어."

"괜찮아."

조던이 말했다. 하지만 실망한 기색이 역력한 채 앉아 있는 그는 너무도 가엾어 보였다.

"굳이 이러지 않아도…."

마야는 달리 할 말을 찾으려 애썼다.

"너무 갑작스러워서 그랬어."

"그냥 키스한 거뿐인데."

"사랑한다고 했잖아."

마야의 목소리는 떨리고 있었다.

"네가 모은 돈을 나한테 주겠다고도 했고. 나 그건 싫어."

"뭐가 싫다는 건데?"

상처받은 기색이 역력한 목소리로 조던이 물었다.

"내 돈 말이야, 아니면 사랑 말이야?"

"둘 다. 그럴 수가 없어, 알겠지? 네가 주는 건 지금 당장은 싫어."

마야는 뒤로 물러났다. 그런 그녀를 빤히 바라보다 조던이 무언가 말을 하려고 입을 열었다.

"부탁이야, 따라오지 마."

마야는 그 말만 하고서 두 사람이 함께 왔던 길로 서둘러 혼자 돌아갔다.

5
발렌타인의 아들

또다시 얼음으로 뒤덮인 풍경이 꿈에 나타났다. 사방으로 툰드라 지대가 끝도 없이 펼쳐져 있고, 시커먼 북극해 위에는 빙산이 떠다녔다. 산꼭대기마다 눈이 덮여 있고, 얼음으로 뒤덮인 도시마다 알리칸테에 있는 악마의 탑처럼 번쩍이는 탑들이 삐죽삐죽 솟아 있었다.

얼어붙은 도시 앞에는 얼어붙은 호수가 있었다. 클라리는 호수를 향해 가파른 비탈을 미끄러져 내려갔다. 하지만 왜 그곳으로 가려는지 그 이유는 알 수 없었다. 얼어붙은 호수 한가운데에서 두 개의 검은 형체가 나타났다. 비탈을 미끄러져 내려가는 사이 얼음에 스치느라 두 손은 불에 타는 듯 뜨거워졌고, 신발에는 눈이 가득 새어 들어왔다. 두 개의 검은 형체 중 하나는 까마귀처럼 검은 날개가 등에서 돋아난 소년이었다. 소년의 머리는 주위를 둘러싼 얼음처럼 새하였다. 그는 세바스찬이었다. 그리고 세바스찬 옆에 있는 것은 제이스였다. 온통 희거나 검은 것뿐인 속에서 색을 띤 것은 제이스의 금발 머리뿐이었다.

제이스가 세바스찬에게서 돌아서서 클라리를 향해 걸어왔다. 그의 등에서 백금처럼 희고 번쩍이는 날개가 돋아났다. 한참을 미끄러져 내려가던 클라리는 얼어붙은 호수를 불과 1, 2미터 앞두고 기진맥진해 무릎을 꿇고 쓰러졌다. 두 손은 퍼렇게 얼어붙은 채 피가 났고, 입술은 갈라지고, 얼음처럼 차가운 공기에 허파가 찢어질 듯 아팠다.

"제이스."

클라리가 속삭여 불렀다.

제이스가 다가와 클라리를 일으켰다. 그의 날개가 클라리를 감쌌다. 클라리는 다시 몸이 따스해지는 것을 느꼈다. 얼어붙었던 심장이 녹아내리면서 혈관이 따스해지고, 두 손과 두 발이 기분 좋게 따끔거리면서 되살아나는 느낌이 들었다.

"클라리."

클라리의 머리카락을 가볍게 쓰다듬으며 제이스가 말했다.

"소리 지르지 않겠다고 약속할 수 있어?"

클라리의 두 눈이 번쩍 뜨였다. 잠시 회전목마를 탄 듯 눈앞이 빙빙 돌았다. 그곳은 루크의 집에 있는 자신의 침실이었다. 늘 덮던 두꺼운 솜이불이 밑에 깔려 있고, 거울이 깨진 옷장이 눈에 들어왔다. 창문으로 흐릿한 빛이 들어왔다. 클라리는 담요를 겹겹이 덮은 채 옆으로 누워 있었다. 등이 기분 좋게 따뜻했다. 팔 하나가 자신의 옆구리 위에 늘어져 있었다. 잠이 덜 깬 몽롱한 머리에 내가 잠이 든 사이 사이먼이 창문으로 들어와 옆에 누워 있는 건가, 어렸을 때 같이 한 침대에서 자던 것처럼, 이라는 생각이 떠올랐다.

하지만 사이먼의 몸에서는 이제 체온을 느낄 수 없는데.

클라리의 가슴이 쿵쿵 뛰기 시작했다. 잠이 확 달아났다. 담요 속에서 몸을 돌렸다. 옆에 있는 사람은 제이스였다. 그가 한 손으로 머리를 받친 채 옆으로 누워 자신을 내려다보고 있었다. 흐릿한 달빛을 받은 그의 머리카락은 빛나는 후광 같았고 눈은 고양이 눈처럼 금색으로 반짝거렸다. 그리고 아까 봤을 때 입고 있던 흰색 반팔 티셔츠 차림에 맨살이 드러난 양쪽 팔뚝에는 구불구불한 덩굴 같은 룬이 그려져 있었다.

클라리는 놀라서 숨을 헉 들이마셨다. 제이스, 클라리가 아는 제이스는 한 번도 이런 눈빛으로 자신을 본 적이 없었다. 갈망하는 눈빛으로 본 적은 있지만, 지금처럼 나른하면서도 잡아먹을 듯한, 심장이 제멋대로 뛰게 만들 정도로 이글거리는 눈빛으로 본 것은 처음이었다.

클라리가 입을 열었다. 그의 이름을 부르려고 했는지 아니면 비명을 지르려고 했는지 자신도 알 수 없었지만…. 그런데 어느 쪽인지 미처 확인도 하기 전에 제이스가 눈에 보이지도 않을 만큼 빠르게 움직였다. 옆에 누워 있다가 어느 틈에 클라리의 몸 위로 엎드리며 한 손으로 그녀의 입을 막았다. 그리고 두 다리를 벌려 클라리의 허리께에 올라앉았다.

"너 다치게는 안 할 거야. 절대 그런 짓은 안 해. 그렇지만 네가 소리 지르는 건 원하지 않아. 너한테 할 말이 있어."

클라리는 제이스를 뚫어질 듯 노려보았다.

그런데 뜻밖에도 제이스가 웃음을 터뜨렸다. 귀에 익은 그의 웃음소리가 속삭임으로 이어졌다.

"무슨 생각하는지 다 알아, 클라리 프레이. 내가 이 손을 떼는 순간 넌 소리를 지를 거야. 아니면 그동안 받은 훈련을 이용해서 내 손목을 부러뜨리든지. 그런 짓 안 하겠다고 약속해, 얼른. 천사에게 맹세하라고."

클라리가 눈을 부라렸다. 다시 제이스가 말을 이었다.

"맞아, 그렇지. 내가 손으로 입을 막고 있으니 맹세를 할 수 없겠구나. 나 이제 손 뗄 거야. 만약에 네가 소리 지르면…."

제이스가 고개를 옆으로 살짝 기울였다. 그러자 흐릿한 금빛 머리카락이 그의 눈앞으로 흘러내렸다.

"난 사라질 거야."

제이스가 클라리의 입을 막고 있던 손을 치웠다. 클라리는 누운 채 자신의 위에 걸터앉은 제이스의 무게에 숨을 헐떡거렸다. 그가 자신보다 빠르다는 것은 잘 알고 있었다. 아무리 해도 그보다 빨리 움직일 수는 없었다. 그런데 지금 제이스는 마치 장난을 하는 것처럼 보였다. 제이스가 클라리에게 좀 더 가까이 다가오더니 그녀가 입고 있던 탱크톱을 위로 끌어올렸다. 클라리는 드러난 배의 맨살에 그의 탄탄한 복근이 와 닿는 것이 느껴졌다. 얼굴은 불에 타는 듯 뜨거워졌지만 혈관을 따라 날카로운 얼음 바늘이 흐르기라도 하는 듯 온몸이 싸늘하게 느껴졌다.

"여기서 뭐 하는 거야?"

클라리의 물음에 제이스가 실망한 얼굴로 살짝 뒤로 물러났다.

"그건 내가 바라던 대답이 아닌데. 난 '와, 만세' 뭐 이 정도 반응을 기대했는데. 죽었던 남자친구가 되살아나는 게 그렇게 자주 있는 일은 아니잖아."

"네가 안 죽었다는 건 알고 있었어."

클라리는 감각이 없는 입술로 말했다.

"인스티튜트 도서관에 있는 거 봤어. 옆에…."

"섹시한 여자랑 있었나?"

"세바스찬하고 같이 있었잖아."

제이스가 숨을 내쉬며 낮은 소리로 웃었다.

"너도 거기 있는 거 알아. 느낄 수 있었거든."

클라리는 온몸이 굳었다.

"죽은 줄만 알았어. 그때까지. 난 네가…정말 그럴 수도 있다고 생각했어. 네가 정말로…."

클라리는 말을 잇지 못했다. 차마 '죽었다'라는 말을 입 밖으로 낼 수가 없었다.

"절대 용서 못 해. 만약 내가 그런 짓을 했다면 넌…."

"클라리."

제이스가 다시 몸을 숙여 가까이 다가왔다. 그의 두 손이 클라리의 손목에 따스하게 느껴졌고, 그의 숨결이 그녀의 귀를 부드럽게 스쳤다.

"나도 어쩔 수 없었어. 너무 위험해서 그랬어. 만약에 내가 너한테 다이야기했다면 넌 내가 아직 살아 있다는 사실을 위원회에 알려야 할지, 그래서 그들이 날 붙잡도록 해야 할지 아니면 거짓말을 해서 위원회가 너를 공범이라고 생각하도록 둬야 할지를 선택해야 했을 거야. 그러다네가 아까 도서관에 있다는 걸 알고는 그냥 기다렸어. 네가 아직도 나를 사랑하는지 아닌지 확인해야 했으니까. 네가 날 봤다는 걸 위원회에 알리는지 아닌지 봐야만 했어. 그런데 넌 위원회에 알리지 않았어. 난 네가 법을 따르는 것보다 나를 더 소중하게 여긴다는 걸 알아야만 했어. 넌 법보다 나를 더 소중하게 생각해, 그렇지?"

"모르겠어."

클라리는 속삭이듯 말을 이었다.

"모르겠다고. 대체 넌 누구야?"

"나 제이스 맞아. 그리고 여전히 널 사랑해."

제이스가 말했다.

뜨거운 눈물이 클라리의 눈가에 맺혔다. 눈을 깜박거리자 눈물이 얼굴을 따라 흘러내렸다. 제이스가 천천히 고개를 숙여 클라리의 두 볼에 입을 맞추고 다시 그녀의 입술에 입을 맞췄다. 눈물이 묻어 그의 입술이 짜게 느껴졌다. 제이스가 자신의 입술로 클라리의 입술을 부드럽게 열었다. 너무도 익숙한 느낌이, 촉감이 밀려오면서, 한순간 제이스 곁에 있고 싶다는, 그를 붙잡아두고 싶다는 맹목적인 갈망이 모든 의심을 삼켜버렸다. 클라리는 그대로 모든 것을 그에게 맡겼다. 그때 침실 문이 열렸다.

제이스가 클라리를 놓았다. 클라리도 서둘러 그에게서 물러나며 위로 올라간 탱크톱 자락을 허겁지겁 내렸다. 제이스가 느긋하게 몸을 뻗어 일어나 앉더니 문가에 서 있는 사람을 올려다보며 미소를 지었다.

"야, 야. 이건 나폴레옹이 한겨울에 러시아를 침공한 것보다 더 최악의 타이밍이잖아."

제이스가 말했다.

문가에 서 있는 것은 세바스찬이었다.

가까이에서 보니 클라리는 세바스찬이 이드리스에서 알던 모습과 얼마나 다른가를 똑똑히 알 수 있었다. 머리는 종잇장처럼 새하얗고, 거미다리처럼 긴 속눈썹이 있는 두 눈은 시커먼 터널 같았다. 하얀 셔츠의 소매를 걷어 올려 팔찌처럼 오른쪽 손목을 빙 둘러 난 빨간 흉터가 선명하게 보였다. 손바닥에도 새로 생긴 듯한 심한 흉터가 새겨져 있었다.

"지금 네가 집적거리고 있는 애, 내 여동생이거든."

검은 눈으로 제이스를 빤히 보며 세바스찬이 말했다. 그의 얼굴에는 재미있다는 기색이 역력했다.

"미안."

말은 그렇게 했지만 제이스의 목소리에는 전혀 미안한 기색이 없었다. 제이스는 고양이처럼 담요에 등을 기댔다.

"우리 둘 다 너무 흥분해서 말이야."

클라리는 숨을 헉 들이마셨다. 그녀의 귀에는 이 모든 말이 너무도 불쾌하게 들렸다.

"꺼져."

클라리가 세바스찬에게 말했다.

세바스찬은 팔꿈치와 허리께를 문틀에 기대고 서 있는데, 그 모습이 제이스와 너무도 닮아 보여 클라리는 깜짝 놀랐다. 둘은 생김새는 전혀 닮지 않았지만 움직임이 너무도 닮아 보였다. 마치 둘이….

같은 사람에게 몸동작을 훈련 받기라도 한 것처럼.

"그게 오빠한테 하는 말버릇이야?"

세바스찬이 말했다.

"매그너스가 너한테 옷걸이를 남겨뒀어야 하는 건데."

클라리가 내뱉듯 말했다.

"아, 그거 기억하는구나? 그날은 꽤 재미있었는데 말이야."

세바스찬이 히죽히죽 웃자 클라리는 가슴이 쿵 내려앉았다. 그가 자신을 불타버린 엄마 집에 데려갔던 일이며, 그는 자기들이 어떤 관계인지 알면서 클라리는 그걸 모른다는 사실을 즐기며 저택의 잔해 속에서 자신에게 키스를 했던 일이 기억났다.

클라리가 곁눈질로 제이스를 살폈다. 그 역시 세바스찬이 클라리에게 키스한 일을 잘 알고 있었다. 세바스찬은 그 일을 가지고 제이스를 놀렸고 제이스는 하마터면 세바스찬을 죽일 뻔했다. 하지만 지금 제이스는 조금도 화가 난 것 같지 않았다. 방해 받은 것이 살짝 짜증나긴 해도 재미있다는 듯한 얼굴이었다.

"언제 다시 그런 시간 보내야지. 가족끼리 같이 어울려야 되잖아."

손톱을 들여다보며 세바스찬이 말했다.

"네가 어떻게 생각하든 상관없어. 넌 내 오빠가 아니야." 클라리가 말했다. "넌 살인자야."

"살인자라고 해서 오빠가 아니다, 라는 건 논리적으로 말이 안 되잖아. 사랑하는 아버지의 경우에도 그런 식의 논리는 적용되지 않고 말이야."

세바스찬은 천천히 제이스에게로 시선을 돌리며 말했다.

"보통은 친구가 연인하고 같이 있을 때 훼방 놓는 거 참 싫어하는 편인네, 지금은 이 복도에 이렇게 무작정 서 있는 거 별로 마음에 안 든다. 불도 켤 수 없으니까 더 싫어. 지루해."

제이스가 앉은 자세를 고쳐 몸을 세우며 셔츠를 아래로 잡아당겼다.

"5분만 줘."

제이스의 말에 세바스찬이 과장된 한숨을 내쉬고는 문을 홱 닫았다. 클라리는 제이스를 빤히 노려보았다.

"빌어먹을…."

"말조심해, 클라리 프레이." 제이스는 눈동자를 이리저리 굴리며 말했다. "긴장 풀어."

클라리가 문을 향해 손을 휘둘렀다.

"세바스찬이 하는 소리 들었잖아. 나한테 키스했던 날에 대해서 이야기하는 거 말이야. 그는 내가 자기 여동생인 걸 다 알고도 그런 짓을 했어. 제이스…."

금빛 눈동자가 어두워지며 제이스의 눈빛이 살짝 달라지는가 싶었지만, 클라리의 말은 테프론 코팅된 프라이팬을 스친 음식처럼 제이스에게 아무런 변화도 일으키지 못했다.

클라리는 제이스에게서 물러났다.

"제이스, 내가 하는 말 하나도 안 듣고 있는 거야?"

"저기, 오빠가 문 밖에 버티고 서 있어서 불편해하는 건 나도 이해해. 나도 처음부터 너하고 키스할 생각은 아니었어. 그 순간에는 그게 좋은 생각이다 싶어서 그랬어."

제이스는 다른 때라면 클라리가 사랑스럽다고 느꼈을 법한 미소를 지어 보이며 말했다.

클라리는 제이스를 노려보며 침대에서 일어났다. 그리고 침대 기둥에 걸어둔 가운을 집어 몸에 걸쳤다. 제이스는 클라리를 말릴 생각도 않고 어둠 속에서 눈을 빛내며 빤히 바라보기만 했다.

"난…하나도 이해 못 하겠어. 그렇게 사라져놓고 이제 갑자기 저…인간하고 같이 나타나서는 마치 내가 저 인간이 누군지도 모른다거나 신경 안 쓴다는 듯이, 아니면 그 일을 기억 못 한다는 식으로 굴면…."

"내가 말했잖아." 제이스가 말을 끊으며 끼어들었다. "너에 대한 확신이 필요했다고 말이야. 클레이브가 여전히 너를 심문하고 있는데 네가 나의 거취에 대해 알게 하고 싶지 않았어. 그러면 네가 힘들 거라고 생각했기 때문에….”

“내가 힘들 거라고 생각했다고?”

클라리는 화가 치밀어 숨도 쉴 수 없었다.

“힘들다는 건 시험 같은 거 볼 때나 하는 말이지. 아니면 장애물 경기 같은 거 할 때나. 네가 그렇게 사라지고 나서 난 말 그대로 죽은 사람이나 다름없었어, 제이스. 알렉은 또 어땠는지 알아? 이사벨은? 메이리스는? 다들 어땠는지 알기나 해? 상상이 돼? 찾으러 다니는….”

제이스의 얼굴에 또다시 묘한 표정이 스쳐 지나갔다. 클라리의 말을 듣고는 있지만 동시에 듣지 않는 것 같은 표정이었다.

“아, 그래, 물어볼 참이었어. 다들 날 찾아다녔던 거야?”

제이스가 천사처럼 미소를 지으며 말했다.

“다들….”

클라리는 고개를 내저으며 가운을 더욱 바짝 당겨 입었다. 문득 제이스 앞에서, 너무도 익숙한 눈동자 앞에서, 복도에서 누가 기다리고 있건 상관없이 너와 무슨 짓이라도 할 수 있다고 말하는 듯한 이 아름다운 정복자의 눈동자 앞에서 몸을 가려야겠다는 생각이 들었다.

“잃어버린 고양이 찾을 때처럼 전단지나 몇 장 뿌리고 말 줄 알았는데. ‘실종, 눈이 빙빙 돌게 매력적인 십대 소년. 제이스라고 부르거나 섹시남이라고 부르면 대답함.’ 이렇게 써서 말이야.”

제이스가 말했다.

“그런 식으로 말하지 마.”

“‘꽃미남’이라는 말 마음에 안 들어? 그럼 ‘차도남’이라고 할까? ‘영국산 훈남’은 어때? 그래, 그게 좀 더 어울리는 것 같기도 하네. 엄밀히 따지자면 우리 집안이 영국….."

"닥쳐." 클라리가 매몰차게 말했다. "그리고 나가."

"저기…."

제이스는 깜짝 놀란 듯 보였다. 클라리는 그 저택 밖에서 자신이 밀쳐 냈을 때 제이스가 얼마나 놀랐던지가 기억났다.

"알았어, 괜찮아. 다음엔 진지하게 말할게. 클라리사, 오늘 여기 온 건 널 데려가고 싶어서야."

"어디로 가려고?"

"같이 가자." 그렇게 말하고서 제이스는 머뭇거리다 말을 이었다. "세바스찬도 같이. 내가 다 설명해줄게."

잠깐 동안 클라리는 얼어붙은 듯 꼼짝도 하지 않은 채 제이스만 빤히 바라보았다. 은색 달빛에 그의 입매와 광대뼈가 도드라져 보였다. 그리고 속눈썹 밑으로 드리운 그림자와 목선도 똑똑히 보였다.

"지난번에 너하고 '같이 갔을 때'는 얻어맞아서 정신을 잃고 쓰러져 흑마술 의식에 끌려갔거든."

"그건 내가 한 짓 아니야. 릴리스가 한 짓이지."

"내가 아는 제이스 라이트우드는 조너선 모겐스턴과 같은 공간에 있다면 분명 그를 죽이려 들었지, 이렇게 평화롭게 공존하지는 않을 거야."

"그건 내가 자멸하는 길이라는 걸 너도 알게 될 거야."

제이스는 부츠를 신으며 대수롭지 않다는 투로 말했다.

"우리는 서로 연결되어 있어. 세바스찬하고 나 말이야. 그를 베면 내가 피를 흘려."

"연결되어 있다고? 대체 무슨 소리야, 연결되어 있다는 게?"

제이스는 클라리의 질문을 무시한 채 밝은 금빛 머리카락을 뒤로 툭 쳐 넘겼다.

"클라리, 이건 네가 쉽게 이해할 수 있는 일이 아니야. 그에게는 계획이 있어. 그는 희생하려 애쓰고 있어. 나한테 설명할 기회만 준다면…."

"그는 맥스를 죽였어. 제이스. 네 동생 말이야."

클라리의 말에 제이스는 얼굴을 찡그렸다. 아주 잠깐, 클라리는 제이스의 속마음에 다가갔다고 믿었다. 하지만 구겨진 종이를 펴듯 제이스의 얼굴은 다시 평온해졌다.

"그건…그냥 사고였어. 그리고 세바스찬도 나한테는 형제나 마찬가지야."

"아니야." 클라리는 세차게 고개를 내저었다. "그는 네 형제가 아니야. 내 형제지. 젠장, 사실이 아니면 얼마나 좋을까. 그는 태어나지 말았어야 할…."

"어떻게 그렇게 말해?"

제이스가 따지듯 물었다. 그는 다리를 휙 돌려 침대 밖으로 내렸다.

"이 세상을 지금 네가 생각하는 것처럼 흑백논리로만 따질 수는 없을지도 모른다는 생각은 한 번도 해본 적 없어?"

제이스는 허리를 숙여 무기를 매단 벨트를 집어 들어 허리에 차며 말했다.

"클라리, 전쟁이 일어나면 사람들이 죽고 다치지. 하지만…평상시와는 다르게 받아들이잖아. 이제는 나도 세바스찬이 내가 사랑하는 사람들을 일부러 해친 게 아니라고 생각해. 그는 대의를 위해 싸우고 있는 거야. 이럴 때는 부수적 피해가 생길 수밖에…."

"네 동생이 죽은 걸 그냥 부수적 피해라고 넘기겠다는 거야?"

클라리가 거의 고함을 지르듯 말했다. 숨도 제대로 쉴 수 없을 것 같았다.

"클라리, 너 내 말 제대로 안 들었구나. 이건 정말 중요한…."

"발렌타인도 자기가 하는 일이 중요하다고 말했는데, 그래서 지금 네가 하는 일도 중요하다는 거야?"

"발렌타인은 틀렸어. 클레이브가 부패했다는 발렌타인의 생각은 옳았지만 상황을 바로잡는 방법이 틀렸어. 하지만 세바스찬은 제대로 하고 있어. 내가 우리 말을 제대로 듣기만 한다면…."

"우리? 세상에, 제이스…."

제이스는 침대에 앉은 채 클라리를 빤히 노려보았다. 클라리는 가슴이 무너지는 것 같았지만 스텔레를 어디다 두었는지 기억하려고 애썼다. 침대 옆 협탁 서랍에 넣어둔 커터칼을 꺼낼 수 있을까, 라는 생각도 했다. 필요하다면 그 칼을 쓸 수 있을까, 라는 생각까지도.

"클라리?"

고개를 옆으로 기울여 클라리의 얼굴을 살피며 제이스가 물었다.

"너 아직…아직 나 사랑하지, 아니야?"

"난 제이스 라이트우드를 사랑해. 그런데 지금 내 앞에 있는 사람은 누군지 모르겠어."

클라리의 말에 제이스의 얼굴이 변했다. 그런데 그가 미처 뭔가 말을 하기도 전에 침묵을 찢는 비명이 들렸다. 곧이어 유리 깨지는 소리가 들렸다.

클라리는 즉시 누구의 목소리인지 알아차렸다. 엄마였다.

제이스를 다시 돌아볼 생각도 못 하고 클라리는 침실 문을 홱 열고 복도를 지나 거실로 달려갔다. 루크의 집 거실은 넓고 긴 조리대를 사이에 두고 부엌과 붙어 있었다. 요가 팬츠에 끝이 너덜너덜한 티셔츠를 입고 머리는 대충 뒤로 묶어 올린 엄마가 조리대 옆에 서 있었다. 마실 것을 찾으러 부엌으로 나온 참인 것 같았다. 엄마의 발치에 유리 조각이 산산이 부서져 널려 있고 회색 카펫은 물에 젖어 있었다.

엄마의 얼굴이 표백한 모래처럼 새하얗게 질려 있었다. 엄마는 거실 너머를 빤히 노려보고 있었고, 클라리는 고개를 돌리지 않고도 엄마가 누구를 보고 있는지 알 수 있었다.

엄마의 아들.

야윈 얼굴의 세바스찬이 거실 문 옆 벽에 무표정하게 기대서 있었다. 그는 눈을 내리깔고 속눈썹 아래로 조슬린을 바라보았다. 그 모습에서 호지가 가지고 있던 사진 속 열일곱 살의 발렌타인이 떠올랐다.

"조너선."

조슬린이 속삭였다. 클라리는 얼어붙은 듯 서 있었다. 제이스도 복도에서 뛰어 들어오다 눈앞에 펼쳐진 광경을 보고는 그대로 멈춰 섰다. 그의 왼손에는 무기 벨트가 들려 있었다. 가느다란 손가락이 벨트에 꽂힌 단검에서 몇 센티미터나 떨어져 있었지만 그가 마음만 먹으면 1초도 걸리지 않고 단검을 뽑을 수 있다는 것을 클라리는 잘 알고 있었다.

"이제는 '세바스찬'이라고 불리는데요."

클라리의 오빠가 입을 열었다.

"당신하고 내 아버지가 지어준 이름을 고수할 생각이 없다는 결론을 내렸거든요. 두 사람 다 나를 배신했으니까요. 그리고 가능한 당신과도 유대관계를 유지하고 싶지 않고 말입니다."

조슬린의 발치에 고인 물이 카펫을 시커멓게 만들며 번져나갔다. 세바스찬의 얼굴을 위아래로 살피며 조슬린이 앞으로 한 걸음 나왔다.

"난 네가 죽은 줄 알았어."

조슬린이 속삭이듯 말했다.

"정말 죽은 줄 알았어. 네 뼈가 재로 변한 걸 내 눈으로 봤단 말이야."

세바스찬이 검은 눈을 가늘게 뜨고 조슬린을 보았다.

"당신이 진짜 엄마라면, 좋은 엄마라면 내가 살아 있다는 걸 알았을 거예요. 누군가 이런 말을 했어요, 어머니는 자식이 살아 있는 동안 영혼의 열쇠를 품에 지니고 있다고. 하지만 당신은 내 영혼의 열쇠를 내던졌어."

조슬린의 목구멍에서 신음이 새어나왔다. 그녀는 조리대에 기대어 간신히 서 있었다. 클라리는 엄마에게 달려가고 싶었지만 발이 바닥에 얼어붙은 듯 꼼짝도 할 수 없었다. 오빠와 엄마 사이에 무슨 일이 있었건 자신과는 상관없는 일이라고 클라리는 생각했다.

"날 만난 게 하나도 반갑지 않다는 말은 마세요, 어머니."

세바스찬이 말했다. 애원하는 말이었지만 목소리에는 아무 감정도 실려 있지 않았다. 세바스찬은 양팔을 활짝 벌렸다.

"이 정도면 당신이 바라는 완벽한 아들의 모습 아닌가요? 힘세고, 잘생기고, 죽은 아빠랑 똑같이 생겼잖아요."

조슬린이 고개를 가로저었다. 얼굴은 잿빛으로 변해 있었다.

"바라는 게 뭐야, 조너선?"

"사람이라면 누구나 당연히 바라는 걸 바랄 뿐이에요. 마땅히 가져야 할 걸 갖고 싶은 것뿐이라고요. 내 경우에는 모겐스턴의 유산이겠네요."

"모겐스턴의 유산이라면 피와 절망뿐이야. 여기는 모겐스턴이 없어. 나도 아니고, 내 딸도 아니야."

조슬린이 몸을 꼿꼿이 폈다. 손으로는 여전히 조리대를 붙잡고 있었지만 엄마의 표정에서 불꽃같은 기세가 되살아나고 있음을 클라리는 느낄 수 있었다.

"조너선, 지금 떠난다면 네가 여기 왔다는 사실을 클레이브에 알리지 않으마."

조슬린은 제이스를 향해 눈을 깜박이며 계속 말을 이었다.

"너도 마찬가지고. 너희 두 사람이 손을 잡았다는 것을 클레이브에서 알면 두 사람을 다 죽이려고 나설 거야."

클라리는 자기도 모르게 제이스를 보호하려는 듯 그의 앞으로 몸을 움직였다. 제이스는 클라리의 어깨 너머로 조슬린을 바라보았다.

"제가 죽을까 봐 걱정돼요?"

제이스가 물었다.

"그 일이 내 딸한테 미칠 영향 때문에 걱정이 돼."

조슬린이 말했다.

"그리고 법은 냉정해…. 지나칠 정도로. 너한테 일어난 일은…무효화 할 수 있을지도 몰라."

조슬린은 세바스찬에게로 다시 시선을 돌리며 말을 이었다.

"하지만 너한테 일어난 일은…. 조너선…. 너무 늦은 것 같구나."

조리대를 붙잡고 있던 손이 앞으로 나왔다. 그 손에는 루크의 킨잘 검이 쥐어져 있었다. 조슬린의 얼굴 위로 반짝이는 눈물이 흘러내렸다. 하지만 손은 검을 단단히 쥐고 있었다.

"나 똑같이 생겼죠, 안 그래요?"

세바스찬은 꼼짝도 하지 않고 물었다. 마치 검은 보지도 못한 것처럼.

"발렌타인하고 말이에요. 그래서 나를 그런 눈으로 보는 거잖아요."

조슬린은 고개를 가로저었다.

"너는 언제나 지금 모습 그대로였어, 내가 너를 처음 봤을 때부터. 너는 악마의 자식처럼 보였어."

조슬린의 목소리는 가슴이 쓰릴 정도로 구슬프게 들렸다.

"정말 미안해."

"뭐가 미안하다는 건데요?"

"네가 태어났을 때 널 죽이지 못한 거."

그렇게 말하면서 조슬린이 킨잘을 휘두르며 조리대에서 몸을 뗐다.

클라리는 온몸이 긴장했지만 세바스찬은 꼼짝도 하지 않았다. 그의 검은 눈동자만 자신에게로 다가오는 어머니를 따라 움직였다.

"그게 당신이 원하는 건가요?" 세바스찬이 물었다. "내가 죽기를 바라는 거예요?"

세바스찬은 마치 조슬린을 껴안기라도 하려는 듯 두 팔을 벌리고 앞으로 한 발 다가갔다.

"해봐요. 당신 자식을 죽이라고요. 말리지 않을 테니까."

"세바스찬."

제이스가 불렀다. 클라리는 믿을 수 없다는 표정으로 그를 보았다. 제이스가 정말 세바스찬을 걱정하는 거야?

조슬린은 다시 한 걸음 더 나아갔다. 손에 쥔 검을 하도 빨리 휘둘러 제대로 보이지도 않을 정도였다. 그러다 검 끝이 세바스찬의 심장을 정확히 겨누며 멈췄다.

그래도 세바스찬은 꼼짝하지 않았다.

"어서 해요."

세바스찬이 부드러운 목소리로 말했다. 그러고는 고개를 옆으로 살짝 기울였다.

"아니, 정말 할 수 있으려나? 당신은 내가 태어났을 때 날 죽일 수도 있었어요. 하지만 그렇게 하지 않았어."

목소리를 낮추며 세바스찬은 계속 말했다.

"아마 당신은 자식에게 조건적인 사랑을 베푼다는 것은 말이 안 된다고 생각했겠지. 내게 충분히 사랑을 베풀면 나를 살릴 수 있다고 생각했을 거야."

한순간 어머니와 아들, 두 사람의 얼음 같은 초록색 눈동자와 석탄 같은 검은색 눈동자가 서로를 노려보았다. 조슬린의 입가에는 클라리가 2주일 전까지만 해도 보지 못한 주름이 드리워져 있었다.

"넌 거짓으로 꾸미고 있어."

떨리는 목소리로 조슬린이 말했다.

"조너선, 너는 아무 감정도 느끼지 못하잖아. 네 아비는 앵무새에게 사람의 말을 따라하도록 가르치는 것처럼 너에게 인간의 감정을 흉내 내도록 가르쳤어. 앵무새가 사람의 말을 따라하기는 하지만 자신이 하는 말의 의미는 모르는 것처럼, 너도 감정을 흉내 내기는 하지만 진심으로 느끼지는 못해. 난 정말 네가 감정을 진심으로 느끼길 바라지만, 아,

어떡하면 좋아. 하지만⋯."

조슬린이 허튼 동작 없이 날렵하게 반원을 그리며 검을 쳐들었다. 끝이 정확하게 목표를 겨냥하고 있어서 검이 세바스찬의 늑골을 지나 심장을 갈랐어야 했다. 분명 그렇게 되었을 것이다, 세바스찬이 제이스보다 더 빨리 움직이지 못했다면. 세바스찬은 몸을 휙 돌려 피했다가 처음 자리로 되돌아왔고, 그 덕에 검 끝은 그의 가슴을 살짝 그었을 뿐이었다.

클라리 옆에 있던 제이스가 숨을 헉 들이마셨다. 클라리는 빙글 돌아서 그를 보았다. 제이스의 셔츠 가슴팍에 붉은 핏줄기가 번졌다. 그가 손으로 그 핏줄기를 만졌다. 손가락 끝이 붉게 물들었다.

우리는 서로 연결되어 있어. 그를 베면 내가 피를 흘려.

두 번 생각할 것도 없이 클라리가 거실을 가로질러 조슬린과 세바스찬 사이를 가로막고 섰다.

"엄마. 그만해요."

클라리가 숨을 헐떡이며 말했다.

조슬린은 여전히 검을 손에 쥔 채 세바스찬을 노려보고 있었다.

"클라리, 저리 비켜."

세바스찬이 웃음을 터뜨렸다.

"사랑스럽기도 하지, 안 그래요? 여동생이 오빠를 구하려고 목숨까지 내던지다니 말이에요."

"널 보호하려고 이러는 거 아니야."

클라리는 엄마의 얼굴에서 눈을 떼지 않은 채 말을 이었다.

"조너선한테 일어나는 일은 무엇이든 제이스한테 똑같이 일어나요.

알겠어요, 엄마? 엄마가 조녀선을 죽이면 제이스도 죽는다고요. 제이스도 지금 피 흘리고 있어요. 엄마, 제발."

조슬린은 여전히 검을 굳게 쥐고 있었지만 얼굴에는 반신반의한 기색이 역력했다.

"클라리…."

"멋진데, 정말 곤란하겠어요."

세바스찬이 말했다.

"당신이 이 상황을 어떻게 풀어갈지 보고 싶어질 것 같은데. 어차피 내가 여길 떠날 이유도 없고 말이에요."

"아니, 떠날 이유가 있어."

복도에서 누군가 말했다.

루크였다. 맨발에 청바지와 낡은 스웨터 차림의 그는 헝클어진 머리에 안경을 안 써서인지 평소보다 묘하게 젊어 보였다. 끝을 톱으로 자른 산탄총 개머리판을 어깨에 밀착시키고 선 그는 총구로 정확하게 세바스찬을 겨냥했다.

"이거 윈체스터 12게이지 펌프연사식 산탄총이야. 우리 무리에서는 못되게 날뛰는 놈 처리할 때 이걸 쓰지. 발렌타인의 아들, 이걸로 널 죽일 수는 없을지 몰라도 다리 하나 정도를 날려버릴 수는 있어."

순간 거실에 있는 모든 사람이 숨을 헉 들이마시는 것 같았다. 그 말을 한 루크와 세바스찬만 빼고. 세바스찬은 입이 찢어져라 미소를 지으며 돌아서서 총은 전혀 의식하지 못한다는 듯 루크를 향해 태연히 걸어갔다.

"발렌타인의 아들이라."

세바스찬이 입을 열었다.

"정말 나를 그렇게 생각해요? 상황만 달랐다면 당신은 내 대부가 될 수도 있었을 텐데."

"상황만 달랐다면. 네가 인간이 될 수도 있었겠지."

손가락을 방아쇠로 내리며 루크가 말했다.

세바스찬이 걸음을 멈췄다.

"그건 그쪽도 마찬가지일 텐데, 늑대인간."

시간이 점점 느리게 가는 것 같았다. 루크가 산탄총 총구를 향해 시선을 옮겼다. 세바스찬은 미소를 머금고 서 있었다.

"루크." 클라리가 불렀다. 소리를 지르고 싶은데 겨우 속삭이는 듯한 소리만 나오는, 그런 악몽을 꾸는 기분이었다. "루크, 안 돼요."

새아빠의 손가락이 방아쇠에 힘을 가하는 순간, 제이스가 총알처럼 클라리 옆에서 뛰어나가 소파를 휙 넘어서는 막 총알을 발사한 루크를 덮쳤다.

산탄 총알은 넓게 퍼져 날아갔다. 총알에 맞아 유리창 하나가 박살났다. 균형을 잃은 루크가 비틀비틀 뒷걸음질을 쳤다. 제이스가 그의 손에서 총을 낚아채 내던졌다. 총은 깨진 창문 밖으로 날아갔고 제이스는 다시 루크에게로 돌아섰다.

"루크…."

제이스가 입을 여는 순간 루크가 그를 쳤다.

지금까지 벌어진 모든 일을 알고 있는데도 불구하고, 클라리는 늘 조슬린과 메이리스, 클레이브 앞에서 수도 없이 제이스 편에 섰던 루크가, 천성적으로 부드럽고 자상한 루크가 자기 눈앞에서 제이스의 얼굴에 주먹을 날리는 모습을 보자 자신이 루크에게 맞은 것처럼 충격을 받았다. 예상도 못 하다가 얻어맞은 제이스는 벽에 쿵 처박혔다.

그리고 지금껏 조롱하고 비아냥거리기만 할 뿐 다른 감정은 전혀 드러내지 않던 세바스찬이 으르렁대듯 소리를 지르더니 벨트에서 길고 가는 단검을 뽑았다. 순간 루크의 눈이 휘둥그레지며 달아나려고 몸을 틀었지만 세바스찬이 더 빨랐다. 지금껏 클라리가 본 그 누구보다, 제이스보다도 빨랐다. 그가 루크의 가슴을 단검으로 찔러 홱 비틀더니 자루까지 핏빛으로 변한 검을 도로 뽑아냈다. 루크는 벽으로 푹 넘어지더니 벽에 핏자국을 남기며 미끄러져 주저앉았다. 클라리는 공포에 질려 그 모습을 바라보기만 했다.

조슬린이 비명을 질렀다. 그 소리가 총알이 유리창을 깨던 소리보다 컸지만 클라리의 귀에는 아주 먼 곳에서 들리는 듯, 아니면 물속에서 들리는 듯 느껴졌다. 클라리는 루크를 멍하니 바라보고만 있었다. 이제 루크는 바닥으로 완전히 무너져 내렸고 카펫 위로 빠르게 붉은 피가 번져 나갔다.

세바스찬이 다시 단검을 쳐드는 순간…클라리가 몸을 날려 있는 힘껏 그의 어깨를 쳤다. 균형을 잃게 만들 작정이었는데 세바스찬은 꿈쩍도 하지 않았다. 그러나 단검을 내리고 클라리에게로 돌아섰다. 그의 입술이 찢어져 피가 흐르고 있었다. 언제 이런 상처를 입었을까, 라고 생각하던 클라리는 제이스가 빙 돌아서며 시야에 들어오고 나서야 그가 루크한테 맞아 입술에 피가 났음을 알아차렸다.

"그만해!"

제이스가 세바스찬의 재킷 뒷자락을 움켜잡으며 말했다. 얼굴에 핏기가 가신 제이스는 루크도, 클라리도 보지 않았다.

"그만하라고. 이러려고 온 거 아니잖아."

"내버려두라니까…."

"안 돼."

제이스가 세바스찬 옆으로 오더니 그의 손을 잡았다. 곧이어 제이스가 클라리와 시선을 마주했다. 그의 입술이 말을 하듯 움직이자…세바스찬의 손가락에 있던 반지에서 은빛이 번쩍이더니…숨 한 번 쉴 정도밖에 안 되는 찰나에 두 사람이 흔적 없이 사라져버렸다. 바로 그 순간 그들이 서 있던 자리로 기다란 금속 물체가 날아와 벽에 꽂혔다. 루크의 킨잘 검이었다.

클라리가 고개를 돌려 엄마를 보았다. 검은 엄마가 던진 것이었다. 엄마는 클라리를 보지 않았다. 곧장 루크의 곁으로 달려가 피로 물든 카펫에 털썩 무릎을 꿇고 앉더니 그를 자신의 무릎으로 안아 올렸다. 루크는 두 눈을 감고 있었다. 그의 입가로 피가 방울방울 흘러내렸다. 1, 2미터 밖에 피로 물든 세바스찬의 은색 단검이 떨어져 있었다.

"엄마." 클라리가 작은 소리로 말했다. "설마 루크가…."

"단검이 은빛이었어." 조슬린은 떨리는 목소리로 말했다. "평소처럼 빨리 치유되지 못할 거야. 특별한 치료를 받지 않는 한."

조슬린이 손끝으로 루크의 얼굴을 쓰다듬었다. 그의 가슴이 위로 솟았다 꺼지자 클라리는 조금이나마 마음이 놓였다. 눈물이 솟구치며 목이 메어와 아팠다. 그리고 너무도 침착한 엄마의 모습에 감탄했다. 하지만 이 여인은 불타버린 자신의 집에서 부모와 아들을 포함해 온통 새까맣게 타버린 가족들의 시신을 목격하고도 살아남은 사람이라는 것이 기억났다.

"욕실에서 수건 좀 가져와. 피를 멈춰야 돼."

엄마가 말했다.

클라리는 비틀거리며 일어나 앞을 보는 둥 마는 둥 하며 루크의 작고 기울어진 욕실로 들어갔다. 욕실 문 뒤에 회색 수건이 걸려 있었다. 클라리는 수건을 끌어당겨 쥐고 도로 거실로 나왔다. 자신의 무릎에 누운 루크를 한 손으로 붙잡고 다른 한 손으로 휴대전화를 들고 있던 조슬린이 휴대전화를 내던지고 클라리가 가져온 수건으로 손을 뻗었다. 그러고는 수건을 반으로 접어 루크의 가슴에 난 상처 위에 얹고 힘껏 눌렀다. 회색 수건 가장자리가 피로 물들어 빨갛게 변하는 것이 클라리의 눈에 들어왔다.

"루크."

클라리가 작은 소리로 불렀다. 그는 꼼짝도 하지 않았다. 얼굴이 무시무시할 만큼 잿빛으로 변해 있었다.

"무리한테 전화했어."

조슬린이 말했다. 하지만 눈은 딸을 보지 않았다. 클라리는 엄마가 제이스와 세바스찬에 대해 자신에게 아무것도 묻지 않았다는 생각이 들었다. 어째서 자신의 방에서 제이스와 함께 나왔는지, 그곳에서 둘이 무엇을 했는지도 엄마는 묻지 않았다. 지금 엄마의 관심은 온전히 루크에게만 쏠려 있었다.

"이 근처를 순찰하는 이들이 있대. 그들이 여기 오는 대로 우리는 떠나야 해. 제이스가 널 찾아 다시 올 거야."

"그걸 어떻게 알고…."

바짝 말라버린 목으로 클라리가 힘겹게 말을 꺼냈다.

"난 알아. 발렌타인은 15년이 지나서도 날 찾아왔어. 모겐스턴 집안의 남자들은 원래 그래. 그들은 포기를 몰라. 그러니까 널 찾아서 다시 올 거야."

제이스는 발렌타인이 아니잖아. 하지만 그 말은 클라리의 입술 밖으로 나오지 못했다. 클라리도 무릎을 꿇고 앉아 루크의 손을 꼭 잡고 사랑한다고 말해주고 싶었다. 하지만 자기 방에서 제이스에게 손을 잡혔던 것이 기억나 그렇게 하지 않았다.

전부 내 탓이야. 난 루크를 위로할 자격도 나 자신을 위로할 자격도 없어. 지금 나는 고통 받고 죄책감에 사로잡혀야 마땅해.

현관에서 발자국 소리와 낮게 웅얼거리는 목소리가 들렸다. 조슬린이 고개를 홱 들었다. 무리가 온 것이다.

"클라리, 가서 짐 챙겨라."

조슬린이 말했다.

"앞으로 필요할 거라 생각되는 건 다 챙겨. 하지만 가지고 갈 수 있는 만큼만이야. 우린 이 집에 다시는 돌아오지 않을 거야."

6
이 세상 그 어떤 무기로도

이른 눈발이 푸르스름한 잿빛 하늘에서 깃털처럼 나풀나풀 떨어졌다. 클라리는 엄마와 함께 이스트 강에서 불어오는 싸늘한 바람을 피해 고개를 푹 숙인 채 그린포인트 가를 따라 서둘러 걸었다.

조슬린은 늑대인간 무리가 본부로 이용하는 버려진 경찰서 건물에 루크를 두고 온 후로 한마디도 하지 않았다. 무리가 그들의 지도자를 데리고 들어가고, 구급상자를 가져오고, 클라리와 엄마는 자기들끼리만 똘똘 뭉치려 드는 늑대인간들 틈에서 어떻게든 루크를 보려고 애를 쓰던…. 그 모든 일이 안개처럼 흐릿하게만 떠올랐다. 어째서 루크를 먼데인의 병원에 데려갈 수 없는지 그 이유는 클라리도 잘 알지만, 늑대인간들이 보건실로 이용하는 새하얗게 회칠한 방에 루크를 두고 나오기가 쉽지 않았다.

늑대인간들이 조슬린이나 클라리를 싫어하는 것은 아니었다. 다만 루크의 약혼녀와 그 딸은 무리의 일원이 아니기 때문에 경계하는 것이었다. 두 사람은 결코 무리의 일원이 될 수 없다. 클라리는 자기 편이 되어

줄 마야를 찾아보았지만 보이지 않았다. 보건실 안이 너무 복잡해 결국 조슬린은 클라리에게 복도에 나가서 기다리라고 했고, 클라리는 배낭을 무릎에 올리고 바닥에 털썩 주저앉았다. 새벽 2시, 클라리는 너무 외롭고 쓸쓸했다. 만약 이대로 루크가 죽는다면….

지금껏 루크가 곁에 없었던 적은 거의 없었다. 루크와 엄마가 있었기에 클라리는 무조건적인 사랑이 어떤 것인지 배웠다. 교외에 있는 그의 농장 사과나무 가지에 번쩍 안아 올려 앉혀주던 모습이 루크에 대한 가장 오래된 기억이었다. 보건실에서 루크가 가쁜 숨을 몰아쉬고 있는 사이 무리에서 서열 3위인 배트가 구급상자를 열었다. 사람이 죽을 때 가쁜 숨을 내쉬는 거 아닌가, 라는 생각이 클라리의 머리를 스쳤다. 루크에게 마지막으로 했던 말이 생각나지 않았다. 사람이 죽을 때 그 사람한테 마지막으로 한 말이 기억나야 하는 거 아니야?

한참 만에 조슬린이 보건실을 나왔다. 조슬린은 기진맥진한 모습으로 한 손을 내밀어 클라리가 바닥에서 일어서도록 잡아주었다.

"루크는…?"

"안정됐어."

조슬린이 말했다. 그리고 복도 좌우를 살피더니 다시 말을 이었다.

"우리 가야 돼."

"가긴 어딜?"

클라리는 어리둥절해서 물었다.

"루크 곁에 있어야 되잖아요. 루크 혼자 두고 가기 싫어."

"나도 그러긴 싫어."

조슬린이 단호한 목소리로 말했다. 엄마는 자신이 아는 모든 것을 버리고 홀로 새 삶을 살기 위해 이드리스를 떠난 사람이라는 생각이 클라리의 머리에 떠올랐다.

"하지만 제이스와 조녀선을 이리로 끌어들일 수는 없어. 그건 무리한 테도 루크한테도 위험한 일이야. 제이스는 너를 찾으러 제일 먼저 이곳으로 올 거야."

"그러면 어디로…."

클라리는 입을 열다 말을 채 마치기도 전에 그 답을 깨닫고는 입을 다물었다. 최근 들어 도움이 필요할 때마다 찾아갔던 곳이 어디지?

여기저기 갈라진 도로를 따라 설탕처럼 하얀 눈가루가 흩뿌려져 있었다. 조슬린은 집을 떠날 때 긴 코트를 챙겨 입었지만 안은 아직도 루크의 피로 얼룩진 옷차림 그대로였다. 그리고 입은 굳게 다물고 눈은 앞에 이어진 길만 응시했다. 클라리는 엄마가 이드리스를 떠날 때도 재투성이가 된 부츠를 신고 코트 속에는 죽음의 잔을 숨긴 채 이런 모습을 하지 않았을까, 라는 생각이 들었다.

하지만 고개를 내저으며 그런 상상을 떨쳐버렸다. 직접 보지 못한 것을 상상하는 것은 아마도 눈으로 본 현실이 너무도 두렵기 때문인 것 같았다.

세바스찬이 루크의 가슴에 칼을 꽂는 모습이 갑자기 떠올랐다. 그리고 제이스가 귀에 익은 사랑스러운 목소리로 '부수적 피해'라고 말하던 것도 떠올랐다.

소중한 것을 잃어버렸을 때 흔히 따르는 결과이기도 한데, 그대들이 그를 다시 찾았을 때 어쩌면 그는 그대들과 헤어졌을 때와는 전혀 다른 모습일지도 몰라.

엄마가 몸을 부르르 떨더니 후드를 써 머리카락을 감쌌다. 하얀 눈송이가 벌써 선명한 붉은색 머리카락 속으로 녹아 들어가고 있었다. 엄마는 여전히 말이 없었고, 폴란드 식당과 러시아 식당들 그리고 이발소와 미용실들이 줄지어 있는 거리는 하얗고 노란 불빛 말고는 아무것도 없었다.

문득 어떤 기억이 떠올랐다. 이번에는 상상이 만들어낸 것이 아니라 진짜 있었던 일이었다. 지저분해진 눈 더미가 양쪽으로 쌓여 있는 칠흑같이 어두운 밤거리에서 엄마가 가자며 재촉했다. 잿빛 하늘이 낮게 드리웠고….

이 기억은 전에도 떠오른 적이 있었다. 바로 침묵의 형제들이 머릿속을 헤집고 들어왔을 때였다. 이제는 이 기억이 무엇인지 알 것 같았다. 엄마가 자신의 기억을 바꿔놓기 위해 매그너스의 집으로 데려가던 때의 일이 떠오른 것이다. 꽁꽁 얼어붙을 만큼 추운 한겨울이었던 것 같은데, 클라리는 기억 속의 장소가 그린포인트 가라는 것을 깨달았다.

매그너스가 살고 있는 붉은 벽돌 창고가 눈앞에 나타났다. 조슬린이 유리문을 밀어 열어 딸과 함께 창고 현관으로 이어지는 좁은 공간으로 들어갔다. 클라리가 입으로 숨을 내쉬는 사이 엄마가 매그너스의 집 초인종을 한 번, 두 번, 세 번 눌렀다. 한참 만에 문이 열리자 두 모녀는 서둘러 계단을 올라갔다. 마법사가 열린 현관 문틀에 기대서서 두 사람을 기다리고 있었다. 카나리아처럼 노란색 파자마 차림에 발에는 안테나가 붙은 외계인 얼굴이 그려진 초록색 슬리퍼를 신고, 삐죽삐죽한 검은 머리는 뒤엉켜 있는 모습이었다. 매그너스는 황금빛이 도는 초록색 눈을 껌벅이며 피곤한 듯 두 사람을 바라보았다.

"방황하는 섀도우 헌터들의 쉼터인 성자 매그너스의 집에 잘 오셨습니다."

매그너스는 한쪽 팔을 쭉 뻗으며 잠긴 목소리로 말했다.

"저쪽으로 가면 빈방들이 있어요. 부츠는 매트에 꼭 닦고."

매그너스는 두 모녀가 자신의 앞을 지나 안으로 들어오자 현관문을 닫았다. 오늘 매그너스의 집은 등받이 높은 소파며 금박으로 장식한 거울들이 여기저기 있는 빅토리아 풍으로 꾸며져 있었다. 기둥마다 꽃 모양 전등이 달려 있었다.

거실에서 이어지는 짧은 복도에는 세 개의 빈방이 있었다. 클라리는 복도 오른쪽에 있는 방을 골랐다. 그 방은 파크 슬롭에 있는 예전 집 침실처럼 오렌지색으로 칠해져 있고 소파 겸용 침대 하나와 문 닫은 식당의 시커먼 유리창들이 내다보이는 작은 창문이 하나 있었다. 침대 위에는 대장 고양이가 코를 꼬리 밑에 감춘 채 웅크리고 엎드려 있었다. 클라리는 고양이 옆에 앉아 녀석의 귀를 쓰다듬어주었다. 고양이가 갸르릉거리자 작은 털북숭이 몸이 바르르 떨리는 것이 느껴졌다. 고양이를 쓰다듬어주나 입고 있던 스웨터 소매가 클라리의 눈에 들어왔다. 시커멓게 말라붙은 피가 여기저기 묻어 있었다. 루크의 피였다.

클라리는 벌떡 일어나 잡아 찢기라도 할 듯 거세게 스웨터를 벗었다. 그리고 배낭에서 깨끗한 청바지와 검정색 V넥 써멀 티셔츠를 꺼내 갈아입었다. 흘끗 유리창에 비친 모습을 살폈다. 유리창에 비친 클라리의 머리카락은 눈에 젖어 축축하게 늘어졌고, 창백한 낯빛 때문에 주근깨가 더 도드라져 보였다. 지금 자신의 꼴이 어떤지는 관심도 없었다. 자신에게 키스하던 제이스가 생각났다. 몇 시간 전 일이지만 며칠 전 일처럼 아득하게 느껴졌다. 작은 칼을 여러 개 삼킨 것처럼 뱃속이 쿡쿡 쑤셔왔다.

클라리는 침대 가장자리를 붙잡고 아픔이 사라질 때까지 버텼다. 그
러고는 깊이 숨을 들이마시고 다시 거실로 나갔다.

엄마는 금박 입힌 등받이가 있는 의자에 앉아서 예술가답게 손가락이
긴 손으로 레몬 조각을 넣은 뜨거운 물이 든 머그잔을 감싸 쥐고 있었
다. 매그너스는 핫핑크색 소파에 몸을 푹 파묻고 앉아 초록색 슬리퍼 신
은 발을 커피 탁자에 걸치고 있었다.

"늑대인간 무리가 루크를 안정시켰대요."

조슬린이 지친 목소리로 말했다.

"하지만 언제까지 그 상태를 유지할지는 모르겠어요. 그 단검에 은가
루가 묻어 있었을 거라고 생각했는데 다른 게 묻어 있던 걸로 밝혀졌대
요. 칼 끝에…"

조슬린이 고개를 들다가 클라리를 보고는 입꼬리를 흐렸다.

"괜찮아요, 엄마. 나도 루크가 어떻게 잘못되었는지 정도는 들어도 될
만한 나이잖아."

"글쎄다, 그들도 그게 무언지는 정확히 몰라."

조슬린은 부드러운 목소리로 말을 이었다.

"세바스찬이 사용한 단검 끝이 루크의 갈비뼈에 부딪쳐 부러져서 뼈
에 박혔어. 그런데 그걸 빼낼 수가 없다는 거야. 부러진 칼끝이…계속
움직인대."

"움직인다고요?"

매그너스가 어리둥절한 얼굴로 물었다.

"부러진 칼끝을 뽑아내려고 하니까 뼛속으로 더 깊이 파고 들어가는

바람에 하마터면 뼈가 부러질 뻔했대요." 조슬린이 말했다. "그는 늑대 인간이잖아요. 그래서 빨리 치유되는데, 부러진 칼끝이 그의 장기로 파고 들어가 상처가 아무는 걸 방해하고 있어요."

"악마의 금속이군요. 은이 아니라."

매그너스가 말했다.

그러자 조슬린이 앞으로 몸을 숙이며 말했다.

"루크를 도와줄 수 있겠어요? 비용이 얼마나 되건 내가 꼭 치를 테니까…."

매그너스가 벌떡 일어났다. 외계인 무늬 슬리퍼와 막 잠자리에서 일어난 헝클어진 머리가 상황의 심각성과 너무도 안 어울려 보였다.

"모르겠네요."

"하지만 알렉은 고쳤잖아요." 클라리가 나섰다. "더 힘센 악마가 그에게 상처를 입혔을 때…."

매그너스가 거실을 왔다 갔다 하기 시작했다.

"그때는 알렉이 뭐가 잘못되었는지 내가 알고 있었어. 하지만 지금은 그 악마의 금속이 뭔지 내가 모르잖아. 실험을 하거나 여러 가지 치유의 주문을 시도해볼 수는 있지만 그게 그를 도울 수 있는 가장 빠른 방법은 아닐 거야."

"그럼 가장 빠른 방법이 뭔데요?"

조슬린이 물었다.

"프리터." 매그너스가 말했다. "늑대 수비대 말이에요. 그 조직을 설립한 사람을 알아요, 울시 스콧이라고. 그는 어떤…사건들 때문에 악마의 금속들과 약물들이 늑대인간에게 어떻게 작용하는지에 대해 상세히 알게 되었어요. 침묵의 형제들이 네피림의 치유에 대한 기록을 가지고 있듯이 말입니다. 안타깝게도 세월이 흐르면서 프리터는 매우 폐쇄적이고 비밀스러운 조직으로 변했죠. 하지만 프리터의 일원은 그 정보에 접근할 수 있어요."

"루크는 프리터의 일원이 아니잖아요. 그리고 소속된 이들에 대한 정보도 비밀로…."

"조던이 있잖아요." 클라리가 끼어들었다. "조던이 거기 일원이에요. 조던이라면 찾아낼 수 있을 거에요. 내가 전화해서…."

"내가 전화하지. 내가 프리터 본부에 직접 갈 수는 없지만, 힘을 써줄 전갈은 보내줄 수 있으니까. 금방 돌아올게요."

매그너스가 터덜터덜 부엌으로 걸어갔다. 그의 슬리퍼에 달린 외계인 안테나가 물결에 흔들리는 해초처럼 살랑살랑 움직였다.

클라리는 엄마에게로 돌아섰다. 엄마는 뜨거운 물이 담긴 머그잔을 빤히 내려다보고 있었다. 뜨겁고 시큼한 물을 대체 왜 마시는지 클라리는 도무지 이해가 가지 않았지만 엄마에게는 최고의 원기 회복제 중 하나였다. 엄마의 머리가 눈에 젖어 있었는데 이제는 다 말라서 클라리의 머리가 습한 날 그런 것처럼 곱슬곱슬거리기 시작했다.

"엄마."

클라리가 부르자 엄마가 고개를 들었다.

"엄마가 던진 그 칼…. 루크 집에서 말이에요…. 제이스한테 던진 거였어요?"

"조너선한테 던진 거야."

엄마는 그를 절대 세바스찬이라고 부르지 않을 거야. 클라리는 생각했다.

"그래도…." 클라리는 깊이 숨을 들이마시고 말을 이었다. "마찬가지예요. 엄마도 봤잖아요. 엄마가 세바스찬을 찌르니까 제이스가 피를 흘리기 시작했어요. 두 사람은 그러니까…거울을 마주하고 있는 거하고 비슷해요. 세바스찬을 찌르면 제이스가 피를 흘려요. 세바스찬을 죽이면 제이스도 죽고."

"클라리. 그 이야기는 나중에 하면 안 될까?"

엄마가 피곤한 두 눈을 비비며 말했다.

"하지만 날 찾으러 올 거라고 엄마가 말했잖아요. 제이스 말이에요. 난 엄마가 제이스를 다치게 하지 않을 거라는 확답이 필요해서…."

"글쎄다, 그런 확답은 못 해주겠네. 왜냐하면 약속을 할 수 없으니까 말이야, 클라리. 그 약속은 못 하겠구나."

엄마의 눈빛은 단호했다.

"너희 둘이 네 침실에서 나오는 거 봤어."

클라리의 얼굴이 달아올랐다.

"지금은 싫은데…."

"뭐가 싫은데? 그 일에 대해서 이야기하는 거? 그럼 안 되지. 먼저 이야기를 꺼낸 건 너잖아. 넌 내가 더 이상 클레이브에 몸담고 있지 않은 걸 다행으로 여겨야 할 거야. 제이스가 어디 있는지 언제부터 알고 있었던 거야?"

"제이스가 어디 있는지는 나도 몰라요. 그가 사라지고 난 후로 이야기를 한 건 오늘 밤이 처음이에요. 인스티튜트에서 세바스…아니, 조녀선하고 같이 있는 건 어제 봤어요. 알렉하고 이사벨하고 사이먼한테는 말했지만, 다른 사람들한테는 말 안 했어요. 만약에 클레이브가 제이스를 체포한다면…. 그런 일이 일어나게 둘 순 없어요."

조슬린이 초록색 눈을 치켜떴다.

"왜 그렇게 둘 수 없는데?"

"왜냐하면 제이스니까. 내가 사랑하는 사람이니까."

"그는 제이스가 아니야. 똑똑히 알아둬, 클라리. 그는 우리가 아는 사람이 아니야. 보고도 모르겠니…."

"알아, 나도 다 봤어요. 내가 뭐 바본 줄 알아. 하지만 난 믿어요. 전에도 제이스가 주술에 걸린 거 본 적 있고, 또 거기서 벗어나는 것도 봤어요. 분명히 마음속 어딘가에 진짜 제이스가 남아 있을 거예요. 그 사람을 구할 방법이 있다고 믿어요."

"없으면 어떡할 건데?"

"증명해봐요."

"부정은 증명할 수 없어, 클라리사. 네가 걔를 사랑하는 건 엄마도 알아. 언제나 걔를 사랑했잖아, 그것도 지나칠 정도로. 내가 네 아빠는 사랑하지 않은 줄 아니? 그런데 어떻게 됐는지 한번 봐. 조너선 말이야. 내가 네 아빠만 만나지 않았어도 그 아이는 이 세상에 존재하지…."

"나도 이 세상에 없겠지! 엄마가 잊어버렸나 본데, 오빠가 태어나고 나서 내가 태어났거든요. 내가 먼저 태어난 게 아니라."

엄마를 매섭게 노려보며 클라리는 말했다.

"설마 조너선만 없앨 수 있다면 나 같은 건 이 세상에 태어나게 하지 않는 편이 나았을 거라고 말하려는 거예요?"

"아니야, 난…."

그때 열쇠 돌아가는 소리가 들리면서 현관문이 홱 열렸다. 알렉이었다. 알렉은 푸른색 스웨터 위에 카우보이들이 입던 긴 가죽코트를 걸치고, 검은 머리에는 하얀 눈송이가 군데군데 묻어 있었다. 추위 때문인지 두 볼은 사과 사탕처럼 빨갛게 얼어 있었지만 얼굴의 나머지 부분은 창백했다.

"매그너스는?"

알렉이 물었다. 부엌 쪽을 보는 알렉의 귀 바로 밑 턱에 엄지의 지문 크기만 한 멍이 든 것이 클라리의 눈에 띄었다.

"알렉!"

매그너스가 미끄러지듯 거실로 들어서더니 남자친구에게 입맞춤을 날렸다. 슬리퍼를 벗어버려 지금 그는 맨발인 채였다. 알렉을 보는 그의 눈이 고양이 눈처럼 반짝거렸다.

클라리도 그런 눈빛을 알고 있었다. 제이스를 볼 때 자신의 눈빛과 같았다. 그런데 알렉은 매그너스에게 눈길을 주지 않았다. 코트를 벗어 벽에 있는 고리에 거는 그는 화가 난 기색이 역력했다. 두 손은 부들부들 떨리고 넓은 어깨는 긴장한 듯 굳어 있었다.

"내 문자 못 받았어?"

매그너스가 물었다.

"어, 여기 거의 다 왔을 때 받았어."

알렉은 클라리를 보더니 다시 조슬린에게로 시선을 옮겼다. 그의 얼굴에 걱정과 불안이 어려 있었다. 알렉이 조슬린의 환영 파티에도 초대받았고, 그때 말고도 서로 여러 번 만나기는 했지만 아직 두 사람은 그다지 친한 편이 아니었다.

"매그너스 말 진짜야? 너 제이스 다시 봤어?"

"세바스찬도."

클라리가 말했다.

"하지만 제이스는, 어떻게…. 그러니까, 어떤 것 같았어?"

알렉이 물었다.

클라리는 알렉이 무엇을 묻는지 정확히 알고 있었다. 이 순간 클라리와 알렉은 이 공간에 있는 그 누구보다도 서로의 마음을 정확히 알고 있었다.

"세바스찬을 속이고 있는 게 아니었어. 정말로 변했어. 우리가 아는 모습이 아니었어."

클라리는 차분하게 말했다.

"어떻게?" 알렉이 물었다. 화를 내면서도 불안해하고 어찌할 바를 모르는 모습이었다. "어떻게 다른데?"

클라리는 청바지 무릎에 난 구멍에 손가락을 집어넣어 속의 맨살을 만지작거렸다.

"말하는 걸 보니까…세바스찬한테 믿음을 가지고 있어. 뭔지는 모르겠지만 세바스찬이 하는 일이 옳다고 믿고 있어. 세바스찬이 맥스를 죽였다는 걸 상기시켜줬는데 그 일은 신경도 안 쓰는 거 같았어."

클라리는 갈라지는 목소리로 말을 이었다.

"제이스는 맥스와 마찬가지로 세바스찬도 자기 형제나 다름없다고 말했어."

알렉의 얼굴이 하얗게 질리면서 빨갛던 두 뺨이 마치 핏자국처럼 선명해 보였다.

"제이스가 나에 대해서는 아무 말도 안 했어? 아니면 이사벨이나? 우리에 대해서 안 물어봤어?"

클라리는 고개를 가로저었다. 알렉의 얼굴을 마주 보고 있기가 힘들었다. 눈가로 매그너스가 보였다. 알렉을 바라보고 있는 그는 슬픔으로 넋이 나간 듯한 표정을 하고 있었다. 클라리는 매그너스가 아직도 제이스를 질투하는 건지 아니면 알렉의 고통에 공감하는 건지 알 수가 없었다.

"네 집엔 대체 왜 간 거야? 이해를 못 하겠네."

알렉은 고개를 설레설레 내저었다.

"나를 데려가고 싶어서 온 거야. 자기하고 세바스찬하고 같이 가자고 했어. 아마 자기들 악마 듀엣을 악마 삼총사로 만들고 싶었나 보지." 클라리는 어깨를 으쓱하며 말했다. "외로웠을지도 모르고. 세바스찬이 좋은 벗이 될 만한 성격은 아니잖아."

"그거야 모르지. 낱말 맞히기는 끝내주게 할지 또 누가 알아."

매그너스가 끼어들었다.

"그 자식은 사이코패스 살인마야. 그건 제이스도 잘 알아."

알렉이 단호하게 말했다.

"하지만 지금의 제이스는 예전의 제이스가 아니니까…."

매그너스가 막 말을 꺼내는데 전화벨이 울렸다.

"내가 받을게. 또 누가 클레이브에서 도망쳐서 머물 곳이 필요하다고 전화했을지 알아? 이 도시에는 호텔도 없나."

매그너스가 터벅터벅 부엌으로 걸어갔다. 알렉이 소파에 털썩 주저앉았다.

"저 사람 너무 무리하고 있어. 매일 밤 그 룬들을 해독하느라 잠도 못

잔단 말이야." 걱정스러운 표정으로 남자친구가 간 쪽을 바라보며 알렉이 말했다.

"클레이브가 매그너스를 고용한 거니?"

조슬린이 물었다.

"아니오." 알렉은 느리게 말했다. "절 위해서 하는 거예요. 제이스가 나한테 어떤 존재인지 아니까."

알렉은 소매를 걷어 올려 팔뚝 안쪽에 새겨진 파라바타이 룬을 조슬린에게 보여주었다.

"넌 제이스가 죽지 않았다는 걸 알고 있었어." 클라리는 머릿속 생각을 하나하나 되짚어가며 말했다. "너는 파라바타이니까, 너하고 제이스는 파라바타이로 이어져 있으니까. 그런데 넌 뭔가 잘못되었다고 느낀다고 말했어."

"걔가 주술에 걸렸기 때문이지." 조슬린이 말했다. "주술이 그 아이를 바꿔놓은 거야. 발렌타인도 루크가 다운월드 사람이 되었을 때 그렇게 느꼈다고 말했어. 뭔가 잘못되었다는 느낌이 들었다고 말이야."

알렉이 고개를 내저었다.

"하지만 제이스가 릴리스의 주술에 걸렸을 때는 이런 걸 느끼지 않았어요. 그런데 지금은 뭔가…잘못되었다는 느낌이 들어요. 뭔가가 끊어진 것 같아요."

알렉은 신발 끝을 내려다보며 말했다.

"파라바타이가 죽으면 이런 느낌이 들 수 있어요…. 마치 자신과 무언가를 묶고 있던 끈이 탁 끊어지면서 추락하는 것 같은 느낌이에요." 알렉은 클라리에게로 시선을 돌렸다. "한 번 그걸 느낀 적이 있어. 이드리스에서, 전투 중에. 하지만 그때는 아주 잠깐이었어…. 그리고 내가 알리칸테로 돌아갔을 때는 제이스가 살아 있었어. 그래서 내가 착각한 거라고만 생각했었어."

클라리는 고개를 내저었다. 제이스의 피가 흥건히 고인 린 호숫가 모래가 떠올라서였다. 네가 착각한 게 아니야.

"그런데 지금은 그때와 느낌이 달라. 제이스가 이 세상에서 사라졌다는 느낌이 들기는 하는데 죽었다는 느낌이 들지는 않아. 그렇다고 갇혀 있는 것도 아니고…. 그냥 여기 없다는 느낌만 들어."

"지금이 바로 그런 상황이야. 내가 제이스와 세바스찬을 봤을 때 두 번 다 갑자기 쓱 사라져버렸어. 포털이 있던 것도 아니고, 분명 여기 있었는데 갑자기 사라져버렸어."

클라리가 말했다.

"여긴지 거긴지 뭐 그런 이야기하던데 말이야." 하품을 하면서 다시 거실로 들어오던 매그너스가 말했다. "그리고 이 세상인지 뭔지…. 그건 차원과 관련된 거야. 차원과 관련된 마법을 쓸 수 있는 마법사는 얼마 안 돼. 내 오랜 친구 래그노어도 그 마법을 할 수 있었는데. 차원은 옆으로 나란히 존재하는 게 아니라…포개져 있어, 종이처럼. 서로 겹쳐지는 곳에 차원의 주머니가 생기는데 거기 있으면 마법이 찾아내는 것을 막을 수 있지. 그러니까 너는 여기 있는 게 아니라…거기 있는 게 되는 거지."

"그래서 우리가 추적할 수 없는 거예요? 알렉이 제이스의 존재를 느끼지 못하는 것도 그 때문이고?"

클라리가 물었다.

"그럴 수도 있겠네." 매그너스가 놀랐다는 투로 대답했다. "그건 말하자면 그들 스스로 우리가 찾아주기를 바라지 않는 이상은 찾아낼 방법이 없다는 뜻인 거지. 설령 네가 그들을 찾아낸다고 해도 전갈을 받아낼 방법도 없다는 뜻이고 말이야. 야, 이거 복잡한데. 비싼 마법이야. 세바스찬이 손잡은 게 분명히…."

그때 초인종 소리가 울려 모두들 화들짝 놀랐다. 매그너스가 눈을 부라렸다.

"다들 진정해요."

그렇게 말하고서 그는 현관 쪽으로 사라졌다. 잠시 후 매그너스는 양피지 같은 담황색에 등과 양옆에는 어두운 적갈색으로 룬 패턴을 그려 넣은 긴 가운 모양 예복 차림의 남자와 함께 돌아왔다. 남자는 후드를 덮어쓰고 있어서 얼굴이 그림자에 가려 안 보였지만 눈송이 하나 맞지 않은 듯 뽀송뽀송해 보였다. 남자가 후드를 벗었다. 재커라이어 형제였다. 클라리는 그가 찾아온 것이 별로 놀랍지 않았다.

하지만 조슬린은 달랐다. 커피 탁자에 머그잔을 탁 내려놓더니 침묵의 형제를 빤히 바라보았다. 후드를 벗어서 재커라이어 형제의 검은 머리카락은 보였지만 얼굴은 여전히 그늘져 있어서 룬이 흉터처럼 새겨진 툭 튀어나온 광대만 보일 뿐, 눈은 보이지 않았다.

"당신…." 조슬린은 말꼬리를 흐렸다가 다시 말을 이었다. "하지만 매그너스 말이 당신은 절대…."

예상치 못한 상황은 예상치 못한 방법을 부르게 된다. 재커라이어 형제의 목소리가 퍼져 나와 클라리의 머릿속으로 스며들었다. 다른 이들의 얼굴 표정으로 보아 그들 역시 이 목소리를 들은 것 같았다. 나는 클레이브 그리고 위원회에게 오늘 밤 일어난 일에 대해 아무 말도 하지 않을 것이다. 만약 내게 헤런데일의 마지막 남은 혈통을 구할 기회가 주어진다면 나는 그 기회를 내가 클레이브에 바친 충성의 서약보다 더 귀하게 여길 것이다.

"그러면 이야기는 끝났네."

매그너스가 말했다. 한쪽은 창백하고 앙상한 몸에 긴 예복 차림이고, 다른 한쪽은 샛노란 파자마 차림인 침묵의 형제와 매그너스는 아무리 봐도 어울리지 않는 조합이었다.

"릴리스의 룬에 대해서는 뭐 새로 알아낸 거 없어요?"

룬들에 대해 신중히 연구해보았고 위원회에서 이루어진 증언들도 모두 잘 들었다. 재커라이어 형제가 말했다. 나는 릴리스의 의식에는 두 가지가 중복되어 있다고 생각한다. 하나는 데이라이터의 이를 통해 조너선 모겐스턴의 의식을 깨우는 것이었다. 그의 육신은 불완전했으나 그의 정신과 의지는 살아 있었다. 제이스 헤런데일이 그와 함께 단 둘이 옥상에 남겨졌을 때 조너선이 릴리스의 룬이 지닌 힘을 끌어내어 자신을 둘러싼 주술의 원 안으로 제이스를 강제로 끌어당겼다고 나는 생각한다. 그 순간부터 조너선이 제이스의 의지를 조종하게 되었을 것이나. 조너선은 제이스의 피를 통해 일어나 제이스를 데리고 옥상을 탈출할 힘을 얻었으리라고 나는 생각한다.

"그렇다면 그 때문에 두 사람이 서로 연결된 거네요? 엄마가 세바스찬을 찌르자 제이스가 피를 흘리기 시작했거든요."

클라리가 말했다.

그렇다. 릴리스가 한 것은 우리가 하는 파라바타이 의식과는 다른, 일종의 결합 의식이었다. 하지만 그 연결의 힘은 파라바타이보다 훨씬 더 강력하고 또 위험하다. 그 둘은 이제 불가분의 관계이다. 한쪽이 죽으면 다른 한쪽도 따르게 될 것이다. 이 세상 그 어떤 무기로도 둘 중 하나만 상처를 입힐 수는 없다.

"불가분의 관계…. 하지만 제이스는 세바스찬을 증오해요. 세바스찬이 우리 남동생을 죽였단 말이에요."

알렉이 앞으로 몸을 숙이며 말했다.

"그리고 아무리 생각해봐도 세바스찬이 제이스를 그렇게 좋아할 리가 없어요. 세바스찬은 지금껏 제이스를 끔찍할 정도로 질투했어요. 발렌타인이 제이스만 편애한다고 생각했단 말이에요."

클라리도 거들고 나섰다.

"제이스가 세바스찬을 죽인 건 말할 것도 없고. 자기를 죽인 사람을 좋아할 사람이 세상에 어디 있어."

매그너스도 한마디 했다.

"제이스는 그런 일들이 있었다는 걸 전혀 기억 못 하는 것처럼 보였어요." 클라리는 절망스러운 듯 말했다. "아니, 기억을 못 하는 게 아니라…그런 일들이 있었다는 사실을 믿지 않는 것처럼 보였어요."

기억은 하고 있다. 다만 서로를 연결하는 힘이 물이 강바닥에 있는 바위 옆으로 지나가듯 제이스의 생각으로 하여금 그런 사실들을 비껴가게 만드는 것이다. 그것은 매그너스가 클라리사 너의 마음에 건 주술과 비슷한 것이다. 네가 보이지 않는 세상의 흔적들을 보았을 때 너의 마음이 너로 하여금 그것들을 외면하도록, 받아들이지 않도록 만든 것처럼. 조너선을 떠나라고 제이스를 설득해봤자 아무 소용없다. 진실을 가지고는 둘을 떼어놓을 수 없다.

클라리는 세바스찬이 맥스를 죽였다는 사실을 상기시켜주었을 때 제이스가 보인 반응이 떠올랐다. 그의 얼굴은 생각에 잠긴 듯 잠시 일그러졌지만 클라리가 한 말을 금세 잊어버리기라도 한 듯 태연한 표정으로 바뀌었다.

조너선 모겐스턴이 너의 제이스와 연결되어 있다는 사실을 작은 위안으로 삼아라. 그는 제이스를 죽일 수도, 다치게 할 수도 없다. 그렇게 하려 들지도 않을 것이고.

재커라이어 형제가 말했다.

알렉이 두 손을 번쩍 쳐들었다.

"그래서 뭐 지금 두 사람이 서로 사랑이라도 한다는 말이에요? 둘이 단짝이 된 거냐고요?"

그의 목소리에는 상처 받고 질투한다는 투가 역력했다.

아니다. 함께 존재한다는 뜻이다. 한쪽이 보는 것을 다른 한쪽도 보게 된다. 그들은 다른 한쪽이 없어서는 안 될 존재라는 것을 안다. 세바스찬이 리더이고, 둘 중에서 더 우위에 있다. 그가 믿으면 제이스도 믿을 것이다. 그가 원하면 제이스도 따를 것이다.

"주술에 걸렸다는 말이네."

알렉이 딱 잘라서 말했다.

주술에 걸린 경우에는 자기 의식의 일부만이 자기 안에 온전히 남아 있는 경우가 많다. 주술에 걸린 경험이 있는 자들은 자신의 몸 밖에서 자신의 행동을 본 적이 있으며, 소리를 질러도 남들이 자신의 소리를 듣지 못한다고 말한다. 하지만 제이스는 의식이 온전히 몸과 마음 안에 자리하고 있다. 그는 자신이 정상이라고 믿는다. 자신이 현재 원하는 것이 진실로 원하는 것이라고 믿는다.

"그럼 그가 우리한테 원하는 게 뭔가요? 오늘 밤 내 방에는 왜 찾아온 건데요?"

클라리는 자기 볼이 빨갛게 달아오르지 않기를 바랐다. 그와 입을 맞췄던 기억을 떠올리지 않으려, 침대 위에서 그가 자신의 몸을 내리누르던 느낌을 떠올리지 않으려 애썼다.

그는 여전히 너를 사랑한다.

재커라이어 형제가 말했다. 놀라울 정도로 부드러운 목소리였다.

그의 삶은 너를 중심으로 돌아간다. 그것은 변하지 않았다.

"그래서 우리는 떠나야 했던 거예요."

조슬린이 긴장한 목소리로 말했다.

"그는 이 아이 때문에 다시 돌아올 거예요. 그래서 늑대인간 무리가 있는 경찰서 건물에 머물지 못한 건데. 어디로 가야 안전할지 몰라서…."

"여기 있으면 돼요. 제이스와 세바스찬이 접근하지 못하도록 방어막을 설치해뒀어요."

매그너스의 말에 클라리는 엄마의 눈에 안도하는 빛이 번지는 것을 보았다.

"고마워요."

조슬린이 말했다.

그러자 매그너스가 한 팔을 내저었다.

"그건 특권입니다. 나도 성난 섀도우 헌터들을 방어할 수 있어서 좋아요. 특히 주술에 걸린 섀도우 헌터는 사절이거든요."

그는 주술에 걸린 게 아니라 하였다.

재커라이어 형제가 상기시켜주듯 말했다.

"의미상으로 그렇다는 거죠. 문제는, 그 둘의 꿍꿍이가 뭐냐는 건데. 둘이 뭘 계획하고 있는 겁니까?"

매그너스가 말했다.

"클라리가 둘이 도서관에 있는 걸 봤다고 했어. 세바스찬이 제이스에게 곧 인스티튜트를 지휘하게 될 거라고 말했대. 그러니까 뭔가 꾸미고 있는 게 분명해."

알렉이 말했다.

"아마 발렌타인의 과업을 이어가는 중이겠지." 매그너스가 말했다. "다운월드 사람들을 다운월드로 쫓아버리고, 저항하는 새도우 헌터들은 죽여버리고 기타 등등 말이야."

"아닐지도 몰라요. 제이스가 세바스찬에게는 더 큰 목적이 있다고 했어요."

클라리가 미심쩍다는 투로 말했다.

"그 말이 무슨 뜻인지는 천사만이 알겠지." 조슬린이 말했다. "나는 광신자와 오랫동안 함께 살았어. 그래서 더 큰 목적이란 게 뭔지 잘 알아. 그건 선량한 이들을 고문하고, 잔인하게 살해하고, 친구들에게 등을 돌린다는 것을 의미해. 자신은 그 일이 자기 자신보다 더 중요한 일이라 믿지만 사실은 그럴 듯한 말로 포장된 탐욕과 어리석음에 지나지 않아."

"엄마."

엄마의 말이 너무 심한 것 같아 클라리가 따지듯 불렀다. 하지만 조슬린은 재커라이어 형제만 바라볼 뿐이었다.

"이 세상 그 어떤 무기로도 둘 중 하나만 해칠 수는 없다고 하셨죠. 당신이 아는 그 어떤 무기로도…."

순간 매그너스의 눈이 빛을 받은 고양이의 눈처럼 반짝거렸다.

"지금 그 말은…."

"철의 자매들이 있잖아요." 조슬린이 말했다. "그들에게는 무기를 다스리는 능력이 있어요. 그들이라면 답을 알고 있을지도 몰라요."

철의 자매라면 침묵의 형제들과 같은 종파로, 침묵의 형제들처럼 눈과 입이 꿰매어져 있지는 않지만 어디인지 알려지지 않은 깊은 숲 속에 은둔해서 살고 있다는 정도는 클라리도 알고 있었다. 그들은 전사는 아니지만 새도우 헌터들을 살리는 천사의 검과 스텔레를 비롯해 여러 가지 무기를 만드는 창조자들이다. 오직 철의 자매들만이 새길 수 있는 룬이 있고, 그들만이 악마의 탑과 스텔레 그리고 마법의 불을 만드는 룬스톤에 들어가는, 아다마스라는 은백색 물질의 비밀을 알고 있다. 하지만 그들은 위원회 회의에도 참석하지 않고 알리칸테에도 오지 않아 거의 모습을 볼 수 없다.

만약 가능하다면.

한참 침묵을 지키던 재커라이어 형제가 말했다.

"세바스찬을 죽일 수만 있다면…. 만약에 제이스는 살려두면서 세바스찬만 죽일 수 있는 무기가 있다면…. 그렇다는 것은 제이스가 세바스찬의 영향력에서 벗어날 수 있다는 뜻이겠죠?"

클라리가 물었다.

조금 전보다 더 긴 침묵이 이어졌다. 이윽고 그렇다, 라고 재커라이어 형제가 말했다. 그렇게 결론을 내리는 것이 가장 타당하겠지.

"그럼 철의 자매를 찾아가야겠네요." 피로가 온몸을 짓눌렀다. 눈이 자꾸 감기고 입에서도 쓴 맛이 나는 것 같았다. 졸음을 쫓으려고 클라리는 눈을 비비며 말을 이었다. "지금 당장요."

"난 못 가." 매그너스가 말했다. "오직 여자 새도우 헌터만이 아다만트 시타델에 들어갈 수 있어."

"그리고 넌 못 가." 조슬린이 '자정 이후에는 절대 사이먼하고 클럽에 못 가'라고 말할 때처럼 단호한 목소리로 말했다. "넌 여기 있는 게 제일 안전해. 보호막이 있는 여기 말이야."

"이사벨은 갈 수 있어요."

알렉이 말했다.

"이사벨은 어디 있는 거야?"

클라리가 물었다.

"집에, 아마 그럴 거야." 한쪽 어깨를 쓱 올리며 알렉이 말했다. "내가 전화해보면…."

"그건 내가 할게."

그렇게 말하더니 매그너스가 호주머니에서 휴대전화를 쓱 꺼내 익숙한 솜씨로 문자를 보냈다.

"밤이 늦었어. 지금은 굳이 잠을 깨울 필요도 없고, 다들 좀 쉬어야 돼. 너희 중 누가 철의 자매한테 가건 간에 그건 내일 일이야."

"내가 이사벨하고 같이 갈게요." 조슬린이 말했다. "딱히 나를 찾으려는 사람도 없고, 이사벨도 혼자 가는 것보다는 누가 같이 가는 게 더 나을 거예요. 엄밀히 따지면 내가 새도우 헌터는 아니지만 그래도 한때는 새도우 헌터였잖아요. 둘 중 한 사람만 새도우 헌터여도 되겠죠."

"그건 불공평해요."

클라리가 말했다.

하지만 엄마는 클라리를 쳐다보지도 않고 말했다.

"클라리…."

클라리가 벌떡 일어나 떨리는 목소리로 말했다.

"지난 2주일 동안 말 그대로 바깥세상은 구경도 못 하고 갇혀 있었다고요. 클레이브는 내가 제이스를 찾는 일에 나서지 못하게 했어요. 그런데 이제는 그가 나를 찾아오니까…. 나를 말이에요…. 엄마는 나하고 같이 철의 자매한테 가는 것도 싫다고 하고…."

"안전하지 않아서 그러는 거잖아. 분명히 제이스가 너를 찾아내서 따라올 거고…."

클라리는 엄마의 말을 끝까지 듣지도 않고 외쳤다.

"엄마는 나를 안전하게 지키겠다고 할 때마다 내 인생을 망쳐놨잖아요!"

"그게 아니지. 제이스와 깊이 얽히면 얽힐수록 네 인생을 망치는 거야!" 엄마는 매섭게 소리쳤다. "네가 그 많은 위험을 겪은 게 모두 제이스 때문이잖아! 걔가 네 목에 칼을 들이댔잖아, 클라리사…."

"그건 제이스가 아니었어."

클라리는 할 수 있는 가장 차분하고 또 절박한 목소리로 말을 이었다.

"아무리 사랑한대도 칼을 가지고 나를 협박하는 남자랑 내가 1초라도 같이 있을 것 같아요? 엄마가 먼데인 세상에서 너무 오래 살아서 다 잊었나 본데, 이게 다 마법 때문이잖아. 나를 위협한 건 제이스가 아니었어요. 그의 얼굴을 뒤집어쓴 악마였다고요. 그리고 우리가 보는 그 사람도 제이스가 아니에요. 하지만 만약 그가 죽는다면…."

"제이스를 되찾을 기회가 없어지지."

알렉이 말했다.

"그럴 기회는 이미 없어진 건지도 몰라."

조슬린이 말했다.

"세상에, 클라리, 지금까지 있었던 일들을 좀 생각해봐. 넌 너하고 제이스가 남매인 줄 알았어! 그리고 넌 모든 것을 희생하면서 그 아이의 목숨을 구했는데, 더 큰 악마가 그를 이용해 너를 잡으려고 했잖아! 도대체 얼마나 더 해야 너희 둘이 하나가 될 운명이 아니라는 사실을 인정할 거야?"

마치 엄마한테 한 대 맞기라도 한 듯 클라리는 뒤로 확 물러났다. 재커라이어 형제는 아무 일도 없는 것처럼 그 자리에 돌처럼 꼼짝 않고 서 있었다. 매그너스와 알렉은 두 볼이 빨갛게 달아오르고 눈은 분노로 번쩍거리는 조슬린을 빤히 바라보기만 했다. 자신의 입에서 무슨 말이 나올지 몰라 클라리는 그냥 확 돌아서서 복도를 성큼성큼 걸어 자기 짐을 놓아둔 방으로 들어가 문을 쾅 닫았다.

"자, 나 왔어."

사이먼이 말했다. 탁 트인 옥상 정원을 가로질러 차가운 바람이 불어왔다. 사이먼은 청바지 호주머니에 두 손을 찔러 넣었다. 정말로 추위를 느껴서가 아니라 왠지 그렇게 해야 할 것 같아서였다. 사이먼이 목소리를 높였다.

"나 여기 왔다니까. 어디 있는 거야?"

지금은 문이 닫혀 사람이 없는 그리니치 호텔 옥상 정원은 정성스럽게 손질한 분재들에 우아하게 배치된 버드나무 가구와 유리 가구 그리고 매서운 바람에 펄럭이는 고급 파라솔들까지, 영국식 정원처럼 꾸며져 있었다. 덩굴장미가 매서운 추위 속에서 옥상을 둘러싼 돌벽 위를 거미줄처럼 뒤덮고 있었다. 그 벽 너머로 뉴욕 번화가의 번쩍이는 야경이 내려다보였다.

"여기다."

목소리와 함께 호리호리한 몸매의 그림자 하나가 버드나무 팔걸이 의자에서 몸을 떼더니 일어섰다.

"혹시 네가 안 오나 싶어 걱정을 하던 참이었다, 데이라이터."

"라파엘."

사이먼이 체념한 듯한 목소리로 인사했다. 그러고는 반짝이는 석영으로 둘러쌓인 화단들과 인공 연못들 사이를 구불구불 지나는 단단한 널빤지 바닥을 가로질러 곧장 앞으로 걸어갔다.

"나도 내가 여기 나올지 궁금했지."

가까이 가니 라파엘이 똑똑히 보였다. 사이먼은 밤눈이 대단히 밝아서 어둠 속에 몸을 감출 수 있는 라파엘의 능력도 예전처럼 힘을 발휘하지는 못했다. 라파엘의 얼굴은 여전히 천사 같았지만, 사이먼을 바라보는 눈빛은 차가웠다.

"맨해튼 뱀파이어 무리의 우두머리가 부르면, 루이스, 너는 와야 되는 거야."

"내가 안 가면 어떻게 할 건데? 말뚝에 묶을 거야?"

사이먼은 두 팔을 활짝 벌리며 말했다.

"뭐든 해봐. 너 하고 싶은 대로 하라고. 변태 씨."

"집어치워. 재미 하나도 없으니까."

라파엘이 말했다. 그의 뒤, 옥상 벽 근처에, 그가 타고 온 뱀파이어 오토바이가 은빛으로 반짝거리며 서 있는 것이 보였다.

사이먼은 두 팔을 내렸다.

"먼저 만나자고 한 건 너거든?"

"너한테 일자리 하나 주려고."

라파엘이 말했다.

"진담이야? 호텔에 일손이 달리냐?"

"내게 보디가드가 필요해."

사이먼이 미심쩍다는 눈으로 라파엘을 쳐다보았다.

"너, 〈보디가드〉라는 영화 봤냐? 난 너하고 사랑에 빠지지도 않을 거고 내 우람한 팔로 널 안아 올리지도 않을 거거든."

그러자 라파엘이 불쾌한 눈빛으로 사이먼을 쳐다보았다.

"네가 일하는 동안 전적으로 입을 다문다는 조건으로 돈을 더 줄 수도 있어."

사이먼이 라파엘을 마주 노려보았다.

"농담이 아니네, 그렇지?"

"농담이나 할 거면 내가 여기까지 오는 수고를 하지도 않았겠지. 농담 할 기분이었으면 좋아하는 사람하고 같이 있지 널 만날 리 없잖아."

라파엘은 의자 등받이에 몸을 기대며 말을 이었다.

"카밀 벨코트가 뉴욕시를 멋대로 돌아다니고 있어. 그런데 섀도우 헌터들이 발렌타인 아들을 찾는다고 허튼짓이나 하고 돌아다니느라 이 여자한테는 신경도 안 쓸 거란 말이지. 나한테는 카밀이 당장 눈앞의 위험인데 말이야. 그 여자가 맨해튼에 있는 뱀파이어 일족에 대한 지배권을 되찾으려 하고 있거든. 우리 일족 대부분은 나한테 충성을 바치고 있어. 그러니 그 여자 입장에서는 나를 죽이는 것이 서열 1순위를 차지하는 가장 빠른 길이 되겠지."

"알겠는데, 왜 하필 나야?"

사이먼이 천천히 말했다.

"너는 데이라이터잖아. 다른 이들은 밤에만 나를 보호해줄 수 있지만 너는 낮에도, 우리 일족 모두가 전혀 도움이 되지 않는 그 시간에도 나를 보호해줄 수 있어. 그리고 너는 카인의 마크도 지니고 있잖아. 너만 곁에 있다면 그 여자도 나를 함부로 공격하지 못할 거야."

"그건 맞는 말이네. 하지만 난 안 할래."

사이먼의 대답에 라파엘이 뜻밖이라는 표정을 지었다.

"왜?"

그러자 사이먼이 흥분해서 떠들어대기 시작했다.

"잊어버렸냐? 넌 내가 뱀파이어가 된 후로 나한테 도움이라고는 눈곱만큼도 준 적이 없어. 도움을 주기는커녕 내 삶을 비참하게 만들려고 아주 기를 쓰고 덤볐잖아. 그러니까⋯. 그래, 뱀파이어답게 말해주지⋯. 나의 군주여, 이 자리에서 이런 말 할 수 있게 되어 크나큰 영광이로소이다. 꺼져, 싫어."

"나를 적으로 만드는 건 현명한 일이 아닐 텐데, 데이라이터. 친구로서⋯."

사이먼이 못 믿겠다는 듯 웃음을 터뜨렸다.

"잠깐만. 우리가 친구였어? 친구라서 나한테 그런 거였어?"

라파엘이 송곳니를 불쑥 내밀었다. 사이먼은 그가 무척 화가 났다는 것을 깨달았다.

"네가 왜 내 요구를 거절하는지는 나도 잘 안다, 데이라이터. 괜히 한번 팅겨보는 게 아니라는 것도 알고. 넌 섀도우 헌터들과 친밀한 사이야. 그래서 너 자신도 그들과 같다고 생각하고 있겠지. 우린 네가 그들과 함께 있는 걸 봤어. 너는 밤이면 마땅히 사냥을 나가야 하는데도 발렌타인의 딸과 섀도우 헌터들과 함께 시간을 보내고 있어. 늑대인간하고 같이 살기까지 하고 말이야. 너는 우리 일족의 이름을 더럽히고 있어."

"너 직원 채용할 때마다 이런 식으로 하냐?"

라파엘이 다시 이를 드러냈다.

"뱀파이어가 될지 섀도우 헌터가 될지 결정해, 데이라이터."

"내 마음대로 결정할 수 있다면 나는 섀도우 헌터를 택하겠어. 내가 뱀파이어들에 대해 경험한 걸 돌이켜보면 너희들 진짜 밥맛이거든. 피 맛밖에 모르는 녀석들이 밥맛이라는 게 웃기지만."

라파엘이 벌떡 일어섰다.

"너 지금 엄청난 실수를 하고 있어."

"내가 아까도 말했는데…."

라파엘이 한 손을 내저으며 사이먼의 말을 끊었다.

"어마어마한 어둠이 닥쳐오고 있다. 어둠이 이 세상을 불과 그림자로 휩쓸어버릴 거야. 그리고 그 어둠이 지나고 나면 네가 그토록 아끼는 섀도우 헌터들은 더 이상 존재하지 않을 것이다. 하지만 우리 어둠의 자식들은 살아남을 거야. 우리는 어둠 속에서 살아가는 자들이니까. 만약 네가 계속해서 너의 참모습을 부정한다면 너 역시 최후를 맞게 될 것이고, 그 누구도 너에게 도움의 손길을 내밀지 않을 거야."

사이먼이 무의식적으로 한 손을 들어 이마에 있는 카인의 마크를 만졌다. 그 모습에 라파엘이 소리 없이 웃었다.

"아, 그래, 너한테 천사의 표지가 있었지. 하지만 어둠의 시간에는 천사들도 파멸하게 될 거야. 그들의 힘도 너를 도울 수 없어. 그리고 데이라이터, 너는 기도나 하는 게 좋을 거다. 전쟁이 벌어지기 전까지는 카인의 마크를 잃지 않게 해달라고 말이야. 만약 그렇게 된다면 너를 죽이겠다는 적들이 줄을 설 테니까. 그리고 그 줄 맨 앞에 바로 내가 있을 거야."

클라리는 벌써 몇 시간째 매그너스의 집 소파 침대에 누워 있었다. 엄마가 자신의 뒤를 따라 복도를 지나 다른 빈방에 들어가 문을 쾅 닫는 소리가 들렸다. 방문 너머로 매그너스와 알렉이 거실에서 나지막하게 이야기하는 소리도 들렸다. 클라리는 두 사람이 잠자러 가기를 기다렸지만 알렉은 매그너스가 밤늦게까지 룬을 연구한다고 말했었다. 재커라이어 형제가 룬을 해석해주기 위해 오긴 했지만 클라리 생각에 알렉과 매그너스가 쉽게 자러 갈 것 같지 않았다.

클라리는 침대에서 일어나 앉았다. 옆에서 대장 고양이가 귀찮다는 듯한 소리를 냈다. 클라리는 배낭을 뒤져 투명한 비닐봉지를 하나 꺼냈다. 그 안에는 색연필과 분필 조각 그리고 자신의 스텔레가 들어 있었다.

클라리는 자리에서 일어나 스텔레를 재킷 호주머니에 집어넣었다. 책상에서 휴대전화를 집어 들어 타키에서 만나, 라고 문자를 보냈다. 문자가 전송되는 것을 지켜본 다음 휴대전화를 청바지 호주머니에 집어넣고 깊이 숨을 들이마셨다.

매그너스한테 좀 미안하네. 클라리는 생각했다. 매그너스는 조슬린에게 클라리를 돌봐주겠다고 약속했지만 거기에 클라리가 아파트를 몰래 빠져나가지 못하게 지켜보겠다는 것은 포함되어 있지 않았다. 그래도 클라리는 자신의 계획에 대해 입을 다물었다. 클라리는 누구와도 아무런 약속을 하지 않았다. 게다가 이건 제이스와 관련된 일이었다.

당신은 그를 구하기 위해서라면 어떤 일이라도 할 거예요. 어떤 대가를 치르더라도, 지옥이나 천국에 빚을 진다고 해도. 그렇지 않아요?

클라리는 스텔레를 집어 들어 그 끝을 주황색 페인트가 칠해진 벽에 대고 포털을 그리기 시작했다.

날카로운 핑음에 조던은 벌떡 잠에서 깼다. 순간적으로 몸을 획 일으켜 구르듯 침대에서 내려 바닥에 납작 엎드렸다. 프리터에서 오랜 세월 훈련한 덕에 반사 능력은 빨라지고 잠귀는 밝아졌다. 조던은 눈과 코로 재빨리 방을 살폈다. 방에는 아무도 들어온 흔적이 없었다. 그저 달빛만 발치에 가득 쏟아질 뿐이었다.

또다시 쾅 하는 소리가 들렸다. 이번에는 무슨 소리인지 알아들을 수 있었다. 현관문 두드리는 소리였다. 평소에 사각 팬티 한 장만 입고 자던 터라 서둘러 청바지와 티셔츠를 챙겨 입고 침실 문을 발로 걷어차 열고는 쿵쿵대며 복도를 걸어갔다. 술 취해서 장난삼아 온 건물을 돌아다니며 문을 두드려대는 대학생 녀석들이라면 무시무시한 늑대인간의 본때를 보여주리라 생각하면서.

현관문 앞에서… 조던은 걸음을 멈췄다. 또다시 네이비 야드에서 마야가 도망치던 모습이 떠올라서였다. 그 일 때문에 잠도 잘 안 왔는데. 자신에게서 물러나던 마야의 표정이 생각났다. 자신이 마야를 너무 몰아세운 것이다. 그런 화제를 갑자기 꺼냈으니. 내가 다 망친 거야. 분명히 그래. 하지만 어쩌면…. 마야가 다시 생각해볼지도 모를 일이었다. 한때는 불같이 싸웠다가 또 불같이 화해하던 사이니까.

심장이 쿵쿵 뛰었다. 조던이 현관문을 열었다. 그러고는 눈을 껌벅거렸다. 문 앞에 윤이 나는 검은 머리를 거의 허리까지 늘어뜨린 이사벨 라이트우드가 서 있었다. 무릎까지 오는 검정색 스웨이드 부츠에 스키니진, 그리고 빨간 실크 톱 차림을 한 이사벨의 목에서 눈에 익은 빨간색 펜던트가 기분 나쁘게 번쩍거렸다.

"이사벨 너였어?"

조던은 놀라움을 감추지 못하고 물었다. 아니 실망감인가, 라는 생각이 들기도 했다.

"그래. 나도 너 찾아다닌 건 아니야."

이사벨이 조던을 밀치고 아파트 안으로 들어오며 말했다. 그녀에게서 섀도우 헌터의 냄새가, 햇볕으로 따스하게 데워진 유리 냄새가 났다. 그리고 그 밑으로 장미 향수 향기도 풍겼다.

"나 지금 사이먼 찾으러 왔어."

조던은 이사벨을 곁눈질했다.

"지금 새벽 2시거든."

이사벨은 어깨를 으쓱했다.

"걔 뱀파이어잖아."

"하지만 난 아니거든."

"아 그러셔?" 이사벨의 새빨간 입술 꼬리가 위로 씩 올라갔다. "나 때문에 깬 거야?"

이사벨이 손을 내밀더니 조던의 청바지 첫 번째 단추를 툭 치고는 그의 탄탄한 배 위를 손톱 끝으로 살짝 긁었다. 조던은 근육이 씰룩거리는 걸 느꼈다. 이사벨은 매력적이었다. 그것은 부인할 수 없는 사실이었다. 그리고 조금 두렵기도 했다. 조던은 이런 이사벨을 잘 다루면서도 잘난체 하지 않는 사이먼이 대단하다는 생각이 들었다.

"단추나 제대로 채우시지그래. 팬티 예쁜 거 입었네."

이사벨은 조던을 지나쳐 사이먼의 침실로 향했다. 조던도 청바지 단추를 채우고 춤추는 펭귄 무늬 있는 속옷 입은 게 뭐 어떠냐고 투덜거리며 그 뒤를 따랐다.

이사벨이 사이먼의 방에 고개를 쓱 들이밀었다.

"여기 없잖아."

이사벨이 등 뒤로 문을 쾅 닫고는 벽에 기대서서 조던을 쳐다보았다.

"너 지금 새벽 2시라고 그랬잖아."

"그랬지. 그 자식 아마 클라리네 있을 거야. 요즘 거기서 잘 때가 많거든."

이사벨이 입술을 깨물었다.

"그래, 그렇겠지."

조던은 이따금 들던 느낌이 다시 들기 시작했다. 무엇인지 정확히는 모르겠지만 자신이 뭔가 불길한 말을 한다는 느낌이.

"너 여기 왜 온 거야? 그러니까, 무슨 일 생겼어? 뭐 잘못됐어?"

"뭐 잘못되었냐고?" 이사벨이 두 손을 번쩍 들어 올리며 말했다. "사라졌다는 오빠는 내 남동생을 죽인 사악한 악마한테 세뇌당한 것처럼 보이고, 우리 부모님은 이혼하려고 하는데 뭐가 잘못되었냐고? 거기다 사이먼은 클라리 옆에 붙어 있는데…."

이사벨이 갑자기 말을 멈추더니 조던 옆을 지나 거실로 쿵쿵 걸어갔다. 조던도 서둘러 그 뒤를 따랐다. 조던이 따라잡았을 즈음 이사벨은 부엌에 들어가 찬장을 뒤지고 있었다.

"마실 거 뭐 없어? 바랄로나 와인 같은 거? 아님 사그란티노는?"

조던이 이사벨의 어깨를 잡고는 조심스럽게 부엌 밖으로 밀어냈다.

"앉아. 테킬라 줄게."

"테킬라?"

"여긴 테킬라밖에 없어. 그거하고 감기약뿐이야."

이사벨은 부엌 조리대 옆에 몇 개 놓인 등받이 없는 의자에 앉아 조던에게 한 손을 내저었다. 평범한 소녀라면 옷차림에 어울리게 완벽하게 정리한 긴 손톱에 빨강이나 분홍색 매니큐어가 칠해져 있을 테지만 이사벨은 섀도우 헌터였다. 그녀의 두 손은 흉터투성이였고, 손톱은 짧았다. 그리고 오른손에는 투시력 룬이 새겨져 있었다.

"알았어."

조던이 유리잔에 테킬라를 따른 뒤 조리대 너머 이사벨에게로 밀어주었다. 이사벨은 단숨에 꿀꺽 마시더니 얼굴을 찡그리고는 유리잔을 조리대에 탁 내려놓았다.

"너무 적잖아."

그렇게 말하더니 이사벨이 조리대 너머로 손을 뻗어 조던의 손에서 테킬라 병을 낚아챘다. 그러고는 고개를 뒤로 젖히고 벌컥벌컥 들이켰다. 병을 도로 조리대에 내려놓았을 때 이사벨의 얼굴은 빨갛게 달아올라 있었다.

"술 그렇게 마시는 건 어디서 배웠어?"

조던은 감탄해야 할지 무서워해야 할지 갈피를 잡을 수 없었다.

"이드리스에서는 열다섯 살부터 술 마셔도 돼. 아무도 신경 안 써. 난 어렸을 때부터 부모님하고 같이 물 탄 와인 마셨어."

이사벨이 어깨를 으쓱하며 말했다. 우아한 평소 모습과는 많이 다른 몸짓이었다.

"알았어. 사이먼한테 전할 말이라도 있어? 있으면 내가…"

"아니." 이사벨은 술 한 모금을 더 마시고 말을 이었다. "술 잔뜩 마시고 이야기하려고 여기까지 찾아왔는데 그 자식은 클라리네 갔단 말이지. 알았어."

"그 자식더러 거기 가라고 맨 처음에 말한 게 너인 줄 알았는데."

"그래. 내가 그랬지."

이사벨은 테킬라 병에 붙은 라벨을 만지작거리며 말했다.

"그럼, 가지 말라고 해."

자기 생각에 이 정도 목소리면 논리적으로 들리겠다 싶은 투로 조던이 말했다.

"내가 어떻게 그래. 클라리한테 빚진 게 있는데."

이사벨의 목소리는 지친 듯했다.

조던은 조리대에 기댔다. 마치 자신이 TV 드라마에 나오는, 그럴 듯한 조인을 해주는 바텐더가 된 기분이었다.

"뭘 빚졌는데?"

"목숨."

조던은 눈을 껌벅거렸다. 자신이 생각하는 수준의 바텐더나 조언자 역할로는 감당이 안 되는 상황 같아서였다.

"걔가 널 살려줬어?"

"제이스의 목숨을 살려줬어. 라지엘 천사한테서 원하는 건 무엇이든 얻어낼 수 있었는데, 내 오빠를 살리는 걸 택한 애야. 지금껏 내가 살아오면서 믿는 사람이 몇 안 되거든. 정말로 믿는 사람 말이야. 우리 엄마,

알렉, 제이스, 맥스가 전부야. 그중에 한 명은 벌써 잃어버렸고. 클라리는 내가 정말로 믿는 또 한 사람을 잃어버리지 않게 해준 은인이야."

"가족이 아닌 사람을 진정으로 믿는다는 게 가능할 거라고 생각해?"

"제이스도 가족은 아니야, 정확히 따지자면."

이사벨이 조던의 시선을 피하며 말했다.

"내 말 무슨 뜻인지 알잖아."

조던이 의미심장한 표정으로 사이먼의 방을 흘끗 보면서 말했다.

그러자 이사벨이 얼굴을 찌푸렸다.

"늑대인간. 우리 섀도우 헌터들은 명예서약을 따르며 살아."

이사벨이 말했다. 한순간 거만한 네피림의 모습으로 변하는 그녀를 보며 조던은 왜 그토록 많은 다운월드 사람들이 섀도우 헌터들을 싫어하는지 깨달았다.

"클라리는 라이트우드 집안 사람 하나를 구했어. 그러니까 내 목숨을 빚진 거나 마찬가지야. 만약 내 목숨을 줄 수 없다면…. 사실 내 목숨이 그 애한테 무슨 쓸모가 있을까 싶긴 하지만…. 아무튼 난 클라리를 조금이라도 덜 불행하게 할 수 있는 거라면 무엇이든 줄 수 있어."

"그래도 사이먼은 줄 수 없잖아. 사이먼은 인간이야, 이사벨. 자기가 하고 싶은 대로 할 수 있는 인간이라고."

"그렇지. 하지만 사이먼은 클라리가 있는 곳은 어디든 가고 싶어 하잖아, 안 그래?"

이사벨의 말에 조던은 선뜻 대답을 하지 못했다. 이사벨의 말이 조금 정신 나간 것처럼 들리기도 했지만 전혀 틀린 말은 아니었기 때문이다. 사이먼은 클라리와 함께 있을 때면 다른 사람들과 함께 있을 때와는 달리 무척 편해 보였다. 평생 한 여자만 사랑했고, 지금도 그 여자만 사랑하는 조던으로서는 그런 사이먼에게 자신이 충고를 할 자격이 없다고 느꼈다. 물론, 언젠가 사이먼이 조던에게 잔뜩 찌푸린 얼굴로 '클라리한테는 다른 남자는 전부 오징어로 보이게 만드는 근사한 남자친구가 있다'고 말하긴 했지만. 그때 사이먼이 얼굴을 찌푸린 것이 질투 때문인지 아닌지 조던은 확신이 서지 않았다. 그리고 첫사랑 상대를 완전히 잊어버릴 수 있는지에 대해서도 확신이 없었다. 그 상대가 날마다 눈앞에 있는 경우에는 더더욱.

이사벨이 손가락을 우두둑 꺾었다.

"야, 너. 내 말 듣고 있기는 한 거야?"

이사벨이 고개를 옆으로 갸우뚱 기울이고, 얼굴로 흘러내린 검은 머리카락을 훅 불어 날리고는 매서운 눈으로 노려보았다.

"그건 그렇고, 너하고 마야는 어떻게 되고 있는 거야?"

"아무 일도 없어." 조던은 이 말이 몹시 힘겹게 느껴졌다. "나를 더 이상 미워하지 않는 선시 어쩐지도 모르겠어."

"아마 미워하지 않을 거야. 그럴 만한 충분한 이유가 있거든."

이사벨이 말했다.

"고마워."

"난 괜한 위로 같은 건 안 해."

이사벨은 그렇게 말하고서 테킬라 병을 앞에서 밀어냈다. 조던을 바라보는 이사벨의 눈빛이 생기가 넘치면서도 어두워 보였다.

"이리 와봐, 꼬마 늑대."

이사벨이 나지막하게 불렀다. 부드러우면서 유혹적인 목소리였다. 조던은 갑자기 목이 바짝 말라 침을 꿀걱 삼켰다. 제철소 밖에서 새빨간 드레스를 입은 이사벨을 보고, 사이먼 이 자식, 저런 여자가 있으면서 마야한테 작업을 걸었단 말이지, 라고 생각했던 것이 기억났다. 두 여자 모두 남자가 바람을 피우면 가만 둘 사람이 아니었다.

그리고 둘 다 남자가 '싫다'는 말을 할 수 있는 여자도 아니었다. 조던은 조심스럽게 조리대를 돌아 이사벨에게 다가갔다. 서너 걸음 떨어진 곳까지 다가갔을 때 이사벨이 손을 뻗더니 조던의 양 팔목을 잡아 끌어당겼다. 그녀의 두 손이 근육질의 윗팔뚝으로 미끄러져 올라가 듬직한 어깨까지 다다랐다. 조던의 심장이 빠르게 뛰었다. 이사벨의 따스한 체온이 느껴지고, 향수와 달짝지근한 테킬라 향이 풍겨왔다.

"너 멋지다." 이사벨이 말했다. 그녀의 두 손이 조던의 가슴을 쓰다듬었다. "너도 알지?"

셔츠 너머로 자신의 가슴이 방망이질하는 것을 이사벨도 느끼는지 조던은 궁금했다. 길에서 스치는 여자들이, 그리고 가끔은 남자들도 자신을 어떤 눈으로 보는지 조던은 알고 있었다. 날마다 거울을 통해서도 자신의 외모를 확인하고 있었다. 하지만 그런 겉모습에 대해 신경 쓴 적은 거의 없었다. 오랫동안 마야 한 사람만 생각했기 때문에 두 사람이 다시 만났을 때 마야가 자신을 여전히 매력적으로 여길까, 그것 하나 말고는 아무것도 신경 쓰지 않았다. 작업을 거는 여자들도 많았지만 이사벨처럼 생긴 여자는 흔치 않았을 뿐더러 이렇게 드러내놓고 덤비는 여자는 한 명도 없었다.

조던은 이사벨이 진짜 자신에게 키스를 하려는 건지 궁금했다. 열다섯 살 이후로 마야 말고 다른 여자와는 한 번도 키스를 해본 적 없었다.

그런데 지금 이사벨이 딸기색 입술을 살짝 벌린 채 크고 검은 눈으로 빤히 올려다보고 있다. 키스를 하면 저 입술에서 딸기 맛이 날까, 조던은 궁금했다.

"난 신경 안 써."

이사벨이 말했다.

"이사벨, 내 생각에는 아무래도…. 잠깐만. 지금 뭐라 그랬어?"

"신경 써야겠지." 이사벨이 말했다. "내 말은, 마야를 생각해야 된다고. 그러니까 지금 내가 미친 듯이 네 옷을 잡아 뜯어서는 안 된다는 거지. 그런데 말이야, 나 정말로 그렇게 하고 싶지가 않아. 보통 때라면 그렇게 하고 싶었을 텐데."

"아."

조던은 마음이 놓였다. 하지만 한편으로는 아주 살짝 아쉬운 마음도 들었다.

"저기…. 괜찮아?"

"나 하루 종일 그 녀석 생각만 해. 너무 끔찍해. 지금까지 이런 적 한 번도 없었단 말이야."

이사벨이 말했다.

"사이먼 말하는 거야?"

"비쩍 마른 먼데인 바보 멍청이."

한마디 툭 뱉더니 이사벨은 조던의 가슴에서 손을 뗐다.

"그런데 사이먼은 그게 아니야. 뭐 비쩍 마르긴 했지. 먼데인인 것도 맞고. 그런데도 걔랑 같이 있는 게 좋아. 걔는 날 웃게 만들거든. 그리고 걔가 미소 짓는 모습도 좋아. 있잖아, 한쪽 입꼬리가 먼저 올라가고 그

다음에 반대편 입꼬리가 올라가는…. 넌 걔랑 같이 살잖아. 그러니까 알 거야."

"잘 모르겠는데."

조던이 말했다.

"걔가 옆에 없으면 너무 보고 싶어." 이사벨은 고백하듯 말을 이었다. "내 생각에…. 아니야, 모르겠어, 그날 밤 릴리스 때문에 일어난 일 이후로 우리 사이가 달라졌어. 하지만 지금 걔는 클라리 곁에만 붙어 있어. 난 클라리한테 화도 낼 수 없는 처지고."

"넌 형제를 잃었잖아."

이사벨이 조던을 쳐다보았다.

"뭐?"

"그러니까, 사이먼이 그렇게 애를 써가면서 클라리를 위로해주려는 건 제이스가 사라져버렸기 때문이잖아." 조던이 말했다. "그런데 제이스는 네 오빠잖아. 그러니까 사이먼이 너도 위로해줘야 하는 거 아니야? 그리고 너, 클라리한테는 화를 낼 수 없지만 사이먼한테는 얼마든지 화내도 상관없잖아."

이사벨이 한참 동안 조던을 쳐다보았다.

"하지만 우리는 아무 사이도 아니란 말이야." 이사벨이 입을 열었다. "걔는 내 남자친구도 아니야. 내가 그냥 혼자 좋아하는 거지."

이사벨이 얼굴을 찡그렸다.

"미쳤어. 내 입으로 이런 말을 하다니. 생각보다 내가 술을 더 많이 마셨나 봐."

"전에 네가 한 말 듣고 그 정도는 나도 짐작했어."

조던이 미소를 지어 보였다.

이사벨은 미소로 답하지는 않았지만 눈을 내리깔고는 속눈썹 사이로 조던을 올려다보았다.

"너도 그렇게 나쁜 애는 아닌 것 같네. 원한다면 내가 마야한테 너에 대해서 잘 말해줄게."

"아니야, 됐어."

조던이 말했다. '잘 말해준다'는 게 어떤 것인지도 알 수 없고, 또 어떤 말을 해주었는지 알아내는 것도 겁이 나서였다.

"있잖아, 이런 거 자연스러운 거야. 힘든 시기를 보내고 있을 때는 말이야, 원래 같이 있고 싶어지는 법이야. 네가…."

조던은 '사랑하는 사람과'라고 말하려다 이사벨이 '사랑'이라는 단어를 한 번도 쓰지 않았다는 것이 생각나서 얼른 말을 바꿨다.

"소중하게 여기는 사람하고 말이야. 그런데 사이먼은 네가 자기를 그런 식으로 생각하는 줄 모르고 있는 것 같던데."

이사벨이 속눈썹 긴 눈을 번쩍 떴다.

"걔가 내 얘기 한 적 있어?"

"그 자식은 네가 정말 강하다고 생각해. 그래서 네가 자기를 필요로 하지 않는다고 생각하고 있어. 내 생각에 그 자식은 자기가 네 인생에… 필요하지 않은 존재라고 느끼는 것 같아. 그러니까, 네가 이미 완벽한 상태인데 걔가 너한테 뭘 더 해줄 수 있겠어? 너 같은 애가 왜 그런 자식을 좋아하겠냐고."

조던은 눈을 껌벅거렸다. 이런 식으로 말할 작정은 아니었다. 자신이 한 말이 사이먼의 상황에 얼마나 들어맞는지도 모르겠고. 자신과 마야의 관계를 염두에 두고 한 말은 아닌가 싶기도 했다.

"그러니까 네 말은 내 마음을 걔한테 이야기해야 된다는 거야?"

이사벨이 작은 소리로 물었다.

"그래, 바로 그거야. 네 마음을 이야기해."

"알았어."

이사벨이 테킬라 병을 다시 집어 들더니 한 모금 꿀꺽 들이켰다.

"지금 당장 클라리네 가서 걔한테 말할 거야."

순간 조던의 가슴에 경고의 불이 깜박거렸다.

"안 돼. 지금 새벽 3시고…."

"기다리면 용기가 사라질 거야." 이사벨은 술 취한 사람 입에서 나올 법한 말투로 말했다. 그러더니 술을 한 모금 더 마셨다. "당장 거기 가서, 창문을 두드린 다음, 내 마음이 어떤지 걔한테 말할 거야."

"클라리 방 창문이 어떤 건지는 알아?"

이사벨이 실눈을 떴다.

"아아니."

술에 잔뜩 취한 이사벨이 조슬린과 루크를 깨우는 모습이 조던의 머릿속에 떠올랐다.

"이사벨, 안 돼."

조던이 테킬라 병을 빼앗으려고 손을 내밀자 이사벨이 술병을 뒤로 홱 치웠다.

"이러면 너에 대한 생각 바꿀 거야." 이사벨이 반쯤 협박하는 투로 말했다. 만약에 이사벨이 눈을 똑바로 뜨고 말했다면 훨씬 더 무섭게 들렸을 것 같았다. "어차피 내가 널 썩 좋아하지도 않았으니까."

이사벨이 벌떡 일어서더니, 깜짝 놀란 표정으로 발을 내려다보고는…
그대로 뒤로 자빠졌다. 하지만 조던의 빠른 반사 신경 덕분에 이사벨은
바닥에 머리를 찧으며 쓰러지는 꼴을 면했다.

7
상전벽해

클라리가 세 잔째 커피를 마시고 있을 즈음에야 드디어 청바지에 빨간색 추리닝 상의를 걸치고 엔지니어 부츠를 신은 사이먼이 타키로 들어섰다. 사이먼은 추위를 느끼지 못하니 울 코트 같은 건 입을 필요가 없었다. 탁자들 사이를 가로질러 클라리에게 걸어오는 사이먼을 사람들이 쳐다보았다. 이사벨이 옷에 대해 잔소리를 하기 시작하면서 사이먼이 깔끔하고 근사해진 것 같아. 자신에게 다가오는 사이먼을 보며 클라리는 생각했다. 그는 칸막이 좌석에 앉은 클라리 맞은편 자리로 미끄러지듯 쓱 들어와 앉으며 클라리를 보았다. 그의 반짝이는 검은 눈동자에 클라리의 모습이 비쳐 보였다.

"날 불렀나?"

사이먼이 드라큘라 백작처럼 목소리를 깔면서 물었다. 클라리는 식탁 너머로 메뉴판을 밀어주고는 뱀파이어들을 위한 페이지를 펼쳤다. 전에도 이 메뉴판을 본 적 있지만 피 푸딩과 피 밀크셰이크는 여전히 생각만 해도 몸이 부르르 떨렸다.

"널 깨울 생각은 없었는데."

"아, 아니야. 내가 어디 있었는지 넌 상상도…."

클라리의 표정을 보고 사이먼은 말꼬리를 흐렸다.

"야." 갑자기 사이먼이 손가락을 클라리의 턱 밑에 대고 얼굴을 살짝 들어올렸다. 사이먼의 눈에 웃음기는 사라지고 대신 근심이 가득했다. "무슨 일 있어? 제이스 소식 새로 들었어?"

"뭐 할래요?"

클라리에게 요정 여왕의 종을 준 푸른 눈의 여종업원 케일리였다. 케일리의 의기양양한 미소에 클라리는 이가 뿌드득 갈렸다.

클라리는 애플파이 한 조각을 주문했다. 사이먼은 피를 섞은 핫초콜릿 한 잔을 주문했다. 케일리가 메뉴판을 가져가자 사이먼이 걱정스러운 얼굴로 클라리를 바라보았다. 클라리는 크게 숨을 들이마신 다음 그날 밤 일에 대해 이야기했다. 하나도 빼놓지 않고 자세히, 제이스의 모습이 어땠는지, 무슨 말을 했는지, 그리고 거실에서 일어난 싸움이며, 루크에게 일어난 일까지 전부 다. 그리고 차원의 주머니와 다른 세상에 대한 이야기와 차원의 주머니에 숨은 자는 찾아낼 수도, 그에게 연락할 수도 없다는 매그너스의 설명에 대해서도 이야기했다. 클라리가 이야기하는 동안 사이먼의 눈빛이 점점 어두워지더니 이야기를 끝낼 즈음에는 두 손으로 머리를 감싸 쥐었다.

"사이먼?"

케일리가 와서 주문한 음식을 놓고 갔지만 둘 다 음식에는 손도 대지 않았다. 클라리가 사이먼의 어깨를 툭 쳤다.

"왜 그래? 루크 때문이라면…."

"내 잘못이야."

사이먼이 고개를 들어 클라리를 보았다.

"내가 세바스찬을 물지만 않았어도…."

"날 위해서 그런 거잖아. 그래서 내가 살아 있는 거잖아. 넌 내 목숨을 구해준 거야."

클라리는 부드럽게 말했다.

"넌 내 목숨을 예닐곱 번은 구해줬잖아. 그러니까 고마워하지 마."

사이먼의 목소리가 갈라졌다. 클라리는 무릎을 꿇고 세바스찬의 검붉은 피를 마시던 사이먼을 떠올렸다.

"잘잘못을 따져봤자 득 될 거 없어." 클라리가 말했다. "그리고 그런 거나 따지자고 널 여기로 부른 거 아니야. 그냥 무슨 일이 있었는지 말해주려고 오라고 한 거야. 어차피 언제가 되었든 너한테 다 이야기할 거였지만 아마 내일까지 기다렸다가 이야기했을 거야. 만약에…."

사이먼이 찡그린 얼굴로 클라리를 보더니 피를 섞은 핫초콜릿을 한 모금 마셨다.

"만약에 뭐?"

"계획이 없었다면 말이야."

사이먼이 신음 소리를 뱉었다.

"나 그거 듣기 무서운데."

"내 계획은 별로 무서운 거 아니거든."

"보통 이사벨의 계획은 무시무시하거든." 사이먼은 한 손가락으로 클라리를 가리키며 말했다. "그런데 네 계획은 목숨을 걸어야 한단 말이야. 그것도 최소한 말이야."

클라리가 가슴 앞으로 팔짱을 끼며 등받이에 몸을 기댔다.

"들어볼 거야, 말 거야? 그리고 너, 이 이야기는 비밀로 해야 된다."

"네 비밀 폭로하느니 포크로 내 눈알을 뽑겠다."

사이먼은 그렇게 말하더니 불안한 표정을 지었다.

"잠깐만. 정말 그렇게 되는 거 아니야?"

"나도 모르지."

클라리는 두 손으로 얼굴을 가렸다.

"말해봐."

사이먼이 체념한 듯 말했다.

한숨을 내쉬며 클라리가 호주머니에서 작은 벨벳 주머니를 꺼내 식탁 위에서 뒤집었다. 그러자 금반지 두 개가 챙그랑 소리를 내며 떨어졌다.

사이먼은 어리둥절해서 반지를 바라보았다.

"너 결혼하냐?"

"바보 같은 소리 하지 마."

클라리는 몸을 앞으로 숙이며 목소리를 낮췄다.

"사이먼, 이게 그 반지야. 요정 여왕이 찾는 그 반지 말이야."

"너 이거 못 가지고 나왔다고 하더니….."

사이먼이 말꼬리를 흐리면서 눈을 들어 클라리의 얼굴을 쳐다보았다.

"내가 거짓말한 거야. 나 이거 훔쳤어. 그런데 도서관에서 제이스를 보고는 요정 여왕한테 이걸 주기 싫어졌어. 언젠가 이게 우리한테 필요할 거라는 느낌이 들었거든. 그리고 요정 여왕이 절대로 우리한테 쓸모 있는 정보를 줄 리 없다는 것도 깨달았고. 요정 여왕하고 한 판 더 하더라도 이 반지를 내가 가지고 있는 게 좋을 것 같아."

사이먼은 옆으로 지나가는 케일리가 보지 못하도록 반지를 손으로 가렸다.

"클라리, 요정 여왕이 원하는 물건을 네 마음대로 가질 수는 없어. 요정 여왕을 적으로 돌리는 게 얼마나 위험한 일인데."

클라리가 애원하는 눈빛으로 사이먼을 바라보았다.

"최소한 이게 정말로 되는지나 한번 알아보면 안 될까?"

사이먼은 한숨을 내쉬고 반지 하나를 클라리에게 건넸다. 반지는 가볍지만 진짜 금처럼 부드러웠다. 클라리는 반지가 안 맞으면 어쩌나 잠깐 걱정했지만 오른손 검지에 끼자마자 반지가 손가락에 맞게 바뀌는가 싶더니 손가락 관절 바로 아래에 맞춘 듯 들어맞았다. 클라리는 사이먼이 자신의 오른쪽 손을 내려다보는 것을 보고는 그에게도 똑같은 일이 일어났음을 알아차렸다.

"자, 그럼 우리 말해보자. 이렇게 하는 거 맞겠지. 나한테 말해봐. 알지, 머릿속으로만 하는 거."

사이먼이 말했다.

클라리는 사이먼을 바라보았다. 대사를 외우지도 못한 채 연극 무대에 오른 것처럼 당황스러운 느낌이 들었다.

사이먼?

사이먼이 눈을 깜박거렸다.

"저기…. 너 그거 한 번 더 해볼래?"

클라리는 사이먼에게 정신을 집중하려고 애썼다. 사이먼다운 점들, 사이먼이 생각하는 방식, 사이먼의 목소리를 들을 때의 느낌, 그가 가까이 있을 때의 느낌. 그가 속삭이는 소리, 그가 가진 비밀들, 사이먼이 자신을 웃게 만드는 방법. 클라리는 머릿속으로 사이먼에게 말을 걸었다.

나 지금 네 머릿속에 들어와 있어. 내 머리로 만든 제이스의 누드 좀 보여줄까?

사이먼이 펄쩍 뛰었다.

"그거 들렸어! 그리고 싫어, 절대 사절이야."

클라리는 혈관에 탄산수가 흐르는 것처럼 흥분이 끓어올랐다.

"너도 나한테 생각을 보내봐."

1초도 걸리지 않았다. 클라리는 사이먼의 생각을 들었다. 재커라이어 형제의 말처럼, 소리 없이 마음으로만 들을 수 있는 목소리를.

너 그 자식 벗은 거 봤어?

음, 전부 다 벗은 건 아니지만. 그래도 내가….

"됐어."

사이먼이 소리 내어 말했다. 목소리에는 불안과 흥분이 뒤섞여 있었지만 눈은 반짝거렸다.

"이거 되잖아. 대박이다. 진짜 되는 거였어."

클라리가 앞으로 몸을 숙였다.

"그럼 이제 내 계획 들어볼래?"

사이먼은 손에 낀 반지를 만져보았다. 정교하게 새겨진 나뭇잎 덩굴 장식이 손끝에 느껴졌다.

당연하지.

클라리가 이야기를 시작했다. 하지만 이번에는 사이먼이 소리를 내서 방해하는 바람에 끝까지 설명을 할 수가 없었다.

"안 돼, 절대로 안 돼."

"사이먼. 이건 완벽한 계획이란 말이야."

클라리가 말했다.

"네가 제이스와 세바스찬을 쫓아서 어딘지 알 수도 없는 차원의 주머니로 들어간 다음, 너하고 내가 이 반지로 연락을 해서 여기 정상적인 지구의 차원에 있는 사람들이 너를 찾아내게 한다고? 그게 계획이었어?"

"응."

"안 돼. 안 돼, 이건 아니야."

클라리가 등받이에 몸을 기댔다.

"무턱대고 안 된다고만 하지 마."

"이 계획에는 나도 포함되잖아. 그러니까 안 된다고 하는 거야! 절대 안 돼."

"사이먼…."

사이먼이 누가 앉아 있기라도 하는 듯 자기 옆자리를 손으로 탕탕 두들겼다.

"자, 내 단짝 '안 돼'를 소개할게."

"의견을 절충해볼 수도 있잖아."

새로운 제안을 하면서 클라리는 파이를 한 입 베어 물었다.

"안 돼."

"사이먼!"

"'안 돼'는 마법의 단어야. 그 말이 어떻게 작용하는지 설명해줄게. 네가 '사이먼, 나 정신 나간 자살 행위나 다름없는 계획이 있어. 그 계획 밀어붙일 수 있게 나 도와줄래?'라고 말하면 내가 이렇게 말하는 거지. '절대 안 돼.'"

"어쨌든 난 할 거야."

클라리가 말했다. 그러자 사이먼이 식탁 너머로 클라리를 노려보았다.

"뭐?"

"네가 도와주든 말든 난 할 거라고."

클라리가 말했다.

"이 반지를 이용하지 못하더라도 나는 제이스가 있는 곳으로 따라가서 너희들한테 몰래 연락할 방법을 찾아낼 거야. 전화든 뭐든 말이야. 그게 가능하면 난 반드시 그렇게 할 거야, 사이먼. 만약에 네가 도와준다면 내가 살아남을 가능성이 훨씬 더 커지겠지. 너한테는 아무 위험도 없는 일이야."

"내가 위험한 건 상관없거든?" 탁자 위로 몸을 숙이며 사이먼이 씩씩대고 말했다. "내가 걱정하는 건 너란 말이야! 빌어먹을, 난 거의 불멸의 존재나 마찬가지잖아. 차라리 내가 갈게. 네가 여기 남아."

"일있어. 세이스는 그래도 전혀 이상하게 여기지 않겠지. 네가 제이스 찾아가서 지금껏 남몰래 짝사랑해왔는데 도저히 헤어져서 살 수 없어서 쫓아왔다고 말해."

"그보다는 내가 쭉 생각해본 끝에 제이스하고 세바스찬의 철학에 전적으로 동의하게 돼서 내 전부를 그들한테 걸기로 했다고 말하는 건 어떨까."

"넌 걔들의 철학이 뭔지도 모르잖아."

"그렇구나. 그래, 차라리 제이스한테 짝사랑하고 있었다고 말하는 편이 더 잘 통할지도 모르겠네. 제이스 그 자식은 모든 사람이 자기를 사랑한다고 생각하니까 말이야."

"하지만 난…정말로 사랑한단 말이야."

클라리가 말했다.

사이먼은 탁자 너머로 한참 동안 말없이 클라리를 바라보았다.

"너 진심이구나."

한참 만에 사이먼이 입을 열었다.

"넌 어쨌든 무조건 할 생각인 거야. 내가 도와주지 않아도…기댈 곳이 하나도 없어도."

"제이스를 위해서라면 난 뭐든 할 수 있어."

사이먼이 플라스틱 칸막이 의자에 머리를 기댔다. 카인의 마크가 그의 피부에서 은은한 은빛으로 빛났다.

"그런 말 하지 마."

"너도 네가 사랑하는 사람들을 위해서라면 뭐든 할 수 있잖아?"

"너를 위해서라면 뭐든 할 수 있어."

사이먼이 나지막이 말했다.

"널 위해서라면 죽을 수도 있어. 너도 알잖아. 하지만 내가 누군가를, 아무 잘못도 없는 사람을 죽일 수도 있을까? 그럼 아무 잘못 없는 수많은 사람은 어떨까? 이 세상 전부는? 사랑하는 사람과 이 세상 모든 사람들 중에서 어느 한쪽을 택하라고 할 때 사랑하는 사람을 택하는 게 진짜 사랑일까? 그건…. 내가 뭔 소리를 하는 건지…. 아무튼 그게 윤리적으로 옳은 사랑이겠냐고?"

"사랑에 윤리 비윤리 같은 건 없어. 그냥 사랑인 거지."

"나도 알아. 하지만 우리가 사랑이라는 이름으로 하는 행동에는 윤리적인 것도 있고 비윤리적인 것도 있어. 보통의 경우에는 그런 게 별 상관이 없지. 보통의 경우라면, 제이스가 정말 짜증나게 만드는 자식이긴 하지만…. 그 자식, 너한테 네 생각을 거스르는 일을 하라는 요구 같은 건 절대 하지 않을 놈이야. 자신을 위해서도 그 누구를 위해서도 말이야. 하지만 지금 제이스는 진짜 제이스가 아니잖아, 안 그래? 그리고 나 정말 모르겠어, 클라리. 그 자식이 너한테 뭘 요구할지 말이야."

클라리는 갑자기 피로가 밀려와 팔꿈치로 탁자를 짚으며 기댔다.

"그래, 어쩌면 진짜 제이스가 아닐지도 몰라. 하지만 내가 아는 제이스에 가장 가까운 존재인 건 분명해. 그가 없으면 진짜 제이스를 되찾을 방법이 없어."

클라리가 시선을 들어 사이먼과 눈을 맞췄다.

"그게 아니면 지금 너, 나한테 아무 희망도 갖지 말라고 말하는 거야?"

한참 동안 침묵이 이어졌다. 클라리는 사이먼의 타고난 솔직함이 단짝 친구를 보호하려는 마음과 싸우고 있다는 것을 느낄 수 있었다. 드디어 사이먼이 입을 열었다.

"그렇게 말할 생각은 절대 없어. 너도 알겠지만 난 여전히 유대인이야. 비록 뱀파이어가 되긴 했지만. 내 마음으로는 기억하고 믿고 있어, 입 밖으로 말은 못 하지만 말이야. 하느…."

사이먼은 목이 막힌 듯 침을 꿀꺽 삼키고 다시 말을 이었다.

"그분은 우리와 계약을 맺으셨어. 섀도우 헌터들이 라지엘 천사가 자신들과 계약을 맺었다고 믿는 것처럼 말이야. 그래서 우리는 그분의 약속들을 믿어. 그러니까 너는 절대 희망을…하티크바를 잃어버리면 안 돼. 왜냐하면 희망을 잃지 않으면 그것이 너를 살릴 테니까."

사이먼은 조금 부끄러운 표정을 지으며 이렇게 덧붙였다.

"랍비한테서 늘 듣던 이야기야."

클라리가 탁자 너머로 한 손을 뻗어 사이먼의 손 위에 얹었다. 사이먼이 종교 이야기는 거의 하지 않지만 마음속 깊이 신을 믿고 있다는 것을 클라리는 잘 알고 있었다.

"그래서 내 계획을 따르겠다는 뜻이야?"

클라리의 물음에 사이먼이 신음 소리를 흘렸다.

"네가 내 영혼을 무너뜨리고 나를 짓밟겠다는 뜻으로 들린다."

"끝내주지."

"너 때문에 내가 이 모든 일을 모두에게 이야기해야 하는 처지가 되어 버렸다는 건 알고 있겠지…. 너희 엄마, 루크, 알렉, 이사벨, 매그너스…."

"너한테 위험이 전혀 없다고 한 말은 취소해야겠네."

클라리가 기어들어가는 목소리로 말했다.

"그건 괜찮아."

사이먼이 말을 이었다.

"이거 하나만 기억해. 너희 엄마가 새끼 곰을 빼앗긴 어미 곰처럼 내 발목을 물어뜯더라도 나는 너를 위해 이 일을 할 거야."

조던이 막 잠이 들려는데 또다시 현관문 두드리는 소리가 들렸다. 조던은 침대에서 몸을 굴리며 신음을 내질렀다. 시계를 보니 새벽 4시를 알리는 숫자가 노랗게 반짝거렸다.

다시 문 두드리는 소리가 들렸다. 조던은 마지못해 일어나 청바지를 껴입고 비틀거리며 복도로 나아갔다. 그리고 흐릿한 눈으로 현관문 밖으로 고개를 내밀었다.

"야…."

더 이상 말이 나오지 않았다. 복도에 마야가 서 있었다. 청바지에 캐러멜 빛깔의 가죽 재킷을 입고 머리는 뒤로 말아 올려 구릿빛 젓가락을 찔러 고정시킨 모습이었다. 느슨하게 구불거리는 머리카락 한 올이 마야의 관자놀이 옆으로 흘러 내려와 있었다. 조던은 당장이라도 그 머리카락을 귀 뒤로 넘겨주고 싶어 손가락이 근질거렸다. 하지만 꾹 참고 청바지 호주머니에 손을 찔러 넣었다.

"셔츠 근사하네."

조던의 벗은 웃통을 무덤덤한 눈으로 보며 마야가 한마디 했다. 마야의 한쪽 어깨에 배낭이 걸쳐져 있었다. 순간 조던은 가슴이 쿵 내려앉았다. 여길 떠나려는 건가? 나한테서 도망치려고?

"저기, 조넌…."

"누구야?"

조던 뒤에서 쉰 목소리가 방금 자다 일어난 침대처럼 출렁대면서 터져 나왔다. 조던은 마야의 입이 딱 벌어지는 것을 보고는 뒤를 돌아보았다. 이사벨이 사이먼의 티셔츠 하나만 걸쳐 입은 채로 눈을 비비며 뒤에 서 있었다.

마야가 입을 탁 닫았다.

"나야."

그다지 친하지 않은 투로 마야가 말했다.

"너…. 사이먼 찾아온 거야?"

"뭐? 아니, 사이먼 여기 없는데."

닥쳐, 이사벨! 조던은 미친 듯이 머릿속으로 소리쳤다.

"걔는 나갔는데."

이사벨이 슬쩍 손짓을 하며 말했다.

마야의 얼굴이 상기되었다.

"여기 냄새가 꼭 술집 같다."

"조던한테 있는 테킬라가 싸구려라서 그래." 이사벨이 손을 내저으며 말했다. "너도 알잖아…."

"그 셔츠도 조던 거야?"

마야가 따지듯 물었다.

이사벨은 자기 몸을 내려다보고는 다시 고개를 들어 마야를 봤다. 그 제야 마야가 무슨 생각을 하는지 알아차린 이사벨이 말했다.

"아, 그런 거 아니야, 마야…."

"그러니까 처음에는 사이먼이 너 때문에 나를 속이더니, 이제는 너하 고 조던이…."

"사이먼도 너 때문에 날 속였거든? 어쨌든, 나하고 조던은 아무 일 없 었어. 내가 사이먼 보러 여기 왔다가 사이먼이 없어서 걔 방을 박살내려 고 했는데. 아무튼 난 다시 사이먼 방으로 돌아갈게."

"안 돼."

마야가 매섭게 말했다.

"절대 안 돼. 사이먼이든 조던이든 다 집어치워. 내 말은, 너도 들어야 할 이야기가 있다는 거야."

한 손으로 사이먼의 방문 손잡이를 잡던 이사벨이 얼어붙은 듯 멈춰섰다. 잠에 취해 푸석거리던 얼굴도 서서히 창백해졌다.

"제이스, 제이스 찾았어?"

이사벨의 물음에 마야가 고개를 끄덕였다.

이사벨이 푹 쓰러지듯 방문에 기댔다.

"제이스는…." 목소리가 갈라지는 바람에 이사벨은 다시 말을 시작했다. "수색대가 찾아낸…."

"제 발로 돌아왔어. 클라리 만나러." 마야는 잠시 말을 멈췄다가 다시 이었다. "세바스찬하고 같이 말이야. 그래서 싸움이 벌어졌고, 루크가 다쳤어. 죽을지도 몰라."

이사벨의 목에서 쉰 소리 같은 비명이 자그맣게 새어나왔다.

"제이스가? 제이스가 루크를 해쳤단 말이야?"

마야는 이사벨의 시선을 피했다.

"무슨 일이 벌어졌는지는 나도 정확히 몰라. 내가 아는 건 제이스와 세바스찬이 클라리를 찾아왔고, 싸움이 벌어졌고, 루크가 다쳤다는 것뿐이야."

"클라리는…."

"무사해. 지금 걔네 엄마하고 매그너스의 집에 가 있어."

마야는 조던에게로 시선을 돌리며 말했다.

"매그너스가 나한테 전화해서 너를 만나라고 했어. 너한테 직접 연락하려고 했는데 네가 연락을 안 받더라면서 말이야. 너를 통해서 프리터 루퍼스와 연락을 하고 싶대."

"연락하고 싶다고…." 조던이 고개를 내저었다. "늑대인간 비상 연락망이라도 있는 줄 아나본데 전화 한 통해서 연락할 수 있는, 그런 데가 아니야."

마야는 팔짱을 꼈다.

"그럼 넌 그들한테 어떻게 연락하는데?"

"내 감독관이 있어. 그가 원할 때 내게 연락을 하든지 아니면 위급한 일이 있을 때 내가 그에게 전화는 할 수 있는데…."

"지금 이게 위급한 일이잖아." 마야는 양 엄지를 청바지 벨트 고리에 후크처럼 끼우며 말을 이었다. "루크가 죽을지도 몰라. 그런데 매그너스 말로는 프리터가 루크를 도울 수 있는 정보를 가지고 있을지도 모른대."

마야가 크고 검은 눈으로 조던을 바라보았다. 말해야 한다고 조던은 생각했다. 프리터는 클레이브의 일에 관여하고 싶어 하지 않는다고, 서로의 결속만 다지고 그들의 임무인 다운월드 신참들을 돕는 일만 하기를 원한다고. 그들이 도움을 주리라는 보장도 없고, 도와달라는 요구에 분노할 가능성만 높다는 것을 말해야 한다고 조던은 생각했다.

하지만 지금 마야가 부탁을 하고 있잖아. 이거야말로 오래전 마야에게 저지른 짓을 보상할 수 있는 첫 걸음이었다.

"좋아."

조던이 입을 열었다.

"그럼, 본부로 가서 직접 대면하자. 그들은 롱아일랜드 노스포크에 있어. 꽤 먼 곳이야. 내 트럭 타고 가자."

"알았어." 마야가 배낭을 더 높이 멨다. "어디든 가게 될 거라고 예상했어. 그래서 이렇게 짐 싸가지고 온 거야."

"마야." 이사벨이 불렀다. 하도 오랫동안 가만히 있어서 조던은 이사벨이 있다는 것을 거의 잊고 있었다. 조던이 돌아보니 이사벨은 사이먼의 방문에 기대서 있었다. 추운 듯 양팔로 제 몸을 감싸 안고 있던 이사벨이 물었다. "괜찮은 거야?"

마야가 움찔했다.

"루크 말이야? 아니, 지금…."

"제이스 말이야." 이사벨은 숨을 들이마시며 말했다. "제이스는 괜찮대? 어디 다치거나 아니면 붙잡혀 있었다거나…."

"멀쩡해 보였대." 마야는 무덤덤하게 말했다. "그리고 갔어. 세바스찬하고 같이 사라졌다고."

"그럼 사이먼은?"

이사벨의 시선이 빠르게 조던에게로 옮겨갔다.

"네가 그랬잖아, 걔 지금 클라리하고 같이…."

마야가 고개를 가로저었다.

"없었어. 거기 없던데."

배낭의 끈을 단단히 쥐며 마야가 말을 이었다.

"그래도 이제 우리가 확실히 아는 건 하나 있어. 넌 별로 마음에 안 들겠지만. 어떻게 된 건지는 모르겠지만 제이스하고 세바스찬이 서로 연결되어 있어. 제이스한테 상처를 입히면 세바스찬도 다쳐. 제이스를 죽이면 세바스찬도 죽어. 그 반대도 마찬가지이고. 매그너스한테 직접 들은 거야."

"클레이브도 알아?" 곧바로 이사벨이 물었다. "클레이브에 보고하진 않았지, 그지?"

마야는 고개를 가로저었다.

"아직은 아니야."

"그들이 곧 알아낼 거야." 이사벨이 말했다. "모두가 알게 될 거라고. 누군가 말하겠지. 그럼 사냥이 시작될 거야. 세바스찬을 죽이기 위해서라면 그를 죽이는 것도 불사할 거야. 어쨌든 제이스를 죽일 거야."

이사벨은 숱 많은 검은 머리를 쓸어 넘기고 말을 이었다.

"오빠 만나야겠어. 알렉 만나야 돼."

"그래, 그게 좋겠어." 마야가 말했다. "매그너스가 나한테 전화하고 나서 다시 문자를 보냈거든. 네가 여기 있을 것 같은 느낌이 든다면서 너한테 전해달라고 하더라고. 너더러 브루클린에 있는 자기 아파트로 와달래, 지금 당장."

밖은 얼어붙은 듯 추웠다. 너무 추워서 몸에 그린 보온의 룬도, 사이먼의 벽장에서 멋대로 꺼내 입은 얇은 파카도 별 도움이 되지 않았다. 이사벨은 벌벌 떨면서 매그너스의 아파트 건물 정문을 밀고 얼른 안으로 들어갔다.

삑 소리가 나면서 문이 열리자 이사벨은 여기저기 금이 간 난간을 손으로 쓸며 계단을 올라갔다. 저 위에 자신의 마음을 이해해줄 알렉이 있다는 사실을 알기에 당장이라도 뛰어 올라가고 싶었다. 다른 한편으로는, 살아오는 내내 부모님의 비밀을 오빠와 남동생 몰래 감추었던 마음속에는 그대로 층계참에 쪼그리고 앉아 홀로 비참함에 빠져버릴까, 하는 생각도 있었다. 그와 동시에 남에게 의지하는 것을 끔찍이도 싫어하는, 그리고 이사벨 라이트우드는 남의 도움 같은 거 필요 없어라고 큰소리치는 자존심도 자리하고 있어서 자신은 저 위에 있는 이들이 부탁했기 때문에 여기까지 온 것이라고 속삭였다. 저들이 널 필요로 하고 있어.

이사벨은 남들이 자신을 필요로 하는 것을 꺼리지 않았다. 정확히 말하자면 아주 좋아했다. 그래서 잔뜩 겁에 질린 흐린 금빛 눈동자에 비쩍 마른 열 살짜리 사내아이 제이스가 포털을 통해 이드리스에서 왔을 때 그에게 마음을 여는 데 그토록 오랜 시간이 걸렸던 것이다. 알렉은 만나자마자 제이스를 반겼지만 이사벨은 제이스가 그토록 침착한 것이 싫었다. 제이스가 눈앞에서 아버지가 살해되는 것을 목격했다는 엄마의 말을 들었을 때 이사벨은 제이스가 울면서 자신에게 다가와 위로를 구할 거라고, 어쩌면 조언까지 청할지도 모른다고 생각했다. 하지만 제이스는 아무도 필요로 하지 않는 것처럼 보였다. 겨우 열 살이었지만 제이스에게는 신랄하고 방어적인 재치와 모진 구석이 있었다. 사실대로 말하자면 이사벨은 제이스가 자신과 똑같다는 사실에 놀랐다.

하지만 날카로운 무기와 반짝이는 천사의 검을 좋아하고, 룬 마크를 새겨 넣는 불타는 고통에서 쾌락을 느끼고, 생각보다 본능이 앞서는 숨 가쁜 전투를 즐기는 것까지, 많은 공통점을 통해 둘은 가까워졌다. 알렉이 여동생을 따돌리고 제이스에게 둘만 사냥을 나가자고 할 때 제이스는 이렇게 말했다.

"이사벨도 필요해. 이사벨이 최고거든. 물론, 나를 제외하고 말이지만."

바로 그 때문에 이사벨은 제이스를 좋아했다.

드디어 매그너스의 아파트 현관 앞에 다다랐다. 문 아래 갈라진 틈으로 빛이 새어나왔다. 여럿이 수군대는 말소리도 들렸다. 문을 밀어 열자 따스한 기운이 몸을 감쌌다. 이사벨은 온기에 안도하며 안으로 들어갔다.

따스한 기운은 벽난로에 피워놓은 불에서 나오는 것이었다. 이 건물에는 굴뚝도 없는데 벽난로에서는 푸른색과 초록색이 섞인 아름다운 불꽃이 타오르고 있었다. 매그너스와 알렉이 벽난로 가까이 놓인 소파에 앉아 있었다. 이사벨이 들어서자 검정색 추리닝 바지에 칼라가 찢어진 하얀 티셔츠 차림의 알렉이 고개를 들어 여동생을 보았다. 그러고는 벌떡 일어나 맨발인 채로 서둘러 다가와서 두 팔로 그녀를 끌어안았다.

이사벨은 잠시 오빠 품에 안겨 그의 심장 소리를 듣고 조금은 어색한 듯 등과 머리를 쓰다듬는 오빠의 손길을 느꼈다.

"이지. 괜찮을 거야, 이지."

이사벨은 오빠를 밀쳐내며 눈가를 훔쳤다. 젠장, 나 우는 거 정말 싫은데.

"어떻게 그렇게 말해?" 이사벨이 버럭 소리를 질렀다. "이런 상황에서 뭐가 어떻게 괜찮아진다는 거야?"

"이지." 알렉이 여동생의 머리카락을 한쪽 어깨 너머로 넘기고는 살짝 잡아당겼다. "마음 단단히 먹어. 우린 네가 필요해."

알렉은 목소리를 낮추고 다시 이렇게 말을 이었다.

"근데, 너한테서 테킬라 냄새 나는 거 알아?"

이사벨이 매그너스에게로 쓱 시선을 돌렸다. 그는 소파에 앉은 채 속을 알 수 없는 고양이 같은 눈으로 바라보고 있었다.

"클라리는 어디 있어? 걔네 엄마는? 두 사람 여기 있는 줄 알았는데."

이사벨이 물었다.

"자. 둘 다 좀 쉬어야할 것 같아서."

알렉이 말했다.

"나는 안 그래도 되고?"

"너도 네 약혼자나 새아빠가 눈앞에서 죽을 뻔한 걸 목격했어?"

매그너스가 무미건조하게 물었다. 그는 줄무늬 파자마 위에 검정색 실크 가운을 길게 겹쳐 입은 채였다.

"이사벨 라이트우드."

몸을 똑바로 세워 앉고는 두 손을 앞에서 느슨하게 맞잡으며 매그너스가 말했다.

"알렉 말대로 우린 네가 필요해."

이사벨이 어깨를 쫙 펴며 몸을 곧추세웠다.

"무슨 일로 필요한데요?"

"철의 자매한테 가야 돼." 알렉이 말했다. "우린 제이스와 세바스찬을 분리해서 두 사람을 따로 공략할 수 있는 무기가 필요해…. 내 말이 무슨 뜻인지 알 거야. 그러니까 제이스한테 영향을 주지 않으면서 세바스찬을 죽일 수 있는 무기가 필요해. 그런데 제이스가 세바스찬에게 붙잡혀 있는 게 아니라는 걸 클레이브가 아는 건 시간문제야. 인질로 잡혀 있는 게 아니라 그에게 협력하고 있다는 걸…."

"그건 진짜 제이스가 아니잖아."

이사벨이 반박했다.

"진짜 제이스가 아닐 수도 있지. 하지만 만약 그가 죽으면 진짜 제이스도 그와 함께 죽게 될 거야."

매그너스가 말했다.

"너도 알겠지만 철의 자매는 여자하고만 말해." 알렉이 다시 말을 이었다. "그리고 조슬린은 혼자서 갈 수 없어. 더 이상 섀도우 헌터가 아니니까."

"그럼 클라리는?"

"아직 훈련 중인 상태잖아. 클라리는 어떤 질문을 해야 하는지, 그들에게 어떻게 말해야 하는지 모를 거야. 하지만 너하고 조슬린은 할 수 있어. 그리고 조슬린은 자기가 거기 가본 적이 있다고 했어. 그러니까 우리가 포털을 통해서 너를 아다만트 시타델을 둘러싼 보호막 근처로 보내면 조슬린이 네게 길을 안내해줄 수 있어. 너는, 그러니까 두 사람은 내일 아침에 떠날 거야."

드디어 할 일이, 명확하고 활동적이면서 중요한 일이 생겼다고 생각하니 이사벨은 마음이 놓였다. 기왕이면 악마를 죽이거나 세바스찬의 다리를 토막 내는 임무가 훨씬 좋지만 아무것도 하지 않고 가만히 있는 것보다는 나았다.

아다만트 시타델을 둘러싼 전설 때문에 그곳은 마치 금지된, 머나먼 곳처럼 느껴졌고, 철의 자매들은 침묵의 형제들보다도 더 보기가 어려웠다. 이사벨은 한 번도 그들을 본 적이 없었다.

"정확히 언제 떠나는데?"

이사벨이 물었다.

그러자 이사벨이 여기 온 후로 알렉이 처음으로 미소를 지으며 손을 내밀어 여동생의 머리카락을 흐트러뜨렸다.

"이래야 이사벨이지."

"하지 마."

이사벨이 고개를 숙여 오빠의 손에서 벗어나 매그너스를 보니 그는 싱긋 미소를 지으며 남매를 바라보고 있었다. 매그너스는 자리에서 일어나더니 폭탄을 맞은 듯 삐죽삐죽한 머리를 한 손으로 쓸면서 말했다.

"빈방이 세 개 있는데, 클라리가 하나, 걔네 엄마가 하나 차지하고 있어. 남은 방으로 안내하지."

세 방 모두 거실로 이어지는 좁고 창문 없는 복도에 나란히 있었다. 방문 두 개는 닫혀 있었다. 매그너스는 이사벨을 데리고 세 번째 방으로 들어갔다. 벽은 온통 핫핑크로 칠해져 있고, 은색 철창이 쳐진 창문에는 수갑으로 묶어놓은 검은색 커튼이 드리워져 있었다. 침대 시트는 검붉은 하트 무늬였다.

이사벨이 방을 둘러보았다. 불안하고 어수선해서 도저히 잠이 올 것 같지 않았다.

"수갑 멋지네요. 조슬린을 왜 이 방에 재우지 않았는지 알 만하네."

"커튼을 묶어놓을 게 필요했단 말이야."

매그너스가 어깨를 으쓱하며 말했다.

"입고 잘 건 있어?"

이사벨은 사이먼의 아파트에서 그의 셔츠를 가지고 왔다는 것까지는 말하고 싶지 않아서 그저 고개만 끄덕거렸다. 뱀파이어들은 체취가 나지 않지만 사이먼의 셔츠에서는 마음을 가라앉혀주는 세탁비누 냄새가 희미하게 풍겼다.

"좀 이상하네요. 나더러 당장 오라더니 내일 출발할 거니까 잠이나 자라고 하니 말이에요."

매그너스가 팔짱을 끼고는 문가 벽에 기대더니 고양이 눈처럼 실눈을 뜨고 이사벨을 바라보았다. 그 모습이 대장 고양이를 닮았다는 생각이 잠시 들었다. 대장 고양이처럼 물지는 않을 것 같았지만.

"난 네 오빠를 사랑해. 너도 알고 있지?"

매그너스가 말했다.

"나한테서 둘이 결혼해도 된다는 허락을 받고 싶은 거라면, 마음대로 해요. 안 그래도 지금 가을이니 계절도 딱 좋네. 오렌지색 턱시도가 어울리겠는데요."

"네 오빠가 행복하지 않아."

이사벨의 말을 듣지 못했다는 듯 매그너스가 말했다.

"물론 행복할 리 없죠. 제이스가…."

"또 제이스야…."

매그너스는 그렇게 말하더니 양옆으로 내린 두 손을 틀어쥐었다. 이사벨은 그를 빤히 바라보았다. 지금껏 매그너스가 제이스에 대해 개의치 않는다고만 생각했다. 아니, 알렉의 마음이 누구에게 있는지 확실해진 후로는 제이스를 좋아하는 줄만 알았다.

이사벨이 입을 열었다.

"당신하고 제이스, 친구인 줄 알았는데."

"그런 문제가 아니야."

매그너스가 말했다.

"이 세상에는 말이야… 우주가 특별한 운명을 안겨주는 것 같은 사람들이 있어. 특별한 행운과 특별한 고통 말이야. 신은 알지, 우리 모두가 아름다운 것에 이끌리다가 무너져버리고 만다는 것을. 나도 그랬으니까. 그런데 회복되지 못하는 사람들이 있어. 아니면 회복될 수는 있는데 너무도 크나큰 사랑과 희생이 필요해서 그것을 베푸는 이를 파괴해버리든지."

이사벨이 천천히 고개를 가로저었다.

"무슨 소리인지 모르겠어요. 제이스는 우리 형제예요. 하지만 알렉한테는…. 제이스는 알렉한테 파라바타이이기도 하단 말이에요."

"나도 파라바타이에 대해서 알아. 파라바타이가 서로 너무도 가까워서 마치 한 사람 같다는 것을. 그거 알아? 그들 중 한 사람이 죽으면 남아 있는 사람한테 어떤 일이 일어나는지…."

"그만해요!"

이사벨이 두 손으로 귀를 막았다가 다시 천천히 손을 내렸다.

"매그너스 베인, 어떻게 함부로 그런 소리를? 어떻게 이 상황을 더 나쁘게 할 소리를 하냐고요?"

"이사벨."

매그너스가 팔짱을 끼었던 두 팔을 느슨하게 풀었다. 자기 목소리에 자기가 놀란 듯 눈도 조금 휘둥그레졌다.

"미안해. 나 잊어버려, 가끔…. 네가 그토록 강인하고 자제력이 크지만 니 역시 알렉하고 똑같이 상처받기 쉽다는 걸 말이야."

"알렉은 절대 약하지 않아요."

"맞아." 매그너스가 말했다. "자기가 선택한 사랑을 하려면 힘이 필요하지. 내가 하고 싶은 말은, 알렉을 위해 여기 있어달라는 거야. 아무리 나라도 알렉에게 해줄 수 없는 게 있어. 줄 수 없는 게 있다고."

이사벨은 잠깐이지만 매그너스가 묘하게 애처로워 보였다.

"넌 알렉만큼이나 오래 제이스를 알았잖아. 그러니까 내가 이해할 수 없는 것도 넌 이해할 수 있을 거야. 그리고 알렉은 널 사랑해."

"당연히 날 사랑하겠죠, 내가 여동생이니까."

"핏줄이 이어졌다고 무조건 사랑하는 건 아니야."

매그너스가 씁쓸하게 말했다.

"클라리를 봐."

총에서 총알이 발사되듯 클라리는 포털을 통과해 반대편으로 쑥 빠져나왔다. 앞을 향해 굴러가다 두 발로 힘겹게 버텨 멈춰 서는가 싶었다. 하지만 포털에서 정신을 집중하는 통에 머리가 너무 어지러워 균형을 잃고 쓰러졌다. 다행히 배낭이 깔개 역할을 해 주었다. 한숨이 나왔다…. 언젠가 훈련 받은 게 힘을 발휘할 날이 오긴 오겠지…. 벌떡 일어나 청바지 엉덩이를 털었다.

클라리가 도착한 곳은 루크의 집 앞이었다. 어깨 너머로 강물이 반짝거리고, 그 뒤로 불빛의 숲 같은 도시가 솟아 있었다. 루크의 집은 불과 몇 시간 전 그들이 떠날 때 모습 그대로, 굳게 잠긴 채 불이 꺼져 있었다. 현관 계단으로 이어지는 짧은 길에 서서 클라리는 침을 꿀꺽 삼켰다.

왼손가락으로 천천히 오른손에 낀 반지를 만졌다.

사이먼?

즉시 대답이 들렸다.

어?

너 어디야?

지하철로 걸어가고 있는데. 포털로 집에 갔어?

루크네야. 내 생각대로 제이스가 온다면 이리로 올 거야.

침묵이 이어지더니 다시 소리가 머릿속으로 들려왔다.

그래, 필요할 때 나 어떻게 부르는지 알 거야.

아마 알걸.

클라리는 깊이 숨을 들이마셨다.

사이먼?

응?

사랑해.

잠시 침묵.

나도 너 사랑해.

그걸로 끝이었다. 전화를 끊을 때처럼 딸깍, 하는 소리도 없었다. 마치 머릿속에서 전선이 툭 끊어진 것처럼 클라리는 사이먼과의 연결이 단절된 것을 느꼈다. 알렉이 말한, 파라바타이의 연결이 끊어졌다는 느낌이 이런 건가 싶기도 했다.

루크의 집 쪽으로 걸어가 천천히 계단을 올라갔다. 여기는 클라리의 집이기도 했다. 제이스가 반드시 그렇게 하겠다고 말한 것처럼 클라리를 찾으러 온다면, 먼저 이리로 올 것이다. 클라리는 계단 맨 위에 앉아 배낭을 무릎에 올리고는 기다렸다.

****

사이먼은 아파트 냉장고 앞에 서서 마지막으로 차가운 피 한 모금을 마셨다. 클라리가 보낸 침묵의 목소리에 대한 기억은 이제 머릿속에서 희미해졌다. 집에 도착해 보니 컴컴한 가운데 냉장고가 웅웅대며 돌아가는 소리만 크게 울렸고, 이상한 냄새가 났다. 테킬라인가? 조던이 술이라도 마셨나 보군. 이제 겨우 새벽 4시였으니, 조던의 방문이 닫혀 있는 것은 이상한 일이 아니었다.

사이먼은 병을 도로 냉장고에 집어넣고 자기 방으로 갔다. 이번 주 들어 집에서 자는 것은 처음이었다. 어려서는 늘 누군가와 함께 침대를 쓰는 데, 밤중에 누군가 굴러와 닿는 느낌에 익숙해 있었다. 그리고 클라리가 옆에 누워 그의 한 손을 베고 웅크리고 자는 것도 좋았다. 굳이 인정하고 싶지는 않지만 클라리도 자신이 곁에 없으면 잠을 못 잔다는 것이 좋았다. 자신이 없어서는 안 되는 존재라는 느낌이 들어서였다. 사이먼이 딸의 침대에서 같이 자든 말든 조슬린이 신경 쓰지 않는 것이, 그녀가 사이먼을 남자로서는 금붕어만큼도 딸에게 위협이 되지 않는 존재로 여긴다는 사실을 분명히 보여주는 증거이기는 했지만.

사이먼과 클라리는 다섯 살 때부터 열두 살이 될 무렵까지 툭하면 한 침대에서 잤다. 둘이 같이 잘 때마다 신나게 장난을 쳤다. 누가 더 긴 과자를 뽑아내는지 시합을 하기도 하고 몰래 휴대용 DVD플레이어를 가지고….

사이먼은 눈을 깜박거렸다. 아무 장식도 없는 벽, 옷을 쌓아둔 플라스틱 선반에 벽에 걸어둔 기타, 그리고 바닥의 매트리스까지, 방은 전과 똑같아 보였다. 그런데 매트리스 위에 무언가가 있었다. 여기저기 해진 검정 담요 위에 놓인 하얀 네모 종이가 눈에 띄었다. 취한 채 휘갈긴 듯한 글씨체가 눈에 익었다. 이사벨의 글씨였다.

사이먼은 종이를 집어 들고 읽었다.

사이먼, 너한테 여러 번 전화했는데, 네 전화가 꺼져 있는 것 같아. 지금 너 어디 있는지 모르겠어. 오늘 밤에 무슨 일이 있었는지 클라리한테 벌써 들었는지 어쩐지 모르겠다. 그런데 나 매그너스 집에 가야 되는데 너도 거기 오면 정말 정말 좋겠어.

나 무서웠던 적이 한 번도 없는데 지금은 제이스 때문에 무서워. 오빠 때문에 무서워. 사이먼, 너한테 아무것도 부탁해본 적 없는데, 지금 부탁할게. 제발 와줘.

이사벨

사이먼의 손에서 종이가 떨어졌다. 그 종이가 바닥에 닿기도 전에 그는 아파트를 나와 계단을 뛰어 내려갔다.

사이먼이 들어섰을 때 매그너스의 아파트는 조용했다. 벽난로에서 불꽃이 깜빡거렸고, 매그너스가 그 앞에 놓인 지나치게 푹신해 보이는 소파에 앉아 두 발을 커피 탁자에 올려놓고 있었다. 알렉은 매그너스의 무릎을 베고 잠들어 있었고, 매그너스는 알렉의 검은 머리카락을 손가락 사이에 끼우고 빙빙 놀리고 있었다. 마법사의 눈은 불꽃을 향하고 있었지만 지나간 시간을 돌이키는 듯 어딘가 먼 곳을 보는 것 같았다. 문득 언젠가 매그너스가 영원히 산다는 것에 대해 했던 말이 떠올랐다.

언젠가 너 그리고 나 이렇게 둘만 남는 때가 올 거야.

사이먼은 몸이 부르르 떨렸다. 그때 매그너스가 고개를 들었다.

"이사벨이 너한테 오라고 연락한 거 나도 알아."

알렉을 깨우지 않으려는 듯 작은 목소리였다.

"이사벨은 저기 복도로 가면…왼쪽 첫 번째 방에 있어."

사이먼은 고개를 끄덕이고는 매그너스에게 살짝 인사를 하고 복도로 걸어갔다. 첫 데이트라도 하러 가는 것처럼 이상하게 불안했다. 그의 기억에 이사벨은 지금껏 단 한 번도 도움을 청하거나 곁에 있어달라고 부탁한 적이 없었다. 어떤 식으로든 사이먼이 필요하다고는 단 한 번도 인정한 적이 없었다.

왼쪽 첫 번째 방문을 밀어 열고 안으로 들어갔다. 불이 꺼져 있어서 방안은 어두웠다. 사이먼이 뱀파이어가 아니었다면 컴컴해서 아무것도 보지 못했을 것이다. 하지만 지금 그의 눈에는 옷장, 옷이 걸쳐져 있는 의자들 그리고 커버가 벗겨진 침대의 윤곽이 보였다. 이사벨은 검은 머리를 베개 위에 쫙 펼친 채 옆으로 누워 자고 있었다.

사이먼은 그 모습을 빤히 바라보았다. 지금껏 한 번도 이사벨이 자는 모습을 본 적이 없었다. 광대뼈 위를 스칠 듯 긴 속눈썹에 느긋한 표정을 떠올린 이사벨의 자는 얼굴은 평소보다 어려 보였다. 입술을 살짝 벌리고 다리를 웅크려 몸에 붙인 채 자는 이사벨은 티셔츠 하나만 입고 있었는데, 그건…사이먼의 것이었다. 가슴에 네시 모험 클럽 : 묻혀버린 진실을 찾아서라고 적힌 낡아빠진 파란색 티셔츠.

사이먼이 등 뒤로 문을 닫았다. 예상했던 것보다 더한 실망감이 밀려왔다. 이사벨이 벌써 자고 있을 줄은 몰랐다. 같이 이야기하고 싶었는데, 이사벨의 목소리를 듣고 싶었는데. 신발을 차 던지고 이사벨 옆에 누웠다. 이사벨은 클라리보다 침대를 더 많이 차지했다. 키도 거의 사이먼만큼이나 컸다. 그런데 그녀의 어깨에 손을 올리니 뜻밖에 골격이 연약하게 느껴졌다. 사이먼은 이사벨의 팔까지 손을 쓸어내렸다.

"이사벨? 이사벨?"

사이먼이 부르는 소리에 이사벨이 중얼거리며 고개를 돌려 베개에 얼굴을 묻었다. 사이먼은 좀 더 가까이 다가갔다. 이사벨에게서 술과 장미 향수 냄새가 났다. 집에서 술 냄새가 나던 이유는 이제 밝혀졌다. 이사벨을 껴안고 부드럽게 키스를 하고 싶었지만 '사이먼 루이스, 술 취해 뻗은 여자를 건드린 치한'이라는 묘비명을 남기고 싶지는 않았다.

사이먼은 등을 대고 누워 천장을 빤히 올려다보았다. 회반죽을 칠한 천장은 여기저기 금이 가고 물이 샌 흔적이 얼룩덜룩 남아 있었다. 아무래도 매그너스가 이 방을 좀 손봐야겠다는 생각이 들었다. 옆에 누가 있다는 걸 느꼈는지 이사벨이 몸을 굴려 옆을 보았다. 그녀의 보드라운 뺨이 사이먼의 어깨에 닿았다.

"사이먼?"

이사벨이 잠에 취한 목소리로 말했다.

"응."

사이먼은 이사벨의 얼굴을 톡 쳤다.

"왔네." 이사벨이 한 팔을 사이먼의 가슴 위로 쭉 뻗으며 머리를 그의 어깨에 기댔다. "올 술 몰랐는데."

사이먼의 손가락이 이사벨의 팔을 훑어 내려갔다.

"당연히 와야지."

사이먼의 목에 가려 이사벨의 다음 말은 웅얼거리듯 들렸다.

"자고 있어서 미안."

사이먼은 어둠 속에서 혼자 슬쩍 미소를 지었다.

"괜찮아. 네가 바라는 게 나더러 여기 와서 너 자는 동안 안아달라고 하는 거였대도 난 왔을 거야."

갑자기 이사벨의 몸이 긴장하는가 싶더니 다시 느긋해졌다.

"사이먼?"

"응?"

"나 이야기 하나만 해줄래?"

사이먼은 눈을 깜박거렸다.

"어떤 이야기?"

"좋은 사람이 이기고 나쁜 사람이 지는 이야기. 나쁜 사람은 죽어서 다시 살아나지 않고."

"그럼 동화 같은 거?"

사이먼이 물었다. 그러고는 머리를 굴렸다. 동화라면 아는 게 디즈니 만화밖에 없고, 당장 머리에 떠오른 것도 조개껍데기 브래지어를 찬 인어공주 애리얼이었다. 사이먼은 여덟 살 때 애리얼한테 홀딱 반했었다. 하지만 지금은 그런 이야기를 할 때가 아닌 것 같았다.

"싫어." 이사벨이 숨을 내쉬며 말했다. "동화는 우리 학교에서 공부해. 거기 나오는 마법 거의 다가 진짜인데…. 아무튼 싫어. 내가 들어보지 못한 거 듣고 싶어."

"알았어. 좋은 게 하나 있지."

사이먼은 이사벨의 머리를 쓰다듬었다. 이사벨이 눈을 감는지 속눈썹이 그의 목을 간질였다.

"아주 오랜 옛날, 멀고 먼 은하계 저 너머에…."

얼마나 오래 루크 집 현관 계단에 앉아 있었는지 모르겠지만 어느새 날이 밝기 시작했다. 집 뒤에서 해가 떠오르면서 하늘은 분홍색을 띤 어두운 장밋빛으로 변했고, 강물은 강철 같은 푸른빛으로 흘러갔다. 클라리는 몸이 부르르 떨렸다. 한참 전부터 벌벌 떨고 있어서 온몸이 추위에 쪼그라든 것만 같았다. 몸을 따스하게 해줄 룬을 두 개나 사용했지만 아무 도움도 되지 않았다. 아무래도 이 추위는 날씨 탓도 있지만 심리적인 영향이 큰 것 같았다.

그가 올까? 클라리가 생각하는 만큼 진짜 제이스가 그의 마음속에 남아 있다면 그는 올 것이다. 그가 다시 찾아오겠다고 말했을 때 클라리는 그 말이 가능한 빨리 오겠다는 뜻이라는 것을 알았다. 제이스는 참을성이 없었다. 그리고 밀고 당기기 같은 것도 하지 않는다.

하지만 클라리에게는 시간이 없었다. 곧 해가 뜰 것이다. 아침이 시작될 것이고, 엄마가 자신을 찾을 것이다. 그러면 적어도 또 하루 동안은, 그리 긴 시간은 아니지만 제이스를 찾는 일을 멈추어야 한다.

밝은 햇살이 눈부셔 눈을 감고 뒤에 있는 계단에 팔꿈치를 기댔다. 잠깐 동안 모든 것이 예전 그대로인 상상을 했다. 아무것도 달라진 게 없고, 그래서 오후 훈련을 위해, 아니면 저녁 식사를 같이하기 위해 제이스를 만나고, 그의 품에 안겨 평소처럼 그의 말과 행동에 기분 좋게 웃음을 터뜨리는 상상을.

따스한 햇볕이 얼굴에 와 닿았다. 클라리는 마지못해 눈을 떴다.

그가 있었다. 늘 그랬듯, 고양이처럼 소리도 내지 않고 계단으로 걸어오고 있었다. 짙은 푸른색 스웨터를 입고 있어서 머리카락이 햇빛처럼 환해 보였다. 클라리는 몸을 곧추세워 앉았다. 심장이 쿵쿵 뛰었다. 눈부신 햇빛에 그의 윤곽이 또렷하게 빛나 보이는 것 같았다. 이드리스의 밤이 생각났다. 밤하늘을 수놓는 불꽃들을 보며 불꽃이 되어 떨어지는 천사를 상상하던 그날 밤이.

그가 두 손을 내밀었다. 클라리는 그 손을 잡고 그가 이끄는 대로 자리에서 일어났다. 제이스의 흐린 황금빛 눈동자가 클라리의 얼굴을 유심히 살폈다.

"너 여기 있을 거라는 확신은 없었는데."

"언제부터 나에 대해 확신이 없어진 거야?"

"너 굉장히 화났었잖아."

그가 한 손으로 클라리의 볼을 감쌌다. 그의 손바닥에는 울퉁불퉁한 흉터가 있었다. 클라리는 볼을 통해 그 흉터를 느낄 수 있었다.

"내가 여기 없었으면 어떻게 하려고 했는데?"

그가 클라리를 가까이 끌어당겼다. 그 역시 떨고 있었고, 바람이 그의 곱슬머리를 헝클어뜨리자 머리카락이 더 밝게 빛났다.

"루크는 어때?"

루크의 이름을 듣자 클라리는 또다시 몸서리가 쳐졌다. 클라리가 추워한다고 생각했는지 제이스는 그녀를 더 바싹 끌어당겼다.

"괜찮아질 거야."

클라리가 조심스럽게 말했다. 네 탓이야, 다 네 탓이라고.

"루크를 해칠 생각은 전혀 없었어." 그가 두 팔로 클라리를 감싸고 손가락으로 천천히 등을 쓰다듬었다. "나 믿어?"

"제이스…. 여기 왜 온 거야?"

클라리가 물었다.

"너한테 다시 한 번 부탁하려고. 나하고 같이 가자고."

제이스의 대답에 클라리는 두 눈을 감았다.

"그러면서 어디로 가는지는 말 안 할 거야?"

"믿어." 제이스가 부드럽게 말했다. "날 믿어야 돼. 그런데 이건 알아 둬…. 일단 날 따라가면 되돌아갈 수 없어. 아주 오랫동안."

클라리는 자바 존스 밖으로 나왔을 때 자신을 기다리던 그의 모습을 떠올렸다. 그 순간부터 클라리의 인생은 돌이킬 수 없게 완전히 변해버렸다.

"지금까지 되돌아갈 수 있었던 적은 한 번도 없었어. 널 두고 되돌아가지는 않을 거야."

클라리는 두 눈을 뜨며 이렇게 덧붙였다.

"가자."

제이스가 미소를 지었다. 구름 뒤에서 나온 햇빛처럼 환한 미소였다. 클라리는 온몸의 긴장이 풀리는 듯했다.

"정말이야?"

"정말이야."

그가 허리를 숙여 클라리에게 키스했다. 두 팔을 뻗어 그를 잡으며 클라리는 입술에 뭔가 씁쓸한 맛을 느꼈다. 곧이어 연극의 끝을 알리는 커튼 같은 어둠이 스르르 내려왔다.

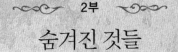

2부

숨겨진 것들

숨겨진 것들을 사랑하듯 그대를 사랑하오.

―파블로 네루다, 〈소네트 17〉

8

불이 금을 시험하리라

한 번도 롱아일랜드에 가본 적 없었지만, 마야는 그곳에 대해 생각할 때마다 뉴저지와 많이 닮았을 거라는 생각이 들었다. 뉴욕이나 필라델피아로 출퇴근하는 사람들이 많이 사는, 흔한 대도시 주변 주택가 모습일 거라고.

마야는 조던의 트럭 뒤쪽에 가방을 툭 떨어뜨렸다. 조던의 트럭은 이상할 정도로 낯설었다. 둘이 사귈 때부터 조던은 낡아빠진 빨간색 토요타를 몰았다. 차 안에는 항상 오래되고 구겨진 일회용 커피 잔이며 패스트푸드 포장지가 여기저기 흩어져 있었고, 재떨이에는 필터까지 피운 담배꽁초가 수북했다. 그런데 지금 이 트럭 운전석은 깨끗했고 쓰레기라고 할 만한 것은 조수석에 놓인 종이 뭉치뿐이었다. 마야가 차에 오르자 조던은 아무 말 없이 그 종이 뭉치를 옆으로 밀어냈다.

맨해튼을 지나 롱아일랜드 고속도로로 접어들 때까지 둘은 아무 말도 하지 않았다. 그러다 마야는 차가운 유리창에 볼을 댄 채 졸기 시작했다. 갑자기 차가 도로의 튀어나온 부분에 쿵 부딪혀 몸이 앞으로 푹 쓰러지는 바람에 마야는 잠에서 깼다. 마야는 눈을 깜박거리며 손으로 비볐다.

"미안. 도착할 때까지 너 그냥 자게 할 생각이었는데."

조던이 유감스러운 듯 말했다.

마야는 몸을 똑바로 세워 앉으며 주위를 둘러보았다. 트럭은 2차선 아스팔트 도로 위를 달리고 있었고, 하늘은 이제 막 밝아오기 시작했다. 도로 양옆으로는 밭이 펼쳐져 있고, 나무 울타리에 둘러싸인 농장이나 가축 사료를 저장하는 사일로, 판잣집들이 저 멀리에 띄엄띄엄 자리하고 있었다.

"예쁘다."

마야가 감탄하며 말했다.

"그렇지." 조던은 기어를 바꾸며 헛기침을 하고 말을 이었다. "네가 도시로 가버려서…. 프리터 본부에 가기 전에 뭐 보여줘도 돼?"

마야는 잠시 머뭇거리다 고개를 끄덕였다. 그래서 두 사람은 양쪽으로 나무가 늘어선 1차선 흙길로 들어가 덜컹대며 달렸다. 나무들은 대부분 잎이 다 떨어졌고, 길은 진흙탕이었다. 마야는 창문을 내리고 공기를 들이마셨다. 나무, 짠물, 부드럽게 썩어가는 낙엽, 키 큰 풀숲 사이로 뛰어다니는 작은 동물들. 또 한 번 깊이 숨을 들이마시는데 트럭이 덜컹하면서 도로를 벗어나 차가 회전할 수 있는 작고 둥그런 공간으로 접어들었다. 그러자 해변이 나타나면서 짙은 강청색 바다가 보였다. 하늘은 거의 라일락색이었다.

마야가 조던을 돌아보았다. 그는 앞만 뚫어질 듯 바라보고 있었다.

"프리터 본부에서 훈련 받을 때 여기 가끔씩 왔어. 바다를 보면서 머리를 맑게 하려고. 저기서 해가 뜨고…. 올 때마다 다르지만 매번 아름다워."

"조던."

조던은 마야를 돌아보지 않았다.

"응?"

"지난번에 미안했어. 저기, 네이비 야드에서 도망친 거 말이야."

"괜찮아."

조던은 천천히 숨을 내쉬었다. 하지만 마야는 그의 어깨가 긴장해 있고, 한 손은 기어를 꽉 잡고 있는 것으로 보아 정말로 괜찮은 것은 아니라는 걸 알 수 있었다. 마야는 힘이 들어가 근육이 선명하게 드러난 조던의 팔뚝에 눈길을 주지 않으려고 애썼다.

"네가 받아들이기 너무 벅찼을 거야. 나도 이해해. 난 그저…."

"난 우리가 서두르지 않았으면 좋겠어. 친구가 되기 위해서는 노력이 필요할 거야."

"난 너하고 친구 할 생각 없어."

조던의 말에 마야는 놀라움을 감출 수 없었다.

"친구 하기 싫어?"

조던이 기어를 잡고 있던 손을 핸들로 옮겼다. 트럭 히터에서 따뜻한 공기가 뿜어져 나오면서 마야가 열어놓은 창문으로 들어오는 차가운 공기와 뒤섞였다.

"지금은 그 이야기 하지 말자."

"난 하고 싶어. 지금 당장. 프리터 본부에 가서까지 우리 문제로 스트레스 받고 싶지 않아서 그래."

조던이 의자에서 아래로 미끄러지듯 몸을 축 늘어뜨려 비스듬히 기대 앉으며 입술을 깨물었다. 갈색 곱슬머리가 이마로 흘러 내려왔다.

"마야…."

"나하고 친구가 되고 싶지 않으면, 그럼 어떻게 할 건데? 다시 적이 될 거야?"

조던이 고개를 돌렸다. 그의 뺨이 운전석 등받이에 닿았다. 그의 눈, 초록색과 푸른색, 황금색 점들이 있는 녹갈색의 눈동자는 마야가 기억 하는 그대로였다.

"난 너하고 친구 하고 싶지 않아." 조던이 입을 열었다. "왜냐하면 아 직도 널 사랑하니까. 마야, 우리 헤어지고 난 후로 나 다른 사람하고는 키스도 안 한 거 알아?"

"이사벨이…."

"걔는 술에 취해서 사이먼 이야기를 하려고 온 거였어."

조던이 핸들을 놓고 마야에게로 손을 내밀다가 체념한 표정으로 자신 의 무릎 위로 손을 내렸다.

"지금까지 너 말고는 아무도 사랑한 적 없어. 훈련을 하면서도 네 생 각만 하면서 이겨냈어. 언젠가 너한테 보상을 해줄 수 있는 날이 올 거 라는 생각만 했어. 그리고 꼭 그렇게 될 거야. 어떤 식으로든. 딱 한 가지 만 빼고."

"나하고 친구 하지 않겠다는 말이지."

"너하고 그냥 친구만 할 생각은 없어. 사랑해, 마야. 널 사랑한다고. 지 금껏 늘 그랬고, 앞으로도 널 사랑할 거야. 너하고 그냥 친구로만 지내 야 한다면 난 돌아버릴 거야."

마야는 앞에 펼쳐진 바다를 내다보았다. 수면 바로 위로 해의 윤곽이 나타나면서 그 빛을 받아 바다가 자주색과 황금색 그리고 푸른색으로 일렁거렸다.

"여기 참 아름답다."

"그래서 여기 오곤 했던 거야. 잠이 오지 않을 때 여기 와서 해가 뜨는 걸 봤어."

조던의 목소리가 부드러워졌다.

"지금은 잠 잘 자?"

마야가 조던에게로 고개를 돌리며 물었다.

조던은 눈을 감았다.

"마야… 싫다고 할 거면, 나하고 친구 이상은 되고 싶지 않으면…. 그냥 말해. 반창고는 확 떼버리는 게 덜 아프니까. 알았지?"

조던은 마치 주먹이라도 한 대 날아오기를 기다리는 듯 긴장한 얼굴이었다. 그의 속눈썹이 광대뼈 위로 그늘을 드리웠다. 구릿빛 목 위의 허연 흉터 몇 개가 눈에 띄었다. 마야가 만든 흉터였다. 마야는 안전띠를 풀고 조수석에서 미끄러지듯 조던의 곁으로 다가갔다. 그가 숨을 헉 들이마시는 소리가 들렸지만 마야가 몸을 숙여 볼에 입을 맞출 때까지 그는 꼼짝도 하지 않았다. 마야는 그의 냄새를 들이마셨다. 예전과 같은 비누, 같은 샴푸 향이 났지만 담배 냄새는 더 이상 나지 않았다. 예전과 같은 조던이었다. 마야는 그의 볼을 가로질러 입을 맞추며 그의 입가로 입술을 옮겼다. 점점 더 그의 입술 가까이 가다 드디어 그의 입술에 키스했다.

마야의 입술에 눌린 조던의 입이 열리면서 그의 목에서 낮은 신음 소리가 새어나왔다. 늑대들은 서로에게 부드럽게 대하지 않는다. 하지만 그의 두 손이 부드럽게 마야를 안아 자신의 무릎에 앉히고 두 팔이 마야를 감싸 안으며 키스는 더 깊어졌다. 그의 체온, 자신을 감싼 코듀로이 소매의 따스함, 심장 소리, 입으로 전해지는 맛, 포개진 입술, 이, 그리고 혀가 마야를 숨 막히게 했다. 마야의 두 손이 조던의 목덜미를 미끄러지듯 감쌌다. 그의 숱 많고 부드러운 곱슬머리를 만지며 마야는 예전에 그랬던 것처럼 그의 품 안으로 녹아 들어갔다.

한참 만에 서로에게서 떨어졌을 때 조던은 멍한 눈을 하고 있었다.

"그동안 이런 순간이 오기만을 기다렸어."

마야가 한 손가락으로 그의 쇄골을 훑었다. 자신의 심장도 쿵쿵 뛰는 것이 느껴졌다. 잠시 둘은 철저히 감춰진 비밀 조직의 임무를 수행하는 두 마리의 늑대인간이 아니라 바닷가 차 안에서 사랑을 나누는 사춘기 아이들로 돌아갔다.

"기대했던 대로였어?"

"훨씬 더 좋았어."

조던이 입꼬리를 씩 올리며 말했다.

"그럼 이제…."

"글쎄. 친구하고는 이렇게 안 하잖아, 그지?"

마야가 말했다.

"그렇지? 사이먼한테 말해줘야지. 그 자식 엄청 실망하겠는데."

"조던!"

마야가 조던의 어깨를 툭 쳤다. 하지만 그녀 역시 미소 짓고 있었고, 조던도 그답지 않게 입을 헤벌쭉 벌리고 얼굴 가득 미소를 지었다. 마야는 몸을 기울여 조던의 목덜미에 머리를 기대고 아침 공기와 그의 향기를 들이마셨다.

그들은 얼어붙은 호수 위에서 전투를 벌이고 있었고, 저 멀리서 얼어붙은 도시가 램프처럼 반짝거렸다. 황금 날개를 단 천사와 검은 불길 같은 날개를 단 천사. 클라리는 얼음판 위에 서 있었다. 피와 깃털이 주위에 가득했다. 황금 깃털은 클라리의 살갗에 닿으면 불꽃처럼 타올랐지만 검은 깃털은 얼음처럼 차가웠다.

클라리가 눈을 번쩍 떴다. 심장이 쿵쿵 뛰었다. 몸은 담요를 돌돌 감고 있었다. 클라리는 담요를 허리까지 밀어내며 일어나 앉았다. 낯선 방이었다. 벽은 하얗게 회칠이 되어 있고, 자신이 누워 있는 침대는 검은색 나무로 만들어진 것이었다. 몸에는 간밤에 입고 있던 옷을 그대로 걸치고 있었다. 클라리는 침대에서 나와 맨발로 차가운 돌바닥 위를 다니며 배낭을 찾았다.

배낭은 검정색 가죽 의자에 놓여 있어 쉽게 눈에 띄었다. 방에는 창문이 없었다. 빛이라고는 머리 위에 달린 흑유리 조명등에서 나오는 게 전부였다. 배낭 속에 손을 넣은 클라리는 누군가 벌써 가방 속을 뒤졌다는 것을 깨달았다. 크게 놀라지는 않았지만 짜증이 났다. 화구 상자와 함께 스텔레가 사라졌다. 배낭 속에 남아 있는 것이라고는 머리빗과 갈아입을 청바지와 속옷뿐이었다. 그래도 요정 여왕이 찾던 황금 반지는 아직 손가락에 끼워져 있었다.

클라리는 반지를 살짝 만지며 사이먼을 생각했다.

나 여기 왔어.

아무 반응이 없었다.

사이먼?

역시 대답이 없었다. 클라리는 불안한 마음을 달래려고 침을 꿀꺽 삼
켰다. 자신이 어디 있는지, 지금이 몇 시인지, 얼마나 오래 정신을 잃고
있었는지 알 수가 없었다. 사이먼이 자고 있을지도 모르잖아. 무턱대고 당
황하며 반지에 문제가 생겼다고 결론 내릴 일은 아니었다. 몸이 움직이
는 대로 따라야 한다. 여기가 어디인지 파악하고 지금 할 수 있는 일이
무엇인지 알아내야 한다. 사이먼하고 연락하는 것은 나중에 다시 시도
해봐도 된다.

클라리는 깊이 숨을 들이마시고 주변 상황에 집중하려고 애썼다. 침
실에는 문이 두 개 있었다. 첫 번째 문을 열어보니 유리와 크롬으로 꾸
며진 작은 욕실이 나왔다. 구리로 된 갈고리 모양 발이 달린 욕조도 있
었다. 그곳에도 창문은 없었다. 클라리는 서둘러 샤워를 하고 뽀송뽀송
한 흰 수건으로 몸을 닦은 다음 깨끗한 청바지와 스웨터로 갈아입고 침
실로 나와 신발을 신었다. 그러고는 두 번째 문을 열어보았다.

열렸다. 문 밖으로 일반 주택인지 아파트인지 알 수 없는 공간이 나타
났다. 꽤 넓은 그곳의 절반 정도는 긴 유리 탁자가 차지하고 있었다. 이
곳에는 클라리가 있던 방보다 더 많은 수의 흑유리 전등이 천장에 매달
려 있어 벽에 그림자가 일렁거렸다. 검정 가죽 의자부터 정제한 크롬 테
두리를 두른 거대한 벽난로까지, 방 안은 대단히 세련되게 꾸며져 있었
다. 벽난로에서는 불이 활활 타오르고 있었다. 그러니까 누군가 이 집에
있다는, 아니면 아주 최근까지 있었다는 뜻이다.

방의 나머지 절반은 거대한 텔레비전과 반짝거리는 검은색 탁자 그리
고 나지막한 가죽 소파들이 차지하고 있었다. 탁자 위에는 여러 가지

게임기들이 흩어져 있었다. 그리고 위로 이어지는 나선형의 유리 계단이 있었다. 클라리는 주위를 둘러보고서 계단을 올라가기 시작했다. 유리가 너무도 투명하고 깨끗해서 보이지 않는 계단을 따라 하늘로 올라가는 기분이었다.

위층은 아래층과 거의 비슷했다. 하얀 벽, 검은 바닥, 그리고 열린 문들이 있는 긴 복도가 나타났다. 첫 번째 문은 주인용 침실로 보이는 방으로 이어졌다. 하얀 거즈로 된 커튼이 드리워진 넓은 장미나무 침대가 방의 대부분을 차지하고 있었다. 이 방에는 거무스름한 청색이 도는 창문이 몇 개 있었다. 클라리는 방을 가로질러 가 창 밖을 내다보았다.

순간, 알리칸테에 와 있나? 라는 생각이 들었다. 운하가 보이고 그 너머로 창문마다 초록색 셔터가 내려진 건물이 서 있었다. 그 위로 펼쳐진 하늘은 잿빛이고 운하는 초록빛을 띤 짙은 푸른색이었다. 그리고 클라리의 오른쪽으로 운하를 건너는 다리가 하나 보였다. 다리 위에 사람이 둘 서 있었다. 그중 한 사람은 사진기를 얼굴에 대고 열심히 사진을 찍고 있었다. 그럼 알리칸테가 아닌데. 암스테르담인가? 아니면 베네치아? 창문을 열어보려고 이리저리 살폈지만 열 방법을 찾을 수 없었다. 창문의 유리를 쾅쾅 두드리며 소리를 질러보기도 했지만 다리 위에 있는 사람 누구도 알아차리지 못 했다. 잠시 후 그들은 다리를 건너 가버렸다.

클라리는 다시 자기가 누워 있던 침실로 가서 여러 개 있는 옷장 중 하나의 문을 열었다. 순간 가슴이 철렁 내려앉았다. 옷장은 여자 옷으로 가득 차 있었다. 온통 화려한 드레스들이었다. 레이스, 새틴, 구슬 장식, 꽃…. 서랍마다 캐미솔, 속옷, 면과 실크 상의, 치마가 가득했지만 청바지나 평범한 바지는 보이지 않았다. 심지어 샌들과 하이힐도 줄지어 정리되어 있고 잘 개어진 스타킹도 여러 켤레 있었다. 클라리는 한동안 멍하니 바라만 보았다. 여기 또 다른 여자애가 사는 걸까, 아니면 세바스찬에게 여장 취미라도 있는 걸까? 그런데 모든 옷에 가격표가 그대로 붙어 있었고 사이즈도 클라리에게 맞춤한 것들이었다. 그뿐만이 아니라는 걸 클라리는 천천히 깨달았다. 옷들 모두 스타일과 색이 클라리에게 잘 어울렸다. 푸른색, 초록색, 노란색 위주에다 아담한 체구에 잘 어울리는 것들뿐이었다. 결국 그나마 제일 단순해 보이는 상의를 하나 꺼냈다. 앞이 실크 레이스로 장식된 어두운 초록색 캡 소매 블라우스였다. 클라리는 낡은 윗옷을 벗어 바닥에 던지고 블라우스를 입고는 옷장 안에 달린 거울을 보았다.

옷은 완벽하게 어울렸다. 허리에 달라붙어 자그마한 체구가 딱 예뻐 보였고, 초록색 눈동자는 더 짙어 보였다. 얼마인지 보기 싫어서 가격표를 홱 잡아 뜯고는 방을 나왔다. 모골이 송연해지는 느낌이 들었다.

그 옆방은 제이스의 방이었다. 안으로 들어서는 순간 느낄 수 있었다. 제이스의 냄새가 났으니까. 제이스의 향수와 비누 그리고 그의 체취가 풍겼다. 흑단색 침대에는 새하얀 시트와 담요가 한 치의 흐트러짐 없이 깔려 있었다. 침실은 인스티튜트에 있는 방처럼 깔끔했다. 침대 옆에는 책들이 쌓여 있었는데, 이탈리아어, 프랑스어, 라틴어 등 다양한 언어로 된 제목들이 적혀 있었다. 그리고 회칠을 한 벽에 새 무늬가 새겨진 헤런데일 단검이 박혀 있었다. 좀 더 가까이 다가가서 보니 단검 끝에는 사진이 박혀 있었다. 자신과 제이스가 담긴 사진. 이사벨이 찍어준 것이었다. 클라리도 이 사진을 기억하고 있었다. 10월 초 어느 맑은 날, 제이스는 책을 무릎에 올려놓고 인스티튜트 현관 앞 계단에 앉아 있고, 클라리는 한 계단 위에 앉아 그의 어깨에 한 손을 올리고 몸을 앞으로 숙여 그가 무엇을 읽는지 살펴보고 있다. 그의 손은 무심히 클라리의 손 위에 올려져 있고, 얼굴에는 미소를 짓고 있다. 이 사진을 찍을 때 클라리는 제이스의 얼굴을 보지 못해서 그가 이렇게 미소 짓고 있다는 것을 몰랐다… 지금까지.

목이 메어왔다. 클라리는 호흡을 가다듬으며 방을 나왔다.

이런 식으로 행동해서는 안 돼. 클라리는 머릿속으로 엄하게 말했다. 변해버린 제이스의 모습 하나하나가 치명타로 날아오는 것 같았다. 아무렇지 않다는 듯 굴어야 한다. 달라진 것을 하나도 알아차리지 못하는 것처럼.

클라리는 다음 방으로 들어갔다. 여기도 침실이었다. 그 전에 들어갔던 방과 거의 비슷했지만 이곳은 지저분했다. 침대에는 검정색 실크 시트와 두툼한 이불이 뒤엉켜 있고, 유리와 금속으로 된 책상에는 여러 권의 책과 종이들이 널려 있고, 청바지, 재킷, 티셔츠, 운동화 등등 사내아이 옷들이 여기저기 흩어져 있었다. 침대 옆 협탁 위에서 은색으로 반짝이는 것이 클라리의 시선을 끌었다. 클라리는 앞으로 다가가 그것을 들여다보았다. 두 눈을 믿을 수가 없었다.

그것은 엄마가 가지고 있던 작은 상자였다. 뚜껑에 J.C.라는 이니셜이 새겨진 바로 그 상자. 해마다 한 번, 엄마는 이 상자를 꺼내 보며 소리도 내지 못하고 그저 두 손 위로 눈물만 줄줄 흘렸다. 클라리는 이 상자 안에 무엇이 들었는지 알고 있었다. 민들레 꽃씨처럼 부드럽고 하얀 머리카락 한 묶음, 아이 셔츠를 잘라낸 조각, 그리고 클라리 손바닥에 쏙 들어갈 만큼 자그마한 아기 신발 한 짝. 그것은 바로 오빠가 남긴 물건들이었다. 발렌타인이 자신의 아들을 악마로 만들어버리기 전 엄마가 그토록 원하고 꿈꿨던 아들의 흔적들이었다.

J.C.

조너선 크리스토퍼.

클라리는 뱃속이 뒤틀리는 것 같아서 서둘러 그 방을 나오다…곧장 누군가의 품에 부딪쳤다. 두 팔이 그녀를 감싸며 꽉 껴안았다. 가늘면서도 근육이 잡혀 있는 팔에는 옅은 빛의 고운 솜털이 나 있었다. 제이스한테 안겼다는 생각이 들어 클라리는 마음이 놓였다.

"내 방에서 뭐 했어?"

세바스찬이 클라리의 귀에 대고 물었다.

비가 오든 해가 뜨든 매일 일찍 일어나는 훈련을 했기 때문에 이사벨은 약간의 숙취 따위는 쉽게 떨쳐버리고 잠에서 깼다. 천천히 일어나 앉아서는 눈을 깜박이며 사이먼을 내려다보았다.

지금껏 누군가와 한 침대에서 밤새 자본 적은 한 번도 없었다. 어렸을 때 천둥번개가 무서워 엄마 아빠 침대로 기어 올라갔던 것을 빼고는. 이사벨은 외계 생물이라도 보듯 사이먼을 노려보았다. 사이먼은 머리카락이 눈 위로 흘러 내려와 있고, 입은 살짝 벌린 채 누워 있었다. 평범한 갈색 머리, 평범한 갈색 눈동자. 티셔츠가 살짝 위로 말려 올라가 있었다. 섀도우 헌터처럼 근육질 몸매는 아니었다. 배가 납작하기는 했지만 식스팩 같은 건 없었고, 얼굴에도 아직 앳된 티가 남아 있었다. 대체 이런 애 어디가 그렇게 매력적인 거야? 꽤 귀여운 편이긴 하지만 이사벨이 지금껏 만난 남자들은 전부 멋진 요정 기사와 섹시한 섀도우 헌터들이었다.

"이사벨."

눈도 뜨지 않고 사이먼이 입을 열었다.

"나 그만 좀 째려봐."

이사벨이 짜증스럽게 한숨을 내쉬고 침대에서 일어났다. 그러고는 가방을 뒤져 장비들을 꺼내서는 욕실을 찾아 방을 나갔다.

복도를 절반쯤 가다 보니 문이 열리면서 수증기 사이로 알렉이 나왔다. 허리와 어깨에 수건 하나씩을 두른 그는 젖은 머리를 기운차게 문질러댔다. 오빠 역시 일찍 일어나는 훈련을 했으니 지금 깨어 있는 게 조금도 이상할 것 없었다.

"샌들우드 향이네."

이사벨은 그 말로 인사를 대신했다. 싫어하는 향이었다. 이사벨은 바닐라, 시나몬, 치자같이 달콤한 향이 좋았다.

알렉이 동생을 바라보았다.

"우린 샌들우드 좋아해."

그 말에 이사벨이 얼굴을 찡그렸다.

"옛날 왕들이 자기를 말할 때 '우리'라고 했다던데, 그래서 우리라고 하는 건지, 아니면 두 사람이 한 사람이라도 되는 것처럼 '우린 샌들우드 좋아해', '우린 교향곡 좋아해', '우리 크리스마스 선물이 마음에 들었으면 좋겠어'라고 떠드는 유치한 커플 놀이를 하겠다는 건지 모르겠네…. 하긴 그러면 선물 두 개 할 걸 하나만 해도 되니까 돈은 아낄 수 있겠어."

알렉이 물기가 마르지 않은 눈을 껌벅거렸다.

"너도 이해하게…."

"나도 사랑하는 사람이 생기면 이해하게 될 거라는 말 하기만 해봐. 수건으로 확 목을 졸라버릴 테니까."

"너, 계속 그렇게 가로막고 서서 내가 방에 가서 옷 갈아입는 거 방해하면 매그너스한테 도깨비들 소환해서 네 머리 가닥가닥 다 묶어버리라고 할 거야."

"아이고 그러셔. 당장 내 앞에 꺼져."

이사벨이 발목을 걷어찼지만 알렉은 서두르는 기색 없이 복도로 걸어갔다. 오빠가 혀를 쑥 내밀고 있을 것 같아서 이사벨은 뒤를 돌아보지 않았다. 대신 욕실로 들어가 문을 잠그고 샤워기를 제일 센 물로 돌려서 틀었다. 그런 다음 목욕용품들이 놓인 선반을 보고는 아가씨 입에 어울리지 않는 말을 내뱉었다.

샌들우드 샴푸, 샌들우드 린스, 샌들우드 비누. 우웩.

한참 만에 전투복을 갖춰 입고 머리를 위로 올린 다음 밖으로 나와 보니 알렉, 매그너스, 그리고 조슬린이 거실에서 기다리고 있었다. 도넛과 커피가 차려져 있었는데, 도넛은 싫지만 커피는 끌렸다. 이사벨은 커피잔에 양껏 우유를 따르고 나서 자리에 앉아 조슬린을 살폈다. 뜻밖에도 섀도우 헌터 복장을 입고 있었다.

묘하네, 라고 이사벨은 생각했다. 사람들은 종종 이사벨을 보고 엄마와 똑같이 생겼다고 말했다. 하지만 이사벨은 자신의 어디가 엄마를 닮았다는 건지 도무지 알 수가 없었는데, 클라리도 조슬린을 보며 그런 생각을 할까, 하고 궁금해졌다. 클라리와 조슬린은 머리카락 색도 똑같고, 생김새도 똑같고, 고개를 살짝 기울이고 있는 것도 똑같고, 고집스럽게 입을 꾹 다물고 있는 표정도 똑같았다. 겉모습은 도자기 인형 같지만 속

마음은 강철 같다는 점까지 똑같았다. 클라리가 제 엄마의 초록빛 눈을 닮은 것처럼 나도 엄마와 아빠의 푸른 눈을 닮았으면 좀 좋아. 이사벨은 생각했다. 검은 눈동자보다는 푸른 눈동자가 훨씬 더 매력적인데.

"침묵의 도시가 그렇듯, 아다만트 시타델도 도시는 하나이지만 그리로 들어갈 수 있는 문은 여러 개다."

매그너스가 말했다.

"우리에게 가장 가까운 문은 스태튼 아일랜드의 그림스힐에 있는 오래된 아우구스티누스 수도원이야. 알렉하고 내가 포털로 두 사람을 그곳으로 보냈다가 돌아올 때까지 기다리겠지만 우리가 함께 갈 수는 없어."

"알아요. 두 사람 다 사내애들이니까 그렇잖아. 순진하기는."

이사벨이 말했다.

알렉이 여동생을 손가락으로 가리켰다. "농담할 때가 아니야, 이사벨. 철의 자매는 침묵의 형제들과 달라. 훨씬 덜 우호적이고 방해받는 것도 싫어해."

"최대한 얌전하게 행동할게. 약속해."

이사벨은 그렇게 말하고서 빈 머그잔을 탁자에 내려놓았다.

"가요."

매그너스가 미심쩍은 얼굴로 이사벨을 잠깐 보았지만 이내 어깨를 으쓱했다. 그는 오늘 젤을 바른 머리카락을 침봉처럼 뾰족뾰족하게 세웠고, 눈은 시커멓게 스모키 메이크업을 해서 평소보다 더 고양이처럼 보였다. 매그너스가 벌써부터 라틴어를 중얼거리며 이사벨 앞을 지나 벽으로 갔다. 번쩍이는 상징들로 이루어진 신비로운 문, 익숙한 포털의 윤곽이 벽에 나타나기 시작했다. 차갑고 매서운 바람이 휘몰아치며 이사벨의 머리카락을 뒤로 날렸다.

조슬린이 먼저 앞으로 나서더니 포털로 걸어 들어갔다. 넘실대는 물결 속으로 사라지는 것 같았다. 은빛 연무가 삼켜버리는 것 같기도 했다. 조슬린의 빨간 머리카락이 점점 흐릿해지더니 희미한 빛과 함께 완전히 사라졌다.

그다음으로 이사벨이 들어갔다. 포털을 통과할 때 뱃속이 출렁하는 느낌에는 익숙해 있었다. 소리는 들리지 않지만 귀가 울리고 폐 속에서 공기가 다 빠져 나가버리는 느낌이 들었다. 눈을 감았다 다시 뜨니 회오리바람이 사라지면서 마른 풀밭으로 몸이 툭 떨어졌다. 이사벨은 일어나 무릎에 붙은 죽은 풀잎들을 털어낸 다음, 자신을 보고 있는 조슬린에게로 시선을 돌렸다. 클라리의 엄마는 입을 딱 벌리고 있더니…알렉이 이사벨 옆 풀밭으로 떨어지자 입을 다물었다. 뒤따라 매그너스가 나타나더니 희미하게 빛나며 반쯤 보이던 포털이 그의 뒤로 닫혔다.

포털을 통과하는 동안에도 매그너스의 뾰족 머리는 조금도 흐트러지지 않았다. 그가 머리카락 한 줌을 자랑스러운 듯 잡아당겼다.

"만져봐."

그가 이사벨에게 말했다.

"마법이에요?"

"헤어젤 덕분이지. 3달러 99센트, 리키에서 샀어."

이사벨은 그에게 눈을 부라리고는 주위를 둘러보았다. 그들은 언덕 꼭대기에 서 있었다. 주위는 온통 마른 덤불과 시든 풀이 뒤덮고 있었다. 아래쪽에는 가을이라 검게 변한 나무들이 서 있고, 저 멀리로 구름

한 점 없는 하늘과 브루클린과 스태튼 아일랜드를 연결하는 베라차노 나로즈 다리 꼭대기가 보였다. 돌아서니 생기 없는 나뭇잎들 위로 솟아오른 수도원 건물이 보였다. 빨간 벽돌로 지어진 커다란 건물로, 창문들은 전부 깨지거나 판자로 막아놓았다. 여기저기 낙서도 되어 있었다. 갑작스러운 방문객들에 놀란 독수리들이 다 허물어져가는 종탑 주위를 맴돌았다.

이사벨은 혹시 글래머가 씌워져 있는 거 아닌가 확인하려고 실눈을 뜨고 종탑을 쳐다보았다. 만약 글래머라면 대단히 강력한 것일 터였다. 한참을 살펴봤지만 황폐한 건물만 보일 뿐이었다.

"글래머는 없어. 보이는 그대로야."

조슬린의 말에 이사벨이 깜짝 놀랐다.

조슬린은 부츠발로 마른 풀잎들을 짓밟으며 수도원 건물을 향해 터벅터벅 걸어갔다. 곧이어 매그너스가 어깨를 으쓱하고는 조슬린의 뒤를 따랐고 이사벨과 알렉도 그 뒤를 따랐다. 제대로 된 길 같은 건 없었다. 나뭇가지들이 뒤엉켜 있어 맑은 공기에 비해 주위는 어두웠고 발 밑의 풀잎들은 메말라서 쉽게 바스러졌다. 건물 가까이 가니 마른 풀밭을 태운 자리에 오각형 별 모양인 펜타그램과 룬을 흉내낸 원들이 스프레이 페인트로 그려져 있는 것이 이사벨 눈에 들어왔다.

"먼데인들 짓이야."

이사벨 앞을 막은 나뭇가지 하나를 집어 들며 매그너스가 말했다.

"뭔지 제대로 알지도 못하면서 마법을 한다고 저런 장난을 친단 말이야. 이런 힘의 근원 같은 곳으로 이끌려 오는 일이 종종 있지만 왜 끌리는지도 정확히 몰라. 이런 곳에 모여서 마시고 장난치고 벽에 낙서나 할 뿐이야. 그러면 마법에 인간의 흔적을 남길 수 있다고 생각하지만 불가능한 일이지."

일행은 벽돌 벽에 자리한, 판자로 막힌 문으로 다가갔다.

"여기야."

이사벨은 문을 빤히 노려보았다. 여기도 글래머의 흔적은 없었다. 하지만 힘껏 집중하니 물 위로 반사되는 햇빛처럼 희미한 빛이 차츰 선명해졌다. 조슬린과 매그너스가 눈빛을 교환했다. 조슬린이 이사벨을 돌아보았다.

"준비됐니?"

이사벨이 고개를 끄덕이자 조슬린이 앞으로 걸어가더니 문을 뒤덮은 판자 사이로 사라졌다. 매그너스가 기대하는 얼굴로 이사벨을 보았다.

알렉이 여동생에게로 몸을 숙였다. 이사벨은 오빠의 손이 자신의 어깨를 스치는 것을 느꼈다.

"걱정하지 마. 괜찮을 거야, 이사벨."

알렉이 말했다.

이사벨은 턱을 쳐들었다.

"알아."

그렇게 말하고서 곧장 조슬린을 따라 문을 통과했다.

****

클라리는 숨을 헉 들이마셨다. 하지만 미처 대답도 하기 전에 계단을 올라오는 발소리가 들리더니 복도 끝에서 제이스가 나타났다. 그 즉시 세바스찬이 클라리를 놓더니 휙 돌려세웠다. 그러고는 늑대 같은 미소를 지으며 그녀의 머리카락을 흐트러뜨렸다.

"만나서 반갑다, 여동생."

클라리는 너무 놀라 말도 나오지 않았다. 하지만 제이스는 달랐다. 그는 두 사람을 향해 소리 없이 다가왔다. 검정 가죽 재킷에 하얀 티셔츠, 청바지 차림의 그는 맨발인 채였다.

"너 클라리 껴안고 있었어?"

제이스가 놀랍다는 얼굴로 세바스찬을 보았다.

세바스찬은 어깨를 으쓱했다.

"여동생이잖아. 반가워서 그랬어."

"너 사람들 껴안는 거 안 하잖아."

제이스가 말했다. 세바스찬이 말을 돌렸다.

"식사 준비 해야겠네. 시간이 없어."

"별일 아니야." 클라리가 오빠를 향해 그만 놓으라는 듯 손을 내저으며 말을 이었다. "내가 발이 걸렸거든. 그래서 넘어지지 않게 붙잡아준 거야."

클라리가 자신을 위해 변명을 해주었다는 사실에 세바스찬이 놀랐는지는 모르겠지만 아무튼 겉으로는 그런 티를 내지 않았다. 그는 무표정한 얼굴이었고 클라리는 복도를 가로질러 제이스에게로 다가갔다. 제이스는 그녀의 볼에 입을 맞췄다. 그의 손가락이 서늘하게 느껴졌다.

"여기서 뭐 하고 있었어?"

제이스가 물었다.

"너 찾고 있었지." 클라리는 어깨를 으쓱하며 말했다. "깨어보니까 네가 안 보이잖아. 너도 자고 있는 줄 알았지."

"옷 숨겨둔 거 봤나 보네. 마음에 들어?"

세바스찬이 클라리의 블라우스를 가리켰다.

제이스가 세바스찬을 흘끗 보았다. "먹을 거 사러 나갔었어." 그러고
는 클라리를 향해 물었다. "별건 없어. 빵하고 치즈뿐이야. 점심 먹을
래?"

그래서 얼마 후 클라리는 유리와 금속으로 된 커다란 탁자에 자리를
잡았다. 식탁 위에 차려진 음식을 보고서 클라리는 짐작이 맞았음을 깨
달았다. 그들이 있는 곳은 베네치아였다. 식탁에는 빵, 이탈리아 치즈,
살라미, 이탈리아 햄 프로슈토, 무화과잼 그리고 이탈리아 와인이 여러
병 차려져 있었다. 제이스는 클라리 맞은편에 앉고 세바스찬은 식탁 상
석에 앉았다. 클라리는 문득 렌윅에서 발렌타인을 만나던 날 밤이 떠오
르며 으스스해졌다. 발렌타인이 제이스와 클라리를 사이에 두고 상석에
앉아 와인을 따라주며 두 사람이 남매 사이라고 말하던 그때가.

클라리는 몰래 진짜 오빠를 흘끗 살폈다. 엄마가 오빠를 봤을 때 어떤
얼굴이었던가를 떠올려보았다. 발렌타인을 본 얼굴이었지. 하지만 세바
스찬은 두 사람의 아버지를 쏙 빼닮지는 않았다. 클라리는 자기들 또래
였을 때의 발렌타인 사진을 본 적 있었다. 세바스찬의 얼굴에는 엄마의
미모가 섞여 발렌타인의 얼굴에서 풍기는 강인함이 많이 부드럽게 나타
났다. 키는 크지만 어깨는 발렌타인만큼 넓지 않아서 더 유연해 보였고,
어딘지 고양이 같은 인상이었다. 세바스찬은 엄마의 광대뼈와 섬세하고
부드러운 입매 그리고 발렌타인의 검은 눈과 흰색에 가까운 금발을 물
려받았다.

빤히 바라보는 클라리의 시선을 느낀 듯 세바스찬이 고개를 들었다.

"와인 할래?"

세바스찬이 병을 들고 물었다.

원래 와인 맛을 좋아하지도 않았을 뿐더러 렌윅에서의 만남 이후로는 아예 역겨워지기까지 했지만 클라리는 고개를 끄덕였다. 세바스찬이 잔에 와인을 따라주는 동안 클라리는 헛기침을 했다.

"그래서, 여기가…오빠 집이야?"

클라리가 물었다.

"우리 아버지 집이지. 발렌타인 말이야."

와인 병을 내려놓으며 세바스찬이 말했다.

"이 집은 이동이 가능해. 이 세계에서 다른 세계로…. 우리가 사는 세계에서 다른 세계로 말이야. 아버지는 이곳을 안식처이자 여행 수단으로 이용했지. 나를 여기 몇 번 데려와서 들어오는 법과 나가는 법 그리고 이동하는 법을 보여줬어."

"현관문이 없던데."

"찾는 법만 알면 보여. 아버지는 아주 영리하게 이 집을 만들었어."

세바스찬이 말했다.

클라리는 제이스를 보았다. 그는 고개를 가로저었다.

"나한테는 한 번도 이 집을 보여주지 않았어. 이런 게 있는 줄도 몰랐어."

"여기 정말…혼자 사는 남자 집 그대로네. 난 발렌타인이 이런…."

"평면 TV가 있어서?"

제이스가 클라리를 향해 씩 미소를 지으며 말했다.

"보통 방송은 안 나오지만 DVD는 볼 수 있어. 옛날 저택에는 마법의 불로 작동하는 낡은 아이스박스밖에 없었는데 여기는 얼음이 어는 냉장고도 있어."

"그건 조슬린을 위한 거였어."

세바스찬이 끼어들어 말했다. 그 말에 클라리가 고개를 들었다.

"뭐라고?"

"모든 현대적인 제품들 말이야. 옷도 그렇고. 네가 입은 셔츠 같은 거 말이야. 다 우리 어머니를 위한 거였어. 어머니가 돌아오기로 결심했을 때를 대비해서 준비해둔 거야."

세바스찬의 검은 눈동자가 클라리의 눈동자와 마주쳤다. 클라리는 속이 메스꺼웠다. 저 사람은 내 오빠야. 그리고 우린 지금 부모님 이야기를 하고 있는 거고. 클라리는 머리가 어지러웠다…. 너무 짧은 시간에 너무 많은 일이 일어나 받아들이기가 어려웠다. 지금껏 단 한 번도 세바스찬을 살아 숨 쉬는 진짜 오빠라고 생각해본 적이 없었다. 그가 오빠라는 사실을 안 것은 그가 죽은 후였다.

"기분 나쁘다면 미안해. 네 옷은 다시 사자."

클라리의 셔츠를 가리키며 제이스가 말했다.

클라리는 옷소매를 살짝 만져보았다. 실크 감촉이 나는 옷은 부드럽고 비싸 보였다. 그래서 그랬구나…. 옷들이 하나같이 자신에게 맞는 사이즈고, 색깔도 자신과 잘 어울리던 이유를 이제야 이해할 수 있을 것 같았다. 자신이 엄마와 똑같이 생겼으니까.

클라리는 깊이 숨을 들이마셨다.

"괜찮아. 그냥 좀…. 그럼 두 사람은 뭘 하는 거야? 이 집 안을 돌아다니면서 그냥…."

"세상 구경이나 하냐고? 그보다 더 재미없는 일도 많은데 뭐."

제이스가 농담하듯 말했다.

"하지만 영원히 그렇게 살 수는 없잖아."

세바스찬은 식사는 별로 하지 않고 와인만 두 잔을 마셨다. 벌써 세 번째 잔을 마시고 있던 그가 눈을 반짝 빛냈다.

"왜 그러면 안 되는데?"

"그게, 왜냐하면…. 클레이브가 두 사람을 찾고 있잖아. 두 사람 다 영원히 이렇게 숨어서 도망 다닐 수는…."

클라리는 말꼬리를 흐리며 세바스찬에게서 제이스로 시선을 옮겼다. 두 사람은 똑같은 표정을 짓고 있었다. 남들은 알지 못하는 뭔가를 알고 있는 사람들만이 지을 수 있는 표정을. 제이스가 클라리 앞에서 그런 표정을 짓는 것은 무척이나 오랜만이었다.

세바스찬이 부드러운 목소리로 천천히 말을 꺼냈다.

"지금 질문을 하는 거야, 아니면 네 생각을 말하는 거야?"

"얘도 우리 계획을 알 권리가 있어. 돌아갈 수 없다는 것을 알고 여기 왔잖아."

제이스가 말했다.

"믿음의 도약이랄까."

와인 잔 가장자리를 손가락으로 훑으며 세바스찬이 말했다. 발렌타인도 그렇게 하는 것을 클라리는 본 적이 있었다.

"너 때문이잖아. 얘는 널 사랑해. 그래서 여기 온 거고. 안 그래?"

"그렇다면 어쩔 건데?"

클라리가 물었다. 다른 이유가 더 있는 척할 수도 있었지만 세바스찬의 검고 예리한 눈을 보니 그렇게 말해봤자 믿어줄 것 같지 않았다.

"난 제이스를 믿어."

"하지만 나는 안 믿잖아."

세바스찬이 말했다.

클라리는 극도로 신중하게 다음 말을 골랐다.

"만약 제이스가 너를 믿는다면 나도 너를 믿고 싶어. 그리고 넌 내 오빠잖아. 그것도 이유에 포함될 수 있겠지." 거짓말을 하자니 입맛이 썼지만 클라리는 계속 말을 이었다. "하지만 사실 난 너를 전혀 몰라."

"그렇다면 나를 알 수 있게 우리 같이 시간을 좀 보내야겠네. 그런 다음 우리가 말해주지. 우리 계획에 대해서."

세바스찬이 말했다.

우리가 말해주지. 우리 계획에 대해서. 세바스찬이 말하는 '우리'는 자기 자신과 제이스뿐이었다. 그는 클라리와 제이스의 관계에는 관심도 없었다.

"난 얘한테 계속 감추는 거 싫은데."

제이스가 말했다.

"일주일 뒤에 말해줄 거야. 일주일 사이에 무슨 일 있겠어?"

제이스가 세바스찬을 빤히 보았다.

"2주일 전에 넌 죽은 몸이었잖아."

"내가 2주일이라고 하지는 않았잖아. 그럼 안 되지."

세바스찬의 말에 제이스의 입꼬리가 짓궂게 올라갔다. 그는 다시 클라리에게로 시선을 돌렸다.

"네가 날 믿어줄 때까지 기다릴 수 있어." 이렇게 말하는 것이 옳은 답이라고, 현명한 답이라고 생각하며 클라리가 말했다. 그리고 정말 하기 싫은 말도 덧붙였다. "얼마나 오래 걸리든 상관없어."

"일주일이야."

제이스가 말했다.

"그래, 일주일." 세바스찬도 동의했다. "그건 얘가 이 집에 계속 머문다는 뜻이야. 다른 누구와 연락을 해서도 안 돼. 자기 방문을 걸어 잠가서도 안 되고, 마음대로 들락날락거려도 안 돼."

제이스가 뒤로 몸을 젖혔다.

"내가 같이 있는 때는?"

세바스찬이 눈을 내리깔고는 제이스를 한참 보았다. 머릿속으로 계산을 하는 표정이었다. 제이스에게 어디까지 허락할지 정하는 중이라는 것을 클라리는 깨달았다. 세바스찬은 지금 자신의 '형제'에게 얼마나 긴 목줄을 쥐어줄지 계산하고 있었다.

"좋아." 드디어 세바스찬이 말했다. 짐짓 생색을 내는 기색이 역력했다. "네가 같이 있을 때는 괜찮아."

클라리는 자신의 와인 잔으로 시선을 떨궜다. 제이스가 무어라 중얼거리는 소리가 들렸지만 그를 볼 수가 없었다. 남에게 허락을 받아야 하는 제이스를 본다는 것이…. 언제나 자기 하고 싶은 대로 하던 제이스가 이렇게 변해버리다니…. 토악질이 날 것 같았다. 벌떡 일어나 와인 병으로 세바스찬의 머리를 후려갈기고 싶었지만 그럴 수 없다는 것을 클라리는 알고 있었다. 한 사람을 베면 다른 한 사람도 피를 흘린다.

"와인은 어때?"

재미있다는 듯한 기색이 묻어 있는 목소리로 세바스찬이 물었다.

클라리는 잔을 비웠다. 쌉쌀한 맛에 목이 메었다.

"맛있어."

이사벨은 낯선 곳으로 들어섰다. 낮게 드리운 잿빛 하늘 아래로 짙은 초록색 평원이 펼쳐졌다. 이사벨은 전투복에 달린 후드를 뒤집어쓰고 감탄하듯 주위를 둘러보았다. 이렇게 광활하게 뻗은 하늘이나 평원을 본 것은 처음이었다. 이끼색의 평원은 보석처럼 희미하게 빛이 났다. 한 걸음 내딛고서야 이사벨은 발밑이 정말 이끼라는 것을 깨달았다. 숯처럼 잿빛이 섞인 검은색 흙바닥 여기저기에 깔린 검은색 바위들 표면에 이끼가 자라고 있었다.

"화산 지대 평원이란다."

조슬린이 말했다. 그녀는 이사벨 옆에 서 있었다. 바람이 불어와 뒤로 단단하게 말아 올린 조슬린의 붉은빛 도는 금발 몇 가닥이 빠져나와 나부꼈다. 그 모습이 클라리와 너무도 닮아 으스스한 느낌이 들 정도였다.

"여긴 예전에 용암층이었어. 이 지역 전체가 어느 정도는 아마 화산 지대일 거야. 아다마스를 다루기 때문에 철의 자매들은 대장간에 쓸 어마어마한 불이 필요하지."

"그래서 좀 더운가 보네요."

이사벨이 중얼거렸다.

조슬린은 무표정한 얼굴로 이사벨을 흘끗 보고는 걷기 시작했다. 이사벨이 보기에는 무작정 방향을 택한 것 같았지만, 그래도 서둘러 뒤따라갔다.

"가끔 네가 네 엄마와 너무 닮아 보여서 놀랄 때가 있어, 이사벨."

"칭찬으로 들을게요."

이사벨은 실눈을 뜨고 말했다. 자기 가족을 모욕해서는 안 된다는 의미에서였다.

"기분 나쁘라고 한 말 아니야."

이사벨은 잿빛 하늘과 보석처럼 빛나는 녹색의 평원이 만나는 지평선에서 눈을 떼지 않았다.

"제 부모님 잘 아세요?"

조슬린은 슬쩍 곁눈질로 이사벨을 보았다.

"잘 알았지, 다 같이 이드리스에 있을 때는. 최근 몇 년은 못 봤지만."

"부모님이 결혼하실 때도 아는 사이였어요?"

조슬린이 택한 길이 살짝 경사진 오르막길로 변해서 그녀는 조금 숨을 헐떡이며 대답했다.

"그럼."

"두 분이…서로 사랑했어요?"

조슬린이 갑자기 걸음을 멈추고 이사벨에게로 고개를 돌렸다.

"이사벨, 뭐가 궁금한 거야?"

"사랑…이겠죠?"

잠시 입을 다물고 있던 이사벨이 대답했다.

"왜 내가 그 문제에 대해 잘 알 거라고 생각하는지 모르겠네."

"일단은 청혼을 받아들이기 전까지 오랫동안 루크가 곁에서 떠나지 않게 만들었잖아요. 그건 정말 대단해요. 나도 남자를 그렇게 꼼짝 못하게 붙잡아둘 수 있으면 좋겠어요."

"너도 마찬가지야. 너한테도 그런 힘이 있어. 그리고 그건 갖고 싶다고 해서 가질 수 있는 게 아니야."

조슬린이 두 손을 들어 머리카락을 쓸어 넘겼다. 순간 이사벨은 가슴이 철렁했다. 조슬린이 그녀의 딸과 똑같이 생기긴 했지만, 유연하면서 섬세하고 가늘고 긴 손은 세바스찬과 똑같아서였다. 이사벨은 그 손과 똑같이 생긴 손 하나를 베어낸 것을 기억했다. 이드리스의 계곡에서, 채찍으로 그 손의 피부를 찢고 뼈를 토막 냈다.

"너희 부모님도 완벽하지는 않아, 이사벨. 완벽한 사람이란 존재하지 않아. 그들에게도 복잡한 사정이 있어. 게다가 아이를 하나 잃었잖니. 그러니까 아버지가 이드리스에 남아 있는 것 때문에 이러는 거라면…."

"아빠가 엄마를 속였어요."

이사벨은 불쑥 말하고는 하마터면 손으로 입을 가릴 뻔했다. 벌써 몇 년째 비밀로 숨겨오던 일을 조슬린 앞에서 말하고 나니, 이런저런 사정에도 불구하고 배신을 한 것 같은 기분이 들었다.

조슬린의 표정이 변했다. 이제는 동정하는 듯한 표정이었다.

"나도 알아."

이사벨은 숨을 헉 들이마셨다.

"다들 알아요?"

조슬린은 고개를 가로저었다.

"아니, 몇 사람 안 돼. 나는…그 사실을 알 만한 상황이었어. 더 이상은 말해줄 수가 없구나."

"누구였어요?" 이사벨이 따져 물었다. "아빠가 바람을 피운 상대가 누구였냐고요?"

"네가 모르는 사람이야, 이사벨…."

"내가 누굴 아는지 아줌마가 어떻게 알아요!"

이사벨의 목소리가 격앙되었다.

"그리고 마치 어린애 부르듯 내 이름 그렇게 부르지 말아요."

"이건 내가 해줄 이야기가 아니란다."

조슬린은 딱 잘라 말하고 다시 걷기 시작했다.

이사벨도 서둘러 뒤를 따랐다. 서서히 경사가 가팔라지면서 초록의 평원은 천둥이 칠 것 같은 하늘과 닿을 듯 위로 이어졌다.

"난 알 권리가 있어요. 우리 부모님 일이잖아요. 그리고 만약 아줌마가 말 안 해주면 내가…."

조슬린이 격하게 숨을 들이마시며 걸음을 멈췄다. 두 사람은 산마루에 도착했고 그들 앞에 거대한 요새가 갑자기 피어난 꽃처럼 솟아 있었다. 은처럼 하얀 아다마스로 만든 요새에 구름이 드리워진 하늘이 반사되어 보였다. 엘렉트럼(금과 은의 합금으로 혼합 비율에 따라 은백색부터 금색까지 색이 다양하다—옮긴이)이 꼭대기를 장식한 탑들이 하늘로 치솟아 있고, 요새 전체는 역시 아다마스로 된 높은 벽에 둘러싸여 있었다. 문이라고는 거대한 두 개의 검이 서로 교차하는 모양으로 땅에 박혀 있는 것이 전부로, 그 모습은 마치 거대한 괴물 가위처럼 보였다.

"아다만트 시타델이다."

조슬린이 말했다.

"고마워요. 알려줘요."

이사벨이 톡 쏘듯 말했다.

그러자 조슬린은 이사벨의 부모님에게서 자주 들을 수 있던 중얼거림을 나직이 내뱉었다. 이사벨은 그것이 '십대 아이들'을 가리키는 부모님들만의 언어임을 잘 알고 있었다. 조슬린이 요새를 향해 걸어가기 시작했다. 그러자 뒤따라가기만 하는 데 진력이 난 이사벨이 으스대며 앞서 걸었다. 이사벨은 클라리의 엄마보다 키도 크고 다리도 더 길다. 굳이 자신을 어린아이 취급하는 사람을 기다려줄 이유는 없다는 생각이 들었다. 부츠로 이끼를 짓뭉개며 쿵쿵대고 언덕을 내려가 가위 모양의 문으로 들어서는데….

그대로 몸이 굳어버렸다. 이사벨은 불쑥 튀어나와 있는 작은 바위 위에 서 있었다. 그 앞으로 요새를 빙 둘러싸며 땅이 넓은 계곡처럼 푹 꺼져 있었고, 밑바닥에서는 황금색을 띤 시뻘건 용암이 부글부글 끓고 있었다. 계곡은 뛰어넘기에는 너무 넓었다. 섀도우 헌터라도 불가능해 보였다. 그곳을 건널 방법은 위로 올라가 있는 도개교밖에 없는 것 같았다.

"처음 보기보다 어려운 일들이 있지."

조슬린이 옆으로 다가와 말했다. 그 바람에 이사벨은 화들짝 놀라 곧바로 쏘아보았다.

"등 뒤에서 몰래 다가와도 될 만한 곳이 아니거든요?"

조슬린은 태연하게 가슴 앞으로 팔짱을 끼고는 눈썹을 치떴다.

"호지가 아다만트 시타델에 접근하는 옳은 방법을 가르쳐줬겠지. 이곳은 클레이브와 우호적인 관계에 있는 모든 여성 섀도우 헌터들에게 개방되어 있어."

"물론 가르쳐주셨죠."

이사벨은 대답은 건방지게 했지만 머릿속으로는 호지가 가르쳐준 내용을 서둘러 더듬어보았다. 네피림의 피를 물려받은 자만이…. 이사벨은 손을 올려 머리에 꽂고 있던 젓가락같이 생긴 금속 막대기 하나를 뽑았다. 그 끝을 잡고 비틀자 막대기는 펑 소리와 함께 찰칵찰칵 소리를 내며 칼날에 용기의 룬이 새겨진 단검으로 변했다.

이사벨이 두 손을 계곡 위로 들어 올렸다.

"이그니스 오럼 프로바트."

이사벨은 그렇게 말하고 단검을 들어 왼손바닥을 그었다. 타는 듯한 아픔과 함께 검에 베인 상처에서 피가 흘러나와 루비처럼 새빨간 핏방울이 계곡 저 아래로 후두둑 떨어졌다. 그러자 파란 불꽃이 번쩍하더니 삐걱대는 소리가 울렸다. 도개교가 천천히 내려오기 시작한 것이다.

이사벨은 미소를 지으며 단검의 날을 자신의 옷에 슥 문질러 닦았다. 손잡이를 또 한 번 비틀자 검은 다시 가느다란 젓가락 모양으로 변했다. 이사벨은 그것을 도로 머리카락에 꽂았다.

"그게 무슨 뜻인지 아니?"

천천히 내려오는 도개교에 시선을 고정한 채 조슬린이 물었다.

"네?"

"네가 방금 말한 거 말이야. 철의 자매들의 좌우명."

도개교는 이제 거의 다 내려왔다.

"'불이 금을 시험하리라'잖아요."

"맞아. 그 말은 단순히 대장간과 금속 다루는 일만 의미하는 게 아니야. 역경이 인간의 마음을 시험한다는 의미란다. 힘든 시기, 앞이 보이지 않는 암흑 같은 시기에 빛이 나는 사람들이 있는 법이지."

"아, 그래요? 글쎄요, 난 힘들고 암흑 같은 시기는 지긋지긋한데. 빛나고 싶지도 않고요."

도개교가 두 사람의 발치로 쿵 떨어졌다.

"네가 네 엄마를 조금이라도 닮았다면 빛나지 않고는 못 배길걸."

조슬린이 말했다.

9
철의 자매

알렉이 마법의 불 룬스톤을 높이 들자 환한 빛이 뻗어 나가며 시청 역한구석을 스포트라이트처럼 밝게 비추다 다른 곳으로 옮겨갔다. 갑자기쥐 한 마리가 찍찍대며 먼지 쌓인 플랫폼을 쪼르르 달려가 알렉을 화들짝 놀라게 했다. 새도우 헌터인 알렉은 어두운 곳을 수도 없이 가봤지만, 폐쇄된 이 역의 공기 속에는 등골을 오싹하게 만드는 알 수 없는 기운이 흘렀다.

아마도 매그너스가 떠나자마자 스태튼 아일랜드에서 해야 할 감시자임무를 몰래 밀어두고 언덕을 내려와 배를 타고 온 것 때문에 죄책감을느껴서 그런 것일지도 모른다. 알렉은 자신이 무슨 일을 하고 있는지 생각하지 않았다. 그냥 해버렸다. 자동 장치가 움직이는 것처럼. 서두르기만 하면 이사벨과 조슬린이 돌아오기 전에, 자신이 사라졌다는 것을 다른 누가 눈치 채기 전에 돌아갈 수 있다.

알렉이 소리쳤다.

"카밀! 카밀 벨코트!"

가벼운 웃음소리가 들렸다. 웃음소리가 벽에 부딪혀 울렸다. 그러더니 계단 맨 위에 그녀가 나타났다. 환한 마법의 불 속에 그녀의 윤곽이 드러났다.

"알렉산더 라이트우드. 이리로 올라오너라."

카밀이 말했다.

그러더니 사라져버렸다. 알렉은 빠르게 일렁거리는 마법의 불을 따라 계단을 올라갔다. 이번에는 카밀이 좀 전에 자신이 있던 자리, 역의 로비에 서 있는 것을 발견했다. 카밀은 허리가 잘록한 벨벳 롱드레스 차림에 백색에 가까운 금발 곱슬머리를 높이 틀어 올리고, 입술은 검붉게 칠하고서 지나간 시대의 유행을 뽐내고 있었다. 여성의 외모에 대해 정확하게 판단할 수 있는 능력은 없지만 알렉은 카밀이 아름답다고 생각했다. 그래도 그녀에 대한 미움이 사라지지는 않았다.

"옷 꼴이 그게 뭐야?"

알렉이 따지듯 물었다.

카밀은 미소만 지었다. 피부가 주름 하나 없이 부드럽고 새하얘 보였다…. 피를 마신 지 얼마 되지 않은 것이다.

"시내에서 가장 무도회가 열렸어. 꽤 잘 마셨지. 너는 여기 무슨 일이지, 알렉산더? 제대로 된 대화 상대가 없나 보지?"

내가 제이스였다면 저런 소리에 말장난이나 교묘하게 깔아뭉개는 말로 대꾸해줄 수 있었을 텐데. 알렉은 그저 입술을 깨물며 이렇게 말했다.

"네 제안에 관심이 있으면 오라고 네 입으로 말했잖아."

카밀이 한 손으로 그 공간에 하나밖에 없는 가구인 다이븐(등받이와 팔걸이가 없는 긴 의자—옮긴이)의 위쪽을 훑었다.

"그래서 관심이 있다는 결론을 내렸나 보군."

알렉이 고개를 끄덕였다. 카밀이 씩 미소를 지었다.

"네가 무엇을 부탁하러 왔는지 제대로 알고는 있는 거냐?"

알렉의 심장이 쿵쿵 뛰었다. 소리가 카밀한테 들릴까 싶을 정도였다.

"네가 매그너스를 유한한 존재로 만들 수 있다고 말했잖아. 나처럼 말이야."

카밀이 도톰한 입술을 얇게 늘이며 미소를 지었다.

"내가 그랬지. 그런데 네가 관심이 있는지 몰랐어. 네가 허둥지둥 떠나버려서 말이야."

"나한테 장난칠 생각하지 마. 네가 제안한 걸 그렇게 간절히 바라지는 않으니까."

알렉이 말했다.

"거짓말쟁이. 그랬다면 여기 오지 않았겠지."

카밀이 시선을 알렉의 얼굴에 고정한 채 다이븐 옆으로 돌아 가까이 다가왔다.

"가까이에서 보니, 내가 생각한 것만큼 윌하고 닮지는 않았네. 눈이나 머리색은 같은데, 얼굴 형태가 달라⋯. 네 턱이 조금 더 약해 보이지 싶네⋯."

"닥쳐." 알렉이 말했다. 그래, 제이스가 할 만한 말은 아니었지만 이렇게 말하지 않을 수 없었다. "윌에 대해서는 듣고 싶지 않아."

"그랬구나."

카밀이 고양이처럼 나른한 듯 기지개를 켰다.

"아주 오래전이었어. 매그너스하고 내가 연인이었을 때였지. 우린 정열적인 밤을 보내고 나서 함께 침대에 있었어."

카밀은 알렉이 움찔하는 것을 보고는 씩 미소를 지었다.

"베갯밑송사가 어떤지 너도 알잖아. 자신의 약점을 드러내게 되어 있는 거 말이야. 매그너스가 내게 말해줬지. 마법사가 지닌 불사의 능력을 없애버릴 수 있는 주술이 존재한다는 걸 말이야."

"그럼 내가 직접 그 주술을 찾아내서 쓰면 되는 거 아니야? 왜 너 따위가 필요하냔 말이야?"

알렉의 목소리가 높아지면서 갈라졌다.

"첫째, 네가 새도우 헌터이기 때문이야. 넌 주술이 어떻게 작용하는지 전혀 몰라."

카밀은 차분하게 말을 이었다.

"둘째, 네가 그 주술을 쓰면 매그너스가 알게 될 거야. 네가 한 짓이라는 걸. 하지만 내가 한다면 그는 복수 때문이라고 생각하겠지. 내가 앙심을 품어서 한 짓이라고 말이야. 그리고 난 매그너스가 어떻게 생각하든 관심 없어. 하지만 넌 그렇지 않잖아."

알렉이 카밀을 빤히 바라보았다.

"그래서 날 위해 아무 대가 없이 그 일을 해주겠다는 거야?"

카밀이 쨍그렁대는 종소리 같은 웃음을 터뜨렸다.

"물론 그건 아니지. 네가 날 위해 뭔가를 먼저 해주면 내가 널 위해 그 일을 해주는 거지. 이런 일은 원래 그런 식으로 이루어지는 법이거든."

알렉의 손이 마법의 불 룬스톤을 하도 꽉 움켜쥐는 바람에 매서운 모서리가 손바닥으로 파고들었다.

"내가 널 위해 무슨 일을 해주어야 하는 거지?"

"아주 간단한 일이야."

카밀이 말했다.

"라파엘 산티아고를 죽여줘."

****

아다만트 시타델을 에워싼 깊은 골짜기에 걸쳐진 다리를 따라 칼들이 꽂혀 있었다. 뾰족한 끝을 위로 향한 채 마구잡이 간격으로 꽂혀 있어서 조심스럽게 가야만 했다. 이사벨은 다리를 건너기가 조금 힘들었는데 뜻밖에도 조슬린은 섀도우 헌터로 활동하지 않은 지 15년이나 되는데도 너무도 가볍게 척척 앞으로 나아갔다.

이사벨이 다리 반대편에 다다랐을 즈음 능숙함의 룬은 피부에서 거의 사라져 희미한 흰 자국만 살짝 남았다. 조슬린은 겨우 한 걸음 뒤에서 따라왔다. 클라리의 엄마 때문에 약이 올랐는데도 그녀가 손을 들어 마법의 불 룬스톤으로 주위를 환하게 밝히자 이사벨은 순간 무척 반가운 마음이 들었다.

새하얀 은색 아다마스를 쪼개 만든 벽 틈 사이사이에서 빛이 새어나왔다. 바닥은 악마의 돌로 되어 있고, 한가운데에는 검은색 원이 새겨져 있었다. 원 안에는 검이 꿰뚫고 있는 하트 모양이 새겨져 있었다. 철의 자매들의 상징이었다.

속삭이는 목소리가 들려 이사벨이 바닥에서 시선을 들어 위를 올려다보았다. 매끈한 흰 벽에 그림자가 하나 나타났다. 그림자는 차츰 또렷해지면서 점점 가까이 다가왔다. 갑자기 벽 한쪽이 뒤로 밀려나더니 여자가 걸어 나왔다.

여자는 길고 헐렁한 흰 가운을 걸치고 양 손목과 가슴 아래는 새하얀 은색 끈으로 바짝 동여매고 있었다. 은색 끈의 정체는 악마의 철사였다. 여자는 얼굴에 주름이 하나도 없는데도 무척 나이 들어 보였다. 그래서 도무지 나이를 가늠할 수 없었다. 길고 검은 머리카락은 하나로 굵게 땋아 등 뒤로 늘어뜨렸다. 눈과 관자놀이 사이에 소용돌이 모양의 문신이 섬세하게 새겨져 두 눈을 에워싸고 있었고, 눈동자에서는 주황색 불꽃이 일렁거렸다.

"누가 철의 자매를 불렀느냐? 그대들의 이름을 말하라."

이사벨이 조슬린을 보았다. 그러자 조슬린은 먼저 이름을 말하라는 듯 손짓을 했다. 이사벨이 목청을 가다듬었다.

"저는 이사벨 라이트우드입니다. 이쪽은 조슬린 프레…아니, 조슬린 페어차일드입니다. 우리는 당신들의 도움을 구하고자 여기 왔습니다."

"조슬린 모겐스턴이로구나." 여자가 말했다. "페어차일드는 결혼 전 성이다. 그대의 과거로부터 발렌타인의 흔적을 그리 쉽게 지워낼 수 있다고는 생각지 마라. 클레이브에 등을 돌리지 않았더냐?"

"사실입니다." 조슬린이 말했다. "저는 추방당한 몸입니다. 하지만 이사벨은 클레이브의 딸입니다. 이 아이의 모친은…."

"뉴욕 인스티튜트를 운영하고 있지."

여자가 말을 잘랐다.

"우리는 멀리 떨어져 여기 있으나 정보에 어두운 것은 아니다. 나는 바보가 아니다. 나는 클레오파 자매, 제조자라고 한다. 나는 또 다른 자매가 깎아 만들 수 있도록 아다마스를 손질한다. 교활하게 그대 허리에 감아둔 채찍이 내 눈에 띄는구나." 여자는 이사벨을 가리키며 말을 이었다. "네 목의 싸구려 보석은…"

이사벨이 목에 건 루비로 살며시 손을 올리는데 조슬린이 나서서 말했다.

"그리 많이 아신다면, 우리가 여기 왜 왔는지도 아시는지요? 우리가 왜 당신을 찾아 여기로 온 것일까요?"

클레오파 자매가 눈을 내리깔더니 천천히 미소를 지었다.

"말이 없는 우리의 형제들과 달리 여기 요새에 있는 우리에게는 마음을 읽는 능력이 없다. 그래서 우리의 정보망에 의존하고 있다. 그 정보망은 대부분 매우 믿을 만하다. 나는 그대들의 방문이 제이스 라이트우드…. 그의 누이가 바로 여기 있고…. 그리고 그대의 아들 조너선 모겐스턴이 관련된 상황과 관계가 있는 것으로 짐작한다."

"저희에게 어려운 문제가 하나 있습니다." 조슬린이 말했다. "조너선 모겐스턴이 그 아비가 그리했던 것처럼 클레이브에 맞서 계략을 꾸몄습니다. 클레이브는 그에게 사형 집행 영장을 내렸습니다. 하지만 제이스…. 아니, 조너선 라이트우드는 그의 가족에게 많은 사랑을 받고 있으며, 그들은 아무 잘못도 하지 않았습니다. 뿐만 아니라 제 딸도 그를 많이 사랑하고 있습니다. 어려운 문제라는 것은 제이스와 조너선이 고대 피의 마법으로 서로 묶였다는 것입니다."

"피의 마법? 어떤 피의 마법을 말하는 것이냐?"

조슬린은 매그너스가 접어서 준 편지를 옷 호주머니에서 꺼내 건넸다. 클레오파는 불타오르는 듯한 눈으로 편지를 꼼꼼히 읽었다. 그녀의 손가락이 특이할 정도로 긴 것을 보고 이사벨은 깜짝 놀랐다. 철의 자매의 손가락은 아름답게 긴 것이 아니라 기이할 정도로 길었다. 뼈가 쭉 늘어난 듯 하도 길어서 하얀 거미처럼 보일 정도였다. 그녀의 손톱은 끝이 뾰족하게 다듬어져 있었고 손톱의 끝마다 엘렉트럼으로 덮여 있었다.

여자가 고개를 가로저었다.

"우리 철의 자매는 피의 마법과는 연관이 없다."

그녀의 눈 속에 있던 불꽃이 훅 솟구쳤다가 희미해지더니 잠시 후 뿌연 유리 같은 아다마스 벽 뒤에서 또 다른 그림자가 나타났다. 이윽고 두 번째 철의 자매가 벽에서 걸어 나왔다. 그 모습이 마치 하얀 연기 속에서 걸어 나오는 것 같았다.

"돌로레스 자매."

매그너스의 편지를 새로 나타난 이에게 건네며 클레오파 자매가 말했다. 돌로레스 자매는 클레오파 자매와 상당히 비슷해 보였다. 똑같이 큰 키에 몸은 호리호리하고, 똑같은 하얀 가운에 머리도 똑같이 길었다. 하지만 돌로레스 자매는 머리가 회색이었고 두 개로 땋은 머리 끝을 황금색 철사로 묶었다. 얼굴에는 주름 하나 없었고, 불꽃 같은 눈은 환하게 빛났다.

"이것을 이해할 수 있겠습니까?"

돌로레스는 편지를 빠르게 훑어보았다.

"결합의 주문이군요. 우리의 파라바타이 의식과 많이 닮아 있기는 하나 이 결합은 악의 기운을 띠고 있지요."

돌로레스 자매가 말했다.

"어째서 악의 기운을 띠는 건데요? 파라바타이 주문이 해가 되지 않는다면…."

이사벨이 따지듯 물었다.

"정말 그럴까?"

클레오파가 묻자 돌로레스가 그만하라는 듯한 표정으로 그녀를 보았다. 그러고는 설명했다.

"파라바타이 의식은 두 명의 독립적인 존재를 서로 묶되, 각자의 의지는 자유롭게 남겨둔다. 하지만 이 주문은 둘을 서로 묶되, 하나가 다른 하나에게 복종하도록 만든다. 그래서 둘 중 우위에 있는 자가 믿는 것을 복종하는 자도 따라서 믿게 되고, 우위에 있는 자가 원하는 것을 복종하는 자도 원하게 된다. 이 주문은 근본적으로 복종하는 자의 자유 의지를 박탈하게 되고, 그 때문에 악의 기운을 띤다 하는 것이다. 자유 의지야말로 우리가 하늘의 창조물이라는 의미이니."

"그래서 한쪽이 상처를 입으면 다른 한쪽도 상처를 입는 것 같습니다. 그렇다면 죽음에 대해서도 같은 결과가 있으리라 짐작해야 하는 걸까요?"

조슬린이 물었다.

"그렇다. 어느 한쪽만 죽는 일은 없을 것이다. 이 역시 우리의 파라바타이 의식에는 없는 점이다. 너무도 잔혹하기에."

"당신들에게 하고자 하는 질문은, 한쪽에게만 해를 입히고 다른 쪽에게는 해를 입히지 않는 무기가 단조된 적이 있는지 아니면 당신들이 그런 무기를 만들어낼 수 있는지, 라는 것입니다. 아니면 둘의 결합을 갈라놓을 수 있는 무기라도 있을까요?"

조슬린이 계속 물었다.

돌로레스 자매가 편지를 내려다보더니 다시 조슬린에게 건네주었다. 그녀의 손도 다른 철의 자매처럼 길고 가늘고 숨처럼 새하얬다.

"그런 힘을 가진 무기는 우리가 벼린 적도 없고 벼리는 것도 가능하지 않다."

그 말에 이사벨은 옆으로 늘어뜨린 손을 손톱이 손바닥을 파고들 정도로 꼭 쥐었다.

"그런 게 없다는 뜻이에요?"

"이 세상에는 없다." 돌로레스가 말했다. "천국이나 지옥의 칼날이라면 그리 할 수 있을지도 모르지. 여호수아가 예리고와 맞서 싸울 때 쓴 대천사 미카엘의 검 말이다. 그 검에는 천국의 불길이 스며들어 있지. 그리고 지옥의 불구덩이에서 만들어진 검들도 그대들에게 도움이 될지 모르겠으나, 그것을 어찌 손에 넣을지는 나도 모른다."

"설령 우리가 알고 있다 하여도 법에 따라 그대들에게 알려주는 것이 금지되어 있다." 클레오파가 퉁명스럽게 말했다. "또한 그대들의 방문에 대해 우리가 클레이브에 알려야 한다는 것은 그대들도 잘 알고 있으리라 믿고…."

"여호수아의 검은요?" 이사벨이 끼어들어 물었다. "그건 당신들이 구할 수 있나요? 아니면 우리가 구할 수 있을까요?"

"오직 천사만이 그대에게 그 검을 선사할 수 있다. 그리고 천사를 소환하기 위해서는 천국의 불에 타올라야 한다."

돌로레스가 말했다.

"하지만 라지엘은…."

이사벨이 말을 꺼내자 클레오파의 입술이 일직선으로 팽팽해졌다.

"라지엘은 가장 절박한 시기에 자신을 소환할 수 있도록 우리에게 죽음의 도구들을 남겼다. 그 한 번의 기회를 발렌타인이 그를 소환하면서 허비해버렸다. 우리는 더 이상 그에게 도움을 청할 수 없다. 그런 식으로 죽음의 도구를 사용하는 것은 죄악이다. 클라리사 모겐스턴이 죄업에서 벗어날 수 있었던 유일한 이유는 바로 라지엘을 소환한 것이 그녀 자신이 아니라 그 아비였기 때문이다."

"제 남편은 또 다른 천사도 소환하였습니다." 조슬린이 조용한 목소리로 말했다. "이수리엘 천사입니다. 제 남편은 이수리엘 천사를 오랜 세월 감금해두었습니다."

두 자매가 잠시 주저하는 듯하더니 돌로레스가 입을 열었다.

"천사를 덫에 빠뜨리는 것은 극악무도한 범죄다. 클레이브는 절대 그것을 허락지 않을 것이다. 설령 천사를 소환한다 하더라도 그대 명령을 따르게 할 수는 없을 것이다. 그렇게 할 수 있는 주문은 존재하지 않는다. 천사에게서 대천사의 검을 받아낼 수는 없다. 천사에게서 강제로 빼앗을 수는 있으나 그보다 더한 죄악은 없다. 천사가 더럽혀지느니 그대의 조녀선이 죽는 편이 더 나으리라."

그 말을 듣는 순간 안 그래도 화가 치밀어 오르던 이사벨이 결국 폭발하고 말았다.

"그게 당신들 문제예요. 당신들 모두 말이에요. 철의 자매하고 침묵의 형제들요. 당신들을 섀도우 헌터에서 지금 이 모습으로 바꿀 때 무슨 짓을 했는지는 모르겠지만 그것 때문에 감정이 다 사라져버렸잖아요. 우리가 반은 천사인지 몰라도 나머지 반은 인간이라고요. 당신들은 사랑이 뭔지 몰라요. 사람들이 사랑을 위해 아니면 가족을 위해 무엇을 할 수 있는지도 모르고…."

돌로레스의 주황색 눈동자에서 불꽃이 일렁거렸다.

"나도 가족이 있었다. 남편과 아이가 있었다. 하지만 모두 악마에게 살해당했다. 내게는 아무것도 남은 것이 없었다. 있는 것이라고는 두 손으로 무언가를 만드는 기술뿐이었고, 그래서 철의 자매가 된 것이다. 철의 자매가 되고 얻은 평화는 다른 어디에서도 절대 얻지 못했을 평화이다. 내가 '비애'라는 뜻의 '돌로레스'를 이름으로 선택한 것도 그 때문이다. 그러니 그대들에게 우리가 고통이나 인간의 본성에 대해 아는지 모르는지 논할 자격이 있다고 단정 짓지 마라."

"당신들은 아무것도 몰라요. 악마의 돌처럼 냉정하기만 할 뿐이라고요. 그러니 이런 악마의 돌에 둘러싸여 살지."

"불같은 기질을 지닌 황금이로구나, 이사벨 라이트우드."

클레오파가 말했다.

"시끄럽고요. 당신들 둘 다 하나도 도움이 안 되거든요."

그렇게 말하고서 이사벨은 확 돌아서 다시 다리를 건넜다. 이번에는 죽음의 덫이 될 수 있는 칼날에는 신경도 쓰지 않고, 몸이 이끄는 대로 걸었다. 그렇게 다리 반대편에 이르러 문을 빠져나왔다. 하지만 문을 모두 나서자 그대로 주저앉고 말았다. 이끼와 화산암들 사이에 무릎을 꿇고는 무거운 잿빛 하늘 아래에서 눈물도 나오지 않는데 소리 없이 부들부들 떨었다.

얼마나 지났을까, 옆에서 부드러운 발소리가 들리더니 조슬린이 무릎을 꿇고 두 팔로 이사벨을 껴안았다. 이상하게 싫지 않았다. 조슬린을 별로 좋아하지 않는데도 엄마라는 존재가 주는 따스함 때문인지 이사벨은 자신의 의지와 전혀 상관없이 조슬린의 품에 기댔다.

"네가 떠난 후에 그들이 무슨 말을 했는지 말해줄까?"

부들부들 떨던 이사벨이 조금 진정하자 조슬린이 물었다.

"내가 새도우 헌터의 명예를 떨어뜨리네 어쩌네 그딴 소리 했겠죠."

"아니야, 클레오파는 네가 뛰어난 철의 자매가 될 수 있을 거라고 했는걸. 네가 관심이 있으면 알려달라더구나."

조슬린이 이사벨의 머리를 살짝 쓰다듬었다.

전혀 그럴 기분이 아닌데도 이사벨은 갑자기 웃음이 터져 나와 목이 콱 막혔다. 이사벨이 조슬린을 올려다보았다.

"말해요."

조슬린은 그녀의 머리를 쓰다듬던 손을 멈췄다.

"뭘 말해?"

"누구였는지요. 우리 아빠가 바람피운 상대 말이에요. 아줌마는 내 기분 몰라요. 엄마 나이의 여자를 볼 때마다 혹시 저 여자인가, 라는 생각이 들어요. 루크의 여동생을 봐도, 클레이브의 영사를 봐도, 아줌마를 봐도…."

조슬린이 한숨을 내쉬었다.

"애너마리 하이스미스였어. 발렌타인이 알리칸테를 공격할 때 죽었지. 아마 넌 전혀 모르는 사람일 거야."

이사벨이 입을 열다 도로 다물었다.

"그런 이름은 한 번도 들어본 적 없는데요."

"잘됐네."

조슬린은 이사벨의 머리카락을 귀 뒤로 넘겨주며 물었다.

"기분 좀 나아졌어, 알고 나니까?"

"그럼요."

이사벨은 땅바닥을 빤히 내려다보며 거짓말을 했다.

"훨씬 좋아졌는데요."

점심을 먹고 나서 클라리는 피곤하다는 핑계를 대고 아래층 침실로 내려왔다. 그런 다음 문을 굳게 닫고 다시 사이먼과 연락을 시도했다. 지금 자신이 있는 곳, 그러니까 이탈리아와 뉴욕의 시차를 고려해볼 때 사이먼이 자고 있을 가능성이 아주 높았지만. 차라리 사이먼이 자고 있으면 좋겠다는 생각도 들었다. 그 편이 반지가 아예 작동하지 않는 것보다는 훨씬 나으니까.

침실로 내려온 지 30분이나 되었을까, 문을 두드리는 소리가 들렸다. 클라리는 "들어오세요"라고 말하며 반지를 감추려는 듯 주먹을 쥐고 두 손 위로 몸을 기댔다.

문이 천천히 열리더니 제이스가 문가에 서서 클라리를 내려다보았다. 클라리는 어느 더운 여름밤, 지금처럼 침실 문을 두드리는 소리를 들었던 때가 떠올랐다. 제이스. 청바지와 회색 셔츠를 깔끔하게 차려입고, 젖은 머리는 후광이 비추듯 황금빛으로 빛났지. 자주색이던 얼굴의 멍 자국들이 어느새 희미한 회색으로 변했고, 두 손은 등 뒤로 감추고 있었는데.

"안녕."

제이스가 말했다. 지금은 두 손 다 잘 보이는 곳에 두었고, 옷도 황금빛 눈동자를 돋보이게 하는 구릿빛에 부드러워 보이는 스웨터 차림이었다. 얼굴에 멍 자국도 없고 클라리한테 익숙해져 가던 눈 밑의 다크서클도 사라지고 없었다.

제이스는 이렇게 지내는 게 행복할까? 정말로 행복한 걸까? 만약에 그렇다면 여기서 데려갈 필요가 있는 걸까?

클라리는 머릿속을 맴도는 생각들을 떨쳐버리고 애써 미소를 지었다.

"무슨 일이야?"

제이스가 싱긋 미소를 지었다. 섬뜩한 그 미소에 클라리는 몸속의 피가 더 빠르게 흐르는 느낌이 들었다.

"데이트 할래?"

허를 찌르는 말에 놀란 클라리가 말을 더듬었다.

"뭐…. 뭐…. 어?"

"데이트 말이야."

제이스가 다시 말했다.

"보통은 '역사 수업 때 외워야 하는 지루한 일'이라고 알려져 있지만 이번 경우에는 '진정한 사랑과 함께하는 눈이 핑핑 돌 정도로 화끈하고 로맨틱한 시간'이 될 거야."

"정말?" 클라리는 무슨 말을 해야 할지 판단이 서지 않았다. "눈이 핑핑 돌 정도로 화끈해?"

"내가 단어 맞히기 하는 거만 봐도 여자들 다 넋이 나가거든. 그런 내가 진짜로 멋지게 보이려고 노력한다고 생각해봐. 어떻겠어."

제이스가 말했다.

클라리는 허리를 곧게 펴고 앉아 자신의 차림새를 내려다보았다. 청바지, 초록색 실크 블라우스. 묘하게 신전 느낌이 나는 욕실에 있던 화장품들이 생각났다. 거기 있던 립글로스 살짝 발랐으면 좋겠는데, 라는 생각이 머릿속을 맴돌았다.

제이스가 손을 내밀었다.

"너 지금도 근사해. 가자."

클라리는 그의 손을 잡고 그가 이끄는 대로 따랐다.

"하지만 난⋯."

"가자니까."

서로를 알아가던 무렵, 제이스가 자정에 피는 꽃을 보여주기 위해 온실로 데려가던 때 들었던, 놀리는 듯하면서도 유혹적인 목소리 그대로였다.

"우리, 이탈리아에 와 있잖아. 베네치아. 세상에서 가장 아름다운 도시 중 하나 말이야. 여기까지 와서 관광도 안 한다는 건 말이 안 되는 소리지, 안 그래?"

제이스가 끌어당기는 바람에 클라리는 그의 품속으로 쓰러졌다. 그가 입은 스웨터의 부드러운 촉감이 손가락으로 느껴졌다. 그에게서 익숙한 비누와 샴푸 냄새가 났다. 클라리는 심장이 철렁 내려앉는 것만 같았다.

"아니면 그냥 집에 있을까."

조금 숨 가쁜 목소리로 제이스가 다시 말했다.

"네가 단어 맞히기 끝내주게 하는 거 보면서 내가 넋이 나가게?" 클라리는 힘을 주어 제이스의 품에서 빠져나왔다. "그리고 내 점수에 대해서 놀려댈 거잖아."

"이런, 여인이여, 내 마음을 읽었구려." 제이스가 말했다. "내가 무슨 생각을 하는지 네가 미리 알아채지 못하게 할 단어 맞히기 게임은 없는 거야?"

"그게 내 특별한 능력이지. 난 네가 엉큼한 생각하는 거 다 알아낼 수 있거든."

"뭐, 95퍼센트쯤은 알아낼 수 있을 거야."

클라리가 고개를 옆으로 살짝 기울이며 제이스를 쳐다보았다.

"95퍼센트? 나머지 5퍼센트는 뭔데?"

"일상적인 것들 말이야. 내가 죽인 악마들, 배워야 하는 룬, 최근에 나를 짜증나게 만든 사람들, 좀 더 오래전에 나를 짜증나게 한 사람들, 오리들."

"오리는 또 뭐야?"

제이스는 클라리의 질문에 관심 없다는 듯 손을 내저었다.

"됐고, 이거 잘 봐."

제이스가 클라리의 양 어깨를 잡더니 살며시 돌려세워서 둘 다 같은 곳을 바라보게 되었다. 잠시 후…. 클라리가 어리둥절해하는 사이…. 주위에 있던 벽이 녹아내리는 듯하더니 두 사람은 어느새 호박돌이 깔린 길 위에 서 있었다. 클라리가 놀라 숨을 헉 들이마시며 돌아서 뒤를 보니 텅 빈 벽과 창문뿐인 낡은 석조 건물 하나가 우뚝 솟아 있었다. 그리고 두 사람 옆으로 흐르는 운하 양쪽에 비슷하게 생긴 주택들이 줄지어 늘어서 있었다. 클라리가 왼쪽으로 고개를 기울이면 저 멀리에서 운하가 더 넓은 수로로 연결되는 지점도 볼 수 있었다. 사방에서 물과 돌 냄새가 났다.

"어때, 끝내주지?"

제이스가 뽐내듯 말했다.

클라리는 돌아서서 그를 보았다.

"오리가 대체 뭔데?"

미소를 짓느라 제이스의 입꼬리가 씩 올라갔다.

"나 오리 싫어하거든. 이유는 묻지 마. 그냥 옛날부터 그랬어."

이른 아침이 되어서야 마야와 조던은 프리터 루퍼스의 본부인 프리터 하우스에 도착했다. 트럭이 잘 손질된 잔디밭을 통과해 저 멀리 뱃머리처럼 솟은 거대한 저택으로 이어지는 길고 하얀 진입로 위를 달렸다. 저택 뒤에 서 있는 나무들과 좀 떨어진 곳에 있는 롱아일랜드 사운드 수로의 푸른 물결이 마야의 눈에 들어왔다.

"여기가 네가 훈련한 곳이야? 정말 근사하다."

마야가 말했다.

"겉모습만 보고 좋아하지 마. 여긴 휴양지가 아니라 신병 훈련소거든. 그것도 아주 무시무시한."

조던이 미소 띤 얼굴로 말을 받았다.

마야는 곁눈질로 조던을 흘끗 보았다. 그는 여전히 얼굴에 미소가 한 가득이었다. 새벽에 해변에서 둘이 키스한 이후로 내내. 마야도 마음 한 구석에서는 어떤 손이 나타나 자신을 덜렁 들어 과거로, 세상 그 무엇보다도 조던을 사랑하던 그때로 내동댕이친 것 같았다. 하지만 다른 한편으로는 완전히 낯선 미지의 땅에서, 친숙한 일상과 따뜻하고 포근한 무리에게서 멀리 떨어진 곳에서 잠을 깬 듯한 기분이 들기도 했다.

말할 수 없이 묘한 느낌이었다. 나쁘진 않아. 마야는 생각했다. 그냥… 묘하고 이상할 뿐이었다.

조던이 저택 앞에서 순환하는 진입로에 차를 세웠다. 가까이에서 보니 저택은 늑대 털 같은 황갈색 돌로 만들어져 있었다. 웅장한 돌계단 위에 검은색 쌍여닫이문이 서 있었다. 그리고 둥근 순환 진입로 중앙에는 거대한 해시계가 자리하고 있었는데, 바늘이 아침 7시를 가리키고 있었다. 해시계 가장자리에는 이런 글이 새겨져 있었다. 나는 오로지 빛나는 시간만 표시한다.

마야가 문을 열고 트럭에서 폴짝 뛰어내리는데 저택의 검은색 문이 열리면서 누군가 소리쳤다.

"프리터 카일!"

조던과 마야 모두 위를 쳐다보았다. 짙은 회색 정장 차림에 금발이 희끗희끗한 중년 남자가 계단을 내려오고 있었다. 조던은 갑자기 무표정해지면서 그 남자에게로 다가갔다.

"프리터 스콧." 조던이 말했다. "이쪽은 개러웨이 무리의 마야 로버츠입니다. 마야, 이분은 프리터 스콧이야. 프리터 루퍼스를 이끄는 분이지."

"1800년대부터 항상 스콧 가문이 프리터를 이끌어왔지."

남자가 마야를 향해 말했다. 마야는 복종의 의미로 고개를 숙였다.

"조던, 솔직히 자네가 이렇게 빨리 돌아오리라고는 생각 못 했네. 맨해튼에서 뱀파이어로 인해 벌어진 상황 말일세. 그 데이라이터가…."

"그 일은 정리가 되었습니다." 조던은 서둘러 말했다. "저희가 여기 온 건 그 일 때문이 아닙니다. 다른 문제가 있어서 온 겁니다."

그 말에 프리터 스콧이 양 눈썹을 추켜세웠다.

"내 호기심을 자극하는군."

"좀 급한 일입니다." 마야가 나섰다. "루크 개러웨이, 그러니까 우리 무리의 지도자가…."

프리터 스콧이 매서운 표정을 지으며 마야의 입을 다물게 만들었다. 무리를 이끌지는 않지만 그는 단연코 우두머리 수컷임이 겉모습에서 드러났다. 짙은 눈썹 아래에 자리한 그의 두 눈은 초록색을 띤 잿빛이었다. 셔츠의 칼라 아래에서 늑대의 앞발이 새겨진 프리터의 구릿빛 펜던트가 반짝거렸다.

"위급하고 하지 않고는 프리터가 결정한다." 프리터 스콧이 말했다. "이곳은 초대받지 않은 손님이 마음대로 드나들어도 되는 호텔이 아닐세. 조던이 자네를 이곳으로 데려오긴 했지만 그 정도는 알고 있을 게야. 만약 조던이 이곳의 가장 뛰어난 훈련생이 아니었다면 지금쯤 둘 다 쫓아냈을 걸세."

조던은 양 엄지를 청바지 벨트 고리에 걸고 땅만 내려다보았다. 잠시 후 프리터 스콧이 한 손을 그의 어깨에 얹었다.

"그렇지만 자네는 우리가 배출한 가장 뛰어난 훈련생 중 하나야. 그리고 지쳐 보이는군. 보아하니 밤새 한숨도 못 잔 것 같은데. 가서 내 사무실에서 이 일에 대해 의논해보세."

그가 말한 사무실은 우아한 검은색 나무판자 벽이 있는 길고 구불구불한 복도 끝에 있었다. 저택은 많은 이들의 목소리로 활기가 넘쳤고, 위로 올라가는 계단 옆에는 다음과 같은 '주거 규칙'들을 적은 판이 붙어 있었다.

주거 규칙
- 복도에서 변신하지 않는다.

- 울부짖지 않는다.

- 은 금지.

- 항상 옷을 입고 다닌다. 항상.

- 싸움 금지. 깨물기 금지.

- 공동 냉장고에 음식을 넣을 때는 반드시 자기 이름을 적는다.

아침 식사를 준비하는 냄새에 마야의 배에서 꼬르륵 소리가 났다. 프리터 스콧은 재미있다는 듯 말했다.

"자네, 배고프다면 가벼운 식사를 준비하도록 시키지."

"감사합니다."

마야가 중얼거리듯 말했다.

복도 끝에 이르자 프리터 스콧이 '사무실'이라고 써 있는 문을 열었다. 갑자기 프리터 스콧이 눈썹을 찡그렸다.

"루퍼스, 여기서 뭐하는 거야?"

마야가 프리터 스콧의 앞을 살펴보았다. 사무실은 꽤 넓고 적당히 어수선했다. 직사각형 창문으로 내다보이는 넓은 잔디밭에서는 검은 추리닝 바지와 셔츠를 입은 젊은이들이 훈련 같아 보이는 것을 하고 있었다. 사무실 벽마다 인간이 늑대인간으로 변하는 '낭광병'에 대한 책들로 가득했는데, 대부분 라틴어 제목이었지만 마야는 '이리'를 뜻하는 라틴어 단어 '루푸스'를 알아볼 수 있었다. 책상은 울부짖는 두 마리의 늑대 조각 위에 대리석 판을 올려놓은 모양이었다.

책상 앞에는 의자가 두 개 있었다. 그리고 그중 하나에 덩치 큰 남자가 두 손을 모아 쥔 채 웅크리고 앉아 있었다.

"프리터." 남자가 쇠를 긁는 듯 귀에 거슬리는 목소리로 말했다. "보스턴에서 일어난 사건에 대해 말씀드리려고 왔습니다."

"자네가 맡은 훈련생의 다리를 부러뜨린 사건 말인가?"

프리터 스콧은 냉담한 목소리로 말했다.

"그 일에 대해서는 이야기할 참이었네, 루퍼스. 하지만 지금 당장은 아니야. 더 시급한 일이 생겼네."

"하지만, 프리터…."

"내 말은 끝났네, 루퍼스."

스콧이 말했다. 감히 자신의 말에 반항할 생각 말라는, 우두머리 늑대의 카리스마가 느껴지는 목소리였다.

"잊지 말게, 이곳은 재활의 장소라네. 권위를 존중하는 법을 배우는 것도 재활의 한 부분이야."

루퍼스가 알아들을 수 없는 소리를 나직이 중얼거리며 의자에서 일어났다. 그가 일어난 뒤에야 마야는 그의 어마어마한 덩치를 알아차렸다. 루퍼스는 마야와 조던을 내려다보았다. 검은색 티셔츠는 가슴 부분이 팽팽하게 딱 맞았고, 소매는 굵은 팔뚝 때문에 금방이라도 찢어질 것 같았다. 머리는 거의 삭발에 가까웠고, 한쪽 뺨에는 밭고랑 같은 발톱 자국이 여기저기 깊이 파여 있었다. 그는 불쾌한 듯한 얼굴로 마야를 보고는 두 사람을 지나 쿵쿵대며 복도로 나갔다.

"재활이 잘 되는 이도 있고 안 그런 이도 있지."

조던이 중얼거렸다.

루퍼스의 무거운 발소리가 복도 저편으로 사라지자 스콧이 책상 뒤에 있던 등받이 높은 의자에 털썩 앉더니 뜻밖이다 싶을 정도로 현대적인 인터폰을 눌렀다. 퉁명스럽게 아침 식사를 부탁한 다음 그는 등받이에 등을 기대며 두 손으로 뒤통수를 받쳤다.

"이야기해보게."

스콧이 말했다.

조던이 이곳으로 찾아온 이유와 부탁에 대해 이야기하는 사이 마야는 딴 생각을 하며 방 안을 둘러보았다. 여기에 비하면 규칙 같은 건 없다고 해도 무방할 것 같은 자유로운 무리에서 사는 것과 이렇게 규칙과 제약이 많은 우아한 대저택에서 사는 것은 어떻게 다를까, 궁금했다. 얼마나 지났을까, 온통 까만색으로 차려 입은(프리터 내의 복장 규칙인 듯싶었다) 늑대인간 한 명이 주석합금 쟁반에 얇게 저민 로스트비프, 치즈, 단백질 음료를 차려서 들고 들어왔다. 마야는 놀란 눈으로 아침 식사를 바라보았다. 늑대인간이 보통 인간보다 단백질을 더 많이 필요로 하는 것은 사실이지만, 아침부터 로스트비프를 먹는다고?

"알겠지만, 정제 설탕은 늑대인간들에게 아주 해롭다네. 일정 기간 동안 정제된 설탕 섭취를 중단하면 설탕에 대한 욕구가 사라지게 되지. 자네 무리의 지도자가 그런 말 안 해주던가?"

단백질 음료를 조심스럽게 마시는 마야에게 프리터 스콧이 말했다.

마야는 갖가지 모양의 팬케이크 만들기를 좋아하는 루크가 설탕에 대해 잔소리를 늘어놓는 모습을 상상해보려 했지만 쉽지 않았다.

"어, 물론 하셨죠. 그런데 어, 전 스트레스를 받으면 예전으로 돌아가는 버릇이 있어서요."

"자네 무리의 지도자 때문에 걱정하는 것은 이해하네." 스콧이 말했다. 손목에 찬 황금색 롤렉스 시계가 번쩍거렸다. "일반적으로 우리는 다운월드의 신참과 관련된 사안이 아닌 경우에는 개입하지 않는다는 원칙을 철저히 지키고 있지. 그렇다고 해서 다른 다운월드 종족들에 비해 늑대인간을 더 우선시하는 것도 아니야. 프리터는 늑대인간만 들어올 수 있기는 하지만."

"그래서 당신의 도움이 절실히 필요한 겁니다."

조던이 말했다.

"무리들은 천성을 따라 이동을 하며 살아갑니다. 그래서 쌓인 지식을 모아둘 기회가 없습니다. 그들에게 지식이 없다는 말이 아니라, 그들이 아는 것은 전부 입으로 전해지는 것이고, 그래서 무리마다 조금씩 그 내용이 다르다는 겁니다. 모든 무리를 다 찾아다니다 보면 루크를 치료할 방법을 아는 이를 찾을 수도 있겠지만, 지금 저희한테는 그럴 여유가 없습니다. 여긴…" 조던은 벽마다 꽂힌 책들을 손으로 가리키며 말을 이었다. "늑대인간들에게는 이를테면 침묵의 형제들의 기록보관소나 마법사들의 나선 미궁에 가장 가까운 곳입니다."

스콧은 납득이 가지 않는다는 표정이었다. 마야가 단백질 음료를 내려놓고 말했다.

"그리고 루크는 여느 무리의 지도자들하고는 달라요. 그는 위원회에서 늑대인간들의 대표를 맡고 있어요. 그가 치유되도록 도와주신다면 프리터도 위원회에서 목소리를 낼 수 있게 될 거예요."

스콧의 눈이 빛났다.

"그거 재미있군. 아주 말이야. 내가 책들을 좀 찾아보지. 그러려면 두세 시간은 필요할 거야. 조던, 맨해튼으로 다시 차를 몰고 돌아가려면 미리 좀 쉬어두는 게 좋을 걸세. 자네 트럭으로 나무를 박는 일은 바라지 않으니 말이야."

"운전은 제가 해도…."

마야가 말을 시작하려는데 스콧이 가로막았다.

"자네도 피곤해 보이기는 마찬가지야. 조던, 알겠지만 여기 프리터 본부에는 항상 자네 방이 있네, 자네가 훈련을 마치고 떠난 지금도. 닉이 임무 때문에 나갔으니 마야가 쉴 침대도 있네. 그러니 둘 다 가서 좀 쉬도록 하게. 내 일이 끝나면 부르도록 하지."

그렇게 말하고서 스콧은 회전의자를 뒤로 빙글 돌려 벽에 있는 책들을 살펴보기 시작했다.

조던은 마야에게 그만 나가보라는 뜻이라고 몸짓으로 알려주었다. 마야는 청바지에서 음식 부스러기를 털어내며 자리에서 일어났다. 그리고 문으로 반쯤 갔을 때 프리터 스콧이 다시 이렇게 말했다.

"아 참, 마야 로버츠."

그의 목소리에는 경고의 기색이 역력했다.

"다른 사람을 대신해서 약속을 할 때는 말이지, 그들이 약속을 이행하도록 할 책임을 자네가 지게 된다는 점, 알고 있기를 바라네."

사이먼은 여전히 피곤했지만 잠에서 깨어 어둠 속에서 눈을 껌벅거렸다. 창문에 드리운 두꺼운 검은 커튼 때문에 빛이 거의 들어오지 않았지만 생체 시계가 낮이 되었음을 알려주었다. 이사벨은 옆에 없었다. 그녀가 사용한 베개에 주름이 져 있고 이불도 뒤집혀 있었다.

낮인데, 클라리가 떠난 후로 아직 한마디도 해보지 못했다. 사이먼은 이불 밑에 있던 손을 빼내 오른손에 낀 금반지를 보았다. 그림인지 문자인지 알아볼 수 없는 무늬가 정교하게 새겨져 있었다.

사이먼은 이를 앙다물며 벌떡 일어나 앉아 반지를 만졌다.

클라리?

그 즉시 또렷하게 대답이 들렸다. 사이먼은 안도감에 침대에서 미끄러져 떨어질 뻔했다.

사이먼, 다행이다.

말할 수 있어?

아니. 클라리의 마음의 소리가 긴장하고 있는 것을 사이먼은 느낄 수 있었다. 네 목소리 들어서 반갑긴 한데, 타이밍이 안 좋아. 나 혼자가 아니야.

그래도 괜찮은 거지?

난 괜찮아. 아직은 별일 없어. 정보를 모으려고 노력하고 있어. 뭐든 듣게 되는 즉시 알려줄게.

알았어. 조심해.

너도.

클라리의 소리가 사라졌다. 사이먼은 매트리스 옆으로 내려오며 자느라 헝클어지고 부풀어 오른 머리카락을 최대한 애써서 가라앉힌 다음 또 깬 사람이 없는지 보러 방을 나갔다.

다들 있었다. 알렉, 매그너스, 조슬린 그리고 이사벨이 매그너스의 거실 탁자를 둘러싸고 앉아 있었다. 알렉과 매그너스는 청바지 차림인 데 반해 이사벨과 조슬린은 전투 복장이었고, 이사벨은 오른팔에 채찍까지 휘감고 있었다. 사이먼이 거실로 들어서자 이사벨이 고개를 들어 그를 보았지만 미소도 짓지 않았다. 어깨는 잔뜩 긴장해 있고 입도 일자로 굳게 다물고 있었다. 모두의 앞에 커피를 담은 머그잔이 놓여 있었다.

"죽음의 도구들 의식이 그토록 복잡한 데에는 이유가 있어."

매그너스가 설탕 통을 공중에 띄워 끌고 와서는 커피에 하얀 설탕을 쏟아 부으며 말했다.

"천사들은 신을 위해 행동하는 존재이지, 인간을 위해 행동하지는 않아. 심지어 새도우 헌터들을 위해서 행동하지도 않아. 천사 하나를 소환하려면 하늘의 분노를 사기 십상이야. 죽음의 도구 의식의 핵심은 라지엘을 소환하는 것이 아니야. 그보다는 천사가 나타난 후에 그를 소환한 자를 천사의 분노로부터 보호하는 것, 그것이 핵심이지."

"발렌타인은…."

알렉이 입을 열었다.

"알아, 그런데 발렌타인이 소환한 건 아주 급이 낮은 천사였어. 그리고 아무 말도 해주지 않았고. 그렇지? 도움이라고는 눈곱만큼도 주지 않았잖아. 발렌타인이 그의 피를 얻기는 했지만. 하지만 천사를 그저 구속만 하기 위해서도 어마어마하게 강력한 주문을 사용해야 했을 거야. 내 생각에 발렌타인이 천사의 생명을 웨이랜드 저택에 묶어두었기 때문에 그 천사가 죽자 저택이 다 허물어져버린 것 같아."

매그너스는 파란 매니큐어를 칠한 손톱으로 자신의 머그잔을 톡톡 두드리며 말을 이었다.

"그리고 그 자신도 천벌을 받았지. 천국과 지옥을 믿든 안 믿든 그는 천벌을 받은 게 분명해. 발렌타인이 라지엘을 소환하자 라지엘이 그를 쓰러뜨렸잖아. 그렇게 한 건 자신의 형제 천사에게 발렌타인이 한 짓에 대한 복수 때문이기도 했지."

"그런데 왜 지금 천사를 소환하는 이야기를 하는 건데?"

긴 탁자 끝자리에 앉으며 사이먼이 물었다.

"이사벨과 조슬린이 철의 자매를 만나고 왔어. 제이스한테 영향을 미치지 않으면서 세바스찬을 물리칠 무기가 있는지 알아보려고."

알렉이 말했다.

"그래서 그런 무기가 없대?"

"이 세상에는 없대." 이번에는 이사벨이 말했다. "라지엘이 조녀선 섀도우 헌터에게 죽음의 검을 준 적은 있지만. 전설에 의하면 예리고의 전투가 있기 전날 밤, 천사가 나타나서 여호수아한테 검 하나를 줬대."

"헐. 난 천사는 평화를 사랑하지, 무기 같은 건 손도 안 대는 줄 알았는데."

사이먼이 말했다. 그러자 매그너스가 콧방귀를 끼었다.

"천사들이 연락책 역할만 하는 줄 알겠지만 그렇지 않아. 그들은 군인이야. 미카엘은 천국의 군대를 이끌었다고 하지. 천사들은 인내심이 별로 없어. 인간 때문에 벌어지는 문제에 대해서는 더 그렇지. 누구든 스스로를 보호할 죽음의 도구 없이 라지엘 천사를 소환하는 자는 그 자리에서 죽음을 맞게 될 거야. 그에 비하면 악마들은 소환하기가 쉬운 편이지. 숫자도 더 많고, 상당수는 힘도 약하거든. 그렇지만 약한 악마가 줄수 있는 도움에는 한계가…."

"악마를 소환하는 건 안 돼요." 조슬린이 기겁을 하고 말했다. "클레이브가…."

"클레이브가 당신을 어떻게 생각할지에 대해서는 오래전에 관심을 끊은 줄 알았는데."

매그너스가 말했다.

"나 때문이 아니에요. 다른 사람들 때문이지. 루크. 내 딸. 만약에 클레이브가…."

"뭐, 그들은 모를 거예요. 우리만 말 안 하면."

평소에는 부드러운 알렉의 목소리가 매섭게 날이 서 있었다.

조슬린이 굳은 얼굴을 한 이사벨, 뭔가 묻는 듯한 매그너스, 그리고 고집스러운 푸른 눈의 알렉을 차례로 돌아보았다.

"정말 그럴 생각인 거야? 악마를 소환하겠다고?"

"그게, 그냥 악마가 아니에요. 아자젤을 말하는 겁니다."

매그너스가 말했다.

순간 조슬린의 눈에서 불꽃이 일었다.

"아자젤?"

조슬린이 동조를 구하듯 다른 이들을 훑어보았지만 이사벨도 알렉도 그저 머그잔만 내려다볼 뿐이었고, 사이먼은 어깨를 으쓱했다.

"나는 아자젤이 누군지 모르는데. 〈스머프〉에 나오는 고양이 아닌가?"

사이먼이 물었지만 이사벨은 고개를 들어 눈만 부라렸다. 클라리? 사이먼이 생각했다.

놀란 듯한 클라리의 목소리가 머릿속을 울렸다.

왜 그래, 뭐야? 무슨 일 났어? 내가 없어진 거 엄마가 알았어?

아직은 아니야. 사이먼이 생각으로 대답했다. 저기 아자젤이 〈스머프〉에 나오는 고양이 아니야?

한참 동안 침묵이 이어졌다.

그건 아즈라엘이잖아, 사이먼. 그리고 스머프 때문에 마법의 반지 사용하는 거

더 이상은 하지 마.

그리고 클라리는 사라졌다. 사이먼이 고개를 들자 매그너스가 짓궂은 표정으로 바라보고 있었다.

"아자젤은 고양이가 아니야. 실베스터, 상급 악마야. 지옥의 수령, 무기 제조자, 뭐 그렇게 불리지. 원래 아자젤은 천사들만이 무기 제조법을 알고 있을 때 인간들에게 무기를 만드는 법을 가르쳐준 천사야. 그로 인해 천국에서 쫓겨났고 지금은 악마가 되었지. '아자젤이 가르친 것들로 인해 온 세상이 타락했나니. 모든 죄악은 그로 인해 비롯되었도다.'"

알렉이 놀란 얼굴로 매그너스를 보았다.

"어떻게 그런 걸 다 알지?"

"내 친구거든." 매그너스는 그렇게 말하더니 다른 사람들의 표정을 알아차리고는 한숨을 내쉬며 다시 말했다. "알았어, 그건 농담이야. 〈에녹서〉에 다 나오는 내용이야."

"위험할 것 같은데." 알렉이 얼굴을 찡그리며 말했다. "들기로는 상급 악마보다 더한 악마 같은데. 릴리스처럼 말이야."

"다행히 아자젤은 이미 구속되어 있어. 그래서 그를 소환하면 영혼은 나타나지만 실체는 두두엘의 날카로운 바위산에 그대로 묶여 있을 거야."

매그너스가 말했다.

"날카로운 바위산이라면…. 아, 뭐든 간에." 이사벨이 긴 검은 머리를 둥글게 말아 올리며 말을 받았다. "아자젤이 무기를 만드는 악마인 거죠. 됐어요. 일단 가요."

"깊이 생각해보지도 않고 그렇게 나서면 어떡해." 조슬린이 나섰다.

"나는 남편이 한 짓을 통해 악마를 소환하는 것이 얼마나 끔찍한 결과를 불러오는지 똑똑히 봤어. 클라리가…."

조슬린은 사이먼의 시선을 느낀 듯 잠시 말을 멈추더니 그에게로 고개를 돌렸다.

"사이먼, 클라리 일어났니? 푹 자도록 내버려두긴 했는데 벌써 11시가 넘었잖아."

사이먼이 머뭇거렸다.

"몰라요."

이것은 사실이었다. 클라리가 어디에 있든 지금쯤 자고 있을 수도 있는 일이니까. 물론 방금 전까지 대화를 하긴 했지만.

조슬린이 어리둥절한 표정을 지었다.

"너 클라리 방에 있었던 거 아니야?"

"아니에요. 전 그러니까…."

사이먼은 말꼬리를 흐렸다. 문득 스스로 무덤을 팠다는 생각이 들었다. 이 집에는 빈 방이 세 개 있다. 그중 조슬린이 하나, 클라리가 또 하나를 썼다. 그렇다면 사이먼은 남은 세 번째 방에서 잤다는 뜻인데, 그방은….

"이사벨? 너 이사벨 방에서 잔 거야?"

알렉이 두 눈썹을 치올리며 따지듯 물었다. 그러자 이사벨이 한 손을 내저었다.

"오빠, 걱정할 거 없어. 아무 일도 없었어. 당연하잖아." 알렉의 어깨에서 긴장이 풀리는 것을 보며 이사벨은 말을 이었다. "난 술 취해서 완전히 뻗었거든. 그래서 사이먼이 저 하고 싶은 대로 뭘 했건 난 세상모르고 잤어."

"야, 뭔 소리 하는 거야. 난 〈스타워즈〉 처음부터 끝까지 이야기해준 거밖에 없잖아."

사이먼이 말했다.

"난 기억 안 나는데."

탁자 위에 있던 접시에서 쿠키 하나를 집어 들며 이사벨이 말했다.

"아, 그래서? 그럼 루크 스카이워커의 어릴 적 단짝이 누구였지?"

"빅스 다크라이터."

사이먼의 말이 떨어지기가 무섭게 이사벨이 대답했다. 그러더니 손바닥으로 탁자를 딱 내리쳤다.

"아이, 속았네."

말은 그렇게 했지만 쿠키를 문 이사벨의 얼굴은 사이먼을 향해 미소를 짓고 있었다.

"에고, SF 광팬들 같으니. 그것도 나쁘진 않아. 우리같이 우아하고 세련된 이들한테는 우스꽝스러운 조롱거리로밖에 안 보이신 하시만."

"됐으니까 그만들 해요."

조슬린이 자리에서 일어났다.

"클라리 깨워야겠다. 악마를 소환할 작정이라면 난 여기 있기 싫어. 내 딸도 여기 두기 싫고."

조슬린이 복도로 향했다. 그러자 사이먼이 그 앞을 가로막았다 .

"잠깐만요."

조슬린이 굳은 얼굴로 그를 보았다.

"여기가 우리한테 제일 안전한 곳이라고 말하려는 거 알아, 사이먼.

하지만 악마를 소환하는 거라면 난 절대…."

"그거 때문이 아니에요."

사이먼은 깊이 숨을 들이마셨다. 하지만 아무 도움도 되지 않았다. 그의 피가 이제 더 이상 산소를 운반하지 않기 때문이었다. 사이먼은 뱃속이 울렁거렸다.

"가도 클라리 못 깨워요. 왜냐하면…클라리, 지금 방에 없거든요."

10
위험한 사냥

프리터 본부에 있는 조던의 옛날 방은 여느 대학 기숙사 방과 비슷해 보였다. 철제 침대 두 개가 양쪽 벽에 하나씩 딱 붙은 채 자리하고 있었다. 두 침대 사이에 위치한 창문으로는 3층 아래에 있는 초록색 잔디밭이 내려다보였다. 조던이 쓰는 침대 쪽 공간은 그가 사진이며 책들을 전부 맨해튼으로 가져간 듯 거의 텅 비었고, 바닷가 사진 몇 장과 한쪽 벽에 기대어진 서핑보드가 전부였다. 마야는 협탁 위 사진을 보고 살짝 놀랐다. 판자를 깐 산책로와 해변을 배경으로 오션 시티에서 자신과 조던이 함께 찍은 사진이 금색 액자에 담겨 놓여 있었다.

조던이 그 사진을 보더니 다시 마야를 보고는 얼굴을 붉혔다. 그는 마야를 등진 채 가방을 침대 위에 내려놓고 재킷을 벗었다.

"네 룸메이트는 언제 돌아온대?"

어색한 침묵을 깨고 마야가 물었다. 왜 둘이 같이 어색해하는지 마야는 이해할 수가 없었다. 같이 트럭을 타고 있을 때까지만 해도 이렇지 않았는데. 지금 여기 조던의 방에 있자니, 서로 말을 하지 않던 시절이 둘을 내리누르는 것만 같았다.

"그야 모르지. 닉은 임무 때문에 나갔어. 워낙 위험하니 어쩌면 돌아오지 못할지도 몰라."

조던은 체념한 목소리로 말했다. 그러고는 재킷을 의자 등받이에 휙던져 걸었다.

"좀 누워 있지그래? 난 샤워할래."

조던은 욕실로 갔다. 욕실이 방에 붙어 있는 것을 보고 마야는 마음이 놓였다. 복도로 나가 모르는 이들과 욕실을 함께 써야 하는가 싶어 내심 걱정했는데 다행이었다.

"조던…."

마야가 입을 열었지만 조던은 이미 욕실 문을 닫은 후였다. 물소리가 들렸다. 마야는 한숨을 내쉬며 신발을 차 던지고 텅 빈 닉의 침대에 드러누웠다. 짙은 청색 격자무늬 담요에서 솔방울 냄새가 풍겼다. 천장을 올려다보니 사진들이 벽지마냥 붙어 있었다. 사진마다 열일곱 살 정도 되어 보이는 금발 소년이 환하게 미소 지으며 마야를 내려다보고 있었다. 저게 닉이구나, 라고 마야는 짐작했다. 소년은 행복해 보였다. 조던도 행복했을까, 여기 프리터 본부에서?

마야는 조던과 함께 찍은 사진을 들어 자신의 눈앞으로 휙 돌렸다. 오래전에 찍은 사진이라 조던은 비쩍 말랐고 옅은 갈색 눈이 얼굴을 모두 차지할 만큼 커 보였다. 둘은 서로를 팔로 감싸 안고 있었고 새까맣게 그을린 채 행복해 보였다. 조던은 뭔가 이야기를 하거나 키스를 하려는 듯 마야에게로 살짝 고개를 돌리고 있었다. 마야는 그 둘 중 어떤 일이 있었는지 기억이 나지 않았다. 이제는 기억나지 않았다.

마야는 자신이 누워 있는 침대의 주인에 대해, 어쩌면 영영 돌아오지 못할 소년에 대해 생각했다. 서서히 죽어가는 루크도 생각했고, 알라릭, 그레텔, 저스틴, 테오를 포함해 발렌타인과의 전투에서 목숨을 잃은 동료들에 대해서도 생각했다. 사라진 두 명의 라이트우드 소년들, 맥스와 제이스도 생각했다. 인정하고 싶지는 않지만 제이스가 살아 돌아올 것 같지 않았다. 그리고 마지막으로 한 번도 애석하게 여기지 않은 오빠 대니얼의 죽음이 떠올랐다. 그러자 뜻밖에도 눈물이 나오려는 듯 눈이 시려왔다.

마야는 서둘러 벌떡 일어나 앉았다. 갑자기 세상이 기울어진 것 같아서 시커먼 심연 속으로 굴러 떨어지지 않으려고 힘없이 매달렸다. 검은 그림자가 스멀스멀 다가오는 것 같았다. 제이스가 사라지고 세바스찬이 멋대로 돌아다닌다면 세상은 점점 어두워질 것이다. 더 많은 희생과 죽음이 이어지겠지. 지난 몇 주 전부터 지금까지 살아 있음을 가장 절실하게 느낀 것은 조금 전 새벽, 트럭 안에서 조던과 키스를 할 때였다는 생각이 마야의 머리를 가득 메웠다.

꿈이라도 꾸는 듯 마야는 자기도 모르는 사이에 일어났다. 그리고 방을 가로질러 가 욕실 문을 열었다. 샤워 부스는 뿌연 유리벽으로 가려져 있었다. 유리벽을 통해 조던의 윤곽이 흐릿하게 보였다. 물이 저렇게 쏟아지는데 내가 청바지를 벗고 속옷을 벗는 소리가 조던에게 들릴까, 라고 마야는 생각했다. 깊이 숨을 들이마신 뒤 샤워 부스 문을 열고 안으로 들어갔다.

조던이 젖은 머리를 쓸어 올리며 휙 돌아섰다. 샤워기에서는 뜨거운 물이 쏟아지고 있었고 조던의 얼굴은 빨갛게 달아올라 있었다. 물이 닭아내기라도 한 듯 그의 눈이 반짝반짝 빛났다. 아니, 그저 뜨거운 물 때문에 피부가 달아오른 것은 아닌 듯했다. 그보다는 그의 눈이 마야를, 그녀의 모든 것을 속속들이 보고 있었기 때문인지도 몰랐다. 마야는 부끄러워하지 않고 조던을 마주 보았다. 조던의 젖은 목에 건 프리터 루퍼스의 메달이 빛났다. 그의 어깨와 가슴으로 비누 거품이 흘러내렸다. 조던은 흘러내리는 물을 떨쳐버리려고 눈을 깜박거렸다. 멋있어. 하지만 지금만 그런 것이 아니었다. 오래전부터 늘 마야는 조던이 멋있다고 생각해왔다.

"마야?" 조던이 불안한 목소리로 말했다. "너 왜….."

"쉿."

마야가 그의 입술에 손가락을 대고는 다른 손으로 샤워 부스 문을 닫았다. 그런 다음 그에게 바짝 다가가 두 팔로 그를 감싸 안았다. 물이 둘의 몸 위로 쏟아졌다.

"아무 말 하지 마. 그냥 키스해줘."

조던은 그 말대로 했다.

"클라리가 방에 없다니, 그게 도대체 무슨 말도 안 되는 소리야?"

조슬린이 하얗게 질린 얼굴로 따져 물었다.

"네가 그걸 어떻게 알아, 방금 일어났다면서? 클라리가 대체 어디 간 건데?"

사이먼은 침을 꿀꺽 삼켰다. 어려서부터 조슬린은 사이먼에게 또 다른 엄마나 다름없었다. 그리고 조슬린이 딸을 얼마나 철저하게 보호하는지도 잘 알고 익숙해져 있었다. 조슬린 역시 사이먼을 일종의 협력자로 여기고 클라리를 세상의 위험으로부터 떼어놓는 존재라고 생각했다. 그런데 그런 조슬린이 지금 사이먼을 원수 보듯 보고 있다.

"어젯밤에 클라리가 저한테 문자를 보냈는데…."

사이먼은 말을 꺼내다 매그너스가 탁자로 와 앉으라고 손짓하는 바람에 말꼬리를 흐렸다.

"여기 와 앉는 게 좋겠다." 매그너스가 말했다. 그의 양옆에 앉은 이사벨과 알렉은 눈을 휘둥그렇게 뜬 채 사이먼을 바라보았지만 마법사는 그다지 놀란 듯 보이지 않았다. "뭐가 어떻게 된 건지 우리한테 이야기해봐. 내 생각에는 이야기가 좀 길어질 것 같네."

정말 그랬다. 사이먼이 바란 만큼 오래 걸리지는 않았지만. 설명하는 내내 등을 구부정하게 숙인 채 흠집투성이 탁자를 내려다보던 사이먼이 이야기를 끝내고 고개를 들어보니 조슬린이 대서양 바닷물보다 싸늘한 눈빛으로 자신을 뚫어지게 노려보고 있었다.

"내 딸이…제이스를 따라서…우리 누구도 연락할 수도 없고, 찾아낼 수도 없는 곳으로 가게…내버려뒀다는 거야!"

"저는 연락할 수 있어요." 사이먼은 두 손을 내려다보았다. 그러고는 반지를 낀 오른손을 잡았다. "말씀드렸잖아요. 오늘 아침에도 클라리하고 이야기했다고요. 클라리가 자기는 괜찮댔어요."

"애초에 그 애가 가게 내버려두지 말았어야지!"

"내버려둔 거 아니라구요. 제가 말렸어도 클라리는 갔을 거예요. 이렇게 되는 게 걔 운명인 것 같아요. 제 힘으로는 막을 수 없는 걸 보면요."

"너무 몰아붙이지 말아요." 매그너스가 끼어들었다. "사이먼이 아니라 그 누구라도 클라리를 막을 수는 없었을 거니까. 클라리는 저 하고

싶은 대로 할 아이잖아요. 언제까지 클라리를 가둬서 기를 수는 없어
요."

"당신을 믿었는데." 조슬린이 화가 나서 쏘아붙이듯 매그너스한테 말
했다. "어떻게 걔가 여길 빠져나간 거예요?"

"포털을 만들었다고 했잖아요."

"하지만 당신이 그랬잖아요, 보호막이…."

"위협이 침입하지 못하게 하는 보호막이지, 안에 있는 손님이 나가지
못하게 막는 기능은 없거든요. 조슬린, 당신 딸은 바보가 아니에요. 자
기가 옳다고 생각하는 일을 하려는 거고요. 무조건 그 아이를 막을 수만
은 없어요. 아무도 그 아이를 못 막아요. 왜냐하면 그 아이는 제 엄마를
쏙 빼닮았으니까요."

매그너스를 노려보는 조슬린의 입이 살짝 벌어졌다. 사이먼은 매그너
스가 젊은 시절의 조슬린, 발렌타인과 서클을 배신하고, 대반란 속에서
죽음의 고비를 넘긴 그녀를 아는 게 분명하다는 것을 깨달았다.

"걘 아직 어리나고요."

조슬린은 그렇게 말하고서 사이먼을 돌아보았다.

"너는 클라리한테 말해봤어? 그…그 반지 써봤냐고, 클라리가 떠난
후에."

"오늘 아침에요. 그때 클라리가 별일 없다고 했어요. 모든 게 다 괜찮
다고요."

사이먼이 대답했다. 하지만 조슬린은 안심을 하기는커녕 더 화가 난
표정이었다.

"당연히 그렇게 말했겠지. 사이먼, 클라리가 이런 짓을 하게 네가 그

냥 됐다는 게 정말 믿기질 않는구나. 네가 그 애를 말렸어야…."

"어떻게요, 묶어두기라도 할 걸 그랬나요? 식탁에 수갑을 채워서 묶어뒀어야 되냐고요?"

사이먼이 어이없다는 듯 물었다.

"그래야 된다면 그렇게라도 했어야지. 넌 걔보다 힘도 세잖아. 정말 너한테 실망…."

이사벨이 벌떡 일어났다.

"됐어요, 그만해요."

이사벨은 조슬린을 노려보며 언성을 높였다.

"클라리가 제멋대로 한 짓 때문에 사이먼한테 화를 내다니, 정말 너무한 거 아니에요? 설사 사이먼이 아줌마를 대신해서 클라리를 묶어놨다고 해도, 그래서 뭘 어떻게 할 건데요? 클라리를 평생 묶어놓을 거예요? 결국 언젠가는 클라리를 풀어줘야 할 거고, 그런 다음에는 또 어떻게 할 건데요? 클라리는 사이먼을 더 이상 믿지 못하게 되겠죠. 안 그래도 클라리는 자기 기억을 훔쳤다고 아줌마를 안 믿는 낼이에요. 클라리의 기억을 훔친 것도 클라리를 보호하기 위해서였다면서요. 아줌마가 클라리를 보호하려고 그렇게 무리하지만 않았어도 클라리는 뭐가 위험하고 위험하지 않은지 알았을 테고, 그렇게 비밀을 감추지도 그리고 그렇게…제멋대로 굴지도 않았을 거라구요!

다들 이사벨을 빤히 쳐다보았다. 문득 사이먼은 언젠가 클라리가 해준 말이 떠올랐다. 이사벨은 말수가 적지만 일단 말을 시작하면 남들이 모두 귀를 기울이게 한다고. 조슬린은 입 주위가 하얗게 질렸다.

"루크 보러 가야겠다."

조슬린이 입을 열었다.

"사이먼, 24시간마다 내 딸이 무사한지 나한테 알려줘. 매일 밤 너한테서 연락이 없으면 당장 클레이브로 달려갈 테니까."

그렇게 말하고서 조슬린은 쿵쿵대며 아파트를 나가 부서져라 현관문을 닫았다. 그 바람에 회칠한 문가 벽에 길게 금이 갔다.

이사벨은 도로 의자에, 사이먼 곁에 앉았다. 사이먼은 아무 말 없이 손을 내밀었고 이사벨은 그 손을 잡더니 자신의 손가락과 그의 손가락을 깍지 끼웠다.

"그래서."

한참 만에 침묵을 깨고 매그너스가 입을 열었다.

"아자젤은 누가 소환할 거야? 초를 엄청나게 많이 준비해야 돼서 말이야."

****

제이스와 클라리는 낮 동안 어두운 초록부터 탁한 푸른색까지 물빛이 다른 운하들을 따라 이어지는 미로 같은 좁은 골목들을 통해 여기저기 돌아다녔다. 여행객들이 많이 찾는 산마르코 광장을 지나 한숨의 다리를 건너고, 유명한 카페 플로리안에서 작지만 진한 에스프레소도 마셨다. 클라리는 눈이 빙빙 돌 정도로 복잡한 거리를 걸으면서 알리칸테를 떠올렸다. 물론 알리칸테에서는 베네치아만큼 우아한 세월의 흔적을 찾아볼 수 없지만. 여기에는 차도도 없고, 차도 없었다. 그저 꼬불꼬불 비좁은 골목들과 공작석 같은 청록색 물이 흐르는 운하 위로 둥글게 이어진 다리들뿐이었다. 하늘이 늦가을답게 짙은 푸른빛을 띠며 어두워지자 여기저기 불이 들어오기 시작하면서 갖가지 상점이며 술집, 레스토랑들이 갑자기 나타났다가는 클라리와 제이스가 그 앞을 지나가면 불빛과 웃음소리만 남긴 채 다시 어둠 속으로 사라졌다.

제이스가 저녁 먹겠냐고 묻자 클라리는 열심히 고개를 끄덕였다. 그에게서 아무런 정보도 캐내지 못했을 뿐만 아니라 심지어 이 순간을 즐기고 있다는 사실에 아까부터 죄책감이 들어서였다. 도르소두르로 이어지는 다리를 건너자 여행객들한테서 떨어진 조금 한적한 구역이 나왔다. 클라리는 오늘 밤에야말로 반드시 뭔가를, 사이먼에게 전할 만한 가치 있는 정보를 알아내리라 마음먹었다.

제이스는 클라리의 손을 꼭 잡고 마지막으로 다리를 건넜다. 길은 강만큼이나 넓은 운하 옆에 자리한 광장으로 이어졌다. 돔 지붕이 있는 성당의 바실리카가 오른쪽에 우뚝 서 있었다. 운하 건너편에서는 더 많은 불빛이 환하게 빛나며 물 위로 일렁이는 빛그림자를 드리웠다. 클라리는 당장이라도 색연필과 연필로 어둑해지는 밤하늘과 거무스름한 운하의 물, 삐죽삐죽한 건물들의 윤곽 그리고 운하에 비치는 흐릿한 그림자를 그리고 싶어 손이 근질거렸다. 도시 전체가 강철 같은 검푸른 빛으로 물들어 있는 것 같았다. 성당 근처 어딘가에서 종소리가 들렸다.

클라리는 제이스의 손을 꼭 쥐었다. 여기 있자니 현실에서 너무도 멀리 떨어져 있는 느낌이 들었다. 이드리스에 갔을 때와는 또 다른 느낌이었다. 옛날 그림이나 책 속으로 들어온 것처럼 과거의 어딘가에 와 있는 느낌이 드는 것은 베네치아와 알리칸테가 서로 비슷했다. 그렇지만 어쨌든 여기는 현실의 세계이다. 그것도 클라리가 자라면서 와보고 싶었던 도시였다. 클라리는 곁눈질로 슬쩍 제이스를 살폈다. 그는 운하를 내려다보고 있었다. 도시를 뒤덮은 검푸른 빛이 제이스도 물들여 그의 눈빛이 검푸르게 보이고, 광대뼈 아래에도, 입가에도 그늘이 자리했다. 클라리의 시선을 느낀 제이스가 돌아보더니 미소를 지었다.

그는 클라리를 성당 근처로 데려가더니 이끼 낀 계단을 내려가 운하 옆으로 이어지는 길로 걸었다. 사방에서 축축하고 오래된 냄새가 났다. 하늘이 점점 더 어두워졌다. 몇 미터 앞 운하 수면 위로 갑자기 뭔가 쑥 솟아올랐다. 물이 첨벙거리는 소리가 들리는가 싶더니 초록색 머리카락을 늘어뜨린 여인이 물에서 나와 클라리를 향해 씩 미소를 지었다. 얼굴은 아름다웠지만 상어 같은 이빨에 물고기 같은 노란색 눈을 가진 여자는 머리카락 여기저기를 진주로 휘감고 있었다. 여자는 잔물결도 일으키지 않고 다시 물속으로 사라졌다.

"인어야." 제이스가 말했다. "여기 베네치아에 옛날부터 살던 오래된 가문이 몇 개 있어. 좀 괴짜야. 멀리 바다에서, 깨끗한 물에서 물고기들과 함께 살면 훨씬 더 나을 텐데. 굳이 이런 쓰레기 같은 곳에서 살지 않고 말이야."

제이스는 해가 지는 쪽을 바라보며 말을 이었다.

"도시 전체가 가라앉고 있어. 아마 100년 정도 지나고 나면 여기는 물속에 잠기게 될 거야. 바다 속을 헤엄치면서 산마르코의 바실리카 꼭대기를 손으로 만진다고 상상해봐."

제이스가 운하 건너편을 손으로 가리켰다.

클라리는 이 모든 아름다운 풍경이 물속으로 가라앉는다고 생각하니 안타까운 마음이 들었다.

"손쓸 방법이 없는 거야?"

"도시 전체를 들어 올리자고? 아니면 바닷물을 막아? 그럴 수는 없지."

제이스가 말했다.

둘은 위로 이어지는 계단 앞에 다다랐다. 운하에서 바람이 불어와 이마와 목에 드리운 제이스의 짙은 황금색 머리카락을 휘날렸다.

"만물은 무질서해지려는 경향이 있어. 우주는 바깥으로 팽창하고 있고, 별들은 서로를 더 멀리 밀어내지. 그 사이에 무엇이 있는지는 오직 신만이 알 뿐이야."

제이스는 잠시 말을 멈췄다가 계속했다.

"그만하자, 미친 소리 하는 거 같다."

"점심 때 마신 와인 때문일 거야."

"나 주량 세거든."

모퉁이를 돌자 요정 왕국처럼 눈부시게 빛나는 곳이 나타났다. 클라리는 환한 빛에 적응하려고 눈을 깜박거렸다. 그곳은 작은 레스토랑이었다. 안쪽과 바깥에 테이블들이 놓여 있고, 크리스마스 전구를 감은 히트램프들이 테이블 사이마다 서 있어 마법의 나무숲처럼 보였다. 제이스가 클라리의 손을 놓고 걸어가 테이블을 하나 잡았다. 둘은 바위에 물이 철썩이며 부딪치는 소리, 물결을 따라 작은 배들이 위아래로 출렁이는 소리를 들으며 운하 옆에 자리를 잡고 앉았다.

클라리는 물결처럼 밀려오는 피로를 느꼈다. 제이스에게 무엇이 먹고 싶은지 말하고 그가 이탈리아어로 주문을 하게 맡긴 다음 종업원이 떠나자 클라리는 몸을 앞으로 숙이고 두 팔을 테이블에 올리고는 손에 머리를 기댔다.

"시차 때문에 피곤한가 봐. 아니, 시차가 아니라 '차원차'라고 해야 되나."

클라리가 말했다.

"시간이 차원이야."

제이스가 말했다.

"현학적이라니까." 클라리가 테이블에 있던 바구니에서 빵 조각을 꺼내 제이스에게 툭 던지며 말했다. 제이스는 싱긋 미소를 지었다

"과거에 저지른 모든 대죄를 기억하려고 노력하는 중이야. 탐욕, 질투, 폭음폭식, 비꼬는 거, 오만…."

"비꼬는 건 그렇게 큰 죄가 아니잖아."

"큰 죄 맞아."

"음행이지. 음행이 대죄잖아."

"엉덩이 때리는 것도."

"그건 음행에 포함되는 거거든."

"그건 개별적인 항목으로 분리해야 되는데. 탐욕, 질투, 폭음폭식, 비꼬는 거, 오만, 음행, 그리고 엉덩이 때리기, 이렇게 말이야."

새하얀 크리스마스 전구들이 그의 눈동자에 비쳤다. 제이스가 예전보다 훨씬 더 아름다워 보여, 라고 클라리는 생각했다. 그래서 예전보다 멀게, 손이 닿을 수 없을 만큼 멀게 느껴졌다. 제이스가 한 이야기들, 베네치아가 물에 가라앉고 있고, 별들이 서로 밀어내며 그 사이에 공간을 만든다는 것에 대해 생각하다가 사이먼의 밴드가 자주 연주하던 레너드 코헨의 노래가 문득 떠올랐다. "모든 것에는 틈이 있어 그 사이로 빛이

스며드네."

제이스의 차분함에도 어딘가 틈이 있을 거야. 그 틈을 통해 아직 저 안 어딘가에 숨어 있을 진짜 제이스를 만나야 해.

제이스의 옅은 갈색 눈동자가 클라리를 빤히 살피듯 보았다. 그가 손을 내밀어 클라리의 손 위에 얹었다. 잠시 뒤에야 클라리는 그의 손이 자신의 황금 반지 위에 있음을 깨달았다.

"이거 뭐야? 너한테 요정이 만든 반지가 있었던가."

제이스의 목소리는 무덤덤했지만 클라리는 가슴이 철렁 내려앉았다. 제이스의 얼굴을 똑바로 쳐다보며 거짓말을 하는 건 보통 어려운 일이 아닌데.

"이사벨 거야." 대수롭지 않다는 듯 어깨를 으쓱하며 클라리는 말했다. "전 남자친구 요정이 준 걸 다 내버리더라고. 멜리온 말이야. 이게 예뻐 보인다 했더니 이사벨이 나 가져도 된다고 했어."

"그럼 모겐스턴 반지는?"

이 질문에 대해서는 진실을 말해야 할 것 같았다.

"그건 매그너스 줬어. 너 추적할 수 있게."

"매그너스…."

제이스는 마치 낯선 이름 대하듯 말하고는 숨을 내쉬었다.

"너 아직도 네가 옳은 결정을 했다고 생각해? 나하고 같이 여기 온 거 말이야."

"그럼. 너하고 같이 있어서 행복해. 그리고…. 저기, 나 항상 이탈리아에 와보고 싶었어. 난 여행을 별로 다녀보지 못했거든. 외국 여행도 한 번도 못 해봤고…."

"알리칸테에 가봤잖아."

제이스가 일깨워주듯 말했다.

"알았어, 남들은 볼 수 없는 마법 나라에 가본 거 빼고는 여행 많이 못해봤어. 사이먼하고 같이 계획을 세운 적이 있어. 고등학교 졸업한 다음에 같이 유럽으로 배낭여행 가자고…" 클라리는 말꼬리를 흐렸다. "지금 생각해보니 바보짓 같네."

"아니야, 그렇지 않아."

제이스가 손을 내밀어 흘러내린 머리카락을 귀 뒤로 넘겨주었다.

"나하고 같이 있자. 온 세상을 다 볼 수 있어."

"지금 같이 있잖아. 나 아무데도 안 갈 거야."

"특별히 가보고 싶은 데 있어? 파리? 부다페스트? 피사의 사탑?"

피사의 사탑이 세바스찬의 머리 위로 쓰러진다는 보장만 있다면 당장 거기 갈 텐데. 클라리는 생각했다.

"우리, 이드리스에 갈 수 있어? 그러니까 이 아파트가 거기로 갈 수 있는 거야?"

"보호막은 통과 못 해."

클라리의 볼을 손으로 쓸어내리며 제이스가 말했다.

"나, 너 정말 보고 싶었어."

"그 말은 내가 옆에 없을 때 세바스찬하고 로맨틱한 데이트 한 적 없다는 뜻이야?"

"하려고 해봤지. 그런데 그 자식 아무리 술을 먹여도 취해서 뻗질 않더라니까."

클라리가 와인 잔으로 손을 내밀었다. 조금씩 와인 맛에 익숙해지는

것 같았다. 뜨거운 것이 목구멍을 타고 내려가 혈관을 달구면서 꿈을 꾸
는 듯한 기분이 밀려왔다. 이렇게 아름다운 밤에 멋있는 남자친구와 같
이 이탈리아에 와서 입 안에서 살살 녹는 맛있는 음식을 먹고 있다니….
평생 잊지 못할 아름다운 추억이다. 하지만 마음속 깊이 행복을 느낄 수
는 없었다. 제이스를 볼 때마다 행복이 스르르 사라졌다. 어떻게 제이스
이면서 동시에 제이스가 아닌 게 가능할 수 있을까? 어떻게 행복하면서
동시에 가슴이 찢어지도록 슬플 수 있을까?

   둘은 한 사람만 겨우 쓸 수 있는 좁은 트윈베드에 조던의 플란넬 시트
를 꼭 덮고 함께 누웠다. 마야는 조던의 팔을 베고 있었다. 창문으로 들
어온 햇살이 그녀의 얼굴과 어깨로 따스하게 스며들었다. 조던은 한쪽
팔로 몸을 지탱하고서 마야에게로 몸을 숙여 다른 손으로 그녀의 머리
카락을 쓸어내리기도 하고 곱슬곱슬한 머리를 원래 길이까지 잡아당겨
펴보았다가 다시 원래대로 놓아주기도 했다.
   "네 머리카락 그리웠어."
   그렇게 말하고서 조던은 마야의 이마에 입을 맞췄다.
   마야가 웃음을 터뜨렸다. 사랑에 들떠 어쩔 줄 몰라 하는 듯한 웃음이
그녀 깊은 곳에서 터져 나왔다.
   "내 머리카락만 그리웠어?"
   "아니." 조던이 활짝 미소를 지었다. "네 눈도 그리웠어." 조던이 마야
의 눈 하나하나에 차례로 입을 맞췄다. "네 입도." 조던은 그녀의 입에
도 입을 맞췄다. 그러자 마야가 조던의 맨가슴 위로 드리운 프리터 루퍼
스 펜던트의 사슬에 손가락을 걸었다.

"네 모든 게 그리웠어."

마야가 펜던트 사슬을 손가락에 감았다.

"조던⋯. 지난번엔 미안했어. 네가 돈 이야기랑 스탠퍼드 이야기할 때 그렇게 딱 잘라 말한 거 말이야. 받아들이기가 너무 힘들어서 그랬어."

조던은 눈빛이 어두워지더니 고개를 숙였다.

"네가 남의 도움 받기 싫어한다는 거 내가 몰라서 그런 거 아니야. 난 그냥⋯너한테 뭔가 해주고 싶어서 그랬던 것뿐이야."

"나도 알아." 마야가 속삭이듯 말했다. "네가 나를 도와주고 싶어 한다는 건 잘 알아. 하지만 도움 받기 위해서 너와 함께할 수는 없어. 사랑해서 함께해야지."

조던의 눈이 믿지 못하겠다는 듯, 그러나 희망에 가득 차 반짝반짝 빛났다.

"너⋯. 그러니까 네 말은, 나에 대해 예전 같은 마음을 되찾을 수도 있다는 뜻인 거야?"

"단 한순간도 널 사랑하지 않은 적 없어, 조던."

마야의 말에 조던은 다시 그녀를 꼭 끌어안고 격렬한 키스를 퍼부었다. 마야도 그의 품을 파고들었다. 좀 전에 샤워 부스에서 일어난 일들이 재현되려는데 짧은 노크 소리가 울렸다.

"프리터 카일!"

문 밖에서 누가 불렀다.

"일어나! 프리터 스콧이 아래층 사무실에서 보자고 하신다."

마야를 두 팔로 껴안고 있던 조던이 나지막이 욕을 했다. 마야는 웃음을 터뜨리며 그의 등을 천천히 손으로 쓸어 올리고 머리카락을 헝클어뜨렸다.

"프리터 스콧이 기다려줄까?"

마야가 속삭여 물었다.

"그는 이 방 열쇠를 가지고 있어. 그래서 열고 싶으면 언제든 문을 열고 들이닥칠 사람이야."

"괜찮아." 마야는 조던의 귀에 입술을 스치며 이렇게 말했다. "우리 앞으로도 시간 많잖아?"

대장 고양이는 탁자 위에 드러누워 네 다리를 허공으로 쭉 뻗고 곯아떨어져 있었다. 이거 뜻밖인데. 사이먼은 생각했다. 그가 뱀파이어가 된 후로 동물들이 그를 반기지 않았다. 되도록 그를 피해 다녔고, 그가 가까이 다가가기라도 하면 짖어대거나 쉭쉭 소리를 질렀다. 동물을 좋아하는 사이먼으로서는 여간 속상하고 서운한 일이 아니었다. 하지만 대장 고양이는 마법사의 애완동물이잖아. 그러니 괴물한테 익숙해져서 신경을 안 쓰는 것뿐일 거야.

매그너스가 촛불에 대해 한 이야기는 농담이 아니었다. 사이먼은 잠시 쉬면서 커피를 마시기로 했다. 커피는 술술 잘 넘어갔고 카페인 때문인지 슬슬 배가 고파왔다. 오후 내내 다들 매그너스가 아자젤을 소환할 자리를 꾸미는 일을 도왔다. 근처 상점을 전부 뒤져 양초란 양초는 죄다 사서 둥근 원이 되도록 조심스럽게 배열했다. 이사벨과 알렉은 매그너스가 지시한 대로 《금지된 전례 : 15세기 주술사의 서》를 소리 내어 읽으며 양초로 만든 원 바깥쪽 바닥에 소금과 말린 벨라도나를 뿌렸다.

"내 고양이한테 무슨 짓 한 거야?" 커피 주전자와 머그잔들을 마치 태양계를 도는 행성 모형처럼 머리 주위에 둥둥 띄운 채 거실로 돌아온 매그너스가 따지듯 물었다. "너 이 녀석 피 마셨지, 그지? 배 안 고프다고 했잖아!"

"이 녀석 피 안 마셨거든요. 이 녀석 지금 멀쩡하다고요!" 사이먼이 대장 고양이 배를 콕 찔렀다. 그러자 고양이가 늘어지게 하품을 했다. "그리고, 당신이 피자 주문하면서 배고프냐고 묻기에 배 안 고프다고 한 거거든요, 난 피자 못 먹으니까. 그냥 예의상 그렇게 말한 거라고요."

"그렇다고 해서 내 고양이 잡아먹어도 되는 건 아니지."

"당신 고양이 멀쩡하다니까 그러네!" 사이먼이 얼룩덜룩한 고양이를 붙잡으려고 팔을 쭉 내밀자 고양이가 화를 내며 탁자에서 펄쩍 뛰어내렸다. "봤죠?"

"아무튼."

매그너스는 탁자 상석에 있는 의자에 털썩 주저앉았다. 알렉과 이사벨이 할 일을 마치고 몸을 일으키자 머그잔들이 각자의 자리에 쿵 내려앉았다. 매그너스가 두 손을 마주 잡았다.

"제군들! 모여봐. 회의할 시간이야. 지금부터 악마를 소환하는 법을 가르쳐주지."

프리터 스콧은 책상 위에 자그마한 청동 상자를 올려놓고 아까 앉았던 회전의자에 앉아 두 사람을 기다리고 있었다. 마야와 조던은 스콧 맞은편 의자에 앉았다. 마야는 지금껏 자신과 조던이 무엇을 했는지가 자기 얼굴에 써 있는 건 아닐까, 하는 생각을 머릿속에서 지울 수가 없었다. 하지만 두 사람을 바라보는 프리터 스콧의 눈에 호기심은 없었다.

스콧이 상자를 조던 쪽으로 밀었다.

"연고라네. 개러웨이의 상처에 이것을 바르면 그의 피에 있는 독소를 걸러서 악마의 금속이 빠져나오도록 할 거야."

마야는 심장이 쿵쿵 뛰었다…. 드디어 좋은 소식이 생겼다. 마야는 조던보다 먼저 손을 내밀어 상자 뚜껑을 열었다. 그 안에는 으깬 월계수잎같이 강한 허브 향이 나는, 검은 왁스처럼 생긴 연고가 가득 들어 있었다.

"나는…."

프리터 스콧이 조던을 향해 눈을 깜박이며 다시 말을 꺼냈다.

"이 사람이 받는 게 옳습니다." 조던이 나서서 말했다. "이 사람이 개러웨이와 더 가깝고 무리의 일원이니까요. 그들은 이 사람을 믿습니다."

"그럼 그들이 프리터는 믿지 않는다는 뜻인가?"

"그들 중 절반은 프리터가 동화 속 이야기일 뿐이라고 생각합니다."

마야는 그렇게 말하고서 잠시 생각한 뒤에 '대장님'이라는 호칭을 덧붙였다.

프리터 스콧은 화난 얼굴이었지만 그가 뭐라고 말을 하기 전에 책상 위에 있던 전화가 울렸다. 그는 잠시 머뭇거리는 듯하더니 수화기를 집어 들어 귀에 댔다.

"스콧이오." 그가 수화기에 대고 말했다. 잠시 후 그는 "예…. 예, 나도 그렇게 생각하오"라고 말하고는 전화를 끊었다. 그러더니 뚜렷하지는 않지만 미소를 짓는 것처럼 입꼬리가 위로 올라갔다.

"프리터 카일, 자네가 하필 오늘 온 게 정말 잘한 일이었네. 좀 더 기다려보게. 자네한테 중요한 일이 있네."

마야는 그 말에 살짝 놀랐다. 그런데 방 한 귀퉁이에서 희미하게 빛이 반짝이더니 캄캄한 방에서 영화 속 화면을 보는 것처럼 어떤 형체가 나타나 서서히 소년의 모습으로 변하자 더 놀라지 않을 수 없었다. 짙은 갈색에 짧은 생머리, 그리고 목에서 황금 목걸이가 번쩍거리는 그는 호리호리한 몸에 성가대 단원처럼 여려 보였지만 눈빛은 무척 나이 들어 보였다.

"라파엘."

그를 알아본 마야가 말했다. 유리처럼 조금 투명해 보이는 모습에 마야는 '투영된 이미지였구나'라고 깨달았다. 이야기는 들은 적 있지만 직접 본 것은 처음이었다.

"뉴욕 뱀파이어 무리의 수장을 알고 있느냐?"

프리터 스콧이 놀라서 물었다.

"한 번 만난 적 있습니다. 브로슬린드 숲에서." 라파엘이 마야 쪽을 보며 심드렁한 투로 말했다. "저 사람이 데이라이터인 사이먼의 친구거든요."

"자네가 감독관을 맡고 있는 자 말일세."

마치 조던이 잊어버렸다고 생각하는 양 프리터 스콧이 말했다. 조던이 이마를 찌푸렸다.

"혹시 걔하고 관련 있는 일이야? 그 자식 괜찮아?"

조던이 물었다.

"그놈에 대한 일 아니야." 라파엘이 말했다. "떠돌이 뱀파이어 모린 브라운 때문에 왔어."

"모린? 왜, 그 아인 겨우 열세 살밖에 안 됐잖아?"

마야가 놀란 듯 물었다.

"그래도 떠돌이는 떠돌이지. 게다가 모린은 프리베카 지역과 로우 이스트사이드에서 멋대로 사고를 치고 돌아다니고 있어. 다친 사람도 많고 죽은 사람도 최소한 여섯 명이 넘어. 우리가 겨우 조치를 취하긴 했는데…."

라파엘이 말했다.

"그 아이는 닉의 피보호자다." 프리터 스콧이 찌푸린 얼굴로 말했다. "하지만 닉은 그 아이의 흔적조차 찾아내지 못하고 있네. 그래서 우리는 좀 더 경험이 풍부한 이를 대신 보내야만 하는 상황이라네."

"그렇게 해주시기를 강력히 요구하는 바입니다." 라파엘이 말했다. "만약 섀도우 헌터들이 지금 처한 자기들 문제로 바쁘지 않았다면…. 이런 위급 상황에 개입했을 겁니다. 카밀의 일도 있고 해서 우리 무리는 섀도우 헌터의 감시를 받는 일만은 무엇보다도 막고 싶습니다."

"그 말은 카밀이 아직도 행방불명이라는 뜻이야?" 조던이 물었다. "사이먼한테서 제이스가 사라지던 날 저녁에 있었던 일에 대해 전부 들었어. 그리고 모린도 카밀의 명령에 따라 그런 짓을 하는 것 같은데."

"카밀은 새로 태어난 존재가 아니다. 따라서 우리가 상관할 바가 아닐세."

스콧이 말했다.

"그건 저도 압니다. 하지만…그 여자를 찾아야 모린을 찾을 수 있을 겁니다. 제가 드릴 수 있는 말은 그것뿐입니다."

조던이 말했다.

"만약 모린이 카밀을 따르는 것이라면 지금처럼 막무가내로 살인을 하지는 않을 거야." 라파엘이 말했다. "카밀이 그 아이를 제지했을 거야. 카밀이 피에 굶주리긴 했지만 컨클레이브가 어떤 입장인지도 알고 법이 어떤지도 잘 알아. 그러니까 모린을 컨클레이브와 법이 닿지 않는 곳에 숨겼을 거야. 모린의 행동은 떠돌이 뱀파이어의 특징을 고스란히 보여주고 있어."

"그렇다면 스콧 말씀이 맞는 거네요." 조던이 뒤로 기대앉으며 말을 이었다. "닉이 그 아이를 제대로 돌보지 못한 것 같은데, 아니면…"

"그에게 무슨 일이 생긴 거라는 말인가? 만약 그렇다면 자네가 좀 더 주의를 기울여야 하겠군. 자네 피보호자한테 말이야."

프리터 스콧이 말했다. 조던의 입이 딱 벌어졌다.

"모린이 뱀파이어가 된 것에 대해 사이먼한테 책임을 물어서는 안 되죠. 제가 전에도 말씀드렸는데…"

프리터 스콧이 손을 내저어 조던의 말을 막았다.

"그래, 나도 알아. 그렇지 않았다면 자네는 감독관 임무에서 배제되었을 거야, 카일. 하지만 자네 피보호자가 그 아이를 물었고, 그것도 자네의 감시하에 있을 때 그 일이 일어난 것은 명백한 사실이야. 그리고 직접적이든 아니든, 그 아이가 결국 변하게 된 것은 데이라이터와의 연관성 때문이야."

"데이라이터는 위험한 존재입니다. 제가 계속 주장해왔잖습니까."

라파엘이 눈빛을 반짝이며 말했다.

"그는 위험하지 않아요. 마음이 따뜻한 이란 말이에요."

마야가 매섭게 말했다.

마야는 조던이 자신을 곁눈질하는 것을 보았다. 하지만 너무 잠깐 사이에 일어난 일이어서 잘못 본 건가, 라는 생각이 들기도 했다.

"픽도 그렇겠다." 라파엘이 무시하듯 말했다. "너희 늑대인간들은 눈 앞의 문제에 집중을 못 한다니까. 저도 프리터를 신뢰합니다. 새로 태어난 언더월드 사람들을 보호해주니까요. 그렇지만 모린이 저렇게 멋대로 날뛰도록 놔두면 우리 무리에 좋지 않은 영향을 미치게 될 겁니다. 만약 당신들이 빨리 그 아이를 찾아내지 못한다면 내가 휘하에 있는 뱀파이어들을 총동원할 겁니다. 결국⋯."

라파엘이 씩 미소를 짓자 날카로운 송곳니가 번뜩거렸다.

"그 아이는 우리 손에 죽게 될 겁니다."

식사가 끝나자 클라리와 제이스는 안개로 뒤덮인 저녁 거리를 따라 아파트로 걸어서 돌아갔다. 거리는 인적이 끊겼고 운하의 물은 유리처럼 반짝거렸다. 모퉁이를 돌자 덧문 닫힌 집들이 들어선 한적한 운하 옆길이 나타났다. 구부러져 흐르는 운하 물 위에서는 검은색 반달 같은 작은 보트들이 잔잔히 넘실거렸다.

제이스가 작은 소리로 웃으며 클라리의 손을 놓고 앞으로 걸어갔다. 크게 뜬 그의 눈이 가로등 불빛 아래에서 황금빛으로 빛났다. 제이스가 운하 옆에 무릎을 꿇자 새하얀 은빛이 번쩍했다. 스텔레였다. 곧이어 보트 한 척이 묶여 있던 쇠사슬에서 풀려나 운하 가운데를 향해 흘러왔다. 제이스가 스텔레를 도로 벨트에 밀어 넣고는 풀쩍 뛰어 올라 흘러온 보트 앞 나무 좌석에 가볍게 내려앉았다. 그러더니 클라리에게 손을 내밀었다.

"자, 타."

클라리는 제이스에게서 보트로 시선을 옮기고는 고개를 가로저었다.

보트는 카누보다 조금 더 큰 크기에 까맣게 칠한 페인트가 여기저기 갈라지고 축축했다. 보기에는 금방이라도 깨질 성싶은, 가벼운 장난감 같은 배였다.

"나 못 해. 내가 타면 배가 뒤집어질 거야."

제이스가 못 참겠다는 듯 고개를 가로저었다.

"할 수 있어. 내가 너 훈련시켰잖아."

제이스가 말했다. 그러고는 그 말을 증명하려는 듯 한 걸음 뒤로 물러났다. 이제 그는 보트의 노걸이 바로 옆, 좁은 가장자리 위에 섰다. 살짝 미소를 짓는 듯 입술을 끌어올리며 제이스가 클라리를 바라보았다. 모든 물리학 법칙에 따라 이 배는 균형을 잃고 뒤집어질 거야. 클라리는 생각했다. 하지만 제이스는 연기보다 가벼운 양 등을 꼿꼿이 세우고 가볍게 균형을 잡고 서 있었다. 그의 뒤로는 물과 돌, 운하와 다리만 보일 뿐, 현대적인 건물은 하나도 눈에 띄지 않았다. 거기에 더해 밝게 빛나는 머리와 자세 때문에 제이스는 르네상스 시대 왕자처럼 보였다.

제이스가 다시 한 손을 내밀었다.

"기억을 떠올려봐. 너는 네가 원하는 만큼 가벼워질 수 있어."

클라리는 기억을 떠올렸다. 낙법, 균형 잡는 법, 체로 걸러져 서서히 아래로 떨어지는 작은 가루 부스러기라도 된 양 착지하는 법을 몇 시간이고 배우던 때를 떠올렸다. 클라리는 숨을 들이마시고 초록빛 운하 위로 풀쩍 뛰어올랐다. 그리고 보트 뱃머리에 있는 나무 의자에 내려앉았다. 몸이 휘청거리기는 했지만 곧 균형을 잡았다.

그제야 클라리는 안심한 듯 휴, 한숨을 내쉬었다. 제이스가 보트의 평평한 바닥으로 뛰어내리며 소리 내어 웃었다. 그때 보트 바닥에 물이 새서 나무 바닥을 얇게 뒤덮었다. 제이스가 클라리보다 20센티미터 정도 더 크기 때문에 클라리가 뱃머리에 있는 의자에 올라서 있으니 둘의 키가 비슷해졌다.

제이스가 두 손으로 클라리의 허리를 감쌌다.

"자, 어디로 가볼까?"

클라리가 주위를 둘러보았다. 보트는 운하 제방에서 멀리까지 흘러와 있었다.

"이 배 훔친 거야?"

"훔친다는 건 듣기 좋은 말이 아닌데."

제이스가 혼잣말하듯 말했다.

"그럼 뭐라고 해야 되는데?"

제이스가 클라리를 번쩍 들어 한 바퀴 빙글 돌더니 그녀를 보트 바닥에 내려놓았다.

"아이쇼핑의 극단적인 예라고나 할까."

제이스가 끌어당기자 클라리는 긴장했다. 클라리의 발이 미끄러지면서 물과 젖은 나무 냄새가 나는 보트 바닥으로 밀려 나갔다.

어느 새 클라리는 말을 타듯 그의 위에 올라앉아 있었다. 셔츠에 물이 스며들었지만 제이스는 개의치 않는 것 같았다. 그가 두 손을 올려 뒤통수를 받치자 셔츠가 위로 당겨 올라갔다.

"네 열정의 힘이 나를 넘어뜨린 거야." 제이스가 말했다. "잘했어, 프레이."

"네가 넘어지고 싶어서 넘어진 거잖아. 내가 모를 줄 알아?"

클라리가 말했다. 이 두 사람 말고는 그 무엇도 비춰줄 것이 없다는 듯

달이 그들을 환히 비췄다.

"넌 절대 미끄러질 사람이 아니야."

제이스가 클라리의 얼굴을 톡 쳤다.

"미끄러지진 않지. 하지만 넘어질 수는 있어."

클라리의 심장이 두근거렸다. 제이스가 농담이라도 한 듯 클라리는 가볍게 대꾸하려고 침을 꿀꺽 삼켰다.

"네가 한 농담 중에 제일 재미없는 농담이야."

"누가 농담이래?"

보트가 흔들렸다. 클라리가 몸을 앞으로 숙이며 제이스의 가슴에 두 손을 대고 균형을 잡았다. 그 바람에 클라리의 허리께가 제이스의 허리께를 눌렀고 순간 그의 눈이 휘둥그레지면서 동공이 팽창하고 홍채가 줄어들어 짓궂게 반짝거리던 황금빛 눈동자가 어두워졌다. 그의 동공에 비친 자신과 밤하늘이 보였다.

제이스가 한쪽 팔꿈치에 의지해 몸을 일으키더니 다른 한 손으로 미끄러지듯 클라리의 목덜미를 감쌌다. 클라리는 제이스가 자신을 향해 몸을 둥글게 말아 올라오는 것을 느꼈다. 그의 입술이 클라리의 입술을 스쳤다. 하지만 클라리는 키스를 허락하지 않고 몸을 뒤로 뺐다. 클라리도 그를 원했다. 욕망이 자신을 속속들이 태워버려 몸속이 텅 빈 느낌이 들 정도로 간절히 원했다. 머리로는 아무리 이 사람이 진짜 제이스가 아니라고, 내가 사랑하던 제이스가 아니라고 생각해도 몸이 그를 기억하고 있었다. 몸의 곡선, 느낌, 피부의 향기, 머릿결까지. 당장이라도 그를 되찾고 싶었다.

클라리는 그의 입술에 살짝 입을 댄 채 놀리듯 입꼬리를 올려 미소를 짓고는 옆으로 몸을 굴려 축축이 젖은 보트 바닥에 웅크리고 누웠다. 제이스는 말리지 않았다. 대신 팔로 클라리를 감싸 안았다. 보트가 출렁이면서 자장가를 부르며 아이를 재우는 엄마의 품처럼 조심스럽게 둘을 얼렀다. 클라리는 제이스의 어깨에 머리를 기대고 싶었지만 하지 않았다.

"우리 떠내려가고 있어."

클라리가 말했다.

"나도 알아. 너한테 보여주고 싶은 게 있어."

제이스가 하늘을 올려다보았다. 큼직한 달이 바람에 부풀어 오른 새하얀 돛처럼 보였다. 제이스의 가슴이 규칙적으로 들썩거렸다. 그가 손가락에 클라리의 머리카락을 휘감았다. 클라리는 그의 옆에서 별들이 우주의 시계처럼 반짝이는 모습을 올려다보고 있자니 대체 그들이 무엇을 기다리고 있는 건지 궁금해졌다.

드디어 소리가 들렸다. 부서진 둑으로 물이 쏟아져 나오는 것 같은 소음이 길고 느리게 이어졌다. 하늘이 어두워지면서 요동치는가 싶더니 알 수 없는 형체들이 이리저리 돌아다녔다. 멀기도 하고 구름에 가려져 있기도 해서 정확한 모습은 파악할 수 없었지만, 새털구름 같은 긴 머리카락을 휘날리는 사내들처럼 보였다. 그들은 핏빛 말굽을 단 말을 타고 달리고 있었다. 사냥 나팔 소리가 밤하늘에 메아리치자 별들이 부르르 떨더니 밤하늘이 접혀 겹쳐지면서 사내들이 달 뒤로 사라졌다.

클라리는 천천히 숨을 내쉬었다.

"저게 뭐였어?"

"유령 사냥꾼이야." 제이스가 대답했다. 그의 목소리는 꿈꾸듯 멀리서 아련히 들리는 것 같았다. "가브리엘의 사냥개. 유령 사냥. 여러 가지 이름으로 불리지. 인간 세계를 업신여기는 요정들이야. 말을 타고 하늘을 달리면서 끊임없이 사냥을 하지. 1년에 단 한 번, 인간이 합류할 수 있는 때가 오긴 하는데…. 일단 사냥에 합류하고 나면 절대 그들에게서 벗어날 수 없어."

"그런 게 뭐가 좋다는 거야?"

제이스가 눈을 부라리더니 갑자기 클라리를 덮치며 그녀의 몸을 보트 바닥으로 밀어붙였다. 바닥이 축축했지만 클라리는 신경 쓰지 않았다. 제이스의 몸이 달아오른 것을 느낄 수 있었다. 그의 눈도 이글이글 타오르고 있었다. 제이스가 어딘가에 몸을 지탱했는지 짓눌리는 느낌은 들지 않으면서도 그의 온몸이 느껴졌다. 골반 부근의 곡선, 청바지 리벳 하나하나, 흉터들까지 고스란히 느껴졌다.

"통제력을 완전히 잃는다는 것에 매력적인 점이 있긴 하지. 그렇게 생각 안 해?"

클라리가 대꾸를 하려고 막 입을 벌리는데 제이스가 입술로 그녀의 입을 막아버렸다. 제이스와는 수도 없이 키스를 했다. 부드러운 키스, 거칠고 필사적인 키스, 인사할 때 스치듯 가볍게 지나가는 키스, 몇 시간이고 끝없이 이어지던 키스까지…. 그런데 이번 것은 너무 달랐다. 사람이 살던 집에는 그 사람이 떠나고 난 후에도 그의 흔적이 기억처럼 남듯, 클라리의 육체에도 제이스의 흔적이 남아 있었다. 클라리의 몸이 그를 기억하는 것이다. 그의 맛, 자신의 입술에 포개지는 그의 입술의 각도, 손끝에 느껴지던 그의 흉터들과 몸의 곡선들까지 모두. 클라리는 모든 의심을 떨쳐버리고 두 팔을 뻗어 제이스를 끌어안았다.

제이스가 클라리를 안은 채 옆으로 몸을 굴리자 보트가 흔들렸다. 철썩거리는 물소리가 들려오는 가운데 제이스의 두 손이 클라리의 옆구리를 지나 허리로 내려가더니 그의 손가락이 등을 살짝 건드렸다. 클라리는 두 손을 그의 머리카락 속으로 밀어 넣고 눈을 감았다. 안개와 함께 물소리와 물 냄새도 밀려왔다. 영원 같은 시간 속에서 오직 자신의 입술에 포개어진 제이스의 입술과 엄마의 품 같은 보트의 흔들림, 그리고 자신을 어루만지는 그의 손길만 느껴질 뿐이었다.

몇 시간이 흘렀는지 아니면 고작 몇 분이 흘렀는지는 모르겠지만 한참 만에야 화가 나서 이탈리어 말로 소리치는 목소리가 밤공기를 뚫고 띄엄띄엄 들렸다.

제이스가 나른하면서도 유감스러운 듯한 표정으로 뒤로 물러났다.

"그만 가봐야겠다."

클라리가 몽롱한 눈으로 그를 올려다보았다.

"왜?"

"우리가 훔친 배 주인이 나타났거든." 제이스는 일어나 앉으며 셔츠 자락을 끌어내리면서 말했다. "경찰에 신고하겠다잖아."

11
모든 죄가 그로 인한 것이다

아자젤을 소환할 때 전기는 필요 없다는 매그너스의 말에 그의 꼭대기층 아파트에는 촛불만 켰다. 방 한가운데 원형으로 놓인 초들이 타올랐다. 저마다 키와 밝기는 달랐지만 똑같이 푸른 기가 도는 흰 빛을 뿜어냈다.

초들로 만든 원 안쪽에는 삼각형 모양으로 겹겹이 쌓아올려 태운 마가목 가지로 그린 펜타그램이 자리하고 있었다. 펜타그램을 이루는 선들 사이사이의 공간에는 사이먼이 한 번도 본 적 없는 상징들이 그려져 있었다. 글자도 아니고 룬도 아닌 그것들은 촛불이 뿜어내는 열기에도 불구하고 기분 나쁠 정도로 오싹한 한기를 풍겼다.

창밖이 어두워졌다. 겨울이 머지않아 해가 일찍 저물면서 밤도 빨리 찾아왔다. 이사벨, 알렉, 사이먼, 그리고 마지막으로 〈금지된 전례〉를 소리 내어 읊조리던 매그너스가 원 주위에 그려진 하나의 방위기점 옆에 섰다. 매그너스의 목소리가 높아졌다 다시 낮아졌다. 그가 읊조리는 라틴어는 기도문 같았지만 사악한 느낌이 풍겼다.

불꽃이 점점 높이 타오르면서 바닥에 새겨놓은 상징들이 새카맣게 타 들어가기 시작했다. 방구석에서 지켜보고 있던 대장 고양이가 쉭쉭대더니 어둠 속으로 달아났다. 푸르스름하면서도 흰 촛불들이 하도 맹렬히 타올라 사이먼의 눈에 매그너스가 잘 보이지 않을 정도였다. 방 안이 점점 더워졌다. 마법사의 읊조리는 소리가 점점 빨라지면서 그의 검은 머리카락이 뜨겁고 축축한 공기에 구불구불해졌고 뺨은 땀으로 번들거렸다.

"쿼드 투메라리스, 페르 예호밤, 게헤남 에 콘세크라탐 아쾀 콤 눈크 스파르고, 시그남퀘 크루키스 쿼드 눈크 파키오, 에 페르 보타 노스트라 입세 눈크 수르가트 노비스 이카투스 아자젤!"

펜타그램 한가운데에서 불길이 확 치솟아 오르더니 시꺼먼 연기가 굵게 피어오르면서 방 안 전체로 서서히 퍼져나갔다. 사이먼을 제외한 모두가 숨이 막힌 듯 기침을 해댔다. 연기는 펜타그램 정중앙에서 소용돌이처럼 서서히 빙빙 돌더니 남자의 모습으로 변했다.

사이먼은 눈을 깜박거렸다. 무엇을 보게 될 거라고 딱히 예상하지는 않았지만 이런 모습일 거라고는 상상하지 못했다. 적갈색 머리에 큰 키, 젊지도 그렇다고 늙지도 않은, 나이를 가늠할 수 없는 얼굴, 인간미라고는 전혀 느껴지지 않는 냉혹한 표정. 넓은 어깨, 비싸 보이는 검은 수트, 반짝반짝 윤이 나는 검은 구두. 손목 주위에는 검붉은 홈이 있었는데, 오랜 세월 밧줄이나 금속 같은 것으로 묶여 있어 피부가 파인 흔적인 듯싶었다. 두 눈에서는 빨간 불꽃이 일렁거렸다.

"누가 아자젤을 소환하였느냐?"

그가 말했다. 금속으로 금속을 긁어대는 듯한 목소리였다.

"내가 하였다. 매그너스 베인."

매그너스가 들고 있던 책을 덮으며 대답했다.

아자젤이 고개를 천천히 매그너스 쪽으로 길게 뺐다. 그의 머리는 뱀 머리처럼 부자연스럽게 빙 돌아가는 것 같았다.

"네가 누구인지 안다."

"나를 안다고?"

매그너스가 눈썹을 추켜세웠다.

"소환자. 구속자. 악마 마르바스의 처단자. 아비가…."

"일일이 다 말할 필요는 없다."

매그너스가 재빨리 아자젤의 말을 끊고 나섰다.

"아니, 그럴 필요가 있지." 아자젤은 재미있다는 투로 말했다. "지옥의 도움을 바란다면 왜 네 아비를 소환하지 않은 게지?"

알렉이 입을 벌린 채 매그너스를 보았다. 사이먼은 알렉이 가엾게 느껴졌다. 여기 있는 그 누구도 매그너스가 자신의 아버지에 대해 아는 줄 몰랐다. 그저 악마가 매그너스의 어머니를 속여 남편으로 믿게 만들었으리라 심작했을 뿐. 알렉도 다른 사람들과 마찬가지로 그 이상에 대해서는 전혀 아는 바가 없었고, 사이먼 생각에는 그 때문에 알렉의 마음이 몹시 불편할 것 같았다.

"내 아버지와 나는 관계가 좋은 편이 아니다. 아버지를 개입시키지 않는 편이 낫다고 생각했다."

매그너스가 말했다.

아자젤이 두 손을 들었다.

"원하는 대로 하시게, 주인님. 나를 봉인에 가두고 있으니 말이야. 요구가 무엇인가?"

매그너스는 아무 말도 하지 않았다. 하지만 아자젤의 표정을 보아하니 마법사는 소리를 내는 대신 마음으로 대화를 주고받는 것 같았다. 재미있는 이야기를 열심히 듣는 아이들처럼 악마의 눈에서 불꽃이 일렁이며 춤을 추었다.

"교활한 릴리스 같으니."

드디어 악마가 입을 열었다.

"그 아이를 죽음에서 일으켜 세우더니 네가 베어서 죽일 수 없는 다른 이와 결합케 하여 그의 생명을 지켰단 말이지. 릴리스는 언제나 우리 중 그 누구보다도 인간의 감정을 이용하는 데에 뛰어난 솜씨를 보였지. 아마도 한때 인간에 가까운 존재였던 적이 있기 때문이겠지."

"방법이 있는 거야? 둘을 묶은 결합을 깰 방법 말이다."

매그너스가 못 참겠다는 듯 물었다.

아자젤이 고개를 가로저었다.

"둘 다 죽이는 방법밖에 없다."

"그럼, 제이스를 다치게 하지 않고 세바스찬만 다치게 할 방법은 없어요?"

이사벨이 애가 타는 듯 물었다. 그러자 매그너스가 가만히 있으라는 듯한 얼굴로 쏘아보았다.

"내가 만들어낸 무기나 내 뜻대로 할 수 있는 무기 중에는 그 어떤 것으로도 그리할 수 없다." 아자젤이 말했다. "나는 악마와 동맹을 맺은 이를 위해서만 무기를 만들 수 있다. 천사의 손에서 날아간 번개라면 발렌타인의 아들 안에 있는 악마를 태워 없애고 둘의 결합을 파괴하거나 좀 더 자비롭게 만들 수 있을지도 모르지. 만약 내가 제안을 한다면…."

"아, 어디 한번 해봐."

매그너스가 고양이 같은 눈을 가늘게 뜨며 말했다.

"두 아이를 떼어놓으면서 동시에 너희들이 바라는 아이는 살리고 나머지 한 아이가 지닌 위험은 무력화할 수 있는 간단한 방법을 생각해볼 수도 있을 것 같은데. 대신 너희가 내게 아주 자그마한 보답만 해준다면 말이야."

"지금은 내가 너의 주인이다. 이 펜타그램을 떠나고 싶다면 너는 내가 요구하는 대로 따라야 한다. 내게 보답을 요구할 게 아니라."

매그너스가 말했다.

아자젤이 비난하듯 쉿 소리를 내자 그의 입술에서 불꽃이 훅 뿜어져 나왔다.

"나는 여기서 구속되어 있지 않으면 어차피 그곳에서 구속되어 있을 몸이다. 여기나 거기나 내게는 다를 바 없다."

"이곳은 지옥이고 나 또한 이곳을 벗어나지 못하였나니."

매그너스는 명언을 인용하듯 말했다.

아자젤이 싸늘하게 미소를 지었다.

"너는 늙은 포스터스 박사처럼 거만하진 않은 듯하나 인내심이 부족하군. 내 장담하는데 내가 이 펜타그램 안에 남고자 하는 의지가 나를 여기 가두고자 하는 너의 욕망보다 오래갈 것이다."

"글쎄, 그럴까. 나는 꾸미고 장식하는 취향이 꽤나 대담한 편인데, 너를 여기 두면 이 방 분위기가 좀 더 특별해질 것 같네."

매그너스가 말했다.

"매그너스."

알렉이 끼어들었다. 아무리 봐도 남자친구 아파트에 불멸의 악마를 붙잡아둔다는 아이디어에 신이 난 것 같지는 않았다.

"질투하는 건가, 꼬마 섀도우 헌터?"

아자젤이 알렉을 향해 씩 미소를 지었다.

"너의 마법사는 내 타입이 아니다. 게다가 나는 그의 분노를 사는 일 따위는 추호도 할 생각이 없으니…."

"됐다니까. 네 계획에 대해 우리한테 받고 싶다는 그 '자그마한 보답'이 뭔지나 말해봐."

매그너스가 말했다.

아자젤이 두 손을, 핏빛 살갗에 손톱은 새까만 손을 관자놀이로 가져갔다.

"행복한 기억 하나." 아자젤이 입을 열었다. "한 사람에 하나씩. 바위에 묶였던 프로메테우스처럼 내 몸이 구속당해 있는 동안 내 마음을 즐겁게 해줄 만한 것이면 된다."

"기억?" 이사벨이 놀란 듯 물었다. "우리 머리에서 기억을 빼앗아갈 수 있다는 뜻이에요? 우리가 더 이상 기억해내지 못하게?"

아자젤이 불꽃이 일렁이는 눈으로 이사벨을 흘끗 보았다.

"어린 것, 너는 누구냐, 네피림? 그렇다, 나는 너희 기억을 앗아가서 내 것으로 만들 수 있다. 그렇지만 너희들이 달빛 아래에서 악마를 학살하는 기억 따위는 주지 않기 바란다. 그건 내가 즐길 만한 것이 아니니. 내가 원하는 기억은…개인적인 것이다."

아자젤이 히죽 미소를 짓자 그의 이가 내리닫이 쇠창살문처럼 번뜩거렸다.

"나는 오랜 세월을 살았어." 매그너스가 말했다. "나는 수많은 기억을 가지고 있어. 필요하다면 기꺼이 하나를 내어줄 수 있다. 하지만 너희들에게도 똑같이 하라고는 말 못 하겠어. 누구에게도 그런 것을 강요할 수는 없는 일이니까."

"나는 할 거야. 제이스를 위해서."

이사벨이 대뜸 말했다.

"물론 나도 할 거야."

알렉이 말했다.

사이먼의 차례였다. 문득 제이스가 떠올랐다. 발렌타인의 배에서 자기 손목을 그어 피를 먹여주던 그의 모습이. 제이스는 자신의 목숨을 걸고 나를 살려주었는데. 물론 나를 위해서가 아니라 클라리를 위해서였겠지만, 그래도 빚을 진 건 맞잖아.

"나도 할래."

"좋아." 매그너스가 말했다. "너희들 모두 행복했던 기억을 떠올려. 진심으로 행복했던 기억이라야 해. 떠올렸을 때 즐거워지는 그런 기억 말이야."

매그너스는 펜타그램 안에서 우쭐대며 서 있는 악마를 심술스러운 표정으로 쏘아보았다.

"나는 준비됐어요."

이사벨은 마치 고통을 참는 듯 등을 곧추세우고 눈을 감은 채 서서 말했다. 매그너스가 그녀를 향해 다가가 손가락을 그녀의 이마에 대고 나지막이 중얼거렸다.

알렉은 입을 꾹 다문 채 매그너스를 지켜보다 눈을 감았다. 사이먼도 얼른 눈을 꼭 감고는 행복한 기억을 떠올리려고 애썼다. 클라리하고 관계된 걸 떠올려볼까? 하지만 클라리와 관련된 기억 중 많은 것들이 이제는 클라리에 대한 걱정 때문에 더 이상은 행복하게 느껴지지 않았다. 문득 어떤 모습이 떠올랐다. 더운 여름날, 코니아일랜드에서 사이먼은 아버지 어깨에 올라앉아 있고 레베카 누나가 한 손 가득 풍선을 쥐고 뒤에서 달려왔다. 하늘을 올려다보며 구름이 만든 모양을 살펴보았고 엄마 웃음소리도 들렸다. 아니야. 사이먼은 생각했다. 이건 안 돼. 이 기억은 잃어버리면 안 되는데….

이마에 서늘한 느낌이 들었다. 눈을 떠보니 매그너스가 손을 내리고 있었다. 사이먼은 그를 향해 눈을 깜박거렸다. 문득 머리가 텅 비는 느낌이 들었다.

"난 아무 생각도 안 했는데."

사이먼이 말했다.

"아니야, 생각했어."

매그너스의 고양이 같은 눈이 서글퍼 보였다.

사이먼은 주위를 둘러보았다. 조금 어지러운 느낌이 들었다. 다른 사람들도 그런 것처럼 보였다. 다들 이상한 꿈에서 막 깨어난 듯했다. 사이먼은 이사벨과 눈이 마주쳤다. 그녀의 검은 속눈썹이 파르르 떨리는 것을 보자 사이먼은 이사벨이 무슨 기억을 떠올렸을지, 어떤 행복을 빼앗겼을지 궁금해졌다.

펜타그램 가운데에서 낮게 우르릉거리는 소리가 들려 사이먼은 그쪽으로 시선을 돌렸다. 최대한 펜타그램 가장자리 가까이 선 아자젤의 목에서 굶주린 듯 으르릉거리는 소리가 흘러나왔다.

매그너스가 고개를 돌려 역겹다는 얼굴로 아자젤을 노려보았다. 주먹을 쥐고 있던 매그너스의 손가락 사이사이에서 빛이 새어나왔다. 매그너스가 돌아서서 펜타그램의 가운데를 향해 손에 쥐고 있던 것을 냅다 던졌다. 사이먼의 뱀파이어 시력이 그것을 포착했다. 매그너스가 던진 것은 작은 구슬 같은 빛의 덩어리였다. 빛은 날아갈수록 점점 넓게 퍼지더니 여러 가지 이미지를 담은 원 모양으로 커졌다. 하늘색 바다, 입은 사람이 빙 돌자 종처럼 넓게 퍼져나가는 새틴 드레스 자락, 곁눈질로 언뜻 본 매그너스의 얼굴, 푸른 눈의 소년…. 여러 모습이 사이먼의 눈에 들어왔다. 아자젤이 두 팔을 벌리자 이미지들을 담은 원이 제트 비행기 엔진으로 쑥 빨려 들어가듯 그의 몸 안으로 사라졌다.

아자젤이 헉, 하고 숨을 들이켰다. 지금껏 시뻘건 불꽃이 일렁거리던 두 눈에서 모닥불 같은 불길이 활활 타올랐다. 장작이 타오르듯 거칠게 툭툭 끊어지는 목소리로 그가 이렇게 말했다.

"으아아아, 맛있다."

"자, 이제 네 차례다."

매그너스가 매섭게 말했다.

악마는 입술을 핥았다.

"너희들의 문제를 해결할 방법은 이것이다. 나를 세상으로 풀어주는 것이다. 그러면 내가 발렌타인의 아들을 잡아 산 채로 지옥으로 데려가겠다. 그는 죽지 않을 것이며 따라서 너희들의 제이스도 목숨을 잃지 않을 것이다. 그는 이 세상에 남아 있을 것이므로 둘을 결합하는 끈은 서서히 불타 사라지리라. 그러면 너희들은 친구를 되찾게 될 것이다."

"그런 다음에는?" 매그너스가 천천히 물었다. "너를 세상에 풀어주면 네가 다시 돌아가서 스스로 몸을 묶겠다는 거야?"

아자젤이 웃음을 터뜨렸다.

"물론 아니지, 어리석은 마법사야. 내가 하는 수고에 대한 보답은 자유를 얻는 것이다."

"자유?" 알렉이 기가 막히다는 듯 물었다. "지옥의 왕자를 세상에 풀어준다고? 우린 이미 우리 기억을 대가로 지불했는데…."

"그 기억은 내 계획을 듣게 해주는 데 대한 대가일 뿐이다." 아자젤이 말했다. "내 자유는 내 계획을 실행에 옮기는 데 대해 너희가 치러야 할 대가다."

"이건 사기야. 너도 알 것이다. 너는 불가능한 요구를 하고 있어."

매그너스가 말했다.

"너희들도 마찬가지다." 아자젤이 말했다. "세상의 순리에 따르자면 너희 친구는 영영 돌아올 수 없다. '사람이 하느님께 서원하였거나 자신의 마음을 굳게 정해 맹세하였다면 그는 자신의 약속을 어기지 말고 그대로 따라야 할 것이다.' 그들의 영혼은 릴리스의 주술에 의해 묶였고, 그것은 둘이 서로 동의한 일이다."

"제이스는 절대 그런 동의를 했을 리…."

알렉이 입을 열었다.

"그가 직접 약속을 했다." 아자젤이 알렉의 말을 끊었다. "자신의 의지에 의해서든 아니면 죄책감에 의해서든 그런 것은 상관없다. 너희는 오로지 하늘만이 끊을 수 있는 결합의 끈을 내게 끊어달라고 요구하고 있다. 하지만 하늘은 너희를 도와주지 않을 것이다. 그것은 나만큼이나 너희도 잘 알고 있으리라. 그래서 인간이 천사가 아니라 악마를 소환하는 것이지, 안 그런가? 이것은 나의 개입에 대해 너희가 지불하는 대가이다. 대가를 지불하지 않겠다면 원하는 것을 잃게 된다는 사실을 받아들여야 하리라."

매그너스의 얼굴이 창백해지면서 긴장했다.

"우리끼리 대화를 해서 너의 제안을 받아들일지 말지를 결정하겠다. 그동안 너는 이 자리에서 추방하겠다."

매그너스가 손을 휘젓자 아자젤이 나무 타는 냄새만 남긴 채 사라졌다. 방에 있던 네 사람은 황당하다는 얼굴로 서로를 빤히 바라보았다.

"저자가 요구한 건 말도 안 되는 거잖아, 안 그래?"

알렉이 맨 먼저 입을 열었다.

"이론상으로 불가능한 일이란 건 없어." 심연을 바라보는 듯한 눈을 앞으로 향한 채 매그너스가 말을 이었다. "하지만 상위 악마를 세상에 풀어주면, 아니 그냥 상위 악마가 아니라 지옥의 왕자, 루시퍼의 2인자를 세상에 풀어준다면 그가 세상을 어떻게 파괴할지 뻔히…."

"세바스찬도 그만큼 세상을 파괴할 가능성이 있는 거 아니에요?"

이사벨이 물었다.

"매그너스의 말대로 불가능한 일이란 건 없지."

사이먼이 씁쓸하게 말했다.

"클레이브의 눈에 이보다 더한 죄악은 없을 거야. 아자젤을 세상에 풀어주는 자는 누가 되었든 최악의 수배범이 될 거야."

매그너스가 말했다.

"하지만 세바스찬을 물리치기 위해서라면…."

이사벨이 다시 말을 시작했다.

"우린 세바스찬의 계획에 대해서 자세히 아는 게 없어." 매그너스가 이사벨의 말을 잘랐다. "우리가 아는 거라곤 세바스찬이 이드리스에 예쁜 집을 짓겠다는 거밖에 없잖아."

"클라리하고 제이스하고 같이 살게?"

알렉이 기가 막히다는 듯 물었다. 매그너스는 알게 뭐냐는 듯 어깨를 으쓱했다.

"그 자식이 뭘 원하는지 누가 알겠어? 그냥 혼자 쓸쓸해서 그러는 건지도 모르지."

"형제가 너무 그리워서 제이스를 옥상에서 납치해 간 건 아닐 거 아냐. 그 자식은 뭔가 꿍꿍이가 있는 게 분명해."

모두의 시선이 사이먼에게로 쏠렸다.

"클라리가 그게 뭔지 찾아내려고 애쓰고 있어. 하지만 시간이 좀 더 필요해. 그리고 설대 '시간이 없어'라는 말은 하지 마. 그건 걔도 잘 아니까."

알렉이 손가락으로 검은 머리를 빗질하듯 쓸어 넘겼다.

"좋아, 하지만 우리 지금 하루를 그냥 허비해버린 거잖아. 하루가 아까운데 말이야. 그러니까 바보 같은 짓은 이제 그만하자."

평소답지 않게 매서운 목소리로 알렉이 말했다.

"알렉." 매그너스가 한 손을 그의 어깨에 올렸다. 알렉은 화난 얼굴로 바닥만 노려보며 꼼짝도 않고 서 있었다. "너 괜찮아?"

매그너스의 물음에 알렉이 그에게로 시선을 돌렸다.

"왜 또 이러는 건데?"

매그너스가 헉 하고 숨을 멈추었다. 사이먼이 기억하는 한 처음으로 매그너스의 얼굴에 불안한 빛이 스쳤다. 아주 잠깐일 뿐이었지만 불안한 표정을 지은 것만은 분명했다.

"알렉산더."

매그너스가 알렉의 이름을 불렀다.

"행복한 기억에 대해 농담하기는 너무 빠르잖아."

알렉이 말했다.

"그렇게 생각한 거야?"

매그너스의 목소리가 높아졌다. 하지만 그가 미처 다른 말을 하기 전에 문이 휙 열리면서 마야와 조던이 들어왔다. 둘 다 추위 때문에 볼이 빨갛게 달아올라 있었다. 그리고 마야가 조던의 가죽 재킷을 입고 있어서 사이먼은 살짝 놀랐다.

"방금 경찰서 건물에서 왔어." 마야가 흥분한 듯 말했다. "루크가 아직 깨어난 건 아니지만 곧 괜찮아질 것 같아서…"

마야가 말꼬리를 흐리며 아직도 희미하게 반짝거리는 펜타그램 주위를 보았다. 시커먼 연기도 그대로이고, 비닥에는 군데군데 시커멓게 탄 자국이 남아 있었다.

"도대체 여기서 무슨 짓 한 거야?"

글래머의 도움과 곡선 모양의 낡은 다리에 훌쩍 올라설 수 있었던 제이스의 힘 덕분에 그와 클라리는 이탈리아 경찰에 체포되지 않고 무사히 달아났다. 한참을 달리다 걸음을 멈추고 서로의 손을 깍지 낀 채 어느 건물 옆에 나란히 쓰러지듯 기대며 웃음을 터뜨렸다. 한순간 짜릿한 행복이 밀려와 클라리는 제이스의 어깨에 머리를 기댔다. 하지만 머릿속에서 이건 진짜 제이스가 아니야, 라는 매서운 목소리가 들려오면서 웃음이 스르르 멈춰버렸다.

제이스는 클라리가 갑자기 조용해진 것을 피곤하다는 신호로 받아들인 듯했다. 그는 클라리의 손을 살짝 쥐고 자신들이 뛰쳐나온 거리로 다시 걸어갔다. 좁은 운하 양 끝에 다리가 드리워져 있었다. 그 두 개의 다리 사이에 자신들이 머물렀던 집이 주변과 완전히 어우러진 모습으로 서 있는 것이 눈에 들어왔다. 순간 클라리의 몸이 부르르 떨렸다.

"추워?"

제이스가 클라리를 끌어당기며 키스를 했다. 제이스가 클라리보다 키가 훨씬 더 크기 때문에 키스를 하려면 그가 허리를 숙이거나 클라리를 안아 올려야 했는데, 이번에는 두 번째 방법을 선택했다. 클라리는 제이스가 자신을 홱 들어 벽을 통해 집 안으로 밀어 넣는 순간 놀라서 헉 소리가 날 것 같았지만 간신히 참았다. 제이스는 클라리를 내려놓고 어느새 뒤에 나타난 문을 발로 걷어차 쾅 닫았다. 그가 막 재킷을 벗으려는데 입을 막고 킥킥 웃는 소리가 들렸다.

클라리가 얼른 제이스에게서 물러나는데 갑자기 눈이 부실 정도로 주위가 환해졌다. 세바스찬이 커피 탁자에 발을 올린 채 소파에 앉아 있었다. 머리는 헝클어져 있고 검은 눈은 반짝거렸다. 소파에는 세바스찬 혼자 앉아 있는 것이 아니었다. 그의 양쪽에 여자가 한 명씩 앉아 있었다. 한 명은 금발에 하얀 피부로, 반짝거리는 미니스커트에 스팽글로 장식한 탱크톱만 겨우 걸친 차림으로 한 손을 세바스찬의 가슴에 올려놓고 있었다. 또 다른 여자는 옆의 여자보다 더 어리고 순진해 보이는 얼굴에 검은 단발로, 빨간 벨벳 리본을 이마에 둘렀다. 그녀는 검정 레이스 원

피스 차림이었다.

클라리는 온몸의 신경이 곤두서는 느낌이 들었다. 뱀파이어야, 라는 생각이 들었다. 어떻게 알았는지는 모르겠지만 아무튼 알 수 있었다. 검은 머리 소녀의 왁스를 바른 듯 윤기 나는 하얀 피부나 끝없이 깊어 보이는 눈동자 때문인지, 다른 섀도우 헌터들처럼 클라리도 직감적으로 깨닫는 법을 배운 때문인지는 모르겠지만. 그 소녀도 클라리가 알아차렸다는 것을 깨달았다. 클라리는 그것도 알아볼 수 있었다. 소녀가 씩 미소를 지으며 뾰족한 이빨을 드러내더니 허리를 숙여 세바스찬의 쇄골 위로 이빨을 찔러 넣었다. 세바스찬의 눈꺼풀이 파르르 떨리더니 금빛 속눈썹이 검은 눈동자를 덮었다. 그는 제이스를 무시한 채 속눈썹 사이로 클라리를 쳐다보았다.

"데이트는 재미있었니?"

클라리는 어떻게든 무례하게 대꾸하고 싶었지만 그저 고개만 끄덕거렸다.

"그럼, 우리하고 같이 놀래?" 자신과 두 소녀를 가리키며 세바스찬이 물었다. "한잔할까?"

검은 머리 소녀가 소리 내어 웃더니 이탈리아 말로 세바스찬에게 이야기를 했는데, 듣기에는 뭔가 묻는 것 같았다.

"노, 레 에 미아 소렐라(No, Lei e mia sorella)."

세바스찬이 말했다.

그러자 소녀는 실망한 표정으로 등받이에 기대어 앉았다. 클라리는 입이 바짝 말랐다. 갑자기 제이스가 클라리의 손을 잡았다. 굳은살 박인 그의 손가락 끝이 거칠게 느껴졌다.

"난 그럴 생각 없는데. 우린 위층으로 갈게. 내일 아침에 보자."

제이스가 말했다.

세바스찬이 손가락을 꼼지락거리자 그가 끼고 있던 모겐스턴 반지가 빛을 반사해 신호를 알리는 불꽃처럼 번쩍거렸다.

"치 베디아모(Ci vediamo)."

제이스가 클라리를 끌고 방을 나와 유리 계단을 올라갔다. 복도로 나와서야 클라리는 다시 숨을 쉴 수 있었다. 제이스가 달라진 것도 달라진 것이지만 세바스찬도 이상하기는 마찬가지였다. 그에게서는 마치 불길에서 피어나는 연기처럼 사악한 기운이 피어올랐다.

"세바스찬이 이탈리아어로 무슨 말 한 거야?"

클라리가 물었다.

"'아니, 쟤는 내 여동생이야'라고 말한 거야."

제이스가 말했다. 하지만 검은 머리 소녀가 세바스찬에게 한 말은 해석해주지 않았다.

"이런 일 자주 있어?"

클라리가 물었다. 둘은 제이스의 방 앞 문지방 위에서 걸음을 멈췄다.

"집에 여자 데려오는 거 말이야?" 제이스가 클라리의 얼굴을 톡 쳤다. "세바스찬은 자기 하고 싶은 대로 해. 그리고 나는 상관 안 해. 세바스찬이 키 180센티미터에 비키니 수영복을 입은 분홍색 토끼를 집에 데려오고 싶으면 데려오는 거지. 나하고는 상관없는 일이야. 하지만 내가 여자를 여기 데리고 온 적이 있느냐고 묻는 거라면 난 그런 적 없어. 난 너 말고 다른 여자는 싫어."

그런 의도로 물은 건 아니었지만 클라리는 마음이 놓이기라도 한 듯 고개를 끄덕였다.

"나 아래층으로 다시 내려가기 싫어."

"오늘 밤에는 내 방에서 자도 괜찮아." 제이스의 황금빛 눈이 어둠 속에서 반짝거렸다. "아니면 주인용 침실에서 자도 되고. 너도 알지, 절대로 내가 먼저 너한테…."

"너하고 같이 있고 싶어."

클라리가 자신도 놀랄 정도로 흥분해서 말했다. 아마 한때 발렌타인이 자던 방에서, 그가 엄마와 다시 함께하게 되리라 기대하며 지내던 방에서 잔다는 건 도저히 감당 못 할 일이라 감정이 격해진 것 같았다. 아니면 제이스와 한 침대에서 잠을 잔 것은 딱 한 번뿐이었고, 그때도 둘 사이에 칼집에서 빼낸 칼이 놓여 있기라도 한 듯 서로 손만 겨우 닿은 채로 잠을 잤기 때문인지도 몰랐다.

"잠깐만 기다려. 방 좀 치울게. 엉망진창이거든."

"어련하시겠어. 아까 들어가 봤을 때 창틀에 먼지가 딱 하나 떨어져 있긴 하더라. 얼른 가서 치워."

제이스가 클라리의 머리카락을 한 줌 잡아당기더니 손가락으로 빗어 내렸다.

"딱히 내키지는 않지만 예의상 물어보는 건데, 잠옷 같은 거 필요해? 파자마라거나 아니면…."

클라리는 옷장에 가득 찬 옷들을 떠올렸다. 안 그래도 한번 해볼 생각이었는데, 지금 당장 실행에 옮기는 게 좋을 것 같았다.

"나이트가운 가져올게."

잠시 후 클라리는 활짝 연 서랍 앞에 서서 남자들이 자기 여자에게 입히려고 사는 나이트가운들을 보면서, 내 손으로는 절대 안 살 옷이라고 생각했다. 평소의 클라리는 민소매 티셔츠에 짧은 파자마 바지가 잠옷이었다. 그런데 지금 여기에는 실크 아니면 레이스, 또는 실크와 레이스가 합쳐진 것뿐이었다. 한참 만에 허벅지 중간 정도밖에 안 내려오는 옅은 초록색 실크 슈미즈를 찾아 입었다. 아래층에 있던, 손톱을 새빨갛게 칠한 소녀들이 떠올랐다. 그들 중 하나의 손이 세바스찬의 가슴에 놓여 있었는데. 클라리의 손톱은 죄다 물어뜯은 채였고, 발톱도 윤이 나게 하는 폴리시 말고는 발라본 적이 없었다. 여자로서의 매력을 어찌할지 몰라 내버려두기보다는 이사벨처럼 적극적으로 발산해보면 어떨까, 라는 생각이 들었다.

클라리는 행운의 부적이라도 되는 듯 손가락에 낀 황금 반지를 한 번 만져보고 나서 제이스의 침실로 향했다. 그는 셔츠를 벗은 채 검정색 파자마 바지만 입고 침대에 앉아 옆에 있는 램프가 뿜어내는 노란 불빛 속에서 책을 읽고 있었다. 클라리는 잠깐 서서 그 모습을 지켜보았다. 책장을 넘기는 제이스의 살갗 속 근육의 섬세한 움직임을 볼 수 있었다. 그리고 그의 심장 바로 위에 난 릴리스의 마크도 눈에 보였다. 그 마크는 제이스의 몸에 있는 다른 마크들과 달랐다. 마치 피로 물든 수은처럼 은빛이 도는 빨간 색이었다. 어쩐지 제이스의 것 같아 보이지 않았다.

클라리의 등 뒤에서 문이 닫히자 제이스가 고개를 들었다. 클라리는 그의 표정이 변하는 것을 보았다. 자신은 나이트가운이 그다지 마음에 들지 않았는데 제이스는 그 반대인 것이 분명해 보였다. 그의 얼굴 표정을 보자 클라리는 온몸에 소름이 돋는 듯했다.

"추워?"

제이스가 담요를 걷으며 물었다. 클라리가 옆에 올라와 앉자 제이스는 책을 협탁으로 툭 던졌고 둘은 담요 아래로 미끄러져 들어가 몸을 묻으며 서로를 마주 보았다. 보트에 누워 시간 가는 줄도 모르고 키스를 나누긴 했지만 지금은 상황이 달랐다. 그건 온 도시와 별들이 내려다보는 바깥에서 벌어진 일이었다. 하지만 지금은 단 둘뿐이다. 게다가 담요 밑에 누워 있어 서로의 숨결과 체온이 뒤섞일 정도로 가까이 있다. 지켜보는 눈도 없고, 말릴 사람도 없고, 멈출 이유도 없다. 제이스가 손을 뻗어 뺨을 어루만져주자 클라리의 귀에 혈관으로 피가 흐르는 소리가 크게 울렸다.

둘의 눈이 너무 가까이 있어 클라리는 제이스의 홍채에 있는 황금색 무늬까지 볼 수 있었다. 너무 오랫동안 온몸이 싸늘했는데, 지금은 온몸이 타오르면서 녹아내리기라도 하는 것처럼 그의 품속으로 빨려 들어갔다. 클라리는 그의 몸에서 가장 연약한 곳으로 시선을 옮겼다. 관자놀이, 두 눈, 목 아래 맥박이 뛰는 곳…. 모든 곳에 입을 맞추며 그의 맥박이 뛰는 것을 입술로 느끼고 싶었다.

흉터 있는 제이스의 오른손이 클라리의 뺨을 따라 내려가 어깨와 옆구리를 지나 엉덩이 옆선까지 길게 쓸어내렸다. 클라리는 남자들이 왜 그토록 실크 나이트가운에 열광하는지 알 것 같았다. 마찰을 전혀 느낄 수 없기 때문이다. 손이 유리 위를 지나가는 것 같았다.

"원하는 걸 말해봐."

거칠어진 목소리로 제이스가 속삭였다.

"그냥 날 꼭 안아줬으면 좋겠어." 클라리가 말했다. "나 잘 동안. 지금은 그거면 돼."

클라리의 허리께에서 천천히 원을 그리던 제이스의 손가락이 그대로 멈췄다.

"그게 다야?"

사실은 아니었다. 클라리가 원하는 것은 얼마 전 보트에서 그랬던 것처럼 시간도 공간도 지금 있는 곳도 모두 잊어버릴 때까지 키스를 하는 것이었다. 자신이 누군지, 왜 여기 있는지도 잊어버릴 때까지 제이스에게 키스하는 것. 제이스에 취해 모든 것을 잊고 싶었다.

하지만 그것은 결코 좋은 생각이 아니었다.

제이스가 초조한 눈빛으로 바라보았다. 클라리는 처음 제이스를 보았을 때 그가 마치 사자처럼 무서우면서도 동시에 너무도 아름다워 보였던 것이 기억났다. 이건 시험이야, 라고 클라리는 생각했다. 그것도 아주 위험한 시험.

"그게 다야."

제이스의 가슴이 크게 부풀었다 가라앉았다. 심장 바로 위에 있는 릴리스의 마크도 부풀었다가 줄어들었다. 제이스의 손이 클라리의 허리께를 세게 잡았다. 썰물처럼 얕게 이어지는 자신의 숨소리가 클라리의 귀를 울렸다.

제이스가 클라리를 자신에게로 끌어당기더니 그녀의 등을 자신의 몸에 바짝 대고 누웠다. 클라리는 침을 꿀꺽 삼켰다. 몸에 와 닿은 그의 피부가 열이라도 나는 듯 뜨거웠다. 하지만 자신을 감싸 안은 그의 두 팔은 익숙한 느낌이었다. 늘 그렇듯 둘의 몸은 꼭 들어맞았다. 클라리의 머리는 제이스의 턱 밑으로 들어가고, 그녀의 등은 근육이 탄탄한 그의 가슴과 배에 딱 밀착되었고, 두 다리는 그의 다리에 휘감겼다.

"됐다." 제이스가 속삭였다. 그의 숨결이 목덜미에 와 닿자 클라리는 온몸에 소름이 돋았다. "이제 자자."

그것이 전부였다. 클라리의 몸에서 서서히 긴장이 풀렸고 쿵쿵대던 심장도 차츰 느려졌다. 몸을 감싼 제이스의 두 팔은 예전 느낌 그대로였다. 클라리는 제이스의 손을 잡고 눈을 감으며 자신들이 누운 침대가 이 낯선 감옥에서 벗어나 오직 둘만이 허공이나 바다 위를 둥실둥실 떠가는 상상을 했다.

그렇게 잠이 들었다. 제이스의 턱 밑에 머리를 밀어 넣고, 등을 그의 품에 꼭 붙인 채. 서로의 다리가 얽힌 채로. 클라리는 몇 주 만에 가장 편하게 잠을 잤다.

사이먼은 매그너스 집에 있는 손님방 침대 가장자리에 걸터앉아 무릎에 놓인 더플 백을 빤히 내려다보았다.

거실에 있는 사람들의 목소리가 들렸다. 매그너스는 마야와 조던에게 전날 밤에 있었던 일을 설명하고 있었고, 이사벨이 간간이 끼어들어 자세한 이야기를 덧붙였다. 조던이 중국 음식을 시키자는 말을 했고, 마야는 웃음을 터뜨리며 제이드 울프만 아니면 괜찮다고 말했다.

배고프겠구나. 사이먼은 생각했다. 사이먼도 배가 고파오고 있었다…. 온몸의 혈관을 잡아당기는 것처럼 허기가 밀려오기 시작했다. 그것은 인간의 배고픔과는 다른 것이었다. 마치 몸속을 다 파낸 듯 속이 텅 빈 것 같았다. 그래서 누군가가 자신의 몸을 탁 치면 종처럼 뎅, 하는 소리가 울릴 것 같았다.

"사이먼." 문이 열리면서 이사벨이 안으로 슬쩍 들어왔다. 풀어서 늘어뜨린 검은 머리가 허리까지 닿을 것 같았다. "괜찮아?"

"난 괜찮아."

이사벨이 사이먼의 무릎에 놓은 더플백을 보더니 어깨를 바짝 긴장시켰다.

"가려고?"

"그게, 계속 있을 생각은 아니었으니까." 사이먼이 말했다. "그러니까 내 말은, 지난밤은…특별한 경우였어. 네가 부탁해서…."

"알았어." 이사벨이 평소답지 않게 밝은 목소리로 말했다. "조던이 있으니까 같이 타고 가면 되겠네. 그런데 마야하고 조던 일은 눈치 챘어?"

"뭘 눈치 채?"

사이먼의 물음에 이사벨이 목소리를 낮췄다.

"둘이 같이 거기 갔다 오는 사이에 무슨 일이 생긴 게 확실해. 지금 둘이 완전 커플처럼 보인다니까."

"잘됐네."

"너 질투 안 나?"

"질투?"

사이먼이 어리둥절한 듯 물었다.

"그게, 너하고 마야는…." 이사벨은 속눈썹 사이로 사이먼을 쳐다보며 한 손을 내젓더니 다시 말을 이었다. "너희 둘이…."

"어? 아니야, 그런 거 절대 아니야. 조던이 잘돼서 난 정말 기뻐. 둘이 잘된다면 그 자식 진짜 좋아할 거야."

사이먼은 진심으로 말했다.

"그럼 다행이고."

이사벨이 고개를 들며 말했다. 그제야 사이먼은 이사벨의 볼이 빨갛게 물든 것을, 그리고 단지 추위 때문에 그런 게 아니라는 것을 알아차렸다.

"오늘 밤에 여기 같이 있으면 안 돼, 사이먼?"

"너하고?"

이사벨은 사이먼을 외면한 채 고개를 끄덕였다.

"알렉은 옷 가지러 인스티튜트에 갈 거야. 나한테 같이 가겠냐고 묻기는 했는데…. 난 그냥 너하고 여기 있고 싶어." 이사벨이 턱을 쳐들더니 사이먼을 똑바로 바라보며 말했다. "나 혼자 자기 싫어. 내가 여기 있으면 너도 나하고 같이 있어줄래?"

사이먼은 이사벨이 지금 얼마나 하기 싫은 것을 꾹 참으며 부탁하고 있는지 알 수 있을 것 같았다.

"물론이지."

사이먼은 배가 고프다는 생각을 머리에서 밀어내며, 그렇게 하려고 애를 쓰며 최대한 태연하게 대답했다. 마지막으로 배고프다는 생각을 애써 밀어냈을 때는 조던이 반쯤 의식을 잃은 모린한테서 나를 억지로 떼어놓는 일이 벌어졌는데.

하지만 그때는 며칠 동안 아무것도 먹지 못했다. 지금은 상황이 다르다. 이제 사이먼은 자신의 한계를 안다. 확실히 안다고 믿었다.

"물론이지." 사이먼이 다시 한 번 말했다. "나야 대환영이지."

카밀이 긴 의자에서 히죽히죽 웃으며 알렉을 쳐다보았다.

"매그너스는 지금 네가 어디 있다고 생각할까?"

두 개의 콘크리트 블록 위에 나무판자를 하나 올려서 의자로 삼아 앉은 알렉이 긴 다리를 쭉 뻗고는 부츠를 내려다보았다.

"인스티튜트에 옷 챙기러 간 줄 알겠지. 스패니시 할렘에도 가기로 되어 있는데, 대신 여기 온 거야."

카밀이 실눈을 뜨고 바라보았다.

"왜 그렇게 한 거지?"

"할 수가 없으니까. 라파엘을 죽일 수가 없어."

카밀이 두 손을 번쩍 쳐들었다.

"도대체 왜 못 한다는 거야? 그놈과 개인적인 친분이라도 있는 거야?"

"난 그를 잘 알지도 못해." 알렉이 말했다. "하지만 그를 죽이는 건 명백한 코브넌트 법 위반이야. 지금껏 법을 어긴 적이 한 번도 없는 건 아니지만, 좋은 이유로 법을 어기는 것과 이기적인 이유로 법을 어기는 건 다른 일이야."

"이런 이런." 카밀이 일어나 걷기 시작했다. "네피림의 양심 설교 같은 건 듣고 싶지 않아."

"미안."

알렉의 말에 카밀이 실눈을 뜨고 그를 봤다.

"미안하다고? 말했잖아, 내가 너를…."

카밀은 말꼬리를 흐렸다.

"알렉산더."

카밀이 좀 더 차분한 목소리로 말했다.

"매그너스는 어떻게 할 거지? 계속 이러면 결국에는 그를 잃게 될 거야."

고양이처럼 침착하면서도 호기심 어린 듯, 동정하는 듯한 표정을 지으며 서성이는 카밀을 알렉은 빤히 바라보았다.

"매그너스가 태어난 곳이 어디지?"

카밀이 웃음을 터뜨렸다.

"너 그것도 모르는 거야? 세상에. 굳이 알고 싶다면 알려주지. 바타비아야."

못 알아듣겠다는 알렉의 표정에 카밀은 콧방귀를 뀌고 다시 말을 이었다.

"인도네시아 말이야. 물론, 그때는 네덜란드령 동인도 제도였지. 내가 알기로 그의 어머니는 원주민이었어. 아버지는 어떤 멍청한 식민군 군인이었고. 하지만 그 사람이 진짜 아버지는 아니었지."

입꼬리를 씩 올리며 카밀이 미소를 지었다.

"진짜 아버지가 누군데?"

"매그너스의 아버지 말이야? 그기야 당연히 악마지."

"그래, 그러니까 어느 악마였냐고?"

"그런 게 무슨 상관이라고 이러는 거야, 알렉산더?"

"뭔가 짚이는 게 있어서 그래." 알렉이 고집스럽게 말했다. "매그너스의 친아버지는 상당히 힘이 있고, 계급이 높은 악마가 분명해. 그런데 매그너스는 절대 말을 안 해줄 것 같아."

카밀이 한숨을 내쉬며 다시 긴 의자에 털썩 주저앉았다.

"그거야 당연히 말 안 해주겠지. 연애를 할 때는 적당히 감출 줄도 알아야 하는 법이야, 알렉 라이트우드. 내용을 뻔히 다 아는 책보다는 아직 읽지 않은 책이 훨씬 더 흥미로운 법이니까 말이야."

"내가 매그너스한테 너무 많은 걸 알려줬다는 뜻이야?"

대수롭지 않은 충고에 알렉이 발끈했다. 겉모습은 아름답지만 냉혹한 이 여자는 한때 매그너스가 사랑했고 또 매그너스를 사랑한, 그와 특별한 경험을 함께한 존재다. 이 여자는 분명 어떤 비밀을, 그가 모든 것을 망쳐버리지 못하게 막을 수 있는 열쇠를 가지고 있을 게 틀림없다.

"거의 그런 셈이지. 네가 살아온 시간이 별로 길지 않아서 말할 게 뭐 그리 많을까 싶긴 하지만 말이야. 아마 넌 지금쯤 할 이야기가 별로 남아 있지 않을걸."

"그에게 많이 이야기하지 말아야 한다는 네 규칙도 그다지 효과적이진 못한 것 같은데."

"난 너만큼 그를 붙잡아두려고 애쓰지 않았거든."

"그럼, 만약 네가 그를 붙잡아두려고 했다면 지금하고 어떻게 다르게 했을 건데?"

알렉은 좋은 생각이 아닌 걸 알면서도 도저히 묻지 않을 수 없었다.

카밀이 과장되게 한숨을 내뿜었다.

"넌 너무 어려서 누구나 감추는 게 있다는 걸 이해 못 해. 연인에게 비밀을 감추는 건 자신의 가장 멋진 모습만 보여주고 싶어서지. 하지만 그러면서도 진정으로 사랑한다면 자신이 요구하지 않아도 상대가 자신의 모든 것을 무조건 이해해주리라고 기대한단다. 세월이 흘러도 변하지 않는 참된 관계라면 서로 말하지 않아도 통하는 법이지."

"그…그런데 말이야." 알렉이 더듬거렸다. "그는 내가 모든 것을 보여주기를 바라는 것 같던데. 난 말이지, 내가 평생을 알아온 사람들한테

도 마음을 열어 보이는 게 쉽지 않아. 이사벨한테도 그렇고, 제이스한테
도…"

카밀이 콧방귀를 뀌었다.

"그건 다른 문제지. 일단 진정한 사랑을 찾고 나면 인생에 다른 사람
은 더 이상 필요 없어. 네가 다른 사람들한테 그렇게 매달려 있으니 매
그너스가 너한테 모든 것을 열어 보이지 못하는 것도 당연하지. 참된 사
랑을 만나면 서로의 욕망, 서로의 필요를 충족시켜주어야 하는 법인
데…. 꼬마, 내 말 듣고 있는 거야? 내 충고는 보석보다 값진 거란 말이
야. 자주 해주는 것도 아니라고…"

방 안은 투명한 새벽빛으로 가득했다. 클라리는 일어나 앉아 자고 있
는 제이스를 바라보았다. 그는 옆으로 누워 있었다. 푸르스름한 공기 속
에서 그의 머리카락이 흐린 황동색으로 보였다. 제이스는 어린아이처럼
한 손을 베개처럼 볼 밑에 대고 있었다. 어깨에 있는 별 모양의 흉터가
곁으로 드러나 있고, 팔이며 등, 옆구리 여기저기에 오래된 룬 문자들이
자리하고 있었다.

남들도 이 흉터들을 나처럼 아름답다고 생각할까? 클라리는 궁금했다. 내
가 제이스를 사랑하기 때문에 이 흉터들이 제이스의 일부라는 생각에
아름답게 느끼는 건 아닐까. 흉터 하나하나마다 제이스가 겪은 사연들
이 담겨 있는데. 어떤 것은 그의 목숨을 구해주기도 했는데.

제이스가 중얼중얼 잠꼬대를 하면서 침대에 등을 대며 돌아누웠다. 손
등에 투시력 룬이 선명하게 그려진 그의 손이 배 위에 턱 놓았다. 그리고
그 손 위쪽에 클라리가 결코 아름답다고 생각할 수 없는 룬 문자가, 제이

스를 세바스찬과 묶어버린 릴리스의 룬이 자리하고 있었다. 릴리스의 룬은 1초에 한 번씩 뛰는 맥박처럼 펄떡펄떡 박동하는 것 같았다.

클라리는 고양이처럼 조용히 침대 위쪽으로 자리를 옮겨 무릎으로 섰다. 위로 손을 뻗어 벽에 박힌 헤런데일 단검을 뽑았다. 자신과 제이스가 함께 찍은 사진이 허공에서 빙글빙글 돌며 떨어지다가 뒷면을 위로 한 채 방바닥에 떨어졌다.

클라리는 침을 꿀꺽 삼키고 제이스를 돌아보았다. 자고 있는데도 그는 너무도 생기가 넘쳐 보였다. 마치 몸속에서 불이 활활 타오르면서 빛을 뿜어내기라도 하는 것 같았다. 그의 가슴에 있는 흉터가 고르게 오르락내리락 했다.

클라리는 검을 들어 올렸다.

클라리가 화들짝 놀라 잠에서 깼다. 갈비뼈 안에서 심장이 터질 듯 쿵쿵 뛰었다. 방이 회전목마처럼 빙빙 돌았다. 아직도 어두웠다. 제이스의 팔은 여전히 자신을 안고 있고 그의 숨결이 목덜미에 따스하게 와 닿았다. 등을 통해 그의 심장박동이 느껴졌다. 클라리는 눈을 감고 쓴 맛이 감도는 입으로 침을 꿀꺽 삼켰다.

이건 꿈이야, 그냥 꿈.

다시 잠이 오지 않았다. 제이스의 팔을 살살 치우고 조심스럽게 일어나 침대에서 내려왔다.

바닥이 얼음처럼 차가워서 맨발이 닿자 클라리의 얼굴이 찌푸려졌다. 살짝 스며든 빛 사이로 침실 문손잡이가 보여서 문을 열었다. 순간 클라리는 그 자리에 얼어붙었다.

문 밖 복도에 창문은 하나도 없었지만 천장에 매달린 샹들리에들이 환하게 주위를 밝히고 있었다. 끈적끈적하고 시커멓게 보이는 웅덩이들이 바닥 여기저기를 차지하고 있었다. 새하얗게 칠한 벽 한쪽에는 피로 만든 손자국이 선명하게 찍혀 있었다. 계단으로 향하는 벽을 따라 시커먼 핏자국이 길게 이어져 있고 여기저기 핏방울도 흩뿌려져 있었다.

클라리는 세바스찬의 방이 있는 쪽을 바라보았다. 문이 닫혀 있고 아무 소리도 들리지 않았다. 문 밑으로 빛도 새어나오지 않았다. 클라리는 스팽글 달린 탱크톱 차림의 금발 소녀가 세바스찬을 올려다보던 모습이 떠올랐다. 그리고 피로 만든 손자국을 다시 보았다. 그것은 어떤 신호 같았다. 손을 내밀며 '안 돼'라고 말하는 신호.

그때 세바스찬의 방문이 열렸다.

그가 나왔다. 검은색 청바지에 몸에 착 달라붙는 티셔츠 차림으로. 은빛 나는 새하얀 머리는 마구 헝클어져 있었다. 하품을 하던 세바스찬이 클라리를 발견하고는 다시 한 번 확인하듯 보더니 정말로 놀란 듯한 표정을 지었다.

"너 여기서 뭐 하는 거야?"

클라리가 숨을 헉 들이마셨다. 공기에서 쇠 맛이 났다.

"내가 뭐 하냐고? 넌 뭐 하는 중인데?"

"아래층에 내려가 수건을 좀 가지고 와서 이 난리를 치우려고 그러는데." 세바스찬은 무미건조하게 말했다. "뱀파이어들하고 게임을 좀 했더니…."

"게임 좀 했다고 이렇게 될 것 같지는 않은데." 클라리가 말했다. "그 여자애…. 너하고 같이 있던 여자애…. 걔한테 무슨 짓 한 거야?"

"송곳니를 보더니 겁이 좀 났나 봐. 가끔 그럴 때가 있지."

클라리의 표정을 보더니 세바스찬이 웃음을 터뜨렸다.

"걔 정신 돌아왔어. 더 해달라고 하던데 뭐. 지금은 내 침대에서 자고 있으니까. 걔가 살아 있는지 확인하고 싶으면 마음대로 해."

"됐어⋯. 그럴 필요까진 없어." 클라리는 눈을 내리깔았다. 잠자리에 들 때 이 나이트가운 말고 다른 걸 더 입을걸 그랬다는 생각이 들었다. "그러는 넌?"

"지금 내가 괜찮은지 묻는 거야?"

클라리는 그렇지 않은데 세바스찬은 즐거워 보였다. 그가 셔츠 칼라를 한쪽으로 잡아당기자 쇄골 근처에 깔끔하게 난 작은 구멍 두 개가 클라리의 눈에 들어왔다.

"이라체로 치료할 수도 있지만."

세바스찬의 말에 클라리는 아무 대꾸도 하지 않았다.

"같이 내려가자."

세바스찬은 그렇게 말하더니 맨발로 클라리 앞을 지나 터벅터벅 걸어가면서 따라오라는 손짓을 하고는 유리 계단을 내려갔다. 잠시 후 클라리도 그 뒤를 따라 내려갔다. 아래층으로 내려간 세바스찬이 불을 켜서 둘이 들어섰을 즈음 주방은 따스한 빛으로 가득 찼다.

"와인 할래?"

냉장고 문을 잡아당겨 열면서 세바스찬이 물었다.

클라리는 조리대 앞에 있는 스툴 의자에 걸터앉으며 나이트가운의 주름을 폈다.

"그냥 물 마실래."

클라리는 세바스찬이 유리잔 두 개에 생수를 따르는 것을 지켜보았다. 하나는 클라리가 마실 것, 또 하나는 세바스찬 자신이 마실 것이었다. 불필요한 동작이 전혀 없는 모습은 마치 엄마를 보는 것 같았지만, 그렇게 움직이는 법을 가르친 것은 발렌타인일 터였다. 철저하게 훈련받은 무용수 같은 몸동작을 보고 있자니 제이스가 떠올랐다.

세바스찬이 물잔 하나를 클라리에게로 밀면서 다른 한 손으로는 자신의 물잔을 입술로 기울였다. 물을 마시고 나서 그는 유리잔을 조리대 위에 탁 내려놓았다.

"너도 아는지 모르겠지만, 뱀파이어들하고 같이 놀고 나면 목이 마르단 말이야."

"그걸 내가 어떻게 알아?"

클라리가 의도한 것보다 더 매서운 목소리가 튀어나왔다. 세바스찬은 별일 아니라는 듯 어깨를 으쓱했다.

"그 데이라이터 녀석하고 깨물기 놀이 같은 거 하는 줄 알았지."

"사이먼하고 난 절대 깨물기 놀이 같은 거 안 하거든." 클라리는 굳은 목소리로 말했다. "솔직히 난 일부러 뱀파이어한테 피를 빨리고 싶어 하는 사람이 있다는 게 이해가 안 돼. 넌 다운월드 사람들을 증오하고 경멸하는 거 아니었어?"

"아니. 나하고 발렌타인을 혼동하지 마."

세바스찬이 말했다.

"그러셔. 하긴 그런 실수 하기 쉽지 않겠지."

클라리가 중얼거렸다.

"내가 그 사람하고 똑같이 생겼고 네가 그 여자하고 똑같이 생긴 게 내 잘못은 아니잖아."

그의 입이 조슬린을 떠올리기만 해도 불쾌하다는 듯 일그러졌다. 클라리가 그를 향해 인상을 썼다.

"거 봐. 넌 항상 나를 그런 식으로 본다니까."

"어떤 식으로 보는데?"

"내가 재미로 동물 둥지에 불을 지르고 고아들하고 몰래 숨어 담배를 피우는 것처럼 본단 말이야."

세바스찬은 물을 한 잔 더 따랐다. 그가 다른 곳으로 고개를 돌리자 그의 목에 난 이빨 자국이 벌써 치유되기 시작한 것이 클라리의 눈에 들어왔다.

"넌 어린아이를 죽였어."

클라리가 매섭게 말했다. 입을 다물어야 한다는 것을 알면서도, 세바스찬을 혐오하지 않는 척해야 한다는 것을 알면서도 어쩔 수 없었다. 맥스의 일이기 때문에 어쩔 수가 없었다. 클라리의 마음속에는 아직도 맥스가 인스티튜트의 소파에서 무릎에 책을 올려놓고 안경을 비뚤게 쓴 채 자고 있던 모습 그대로 살아 있었다.

"그건 절대로, 영원히 용서받을 수 없어."

세바스찬이 크게 숨을 들이마셨다.

"그것 때문이었군. 패를 너무 일찍 내놨어. 안 그래, 누이?"

세바스찬이 말했다.

"무슨 말이야?"

클라리의 귀에는 자신의 목소리가 힘없고 지친 듯 들렸다. 그런데도 세바스찬은 클라리가 잡아먹을 듯 따지기라도 한 것처럼 움찔했다.

"그게 사고였다고 하면 내 말 믿을 거야?" 유리잔을 조리대에 내려놓으며 세바스찬은 말을 이었다. "그 아이를 죽일 생각은 없었어. 그냥 기절만 시킬 작정이었어. 그 애가 말 못 하게…."

클라리가 노려보자 세바스찬은 말꼬리를 흐렸다. 증오심 어린 눈빛을 감추지 못했다는 것을 클라리는 깨달았다. 그런 일은 처음부터 불가능하다는 것을 알았어야 했다.

"정말이야. 정말로 기절만 시키려고 했어, 이사벨한테 그런 것처럼. 그런데 내가 힘 조절에 실패한 거야."

"그럼 세바스찬 벌락은? 진짜 세바스찬 말이야. 그 사람도 네가 죽였잖아, 아니야?"

세바스찬이 처음 보는 것을 보듯 자신의 두 손을 내려다보았다. 그의 오른손목에는 납작한 금속판이 달린 은색 체인이 감겨 있었다. 이사벨이 그의 손을 베어냈을 때 생긴 흉터를 감추기 위한 것이었다.

"그가 반격을 하지 않기로 되어 있었는데…."

역겨운 생각이 들어서 클라리가 스툴에서 미끄러지듯 일어나려는데 세바스찬이 그녀의 손목을 붙잡아 자신에게로 끌어당겼다. 살에 와 닿는 세바스찬의 피부가 뜨겁게 느껴졌다. 클라리는 이드리스에서 그의 손길에 화상을 입었던 것이 기억났다.

"조너선 모겐스턴이 맥스를 죽인 거야. 만약에 내가 같은 사람이 아니면 어떡할 거야? 내가 다른 이름을 쓰는 걸 보고도 달라진 거 눈치 못 챘어?"

"놔줘."

"넌 제이스가 달라졌다는 걸 믿잖아." 세바스찬이 나지막이 말했다.

"그가 예전과 같지 않다는 걸, 내 피가 그를 바꿔놓았다는 걸 믿잖아. 안 그래?"

클라리는 대답 대신 고개를 끄덕였다.

"그럼 그 반대를 믿는 건 왜 그렇게 힘든 건데? 그의 피가 나를 바꿔 놓았을 수도 있잖아. 나도 예전의 내가 아닐 수 있는 거잖아."

"넌 루크를 찔렀어." 클라리가 말했다. "내가 아끼는 사람을. 내가 사랑하는…."

"그가 엽총으로 나를 박살내려고 했잖아." 세바스찬이 말을 이었다. "넌 그 사람을 사랑해. 하지만 난 그 사람을 몰라. 난 단지 내 목숨과 제이스의 목숨을 살리려고 했을 뿐이야. 그런 것도 이해 못 해줘?"

"너 지금 내가 너를 믿게 만들 수 있겠다 싶은 말을 생각나는 대로 지껄이고 있는 것 같은데."

"예전의 나도 네가 나를 믿는지 아닌지에 신경을 썼을까?"

"원하는 게 있다면 했겠지."

"난 그냥 여동생을 원하는 것뿐인데."

그 말에 클라리는 믿을 수 없다는 얼굴로 눈을 치떠 세바스찬을 쳐다보았다.

"넌 가족이 뭔지 몰라. 그리고 여동생이 있다고 해도 어떻게 대해야 하는지도 모르고."

클라리가 말했다.

"나 진짜로 여동생이 있는데."

세바스찬이 나지막이 말했다. 그의 셔츠 칼라에 핏자국이 묻어 있었다.

"너한테 기회를 줄게. 제이스와 내가 하는 일이 옳은 일이라는 걸 확인할 수 있는 기회 말이야. 그러니까 너도 나한테 기회를 줄 수 있겠어?"

클라리는 이드리스에서 알던 세바스찬을 떠올렸다. 그때 세바스찬은 재미있는 듯 말한 적도 있고, 친절하기도, 공정하기도, 비꼬기도 하고, 긴장하고 또 화난 듯 말한 적도 있다. 하지만 단 한 번도 애원하듯 말한 적은 없었다.

"제이스는 널 믿어. 하지만 난 아니야. 그는 네가 지금껏 소중히 여겼거나 믿었던 모든 것을 버리고 여기 와서 자신과 함께할 만큼 자신을 사랑한다고 믿고 있어."

세바스찬이 말했다. 클라리의 턱에 힘이 들어갔다.

"그럼 넌 왜 내가 그렇지 않다고 생각하는 건데?"

클라리의 말에 세바스찬이 웃음을 터뜨렸다.

"왜냐하면 넌 내 여동생이니까."

"너하고 난 같지 않아."

내뱉듯 말을 하고 나니 세바스찬의 얼굴에 서서히 미소가 번지는 것이 클라리의 눈에 들어왔다. 클라리는 얼른 입을 다물었지만 이미 엎질러진 물이었다.

"나도 그렇게 말했을 거야."

세바스찬이 다시 말을 이었다.

"하지만 클라리. 넌 여기 왔어. 다시 돌아갈 수도 없어. 넌 제이스를 위해 많은 것을 내던졌어. 그러니까 진심으로 한 일일 거야. 벌어지는 상황의 한 부분이 되어봐. 그러면…나에 대한 생각이 달라질 수 있을 거야."

세바스찬 대신 대리석 바닥만 내려다보며 클라리는 아주 살짝 고개를 끄덕였다.

세바스찬이 손을 내밀어 클라리의 눈앞으로 흘러내린 머리카락을 옆으로 넘겨주었다. 그러자 주방 불빛이 그가 차고 있던 팔찌에 반사되면서 클라리가 전에 본 적 있는, 팔찌에 새겨진 글자가 눈에 들어왔다. 아케론타 모베보(Acheronta movebo). 클라리가 대담하게 세바스찬의 손목을 잡았다.

"이건 무슨 뜻이야?"

세바스찬이 손목을 붙잡은 클라리의 손을 내려다보았다.

"이건 '폭군에게는 언제나 이와 같이 하라'라는 뜻이야. 클레이브에 대해 나 스스로에게 일깨우기 위해 차고 다니지. 카이사르가 독재자가 되기 전에 그를 죽인 로마인들이 외쳤다고 전해지는 말이야."

"배신자들 말이구나."

손을 내려놓으며 클라리가 말했다. 그러자 세바스찬의 검은 눈동자가 반짝 빛났다.

"자유를 갈구하는 전사들이라고 볼 수도 있지. 역사는 승자들에 의해 쓰이는 것이니까, 동생."

"너도 지금 이 순간에 대해 네 마음대로 쓰고 싶어?"

클라리를 향해 씩 미소를 짓는 세바스찬의 검은 눈이 불붙은 듯 번쩍거렸다.

"당연하지."

12
천국의 물건

알렉이 매그너스의 아파트에 돌아와 보니 다른 불은 다 꺼져 있는데 거실에서만 푸른빛이 감도는 하얀 불꽃이 번쩍거렸다. 한참을 보고서야 그것이 펜타그램에서 나오는 빛임을 깨달았다.

알렉은 문가에서 신발을 차 던지고 최대한 조용히 주인용 침실로 걸어갔다. 방은 어두웠고 창가에 매단 알록달록한 크리스마스 장식전구 한 줄만 반짝거렸다. 매그너스는 허리까지 이불을 덮고 손은 배꼽 없는 배 위에 납작하게 얹은 채 위를 보고 누워 자고 있었다.

알렉은 재빨리 사각 팬티만 남기고 옷을 전부 벗고는 매그너스를 깨우지 않으려고 조심하면서 침대로 올라갔다. 그런데 대장 고양이를 미처 생각하지 못했다. 알렉의 팔꿈치가 이불 밑에 숨어 자고 있던 고양이 꼬리를 정확하게 짓눌러 녀석이 소리를 지르며 침대에서 뛰쳐나가는 통에 매그너스가 눈을 껌벅거리며 일어나 앉았다.

"무슨 일이야?"

"아무것도 아니야. 잠이 안 와서."

알렉이 소리 없이 고양이를 욕하며 말했다.

"그래서 나갔다 온 거야?" 매그너스가 옆으로 돌아누우며 알렉의 벗은 어깨를 툭 쳤다. "몸이 찬데. 밤공기 냄새도 나고."

"좀 돌아다녔어."

알렉이 말했다. 방이 어두워서 매그너스가 자신의 얼굴을 보지 못하는 게 다행이다 싶었다. 알렉은 자신이 거짓말을 하면 얼굴에 고스란히 나타난다는 걸 잘 알고 있었다.

"어디 돌아다녔는데?"

연애를 할 때는 적당히 감출 줄도 알아야 하는 법이야, 알렉 라이트우드.

"그냥 여기저기." 알렉이 대수롭지 않다는 듯 말했다. "알잖아. 비밀스러운 곳들."

"비밀스러운 곳들?"

매그너스의 물음에 알렉은 고개만 끄덕거렸다. 매그너스가 다시 베개에 머리를 털썩 눕혔다.

"너 크레이지 타운에 가는 거 봤는데. 나한테 뭐 줄 거 없어?"

매그너스가 눈을 감으며 중얼거렸다. 그러자 알렉이 몸을 숙여 매그너스의 입에 키스를 했다.

"이것뿐인데."

알렉이 부드럽게 말하며 뒤로 물러나려는데 매그너스가 미소를 지으면서 두 팔로 그를 껴안았다.

"내 잠을 깨워놨으니까 책임져."

매그너스는 알렉을 자신의 몸 위로 끌어올렸다.

이미 하룻밤을 한 침대에서 잤으니 두 번째 밤은 별로 어색하지 않을 것이라고 사이먼은 생각했다. 하지만 이번에는 이사벨이 술에 취하지도 않았고, 잠이 들지도 않은 채 뭔가를 기대하는 것이 분명한 얼굴을 하고 있어서 여전히 어색하기만 했다. 사이먼은 이사벨이 무엇을 기대하는지 도무지 알 수가 없었다.

사이먼은 이사벨에게 갈아입으라고 자신의 버튼다운 셔츠를 주고는 예의 바르게 고개를 돌렸고, 그 사이에 이사벨은 담요 아래로 들어가 벽 쪽으로 조금씩 움직여 사이먼에게 자리를 좀 더 내주었다.

사이먼은 잠옷으로 갈아입을 생각도 하지 않고 신발과 양말을 벗고는 티셔츠에 청바지 차림으로 이사벨 옆에 누웠다. 둘은 잠시 나란히 누워 있었다. 그러다 이사벨이 몸을 굴려 사이먼 곁으로 다가가더니 한쪽 팔을 어색하게 그의 옆구리 위로 올렸다. 둘의 무릎이 서로 부딪혔다. 이사벨의 발톱이 사이먼의 발목을 긁었다. 사이먼이 앞으로 몸을 움직이려는 통에 둘이 서로 이마를 부딪쳤다.

"아야!" 이사벨이 화난 듯 말했다. "너 좀 더 능숙하게 해야 하는 거 아니야?"

"왜?"

사이먼이 당황하며 물었다.

"지금껏 오랫동안 클라리 침대에서 아름다운 플라토닉 러브를 가꾸면서 서로 껴안고 잘 잤잖아." 이사벨은 사이먼의 어깨에 얼굴을 묻고 잘 안 들리는 목소리로 말했다. "내 생각에는….."

"우린 그냥 잠만 잤어."

사이먼이 말했다. 하지만 자신과 클라리가 눕는 자세가 서로 얼마나 딱 맞는지, 클라리와 같은 침대에서 자는 게 얼마나 자연스럽고 편한지, 그 아이의 머리에서 나는 향기를 맡으면 햇빛 가득하고 아름답고 단순했던 어린 시절이 떠오른다는 말은 하지 않았다. 그런 말은 도움이 되지 않을 것 같아서였다.

"나도 알아. 하지만 난 그냥 잠만 자지는 않아, 누구하고든. 난 대개는 밤새 같이 있지도 않아. 그러니까 오래 말이야."

이사벨이 짜증난다는 듯 말했다.

"네가 말했잖아, 넌 그냥…."

"몰라, 닥쳐."

그렇게 말하더니 이사벨이 사이먼에게 키스했다. 이번에는 조금 더 성공적이었다. 사이먼은 전에도 이사벨과 키스한 적 있었다. 그녀의 부드러운 입술의 감촉도 좋고, 손에 와 닿는 길고 검은 머리도 부드러웠다. 그런데 이사벨의 몸이 자신의 몸을 내리누르자 그녀의 따스한 체온, 맨살이 드러난 긴 다리와 피가 흐르는 혈관의 맥박이 느껴지면서…. 뱀파이어의 송곳니가 툭 튀어나왔다.

사이먼은 황급히 이사벨에게서 물러났다.

"지금 뭐 하는 거야? 나랑 키스하기 싫어?"

"하고 싶어."

사이먼은 말을 하려고 했지만 튀어나온 송곳니가 방해를 했다. 이사벨의 눈이 휘둥그레졌다.

"아, 너 배고프구나. 마지막으로 피를 마신 게 언제야?"

"어제."

사이먼은 간신히 대답했다.

이사벨이 사이먼의 베개를 베고 누웠다. 그리고 믿을 수 없을 정도로 크고 검고 반짝거리는 눈으로 사이먼을 쳐다보았다.

"그럼 피를 마셔야겠네. 안 그러면 어떻게 되는지 너도 잘 알잖아."

"지금 피가 없어. 아파트로 돌아가서 가져와야 돼."

사이먼이 말했다. 송곳니는 벌써 줄어들기 시작했다.

이사벨이 사이먼의 팔을 잡았다.

"차가운 동물 피 마실 필요 없어. 여기 내가 있잖아."

이사벨의 말에 마치 번개에 맞은 듯 사이먼은 온몸이 찌릿찌릿하면서 정신이 번쩍 들었다.

"농담하지 마."

"나 진지하게 하는 말이야."

이사벨이 입고 있던 셔츠 단추를 풀자 목과 쇄골이 차례로 드러나더니 창백한 피부 아래로 핏줄이 희미하게 보였다. 이사벨이 단추를 모두 풀어 셔츠 앞을 확 열어젖혔다. 푸른 브래지어가 여느 비키니 수영복보다 많이 몸을 감싸고 있긴 했지만 그래도 사이먼은 입이 바짝바짝 타들어갔다. 이사벨의 목에 건 루비 목걸이가 쇄골 바로 아래에서 신호등의 정지 신호처럼 새빨갛게 반짝거렸다. 이사벨… 사이먼의 마음을 읽기라도 한 듯 이사벨이 손을 올려 머리카락을 뒤로 넘기더니 한쪽 어깨 위로 늘어뜨려 반대편 목이 훤히 드러나게 했다.

"어서…. 싫어?"

사이먼이 이사벨의 허리를 잡았다.

"이사벨, 안 돼. 난 내 자신을 통제 못 해. 그걸 통제 못 한다고. 널 다치게 할지도 몰라. 널 죽일 수도 있다고."

이사벨의 눈이 반짝거렸다.

"절대 그럴 리 없어. 넌 네 자신을 통제할 수 있어. 제이스에게 할 때도 그랬잖아."

"제이스한테는 끌리지 않았으니까 그랬지."

"조금도 안 끌렸어?" 이사벨이 기대에 찬 듯 물었다. "눈곱만큼도? 그랬다면 꽤 짜릿했을 텐데. 뭐, 안됐네. 그건 그렇고, 끌렸건 아니건 넌 배가 고프고 죽어갈 때 제이스를 물었어. 그랬으면서도 스스로 물러났잖아."

"모린하고는 그러지 못했어. 조던이 날 억지로 떼어놓았단 말이야."

"이번에도 잘할 거야." 이사벨의 손가락이 사이먼의 입술을 누르더니 그의 목을 타고 내려가 가슴을 지나 한때 그의 심장이 뛰던 자리에 와서 멈췄다. "난 널 믿어."

"그러면 안 돼."

"난 섀도우 헌터야. 필요하다면 내 힘으로 널 밀어낼 수 있어."

"제이스는 날 밀어내지 않던데."

"제이스는 죽음이라는 걸 아름답게 생각하거든. 하지만 난 아니야."

이사벨이 두 다리로 사이먼의 허리를 휘감았다. 그녀의 몸은 놀라울 정도로 유연했다. 이사벨은 서로의 입술이 맞닿을 정도로 몸을 일으켰다. 사이먼은 그녀에게 키스하고 싶었다. 미치도록 키스하고 싶어서 온몸이 저릴 정도였다. 사이먼이 주저하며 입을 벌려 혀를 이사벨의 혀에 살짝 갖다 대는데 순간 찌릿하게 아팠다. 혀가 면도날처럼 날카로운 송곳니에 닿은 것이다. 자신의 피 맛을 보자마자 사이먼은 서둘러 뒤로 물러나며 이사벨의 얼굴을 외면했다.

"이사벨, 나 못 하겠어." 사이먼은 눈을 감았다. 자신의 무릎에 올라앉은 이사벨은 따스하고 부드러웠고, 짓궂었다. 사이먼은 고문을 받는 것만 같았다. 송곳니가 너무 아팠다. 철조망이 온몸의 혈관을 휘감고 죄는 듯 괴로웠다. "나 이런 꼴 너한테 보여주고 싶지 않아."

"사이먼." 이사벨이 부드러운 손으로 사이먼의 뺨을 감싸더니 그의 얼굴을 자신에게로 돌렸다. "이게 너의 있는 그대로잖아…."

송곳니가 다시 천천히 사라졌지만 그래도 여전히 아팠다. 사이먼은 두 손으로 얼굴을 가린 채 손가락 사이로 말했다.

"네가 정말로 이런 걸 원할 리 없어. 네가 정말로 날 좋아할 리 없다고. 우리 엄마도 날 집에서 쫓아냈어. 난 모린을 물었어… 어린아이를 물었다구. 날 봐, 내 꼴을 보란 말이야. 내가 어디 사는지, 뭘 하는지 봐. 난 아무것도 아니야."

이사벨이 그의 머리를 살짝 쓰다듬었다. 사이먼은 손가락 사이로 그녀를 내다보았다. 자세히 보니 이사벨의 눈은 검은색이 아니라 아주 짙은 갈색이었고 금색 점들이 여기저기 자리하고 있었다. 그 눈 속에서 동정의 빛을 보았다고 사이먼은 확신했다. 이사벨한테서 무슨 말을 들으리라고 딱히 기대하지는 않았다. 이사벨은 남자들을 가지고 놀다가 버리는데. 이사벨은 아름답고 강인하고 완벽해서 그 누구도 필요로 하지 않는데. 그러니 뱀파이어를, 그것도 뱀파이어 짓도 변변히 못 하는 뱀파이어를 좋아할 리 없는데.

사이먼은 이사벨의 숨결을 느꼈다. 달콤한 냄새가, 피, 죽음, 그리고 치자나무의 냄새가 풍겼다.

"그렇지 않아. 사이먼. 제발. 얼굴 좀 보여줘."

이사벨의 말에 사이먼은 마지못해 손을 내렸다. 이제 이사벨이 좀 더 똑똑히 보였다. 달빛을 받은 이사벨은 부드럽고 아름다웠다. 피부는 창백하면서도 뽀얗게 보였고, 흘러내린 머리카락은 검은 폭포수 같았다. 이사벨이 사이먼의 목을 감싸고 있던 손을 내렸다.

"이거 좀 봐." 이사벨이 자신의 은빛 피부에 눈송이처럼 군데군데 박힌, 마크가 치유된 하얀 흉터들을 만지며 말했다. 목, 팔, 둥근 가슴 위. "보기 싫지, 그지?"

"네 몸에서 보기 싫은 건 아무것도 없어."

사이먼은 그렇게 말하고서 스스로도 깜짝 놀랐다.

"다른 여자애들은 몸에 이런 흉터 별로 없잖아. 하지만 넌 이런 거 별로 신경 안 쓰네."

이사벨은 담담하게 말했다.

"그것도 너의 일부니까…. 아니, 그러니까 신경 안 쓰여."

이사벨이 사이먼의 입술에 손가락을 갖다 댔다.

"뱀파이어인 것도 너의 일부잖아. 어젯밤에 달리 부탁할 사람이 없어서 너한테 여기 와달라고 한 거 아니야. 너하고 같이 있고 싶어서 와달라고 한 거야, 사이먼. 미칠 정도로 무섭긴 하지만 그래도 난 할 거야."

이사벨의 눈빛이 흐려졌다. 눈물 때문일까, 라는 생각이 미처 들기도 전에 사이먼은 몸을 숙여 이사벨에게 키스했다. 이번에는 어색하지 않았다. 이사벨이 앞으로 몸을 숙이더니 갑자기 사이먼의 몸 위로 올라왔다. 그녀의 길고 검은 머리카락이 두 사람 옆으로 커튼처럼 흘러내렸다. 사이먼의 두 손이 이사벨의 등을 쓸어 올리는 사이 이사벨은 부드럽게 속삭였다. 사이먼의 손가락 끝에 이사벨의 흉터들이 느껴졌다. 사이먼은 그 흉터들이 장식 같다고, 너의 용감함을 알려주는 훈장 같아서 오히려 너를 더 아름답게 만들어준다고 말해주고 싶었다. 하지만 그러려면 키스를 멈춰야 했고, 사이먼은 그러고 싶지 않았다.

이사벨이 신음 소리를 흘리며 그의 품 안에서 몸을 움직였다. 이사벨이 사이먼의 머리카락을 쓰다듬는 사이 둘은 옆으로 몸을 굴려 이제는 사이먼이 위로 올라왔고, 그의 두 팔이 부드럽고 따스한 이사벨을 꼭 껴안았다. 사이먼의 입 안 가득 이사벨이 느껴졌다. 그녀의 체취와 짠 맛이 느껴지고, 향수 냄새가 느껴지고 그리고⋯피 냄새가 느껴졌다.

사이먼의 온몸이 다시 긴장했다. 이사벨도 그것을 느꼈다. 이사벨이 그의 두 어깨를 붙잡았다. 어둠 속에서도 그녀는 빛이 났다.

"어서 해." 이사벨이 속삭였다. 그녀의 가슴이 쿵쿵 뛰는 것이 사이먼의 가슴으로 그대로 전해졌다. "네가 어서 했으면 좋겠어."

사이먼은 눈을 감고 이마를 이사벨의 이마에 갖다 대며 침착하려고 애썼다. 송곳니가 다시 튀어나와 아랫입술을 아프게 눌렀다.

"싫어."

사이먼이 말했지만 이사벨의 길고 완벽한 두 다리가 그를 휘감더니 발목을 교차해 그를 바짝 끌어당겼다.

"내가 원해."

이사벨이 사이먼에게 매달리며 몸을 들어 올리자 그녀의 가슴이 그의 가슴에 바짝 달라붙으며 하얀 목이 드러났다. 사방에서 피 냄새가 풍기며 방 안을 가득 메웠다.

"두렵지 않아?"

사이먼이 속삭여 물었다.

"두려워. 그래도 네가 하면 좋겠어."

"이사벨…. 안 돼…."

결국 사이먼이 이사벨을 물었다.

면도날처럼 날카로운 그의 이빨이 사과를 베는 칼처럼 이사벨의 목에 있는 혈관으로 미끄러지듯 파고들었다. 피가 사이먼의 입 안으로 쏟아져 들어왔다. 이런 느낌은 처음이었다. 제이스의 피를 빨 때는 거의 정신이 없는 상태였다. 모린의 피를 빨 때는 죄책감 때문에 비참하고 괴로웠다. 그리고 그 둘은 피를 빨리면서 단 한순간도 그 상황을 좋아하지 않았다.

그런데 이사벨은 숨을 헐떡이더니 눈을 번쩍 뜨고 활처럼 몸을 휘며 사이먼에게 매달렸다. 고양이처럼 신음 소리를 내고, 그의 머리를, 등을 쓰다듬으며 애가 타는 듯 매달렸다. 그녀의 손길은 마치 '계속해, 계속해줘'라고 말하는 것 같았다. 이사벨에게서 열기가 쏟아져 나와 사이먼의 몸속으로 들어와 그를 환하게 밝혔다. 이런 느낌은 처음이었다. 이런 느낌이 들 수 있다고는 상상도 해본 적 없었다. 이사벨의 뜨거운 열기가, 심장이 고동치는 강하고 정확한 맥박이 그녀의 혈관을 울리며 사이먼의 혈관으로 전해졌고, 그러는 사이 사이먼 자신도 다시 살아난 것만 같았다. 자신의 심장도 다시 신나게 고동치는 것만 같았다….

사이먼이 이사벨에게서 물러났다. 어떻게 그럴 수 있었는지는 모르겠지만 아무튼 이사벨에게서 물러나 몸을 굴려 매트리스를 꽉 움켜쥐었다. 이빨이 수축하는데도 여전히 몸이 부들부들 떨렸다. 살아 있는 인간의 피를 마시고 난 직후에 늘 그렇듯 주위가 온통 희미하게 빛났다.

"이사벨…."

사이먼이 속삭여 불렀다. 그녀를 보기가 겁이 났다. 이빨로 목을 물고 있지 않으니 이제 이사벨이 자신을 혐오스럽거나 두려운 눈으로 바라볼 것만 같았다.

"왜?"

"날 멈추게 했어야지."

사이먼이 말했다. 원망과 희망이 섞인 목소리였다.

"그러고 싶지 않았어."

그 말에 사이먼이 이사벨을 보았다. 위를 향해 누워 있는 이사벨은 막 달리기라도 한 듯 가슴이 가쁘게 들썩거렸다. 목 옆에는 두 개의 이빨 자국이 나 있고 거기서부터 쇄골까지 핏줄기가 두 개 가늘게 흘러내렸다. 사이먼은 본능적으로 몸을 숙여 이사벨의 목에 흐르는 피를 핥았다. 짠맛이, 이사벨의 맛이 났다. 이사벨이 몸을 부르르 떨자 사이먼의 머리 카락을 쥐고 있던 그녀의 손가락도 파르르 떨렸다.

"사이먼…."

사이먼이 홱 물러났다. 이사벨은 볼이 빨갛게 익은 채 크고 검은 눈으로 진지하게 사이먼을 바라보았다.

"나…."

"뭐?"

잠시 사이먼은 이사벨이 '널 사랑해'라고 말할 거라 상상했지만 이사벨은 고개를 가로젓더니 하품을 하고는 손가락을 사이먼의 청바지 벨트 고리에 걸었다. 그리고 맨살이 드러난 사이먼의 허리를 손가락으로 만지작거렸다.

사이먼은 어딘가에서 하품이 피가 모자라다는 신호라고 들은 것이 기억났다. 그래서 기겁을 했다.

"너 괜찮아? 내가 피를 너무 많이 마셨나? 피곤해? 너 혹시…."

이사벨이 사이먼에게로 홱 다가왔다.

"난 괜찮다고. 네가 스스로 멈춘 거야. 그리고 난 섀도우 헌터야. 우린 보통 사람보다 세 배 빨리 피가 생성돼."

"너 혹시…." 사이먼은 간신히 용기를 내어 물었다. "너 좋았어?"

"그럼. 좋았어."

이사벨이 쉰 목소리로 대답했다.

"정말?"

이사벨이 끽끽 웃었다.

"보고도 몰라?"

"네가 가짜로 꾸미는 줄 알았지."

이사벨이 한쪽 팔꿈치에 기대 몸을 일으켜 반짝반짝 빛나는 검은 눈으로 사이먼을 내려다보았다. 어떻게 눈이 검으면서 동시에 저렇게 밝게 빛날 수 있을까?

"난 가짜로 꾸미는 짓 같은 건 안 해, 사이먼. 그리고 거짓말도 안 하고, 가식적으로 굴지도 않아."

"넌 바람둥이잖아, 이사벨 라이트우드." 이사벨의 피가 횃불처럼 몸 안을 흐르고 있어 한없이 마음이 여유로워진 사이먼은 생각나는 대로 말했다. "전에 제이스가 클라리한테 그랬어. 네가 하이힐 부츠 신은 발로 날 마구 짓밟아놓을 거라고 말이야."

"그때는 그랬지. 하지만 이제는 네가 달라졌잖아." 이사벨이 사이먼을 빤히 바라보며 말했다. "이제 넌 날 두려워하지 않아."

사이먼이 이사벨의 얼굴을 톡 쳤다.

"그리고 넌 아무것도 두려워하는 게 없고."

"알 게 뭐야. 네가 날 차버릴지."

머리카락이 앞으로 흘러내린 채 이사벨이 말했다.

사이먼이 뭐라 대꾸하기도 전에 이사벨의 입술이 그의 입을 막아버렸다. 사이먼은 이사벨이 스스로의 피 맛을 보게 될지도 모른다는 생각이들었다.

"이제 그만 닥쳐. 나 자고 싶어."

이사벨은 그렇게 말하더니 사이먼 옆에 웅크리고 누워 눈을 감았다.

이제는 두 사람이 함께 누운 자세가 편하게 꼭 맞았다. 어색한 느낌도없고, 서로의 몸을 찌르거나 다리가 부딪히지도 않았다. 하지만 어렸을때 같은 느낌은 아니었다. 햇살이나 부드러움이 느껴지지도 않았다. 낯설고, 뜨겁고, 흥분되고, 힘이 넘치고 그리고…. 아무튼 달랐다.

사이먼은 잠이 오지 않아 눈을 뜬 채 누워 천장을 올려다보며 아무 생각 없이 이사벨의 비단 같은 검은 머리를 쓰다듬었다. 회오리바람에 휩쓸려 어딘지 모를, 낯선 곳에 뚝 떨어진 것만 같았다. 한참 만에 정신이돌아와 이사벨에게 입을 맞췄다. 아주 살짝, 이마에. 이사벨이 몸을 뒤척이며 뭐라고 중얼거렸지만 눈은 뜨지 않았다.

아침에 클라리가 눈을 뜨니 제이스가 웅크린 채 팔을 클라리의 어깨에 닿을 정도로 쭉 뻗고 옆으로 누워 자고 있었다. 클라리는 그의 볼에입을 맞추고 일어났다. 샤워를 하려고 욕실로 가려다 호기심이 발동했다. 조용히 침실 문을 열고 밖을 내다보았다.

복도 벽에 있던 핏자국은 다 사라지고 흔적도 없었다. 벽이 너무 깨끗해서 핏자국이며 주방에서 세바스찬과 나눈 대화까지 모두 꿈인가, 싶을 정도였다. 복도로 한 걸음 나아가 핏빛 손바닥 자국이 찍혔던 벽에 손을 대보는데….

"잘 잤어?"

클라리가 홱 돌아섰다. 오빠였다. 자기 방에서 소리 없이 나와 복도 한 가운데 서서 기분 나쁜 미소를 지으며 클라리를 바라보고 있었다. 방금 샤워를 한 듯 금발이 젖어 금속처럼 은빛으로 보였다.

"내도록 그것만 입고 돌아다닐 작정이야?"

클라리의 나이트가운을 빤히 보며 그가 물었다.

"아니야, 난 그냥…." 아직도 복도에 핏자국이 있는지 확인하러 나왔다는 말을 하고 싶지는 않았다. 세바스찬은 재미있다는 듯 거만하게 클라리를 바라보았다. 클라리는 뒷걸음질을 쳤다. "옷 갈아입으려고 나왔어."

세바스찬이 뒤에서 뭐라고 말을 했지만 클라리는 듣지 않고 제이스의 침실로 들어가 문을 닫았다. 잠시 후 복도에서 다시 목소리가 들렸다. 한 사람이 아니었다. 세바스찬과 여자의 목소리가 들렸다. 두 사람은 노래하듯 이탈리아어로 이야기를 주고받았다. 지난밤 본 그 여자애구나. 클라리는 생각했다. 세바스찬이 자기 방에서 잔다고 말했던 그 여자애. 그제야 클라리는 어젯밤에 세바스찬이 한 말을 자신이 전혀 믿지 않았다는 것을 깨달았다.

그런데 이제 보니 세바스찬은 진실을 말했던 것이다. 너한테 기회를 줄게. 세바스찬은 그렇게 말했다. 너도 나한테 기회를 줄 수 있겠어?

내가 정말 그럴 수 있을까? 상대는 세바스찬이잖아. 샤워를 하고 옷을 갈아입는 내내 클라리의 머리에서는 같은 생각이 맴돌았다. 엄마를 위해 채워놓은 옷장 안의 옷들은 클라리의 취향과는 너무도 달라서 뭘 꺼내 입어야 할지 막막했다. 그러다 아직도 가격표가 붙어 있는 명품 청바지와 목에 자신이 좋아하는 빈티지 풍의 나비 모양 리본이 달린 물방울무늬 실크 셔츠를 찾았다. 찾아낸 옷 위에 자신의 벨벳 재킷을 걸치고 제이스의 방으로 다시 갔지만 그는 이미 나가고 없었다. 어디로 갔는지도 알 수 없었다. 접시 달그락거리는 소리, 웃음소리가 들리고 요리하는 냄새가 아래층에서 풍겨왔다.

클라리는 유리 계단을 한꺼번에 두 단씩 뛰어 내려가다 맨 마지막 계단에서 멈춰 서서 주방을 바라보았다. 세바스찬이 팔짱을 낀 채 냉장고에 기대서 있고 제이스가 프라이팬에 양파와 달걀을 넣고 뭔가 요리를 하고 있었다. 맨발에 머리는 헝클어지고 셔츠 단추도 아무렇게나 채운 제이스를 보자 클라리는 가슴이 터질 것 같았다. 아침에 눈 뜨자마자 이런 모습의 제이스를 보는 것은 처음이었다. 아직 잠이 덜 깬 듯한 모습에서 황금빛 후광이 퍼져 나오는 것만 같았다. 하지만 지금 저 제이스가 진짜 제이스가 아니라는 사실에 클라리의 온몸에 송곳으로 찌르는 듯한 슬픔이 퍼졌다.

얼굴도 행복해 보이고, 눈에도 어두운 그림자가 없고, 기분 좋게 웃으며 프라이팬의 달걀을 휘저어 접시에 오믈렛을 담고 있었지만 클라리는 그런 제이스의 모습이 그저 슬프게만 보였다. 세바스찬이 뭐라고 말하자 제이스가 클라리에게로 시선을 돌리고는 미소를 지었다.

"스크램블 에그 할래, 아니면 에그 프라이 할래?"

"스크램블. 달걀 요리도 할 줄 아네."

클라리는 계단을 내려와 주방 조리대로 다가갔다. 창문으로 햇빛이 쏟아져 들어왔다. 집 안에서 시계는 눈에 띄지 않았지만 클라리는 지금이 늦은 아침이라는 것을 짐작할 수 있었다. 주방의 유리와 크롬 제품들이 빛을 받아 반짝거렸다.

"달걀 요리 못 하는 사람이 어디 있어?"

제이스가 큰 소리로 말했다.

클라리가 손을 들자 그와 동시에 세바스찬도 손을 들었다. 깜짝 놀라 클라리가 서둘러 손을 내리는데 세바스찬이 보고는 기분 나쁘게 씩 미소를 지었다. 그는 언제나 그런 식으로 웃었다. 클라리는 당장이라도 세바스찬의 뺨을 후려갈겨 그 미소를 지워버리고 싶었다.

클라리는 세바스찬한테서 고개를 돌리고 식탁에 차려진 음식들을 접시에 옮겨 담았다. 빵, 신선한 버터, 잼, 둥근 모양으로 잘린 바삭바삭한 베이컨이 있었다. 그리고 주스와 차도 있었다. 둘 다 잘 챙겨먹는구나, 라고 클라리는 생각했다. 사이먼을 기준으로 판단해본다면 원래 십대 남자아이들은 항상 배고파하긴 했지. 슬쩍 창밖을 보다가 클라리는 깜짝 놀라서 다시 한 번 확인했다. 창밖의 풍경은 더 이상 운하가 아니었다. 저 멀리 산이 있고 그 산 위에는 성이 하나 있었다.

"여긴 어디야?"

클라리가 물었다.

"프라하야." 세바스찬이 대답했다. "제이스하고 내가 여기서 볼 일이 좀 있어서. 사실 곧 가봐야 돼."

"나도 같이 가도 돼?"

클라리가 세바스찬을 향해 귀엽게 미소를 지었다.

"안 돼."

세바스찬이 고개를 가로저었다.

"왜 안 되는데?" 클라리가 가슴 앞으로 팔짱을 끼며 물었다. "남자들끼리만 해야 하는 일이라서 내가 끼면 안 된다는 거야? 둘이 같은 스타일로 머리라도 하러 가나?"

제이스가 스크램블 에그 접시를 클라리에게 내밀었다. 하지만 그의 시선은 세바스찬에게로 향해 있었다.

"얘하고 같이 가도 되지 않나." 제이스가 입을 열었다. "그러니까, 이건 좀 특별한 일이잖아…. 위험한 것도 아니고."

세바스찬의 눈빛은 프로스트의 시에 나오는 숲처럼 어둡고 깊었다. 그래서 도무지 속을 알 수가 없었다.

"뭐든 위험해질 수 있어."

"뭐, 네가 결정할 일이지."

제이스는 별일 아니라는 듯 어깨를 으쓱하더니 손을 뻗어 딸기를 하나 집어 입에 톡 던져 넣고는 손가락 끝에 묻은 과즙을 쪽쪽 빨아먹었다. 이제야 정말로 이 제이스와 나의 제이스가 얼마나 다른지 정확히 알겠어. 클라리는 생각했다. 클라리의 제이스는 모든 것에 대해 격렬하다 싶을 만큼 호기심을 갖고 있었다. 남의 의견을 그저 어깨 한 번 으쓱하고 그대로 따르는 것은 상상도 할 수 없었다. 클라리의 제이스가 바위투성이 해변에 끊임없이 자신의 몸을 부딪치는 바다와 같다면 이 제이스는…햇빛이 반짝이는 고요한 강 같았다.

행복하기 때문인가?

클라리는 손가락 관절이 새하얘질 정도로 포크를 꽉 움켜쥐었다. 머릿속에서 속삭이는 작은 목소리가 싫었다. 요정 여왕처럼, 그 목소리는 의심을 품지 말아야 할 곳에 의심을 품게 하고, 하지 말아야 할 질문을 하게 만들었다.

"내 물건 챙기러 갈게."

접시에서 딸기 하나를 더 집어 입에 던져 넣고 제이스가 위층으로 총알같이 달려갔다. 클라리는 고개를 위로 쭉 뺐다. 유리 계단이 눈에 보이지 않을 정도로 투명하고 깨끗해서 제이스가 달려 올라가는 것이 아니라 위로 날아 올라가는 것처럼 보였다.

"너 달걀 안 먹었네."

세바스찬이 말했다. 그가 소리 없이 조리대를 빙 돌아와서는 눈썹을 추켜세우고 클라리를 빤히 보았다. 그의 말투에서 아주 살짝 독특한 억양이 느껴졌다. 이드리스 사람들 특유의 억양에 영국식 억양이 조금 더 섞인 말투였다. 클라리는 지금껏 세바스찬이 억양을 숨긴 건가, 아니면 자신이 눈치 채지 못한 건가, 라는 생각이 들었다.

"나 실은 달걀 별로 안 좋아해."

클라리가 털어놓았다.

"제이스가 신이 나서 네 아침 식사를 준비하는 것 같아서 말 못 한 거구나."

틀린 말이 아니라서 클라리는 아무 대꾸도 하지 않았다.

"웃긴다, 그지? 착한 사람이 하는 거짓말 말이야. 아마 제이스는 앞으로 평생 아침마다 너한테 달걀 요리를 해줄 거야. 그리고 너는 달걀이 싫다는 말도 못 하고 평생 먹기 싫은 음식을 꾸역꾸역 먹을 거고."

세바스찬이 말했다.

클라리는 실리코트의 요정 여왕을 떠올렸다.

"사랑이 우리 모두를 거짓말쟁이로 만든다는 말을 하는 거야?"

"바로 그거야. 너 참 빨리 배운다, 그지?"

세바스찬이 한 걸음 가까이 다가오자 클라리는 불안해서인지 온몸에 전기가 쭉 흐르는 것 같았다. 그는 제이스와 똑같은 향수를 쓰고 있었다. 상큼한 시트러스 향이 더해진 블랙페퍼 향은 같은데 세바스찬의 몸에 뿌려진 향수는 좀 다른 향기가 났다.

"그건 나하고 똑같네."

세바스찬은 그렇게 말하더니 셔츠 단추를 풀기 시작했다. 클라리가 당황해서 몸을 일으켰다.

"지금 뭐 하는 거야?"

"흥분하지 마, 동생." 세바스찬이 마지막 단추를 풀더니 셔츠 앞자락을 홱 열어젖혔다. 그러고는 의미심장한 미소를 지었다. "너, 마법의 룬 소녀 아니었어?"

클라리가 천천히 고개를 끄덕였다.

"난 힘의 룬이 필요해. 그리고 네가 최고가 맞다면 너한테서 받고 싶어. 설마 오빠한테 룬 하나도 못 그려주겠어, 안 그래?" 세바스찬의 검은 눈이 클라리를 천천히 훑어보았다. "그리고 너도 내가 너한테 기회를 주기를 바라잖아."

"너도 내가 너한테 기회를 주기를 바라고 있고." 클라리가 말을 받았다. "그러니까 우리 거래하자. 오늘 한다는 일에 나 데려가면 나도 힘의 룬 그려줄게."

세바스찬이 반쯤 걸친 셔츠를 완전히 벗어 조리대 위로 툭 던졌다.

"콜."

"나 스텔레 없는데."

클라리는 세바스찬을 보기 싫었지만 그러지 않을 수가 없었다. 그가 의도적으로 바짝 다가왔기 때문이다. 그의 몸은 제이스와 비슷했다. 군살 하나 없이 단단하고, 근육이 선명하게 보였다. 그리고 제이스처럼 흉터도 많았다. 하지만 피부가 워낙 창백해서 황금빛 피부를 가진 제이스만큼 흉터가 도드라져 보이지는 않았다. 오빠 몸에 있는 흉터는 하얀 종이에 은색 펜으로 그려놓은 것처럼 보였다.

세바스찬이 벨트에서 스텔레를 꺼내 클라리에게 내밀었다.

"내 것 써."

"알았어. 돌아서."

클라리가 말했다.

세바스찬은 그 말대로 했다. 순간 클라리는 숨이 턱 막혔다. 그의 등을 가로지르며 우둘투둘한 흉터들이 길게 쭉쭉 자리하고 있어서였다. 사고로 생긴 흉터라고 하기에는 너무도 반듯한 모양이었다.

그것은 채찍 자국이었다.

"누가 이런 거야?"

클라리가 물었다.

"누구겠어? 우리 아버지지." 세바스찬이 말했다. "아버지는 악마의 금속으로 만든 채찍을 사용했어. 그래서 어떤 이라체로도 치유할 수가 없었어. 그걸 볼 때마다 깨닫게 되지."

"뭘?"

"복종의 위험성."

클라리가 흉터 하나를 만져보았다. 금방 생긴 듯 손끝이 뜨겁게 느껴졌다. 그리고 울퉁불퉁했다. 흉터 주위는 매끈한데.

"복종의 위험성이 아니라 반항의 위험성 아니야?"

"내가 한 말이 맞아."

"아파?"

"늘."

못 참겠다는 듯 세바스찬이 어깨 너머로 휙 돌아보았다.

"뭐 하고 있는 거야?"

"아무것도 아니야."

클라리는 손을 떨지 않으려 애쓰면서 스텔레 끝을 세바스찬의 견갑골에 갖다 댔다. 마음 같아서는 세바스찬에게 해를 끼치고, 그를 아프게 만들고, 뱃속을 꼬이게 만드는 룬을 그리고 싶었다. 하지만 그렇게 했다가 제이스한테 무슨 일이 생기면 어떻게 해? 얼굴로 흘러내린 머리카락을 흔들이 넘기며 클라리는 라틴어로 '힘센'이라는 의미를 가진 포르티스 룬을, 세바스찬의 견갑골과 등이 만나는 지점에 조심스럽게 그려 넣었다.

클라리가 룬을 다 그리자 세바스찬이 돌아서서 스텔레를 빼앗더니 다시 셔츠를 입었다. 클라리는 고맙다는 말은 기대도 하지 않았고…. 예상한 대로 그 말을 듣지도 못했다. 세바스찬은 셔츠를 입으며 어깨를 뒤로 둥글게 돌리더니 기분 나쁘게 씩 미소를 지었다.

"잘하네."

그 말뿐이었다.

잠시 후 계단에서 쿵쿵대는 소리가 들리더니 제이스가 스웨이드 재킷을 걸치며 올라왔다. 허리에는 무기 벨트를 찼고 손가락 없는 검은색 장갑도 끼고 있었다.

클라리는 짐짓 따뜻한 미소를 지어 보였다.

"세바스찬이 나도 같이 가도 된대."

제이스가 눈썹을 추켜세웠다.

"다들 똑같은 스타일로 머리 하러 가는 거야?"

"그런 일은 없으면 좋겠는데. 난 파마가 전혀 안 어울려서 말이야." 클라리가 자신의 옷을 내려다보았다. "나도 전투복으로 갈아입어야 돼?"

"그럴 필요 없어. 싸움 같은 건 없을 거야. 그래도 만일의 경우에 대비하는 건 좋은 일이지. 무기고에서 너한테 맞는 거 가져올게."

세바스찬은 그렇게 말하더니 위층으로 사라졌다. 클라리는 집을 뒤지는 동안 무기고를 찾아내지 못한 자신을 속으로 탓했다. 무기고를 보면 이들이 무슨 계획을 가지고 있는지 파악할 수 있을 텐데….

제이스가 얼굴 옆을 슬쩍 건드리는 바람에 클라리는 화들짝 놀랐다. 클라리는 그가 옆에 있다는 걸 잊고 있었다.

"너 정말 가고 싶어?"

"물론이지. 나 집에 있으면 미쳐버릴 것 같아. 그리고 네가 나한테 싸우는 법 가르쳐줬잖아. 아마 날 써먹고 싶어질걸."

제이스의 입꼬리가 올라가면서 악마 같은 미소를 지었다. 그는 클라리의 머리카락을 뒤로 쓸어 넘기며 귓속말로 자신이 클라리에게 가르쳐준 것을 어떻게 이용하고 싶은지에 대해 중얼중얼 속삭였다. 그러다 세바스찬이 자신의 재킷과 무기 벨트 하나를 들고 돌아오자 뒤로 물러섰다. 무기 벨트에는 단검과 천사의 검 하나가 꽂혀 있었다. 세바스찬이 클라리에게 손을 뻗어 가까이 끌어당기더니 무기 벨트를 그녀의 허리에 둘러 두 번 감아서는 골반 위로 축 늘어지게 채워주었다. 클라리는 너무 놀라서 세바스찬을 밀어낼 생각도 못 하고 그가 벨트를 다 채워줄 때까지 가만히 있었다. 벨트를 채운 뒤 세바스찬은 홱 돌아서 벽으로 걸어갔고, 곧이어 문 모양의 윤곽선이 어렴풋이 나타나더니 꿈속에서 보듯 희미한 빛과 함께 문이 나타났다.

세 사람은 그 문을 통해 밖으로 나갔다.

메이리스는 도서관 문을 살짝 두드리는 소리에 고개를 들었다. 구름이 잔뜩 낀 날씨라 도서관 창문 밖은 어두웠고, 초록색 램프들이 둥근 방 안에 작고 둥근 빛의 원을 그리고 있었다. 책상에 얼마나 오래 앉아 있었는지 가늠이 되지 않았다. 앞에는 빈 커피 머그잔들이 여기저기 널려 있었다.

메이리스가 자리에서 일어났다.

"들어오세요."

작게 딸깍, 하는 소리와 함께 문이 열렸지만 발자국 소리는 들리지 않았다. 잠시 후 담황색 가운 모양의 예복을 걸친 그림자가 미끄러지듯 안으로 들어왔다. 후드를 쓰고 있어 얼굴은 그림자에 가려 보이지 않았다. 네가 우리를 불렀느냐, 메이리스 라이트우드?

메이리스는 어깨를 뒤로 둥글게 한 바퀴 돌렸다. 몸에 경련이 일어난 듯하면서 피곤하고 나이를 먹었다는 느낌이 들었다.

"재커라이어 형제시군요. 제가 예상하기는…. 아, 아닙니다. 뭐 상관없어요."

에녹 형제가 올 거라 기대했느냐? 그가 나보다 상위에 있기는 하나, 그대의 부름이 그대의 양아들과 관련 있을 것 같아서 내가 왔다. 나는 그의 안전에 각별한 관심을 가지고 있다.

메이리스가 호기심 어린 표정으로 재커라이어 형제를 바라보았다. 침묵의 형제들 대부분은 사견을 말하거나 개인적인 감정을 드러내지 않기 때문이었다. 그런 것을 가지고 있는지도 알 수 없고. 메이리스는 헝클어진 머리를 쓰다듬으며 책상 뒤에서 나왔다.

"잘 알겠습니다. 보여드릴 게 있습니다."

메이리스는 지금도 침묵의 형제들에게는 적응이 되지 않았다. 발이 땅에 닿지 않는 듯 소리 없이 움직이는 그들에게 익숙해질 수가 없었다. 재커라이어 형제는 허공에 둥둥 떠서 움직이는 듯한 모습으로 메이리스를 따라 도서관을 가로질러 북쪽 벽에 걸린 세계 지도 앞으로 갔다. 새도우 헌터들의 지도였다. 지도에는 유럽 한가운데에 이드리스가 있고 그 주위에 황금 보호막이 둘러져 있었다.

지도 아래에 있는 선반에 두 개의 물건이 놓여 있었다. 하나는 피가 말라붙은 유리 조각이었고 다른 하나는 천사의 힘을 가진 룬으로 장식된 낡은 가죽 팔찌였다.

"이것들은…."

제이스 헤런데일의 수갑과 조너선 모겐스턴의 피구나. 그들을 추적하려는 시도가 성공하지 못한 것이냐?

"정확히 추적할 수 없었습니다." 메이리스는 어깨를 똑바로 폈다. "제가 서클에 몸담고 있을 때 발렌타인이 우리들의 위치를 파악하는 데 사용하는 방법이 있었습니다. 우리가 특별한 보호 구역에 있지 않는 이상 그는 언제나 우리가 어디 있는지 파악할 수 있었습니다. 저는 제이스가 어렸을 때 발렌타인이 똑같은 방법을 그에게 사용했을 것이라고 생각했습니다. 발렌타인이 아무런 어려움 없이 제이스를 찾아내는 것 같았으니까요."

그대가 말하는 방법이란 어떤 것이냐?

"마크입니다. 그레이북에 있는 것과는 다른 마크요. 우리 모두 마크를 가지고 있습니다. 전 마크를 가지고 있다는 것을 거의 잊고 지냈습니다. 그걸 없앨 방법이 없었으니까요."

만약 제이스가 그 마크를 지니고 있다면, 그가 그 사실을 알고 그대가 자신을 찾지 못하게 미리 조치를 취하지 않겠느냐?

메이리스는 고개를 가로저었다.

"그 마크는 머리카락 밑에 있고 눈에 거의 보이지 않을 만큼 작고 하얀 점 같은 것일 겁니다. 제 것처럼요. 그러니까 제이스는 자신에게 그런 마크가 있다는 사실을 모를 겁니다. 발렌타인이 가르쳐주었을 리도 없고요."

재커라이어 형제는 메이리스에게서 떨어져 지도를 살폈다. 그래서 그대의 실험 결과가 어떠했느냐?

"제이스도 마크를 지니고 있습니다." 메이리스가 말했다. 하지만 기쁘거나 승리에 들뜬 목소리가 아니었다. "지도에서 그 아이를 보았습니다. 그 아이가 나타나면 지도에 불이 깜박입니다. 그 아이가 있는 곳에서 불꽃처럼요. 그리고 그의 수갑도 동시에 타오릅니다. 그래서 제이스라는 것을 알아볼 수 있습니다. 하지만 조너선 모겐스턴은 아닙니다. 조너선은 한 번도 지도에 나타나지 않았습니다."

그럼 그 아이가 어디 있느냐? 제이스는 어디 있느냐?

"매번 2, 3초 정도밖에 나타나지 않는데, 런던, 로마, 그리고 상하이였습니다. 조금 전에는 베네치아에서 불이 깜박거리다 이내 다시 사라졌습니다."

어떻게 여러 도시를 그토록 빨리 이동할 수 있는 거지?

"포털이 아닐까요?" 메이리스는 어깨를 으쓱하며 말했다. "저도 모르겠어요. 제가 아는 거라고는 매번 지도가 깜박거릴 때마다 그 아이가 살아 있다는 것, 지금은 살아 있다는 것…. 그것뿐입니다. 그리고 전 잠깐이지만 편하게 숨을 쉴 수 있고요."

메이리스는 다른 말이 더 튀어나오지 않게 얼른 입을 다물었다. 알렉과 이사벨이 너무 보고 싶지만 도저히 인스티튜트로 불러올 수 없다고, 책임감을 갖고 형제를 찾고 있는 알렉을 도저히 불러올 수가 없다는 말이 튀어나올 것 같았다. 그리고 아직도 날마다 맥스가 생각나고, 가슴이 텅 빈 것 같고, 이대로 죽을 것 같아 겁이 나고, 제이스마저 잃고 싶지는 않다는, 그런 말들이 튀어나올 것만 같았다.

나도 이해할 수 있다. 재커라이어 형제가 앞으로 두 손을 포개었다. 그의 손은 울퉁불퉁하거나 휘지도 않았고 손가락도 호리호리해서 나이든 이의 손으로는 보이지 않았다. 가족의 사랑보다 강한 것은 별로 없다. 하지만 내가 알 수 없는 것은 왜 그대가 내게 이것을 보여주느냐 하는 것이다.

메이리스가 부르르 떨며 숨을 들이마셨다.

"이것을 클레이브에 보고해야 한다는 것은 저도 잘 알고 있습니다. 하지만 클레이브도 이제는 제이스가 조녀선과 결합 상태가 되었음을 알고 있습니다. 그래서 둘을 같이 쫓고 있습니다. 그들은 제이스를 찾으면 그 아이를 죽일 겁니다. 그렇다고 해서 이것을 저 혼자만 알고 숨긴다면 그것은 명백한 반역입니다."

메이리스는 고개를 푹 숙인 채 말을 이었다.

"그래서 당신에게 이야기하기로 결심한 겁니다. 침묵의 형제들이라면 제가 감당할 수 있으니까요. 이것을 클레이브에 보고하느냐 마느냐는 당신이 결정하세요. 전···. 저는 도저히 그런 결정은 할 수가 없습니다."

재커라이어 형제는 한동안 아무 말도 하지 않았다. 그러다 그의 목소리가 부드럽게 메이리스의 머릿속으로 스며들었다.

이 지도는 그대에게 그대의 아들이 아직도 살아 있음을 말해주고 있다. 만약 그대가 클레이브에 보고한다고 해도 그 아이가 아주 빨리 이동하고 있고 추적이 불가능하다는 것을 알려주는 것 말고는 이 지도가 그들에게 큰 도움이 되리라고 생각지 않는다. 그리고 그것은 그들도 이미 아는 사실이다. 그러니 이 지도는 그대가 지니고 있도록 하라. 나는 당장은 그들에게 보고하지 않겠다.

메이리스가 놀란 얼굴로 재거라이어 형제를 보았다.

"하지만···. 당신은 클레이브의 종이니···."

나도 한때는 그대와 같은 섀도우 헌터였다. 지금의 그대와 똑같은 삶을 살았다. 그리고 그대와 마찬가지로 내게도 세상 그 무엇보다, 그 어떤 서약이나 빛보다 우선시하던 사랑하는 이들이 있었다.

"당신도···." 메이리스는 머뭇거리며 물었다. "당신도 아이가 있었나요?"

아니, 아이는 없었다.

"죄송합니다."

그럴 필요 없다. 그리고 제이스에 대한 걱정으로 너무 상심하지 마라. 그는 헤런데일이다. 헤런데일은 살아남는 자들이니….

순간 메이리스는 정신이 번쩍 들었다.

"그 아이는 헤런데일이 아니에요. 라이트우드라고요. 제이스 라이트우드. 제 아들이란 말이에요."

잠시 침묵이 흘렀다. 그러더니 다시 재커라이어 형제의 목소리가 들렸다.

다른 뜻으로 한 말은 아니다.

그는 맞잡고 있던 가느다란 손을 풀며 뒷걸음질을 쳤다.

그대가 반드시 알아야 할 것이 하나 있다. 만약 제이스가 한 번에 2, 3초 이상 지도에 나타날 때는 반드시 클레이브에 보고해야 한다. 가능성에 대비해야 할 것이다.

"그렇게 못 할 것 같아요. 그들이 그 아이를 잡으러 섀도우 헌터들을 보낼 거잖아요. 그 아이를 잡으려고 덫을 놓을 거라고요. 그 아인 아직 어린아이에 불과하단 말이에요."

그는 결코 어린아이가 아니다.

재커라이어 형제는 그렇게 말하고는 미끄러지듯 도서관을 나갔다. 메이리스는 그가 떠나는 것을 지켜보지 않았다. 뒤로 돌아서 지도만 뚫어지게 쳐다보았다.

사이먼?

가슴 가득 퍼지는 안도감에 마음이 푹 놓였다. 클라리의 목소리가, 친근한 그 목소리가 머뭇거리면서 사이먼의 머릿속을 가득 메웠다. 사이먼은 곁눈질을 했다. 이사벨은 아직도 자고 있었다. 커튼 사이로 정오를 알리는 햇살이 스며들었다.

너 안 자?

사이먼은 몸을 돌려 등을 대고 누워 천장을 올려다보았다.

당연히 안 자지.

그랬구나, 난 혹시나 해서. 거긴 시간이 어떻게 되지? 내가 있는 곳보다 예닐곱 시간 정도 늦나. 여긴 해질 무렵인데.

이탈리아야?

지금은 프라하야. 근사해. 큰 강도 있고, 첨탑 있는 건물들도 많아. 멀리서 보면 이드리스 같기도 해. 그런데 여긴 추워. 집보다 추워.

알았어, 날씨 보도는 그만 됐어. 너 안전해? 세바스찬하고 제이스는 어디 있어?

나하고 같이 있어. 그래도 나 지금은 잠깐 떨어져 있어. 다리 위에서 경치를 보고 싶다고 말했거든.

그래서 네가 다리 위에서 보는 경치가 나인 거야?

클라리가 웃었다. 아니, 적어도 사이먼의 머릿속에서 웃음소리가 울려 퍼지는 것처럼 느껴졌다…. 나지막하고 신경질적인 웃음소리.

너무 오래는 못 해. 그래도 의심하는 것 같지는 않아. 제이스는…제이스는 전혀 의심하지 않고. 세바스찬은 속을 잘 모르겠어. 날 믿는 것 같지는 않아. 어제 걔 방을 뒤졌는데 아무것도 못 찾았어…. 내 말은 그들이 무슨 계획을 가지고 있는지 알아낼 만한 걸 못 찾았다는 뜻이야. 간밤에….

간밤에 뭐?

아무것도 아니야.

클라리가 자신의 머릿속에 있을 수 있다는 것도, 뭔가 숨기고 있다는 것까지 느낄 수 있다는 것도 사이먼은 이상하기만 했다.

세바스찬 방에 우리 엄마가 가지고 있던 상자가 있었어. 그가 아기였을 때 쓰던 물건이 들어 있는 상자인데. 그걸 왜 가지고 있는지 모르겠어.

세바스찬을 이해하는 데 시간 낭비하지 마. 그 자식은 그럴 가치도 없는 놈이니까. 걔들이 무슨 꿍꿍이인지나 알아내.

나도 애쓰고 있어. 클라리의 목소리가 짜증스러운 듯 들렸다. 아직도 매그너스 집에 있어?

그럼. 우린 2단계 계획에 돌입했어.

그러서? 그게 뭔데?

1단계는 탁자에 둘러 앉아 피자를 주문하고 말싸움하는 거야.

그럼 2단계는? 탁자에 둘러 앉아 커피 마시면서 말싸움하는 거?

그건 아니고. 사이먼은 깊이 숨을 들이마셨다. 아자젤을 소환했어.

아자젤? 클라리의 마음의 목소리가 찢어질 듯 높아졌다. 사이먼은 귀를 틀어막을 뻔했다. 그래서 갑자기 스머프 어쩌고 하고 물었던 거야? 농담이지? 제발 농담이라고 말해줘.

농담 아니야. 이야기하자면 길어. 사이먼은 최대한 자세히 상황을 설명해 주었다. 이사벨이 숨 쉬는 것을 지켜보며, 창밖이 점점 더 밝아지는 것을 지켜보며. 우린 아자젤이 제이스를 해치지 않으면서 세바스찬을 해칠 수 있는 무기를 찾도록 도와줄 수 있을 거라고 생각했어.

그래서, 그렇다고…악마를 소환해? 클라리는 납득이 가지 않는다는 투였다. 게다가 아자젤이 평범한 악마도 아니잖아. 난 여기서 악마 팀하고 같이 있는데. 넌 거기서 좋은 팀이랑 같이 있네. 그거 잘 기억해둬라.

그게 그렇게 단순하게 나뉘는 게 아니거든, 클라리.

마치 클라리의 한숨이 날아오기라도 한 듯, 숨결 같은 바람이 사이먼의 피부를 스치며 목덜미의 털이 곤두섰다.

알아.

클라리는 오른손에 낀 반지를 쥐었던 손을 놓고 카를 다리에서 보이는 경치에서 돌아서 다시 제이스와 세바스찬을 바라보았다. 둘은 오래된 돌다리의 반대편 끝에 서서 클라리 눈에 보이지 않는 무언가를 가리키고 있었다. 세바스찬과 제이스를 향해 걸어가는데 바람이 클라리의 머리카락과 코트 자락을 흩날렸다. 세 사람은 다시 걷기 시작했다. 두 소년은 나지막이 대화를 나눴다. 클라리도 마음만 먹으면 대화에 낄 수 있을 것 같았지만 아직은 도시의 아름다움에 조용히 입을 다물고 풍경을 감상하고 싶었다.

다리는 관광객들을 위한 상점들이 늘어선 구불구불한 자갈길로 이어졌다. 상점들에서는 피처럼 붉은 석류석과 황금색의 큼직한 폴란드산 호박, 묵직한 보헤미아 유리, 그리고 나무 장난감들을 팔았다. 이 시간에도 호객꾼들이 나이트클럽 밖에서 무료 입장권이나 할인 쿠폰을 나눠 주었다. 세바스찬이 그들에게 체코어로 짜증스럽게 쏘아붙이며 옆으로 비키라고 손짓했다.

밀려오던 사람들로 북새통을 이루던 도로가 오래된 중세의 구시가 광장으로 이어지면서 숨통이 트였다. 추운 날씨에도 불구하고 광장은 사람들도 붐볐고, 소시지와 향을 더한 뜨거운 사과주를 파는 노점상들이 눈에 띄었다. 세 사람이 먹을거리를 사서 금방이라도 무너질 것 같은 키

큰 탁자에서 먹고 있는데 광장 한가운데에 있는 거대한 천문시계가 종소리를 울리며 시각을 알렸다. 시계 양쪽 문에서 나무 인형들이 나와 춤을 추기 시작했다. 열두 명의 사도들이라고 세바스찬이 설명해주는 사이 인형들은 빙글빙글 돌면서 춤을 추었다.

"저기 얽힌 전설이 있어." 뜨거운 사과주를 담은 머그잔을 두 손으로 붙잡고 앞으로 몸을 숙이며 세바스찬이 말했다. "왕은 저 시계가 완공되자 시계를 만든 장인의 눈을 뽑아서 저렇게 아름다운 시계를 더 이상 만들지 못하게 했대."

클라리는 몸을 부르르 떨며 제이스에게 좀 더 가까이 다가갔다. 그는 다리를 떠난 후로 생각에 잠긴 듯 입을 꾹 다물고 있었다. 옆으로 지나가던 사람들, 그중에서 주로 어린 소녀들이 걸음을 멈추고 제이스를 보았다. 겨울이라 온통 어두운 색뿐인 오래된 광장에서 제이스의 밝은 머리카락은 깜짝 놀랄 정도로 눈에 띄었다.

"정말 슬픈 이야기네."

클라리가 말했다. 세바스찬이 머그잔 둘레를 손가락으로 따라 훑더니 사과주를 홀짝 마셨다.

"과거는 다른 나라지."

"또 다른 땅이지."

제이스가 말했다. 그러자 세바스찬이 나른한 눈빛으로 제이스를 보았다.

"뭐라고?"

"과거는 낯선 나라. 그곳에서는 모든 것이 다르다네." 제이스가 말했다. "이게 완전한 문장이야."

세바스찬은 어깨를 으쓱하고는 머그잔을 밀어냈다. 사과주를 판 상점 주인한테 머그잔을 돌려주면 1유로를 돌려받을 수 있지만 세바스찬이 그런 푼돈 때문에 수고를 할 사람 같지는 않았다.

"가자."

클라리는 사과주를 다 마시지 못했지만 잔을 내려놓고 세바스찬을 쫓아갔다. 세바스찬은 앞장서서 구시가 광장을 빠져나가 미로처럼 복잡하게 얽힌 좁은 골목을 지나갔다. 제이스가 세바스찬에게 지적을 했다. 사소한 것이기는 했지만. 릴리스의 마법이 제이스로 하여금 세바스찬이 하는 일은 무엇이든 옳다고 믿게 만든 것 아니었나? 혹시 이것이 둘을 결합하는 주문이 약해지고 있다는 징조는 아닐까, 아주 사소하기는 해도.

쓸데없는 희망은 품지 말자, 라고 클라리는 생각했다. 하지만 희망을 품는 것밖에 할 수 있는 일이 없을 때도 있다.

길은 점점 좁아지고 어두워졌다. 머리 위로 드리운 구름이 지는 해를 완전히 가려버렸고 오래된 가스등이 여기저기 켜지면서 안개 낀 거리를 밝혔다. 세 사람은 한참 만에 자그마한 광장에 다다랐다. 대부분의 상점들은 불을 껐지만 맞은편에 있는 한 곳은 아직도 불을 밝히고 있었다. 'ANTIKVARIAT'라는 글자가 황금색으로 쓰여 있고, 창문에는 저마다 다른 내용물이 들어 있는 오래된 장식용 병들이 가득 진열되어 있었다. 병에 붙은 라벨에는 모두 라틴어가 쓰여 있었다. 세바스찬이 그 상점을 향해 걸어가는 것을 보고 클라리는 깜짝 놀랐다. 저런 낡은 병들을 뭐에 쓰려고 그러지?

상점 문으로 들어서는 순간 클라리는 조금 전의 생각을 잊어버렸다. 상점 안은 어둑했고 좀약 냄새가 났지만 구석구석까지 온갖 잡동사니가 가득 차 있었다. 아니, 그냥 잡동사니가 아니었다. 아름다운 천체도들이 옹기종기 놓여 있었다. 오래된 담뱃잎과 담배 깡통도 수북이 쌓여 있고, 유리장 속에는 스탬프들이 쌓여 있고, 동독과 러시아 디자인의 오래된 사진기들, 우아하게 다듬어진 에메랄드빛 유리 사발이 얼룩지고 낡은 달력 더미와 나란히 놓여 있었다. 머리 위에는 골동품 같은 체코 국기가 깃대에 매달려 늘어져 있었다.

세바스찬이 쌓여 있는 물건들 사이를 지나 상점 뒤편에 있는 계산대로 갔다. 그제야 클라리는 마네킹이라고 생각했던 것이 실은 낡은 침대 시트처럼 쪼글쪼글 주름진 노인이라는 것을 알아차렸다. 노인은 팔짱을 낀 채 계산대에 등을 기대고 있었다. 앞면이 유리인 계산대 안에는 골동품 보석들과 반짝거리는 유리구슬들, 보석 잠금쇠가 있는 사슬 달린 작은 가방들, 커프스단추들이 진열되어 있었다.

세바스찬이 체코어로 뭐라 말하자 노인이 고개를 끄덕이더니 턱으로 클라리와 제이스를 휙 가리키며 수상쩍다는 표정을 지었다. 노인의 눈이 검붉은 빛인 것이 클라리의 눈에 띄었다. 클라리는 실눈을 뜨고 뚫어지게 보면서 노인에게서 글래머를 벗겨내기 시작했다.

쉽지 않았다. 글래머가 파리잡이 끈끈이처럼 찰싹 달라붙어 있는지 좀처럼 벗겨지지 않았다. 간신히 글래머를 벗겨내고 나서야 클라리는 자기 앞에 있는 노인의 진짜 모습을 볼 수 있었다. 형체는 사람이지만 피부는 잿빛에 눈은 루비처럼 새빨갛고, 입 안에는 뾰족한 이빨이 가득 돋아 있었다. 뱀처럼 긴 팔 끝에는 뱀장어같이 폭이 좁고 사악하고 이빨이 돋은 머리가 달려 있었다.

"베티스 악마야." 제이스가 클라리의 귀에 대고 중얼거렸다. "드래곤

하고 비슷해. 반짝거리는 물건을 모아두길 좋아하지. 잡동사니든, 보석이든, 저들에게는 다 똑같아."

세바스찬이 어깨 너머로 제이스와 클라리를 돌아보았다.

"저들은 내 형제와 누이다. 저들은 전적으로 신뢰해도 좋다, 미렉."

클라리는 온몸에 파르르 전율이 일었다. 아무리 악마를 속이기 위해서라지만 제이스의 누이로 불리는 것이 싫었다.

"난 마음에 안 드는데. 넌 너 혼자하고만 거래를 할 거라고 말했잖아, 모겐스턴. 그리고 발렌타인한테 딸이 있다는 건 나도 아는 것이고…." 악마가 클라리를 향해 고개를 쓱 내밀며 말을 이었다. "아들도 하나뿐인 걸로 알고 있단 말이지."

"쟤는 입양된 애야."

세바스찬이 제이스를 가리키며 대수롭지 않다는 투로 말했다.

"입양?"

"급격하게 변하는 현대 사회에서 가족의 의미가 어떻게 변했는지 아마 모르는가 보군."

제이스가 말했다.

하지만 악마 미렉은 그 말에 큰 감흥을 받지 않은 듯 보였다.

"난 마음에 안 들어."

"하지만 이건 마음에 들 거야."

그렇게 말하고서 세바스찬은 호주머니에서 위가 묶여 있는 자루를 하나 꺼냈다. 계산대 위에서 자루를 거꾸로 뒤집자 짤그랑거리는 소리와 함께 구리 동전들이 유리 위로 쏟아져 굴러다녔다.

"죽은 자의 눈에 있던 동전들이다. 백 개는 될걸. 자, 우리가 거래하기로 합의한 걸 가지고 있나?"

악마의 팔에 달린 머리 하나가 계산대 위를 가로질러 가더니 동전 하나를 살짝 깨물었다. 악마의 새빨간 눈이 동전 더미를 보며 반짝거렸다.

"좋기는 한데, 이 정도로는 네가 찾는 걸 사기에 부족하지."

악마가 구불구불한 팔을 움직이자 백수정 덩어리 같은 것이 나타났다. 그런데 이것은 수정보다 더 반짝거리고, 순수하고, 은빛이 돌면서 아름다웠다. 순간 이것이 천사의 검을 만드는 재료라는 것을 깨닫고 클라리는 움찔했다.

"순수한 아다마스. 천국의 것이지. 값을 따질 수 없는 물건이야."

미렉이 말했다.

세바스찬의 얼굴에서 분노가 번개처럼 번뜩였다. 잠깐이지만 클라리는 죽어가는 호지를 보며 웃어대던, 세바스찬 내부에 숨은 사악한 존재를 보았다. 그 표정은 이내 사라졌다.

"하지만 우리는 가격에 합의했잖아."

"네가 혼자 오기로 한 조건에도 합의했고 말이야."

미렉이 말했다. 그의 새빨간 눈이 다시 클라리에게로 그리고 제이스에게로 옮겨갔다. 제이스는 가만히 있었지만 아무 생각 없이 가만히 있는 것 같지는 않았다. 웅크리고 있는 고양이처럼 계산된 고요함 속에 숨어 있는 듯 보였다.

"나한테 또 뭘 주면 좋을지 말해주지. 네 누이의 예쁜 머리카락 한 줌이면 되겠는데."

악마가 말했다.

"좋아." 클라리가 앞으로 나섰다. "내 머리카락이 갖고 싶다면 여기…."

"안 돼!" 제이스가 앞으로 나와 클라리를 막아섰다. "저자는 어둠의 마법사야, 클라리. 저자가 네 머리카락이나 피를 가지고 무슨 짓을 할지 아무도 몰라."

"미렉."

세바스찬이 클라리는 보지 않고 천천히 말했다. 잠깐 동안 클라리는 세바스찬이 정말로 자신의 머리카락을 아다마스와 맞바꾸려고 하면 어쩌지, 라는 생각을 했다. 제이스가 반대를 하기는 했지만 그는 세바스찬이 하자는 것은 무조건 따를 수밖에 없는 상태다. 위기 상황이 닥치면 무엇이 우선할까? 세바스찬에게 그를 묶는 주술일까 아니면 나를 향한 제이스의 진심일까?

"절대 안 돼."

악마가 도마뱀처럼 천천히 눈을 껌벅거렸다.

"절대 안 돼?"

"내 누이의 머리에 손끝 하나 대지 마." 세바스찬이 말했다. "안 그랬다가는 우리 거래가 깨질 거야. 그 누구도 발렌타인 모겐스턴의 아들한테 속임수를 쓸 수는 없어. 합의한 가격대로 하든 아니면…."

"아니면 뭐?" 미렉이 으르렁거리듯 물었다. "아니면 내가 후회하게 될 거라는 거냐? 넌 발렌타인이 아니야, 꼬맹아. 그는 충성을 바칠 만한 상대였지만…."

"맞아." 허리에 찬 벨트에서 천사의 검을 뽑아내며 세바스찬이 말을 이었다. "나는 발렌타인이 아니야. 그래서 발렌타인이 악마와 거래하던 방식으로 악마를 대할 생각이 전혀 없어. 나는 네 충성을 얻을 수 없다면 대신 네 두려움을 얻겠다. 왜냐하면 나는 내 아버지보다 훨씬 더 힘이 세니까. 그리고 만약 네가 나와 정당하게 거래를 하지 않는다면 나는 내가 받아가기로 한 것과 너의 목숨을 함께 가져갈 것이다."

세바스찬이 검을 높이 쳐들었다.

"두마."

세바스찬이 속삭이자 검에서 한 줄기 불길이 솟구쳤다.

악마가 흠칫 놀라며 알아들을 수 없는 말을 내뱉었다. 제이스의 손에는 이미 단검이 쥐여 있었다. 그가 큰 소리로 클라리를 불렀지만 이미 늦었다. 뭔가가 어깨를 탁 치는 바람에 클라리는 앞으로 쓰러져 어수선한 바닥에 팔다리를 쫙 펴고 엎어졌다. 재빨리 등을 대고 돌아누워 위를 올려다보는 순간….

비명이 터져 나왔다. 거대한 뱀이 클라리를 내려다보고 있었다. 아니, 비늘 덮인 굵은 몸통에 목에는 코브라처럼 후드가 달려 있는 모습만 보면 뱀 같은데, 몸통에는 곤충처럼 관절이 있고, 날카로운 발톱이 달린 다리 십여 개가 발버둥쳤다. 클라리가 무기 벨트를 뒤지는 순간, 정체를 알 수 없는 괴물이 어금니에서 노란 독을 뚝뚝 떨어뜨리며 벌떡 일어서더니 그대로 그녀를 덮쳤다.

사이먼은 클라리와 '대화'를 한 후 다시 잠이 들었다. 그리고 다시 잠에서 깨어 보니 방에는 불이 켜져 있고 이사벨이 알렉에게서 빌려 입은 것으로 보이는 청바지와 낡은 티셔츠 차림으로 침대 가장자리에 무릎을 꿇고 앉아 있었다. 티셔츠 소매에는 여기저기 구멍이 나 있고 소맷단은 실이 풀려 너덜너덜했다. 이사벨은 칼라를 잡아당기고는 스텔레 끝으로 쇄골 바로 아래 가슴에 룬을 그리고 있었다.

사이먼이 팔꿈치로 버티며 윗몸을 일으켰다.

"뭐 하는 거야?"

"이라체 그려. 이거 때문에."

이사벨이 머리카락을 귀 뒤로 넘기자 자신이 그녀의 목에 남긴 이빨 자국 두 개가 사이먼의 눈에 들어왔다. 이사벨이 룬을 다 그리자 이빨 자국은 하얀 점만 희미하게 남기고 아물었다.

"너 정말…괜찮아?"

사이먼의 입에서는 속삭이듯 작은 소리만 겨우 나왔다. 그것 말고도 물어보고 싶은 것은 많았다. 나 때문에 아팠어? 이제 내가 괴물처럼 보이지 않아? 나 보면 소름 끼치지 않아?

"난 괜찮아. 평소보다 더 늦잠을 자긴 했지만 내 생각에는 좋은 신호인 것 같아."

사이먼의 표정을 살피면서 이사벨은 스텔레를 벨트에 밀어 넣었다. 그리고 고양이처럼 우아하게 사이먼에게로 기어가서는 머리카락을 늘어뜨리며 그의 몸 위에 올라타듯 엎드렸다. 코가 닿을 정도로 둘의 얼굴이 가까워졌다. 이사벨은 눈도 깜박이지 않고 사이먼을 빤히 들여다보았다.

"왜 그렇게 불안해하는 건데?"

이사벨이 물었다. 사이먼은 이사벨의 숨결을, 속삭임같이 부드러운 숨결을 얼굴에 느꼈다.

당장 이사벨을 끌어당겨 키스하고 싶었다…. 깨무는 것이 아니라 그냥 키스를 하고 싶었다…. 그런데 바로 그때 아파트 초인종 소리가 울렸다. 잠시 후, 누군가 침실 문을 두드렸다. 그냥 노크를 하는 것이 아니라 문짝이 떨어져나갈 정도로 쿵쿵 두드렸다.

"사이먼. 이사벨."

매그너스였다.

"야, 너희들 자든 아니면 말 못 할 짓을 하고 있든 상관없으니까. 얼른 옷 입고 거실로 와. 지금 당장."

사이먼은 이사벨과 마주 보았다. 이사벨 역시 당황한 표정이었다.

"무슨 일이지?"

"당장 나오라니까."

매그너스의 말소리가 들리더니 쿵쿵대는 발소리가 멀어졌다.

이사벨이 몸을 굴려 사이먼에게서 물러나면서 한숨을 쉬었다. 사이먼은 몹시 아쉬웠다.

"무슨 일 같아?"

"모르지." 사이먼이 말했다. "'좋은 팀'의 긴급회의겠지 뭐."

사이먼은 클라리가 했던 말을 하는 자신이 재미있다고 생각했다. 하지만 이사벨은 고개만 내젓고는 한숨을 쉬었다.

"요즘 좋은 팀이라는 게 있기는 한 건지 모르겠어."

이사벨이 말했다.

13

뼈의 샹들리에

뱀 대가리가 돌진해 내려오는 순간 강렬한 빛이 번쩍하며 클라리의 눈앞이 뿌옇게 흐려졌다. 천사의 검이었다. 반짝이는 칼날이 악마의 머리를 베었다. 잘린 머리가 뚝 떨어지면서 독과 이코르(신들의 몸속을 혈액처럼 흐른다는 영액—옮긴이)가 뿜어져 나왔다. 클라리가 옆으로 몸을 굴렸지만 독성을 띤 액체가 상체로 튀어왔다. 동강난 몸뚱이가 바닥으로 떨어지기도 전에 악마는 사라졌다. 클라리는 이를 악물고 고통을 참으며 일어나려고 몸을 움직였다. 갑자기 손 하나가 시야로 들어왔다. 일으켜주겠다고 말하는 것 같았다. 제이스구나, 라고 클라리가 생각했는데 고개를 들어보니 오빠였다.

"얼른." 손을 내민 채 세바스찬이 말했다. "한 놈만 있는 게 아니야."

클라리는 그의 손을 잡고 그가 이끄는 대로 일어났다. 세바스찬도 몸에 악마의 피를 뒤집어썼다. 검은색을 띤 초록색 액체가 닿은 곳마다 타들어가서 그의 옷 여기저기에 구멍이 뚫려 있었다. 클라리가 세바스찬을 빤히 보고 있는데 뱀 대가리 같은 것이 오빠 뒤에서 솟아오르더니 코브라처럼 후드를 쫙 펼쳤다. 책에서 본 엘라피드 악마였다.

다른 생각할 겨를 없이 클라리가 세바스찬의 어깨를 잡아 옆으로 세게 밀쳐냈다. 세바스찬이 비틀거리며 뒷걸음질 치는 순간 악마가 덮치자 클라리가 벨트에서 뽑아낸 단검으로 놈에게 맞섰다. 클라리는 옆으로 몸을 돌리며 악마의 송곳니를 피해 단검을 찔러 넣었다. 단검이 몸에 박히자 쉭쉭대던 소리가 꾸르륵 소리로 바뀌었고, 클라리는 단검을 아래로 끌어당겨 물고기의 배를 가르듯 놈의 몸을 갈랐다. 닿는 것은 모두 녹여버리는 악마의 피가 뜨거운 급류처럼 클라리의 손으로 쏟아졌다. 입에서 비명이 터져 나왔지만 클라리는 단검을 쥔 손을 놓지 않았고 엘라피드는 눈 깜짝할 사이에 사라졌다.

클라리가 빙 돌아섰다. 세바스찬은 상점 문가에서 다른 엘라피드들과 싸우고 있었고, 제이스는 골동품 도자기들이 진열된 옆에서 악마 둘과 맞서고 있었다. 바닥에는 깨진 도자기 조각들이 여기저기 흩어져 있었다. 클라리는 제이스가 가르쳐준 대로 뒤로 팔을 홱 돌려 단검을 던졌다. 검이 허공을 가르고 날아가 옆에 있던 괴물의 몸에 팍 꽂히자 놈은 덜덜 떨며 앓는 소리와 함께 제이스한테서 물러났다. 제이스가 홱 돌아서서 클라리에게 윙크를 하더니 곧장 팔을 쭉 뻗어 남은 엘라피드 악마의 머리를 싹둑 잘라냈다. 놈의 몸이 쿵 떨어지며 사라지자 검은 피를 뒤집어쓴 제이스가 씩 미소를 지었다.

순간 머리가 윙윙 울릴 듯한 희열이 클라리를 휘감았다. 제이스와 이사벨한테서 전투의 희열에 대한 이야기를 들은 적은 있지만 직접 체험한 적은 한 번도 없었다. 그런데 지금이 바로 그런 순간이었다. 세상 무엇도 두렵지 않을 만큼 힘이 넘치고, 온몸의 혈관이 웅웅거리면서 척추

밑에서부터 힘이 용솟음치는 느낌이 들었다. 주위의 모든 것이 천천히 움직이는 것 같았다. 다친 엘라피드 악마가 빙글 돌더니 입을 쩍 벌려 송곳니를 드러낸 채 곤충 같은 다리로 돌진해 오는 것이 보였다. 클라리는 뒷걸음질을 쳐 벽에 걸려 있던 오래된 깃발을 뽑아 그 끝을 쩍 벌린 엘라피드의 입에 찔러 넣었다. 깃대가 악마의 뒤통수를 뚫고 나오자 악마는 깃발과 함께 사라졌다.

클라리가 큰 소리로 웃었다. 방금 악마 하나를 물리친 세바스찬이 그 소리에 빙글 돌아서다가 눈이 휘둥그레졌다.

"클라리! 저놈 잡아!"

세바스찬이 외치는 소리에 클라리가 홱 돌아서니 미렉이 버둥거리며 상점 뒷문을 붙잡고 있었다. 클라리가 벨트에 있던 천사의 검을 뽑으며 곧장 달려갔다.

"나키르!"

클라리가 외치며 계산대 위로 뛰어 올라가 악마에게 몸을 던지는 순간 쥐고 있던 검이 폭발하듯 빛을 뿜어냈다. 클라리는 베티스 악마를 덮치며 바닥으로 쓰러뜨렸다. 악마의 뱀장어 같은 팔 하나가 클라리를 휘감았지만 클라리는 검을 톱처럼 움직여 그 팔을 잘라냈다. 또다시 검은 피가 뿜어져 나왔다. 악마가 겁에 질린 시뻘건 눈으로 클라리를 바라보았다.

"그만해." 악마가 씩씩거렸다. "원하는 건 뭐든지 줄 테니까…."

"나는 내가 원하는 건 다 가졌어."

클라리는 그렇게 속삭이고서 천사의 검을 내리꽂았다. 검이 악마의 가슴을 꿰뚫는 순간 미렉은 공허한 비명을 울리며 사라졌다. 클라리는 카펫 위에 무릎을 탁 꿇으며 주저앉았다.

잠시 후 계산대 위로 머리 두 개가 쓱 솟아오르더니 클라리를 빤히 내려다보았다. 하나는 황금빛 나는 금발이었고 또 하나는 은빛 나는 금발이었다. 제이스와 세바스찬이었다. 제이스는 눈을 휘둥그렇게 뜨고 있었다. 세바스찬은 창백해 보였다.

"천사의 이름으로, 클라리." 세바스찬이 헐떡이며 말했다. "아다마스는…."

"아, 그게 네가 원하는 거야? 여기 있어."

아다마스는 계산대 밑으로 살짝 굴러 들어가 있었다. 클라리가 은빛으로 번쩍이는 덩어리를 들어 올렸다.

세바스찬이 안도의 한숨을 내쉬며 클라리의 손에서 아다마스를 낚아채는 사이 제이스가 단숨에 계산대를 뛰어넘어 클라리 옆에 내려섰다. 그러고는 무릎을 꿇어 클라리를 끌어안고 어루만지며 걱정이 가득한 눈으로 바라보았다. 클라리는 그의 두 손목을 잡았다.

"난 괜찮아." 클라리가 말했다. 심장이 쿵쿵 뛰고 혈관을 흐르는 피도 여전히 웅웅거렸다. 제이스가 뭔가 말을 하려고 입을 열었지만 클라리가 몸을 앞으로 숙이며 두 손으로 그의 얼굴을 세게 감쌌다. "나 기분 좋아."

클라리는 제이스를 바라보았다. 헝클어진 머리에 땀과 피범벅이 된 그를 보자 키스하고 싶다는 마음이 간절해졌다. 지금 당장 그와….

"야, 너희 둘, 그만해."

세바스찬이 말했다. 클라리는 제이스에게서 물러나 오빠를 흘끗 보았다. 그는 기분 나쁜 미소를 띤 채 둘을 내려다보며 손에 든 아다마스를 천천히 돌렸다.

"내일 이걸 사용할 거야." 아다마스를 향해 고갯짓을 하며 세바스찬이 말했다. "하지만 오늘 밤은…일단 좀 씻고 나서…축하하러 가자."

사이먼은 맨발로 방에서 나왔고 이사벨도 그 뒤를 따라 나왔다. 그리고 들어간 거실에서 둘은 깜짝 놀랄 광경을 목격했다. 거실에 그려놓은 원과 펜타그램이 수은처럼 은빛으로 눈부시게 빛나고 있었다. 그 한가운데에서는 끝이 희뿌옇고 몸통은 검붉은 기둥 같은 연기가 솟구쳐 올랐다. 거실 전체에 타는 냄새가 진동했다. 매그너스와 알렉은 원 바깥에 있었고 조던과 마야는 방금 도착한 듯 코트와 모자 차림으로 곁에 함께 서 있었다.

"무슨 일이야?" 기지개를 켜고 하품을 하면서 이사벨이 물었다. "왜 다들 펜타그램을 지켜보고 있는 건데?"

"잠깐만 기다려봐. 너도 알게 될 거야."

알렉이 심각하게 말했다.

이사벨은 어깨를 으쓱하고는 다른 사람들과 함께 지켜보았다. 모두가 보고 있는 가운데 하얀 연기가 회오리치기 시작하더니 빨리, 점점 더 빨리 휘돌아 펜타그램 한가운데를 드러냈다. 곧 불에 탄 자국 같은 글자가 나타났다.

결정했느냐?

"내 참. 아침 내내 이러고 있었던 거야?"

사이먼이 물었다.

매그너스가 두 손을 번쩍 들었다. 오늘은 가죽 바지에 지그재그 모양의 번쩍이는 금속 볼트가 달린 셔츠 차림이었다.

"밤새 이러고 있었거든."

"같은 질문을 계속했단 말이에요?"

"아니, 매번 다른 말을 했어. 가끔은 욕도 하고. 아자젤이 이 짓에 재미가 들렸나봐."

"우리 말소리를 들을 수 있나?" 조던이 고개를 갸우뚱하며 말했다. "어이, 거기, 악마, 안녕."

그러자 불꽃과 함께 글자가 나타났다.

늑대인간, 안녕.

조던은 뒤로 물러나며 매그너스를 봤다.

"이거… 이런 게 정상이에요?"

매그너스는 대단히 불만스러운 듯 보였다.

"단언컨대 이건 절대 정상이 아니야. 아자젤처럼 강력한 악마를 불러본 적이 한 번도 없긴 하지만 아무리 그렇더라도…. 문헌도 봤지만 이런 상황이 벌어졌다는 사례는 찾아보지 못했어. 점점 통제가 힘들어지고 있단 말이야."

"아자젤을 돌려보내야 돼. 영원히 돌려보내야 된다고." 알렉은 고개를 가로저으며 말했다. "조슬린 말이 옳았는지도 몰라. 악마를 소환해서 득 될 게 하나도 없었어."

"내가 악마 소환하는 일 해본 거 확실하거든." 매그너스가 말했다. "알렉, 이건 내가 수백 번도 넘게 해본 일이야. 그런데 이번에는 왜 이렇게 다른지 전혀 모르겠어."

"아자젤이 나오는 건 아니겠죠? 펜타그램 밖으로 말이에요."

이사벨이 말했다.

"그럼. 그런데 지금 그가 하고 있는 다른 일들도 원래는 할 수 없어야 맞는 거야."

매그너스가 대답했다.

조던이 허리를 숙여 무릎을 손으로 짚었다.

"친구, 지옥은 어때? 뜨거워, 아니면 추워? 난 둘 다 라고 들었는데."

조던이 물었다. 하지만 아무 대답도 없었다.

"잘하는 짓이다, 조던. 너 때문에 악마가 화났잖아."

마야가 말했다.

조던은 펜타그램 가장자리를 쿡 찔렀다.

"이게 미래도 예언할 수 있나? 펜타그램, 우리 밴드가 성공할 것 같아?"

"이건 지옥에서 온 악마지, 마법의 8번 당구공이 아니거든, 조던." 매그너스가 짜증스러운 목소리로 말했다. "그리고 펜타그램 경계선에 가까이 가지 마. 소환한 악마를 펜타그램 안에 가둬놓으면 해를 끼치지 못해. 하지만 만약 그 펜타그램 안으로 들어가면 너에게 악마의 힘이 미치게 돼…."

바로 그때, 연기 기둥이 합쳐져 더 커졌다. 매그너스가 고개를 획 쳐들었고 알렉도 벌떡 일어나다 하마터면 의자를 쓰러뜨릴 뻔했다. 연기는 아자젤의 모습으로 변했다. 그의 수트가 먼저 나타났다. 회색에 은색 줄무늬가 있고 우아한 커프스단추가 달린 수트였다. 그런 다음 그의 모습이 빈 공간을 메워가다 불꽃이 일렁이는 눈이 가장 마지막에 나타났다.

"패거리가 다 모였군. 그래서 결정은 내렸나?"

아자젤이 물었다.

"그렇다. 너의 힘을 빌리지 않기로 했다. 어쨌든 오느라 수고했다."

매그너스가 말했다.

그러자 아무 반응도 없이 잠시 침묵이 이어졌다.

"이제 그만 가도 좋다. 고맙다."

매그너스가 작별 인사를 하듯 손가락을 꼼지락거렸다.

"내 생각은 다른데." 아자젤이 손수건을 홱 꺼내 손톱을 문지르며 말했다. "난 여기 남아 있을까 해. 여기가 마음에 들거든."

매그너스가 한숨을 내쉬더니 알렉에게 뭐라고 말을 했다. 그러자 알렉이 탁자에서 책 한 권을 가지고 돌아와 마법사에게 건넸다. 매그너스는 건네받은 책을 펼치고 읽기 시작했다.

"저주받은 영혼이여, 사라져라. 연기와 불이, 재가 가득한 너의 자리로 돌아가…"

"그건 나한테 안 통할걸." 악마가 지루하다는 투로 말했다. "하고 싶으면 계속해봐. 아무리 그래도 난 여기 계속 있을 테니까."

매그너스가 분노로 이글거리는 눈으로 악마를 노려보았다.

"우리가 억지로 너와 협상하게 만들 수는 없어."

"시도해볼 수는 있지. 내게 더 이상 나은 선택이 있을 것 같지도 않고…"

눈에 익은 무언가가 방을 홱 가로지르자 아자젤의 형체가 산산이 흩어졌다. 대장 고양이가 쥐같이 생긴 것을 쫓아 달려가고 있었다. 모두들 놀라 빤히 바라보고만 있는 사이 고양이가 펜타그램을 그린 선 안으로 쑥 뛰어 들어가자…. 사이먼이 이성이 아닌 본능의 힘으로 펜타그램 안으로 펄쩍 뛰어들며 고양이를 낚아챘다.

"사이먼!"

고개를 돌리지 않고도 그 목소리가 이사벨이라는 것을, 이사벨이 비명을 지른다는 것을 사이먼은 알 수 있었다. 이사벨을 향해 고개를 돌려 보니 그녀가 손으로 입을 가린 채 눈을 휘둥그렇게 뜨고 자신을 보고 있었다. 다들 마찬가지였다. 이사벨의 얼굴은 공포로 하얗게 질려 있었고 매그너스조차 안절부절못하는 표정이었다.

소환한 악마를 펜타그램 안에 가둬놓으면 해를 끼치지 못해. 하지만 만약 그 펜타그램 안으로 들어가면 너에게 악마의 힘이 미치게 돼.

사이먼은 누군가 자신의 어깨를 툭 치는 것을 느꼈다. 돌아서면서 대장 고양이를 내려놓자 자그마한 고양이는 쏜살같이 펜타그램을 뛰쳐나가 거실을 가로질러 소파 밑으로 숨었다. 사이먼이 고개를 들었다. 아자젤의 거대한 얼굴이 내려다보고 있었다. 가까이서 보니 악마의 피부에 대리석처럼 갈라진 틈들이 여기저기 나 있고, 푹 파인 구덩이 같은 두 눈에서 불꽃이 활활 타오르는 것이 선명하게 보였다. 아자젤이 미소를 짓자 쇠바늘로 덮인 그의 이빨 두 개가 사이먼의 눈에 뚝뚝히 보였다.

아자젤이 숨을 토해냈다. 뜨거운 유황 구름이 사이먼을 휘감았다. 기도문을 외우는 듯 고음과 저음을 오가는 그의 목소리가 어렴풋이 들려왔다. 악마의 두 손이 사이먼의 두 팔을 붙잡자 이사벨의 비명이 들렸다. 아자젤이 사이먼을 번쩍 들어올렸다. 그의 두 발이 허공에서 버둥거리는가 싶더니… 아자젤이 그를 홱 내던졌다…..

아니, 그렇게 하려고 했다. 악마의 두 손이 사이먼에게서 떨어졌다. 사이먼은 쭈그린 자세로 바닥에 떨어졌는데 아자젤이 뒤로 홱 밀려가다 보이지 않는 벽에 부딪힌 듯 비틀거렸다. 돌이 와르르 깨지는 소리가 울렸다. 아자젤이 털썩 무릎을 꿇더니 고통스러운 얼굴로 다시 일어났다. 그러더니 이빨을 번쩍이고 괴성을 지르며 위를 쳐다보고는 사이먼에게로 슬금슬금 다가왔다. 뒤늦게 무슨 일이 벌어지고 있는지 깨달은 사이먼이 벌벌 떨리는 손을 들어 이마로 흘러내린 머리카락을 쓸어 넘겼다.

아자젤이 갑자기 걸음을 멈췄다. 그리고 이빨과 똑같이 쇠로 뒤덮인 손톱이 드러난 손을 자신의 양 옆구리를 향해 말아 올렸다.

"방랑자." 아자젤이 숨을 헐떡이며 말했다. "너냐?"

사이먼은 얼어붙은 듯 꼼짝도 못 했다. 매그너스만 계속해서 나지막한 소리로 주문을 외울 뿐, 다른 사람들은 입도 벙긋하지 않았다. 사이먼은 무서워서 주위는 물론 친구들의 얼굴도 쳐다볼 수 없었다. 클라리와 제이스는 카인의 마크가 어떤 힘을 가졌는지 이미 보았다. 하지만 다른 사람들은 아직 모른다. 그러니 말을 잃는 것도 당연했다.

"아니야." 아자젤이 무시무시한 눈을 가늘게 뜨며 밀했다. "그릴 리가 없어, 넌 너무 어려. 그리고 세상은 너무 오래되었어. 하지만 도대체 누기 뱀파이어에게 천국의 마크를 심어준 거지? 그리고 대체 왜?"

사이먼이 손을 내렸다.

"내 몸에 한 번 더 손을 대고 확인해보시지."

아자젤에게서 우르릉거리는 소리가 들렸다. 웃는 것 같기도 하고 역겹다는 소리 같기도 했다.

"그럴 생각 없다. 만약 네놈이 하늘의 뜻을 거스른다느니 하는 헛소리를 지껄인다면 아무리 내 자유가 소중하다 하여도 너희들과 내 운명을 같이하는 어리석은 짓은 하지 않을 것이다."

아자젤은 주위를 힐끗 돌아보며 말을 이었다.

"너희들 모두 미쳤다. 행운을 빈다, 어리석은 인간들아. 너희들에게는 행운이 꼭 필요할 것이다."

그러더니 아자젤이 펑, 하는 불꽃과 함께 사라지면서 시커멓게 타들어가는 연기와 유황 타는 냄새만 남았다.

"가만히 있어."

제이스는 그렇게 말하더니 손에 헤런데일 단검을 들고 칼 끝으로 클라리의 셔츠를 칼라 부분부터 아랫단까지 쭉 잘랐다. 그러고는 셔츠를 어깨에서부터 조심스럽게 벗겨냈다. 클라리는 청바지와 캐미솔만 걸친 채 개수대 가장자리에 걸터앉아 있었다. 이코르와 독이 거의 청바지와 코트에 묻기는 했지만 보드라운 실크 셔츠도 너덜너덜해졌다. 제이스가 셔츠를 개수대에 넣자 물속에서 부글부글 끓어올랐다. 그는 스텔레를 클라리의 어깨에 대고 치유 룬을 그렸다.

룬이 살을 태우며 파고드는 아픔에 클라리는 눈을 살짝 감았다. 금세 아픔이 사라지는 안도감이 두 팔과 등으로 파도처럼 밀려왔다.

"좀 괜찮아?"

제이스가 물었다. 클라리가 눈을 떴다 .

"많이 괜찮아졌어. 너도 해줄까?"

클라리가 묻자 제이스가 씩 미소를 짓더니 스텔레를 건넸다. 둘은 골동품 상점 뒤쪽에 있었다. 세바스찬은 사람들 시선을 끌지 않기 위해 상점 문을 잠그고 불을 끄러 갔다. 그는 자리를 뜨면서도 아파트로 돌아가 옷부터 갈아입을지 아니면 곧장 말라스트라나에 있는 나이트클럽으로 갈지 정하자고 떠들어대더니 여태 들떠서 '축하' 어쩌고 하면서 돌아다녔다.

지금이 축하를 해야 할 상황인지 알 수 없었지만 클라리는 온몸이 웅웅대는 흥분 때문에 의문을 품을 정신이 없었다. 세바스찬과 함께 싸우면서 자신 안에 있던 섀도우 헌터의 본능이 눈을 떴다는 사실이 신기하기만 했다. 지금 같아서는 높은 건물도 단숨에 뛰어넘을 수 있을 것 같았고, 제이스가 한 것처럼 칼 두 개로 악마의 목을 싹둑 자르는 기술도 배우고 싶었다. 하지만 클라리는 제이스에게서 스텔레를 받아들고 말했다.

"그럼 셔츠 벗어."

제이스가 셔츠를 벗자 클라리는 놀라지 않으려고 애써 참았다. 그의 옆구리에 길게 상처가 나 있어서였다. 상처 주위는 자줏빛을 띤 붉은색으로 부어 있었고, 쇄골과 오른쪽 어깨를 가로질러 악마의 피에 덴 자국이 여기저기 나 있었다. 그럼에도 불구하고 제이스는 클라리가 본 어떤 사람보다도 아름다웠다. 클라리는 제이스의 몸에서 시선을 거두고 스텔레를 그의 어깨에 댄 다음 그의 피부에 백만 번도 넘게 새겨졌을 치유 룬을 다시 그려 넣었다.

"괜찮아?"

룬을 다 그리고서 클라리가 물었다.

"음⋯." 제이스가 몸을 기대와 클라리는 그의 냄새를 맡을 수 있었다. 피와 석탄, 땀, 그리고 둘이서 개수대에서 찾아낸 싸구려 비누 냄새가 났다. "좋았어. 넌 안 그래? 우리 같이 그렇게 싸운 거 말이야."

"어⋯. 강렬했지."

클라리가 대답했다.

어느새 제이스가 클라리의 두 다리 사이로 들어와 서더니 손가락을 클라리의 청바지 벨트 고리에 끼우고는 점점 몸을 붙였다. 그의 두 어깨에 올린 클라리의 손이 파르르 떨렸다. 그때 손가락에 낀 잎사귀 모양의 황금 반지가 클라리의 눈에 들어왔다. 순간 조금 흥분이 가라앉았다. 딴생각 하지 마. 정신 차려. 이건 제이스가 아니야. 진짜 제이스가 아니라구.

그의 입술이 클라리의 입술을 스쳤다.

"난 끝내준다고 생각했는데. 너 끝내줬어."

"제이스."

클라리가 속삭이듯 불렀다. 그때 문을 쾅쾅 두드리는 소리가 울렸다. 제이스가 깜짝 놀라며 클라리를 놓았고, 클라리는 뒤로 물러나다 수도꼭지에 쿵 부딪쳤다. 그 바람에 수도꼭지가 돌아가면서 물이 쏟아졌다. 클라리가 놀라서 꺅 비명을 내지르자 제이스가 웃음을 터뜨리며 문을 열려고 돌아섰다. 클라리도 수도꼭지를 잠그려고 몸을 돌렸다.

문을 두드린 것은 물론 세바스찬이었다. 그는 좀 전에 그런 일을 겪은 것치고는 신기할 정도로 깔끔해 보였다. 얼룩진 가죽 재킷을 버리고 골동품 같은 군복 코트를 티셔츠 위에 입이 중고품 매장에서 막 나온 사람 같았다. 그는 두 손에 까맣고 반짝이는 물건을 들고 있었다.

세바스찬이 눈썹을 추켜세웠다.

"너 왜 내 동생을 싱크대 속에 처넣은 거야?"

"나한테 반해서 정신 못 차리기에 정신 좀 차리라고 그랬지."

제이스는 허리를 숙여 셔츠를 집어 올리더니 얼른 도로 입었다. 세바스찬과 마찬가지로 그의 겉옷도 비교적 멀쩡했지만 셔츠 옆쪽이 악마의 발톱에 찢겨 너덜너덜했다.

"너 입을 거 좀 가져왔어." 그렇게 말하면서 세바스찬이 클라리에게 반짝거리는 검은색 물건을 건넸다. "빈티지 제품이야. 네 사이즈로 보이더라."

클라리는 흠칫 놀라며 제이스에게 스텔레를 돌려주고 세바스찬이 내민 옷을 받아들었다. 그것은 드레스였다. 아니, 정확히 말하자면 칠흑같이 검은색에 정교한 구슬 장식 어깨끈이 달리고 밑단에는 레이스를 두른, 슬립이나 다름없는 옷이었다. 어깨끈은 길이 조절이 가능했고 원단도 늘어나는 재질이라 클라리는 세바스찬의 말대로 자신의 몸에 맞을 수도 있겠다고 생각했다. 세바스찬이 골라준 옷을 입는다는 게 썩 내키지는 않았지만 너덜너덜해진 캐미솔과 물에 젖은 청바지 차림으로 클럽에 갈 수는 없는 노릇이었다.

"고마워." 결국 클라리는 그렇게 말했다. "그럼 나 옷 갈아입게 둘 다 나가 있어."

두 남자가 나가고 문이 닫혔다. 둘이 목소리를 높여 떠드는 소리가 들렸다. 무슨 말인지 정확히 들리지는 않았지만 농담을 하고 있다는 정도는 알 수 있었다. 편하게, 친숙하게. 너무 이상해. 청바지와 캐미솔을 벗고 세바스찬이 가져다준 드레스를 입으며 클라리는 생각했다. 남에게 쉽게 마음을 열지 못하는 제이스가 세바스찬과 같이 웃고 농담을 한다는 것이 클라리는 말할 수 없이 이상했다.

돌아서서 거울을 보았다. 검정색 옷을 입은 탓인지 피부와 눈과 머리카락의 색조가 더 진해 보이고, 팔다리도 호리호리하고 창백해 보였다. 눈 주위에 검은색 아이섀도우가 번져 지저분했다. 부츠 때문에 거친 느낌이 들었다. 예뻐 보인다고 자신할 수는 없었지만 함부로 건드리면 안 되는 사람이라는 인상을 풍기는 것만은 확실해 보였다.

이사벨이 이런 차림을 허락할까, 클라리는 궁금했다.

화장실 문을 열고 밖으로 나갔다. 상점 뒤는 어두웠다. 벨벳 커튼이 상점 앞쪽과 뒤를 나누고 있었다. 제이스와 세바스찬은 벨벳 커튼 너머에서 이야기를 하고 있었는데, 클라리에게는 여전히 그들의 목소리가 제대로 들리지 않았다. 커튼을 옆으로 밀고 밖으로 나가보았다.

불이 켜져 있었지만 금속 차양이 상점 앞 유리창을 가리고 있어서 행인들한테는 안이 보이지 않을 것 같았다. 세바스찬은 긴 손가락으로 선반 위의 물건들을 하나씩 들어 유심히 들여다보고는 있던 자리에 내려놓고 있었다.

제이스가 먼저 클라리를 보았다. 그의 눈이 반짝이는 것을 보고 클라리는 매그너스의 파티에 가려고 한껏 꾸민 자신을 보던 제이스가 떠올랐다. 그때처럼 제이스의 시선은 클라리의 부츠에서 다리로, 엉덩이로, 다시 허리, 가슴 그리고 얼굴로 천천히 훑듯 올라왔다. 제이스의 얼굴에 천천히 미소가 번졌다.

"그거 드레스이니네, 속옷이잖아. 하지만 내 마음에는 쏙 드는데."

"다시 상기시켜줘야 하나, 쟤가 내 여동생이라는 거?"

세바스찬이 끼어들었다.

"오빠라면 나같이 잘생긴 신사가 여동생을 에스코트하는 걸 기쁘게 생각해야 할 텐데."

옷걸이에 걸려 있던 군복 재킷을 내려 팔을 끼우며 제이스가 말했다.

"에스코트?" 클라리가 물었다. "이러다 불한당이랑 난봉꾼이란 소리까지 나오겠네."

"그럼 다음엔 결투를 할 차례인가." 세바스찬은 벨벳 커튼 쪽으로 다가

가며 말을 이었다. "금방 돌아올게. 머리카락에 묻은 피 좀 씻어야겠어."

"까탈스럽기는." 제이스가 씩 웃으며 세바스찬의 뒤통수에 대고 말하더니 클라리를 다시 자신에게로 끌어당겼다. 그러고는 목소리를 낮춰 속삭이듯 말했다. "매그너스의 파티에 갔을 때 기억나? 네가 이사벨하고 같이 로비로 나왔을 때 말이야. 사이먼이 거의 기절할 뻔했잖아."

"신기하네, 나도 똑같은 생각하고 있었는데." 클라리는 고개를 뒤로 젖혀 제이스를 올려다보며 말했다. "그때 넌 내 모습에 대해 아무 말도 안 했던 걸로 기억하는데."

제이스의 손가락이 클라리의 슬립 어깨끈 아래로 미끄러지듯 들어가 맨살을 살짝 건드렸다.

"네가 날 좋아한다고 생각 안 했거든. 그리고 내가 너한테 하고 싶은 일들을 남들 앞에서 꼬치꼬치 이야기한다고 해서 네 마음을 바꿀 수 있을 거라고도 생각 안 했고."

"내가 널 좋아한다고는 생각 안 했다고?" 믿을 수 없다는 듯 클라리의 목소리가 높아졌다. "제이스, 세상에 널 안 좋아하는 여자가 있겠어?"

제이스가 어깨를 으쓱했다.

"정신병원에 갇혀 사느라 불행히도 나의 매력을 보지 못하는 여자들은 그럴 수도 있겠지."

항상 하고 싶었던 질문 하나가 혀끝에서 맴돌았지만 클라리는 묻지 않았다. 자신을 만나기 전에 제이스가 무엇을 했는지 이제 와서 무슨 상관이람? 클라리의 생각을 읽기라도 한 듯 제이스의 황금빛 눈이 살짝 부드러워졌다.

"여자들이 날 어떻게 생각하는지 한 번도 신경 안 썼어. 널 만나기 전까지는."

제이스가 말했다.

널 만나기 전까지는. 클라리의 목소리가 살짝 떨렸다.

"제이스, 나 궁금한 게 있는데…"

"너희는 아무것도 안 하고 말만 많냐."

세바스찬이 벨벳 커튼 옆으로 다시 나와 끼어들었다. 그의 은빛 머리카락은 축축이 젖은 채 헝클어져 있었다.

"갈까?"

클라리가 얼굴을 붉힌 채 제이스에게서 벗어났다. 제이스는 침착하게 대꾸했다.

"기다린 건 우리거든?"

"시간을 지루하게 보내는 법을 찾아낸 것 같네. 자, 그만 가자. 내 장담하는데, 지금 가는 데가 마음에 쏙 들 거야."

"보증금 돌려받기는 다 글렀네."

매그너스가 침울하게 말했다. 그는 탁자 위에 걸터앉아 '좋은 팀'의 팀원들이 아자젤의 흔적을 힘들게 치우는 모습을 지켜보기만 했다. 벽여기저기 뚫린 구멍에서는 아직도 연기가 피어올랐고, 천장 파이프에서는 시커멓고 찐득찐득한 유황이 뚝뚝 떨어졌다. 바닥에는 재와 시커먼 알갱이들이 쌓여 있었다. 대장 고양이가 마법사의 무릎에서 기지개를 켜며 갸르릉거렸다. 매그너스는 자신의 아파트가 엉망이 되어버린 데 대한 보상으로 청소 당번에서 제외되었다. 사이먼은 펜타그램 사건 이후 함부로 건드리면 안 되는 존재로 여겨져 역시 청소 당번에서 제외되었다. 사이먼이 이사벨에게 말을 걸려고 했지만 그녀는 위협하듯 대걸레만 흔들어댈 뿐이었다.

"나한테 생각이 하나 있는데." 사이먼이 말했다. 그는 팔꿈치를 무릎에 댄 채 매그너스 옆에 앉아 있었다. "하지만 마음에 안 들 거예요."

"네 생각이 맞다는 느낌이 든다, 셔원."

"사이먼이라니까. 내 이름은 사이먼이라구요."

"뭐든 무슨 상관이야." 매그너스가 가냘픈 손을 휘저으며 말을 이었다. "무슨 생각인데?"

"나한테 카인의 마크가 있잖아요." 사이먼이 말했다. "내 말은, 아무것도 날 죽이지 못한다, 이거예요."

"너는 너를 죽일 수 있어." 매그너스가 아무짝에도 쓸모없는 소리를 툭 던졌다. "내가 알기로, 생명이 없는 것은 의도치 않게 너를 죽일 수 있어. 그러니까 칼이 잔뜩 꽂힌 기름칠한 바닥 위에서 람바다 춤을 배울 계획이라면 난 동참 안 할 거야."

"쓸데없는 소리 좀 그만해요."

"하지만 다른 건 널 못 죽이지." 매그너스가 말했다. 그의 시선이 사이먼에게서 떠나 일회용 걸레와 씨름 중인 알렉에게로 향했다. "그래서 뭐?"

"펜타그램 안에서 있었던 일 말이에요, 아자젤하고 있었던 일, 그 일 때문에 생각이 난 건데요. 천사를 소환하는 게 악마를 소환하는 것보다 위험하다고 했잖아요. 천사는 소환한 사람을 공격하거나, 천국의 불길로 태워버릴 수도 있으니까 말이에요. 하지만 만약에 내가 한다면…." 사이먼이 말꼬리를 흐렸다. "난 안전할 거예요, 그죠?"

순간 매그너스의 시선이 사이먼에게로 홱 돌아왔다.

"네가? 천사를 소환하겠다는 거야?"

"어떻게 하는지는 당신이 가르쳐주면 되잖아요."

사이먼이 말했다. "내가 마법사는 아니지만, 발렌타인도 했잖아요. 발렌타인이 할 수 있는 거면 나도 못 할 거 없잖아요? 내 말은, 그러니까 인간 중에도 마법을 쓸 수 있는 사람이 있다는 거예요."

"네가 목숨을 부지할 수 있다고 나 장담 못 하는데."

말은 그렇게 했지만 매그너스의 목소리에는 관심이 있다는 기색이 역력했다.

"너한테 있는 마크는 천국의 보호를 받는다는 걸 의미해. 하지만 그게 천국 그 자체로부터도 널 보호해줄 수 있을까? 그건 장담할 수 없는데."

"그걸 알 거라고는 생각 안 했어요. 하지만 우리 중에서는 그나마 내가 가장 가능성이 높다는 데에는 동의하죠, 그죠?"

매그너스가 마야에게로 눈을 돌렸다. 그녀가 조던에게 더러운 물을 튀기자 그가 소리를 지르며 홱 돌아섰다. 그 모습에 마야는 깔깔 웃었다. 마야가 곱슬곱슬한 머리카락을 뒤로 쓸어 넘기자 이마에 시커먼 먼지가 묻었다. 그 모습이 어려 보였다.

"맞아." 매그너스가 마지못해 대답했다. "아마 그럴 거야."

"당신 아버지가 누구예요?"

사이먼이 물었다.

매그너스의 시선이 다시 알렉에게로 옮겨갔다. 그의 눈은 무릎에 누워 있는 고양이 눈처럼 속을 알 수 없는 초록색이었다.

"그건 내가 좋아하는 이야깃거리가 아닌데, 스메들리."

"사이먼이라니까요." 사이먼이 말했다. "만약 내가 당신들 모두를 위해 죽는다면 최소한 내 이름 정도는 기억해줘야죠."

"날 위해 죽는 건 아니잖아." 매그너스가 말했다. "알렉만 아니라면 난 여기가 아니라…."

"여기가 아니라 어디요?"

"나 꿈을 꿨어." 매그너스가 먼 곳을 바라보는 듯한 눈으로 말을 이었다. "온통 피로 물든 도시를 봤어. 뼈로 만든 탑들이 솟아 있고, 거리에는 피가 물처럼 흘렀어. 데이라이터, 네가 제이스는 구할 수 있을지도 몰라. 하지만 이 세상을 구할 수는 없어. 어둠이 다가오고 있어. '어둠의 땅, 어둠, 그리고 죽음의 그림자, 무엇이 먼저랄 것 없이 밀려와 빛이 있던 자리를 어둠이 대신하리라.' 알렉만 아니라면 난 여길 떠났을 거야."

"어디로 갈 건데요?"

"숨는 거지. 모든 게 다 끝날 때까지. 난 영웅 체질이 아니거든."

매그너스가 대장 고양이를 안아 올려 바닥으로 던지듯 내려놓았다.

"그래도 알렉을 사랑해서 여기 남아 있는 거잖아요. 그 정도로도 영웅이 되기에 충분해요."

"너도 네 인생을 다 내던질 만큼 클라리를 사랑하잖아." 매그너스가 평소답지 않게 씁쓸한 투로 말했다. "그게 어떤 결과를 가져올지 모르지만."

매그너스가 목소리를 높이더니 모두에게 말했다.

"알았어. 자, 다들 이리로 모여봐. 셸던이 말할 게 있대."

"셸던이 누군데?"

이사벨이 물었다.

프라하 거리는 춥고 어두웠다. 클라리는 뜨거운 와인을 한 잔 사서 두 손으로 따뜻한 컵을 꼭 감싸 쥔 채 세바스찬과 제이스와 나란히 구불구불한 미로 같은 골목길을 계속 걸었다. 더 이상 거리명을 적은 표지판도 없고, 다니는 사람도 없었다. 계속 남아 있는 것이라고는 짙은 구름에 가린 채 머리 위에 떠 있는 달밖에 없었다. 한참 만에 얕은 돌계단이 나타나 아래로 이어지면서 작은 광장이 나타났다. 광장 한쪽에서는 'KOSTI LUSTR'라고 적힌 네온사인이 번쩍거렸다. 네온사인 밑으로 문 하나가 열려 있었는데, 마치 이가 하나 빠진 자리처럼 보였다.

"'코스티 루스트르'가 무슨 뜻이야?" 클라리가 물었다.

"'뼈의 샹들리에'라는 뜻이야. 나이트클럽 이름이지." 세바스찬이 앞으로 어슬렁어슬렁 걸어가면서 말했다. 진한 빨강, 진한 파랑 그리고 금속성을 띤 황금색까지, 번쩍거리며 바뀌는 네온사인 불빛이 그의 옅은 머리카락을 물들였다.

"갈래?"

클럽으로 들어서는 순간 어마어마한 소리와 빛이 클라리를 덮쳤다. 한때 성당이었던 것으로 보이는 클럽은 넓은데도 사람들로 꽉 차 있었다. 벽 높은 곳에는 스테인드글라스 창들이 남아 있었다. 색색깔의 스포트라이트가 이리저리 몰려다니는 사람들 사이에서 취한 듯 춤을 추는 사람들을 찾아내 환하게 비춰주었다. 한쪽 벽에 디제이 부스가 있고 스피커에서는 트랜스 뮤직이 쿵쿵 울려 퍼졌다. 음악이 클라리의 혈관과 뼈까지 울렸다. 땀 냄새, 담배 냄새, 맥주 냄새로 실내가 후끈거렸다.

클라리가 돌아서서 제이스한테 춤추겠냐고 물으려는데 누군가의 손이 등에 와 닿았다. 세바스찬이었다. 클라리는 긴장했지만 물러서지는 않았다.

"가자." 세바스찬이 클라리의 귀에 대고 말했다. "우리가 이런 어중이 떠중이 사이에 섞여 있으면 안 되지."

세바스찬의 손이 강철처럼 클라리의 등을 떠밀었다. 클라리는 그가 떠미는 대로 춤추는 사람들 사이를 뚫고 앞으로 나아갔다. 사람들은 마치 두 사람이 지나가도록 일부러 길을 내주는 듯 보였다. 모두들 고개를 들어 세바스찬을 흘끗 보고는 고개를 떨구면서 뒤로 물러났다. 점점 열기가 뜨거워져 클럽 반대편에 다다랐을 즈음 클라리는 숨을 헐떡이고 있었다. 그곳에는 지금껏 보지 못한 아치형 입구가 있었다. 낡은 돌계단이 소용돌이를 그리며 저 아래, 끝이 보이지 않는 어둠 속으로 이어져 있었다.

세바스찬이 등에서 손을 떼는 사이 클라리는 슬쩍 위를 올려다보았다. 눈이 부실 정도의 빛이 주위를 밝혔다. 제이스가 마녀의 룬스톤을 꺼냈던 것이다. 그는 클라리에게 활짝 미소를 지어 보였다.

"내려가는 길은 쉬워."

제이스가 말했다.

클라리는 부르르 몸이 떨렸다. 클라리는 방금 제이스가 한 말의 전체 문장을 알고 있었다. 지옥으로 내려가는 길은 쉽다.

"가자."

세바스찬이 고개를 홱 돌리더니 오래되어 반들반들해진 돌계단에서 미끄러질까 조심하지도 않고 우아한 걸음으로 내려가기 시작했다. 클라리는 조금 천천히 뒤따라갔다. 아래로 내려갈수록 공기가 점점 서늘해졌고, 쿵쿵 울리는 음악 소리도 잦아들었다. 클라리는 자신들의 숨소리를 들을 수 있었다. 벽에는 호리호리하고 뒤틀린 막대기 같은 그림자들이 일렁거렸다.

계단을 다 내려가기도 전에 새로운 음악이 들렸다. 위층에서 듣던 것보다 비트가 강한 음악이었다. 강한 비트가 귀를 뚫고 들어와 혈관을 따라 온몸을 돌며 쿵쿵 울렸다. 계단을 다 내려가 거대한 홀에 들어설 무렵 클라리는 머리가 빙빙 돌고 숨도 제대로 쉬지 못할 것 같았다.

모든 것이 돌로 되어 있었다. 벽은 울퉁불퉁했지만 바닥은 매끈했다. 검은 날개를 단 천사의 동상이 반대편 벽에 서 있었는데 그림자에 가려 얼굴은 보이지 않았다. 천사의 날개에는 석류석 장식이 핏방울처럼 주렁주렁 매달려 있었다. 홀 여기저기서 갖가지 색의 조명이 폭죽처럼 터졌는데, 위층에서 보던 인공적인 조명과는 달라 보였다. 이곳의 조명은 불꽃놀이처럼 아름답게 반짝거렸고, 빛이 터질 때마다 춤추는 사람들 위로 반짝이는 가루 같은 것이 비처럼 쏟아져 내렸다. 대리석 분수들에서는 반짝이는 물이 뿜어져 나왔고 분수 물 위에는 검은 장미 꽃잎이 떠다녔다. 그리고 천장에는 뼈로 만든 거대한 샹들리에가 긴 황금색 줄에 매달려 있었다.

복잡하게 얽혀 있는 샹들리에는 섬뜩하게 생겼다. 몸체는 척추들로 만들어져 있었다. 대퇴골과 정강이뼈들이 몸체에 길게 매달려 인간의 두개골들을 퍼 올리듯 들고 있고, 두개골이 담겨 있는 곳마다 테이프 장식이 달려 있었다. 바닥에는 검은 촛농이 악마의 피처럼 뚝뚝 떨어져 있었지만 아무도 신경 쓰지 않는 것 같았다. 그리고…빙글빙글 돌고 박수치고 환호하는 사람들 누구 하나 진짜 인간처럼 보이지 않았다.

"늑대인간과 뱀파이어들이야." 클라리의 의문에 대답이라도 하듯 세바스찬이 말했다. "프라하에서는 서로 동맹을 맺고 있거든. 여긴 저들이···휴식을 취하는 곳이지."

사막의 바람 같은 열풍이 훅 불어왔다. 그 바람이 세바스찬의 머리카락을 휘날렸다가 눈앞으로 흘러내리게 해서 그의 표정을 감춰버렸다.

클라리는 몸을 꼼지락거려 코트를 벗어서는 방패처럼 가슴에 꼭 껴안았다. 그리고 눈을 크게 뜨고 주위를 둘러보았다. 홀에 있는 이들의 '인간답지 않은 특징'들이 눈에 들어왔다. 뱀파이어들은 창백한 얼굴에 기민하면서도 나른하게 움직였고, 늑대인간들은 매섭고 빨랐다. 다들 젊었고 서로서로 바짝 붙어서 몸부림치듯 온몸을 비며대며 춤을 추었다.

"그런데···우리가 여기 있는 거 괜찮아? 네피림이잖아?"

"저들은 날 알아. 네가 나하고 같이 올 거라는 것도 알고."

세바스찬이 손을 뻗어 클라리가 안고 있던 코트를 잡아당기며 말을 이었다.

"이건 내가 걸어놓고 올게."

"세바스찬···."

하지만 그는 벌써 사람들 속으로 사라졌다.

클라리는 옆에 있던 제이스를 보았다. 그는 양 엄지를 바지 벨트 고리에 끼우고 분위기를 파악하려는 듯 주위를 둘러보고 있었다.

"뱀파이어들도 휴대품 보관소가 있어?"

클라리가 물었다.

"당연하지." 제이스는 미소를 지으며 말했다. "세바스찬이 내 코트는 안 가져가네. 기사도가 사라졌다니까."

제이스가 어리둥절한 표정을 짓는 클라리를 향해 고개를 갸우뚱 기울이며 다시 말했다.

"됐고. 여기서 만날 사람이 있어서 온 걸 거야."

"그럼 그냥 즐기러 온 게 아니었어?"

"세바스찬은 절대 그냥 즐기기만 하는 경우는 없어." 제이스가 클라리의 손을 잡아 끌어당기며 이렇게 덧붙였다. "하지만 난 있지."

****

사이먼이 예상한 대로 아무도 그의 계획에 열광하지 않았다. 다들 입을 모아 안 된다고 하더니 사이먼이 계획을 포기하도록 설득하면서 질문을 늘어놓았다. 모든 질문은 계획의 안전성에 대한 것으로 대부분 매그너스를 향해 쏟아졌다. 사이먼은 팔꿈치를 무릎에 댄 채 웅크리고 앉아 조용해지기를 기다렸다.

한참 만에 부드러운 손길이 팔에 와 닿았다. 돌아보니 뜻밖에도 이사벨이었다. 그녀는 따라오라는 몸짓을 했다.

뒤에서 뜨거운 논쟁이 계속되는 사이 둘은 가까이 있는 기둥 그늘 속으로 들어갔다. 지금껏 이사벨이 가장 시끄럽게 반대를 했기 때문에 사이먼은 그녀가 소리를 질러댈 것에 대비했다. 그런데 이사벨은 입을 꾹 다물고 빤히 바라보기만 했다.

"알았어." 결국 침묵을 참지 못한 사이먼이 먼저 입을 열었다. "지금 당장은 네가 이 계획에 찬성하지 않는 거 나도 알아."

"안다고? 야, 뱀파이어, 생각 같아서는 네 엉덩이를 발로 차주고 싶지만 새로 산 비싼 부츠 망치고 싶지 않아서 참는 거야."

"이사벨…."

"난 네 애인 아니야."

"그래." 조금 실망스러웠지만 사이먼은 그렇게 말했다. "그건 나도 알아."

"그리고 네가 클라리 옆에 딱 붙어 있어도 한 번도 질투한 적 없어. 오히려 그렇게 하라고 내가 부추기기도 했어. 네가 클라리를 얼마나 소중하게 여기는지는 잘 알아. 클라리가 너를 얼마나 소중하게 여기는지도 알고. 하지만 이건…. 지금 네가 하겠다는 일은 미친 짓이야. 너 진심이야?"

사이먼이 주위를 둘러보았다. 뒤죽박죽인 매그너스의 아파트 한구석에서 사이먼의 운명을 놓고 심각하게 토론 중인 이들의 모습이 보였다.

"클라리 하나 때문에 이러는 거 아니야."

"그럼 너희 엄마 때문에 이러는 거야? 엄마가 널 괴물이라고 불러서 그래? 그렇다고 이렇게까지 할 필요는 없잖아, 사이먼. 그건 네 엄마가 해결해야 할 문제지, 네가 해결해야 할 게 아니야."

"그런 게 아니야. 제이스는 내 생명을 구해줬어. 내가 그 자식한테 빚을 진 거란 말이야."

이사벨이 놀란 표정을 지었다.

"제이스한테 빚을 갚겠다고 이러는 거야? 내 생각에 이제는 서로 갚을 건 다 갚은 것 같은데."

"아니야, 완전히는 아니야."

사이먼이 말을 이었다.

"저기, 우리 다 지금 상황이 어떤지 잘 알고 있잖아. 세바스찬이 멋대로 돌아다니게 둬선 안 돼. 위험하단 말이야. 그 점에 있어서는 클레이브의 판단이 옳아. 하지만 그가 죽으면 제이스도 죽어. 그리고 제이스가 죽으면 클라리도…."

"견뎌낼 거야." 빠르고 단호하게 이사벨이 말했다. "그 앤 강해."

"마음이 많이 아프겠지. 아마 영원히 그럴 거야. 그 애가 그렇게 마음 아픈 거 나 싫어. 네가 그렇게 마음 아픈 것도 싫고."

이사벨이 팔짱을 끼었다.

"물론 그렇겠지. 하지만 만약에 사이먼, 너한테 무슨 일이 생겼을 때 클라리가 마음 아플 건 생각 안 해봤어?"

사이먼이 입술을 깨물었다. 사실 그런 생각은 해보지 않았다. 그렇게까지는 생각해본 적 없었다.

"넌 어때?"

"뭐가 어때?"

"나한테 무슨 일 생기면 너 마음 아플 것 같아?"

이사벨은 여전히 사이먼을 빤히 바라보았다. 등을 꼿꼿이 세우고 턱도 도도하게 쳐든 채. 하지만 눈빛은 흔들렸다.

"그럼."

"그래도 넌 내가 제이스를 도와주기를 바라잖아."

"그건 그렇지."

"그러니까 내가 이 일을 하게 해줘."

사이먼이 다시 말을 이었다.

"제이스 하나만 위해서 하겠다는 게 아니야. 너나 클라리 때문만도 아니고. 물론 네가 이유의 큰 부분을 차지하기는 하지만. 내가 이 일을 하겠다는 건 어둠이 닥쳐오기 때문이야. 매그너스가 그 말을 할 때 난 바로 믿었어. 라파엘도 진심으로 전쟁을 두려워하고 있다고 난 생각해. 세바스찬의 계획에 대해 우리가 아는 게 별로 많지는 않지만 그가 제이스를 데리고 간 게 결코 우연은 아닐 거야. 그와 제이스가 한 몸처럼 결합한 것도 그렇고. 그는 우리가 전쟁에서 이기려면 제이스가 필요하다는 걸 알아. 제이스가 어떤 존재인지 아는 거야."

이사벨도 그 말을 부인하지 않았다.

"너, 제이스만큼 용감하다."

"그럴지도 모르지. 하지만 난 네피림이 아니야. 그러니까 제이스가 하는 것처럼 할 수는 없어. 제이스처럼 많은 사람들한테 의미 있는 존재도 아니고."

"특별한 운명을 지닌 사람에게는 특별한 고통이 따르는 법이지."

이사벨이 속삭이듯 말했다.

"사이먼… 넌 나한테 의미 있는 존재야."

사이먼이 손을 내밀어 이사벨의 뺨을 살짝 감쌌다.

"넌 전사야, 이사벨. 그게 네 역할이고, 너 자신이야. 하지만 세바스찬을 다치게 하면 제이스가 다치니까 세바스찬과 맞서 싸울 수 없다면 넌 전쟁을 할 수 없어. 그리고 만약 전쟁에 승리하기 위해 네가 제이스를 죽이게 된다면 네 영혼도 온전히 견뎌내지는 못할 거야. 그런 일을 막기 위해 내가 할 수 있는 일이 있는데 가만히 앉아서 보고만 있지는 않을 거야."

이사벨이 침을 꿀꺽 삼켰다.

"이건 공평하지 않아. 굳이 네가 나서야 한다는 게…."

"내가 이 일을 하기로 결정한 거야. 제이스는 결정권이 없어. 만약 제이스가 죽는다면 그건 그 녀석과 아무 상관도 없는 일 때문에 죽는 거야."

이사벨이 숨을 헉 내쉬었다. 그러고는 팔짱 끼었던 팔을 풀어 사이먼의 팔꿈치를 붙잡았다.

"알았어. 가자."

이사벨이 말했다.

그러고는 사이먼을 거실로 밀고 갔다. 이사벨이 목청을 가다듬자 모두들 지금껏 두 사람이 자리를 비웠다는 것을 몰랐다는 듯 하던 말을 멈추고 쳐다보았다.

"그만들 해."

이사벨이 입을 열었다.

"사이먼 스스로 내린 결정이야. 사이먼이 라지엘을 소환할 거야. 그리고 우리는 각자 최선을 다해 사이먼을 도와줘야 해."

춤을 추었다. 클라리는 쿵쿵 울리는 비트에, 온몸의 혈관으로 미친 듯 피를 뿜어내는 심장 고동에 취하고 싶었다. 오래전 사이먼과 함께 팬더모니엄 클럽에 갔을 때 그랬던 것처럼. 그때 사이먼은 춤 실력이 형편없었는데 제이스는 현란한 춤 솜씨를 뽐냈다. 당연한 일이라고 클라리는 생각했다. 오랫동안 무술과 우아한 몸놀림을 훈련했으니 몸을 가지고 하는 일이면 무엇이든 못 할 게 없을 터였다. 제이스가 고개를 뒤로 젖혔다. 땀에 젖어 검게 보이는 머리카락이 관자놀이에 달라붙어 있고, 목의 흰 부분이 뼈 샹들리에의 빛을 받아 번쩍거렸다.

클라리는 춤을 추는 다른 이들이 제이스에게 던지는 눈길을 보았다…. 감탄과 추측, 그리고 굶주림이 섞인 시선들이 쏟아졌다. 순간 주체할 수 없는 소유욕이 속에서 끓어올랐다. 클라리는 제이스에게 바싹 다가가 주위의 다른 여자들이 하는 것처럼 그의 몸에 자신의 몸을 밀착시키고 비벼댔다. 전에는 그런 식으로 춤을 추면 상대의 벨트 버클에 머리카락이 걸릴 거라고 생각했는데 그렇지 않았다. 몇 달 동안 받은 훈련이 싸움 실력만 길러준 게 아니라 몸을 쓰는 모든 일에 도움을 주는 것 같았다. 지금까지와 달리 몸이 자유자재로 유연하게 움직인다는 느낌이 들었다. 클라리는 제이스에게 몸을 더 밀착했다.

제이스는 줄곧 눈을 감고 있었다. 그러다 머리 위 어둠 속에서 알록달록한 빛이 텅 터지는 순간 그가 눈을 번쩍 떴다. 금속성 방울들이 비처럼 쏟아져 제이스의 머리카락과 피부에 묻으며 수은처럼 반짝거렸다. 제이스가 손가락으로 자신의 쇄골에 묻은 은빛 방울을 건드리더니 입술을 씩 끌어올려 미소를 지으며 손가락을 클라리에게 보여주었다.

"타키에 처음 갔을 때 내가 해준 이야기 기억해? 요정의 음식에 대한 이야기 말이야."

"네가 사슴뿔만 머리에 쓴 채 발가벗고 매디슨 애비뉴에서 뛰어다녔다고 이야기한 거는 기억나."

클라리는 눈썹에 내려앉은 은빛 방울들을 떨어뜨리려고 눈을 깜박이며 말했다.

"그게 진짜 나였는지는 절대 증명하지 못할걸."

춤을 추면서 어색하지 않게 이야기를 계속할 수 있는 사람은 아마 제이스뿐일 거라고 클라리는 생각했다.

"저, 이게…." 제이스가 머리카락과 피부에 묻은 은빛 액체를 툭 쳐내며 말했다. "바로 그런 거거든. 이걸 먹으면 너 완전히….”

"취하는 거야?"

제이스가 어두운 눈빛으로 클라리를 바라보았다.

"재미있을 거야."

머리 위에서 또다시 꽃 같은 방울들이 폭발하듯 터지며 우수수 쏟아졌다. 이번에는 물처럼 반짝이는 푸른색이었다. 제이스가 클라리를 빤히 보면서 손에 묻은 방울을 핥았다.

취한다…. 클라리는 마약은 말할 것도 없고, 술도 마셔본 적 없었다. 엄밀히 따지자면 열세 살 때 사이먼하고 엄마 술 찬장에서 깔루아 한 병을 몰래 훔쳐내 마신 적은 있다. 하지만 그때 둘 다 술에 취해 죽을 만큼 고생을 했다. 사이먼은 생울타리 담장에서 토악질까지 했다. 두고두고 후회하기는 했지만 아무튼 클라리는 그때 눈앞이 빙빙 돌면서 이유도 없이 행복하고 신이 나서 낄낄거렸던 것을 똑똑히 기억하고 있었다.

제이스가 손을 내리자 그의 입이 은빛으로 반짝거렸다. 그는 여전히 클라리를 빤히 내려다보고 있었다. 긴 속눈썹 때문인지 황금빛 눈이 어두워 보였다.

이유도 없이 행복했었지.

클라리는 죽음의 전쟁이 끝나고 릴리스가 제이스를 빼앗기 전까지 둘이 함께했던 시간들을 떠올렸다. 지금 제이스의 방 벽에 걸린 사진을 찍은 게 바로 그때였다. 둘은 정말 행복했다. 그때는 제이스를 봐도 지금처럼 몸속에서 작은 칼들이 피부를 찔러대는 것 같은 느낌이 없었고, 둘 사이가 점점 멀어지는 듯한 기분도 들지 않았다. 아무 거리낌 없이, 아무 걱정 없이 제이스를 대할 수 있었다.

클라리가 고개를 들어 천천히, 하지만 정확하게 제이스의 입술에 키스를 했다.

순간 클라리의 입 안에 달콤새콤한 맛이, 와인과 사탕을 섞은 듯한 맛이 확 퍼졌다. 혀로 입을 훑으며 제이스에게서 물러서는데 은색 액체가 또다시 쏟아져 내렸다. 제이스가 거칠게 숨을 몰아쉬었다. 그가 손을 내밀었지만 클라리는 웃음을 터뜨리며 홱 돌아섰다.

갑자기 자유로워진 느낌이 밀려왔다. 뭐든 내키는 대로 하고 싶어졌다. 믿기지 않을 만큼 마음이 가벼워졌다. 반드시 해야 할 일이 있다는 건 알겠는데 그게 뭔지 생각이 나지 않았다. 왜 그 일을 그토록 중요하게 여겼는지도 기억나지 않았다. 주위에서 춤추는 사람들 얼굴이 더 이상 무섭게 보이지 않았다. 그저 조금 어두워 보인다 싶을 뿐, 아름답게만 느껴졌다.

클라리는 빨리, 더 빨리 빙빙 돌았다. 슬픔도, 기억들도, 상실감도 모두 사라졌다. 계속 빙빙 도는데 뒤에서 누군가의 두 팔이 뱀처럼 스르르 다가와 클라리를 꽉 붙잡았다. 내려다보니 날씬하고 아름다운 손가락에 천리안 룬이 그려진 흉터투성이 손이 보였다. 제이스였다. 클라리는 녹아내리듯 그의 품에 기댔다. 눈을 감고 머리를 그의 어깨에 기댔다. 제이스의 심장 뛰는 소리가 척추를 통해 전해졌다.

제이스의 심장 소리는 다른 사람들과 달라. 이건 아니야.

클라리는 눈을 뜨고 주위를 둘러보고는 두 손으로 등 뒤에 있는 사람을 떠밀었다.

"세바스찬."

클라리가 중얼거렸다. 모겐스턴 반지처럼 은빛과 검은빛으로 번쩍이는 오빠가 히죽 미소를 지으며 내려다보고 있었다.

"클라리사. 너한테 보여주고 싶은 게 있어."

싫어. 그렇게 말하려고 했지만 그 생각은 물에 넣은 설탕처럼 사라져버렸다. 왜 그렇게 말하려고 했는지도 기억나지 않았다.

이 사람은 내 오빠다. 오빠니까 사랑하는 것이 당연하다. 이렇게 아름다운 곳에 나를 데려오기까지 했다. 뭔가 나쁜 짓을 한 것 같지만 그건 오래전 일이고 그게 무엇인지도 이제는 기억나지 않는다.

"천사가 노래하는 소리가 들려."

클라리가 세바스찬에게 말했다. 그러자 세바스찬이 나지막이 웃었다.

"은색 물방울이 그냥 반짝이 장식이 아니라는 거 경험했나 보네."

세바스찬이 앞으로 손을 내밀어 검지로 클라리의 광대뼈 위를 슬쩍 만졌다. 그러자 은색 눈물방울이 묻기라도 한 듯 그의 손가락이 은색으로 물들었다.

"가자, 쇼마 전사."

세바스찬이 손을 내밀었다.

"그런데 제이스가 안 보여. 사람들 사이로 가버렸는데…."

클라리가 말했다.

"우리 찾아서 올 거야."

세바스찬의 손이 클라리의 손을 꽉 쥐었다. 놀랄 만큼 따뜻하고 편안했다. 클라리는 세바스찬이 이끄는 대로 홀 한가운데에 있는 분수 중 하나로 다가가 넓은 대리석 가장자리에 걸터앉았다. 세바스찬도 여전히 클라리의 손을 꼭 쥔 채 옆에 앉았다.

"물속을 들여다봐. 뭐가 보이는지 말해줘."

그가 말했다.

클라리는 몸을 숙여 분수대의 매끈하고 검은 수면 위를 들여다보았다. 자신의 얼굴이 보였다. 화장이 번져 눈 주위에 멍이 든 것 같았고, 머리도 헝클어져 있었다. 그때 세바스찬도 몸을 숙여 물에 비친 그의 얼굴이 클라리의 눈에 들어왔다. 그의 은색 머리가 물에 비치자 달그림자처럼 보였다. 클라리가 물에 비친 은빛 머리를 만지려고 손을 뻗으니 수면이 흔들리면서 둘의 그림자가 알아볼 수 없을 정도로 일그러졌다.

"이게 뭐지?"

세바스찬이 물었다. 그의 목소리에는 약간의 절박함이 묻어 있었다.

클라리가 고개를 설레설레 내저었다. 그가 바보 같은 생각이 들어서였다.

"너하고 나지, 뭐겠어?"

클라리는 핀잔하듯 말했다.

세바스찬이 클라리의 턱 밑에 손을 대고 얼굴을 자신에게로 돌렸다. 그의 눈은 검었다. 밤처럼 새까만 눈 속에서 동공과 홍채의 경계만 은반지처럼 빛났다.

"안 보여? 우리 똑같이 생겼잖아, 너하고 나 말이야."

"똑같다고?" 클라리가 눈을 깜박이며 세바스찬을 보았다. 딱 집어 말은 못 하겠지만, 그가 한 말이 굉장히 잘못되었다는 느낌이 들어서였다. "아니야…."

"넌 내 동생이야. 우리는 같은 핏줄이라고." 세바스찬이 말했다. "너한테는 악마의 피가 흘러. 릴리스의 피 말이야."

이유는 모르겠지만 이 말이 재미있게 느껴져서 클라리는 낄낄거렸다.

"넌 어두워, 어두워, 어두워. 하지만 제이스하고 나는 밝아."

"네 마음속에도 어두운 구석이 있어, 발렌타인의 딸. 네가 인정하지 않는 것뿐이지. 제이스를 갖고 싶다면 그 사실을 반드시 인정해야 할 거야. 왜냐하면 지금은 제이스가 내 거니까."

"그럼 넌 누구 건데?"

세바스찬의 입술이 벌어졌다. 하지만 말은 하지 않았다. 처음으로 그가 할 말이 없는 것 같다고 클라리는 생각했다. 클라리는 놀랐다. 지금껏 그가 하는 말은 자신에게 별 의미가 없었고, 딱히 궁금하지도 않았다. 클라리가 뭐라고 다시 말하기 전에 위에서 누군가의 목소리가 들렸다.

"뭐 하는 거야?"

제이스였다. 그는 속을 알 수 없는 얼굴로 두 사람을 번갈아 보았다. 그는 몸에 반짝이는 액체가 더 많이 묻어 있었고 금색 머리카락 끝에 은빛 방울들이 대롱대롱 매달려 있었다.

"클라리."

제이스는 화난 목소리였다. 클라리는 세바스찬에게서 물러나 발딱 일어났다.

"미안. 사람들 틈에서 놓쳤어."

"나도 알아." 제이스가 말했다. "분명 너하고 춤을 추고 있었는데 어느 순간 네가 사라지고 늑대인간 하나가 내 청바지 단추를 풀려고 끈질기게 매달리더라니까."

세바스찬이 낄낄 웃었다.

"여자였어, 남자였어?"

"몰라. 어느 쪽이든 면도는 해야겠더라." 제이스는 클라리 손을 잡더니 손가락으로 그녀의 손목을 살짝 감았다. "집에 갈래? 아니면 춤 더 출까?"

"춤 더 춰. 괜찮지?"

"얼른 가." 세바스찬이 뒤로 손을 뻗어 분수 가장자리를 짚으며 말했다. 그의 미소가 면도날처럼 날카로워 보였다. "난 구경이나 할래."

클라리의 머릿속에 뭔가 언뜻 스쳤다. 피 묻은 손바닥 자국. 그 기억은 빠르게 사라졌고 클라리는 얼굴을 찡그렸다. 이렇게 아름다운 밤에 그런 끔찍한 생각을 하는 게 싫었다.

클라리는 잠깐 오빠를 돌아보았다가 제이스를 따라 홀 가장자리로, 사람들이 비교적 적은 쪽으로 갔다. 머리 위에서 둥근 빛 덩어리가 또 하나 터지면서 은빛 액체가 쏟아지자 클라리가 고개를 들어 짭짤하면서도 달콤한 방울을 혀로 받아먹었다.

뼈 샹들리에 밑에서 제이스가 걸음을 멈추자 클라리가 그를 향해 돌아섰다. 그러고는 두 팔로 그를 감싸 안았다. 은빛 액체가 눈물처럼 얼굴을 따라 흘러내리는 것이 느껴졌다. 클라리의 두 손이 제이스의 옷자락 밑으로 미끄러져 들어가 그의 옆구리를 살짝 할퀴었다. 클라리를 내려다보는 제이스의 속눈썹 끝에 은빛 방울이 대롱대롱 매달렸다. 그가 몸을 숙여 클라리에게 귓속말을 했다. 그의 두 손이 클라리의 어깨로 올라가더니 다시 팔을 따라 내려갔다.

둘 다 더 이상 춤을 추지 않았다. 최면을 걸듯 몽롱한 음악이 계속되고 춤추는 사람들이 주위를 빙빙 돌았지만 클라리는 거의 알아차리지 못했다. 한 커플이 체코어로 조롱하는 듯한 말을 던지며 옆을 지나갔다. 클라리는 그 말이 무슨 뜻인지 정확히 알아듣지는 못했지만 '아예 방을 잡지'라는 요지의 말인 듯싶었다.

제이스가 못 참겠다는 듯한 소리를 내더니 다시 클라리를 끌고 사람들 사이를 지나 벽에 줄지어 있는 그늘진 벽감 속으로 들어갔다.

벽감은 벽을 따라 수십 개 있었다. 안에는 돌로 만든 긴 의자가 있고 외부와 차단할 수 있는 벨벳 커튼이 달려 있었다. 제이스가 커튼을 홱 당겨 닫자 둘은 해변으로 밀려가는 파도처럼 서로에게 와락 달려들었다. 둘의 입술이 충돌하듯 맞닿으며 하나가 되었다. 제이스가 클라리를 번쩍 안아 올려 클라리의 몸이 그에게 꼭 밀착되었다. 그의 손가락이 클라리의 매끈한 드레스 자락 속에서 꿈틀거렸다.

뜨겁고 부드러운 느낌이 들었다. 무언가를 찾는 듯 이리저리 돌아다니던 클라리의 두 손이 제이스의 티셔츠 속으로 들어가 그의 등을 손톱으로 할퀴었다. 그가 숨을 헐떡이자 클라리는 쾌감을 느꼈다. 제이스가 그녀의 아랫입술을 깨물었다. 클라리의 입 안으로 짭짤하고 뜨거운 피맛이 퍼졌다. 목숨을 잃는 한이 있더라도 서로의 몸을 갈기갈기 찢어 상대의 몸속으로 들어가 심장박동을 나누려는 것만 같다고 클라리는 생각했다.

벽감 안은 어두웠다. 제이스의 그림자 윤곽과 황금빛만 보였다. 그가 클라리를 벽으로 밀어붙였다. 그의 두 손이 클라리의 몸을 따라 미끄러져 내려가더니 드레스 끝자락에 이르자 다시 그녀의 다리를 따라 위로 올라갔다.

"지금 뭐 하는 거야?" 클라리가 속삭여 물었다. "제이스?"

그가 클라리를 보았다. 클럽의 묘한 불빛 때문에 그의 눈이 여러 가지 빛으로 반짝거렸다. 그의 얼굴에 사악한 미소가 번졌다.

"싫으면 언제든 그만두라고 말해." 그가 말했다. "하지만 그런 말 안 할걸."

세바스찬이 벽감을 가린 먼지투성이 벨벳 커튼을 옆으로 밀쳐내더니 미소를 지었다.

둥그런 공간 안쪽에 있는 긴 의자 위에 한 남자가 몸을 앞으로 숙인 채 앉아 있었다. 긴 검은 머리를 뒤로 묶은 남자의 한쪽 뺨에는 흉터인지 마크인지 모를 나뭇잎 모양의 흔적이 있고, 눈은 풀처럼 짙은 초록색이었다. 새하얀 수트 차림에 한쪽 주머니에는 역시 초록색 나뭇잎 모양이 수놓인 손수건이 살짝 빠져나와 있었다.

"조너선 모겐스턴."

멜리온이 불렀다.

세바스찬은 이름을 잘못 불렀다고 지적하지 않았다. 요정들은 이름에 대단한 관심을 가지고 있어서 반드시 아버지가 지어준 이름만 부르기 때문이다.

"당신이 약속한 시각에 여기 올 거라 기대 안 했는데, 멜리온."

"요정들은 거짓말을 하지 않는다는 것을 상기시켜주어야 하나."

요정 기사가 말했다. 그는 손을 뻗어 세바스찬 뒤로 커튼을 닫았다. 밖에서 요란하게 쿵쿵대던 음악을 완전히 차단할 수는 없었지만 그래도 제법 조용해졌다.

"이리 와서 앉지. 와인 하겠나?"

"아니, 됐어." 세바스찬이 긴 의자에 앉았다. "여기서 만나기를 희망한다는 당신 전갈을 받았을 때 좀 놀랐어."

"그대는 여왕께서 그대에게 각별한 관심을 가지고 계시다는 것을 잘 알아야 할 것이야."

멜리온은 와인을 한 모금 마시고 다시 말을 이었다.

"오늘 밤 여기 프라하에서 악마들이 큰 소란을 일으켰다. 그래서 여왕께서 걱정이 크시다."

세바스찬이 두 팔을 활짝 폈다.

"보는 바와 같이 나는 아무 해도 입지 않았어."

"소란이 너무 커서 네피림의 관심도 끌게 될 것이다. 내가 잘못 안 것이 아니라면 이미 여럿이 멋대로 돌아다니고 있다."

"무슨 여럿?"

세바스찬이 모르는 척 물었다. 멜리온은 와인 한 모금을 또 마시고 빤히 바라보았다.

"아, 그렇지. 요정들의 대화법에 대해 항상 잊어버린단 말이야. 저 바깥에서 섀도우 헌터들이 나를 찾고 있다는 뜻이지. 나도 진작 눈치 챘어. 하지만 내가 네피림 몇을 상대 못한다고 생각한다면 그건 요정 여왕께서 나를 너무 모른다는 뜻인데."

세바스찬이 벨트에서 단검을 뽑더니 빙빙 돌렸다. 벽감에 스며든 흐린 빛이 검에 반사되어 반짝거렸다.

"여왕께 그대가 그리 말했다고 전하지." 멜리온은 중얼거리듯 말했다. "솔직히, 여왕께서 왜 그대에게 관심을 보이는지 모르겠어. 그대를 살펴보니 많이 부족한데 말이야. 여왕의 취향을 알 수가 없어."

"저울에 달아보니까 많이 부족한 것 같았다는 거야?" 재미있다는 얼굴로 세바스찬이 앞으로 몸을 숙였다. "내가 잘 설명해주지, 요정 기사 양반. 나는 젊어. 잘생겼지. 그리고 내가 원하는 것을 얻기 위해서라면 이 세상을 몽땅 불태워버릴 수도 있어."

들고 있던 단검으로 돌 탁자에 난 금을 훑으면서 세바스찬은 계속 말했다.

"나와 마찬가지로, 요정 여왕도 오랜 시간이 걸리는 게임을 좋아하지. 하지만 내가 알고 싶은 것은 이거야. 네피림의 쇠퇴기가 왔을 때 실리코트 여왕께서는 나와 함께할 건가, 아니면 맞설 건가?"

"여왕께서는 그대와 함께할 것이라 말씀하셨다."

멜리온이 무표정한 얼굴로 말했다. 세바스찬의 입꼬리가 위로 씩 올라갔다.

"그거 대단히 반가운 소식이군."

멜리온이 콧방귀를 뀌었다.

"인간이라는 종족이 언젠가는 자멸하고 말리라고 늘 예상했었지. 천 년의 세월 동안 나는 너희들이 스스로 파멸을 불러오리라 예언했다. 하지만 그 끝이 이런 식으로 찾아오리라고는 예상하지 못했다."

세바스찬은 단검을 손가락 사이에 끼우고 빙빙 돌렸다.

"누구도 예상 못 했을 거야."

"제이스."

클라리가 속삭였다.

"제이스, 누가 와서 보면 어떡해."

하지만 제이스의 손은 멈추지 않았다.

"아무도 안 와."

제이스의 입술이 목을 따라 키스를 이어가자 클라리는 더 이상 다른 생각을 할 수가 없었다. 지금 이 상황이 꿈인지 생시인지도 분간이 가지 않았다. 생각과 기억들이 서로 뒤엉켜 빙빙 돌았다. 손가락이 제이스의 셔츠를 너무 꼭 틀어쥐는 바람에 금방이라도 옷이 찢길 것 같았다.

제이스는 클라리의 어깨에 입을 맞추며 드레스 어깨끈을 내렸다. 클라리는 몸이 뜨거우면서도 추워서 부르르 떨렸다. 세상이 만화경 속 꽃가루들처럼 산산조각 나 부서져 내리는 것만 같았다. 그의 손길에 온몸이 사르르 무너져 내렸다.

"제이스…."

클라리가 그의 셔츠에 매달렸다. 끈적끈적했다. 손을 내려다보았다. 처음에는 그게 무엇인지 알아차리지 못했다. 은색 액체에 빨간 무언가가 섞여 있었다.

피.

클라리가 위를 올려다보았다. 천장에… 발목에 밧줄을 감은 사람의 몸이 크리스마스 장식처럼 매달려 있었다. 목에 난 베인 상처에서 피가 뚝뚝 떨어지고 있었다.

클라리가 비명을 질렀다. 하지만 소리가 나지 않았다. 제이스를 떠밀었다. 그가 뒤로 넘어졌다. 그의 머리와 셔츠에 그리고 클라리의 맨살에 피가 묻어 있었다. 클라리는 서둘러 드레스 어깨끈을 올리고 벽감을 가리고 있던 커튼을 확 열어젖혔다.

아까 보았던 천사의 동상은 더 이상 천사의 모습이 아니었다. 천사의 날개라고 생각했던 것은 박쥐 날개였고, 자비로워 보이던 얼굴에는 조롱하는 듯한 미소가 떠올라 있었다. 천장에는 남자, 여자, 동물의 난도질당한 시체가 주렁주렁 매달려 있었다. 벌어진 상처에서 피가 비처럼 뚝뚝 떨어졌다. 분수에서도 피가 뿜어져 나왔고, 분수대 수면에 떠 있는 것은 꽃이 아니라 잘린 손이었다. 몸을 비틀고 서로를 할퀴며 춤을 추고 있는 사람들은 온통 피투성이였다.

클라리의 눈앞에서 한 커플이 빙글 돌았다. 큰 키에 창백한 남자의 품에 안긴 여자는 목에 상처가 나고 축 늘어진 것이 한눈에 봐도 죽은 게 분명했다. 남자가 입맛을 다시더니 고개를 숙여 다시 여자의 목을 물었다. 그러기 전에 남자가 클라리를 슬쩍 보고는 씩 웃었다. 웃는 얼굴이 피와 은빛 액체로 얼룩져 있었다.

제이스가 팔을 붙잡아 당겼지만 클라리는 그 손에서 벗어나려고 몸부림쳤다. 그러면서 벽을 따라 있던 유리 탱크를 노려보았다. 아까까지만 해도 그 안에서 형형색색의 아름다운 물고기들이 헤엄치고 있다고 생각했다. 그런데 이제 보니 깨끗한 물이 아니라 시커먼 진흙탕 같았다. 물고기 대신 시체들이 둥둥 떠다니고 그들의 머리카락이 반짝이는 해파리 촉수처럼 일렁거렸다. 클라리는 유리 관 속에 둥둥 떠 있던 세바스찬을 떠올렸다. 목구멍으로 비명이 솟구쳤지만 고요와 어둠이 밀려오면서 클라리는 더 이상 소리를 낼 수 없었다.

14
재가 되어

클라리는 천천히 정신이 돌아왔다. 인스티튜트에서 눈을 뜬 첫날처럼 머리가 어지럽고 자신이 어디 있는지 알수가 없었다. 온몸이 아팠다. 머리도 무쇠 덩어리로 얻어맞은 듯 멍했다. 클라리는 옆으로 누운 채 거칠거칠한 무언가를 베고 있었다. 어깨에 묵직한 무게가 느껴졌다. 흘끗 아래를 보니 호리호리한 손이 보호하듯 흉골 쪽을 가리고 있었다. 마크와 희미한 하얀 흉터들, 핏줄이 보이는 팔뚝까지, 눈에 익었다. 가슴을 내리누르던 불안감이 사라져 클라리는 제이스의 팔에서 벗어나며 조심스럽게 일어나 앉았다.

둘은 제이스의 침실에 있었다. 제이스는 간밤에 입은 옷차림 그대로 침대 머리판에 기대 자고 있었다. 구두도 벗지 않은 채였다. 아마도 클라리를 안고 있다가 잠이 든 것 같았다. 그의 몸에는 아직도 클럽에서 본 은빛 액체가 묻어 있었다.

클라리가 없는 것을 알아차린 듯 제이스의 몸이 살짝 움직이더니 팔로 제 몸을 감았다. 다치거나 아픈 데는 없는 것 같았다. 제이스의 황금빛 속눈썹이 눈 아래 다크서클을 덮고 있었다. 그저 피곤하고 지친 것뿐 인 듯했다. 자는 모습은 어린아이처럼 연약해 보였다.

나의 제이스일지도 몰라.

하지만 아니었다. 클라리는 나이트클럽에서의 일을 똑똑히 기억했다. 어둠 속에서 자신을 더듬던 그의 손길, 시체들, 그리고 피. 뱃속이 울렁 거려 한 손으로 입을 막고 억지로 토악질을 참았다. 간밤의 기억을 떠올 리자 속이 메스꺼웠다. 메스꺼우면서 동시에 찜찜한 느낌이, 뭔가 잊어 버렸다는 묘한 느낌이 들었다.

중요한 것을 잃어버린 느낌.

"클라리."

고개를 돌렸다. 제이스가 내리뜬 속눈썹 사이로 클라리를 보고 있었 다. 황금빛 눈동자에 피로가 가득했다.

"왜 깼어? 아직 새벽인데."

제이스가 말했다. 클라리는 뒤엉킨 담요 속에서 두 손을 꼭 잡았다.

"어젯밤에…" 클라리는 흥분한 듯한 목소리로 말했다. "시체들… 피 가…."

"뭐?"

"내가 봤단 말이야."

"난 못 봤는데." 제이스가 고개를 가로저으며 말을 이었다. "요정 약 때문이야. 너도 알잖아…."

"하지만 진짜 같았단 말이야."

"미안해." 제이스는 눈을 감으며 말했다. "좀 즐기고 싶어서 그랬어. 너 재미있게 해주려고 간 건데. 멋진 걸 보여주고 싶었어. 같이 즐길 수 있을 줄 알았는데."

"피를 봤단 말이야. 죽은 사람들이 수조에 떠 있고…‥."

제이스가 고개를 가로젓자 속눈썹이 파르르 떨렸다.

"그건 다 사실이 아니라…."

"너하고 나 사이에 있었던 일도…?"

클라리는 말꼬리를 흐렸다. 제이스의 눈이 감기면서 가슴이 고르게 들썩거렸기 때문이다. 그는 다시 잠이 들었다.

클라리는 침대에서 일어나 곧장 욕실로 들어갔다. 거울 앞에 섰다. 뼛속까지 멍한 느낌이 파고들었다. 온몸에서 은빛이 번쩍거렸다. 브래지어 끈 하나는 끊어져 있었다. 간밤에 제이스가 잡아당겨서 그렇게 된 것 같았다. 눈가는 마스카라가 번져 시커멨고 피부와 머리카락은 은빛 액체 때문에 끈적끈적했다.

어지럽기도 하고 속도 메스꺼워서 클라리는 슬립 드레스와 속옷을 벗어서 빨래 바구니에 던져 넣고 샤워기 온수 속으로 들어갔다. 말라붙은 은빛 덩어리를 씻어내려고 몇 번이고 머리를 감고 또 감았다. 유화 물감을 씻어내는 것 같았다. 끈적이는 액체는 냄새도 쉽게 없어지지 않았다. 오래된 꽃병 물 같은 냄새가 피부에 희미하게 남아 있었다. 아무리 비누칠을 해도 없어질 것 같지 않았다.

씻고 또 씻은 끝에 이 정도면 나가도 될 정도로 깨끗해졌다는 생각이 들어 물기를 닦고 옷을 갈아입으러 주인용 침실로 갔다. 청바지를 입고 부츠를 신고 편한 면 스웨터를 입자 마음이 놓였다. 그런데 남은 부츠 한 짝을 막 신던 중 아까 느꼈던 찜찜한 느낌이, 뭔가 잃어버렸다는 느낌이 다시 찾아왔다. 순간 얼어붙은 듯 꼼짝도 할 수 없었다.

반지. 사이먼과 연락하게 해주는 황금 반지.

그 반지가 없었다.

미친 듯 반지를 찾았다. 혹시 드레스를 벗을 때 빠졌나 싶어 빨래 바구니를 샅샅이 뒤졌고 제이스가 곤히 자는 사이 그의 침실도 구석구석 뒤졌다. 카펫, 침대 시트도 빗으로 훑듯 털 한 올 한 올 살폈고 협탁 서랍도 살폈다.

클라리는 마침내 포기하고 털썩 주저앉았다. 가슴 속에서 심장이 펄떡펄떡 뛰었다. 속이 메스꺼웠다.

반지가 없어졌다. 어디서 어떻게 잃어버렸는지도 알 수 없었다. 반지를 마지막으로 본 때를 떠올려보려고 애썼다. 엘라피드 악마들한테 단검을 휘두를 때는 분명 손에서 반지가 반짝거렸다. 혹시 그 골동품 가게에 떨어뜨렸나? 아니면 나이트클럽에서?

허벅지를 무심코 꽉 움켜삽는 바람에 손톱이 살을 파고들어 숨이 헉 막혔다. 집중하자, 클라리는 스스로에게 말했다. 집중하자.

어쩌면 반지를 이 아파트 어딘가에 떨어뜨렸을지도 모른다. 제이스가 클라리를 위층으로 안고 올라오는 중에 반지가 떨어졌을지도 모른다. 가능성이 희박하기는 하지만 어쨌든 할 수 있는 것은 다 해봐야 한다.

클라리는 벌떡 일어나 최대한 소리를 죽이며 조심스럽게 복도로 나갔다. 세바스찬의 방으로 가다가 멈칫했다. 반지가 그 방에 있다고는 상상도 하기 싫었다. 방에 들어갔다가 세바스찬을 깨우는 것도 득 될 것이 없었다. 클라리는 돌아서서 부트 소리가 나지 않도록 조심스럽게 아래층으로 내려갔다.

머리가 바쁘게 움직였다. 사이먼과 연락할 방법이 없어지면 앞으로 어떻게 해야 하지? 골동품 상점에서 있었던 일과 아다마스에 대해서 알려줘야 하는데. 최대한 빨리 사이먼과 연락해야 하는데. 벽을 치고 싶었지만 침착하자고, 대안을 찾자고 스스로를 타일렀다. 세바스찬과 제이스가 클라리를 믿기 시작했다. 이럴 때 복잡한 시내 거리 같은 곳에서 그들의 시선을 잠깐이라도 피할 수 있다면, 공중전화로 사이먼에게 연락할 수 있을지도 모른다. 인터넷 카페에 숨어서 이메일을 보내는 방법도 있다. 먼데인의 기술이라면 그 둘보다는 클라리가 훨씬 더 많이 안다. 반지를 잃어버렸다고 해서 모든 게 끝난 것은 아니다.

절대 이대로 포기할 수는 없다.

앞으로 어떻게 할지 생각하는 데 너무 골몰한 나머지 클라리는 세바스찬을 보지 못했다. 다행히 그는 클라리를 등지고 있었다. 세바스찬은 거실에서 벽을 향하고 서 있었다.

이미 계단을 거의 다 내려간 상태였던 클라리는 세바스찬을 본 순간 얼어붙었다가 곧바로 주방과 아래층의 거실 나머지 부분을 나누는 칸막이벽에 납작 몸을 붙였다. 겁먹을 필요 없어, 라고 클라리는 스스로에게 말했다. 클라리는 여기 사는 사람이다. 세바스찬한테 들키더라도 물 마시러 내려왔다고 둘러대면 될 터였다.

하지만 몰래 세바스찬을 훔쳐볼 수 있다는 것이 구미가 당겼다. 클라리는 몸을 살짝 돌려 칸막이벽 너머를 내다보았다.

세바스찬은 여전히 등을 돌리고 서 있었다. 나이트클럽에 다녀온 후 옷을 갈아입어서 이제는 버튼다운 셔츠와 청바지 차림이었다. 그가 돌아서는데 셔츠 자락이 살짝 들려서 허리에 찬 무기 벨트가 클라리의 눈에 들어왔다. 그가 오른손을 들어 올리자 손에 들린 스텔레가 클라리의 눈에 보였고…. 아주 잠깐이었지만 골똘히 생각에 잠긴 채 스텔레를 쥐고 있는 모습이 붓을 들고 있는 엄마를 떠올리게 했다.

클라리는 눈을 감았다. 세바스찬이 엄마나 자신을 닮았다는 생각이 들자 가슴이 철렁했다. 세바스찬의 피가 악마의 피라 해도 자신의 혈관에 흐르는 것과 똑같은 피라는 생각이 들었다.

클라리가 다시 눈을 떴을 때 세바스찬 앞에 문이 나타났다. 세바스찬이 손을 뻗어 벽에 있는 못에 걸린 스카프를 내려서는 어둠 속으로 걸어나갔다.

클라리가 결정을 내릴 시간이 얼마 남지 않았다. 그대로 남아서 방들을 뒤질 것인가, 아니면 세바스찬을 뒤쫓아 어디로 가는지 알아낼 것인가. 마음보다 발이 먼저 결정을 내렸다. 클라리가 몸을 숨기고 있던 칸막이벽에서 나와 쏜살같이 새까만 구멍 같은 문을 빠져나가자 잠시 후 뒤에서 문이 사라졌다.

루크가 누워 있는 방은 블라인드 사이로 새어 들어오는 가로등 불빛만이 밝혀줄 뿐이었다. 조슬린은 불을 켜달라고 하면 된다는 것을 알고 있었지만 이대로가 좋았다. 어둠 덕분에 루크의 상처도 안 보이고, 창백한 얼굴도 안 보이고, 눈 밑의 다크서클도 안 보였다.

어둠 속에서 보니 그는 서클이 만들어지기 전 이드리스에서 알던 꼬마처럼 보였다. 조슬린은 학교 운동장에서 비쩍 마른 몸으로 불안한 듯 손을 꼼지락거리던 어린 루크가 생각났다. 그는 발렌타인의 단짝이었고, 그런 이유로 인해 아무도 그를 제대로 보지 않았다. 조슬린도 그랬다. 그러지만 않았다면 자신을 향한 그의 마음에 그토록 무심하지는 않왔을 것이다.

발렌타인과의 결혼식 날이 기억났다. 아코즈 홀의 유리 천장으로 보이는 하늘은 눈부시게 밝고 깨끗했다. 그때 조슬린은 열아홉 살이었고 발렌타인은 스무 살이었다. 딸이 너무도 일찍 결혼하는 것 때문에 부모님이 얼마나 언짢아하셨던지도 조슬린은 똑똑히 기억났다. 부모님의 반대 같은 것은 전혀 신경 쓰이지 않았다. 그저 두 분이 이해를 못 하는 것이라고만 생각했다. 이 세상에 자신의 짝이 될 사람은 발렌타인뿐인 줄 알았다.

루크는 발렌타인의 들러리였다. 결혼식장을 걸어 들어갈 때 본 루크의 얼굴이 기억났다. 조슬린은 그를 슬쩍 보았을 뿐, 관심은 온통 발렌타인에게 가 있었다. 그날 루크가 아파 보여서 조슬린은 그가 몸이 안 좋구나, 라고만 생각했다. 그리고 나중에 엔젤 광장에서, 그때 이미 결혼한 메이리스와 로버트 라이트우드 부부부터 겨우 열다섯 살이었던 제레미 폰트머시까지 서클 멤버들이 대부분인 하객들이 모여들 때, 조슬린은 루크와 발렌타인과 같이 서 있었는데, 누군가 신랑이 나타나지 않으면 신랑 들러리가 대신 신부와 결혼해야 한다는 농담을 했다. 그날 루크는 행복한 결혼 생활을 비는 황금 룬들이 새겨진 정장 차림으로 근사하게 빼입고 있었는데, 모두 농담을 듣고 웃는 가운데 혼자 하얗게 질려 있었다. 그래서 조슬린은, 얘는 나하고 결혼하는 상상만 해도 저렇게 싫구나, 라고 생각했다. 조슬린은 그때 웃으면서 루크의 어깨를 툭 쳤던 것이 기억났다.

"그런 표정 짓지 마." 조슬린은 루크를 놀렸다. "우리가 어렸을 때부터 알던 사이이긴 하지만, 걱정하지 마, 너하고 결혼하는 일은 절대 없을 테니까!"

그때 아마티스가 깔깔 웃는 스테판을 끌고 다가왔고, 조슬린은 루크에 대해서는 까맣게 잊어버렸다. 자신을 바라보던 그의 얼굴도, 그리고 발렌타인이 루크를 보던 묘한 시선도.

다시 루크를 흘끗 본 조슬린은 화들짝 놀랐다. 며칠 만에 처음 눈을 뜬 루크가 자신을 빤히 보고 있어서였다.

"루크."

조슬린이 속삭이듯 불렀다. 그는 어리둥절한 얼굴이었다.

"얼마나…. 내가 얼마나 잔 거야?"

조슬린은 루크에게 몸을 내던지고 싶었지만 그의 가슴에 아직도 붕대가 감겨 있어 꾹 참았다. 대신 그의 손을 잡아 자신의 볼에 대고 손가락을 깍지 끼워 잡았다. 그리고 두 눈을 감았다. 감은 눈꺼풀 아래로 눈물이 새어 나왔다.

"사흘쯤."

"조슬린." 루크는 진심으로 놀란 듯한 목소리였다. "우리가 왜 경찰서 건물 본부에 있는 거야? 클라리는? 나 정말 기억이 하나도 안 나는데…."

조슬린이 맞잡은 손을 내리고 최대한 침착한 목소리로 그 동안 있었던 일을 이야기해주었다…. 세바스찬과 제이스에 대해, 루크의 몸에 박힌 악마의 금속에 대해, 그리고 프리터 루퍼스의 협조에 대해.

"클라리." 조슬린이 이야기를 마치자마자 루크가 말했다. "그 녀석 찾으러 가야지."

조슬린에게 잡힌 손을 빼면서 루크가 버둥거리며 일어나려고 했다.

어두운 불빛 속에서도 조슬린은 그의 창백한 얼굴이 고통으로 일그러지는 것을 볼 수 있었다.

"그건 불가능해, 루크. 제발 그냥 누워 있어. 그 애 찾으러 갈 방법이 있으면 내가 가만히 있었겠어?"

그래도 루크는 두 다리를 침대 옆으로 휙 내리며 일어나 앉았다. 하지만 곧 헉 하고 숨을 내쉬고는 두 손을 뒤로 짚으며 몸을 지탱했다. 그는 너무 고통스러워 보였다.

"하지만 위험한데…."

"내가 그런 생각 안 해본 것 같아?" 조슬린은 두 손을 루크의 어깨에 얹고 베개 위로 살며시 밀었다. "사이먼이 매일 밤 연락을 하고 있어. 클라리는 무사해. 정말이야. 그리고 당신은 지금 뭘 할 수 있는 상태가 아니야. 당신이 죽으면 클라리한테 아무 도움도 안 돼. 그러니까 제발 날 믿어, 루크."

"조슬린, 아무리 그래도 여기 이렇게 누워만 있으면 안 되잖아."

"그래도 돼." 조슬린이 일어나며 말했다. "그리고 그렇게 해야 돼. 말안 들으면 내가 당신 깔고 앉아서라도 가만히 누워 있게 만들 거야. 도대체 왜 이렇게 말을 안 들어, 루션. 당신 정신 나갔어? 난 클라리 때문에도 걱정이 돼서 미치겠지만, 당신 때문에도 걱정이 돼서 돌아버리는 줄 알았어. 제발 부탁이니까, 이러지 좀 마…. 나 이렇게 걱정하게 만들지 좀 말라고. 만약에 당신한테 무슨 일이라도 생기면…."

루크가 놀란 얼굴로 조슬린을 바라보았다. 그의 가슴에 감은 붕대에 벌써 빨간 핏물이 배어나왔다. 그가 움직이는 바람에 상처가 벌어진 것이었다.

"난…."

"뭐?"

"당신이 날 사랑한다는 게 아직도 어색해."

루크가 말했다.

그에게 어울리지 않는 온순한 말투에 조슬린은 한동안 아무 말도 하지 않았다.

"루크. 부탁이니까 제발 좀 누워."

타협을 하겠다는 듯 루크는 베개에 살짝 기댔다. 그의 숨소리가 거칠어졌다. 조슬린이 곧장 협탁으로 가 물을 한 잔 따라서 가지고 돌아와 루크의 손에 쥐여주었다.

"마셔. 제발 좀."

조슬린이 말했다.

루크는 물잔을 받아들었지만 그의 푸른 눈은 침대 옆 의자에 털썩 주저앉는 조슬린에게로 향했다.

"지금까지 내가 무슨 생각하고 있었는지 알아? 당신이 깨어나기 직전까지 말이야?"

조슬린이 물었다. 루크는 물을 한 모금 마셨다.

"당신, 멍한 얼굴이던데."

"발렌타인하고 결혼하던 날을 생각하고 있었어."

조슬린의 말에 루크가 물잔을 내렸다.

"내 인생 최악의 날이었지."

"늑대인간한테 물린 날보다 더 나빴어?"

앉은 채 다리를 꼬며 조슬린이 물었다.

"더 나빴지."

"난 몰랐어." 조슬린이 말했다. "당신 기분이 어떤지 몰랐어. 알았으면 좋았을걸. 그랬다면 모든 게 달라졌을 거야."

루크가 궁금하다는 듯한 얼굴로 조슬린을 보았다.

"어떻게?"

"발렌타인하고 결혼 안 했겠지. 만약에 내가 당신 마음을 알았다면." 조슬린이 말했다.

"그래도 당신은 아마…."

"아니라니까." 조슬린이 딱 잘라 말했다. "내가 너무 바보였어. 그래서 당신 마음을 알아차리지 못했어. 게다가 내 마음이 어떤지도 제대로 몰랐어. 내가 이미 당신을 사랑하고 있었는데 말이야. 난 미처 알지도 못하는 사이에."

조슬린이 앞으로 몸을 숙여 루크가 아프지 않도록 살짝 입을 맞췄다. 그러고는 자신의 뺨을 루크의 뺨에 갖다 댔다.

"위험한 일 안 하겠다고 약속해. 얼른."

루크의 손이 조슬린의 머리를 쓰다듬었다.

"약속할게."

조슬린은 조금 마음이 놓인 듯 뒤로 기대앉았다.

"과거로 돌아갈 수만 있다면 얼마나 좋을까. 그러면 모든 걸 바로잡을 수 있을 텐데. 진짜 나한테 맞는 남자와 결혼도 하고."

"그러면 우리한테서 클라리가 태어나지 않았을 텐데."

루크가 조슬린을 일깨워주었다. 조슬린은 그가 클라리를 자신의 딸로 여긴다는 듯 '우리'라는 말을 자연스럽게 하는 것이 좋았다.

"클라리가 어렸을 때 당신이 우리 곁에 있었다면…." 조슬린은 한숨을 내쉬었다. "내가 잘못한 것 같아. 그 아이를 지켜야 한다는 생각에 사로잡혀서 지나치게 과잉보호를 한 것 같아. 지금 그 애는 앞뒤 가리지도 않고 위험으로 돌진하고 있어. 우리는 자랄 때 친구가 전투에서 죽는 걸 봤잖아. 하지만 클라리는 그런 경험이 없어. 물론 클라리가 그런 일을 겪길 바라는 건 아니지만, 난 가끔 그 아이가 자신이 죽을 수도 있다는 사실을 믿지 않는 것 같아서 걱정이야."

"조슬린."

루크가 부드러운 목소리로 말했다.

"당신은 그 아이를 잘 키웠어. 옳고 그름을 구분할 줄 알고, 옳은 편이 되려고 노력할 줄 아는, 올바른 가치관을 가진 사람으로 키웠잖아. 당신이 그랬던 것처럼 말이야. 자신의 생각과 반대의 생각을 갖도록 아이를 기를 수는 없어. 난 클라리가 자신이 죽을 수 있다는 걸 믿지 않는다고는 생각 안 해. 내가 보기에는 클라리도, 당신이 그랬던 것처럼, 이 세상에 목숨을 걸고 지킬 만큼 소중한 것이 있다고 생각하는 것 같아."

클라리는 건물들 그림자에 몸을 숨긴 채 세바스찬의 뒤를 따라 복잡하고 좁은 거리를 지나갔다. 그곳은 더 이상 프라하가 아니었다. 그것만큼은 확실히 알 수 있었다. 길은 어두웠지만 하늘은 이른 새벽의 푸르스름한 빛을 띠고 있었다. 그리고 머리 위에 달린 표지판들과 옆으로 스쳐가는 상점들마다 프랑스어가 적혀 있었다. 거리 표지판에 RUE DE LA SEINE, RUE JACOB, RUE DE L'ABBAYE라고 적혀 있었다.

시내를 가로지르는 동안 옆으로 스쳐가는 사람들 모두 유령처럼 보였다. 이따금 자동차가 부르릉대며 지나갔고, 상점들 뒤편에는 물건을 배달하는 트럭들이 서 있었다. 공기에서 강물과 쓰레기 냄새가 났다. 자신이 어디 있는지 클라리가 어렴풋이 깨달을 무렵, 골목이 나타나더니 넓은 대로가 이어지면서 안개 자욱한 어둠 속에서 이정표가 솟아났다. 서로 다른 방향을 가리키는 화살표들이 바스티유, 노트르담 그리고 카르티에라탱으로 가는 길을 알려주었다.

파리였어. 세바스찬이 길을 건너는 동안 차 뒤에 몸을 숨긴 채 클라리는 생각했다. 파리에 온 거야.

기가 막혔다. 클라리는 항상 파리를 잘 아는 사람과 함께 파리 여행을 하고 싶다고 꿈꿔왔다. 파리의 거리를 걷고, 센강을 보고, 이 도시의 모습을 그리고 싶었다. 하지만 이런 식으로 오게 되리라고는 한 번도 상상해보지 못했다.

갑자기 세바스찬이 걸음을 멈췄다. 클라리는 깜짝 놀라 벽에 납작 기대 몸을 숨겼다.

세바스찬이 한 손을 들어 건물 정문 옆에 달린 숫자판을 눌렀다. 클라리는 그의 손 움직임을 유심히 살폈다. 찰칵, 소리와 함께 문이 열리자 세바스찬이 스르르 안으로 들어갔다. 문이 닫히자마자 클라리가 뛰어가 똑같은 암호를 누르고 잠금 장치가 풀리는 소리를 기다렸다. 기다리던 소리가 들렸지만 클라리는 자신이 안심을 한 건지 놀란 건지 분간이 가지 않았다. 이렇게 쉬울 리가 없는데.

잠시 후 클라리는 건물 안 정원에 서 있었다. 네모난 정원은 사방이 평범하게 생긴 건물로 둘러싸여 있었다. 열린 문들 안으로 계단이 보였다. 그런데 어디에도 세바스찬은 보이지 않았다.

그래, 쉬울 리가 없지.

클라리는 정원 안쪽으로 걸어갔다. 그러려면 몸을 숨길 수 있는 그림 자에서 나와야 했다. 들킬 수도 있었다. 하늘이 환해져 움직이는 것은 무엇이든 보일 정도였다. 눈에 띌지도 모른다는 생각을 하자 목덜미가 따끔거려 다시 제일 먼저 눈에 띄는 계단통 그늘에 몸을 숨겼다.

나무로 된 평범한 계단이었다. 벽에는 싸구려 거울이 붙어 있어서 파 리한 자신의 얼굴이 보였다. 쓰레기 썩은 냄새가 나서 근처에 쓰레기통 이라도 있나, 라는 생각이 들었는데, 잠시 후 뭔가 탁 떠올랐다. 그렇다, 이 악취는 악마가 있다는 뜻이었다.

피곤한 몸이 부들부들 떨렸지만 클라리는 두 주먹을 단단히 쥐었다. 무기를 가지고 오지 않은 것이 사무치게 후회스러웠다. 클라리는 숨을 깊이 들이마시고 계단을 내려가기 시작했다.

아래로 내려갈수록 익취가 진해지면서 주위는 점점 어두워졌다. 스텔 레와 야간 시력의 룬이 몹시 아쉬웠다. 하지만 지금은 달리 손을 쓸 방 법이 없었다. 그냥 계속해서 계단을 내려가는 수밖에 없었다. 나선 계단 을 계속 내려가다 뭔가 끈적이는 것에 발이 닿는 순간, 차라리 주위가 어두워서 다행이라는 생각이 들었다. 클라리는 난간을 꽉 붙잡고 입으 로 숨을 쉬려고 애썼다. 어둠이 점점 깊어져 드디어 앞이 전혀 보이지 않는 지경에 이르자 가슴이 세차게 고동쳐 그 소리가 밖으로 들리지 않 을까 걱정스러울 정도였다. 파리의 거리, 평범한 세상에서 우주만큼이 나 멀리 떨어져 있는 것만 같았다. 아무것도 보이지 않는 어둠 속에서 혼자 아래로, 아래로 내려갈 뿐이었다.

그러다…멀리서 빛이 깜박거렸다. 성냥불이 탁 켜지듯 아주 작은 불꽃이었다. 빛이 커지자 클라리는 웅크리듯 난간 가까이 몸을 숙였다. 이제는 자신의 손도 보이고 발아래 계단도 윤곽이 보였다. 남은 계단은 몇 개 되지 않았다. 계단 맨 밑에 다다르자 클라리는 얼른 주위를 둘러보았다.

나무 계단은 어느새 돌계단으로 바뀌어 있었다. 지금 서 있는 곳은 돌 벽으로 둘러싸인 자그마한 방으로, 기분 나쁜 초록빛을 내뿜는 횃불 하나만이 주위를 밝히고 있었다. 반짝반짝 윤이 나고 매끄러운 바닥에 여러 가지 낯선 기호들이 새겨져 있었다. 클라리는 그 기호들을 에두르며 방을 가로질러 그곳에 하나밖에 없는 아치 형태의 돌문으로 향했다. 돌 문 최상부에는 커다란 도끼 두 개가 X자 모양으로 겹쳐져 있고 그 안쪽에 인간의 두개골이 자리하고 있었다.

아치문 안에서 목소리가 들렸다. 너무 멀어서 무슨 이야기를 하는지는 알아들을 수 없었지만 목소리인 것만은 분명했다. 이쪽이다. 목소리들은 그렇게 말하는 것 같았다. 우리를 따라와라.

클라리는 문 위에 걸린 해골을 노려보았다. 눈동자가 있어야 할 자리에 뚫린 텅 빈 구멍이 조롱하듯 클라리를 바라보았다. 여기는 어디일까, 클라리는 생각했다. 파리의 지하 세계일까, 아니면 침묵의 도시에서 그랬던 것처럼 전혀 다른 세계에 온 걸까. 문득 제이스가 생각났다. 자고 있는 그를 두고 온 것이 여기와 완전히 다른 세상에서 일어난 일인 것만 같았다.

제이스를 위해 하는 거야. 클라리는 마음을 다잡았다. 그를 되찾기 위한 일이다. 클라리는 아치문을 빠져나가 벽에 찰싹 기댄 채 그 뒤로 이어진 복도를 걸어갔다. 소리 없이 살살 걸음을 옮기는데 목소리들이 점점 더 커졌다. 어둡기는 했지만 불빛이 전혀 없는 것은 아니었다. 몇 걸음 앞마다 탄내를 풍기면서 초록빛 횃불이 타오르고 있었다.

갑자기 왼쪽 벽에서 문이 벌컥 열리면서 목소리가 한층 크게 들렸다.

"…그 아비와 달라." 사포만큼이나 거친 목소리였다. "발렌타인은 우리와 거래 자체를 하지 않았을 거야. 그냥 우리를 노예로 만들었겠지. 이자는 우리에게 이 세상을 준다고 했어."

클라리는 아주 천천히 문틈으로 안을 들여다보았다.

안에는 악마들이 한 무리 있었다. 초록색을 띤 갈색 피부에 도마뱀처럼 생겼지만 문어발처럼 생긴 다리가 여섯 개 달렸고 움직일 때마다 서걱대는 소리가 났다. 외계인처럼 둥글납작하게 생긴 머리 양쪽에 새카만 눈이 하나씩 박혀 있었다.

클라리는 쓴맛이 올라와 꿀꺽 삼켰다. 처음 보았던 악마 래브너가 떠올랐다. 도마뱀, 곤충, 외계인을 섞어놓은 듯한 흉악한 몰골에 뱃속이 울렁거렸다. 벽에 더 몸을 밀착시키며 귀를 기울였다.

"그렇지, 그자를 믿는다면."

악마가 움직일 때마다 다리가 말렸다 펴졌다 하면서 둥글납작한 몸도 오르락내리락했다. 입은 없는 것 같은데 말할 때마다 작은 촉수들이 진동했다.

"위대한 어머니가 그를 믿잖아. 그는 그분의 아들이야."

세바스찬을 두고 하는 말이었다. 그렇다, 세바스찬 이야기를 하는 것이 당연했다.

"하지만 네피림이기도 하잖아. 그들은 우리의 적이야."

"그들은 그의 적이기도 해. 그의 몸에 릴리스의 피가 흐르잖아."

"하지만 그가 자신의 동행이라고 부른 자에게는 우리 적의 피가 흐르고 있어. 그는 천사의 편이란 말이야."

천사라는 말을 하도 증오스럽게 내뱉는 통에 클라리는 뺨이라도 맞은 듯 움찔했다.

"릴리스의 아들이 그를 자기 손아귀에 쥐고 있다고 장담했어. 그리고 실제로 고분고분한 것처럼 보였고 말이야."

곤충이 낼 법한 바싹 마른 웃음소리가 킥킥 들려왔다.

"너희 젊은 것들은 걱정이 너무 많아. 네피림은 우리에게서 이 세상을 너무 오랫동안 빼앗아 가지고 있었어. 이 세상이 얼마나 풍요로운 곳인데. 우린 이 세상을 다 빨아먹고 재만 남길 것이야. 그 천사 꼬맹이로 말하자면, 자기 종족들 중에서 가장 마지막에 죽는 목숨이 될 거야. 그놈의 황금색 뼈만 남을 때까지 장작더미 위에서 활활 불태워줄 테다."

클라리는 속에서 분노가 치밀어 올랐다. 자기도 모르게 숨을 헉 들이마셨다. 그 바람에 아주 작은 소리가 났다. 제일 가까이 있던 악마가 고개를 홱 쳐들었다. 거울처럼 새까만 놈의 눈빛에 클라리는 잠시 꼼짝도 할 수 없었다.

하지만 곧 뒤돌아서 내달리기 시작했다. 달렸다. 통로를 지나 계단을 통해 어둠을 가르며 위로 달려 올라갔다. 뒤에서 요란한 소리가 들렸다. 괴물들이 아우성치는 소리, 스르르 미끄러지는 소리, 자신을 뒤쫓아 달려오는 소리가 들렸다. 어깨 너머로 흘끗 돌아본 클라리는 도망치긴 틀렸다는 생각이 들었다. 이제 놈들이 바로 뒤까지 쫓아왔다.

아치문에 다다른 클라리는 홱 돌아서 펄쩍 뛰어 두 손으로 아치문을 잡았다. 그리고 온 힘을 다해 몸을 그네처럼 흔들어 제일 먼저 달려오는 악마를 향해 부츠 발을 날려 놈을 뒤로 쓰러뜨렸다. 악마가 새된 비명을 내질렀다. 클라리는 문에 대롱대롱 매달린 채로 교차된 도끼 자루를 홱 잡아당겼다. 도끼는 단단히 붙어서 꼼짝도 하지 않았다.

클라리는 눈을 감고 도끼를 더 단단히 잡은 다음 온 힘을 다해 당겼다. 깨지는 소리와 함께 돌과 회반죽이 쏟아지면서 도끼가 벽에서 떨어졌다. 클라리는 균형을 잃고 굴렀고 도끼도 그녀 앞에 떨어졌다. 도끼가 무거웠지만 클라리는 무게를 느낄 여유도 없었다. 골동품 상점에서 벌어진 일이 재현되고 있었다. 시간이 느리게 흘렀다. 온몸의 감각이 예민해졌다. 피부에 와 닿는 공기를 고스란히 느낄 수 있었고, 발아래 바닥이 미세하게 울퉁불퉁한 것도 또렷하게 느낄 수 있었다. 클라리는 용감하게 버티고 서서 악마들에 맞설 준비를 했다. 입구로 몰려온 악마들이 독거미 타란툴라처럼 벌떡 일어나며 클라리의 머리 위로 다리를 버둥거렸다. 놈들의 얼굴에 난 촉수 밑으로 침이 뚝뚝 떨어지는 기다란 송곳니가 한 쌍 돋아 있었다.

클라리의 손에 쥔 도끼가 저 혼자 움직이듯 악마의 가슴 깊숙이 박혔다. 순간 가슴을 공격하지 말고 목을 베라던 제이스의 말이 떠올랐다. 악마들은 심장이 없다. 하지만 이번에는 클라리가 운이 좋았다. 심장 아니면 다른 중요한 기관을 공격한 게 분명했다. 악마가 몸부림을 치며 꺄악 괴성을 토했다. 도끼가 박힌 상처에서 피가 부글부글 끓어오르더니 악마는 그대로 사라졌다. 클라리는 이코르가 번지르르하게 묻은 도끼를 든 채 비틀거리며 뒷걸음질 쳤다. 악마의 피는 타르처럼 시꺼멓고 악취가 풍겼다.

그다음 악마가 돌진하자 클라리는 몸을 숙이고 도끼를 휘둘러 놈의 다리 여러 개를 베어냈다. 비명을 내지르며 악마가 옆으로 쓰러졌다. 또 다른 악마가 앞에 쓰러진 악마의 몸을 밟고 덤벼들었다. 클라리는 다시 도끼를 홱 돌려 괴물의 얼굴을 찍었다. 이코르가 뿜어져 나오자 클라리는 서둘러 계단통으로 물러났다. 만약 뒤에서 악마가 공격했다면 클라리는 목숨을 잃었을 것이다.

도끼에 얼굴을 맞은 악마가 미쳐 날뛰며 휘청휘청 다가왔다. 클라리가 도끼를 휘둘러 놈의 다리 하나를 끊어냈지만 또 다른 다리가 그녀의 손목을 휘감았다. 불타는 듯한 고통이 팔을 타고 전해졌다. 클라리는 비명을 지르며 손을 빼내려 했지만 악마가 훨씬 힘이 셌다. 수천 개의 뜨거운 바늘이 살을 찔러대는 느낌이었다. 클라리는 계속 비명을 지르며 왼팔을 휘둘러 이미 도끼가 갈라놓은 악마의 얼굴을 주먹으로 후려갈겼다. 악마한테서 쉭 소리가 새어나오며 클라리의 손목을 휘감은 다리 힘이 살짝 풀렸다. 클라리가 팔을 홱 빼는데 놈이 다시 뒷다리로 벌떡 일어서더니….

갑자기 어디선가 번쩍이는 검이 날아와 악마의 두개골에 꽂혔다. 클라리의 눈앞에서 악마가 사라지고, 번쩍이는 천사의 검을 손에 든 오빠가 하얀 셔츠 앞자락에 이코르가 흩뿌려진 채로 서 있었다. 그의 뒤쪽은 잘린 다리에서 검은 체액을 뿜어내며 몸부림을 치는 악마의 몸뚱어리 하나만 있을 뿐 텅 비어 있었다.

세바스찬. 클라리가 놀란 얼굴로 그를 뚫어지게 바라보았다. 이 인간이 지금 날 살린 거야?

"나한테서 물러나, 세바스찬."

클라리가 씩씩대며 말했다. 하지만 그는 그 말을 못 알아들은 듯했다.

"네 팔 좀 봐."

클라리가 아직도 통증 때문에 화끈거리는 오른쪽 손목을 내려다보았다. 악마의 빨판이 들러붙었던 자리에 둥그런 상처들이 손목을 빙 둘러가며 나 있었다. 상처들은 검푸른 빛으로 변해가고 있었다.

클라리는 다시 눈을 들어 오빠를 보았다. 그의 새하얀 머리가 어둠 속에서 후광처럼 빛났다. 아니, 어쩌면 눈이 잘못된 것인지도 몰랐다. 초록빛 횃불이 벽에서 활활 타오르고 있기도 했고, 세바스찬의 손에 들린 천사의 검에 불빛이 반사되고 있기 때문인지도 모를 일이었다. 세바스찬이 뭐라고 말을 계속했지만 물속에서 말하는 것처럼 멀리서 웅웅대는 소리밖에 안 들렸다.

"…끔찍한 독이야." 세바스찬은 계속 말을 이었다. "도대체 무슨 생각을 한 거야, 클라리사?"

그의 목소리가 끊어졌다가 다시 들렸다. 클라리는 집중을 하려고 애썼다.

"…그런 장식용 도끼로 다학 악마를 여섯이나 물리치다니…."

"독."

클라리는 세바스찬이 한 말을 따라했고, 잠깐 동안 그의 얼굴이 다시 또렷하게 보였다. 긴장한 입매와 놀라서 툭 튀어나올 듯한 눈.

"그러니까 네가 내 목숨을 구한 건 아니네, 그지?"

클라리의 손에 경련이 일면서 쥐고 있던 도끼가 바닥에 떨어졌다. 스웨터가 벽에 자꾸 걸렸지만 클라리는 미끄러지듯 주저앉았다. 지금은 그저 바닥에 드러눕고 싶은 생각뿐이었다. 하지만 세바스찬이 쉬도록 놔두지 않았다. 두 팔을 클라리의 겨드랑이에 넣고는 일으켜 세우더니 동생의 한 팔을 자신의 목에 감고 끌고 갔다. 클라리는 그에게서 벗어나고 싶었지만 힘이 빠져 뜻대로 할 수 없었다.

팔꿈치 안쪽이 불에 데인 듯 아팠다. 스텔레였다. 혈관을 따라 멍한 느낌이 퍼졌다. 눈을 감기 전 마지막으로 본 것은 아치문에 걸려 있던 해골이었다. 해골의 텅 빈 두 눈이 클라리를 향해 낄낄 웃고 있었다.

15
마그달레나

메스꺼움과 통증이 빠르게 왔다 사라지기를 반복했다. 여러 가지 색이 뒤섞인 듯 눈앞이 뿌옇게 흐렸다. 그래도 오빠가 자신을 데리고 간 것은 기억이 났다. 그가 한 걸음 한 걸음 걸을 때마다 얼음 깨는 송곳으로 머리를 찌르는 것 같았다. 자신이 오빠한테 매달렸고, 오빠의 품이 포근했다는 것도 기억났다. 세바스찬에게서 포근함을 느꼈다는 것이, 그가 걸으면서 자신을 거칠게 떠밀지 않으려고 애썼다는 것이 이상하게 느껴졌다. 오빠가 자신의 이름을 불렀다는 것도 어렴풋이 생각났다.

그러다 갑자기 조용해졌다. 한동안 모든 게 끝이라고 생각했다. 내가 죽었구나, 많은 섀도우 헌터들처럼 악마들하고 싸우다 죽었구나, 라고 생각했다. 하지만 다시 팔 안쪽이 아프더니 혈관을 따라 얼음물이 밀려오는 듯한 느낌이 온몸에 퍼졌다. 고통에 눈을 질끈 감았지만 세바스찬이 손을 쓴 게 분명한 차가움이 훅 덮쳤다. 빙빙 돌던 세상이 서서히 멈추면서 메스꺼움과 통증도 잔물결처럼 서서히 잦아들었다. 숨도 다시 쉴 수 있었다.

클라리는 숨을 헉 들이마시며 눈을 번쩍 떴다.

파란 하늘.

클라리는 등을 바닥에 대고 누운 채 솜 같은 구름이 군데군데 자리한 푸른 하늘을 올려다보았다. 아픈 두 팔을 조심스레 뻗어보았다. 오른팔은 아직도 상처가 팔찌처럼 손목을 휘감고 있었다. 그래도 색은 옅은 분홍색으로 변해 있었다. 왼팔에는 치유의 룬 이라체가 거의 안 보일 정도로 희미하게 그려져 있고, 팔꿈치 안쪽에는 아픔을 치유하는 멘들린 룬이 있었다.

클라리는 깊이 숨을 들이마셨다. 낙엽 냄새가 섞인 서늘한 가을 공기였다. 나무 꼭대기들이 눈에 들어왔다. 차들이 다니는 소리도 들리고, 그리고…

세바스찬. 나지막이 킥킥 웃는 소리가 들리자 클라리는 그대로 누워 있으면 안 된다는 생각에 오빠에게 기댄 채 몸을 일으켰다. 세바스찬은 팔로 여동생의 머리를 받치고 있었다. 두 사람은 조금 축축한 나무 벤치 위에 있었다.

클라리가 벌떡 일어나 앉았다. 세바스찬이 다시 소리 내어 웃었다. 그는 정교한 철제 팔걸이가 있는 공원 벤치 끄트머리에 앉아 있었다. 지금껏 클라리가 누워 있던 무릎에는 접힌 스카프가 놓여 있었고, 한쪽 팔은 벤치 등받이 위에 걸치고 있었다. 세바스찬은 이코르 얼룩을 감추기 위해 하얀 셔츠의 단추를 풀어 헤쳤다. 셔츠 속으로 무늬 없는 회색 티셔츠가 보였다. 손목에서는 은팔찌가 반짝거렸다. 그의 검은 두 눈이 서둘러 그에게서 최대한 멀리 떨어져 앉으려는 클라리를 재미있다는 듯 살펴보았다.

"너 키가 작아서 다행이야. 키가 더 컸으면 데리고 나오는 거 정말 힘들었을 거야."

세바스찬이 말했다. 클라리는 침착하게 말하려고 애썼다.

"여기 어디야?"

"룩셈부르크 정원이야. 아주 멋진 공원이지. 널 눕혀둘 수 있는 곳을 찾아야 했는데, 거리 한복판은 적당하지 않은 것 같아서 말이야."

"아, 그래서. 길 한복판에서 죽게 내버려둔다는 뜻의 단어가 하나 있는데. 교통사고라고 말이야."

"단어가 하나가 아니라 두 개인데. 그리고 정확히 말하자면 차가 네 몸을 치고 지나가는 거 자체가 교통사고잖아."

세바스찬은 두 손을 데우려는 듯 맞대고 비볐다.

"그건 그렇고, 내가 그 고생을 하면서 널 구했는데 너를 길 한복판에서 죽게 내버려둔다는 게 말이 돼?"

클라리는 침을 꿀꺽 삼키고 자신의 팔을 내려다보았다. 상처는 아까보다 더 흐릿해졌다. 자세히 들여다보지 않으면 상처가 있는지도 알아보지 못할 정도였다.

"왜 그랬어?"

"뭘 왜 그래?"

"날 구해줬잖아."

"내 동생이니까."

클라리는 세바스찬을 응시했다. 아침 햇살이 그의 얼굴을 물들였다. 악마의 이코르가 닿은 그의 목에 흐릿하게 화상 흔적이 남아 있었다.

"전에는 내가 네 동생이라는 거 신경 안 썼잖아."

"내가 그랬나?"

그의 검은 눈이 깜박거리며 클라리를 훑어보았다. 클라리는 자신이 래브너 악마의 독 때문에 죽어갈 때 제이스가 찾아왔던 일을 기억해냈다. 그때 제이스도 세바스찬이 그랬던 것처럼 자신을 치료해주고 밖으로 데리고 나왔다. 어쩌면 이 둘은 악마의 주문이 서로를 결합시키기 전부터 닮아 있었던 건지도 모른다.

"우린 아버지가 돌아가셨어." 세바스찬이 말했다. "친척도 없어. 너하고 나 우리 둘뿐이야. 우리가 마지막 남은 모겐스턴이야. 내 몸에 흐르는 것과 같은 피가 흐르는 사람은 세상에 너 하나뿐이야. 나와 같은 사람이 너 하나뿐이라고."

"내가 너 미행한 거 알고 있었구나."

클라리가 말했다.

"당연하지."

"그런데도 날 내버려뒀고 말이야."

"네가 뭘 하려는지 보고 싶었어. 하지만 솔직히 네가 그 밑에까지 날 뒤쫓아올 거라고는 생각 안 했어. 너, 내가 생각한 것보다 훨씬 용감하더라."

세바스찬이 무릎에 있던 스카프를 들어 목에 감았다. 공원에 점점 사람들이 많아졌다. 지도를 든 관광객들, 아이들 손을 잡은 부모들, 벤치에 앉아 파이프 담배를 피우는 노인들.

"너 혼자서는 그 싸움 절대 못 이겼을 거야."

"그거야 알 수 없지."

클라리의 대꾸에 세바스찬이 못 참겠다는 듯 입술을 옆으로 씩 끌어

올리며 미소를 지었다.

"그래, 그거야 알 수 없지."

클라리가 이슬에 젖은 잔디를 부츠로 벅벅 긁었다. 세바스찬에게 고맙다고 말할 생각은 추호도 없었다. 그 어떤 것에 대해서도 감사하고 싶지 않았다.

"왜 악마들하고 거래하는 거야?" 클라리가 따져 물었다. "그들이 너에 대해서 이야기하는 거 들었어. 네가 무슨 짓을 하려는지도 알고⋯."

"아니, 넌 몰라."

세바스찬의 얼굴에서 미소가 사라지면서 위엄 있는 목소리가 돌아왔다.

"우선, 내가 거래하려는 상대는 그 악마들이 아니야. 그 악마들은 보초에 불과했어. 그래서 그 방에 그들만 있고 나는 없었던 거야. 다학 악마들이 사악하고 거칠고 방어적이긴 하지만 별로 똑똑하지는 않아. 그래서 무슨 일이 벌어지고 있는지도 정확히 듣지 못한 것 같아. 그저 주인들한테 들은 소문만 떠들어댈 뿐이었지. 상위 악마들 말이야. 그게 내가 만나던 이들이야."

"그렇게 말하면 내 마음이 편해질 것 같아?"

클라리의 말을 들은 세바스찬이 벤치 위로 몸을 숙였다.

"나 지금 네 마음 편하게 하려고 이런 말 하는 거 아니야. 진실을 말하려는 것뿐이지."

"그래서 알레르기 반응이 나타나는 것 같은 얼굴을 하고 있구나."

그건 맞는 말이 아니었다. 세바스찬은 기분 나쁠 정도로 침착해 보였다. 하지만 꼭 다문 입과 눈에 띌 정도로 맥박이 펄떡이는 관자놀이로 봐서 겉으로 꾸민 것만큼 속마음이 차분한 것 같지는 않았다.

"다학 악마가 그랬어, 네가 악마들한테 이 세상을 주겠다고 했다고."

"그게 내가 하려는 일을 말하는 것처럼 들렸어?"

클라리는 세바스찬을 빤히 노려보기만 했다.

"너, 나한테 기회를 주겠다고 말했잖아." 세바스찬이 말했다. "지금의 난 네가 알리칸테에서 만났을 때와 완전히 다른 사람이 되었어. 게다가 네가 아는 사람들 중에 발렌타인을 믿는 사람이 나 하나만은 아닐 거야. 그분은 내 아버지였어. 우리 아버지였다고. 자라면서 보고 들은 걸 의심한다는 건 쉬운 일이 아니야."

클라리는 가슴 앞으로 팔짱을 끼었다. 공기가 시원하지만 추웠다. 겨울이 다가오는 것이 느껴졌다.

"그래, 틀린 말은 아니야."

"발렌타인은 틀렸어." 세바스찬이 다시 말했다. "그는 클레이브가 자신에게 잘못했다고 믿고, 그들에게 자신이 옳다는 것을 증명해 보여야 한다는 강박관념에 사로잡혀 있었어. 그는 천사를 소환해서 클레이브에게 자신이 환생한 조너선 섀도우 헌터라고, 자신이 그들의 지도자이며 자신이 가는 길이 옳은 길이라고 믿게 하려고 했어."

"하지만 실제로 일어난 일은 그렇지 않았잖아."

"어떤 일이 일어났는지는 나도 알아. 릴리스가 이야기해줬거든."

세바스찬은 모든 마법사의 어머니인 릴리스와의 대화가 누구나 이따금 하는 일이라도 된다는 듯 대수롭지 않게 말했다.

"그때 일어난 일이 천사가 대단한 동정심을 가지고 있어서 벌어졌다고는 생각하지 마, 클라리. 천사들은 고드름처럼 차가워. 라지엘은 발렌타인이 섀도우 헌터의 임무를 망각했기 때문에 분노한 거야."

"무슨 임무?"

"악마들을 죽이는 것 말이야. 그건 우리가 부여받은 권한이야. 아마 너도 최근 몇 년 사이 점점 더 많은 악마들이 우리 세계로 쏟아져 들어오고 있다는 말 들었을걸? 클레이브는 그들을 어떻게 막아야 할지도 모르고 말이야."

같은 말을 들은 기억이 떠올랐다. 처음 침묵의 도시를 찾아갔을 때 제이스에게서 그 말을 들은 것이 너무도 오래전 일처럼 느껴졌다. 그들의 침입을 막을 수 있을지도 몰라. 하지만 그렇게 할 방법을 아는 이가 아무도 없어. 사실, 점점 더 많은 악마들이 몰려오고 있어. 전에는 소규모 침입만 벌어져서 대응이 쉬웠어. 그런데 내가 섀도우 헌터가 된 후로 보호막을 뚫고 침입하는 악마들의 숫자가 늘어나고 있어. 그래서 클레이브가 항상 섀도우 헌터들을 파견하는데, 돌아오지 못하는 경우가 많아.

세바스찬이 말을 이었다.

"악마들과의 전쟁이 다가오고 있어. 그런데 애석하게도 클레이브는 전혀 준비가 되어 있지 않아. 그 점에 있어서만큼은 우리 아버지가 옳았어. 클레이브는 타성에 젖어 있어서 경고나 변화에 대한 요구에 귀를 기울이지 않아. 난 발렌타인과 달리 다운월드의 파멸을 바라지는 않아. 그렇지만 맹목적인 클레이브 때문에 섀도우 헌터들이 지켜온 이 세상이 멸망하게 될까 봐 걱정이야."

"네가 이 세상이 파괴될 것을 두려워한다는 말을 나더러 믿으라는 거야?"

"나도 여기 살고 있으니까 당연히 두렵지."

세바스찬은 클라리가 예상한 것보다 훨씬 부드럽게 말했다.

"그리고 때로는 극단적인 상황 때문에 극단적인 수단을 찾게 될 수도 있어. 적을 물리치기 위해 적을 이해하고, 심지어는 적과 타협을 해야 할 경우도 있어. 상위 악마들이 나를 신뢰하게 만들 수만 있다면 나는 그들을 이곳으로 유인해 올 수 있어. 그들을 해치울 수 있는 이곳으로 말이야. 물론 그들의 추종자들도 유인해 올 수 있고. 그렇게만 되면 전세는 역전될 거야. 악마들은 이 세상이 그들이 상상하는 것만큼 만만한 곳이 아니라는 걸 깨닫게 될 거야."

클라리는 고개를 내저었다.

"그래서 그 일을 너하고 제이스하고 둘이서 하겠다는 거야, 지금? 꽤나 대단한 생각을 하고 계시네. 내 말 똑바로 들어. 아무리 너희 둘이…."

세바스찬이 벌떡 일어났다.

"설마 내가 충분히 생각해보지도 않고 이러는 거라고 생각하는 건 아니겠지?"

그가 클라리를 내려다보았다. 가을바람이 불어와 그의 은빛 머리카락을 얼굴로 쓸어내렸다.

"나하고 같이 가자. 보여주고 싶은 게 있어."

클라리는 주저했다.

"제이스가…."

"아직 자고 있어. 내 말 믿어, 진짜라니까."

세바스찬은 손을 내밀며 말을 이었다.

"같이 가자, 클라리. 나에게 계획이 있다는 걸 믿게 만들지 못했으니 너한테 증명이라도 해야지."

클라리가 세바스찬을 빤히 노려보았다. 여러 이미지가 머릿속에서 뒤섞였다. 프라하의 골동품 상점에서 벌어진 전투, 나뭇잎 모양의 황금 반지가 어둠 속으로 떨어지는 모습, 나이트클럽 벽감에서 자신을 껴안던 제이스, 시체들이 떠 있던 유리 수조, 천사의 검을 손에 쥐고 있던 세바스찬.

너한테 증명이라도 해야지.

클라리는 세바스찬의 손을 잡고 그가 이끄는 대로 따라갔다.

요란한 논쟁이 벌어지기는 했지만 라지엘 천사를 소환하기 위해 '좋은 팀'은 되도록 한적한 장소를 찾기로 결정했다.

"키가 18미터도 넘는 천사를 센트럴 파크 한가운데에서 소환할 수는 없잖아. 아무리 여기가 뉴욕이라도 사람들이 쳐다볼걸."

매그니스가 무덤덤하게 말했다.

"라지엘 키가 18미터나 돼요?"

직접 탁자로 끌고 온 팔걸이의자에 파묻히듯 앉아 있던 이사벨이 물었다. 그녀의 눈 밑에 시커멓게 다크서클이 생겼다. 알렉, 매그너스, 사이먼과 마찬가지로 그녀도 지쳐 있었다. 그들 모두 벌써 몇 시간째 잠도 안 자고 매그너스의 낡은 책들을 샅샅이 뒤지고 있었다. 이사벨과 알렉은 그리스어와 라틴어를 읽을 수 있었고, 특히 알렉은 악마의 언어에 대한 지식이 이사벨보다 더 풍부했다. 그런데도 책에는 매그너스만 이해할 수 있는 내용들이 너무 많았다.

여기보다는 다른 곳에서 힘을 보태는 것이 낫다고 판단한 마야와 조던은 루크를 살피러 늑대 무리가 있는 경찰서 건물로 갔다. 그사이 사이먼은 다른 식으로 도울 방법을 찾았다. 그래서 음식과 커피를 준비하고, 매그너스가 지시하는 대로 상징들을 옮겨 그리고, 연필과 종이를 찾아오고, 심지어는 대장 고양이한테 먹이도 주었다. 그에 대한 보답이었는지 대장 고양이는 매그너스의 부엌 바닥에 털 덩어리를 토해냈다.

"정확히는 17.98미터인데 그가 원래 허풍을 잘 떨거든." 매그너스가 말했다. 피곤해도 빈정대는 성격은 여전했다. "그는 천사야, 이사벨. 너 그런 거에 대해서 공부 안 했어?"

그러자 이사벨이 짜증스럽게 혀를 찼다.

"발렌타인은 다락방에서도 천사를 소환했잖아요. 그런데 왜 우리는 굳이 넓은 공간을 찾아야 되는지…."

"왜냐하면 발렌타인이 나보다 훨씬 더 대단한 분이시니까 그랬겠지." 매그너스가 펜을 던지며 버럭 소리를 질렀다. "야…."

"내 동생한테 소리 지르지 마."

알렉이 끼어들었다. 나지막이 말했지만 거역할 수 없는 힘이 느껴졌다. 매그너스가 놀란 얼굴로 그를 보았다. 알렉이 이사벨에게 설명했다.

"이사벨, 천사들은 말이야, 인간 세계에 나타날 때 각자의 능력에 따라 크기가 달라져. 발렌타인이 소환한 천사는 라지엘보다 계급이 낮은 천사였어. 만약에 더 계급이 높은 천사를 소환한다면, 예를 들어 미카엘이나 가브리엘 같은…."

"난 그런 천사들 묶어둘 주문은 못 해. 잠깐이라도 불가능해."

매그너스가 가라앉은 목소리로 말을 이었다.

"우리가 라지엘을 일부만이라도 소환하기로 한 건 그가 새도우 헌터들의 창조자이기 때문에 이 상황에 대해…각별한 연민을…아니 쥐꼬리만 한 거라도 좋으니까 연민을 가지고 있을지도 모른다고 기대하기 때문이야. 그리고 계급도 딱 맞고. 더 낮은 천사는 우리를 돕지 못할 수도 있어. 더 높은 천사라면…. 만약에 뭐가 잘못되기라도 하면…."

"나만 죽는 게 아닐 수도 있겠죠."

사이먼이 끼어들었다.

매그너스가 괴로운 표정을 지었다. 알렉은 탁자에 흩어진 종이들만 내려다보았다. 이사벨이 사이먼의 손 위에 자신의 손을 얹었다

"우리가 이렇게 앉아서 정말로 천사를 소환하는 일을 이야기하고 있다는 게 믿기지 않아." 이사벨이 말했다. "나는 태어나서 지금껏 천사의 이름을 걸고 맹세했어. 우리의 능력은 천사에게서 부여받은 거야. 그런데 정말로 천사를 보게 된다니…. 나 도저히 상상이 안 돼. 상상해보려고 해도 너무 어마어마한 일이라 상상을 못 하겠어."

탁자 주위에 침묵이 내려앉았다. 매그너스의 눈빛이 어두워져 사이먼은 그가 정말로 천사를 본 적이 있는 건지 궁금해졌다. 그 점에 대해 물을까 말까 고민하는데, 휴대전화 벨이 울렸다.

"잠깐만."

사이먼은 중얼거리듯 말하고 자리에서 일어났다. 휴대전화를 열고 기둥에 몸을 기댔다. 문자였다. 마야한테서 문자가 여러 개 왔다.

좋은 소식! 루크가 깨서 말을 해. 곧 괜찮아질 것 같아.

사이먼은 안도감이 파도처럼 밀려왔다. 드디어 좋은 소식이 왔다. 휴대전화를 닫고 손에 있는 반지를 만졌다.

클라리?

대답이 없었다.

사이먼은 불안해서 침을 꿀꺽 삼켰다. 클라리는 자고 있을지도 모른다. 사이먼이 고개를 들어보니 탁자 주위의 세 사람 모두 자신을 빤히 쳐다보고 있었다.

"누구 문자야?"

이사벨이 물었다.

"마야. 루크가 깨서 말을 한대. 괜찮아질 거래."

탁자 주위의 세 사람은 안심한 듯했다. 하지만 사이먼은 여전히 손가락에 낀 반지만 내려다보았다.

"그리고 아이디어를 하나 줬어."

자리에서 일어나 사이먼을 향해 다가오던 이사벨이 그 말을 듣는 순간 걱정스러운 얼굴로 걸음을 멈췄다. 사이먼은 그런 반응이 당연하다고 생각했다. 지금껏 자신의 입에서 나오는 아이디어란 자살 행위나 다름없는 것들이었으니까.

"그게 뭔데?"

이사벨이 물었다.

"라지엘을 소환하는 데 뭐가 필요하죠? 얼마나 넓은 공간이 필요한 건데요?"

사이먼이 매그너스에게 물었다.

매그너스는 책 하나를 살펴보았다.

"최소한 지름이 1.6킬로미터는 되어야 해. 물이 있으면 좋고. 린 호수 같은…."

"루크한테 농장이 있어요." 사이먼이 말했다. "북부 쪽에요. 여기서 한두 시간 정도 거리예요. 지금은 잠겨 있겠지만 내가 들어가는 방법을 알아요. 그리고 거기, 호수도 있어요. 린 호수만큼 크지는 않지만….”

매그너스가 들고 있던 책을 덮었다.

“나쁘지 않은 생각인데, 세이머스.”

“한두 시간 거리라고?” 이사벨이 고개를 들어 시계를 보았다. “그럼 지금 출발해도 거기 도착하면….”

“아, 안 돼.” 매그너스가 말했다. 그는 들고 있던 책을 밀어내고 말을 이었다. “우리 모두 최소한 한두 시간은 눈 좀 붙여야 돼. 다들 오후 일찍 출발하는 것으로 하자. 셜록…. 미안, 사이먼…은 조던한테 전화해서 트럭 빌릴 수 있는지 좀 알아봐. 지금 당장은….”

매그너스는 서류들을 옆으로 밀어냈다.

“난 자러 갈 거야. 이사벨, 사이먼, 너희도 남은 방 쓰고 싶으면 그렇게 해.”

“되도록 각자 방 하나씩 쓰면 더 좋고.”

알렉이 중얼거렸다.

이사벨이 묻는 듯한 시선으로 사이먼을 보았지만 그는 이미 휴대전화를 찾으려고 호주머니에 손을 넣고 있었다.

“알았어요.” 사이먼이 말했다. “정오까지는 돌아올게. 하지만 지금은 다른 할 일이 있어.”

낮에 본 파리는 좁고 구불구불한 도로들이 넓은 대로로 이어지고, 녹색을 띤 회색 지붕에 벽체는 황금색인 건물들이 서 있으며 반짝이는 강이 결투의 흉터처럼 도시를 가르며 흘렀다. 세바스찬은 자신에게 계획이 있음을 증명해 보이겠다고 했지만 화랑들과 헌책방이 줄지어 선 거리를 걸어 강 가장자리의 그랑 조귀스탱 둑에 다다를 때까지 별 말이 없었다.

센강에서 차가운 바람이 불어와 클라리의 몸이 부르르 떨렸다. 세바스찬이 목에 감았던 스카프를 풀어 클라리에게 건넸다. 검정색과 흰색 반점이 가득한 트위드 스카프는 그의 체온이 남아서 아직도 따뜻했다.

"바보같이 굴지 마. 너 지금 춥잖아. 그거 해."

세바스찬이 말했다. 클라리는 스카프를 목에 감았다.

"고마워."

반사적으로 그런 말이 튀어나와 클라리는 얼굴을 찡그렸다. 세바스찬에게 고맙다고 해버렸어. 클라리는 구름을 뚫고 번개가 날아와 자신에게 꽂힐 줄 알았다. 하지만 아무 일도 일어나지 않았다.

세바스찬이 이상하다는 표정으로 바라보았다.

"괜찮아? 너 재채기할 것 같은 표정이다."

"괜찮아."

스카프에서 시트러스 향기와 사내아이 냄새가 났다. 둘은 다시 걷기 시작했다. 이번에는 세바스찬이 속도를 늦춰 클라리와 나란히 걸으며 주변 건물들에 번호가 매겨져 있고, 자신들은 6번가에서 5번가, 카르티에라탱으로 건너가고 있으며, 저 멀리 강을 가로지르는 다리는 생미셸 다리라는 설명도 해주었다. 젊은 사람들이 많이 지나다녔다. 여자들은 믿기지 않을 만큼 세련된 모습으로 센강의 바람에 긴 머리를 휘날리며 다녔다. 그들 중 몇몇은 걸음까지 멈추고 감상하듯 세바스찬을 흘끔거렸지만 그는 전혀 알아차리지 못하는 듯 굴었다.

제이스라면 금방 알아차렸을 텐데. 클라리는 생각했다. 세바스찬은 얼음

같이 하얀 머리와 검은 눈 때문에 쉽게 눈에 띄었다. 클라리는 처음 그를 만났을 때도 잘생겼다고 생각했다. 그때 세바스찬은 머리를 검게 염색했는데, 그에게 별로 어울리지 않았다. 그때보다는 지금이 훨씬 더 잘생겼다. 하얀 머리카락이 피부에 생기를 주면서 알맞게 튀어나온 광대뼈와 우아한 얼굴의 곡선을 강조했다. 거기다 머리카락보다 조금 더 색이 짙은 속눈썹은 무척이나 길고 끝이 살짝 말려 올라갔다. 엄마처럼…. 이건 너무 불공평해. 왜 나만 저렇게 끝이 말려 올라간 속눈썹이 아닌 거지? 그리고 왜 세바스찬은 주근깨가 없는 건데?

"그래서…." 클라리가 갑자기 세바스찬의 말허리를 끊고 물었다. "우리가 뭔데?"

세바스찬이 클라리를 곁눈질했다.

"무슨 소리야, 우리가 뭐냐니?"

"우리가 마지막 모겐스턴이라고 네가 그랬잖아. 모겐스틴은 독일 성이고," 클라리가 말했다. "그러니까 우리가 뭐냐고, 독일계라는 거야? 더 할 이야기 없어? 왜 우리밖에 안 남은 건데?"

"너, 발렌타인의 집안에 대해 아는 게 하나도 없구나?" 세바스찬의 목소리에 못 믿겠다는 기색이 묻어 있었다. 그는 센강을 따라 이어지는 벽 옆에서 걸음을 멈췄다. "네 엄마가 아무 이야기도 안 해줬어?"

"네 엄마도 되거든? 그리고 안 해줬어. 발렌타인은 엄마가 좋아하는 이야기 소재가 아니라서 말이야."

"섀도우 헌터들의 성은 합성어야."

세바스찬은 천천히 말하고는 벽 위로 올라갔다. 그러더니 손을 아래로 뻗었고 잠시 후 클라리도 그의 손을 잡고 벽 위로 올라가 그의 옆에 앉았다. 발아래 잿빛을 띤 초록색 강물이 흘러가고 파리똥 같은 관광 보트들이 유유자적하게 칙칙폭폭 소리를 내며 떠가는 것이 보였다.

"페어-차일드, 라이트-우드, 화이트-로, 이런 식으로 말이야. '모겐스턴'은 영어로 '모닝 스타', '아침의 별'이라는 뜻이야. 독일 성이긴 하지만 스위스계였어."

"'였다'는 게 무슨 뜻이야?"

"발렌타인은 외동아들이었어." 세바스찬이 말했다. "그의 아버지…. 그러니까 우리 할아버지는 다운월드 사람들한테 살해당했고, 우리 종조부는 전투에서 돌아가셨어. 그분한테는 자식이 없었지. 이건…." 세바스찬이 손을 뻗어 자신의 머리카락을 만졌다. "페어차일드 가에서 내려온 거야. 거긴 영국 혈통이지. 내 외모는 스위스 혈통의 영향을 더 많이 받았어. 발렌타인처럼."

"너 우리 할아버지 할머니에 대해서 아는 거 있어?"

클라리가 자신도 모르게 이야기에 빠져들며 물었다.

세바스찬이 벽 아래로 뛰어내려 클라리를 향해 손을 내밀었다. 클라리는 그 손을 잡고 아래로 뛰어내렸다. 그러느라 잠시 그의 품에 부딪혔는데 단단하고 따스했다. 지나가던 여자가 부러운 시선으로 흘끗 쏘아보자 클라리는 서둘러 뒤로 물러났다. 그 여자에게 세바스찬은 내 오빠이고, 그를 너무도 증오한다고 소리쳐주고 싶었다. 하지만 그렇게 하지 않았다.

"난 외할아버지 외할머니에 대해서는 아는 게 하나도 없어. 무슨 수로 그걸 알겠어?"

세바스찬은 일그러진 미소를 지었다.

"가자. 내가 좋아하는 곳 보여주고 싶어."

클라리는 따라가지 않고 그대로 있었다.

"너한테 계획이 있다는 걸 증명해 보이겠다고 했잖아."

"다 때가 되면 할게."

세바스찬이 걷기 시작하자 잠시 후 클라리도 그 뒤를 따랐다. 세바스찬의 계획을 알아내야 해. 그때까지는 얌전히 굴자.

"발렌타인의 아버지는 그와 많이 비슷했어." 세바스찬은 다시 이야기를 시작했다. "그분도 힘을 믿었지. '우리는 신에게 선택된 전사들이다.' 그분은 그렇게 믿었어. 고통이 너를 강하게 만든다. 패배가 너를 강하게 만든다. 그분이 죽자…."

"발렌타인이 변했지. 루크가 이야기해줬어."

클라리가 말했다.

"그는 아버지를 사랑하면서도 동시에 증오했어. 제이스를 알면 너도 이해가 될 거야. 발렌타인은 자신의 아버지가 자신을 키운 방식으로 우리를 키웠어. 사람은 원래 자기가 아는 대로 행동하는 법이잖아."

"하지만 제이스한테는…." 클라리가 끼어들었다. "발렌타인이 싸움만 가르친 게 아니잖아. 언어도 가르쳤고, 피아노 연주도 가르쳤고…."

"그건 조슬린 때문이었어." 세바스찬은 마지못해 엄마의 이름을 입에 올렸다. "그 여자는 발렌타인이 사람을 죽이는 것 말고도 책, 예술, 음악 같은 거에 대해서도 알아야 한다고 생각했어. 그래서 발렌타인이 제이스한테 그런 걸 가르친 거야."

왼편에 파란 철문이 나타났다. 세바스찬이 고개를 숙여 문 안으로 들어가더니 클라리에게 따라오라고 했다. 클라리는 고개를 숙이지 않고도 안으로 들어갈 수 있었다.

"넌 어땠는데?"

두 손을 호주머니에 쑤셔 넣고 걸으며 클라리가 물었다.

세바스찬이 손을 번쩍 들었다. 엄마와 똑같이 생긴 손이었다. 손재주가 있어 보이는 긴 손가락. 붓이나 펜을 쥐면 어울릴 만한 손이었다.

"나는 전쟁의 악기를 연주하고, 피로 그림을 그리는 법을 배웠지. 난 제이스하고 달라."

세바스찬이 말했다.

둘은 황금색 건물들 사이로 난 좁은 골목에 있었다. 햇빛을 받은 지붕들이 갈색을 띤 초록빛으로 반짝거렸다. 발밑의 길은 조약돌로 포장이 되어 있고 차도 오토바이도 다니지 않았다. 왼편에 카페가 하나 있었는데, 연철 기둥에 대롱대롱 매달린 나무 간판만이 이 구불구불한 골목에도 가게가 있다는 것을 알려주고 있었다.

"내가 좋아하는 곳이야." 클라리를 따라 시선을 돌리며 세바스찬이 말했다. "지나간 시대에 있는 것 같은 느낌이 들거든. 차도 없고, 번쩍거리는 네온사인도 없고. 그냥…평화롭기만 해."

클라리가 세바스찬을 빤히 쳐다보았다.

거짓말하지 마. 네가 그런 생각할 리 없어. 알리칸테를 불태워버리려고 했던 네가 '평화'를 좋아한다는 건 말이 안 되잖아.

클라리는 세바스찬이 자란 곳에 대해 생각했다. 한 번도 본 적 없지만 제이스에게서 설명을 들은 적은 있다. 작은 집, 정확히 말하자면 알리칸테 외곽 계곡에 있는 작은 전원주택이라고 했다. 밤이 되면 사방이 고요하고 하늘에는 별이 가득한 곳. 세바스찬이 그곳을 그리워하는 걸까?

정말 그런 일이 가능할까? 인간도 아니면서 인간의 감정을 느낀다는 것이 가능한 일일까?

이상하지 않아? 진짜 세바스찬 벌락이 네 손에 죽기 전까지 자라고 살았던 곳에 와 있는 거 말이야. 어딘가에서 진짜 세바스찬 벌락의 고모가 조카의 죽음을 슬퍼하고 있을 이 거리에서 세바스찬 벌락 행세를 하면서 돌아다니는 게 마음에 걸리지 않아? 그리고 그가 반격을 하지 않기로 되어 있었다는 건 또 무슨 뜻이야?

그의 검은 두 눈이 클라리를 유심히 살폈다. 세바스찬도 나름대로 유머 감각이 있어, 라고 클라리는 생각했다. 가끔은 제이스와 다르지 않은 신랄한 재치를 발휘할 때가 있다. 하지만 미소는 짓지 않았다.

"가자." 세바스찬의 말에 클라리는 생각에서 빠져나왔다. "여기 핫초코가 파리에서 제일 맛있어."

파리에 생전 처음 와봤으니 세바스찬의 말이 맞는지 아닌지 달리 확인할 길은 없었지만, 일단 자리에 앉고 나자 클라리는 핫초코가 정말 맛있다는 것을 인정하지 않을 수 없었다. 이 카페에서는 핫초코를 손님이 앉은 자리에서 직접 만들었다. 파란 도자기 주전자에 크림과 초콜릿 가루 그리고 설탕이 들어갔다. 얼마 뒤 스푼을 넣어도 쓰러지지 않고 서 있을 만큼 진한 핫초코가 만들어졌다. 핫초코에 찍어 먹을 수 있도록 크로아상도 함께 나왔다.

"저기, 크로아상 더 먹고 싶다고 하면 더 가져다줄 거야." 세바스찬이 등받이에 등을 기대며 말했다. 두 사람은 이 카페에서 가장 어린 손님인 것 같았다. "너 그 빵을 굶주린 늑대처럼 먹기에 한 말이야."

"나 배고파."

클라리는 대수롭지 않다는 듯 어깨를 으쓱했다.

"저기, 나한테 하고 싶은 이야기 있으면 그냥 해. 날 설득해봐."

세바스찬이 두 팔꿈치를 테이블에 대며 몸을 앞으로 숙였다. 클라리는 어젯밤, 그의 눈을 들여다보다 홍채 주변에 있는 은색 원을 발견한 것이 떠올랐다.

"네가 어젯밤에 한 이야기를 생각하고 있었어."

"난 어젯밤에 제정신이 아니었어. 그래서 너한테 무슨 이야기했는지 기억 안 나는데."

"내가 누구 거냐고 물었어."

세바스찬이 말했다. 클라리는 핫초코 잔을 입으로 가져가다 멈칫했다.

"내가 그랬어?"

"그래." 세바스찬의 두 눈이 클라리의 얼굴을 뚫어질 듯 살폈다. "그리고 난 대답할 말이 없어."

클라리는 컵을 테이블에 내려놓았다. 갑자기 몹시 불편한 느낌이 들었다.

"특별히 누구 것이어야 할 필요는 없잖아. 그건 그냥 비유적인 표현이야."

"그럼, 이번에는 내가 너한테 하나 물어볼게." 세바스찬이 말했다. "너, 나를 용서할 수 있을 거라고 생각해? 그러니까 내 말은, 나 같은 사람도 용서를 받을 수 있다고 생각해?"

"모르겠어." 클라리는 테이블 가장자리를 잡으며 말을 이었다. "난···. 그러니까, 종교적인 의미에서의 용서라는 개념에 대해서는 별로 아는 게 없어. 그저 네가 용서를 구해야 할 사람들이 많다는 것만 알지."

클라리는 자신이 말도 안 되는 소리를 떠들어댄다는 생각이 들어서 숨을 크게 들이마셨다. 남들은 할 수 없는 대답을 클라리가 해주기를 바라는 듯 차분히 바라보는 세바스찬의 검은 눈 때문에 당황하게 된 것 같았다.

"넌 해야 할 일이 많아, 용서를 받으려면. 너 자신을 바꿔야 돼. 잘못을 고백하고, 회개하고…. 그리고 잘못을 수정해야 돼."

"잘못을 수정한다…."

세바스찬이 클라리의 말을 따라했다.

"네가 한 짓을 바로잡는다는 말이야."

클라리는 자신의 머그잔을 내려다보았다. 세바스찬이 한 짓을 바로잡을 방법이라는 건 없다. 어떤 식으로도 바로잡을 수 없다.

"아베 아트케 바레."

자신의 핫초코 잔을 내려다보며 세바스찬이 말했다.

클라리는 그것이 죽음을 맞이한 섀도우 헌터들이 전통적으로 하는 말이라는 것을 알아차렸다.

"왜 지금 그 말을 하는 거야? 내가 죽는 것도 아닌데."

"카툴루스가 쓴 시에 나오는 말이야. '프레테르 아베 아트케 바레.' '어서 오게, 잘 가게, 형제여'라는 뜻이지. 죽음의 의식과 형제를 잃은 슬픔, 유골에 대한 시지. 난 어렸을 때 이 시를 배웠어. 하지만 슬픔이나 상실감에 대해, 그리고 죽는다는 것과 내가 죽은 후에 아무도 슬퍼하지 않는다는 것에 대해 별다른 느낌을 받지 못했어."

세바스찬이 고개를 들어 클라리를 매섭게 바라보며 말을 이었다.

"만약 발렌타인이 너를 나하고 같이 키웠다면 어땠을 것 같아? 그랬다면 네가 날 사랑했을까?"

클라리는 미리 잔을 내려놓기를 잘했다는 생각이 들었다. 안 그랬다면 지금쯤 잔을 떨어뜨렸을 게 분명했다. 세바스찬은 그런 질문을 하면서 부끄러움이나 어색함을 전혀 느끼지 않는 듯 클라리를 빤히 바라보았다.

"글쎄, 넌 내 오빠잖아. 그러니까 사랑했겠지. 그게…당연한 거잖아."

세바스찬은 여전히 꿰뚫는 듯한 눈빛으로 클라리를 응시했다. 클라리는 만약 그랬다면 너도 나를 사랑했을 것 같아? 하고 물어야 하나 생각했다. 여동생으로서. 하지만 세바스찬이 그런 말을 이해할 것 같지 않았다.

"하지만 발렌타인은 나를 키우지 않았어. 그리고 나는 그를 죽였고."

클라리가 말했다.

자신이 왜 그런 말을 했는지 알 수가 없었다. 그런 말이 세바스찬을 화나게 만드는지 보고 싶어서 그랬는지도 모른다. 언젠가 제이스한테서 세바스찬이 유일하게 소중하게 여기는 존재가 발렌타인이라는 말을 들은 적 있었다.

하지만 세바스찬은 눈도 깜박하지 않았다.

"정확히 말하자면 천사가 죽인 거지. 물론 너 때문이기는 했지만."

손가락으로 낡은 테이블 위에 그려진 무늬를 훑으며 세바스찬이 말을 이었다.

"저기, 널 처음 만났을 때, 이드리스에서 말이야, 난 희망이 있었어. 네가 나와 같을 거라고 생각했어. 그런데 네가 나와 같지 않다는 것을 알고는 너를 증오했어. 그러다 제이스한테서 네가 한 일을 들었을 때, 난 내가 잘못 생각했다는 것을 깨달았어. 넌 나를 닮았어."

"너, 어젯밤에도 그렇게 말했잖아." 클라리가 말했다. "하지만 난…."

"넌 우리 아버지를 죽였어."

세바스찬이 말했다. 그의 목소리는 부드러웠다.

"그런데도 전혀 흔들림이 없어. 조금의 후회도 없잖아, 그지? 발렌타인은 제이스가 열 살이 될 때까지 피가 나도록 매질을 했어. 그런데도 제이스는 발렌타인을 그리워해. 그의 죽음을 슬퍼하고 말이야. 피를 나눈 부자지간이 아닌데도 불구하고. 그런데 너는 피를 나눈 아버지를 죽이고도 일말의 죄책감도 느끼지 않아."

클라리가 입을 딱 벌린 채 세바스찬을 노려보았다. 이건 불공평해. 너무 불공평해. 발렌타인은 단 한순간도 클라리에게 아버지였던 적이 없다. 사랑을 베푼 적도 없다. 그저 사라져야 할 괴물일 뿐이었다. 클라리로서는 그를 죽이는 것 말고는 달리 선택의 여지가 없었다.

발렌타인이 제이스에게 칼을 내리꽂고 죽어가는 그를 끌어안던 모습이 떠올랐다. 발렌타인은 자신이 죽인 아들의 주검 앞에서 흐느껴 울었다. 하지만 클라리는 아버지의 죽음을 슬퍼하지 않았다. 슬퍼해야 하는가에 대한 의문조차 품어본 적 없다.

"내 말이 맞잖아, 안 그래?" 세바스찬이 물었다. "내가 틀렸으면 틀렸다고 말해. 너하고 내가 닮지 않았다고 말하라고."

클라리는 이제 싸늘하게 식은 핫초코 잔만 빤히 내려다보았다. 머릿속에 소용돌이가 일어나 생각과 해야 할 말을 모두 집어삼켜버린 것만 같았다.

"네가 제이스도 나랑 닮았다고 생각하는 줄 알았어." 한참 만에 클라리가 꽉 잠긴 목소리로 말했다. "그래서 그를 데려갔다고 생각했어."

"난 제이스가 필요해." 세바스찬이 말했다. "하지만 그의 마음은 나와 같지 않아. 나와 같은 건 너야."

세바스찬이 자리에서 일어났다. 그가 벌써 핫초코 값도 지불한 것 같은데 언제 그랬는지 클라리는 기억이 나지 않았다.

"나랑 같이 가자."

세바스찬이 손을 내밀었다. 클라리는 그 손을 마다하고 혼자 일어나 기계적으로 스카프를 다시 맸다. 좀 전에 마신 핫초코가 산이라도 되는 듯 뱃속이 뒤틀렸다. 클라리는 세바스찬의 뒤를 따라 카페를 나와 골목으로 들어섰다. 세바스찬은 푸른 하늘을 올려다보며 서 있었다.

"나는 발렌타인을 닮지 않았어." 그의 옆에 서서 클라리가 말했다. "나는 우리 엄마를…."

"네 엄마는…." 세바스찬이 말했다. "나를 증오했어. 지금도 증오하고 있고. 너도 봤잖아. 그 여자는 나를 죽이려고 했어. 네가 그 여자를 닮았다고 말하고 싶은가 본데, 괜찮아. 조슬린 페어차일드는 냉혹해. 항상 그랬어. 몇 달이고, 아니 몇 년이나 우리 아버지를 사랑하는 척했지. 그에 대한 정보를 캐내 그를 배신하기 위해서 말이야. 그 여자는 뒤에서 서클의 대반란을 조종했고 남편의 친구들이 무참히 학살당하는 것을 지켜봤어. 그 여자는 네 기억도 훔쳤어. 그런 여자를 용서할 수 있어? 그리고 그 여자가 이드리스에서 도망칠 때 나도 함께 데려갈 생각을 하기는 했을 거라고 믿니? 그 여자는 내가 죽었다는 사실을 다행으로 여겼을 게 분명…."

"절대 그렇지 않아!" 클라리가 냅다 소리를 질렀다. "엄마는 네가 아기였을 때 쓰던 물건들을 상자에 간직해두고 있어. 그 상자를 꺼내 보면서 울곤 했단 말이야. 해마다 네 생일에 말이야. 지금도 네 방에 그 상자 있는 거 다 알아."

세바스찬의 얇고 우아한 입술이 일그러졌다. 그가 휙 돌아서더니 골목을 걸어가기 시작했다.

"세바스찬!" 클라리가 뒤에서 불렀다. "세바스찬, 기다려."

클라리는 왜 그가 돌아오기를 바라는지 알 수 없었다. 지금 자신이 어디 있는지, 어떻게 해야 아파트로 돌아갈 수 있는지 모르기는 하지만 단지 그것 때문에 세바스찬이 돌아오기를 바라는 것은 아니었다. 클라리는 맞서서 싸우고 싶었다. 자신이 세바스찬의 말처럼 그를 닮은 게 아니라는 것을 증명하고 싶었다. 클라리가 목소리를 높였다.

"조너선 크리스토퍼 모겐스턴!"

세바스찬이 걸음을 멈추더니 천천히 고개를 돌려 어깨 너머로 클라리를 보았다.

클라리가 그를 향해 걸어갔다. 세바스찬은 고개를 옆으로 갸우뚱 기울인 채 검은 눈을 가늘게 뜨고 클라리를 지켜보았다.

"넌 내 중간 이름도 모를걸."

클라리가 말했다.

"아델." 세바스찬의 말소리가 노래처럼 들렸다. 그 목소리가 친근하게 들려 클라리는 마음이 편치 않았다. "클라리사 아델."

클라리는 세바스찬의 옆까지 왔다.

"왜 아델이라고 지은 거지? 난 전혀 모르는데."

"나도 몰라." 세바스찬이 말했다. "발렌타인이 너를 클라리사 아델이라고 이름 짓는 걸 결코 원하지 않았다는 건 알아. 그는 자기 어머니, 그러니까 우리 할머니 이름을 따서 네게 세라피나라는 이름을 붙이고 싶어 했어."

세바스찬이 주위를 둘러보더니 다시 걷기 시작했다. 이번에는 클라리도 보조를 맞춰 걸었다.

"우리 할아버지가 살해당하고 나서 할머니도 돌아가셨어. 심장마비였지. 슬픔 때문에 돌아가신 거라고, 발렌타인은 항상 그렇게 말했어."

클라리는 아마티스를 떠올렸다. 첫사랑 스티븐을 잊지 못한 아마티스. 슬픔 때문에 죽은 스티븐의 아버지, 그리고 삶을 온통 복수에 바쳤던 심문관. 제이스의 어머니도 남편이 죽자 손목을 그었다.

"난 네피림을 만나기 전까지는 슬픔 때문에 죽는 건 불가능하다고 생각했어."

클라리의 말에 세바스찬이 무미건조하게 킥킥 웃었다.

"우리는 먼데인들처럼 사사로운 정에 구애되지 않아. 대신 우리 사이의 유대는 강하고 쉽게 끊을 수 없어. 그래서 우리가 다른 종족과 사이가 좋지 않은 거야. 다운월드 사람들이나 먼데인들처럼…."

"엄마는 다운월드 사람과 결혼했는데."

클라리가 쏘아붙이듯 말했다. 둘은 거의 골목 끝에 위치한 석조 건물 앞에서 멈춰 섰다. 앞에는 파랗게 칠한 덧문이 있었다.

"그도 한때는 네피림이었잖아." 세바스찬이 말했다. "그리고 우리 아버지를 봐. 네 엄마는 아버지를 배신하고 버렸어. 그런데도 아버지는 평생 네 엄마를 기다렸고 네 엄마가 되돌아오도록 설득하려고 했잖아. 옷장 가득 들어 있는 옷만 봐도…."

세바스찬은 고개를 설레설레 내저었다.

"하지만 발렌타인이 제이스한테 사랑은 나약함이라고 말했는데. 사랑이 우리를 파괴할 거라고 했단 말이야."

클라리가 말했다.

"자신을 뼛속까지 증오하는 여자를 도저히 잊을 수 없어서 평생 쫓아다녔다면 그런 생각이 들 수도 있는 거 아니야? 네가 세상에서 가장 사랑하는 사람이 네 등에 칼을 꽂는다면 넌 기분이 어떨 것 같아?"

세바스찬이 가까이 몸을 숙이는 바람에 그의 숨결이 클라리의 머리카락을 흔들었다.

"네가 우리 아버지보다 네 엄마를 더 닮았을지도 몰라. 하지만 그렇다고 해서 달라질 게 뭐 있어? 너는 뼛속에 잔인함을 품고 있고 심장은 얼음처럼 차가워, 클라리사. 그렇지 않다는 말은 하지 마."

클라리가 미처 반박하기도 전에 세바스찬이 휙 돌아서 파란 덧문이 있는 건물의 첫 번째 계단으로 올라갔다. 문 옆 벽에 초인종들이 위에서 아래로 한 줄 이어져 있었다. 각각의 초인종 옆에는 손으로 휘갈겨 쓴 이름표가 붙어 있었다. 세바스찬은 마그달레나라는 이름이 쓰여 있는 초인종을 누르고 기다렸다. 한참 만에 스피커에서 쉰 목소리가 들렸다.

"Qui est là?"

"C'est le fils et la fille de Valentine. Nous avions rendez-vous?"

세바스찬이 말했다.

잠시 침묵이 흐르더니 윙, 하는 부저 소리가 울렸다. 세바스찬이 문을 휙 당겼다. 문이 열리자 그는 예의바르게 클라리를 앞세웠다. 나무로 된 계단은 배 옆면처럼 낡고 매끈했다. 둘은 말없이 계단을 따라 맨 위층까지 올라갔다. 층계참에 있는 문이 살짝 열려 있었다. 세바스찬이 먼저 안으로 들어가고 클라리가 그 뒤를 따랐다.

안은 넓고 바람이 잘 통하고 밝았다. 벽은 온통 하얀색이었고 커튼도 마찬가지였다. 한쪽 창문으로 레스토랑들과 옷가게들이 늘어선 거리가 내려다보였다. 차들이 빠르게 지나갔지만 소리는 아파트 안까지 들리지 않는 듯했다. 바닥에는 윤이 나는 나무가 깔려 있고, 하얗게 페인트칠한 나무 가구들과 알록달록한 장식용 쿠션들이 있는 천 소파들이 눈에 띄었다. 아파트 한쪽은 화실로 꾸며져 있었다. 채광창으로 들어온 빛이 긴 나무 탁자를 환하게 밝히고 있었다. 이젤이 여러 개 있었는데 천을 덮어두어서 그림은 보이지 않았다. 벽에는 물감으로 얼룩진 가운이 고리에 걸려 있었다.

탁자 옆에 한 여자가 서 있었다. 나이를 가늠하기 어렵게 방해하는 것들만 아니라면 클라리의 엄마와 비슷한 나이로 보일 것 같았다. 몸매를 가리는 헐렁한 검정색 가운 밖으로 하얀 손과 얼굴만 드러나 있었다. 두 볼에는 눈 바깥쪽부터 입술까지 굵은 룬이 그려져 있었다. 클라리가 지금껏 본 적 없는 룬이었시만 그 의미는 짐작할 수 있었다. 힘, 기술, 손재주. 여자는 숱 많은 적갈색 머리를 허리까지 구불구불 늘어뜨렸고, 위로 눈을 치뜨자 꺼져가는 불꽃 같은 주황색 눈동자가 보였다.

여자가 가운 앞으로 두 손을 모아 느슨하게 맞잡았다. 그리고 초조한 목소리로 노래하듯 말했다.

"Tu dois être Jonathan Morgenstern. Et elle, c'est ta sœur? Je pensais que…?"

"내가 조너선 모겐스턴이다." 세바스찬이 말했다. "그리고 이쪽이 내 여동생, 클라리사다. 이 아이 앞에서는 영어로 말하라. 프랑스어를 알아

듣지 못한다."

여자가 헛기침을 했다.

"내 영어 실력이 녹슬었다. 영어를 사용한 지 오래되었다."

"그 정도면 괜찮다. 클라리사, 이쪽은 마그달레나 자매라고 해. 철의 자매지."

클라리가 놀라며 말했다.

"철의 자매는 절대 요새를 떠나지 않는 걸로 아는데…."

"맞아. 대반란에 가담한 것이 발각되어 추방당한 경우는 예외지만. 서클이 무슨 수로 그렇게 무장할 수 있었을 거라고 생각해?"

세바스찬은 마그달레나를 향해 전혀 즐거워 보이지 않는 미소를 지으며 다시 말을 이었다.

"철의 자매들은 전사가 아니라 무기 제조자들이지. 하지만 마그달레나는 대반란에 가담한 사실을 발각당하기 전에 요새에서 도망쳤어."

"그대의 오라비가 나와 접촉하기 전까지 15년간 네피림들을 만나지 못했다."

마그달레나가 말했다. 누구를 향해 말하는 것인지 선뜻 알아볼 수가 없었다. 초점이 불분명한 눈이 이리저리 움직이는 것 같았지만 눈이 멀지 않은 것만은 확실했다.

"그것이 사실이냐? 그대가 정말…그것을 가지고 있느냐?"

그 물음에 세바스찬이 무기 벨트에 걸린 주머니 안에서 석영처럼 생긴 덩어리 하나를 꺼냈다. 그리고는 긴 탁자에 내려놓자 채광창으로 들어온 한 줄기 빛이 반사되어 마치 그 덩어리 안에서 빛이 뿜어져 나오는 것처럼 보였다. 클라리는 숨이 탁 막혔다. 그것은 프라하의 골동품 상점에서 가져온 아다마스였다.

마그달레나가 쉭쉭 소리를 내며 숨을 들이쉬었다.

"순수한 아다마스다. 그 어떤 룬도 접촉하지 않았다."

철의 자매가 탁자를 돌아와 두 손을 아다마스 위에 얹었다. 갖가지 룬 흉터가 새겨진 두 손이 부들부들 떨렸다.

"Adamas pur." 여자가 속삭이듯 말했다. "성스러운 물질에 손을 대는 것은 실로 오랜만이다."

"네 마음대로 만들어봐." 세바스찬이 말했다. "끝마치고 나면 내가 훨씬 더 크게 값을 치르지. 단, 내가 요구하는 것을 만들어낼 수 있다고 생각한다면 말이야."

마그달레나가 몸을 일으켜 세웠다.

"내가 철의 자매가 아니더냐? 내가 맹세를 하지 않았더냐? 내 손이 천국의 물질을 다루지 않았더냐? 발렌타인의 아들이여, 나는 내가 약조한 것을 만들어낼 수 있다. 의심하지 마라."

"반가운 소리네." 세바스찬의 목소리에 장난기가 어려 있었다. "그렇다면 오늘 밤에 다시 찾아오지. 내가 필요할 때 어떻게 연락하는지는 알고 있을 거야."

마그달레나가 고개를 내저었다. 그녀의 관심은 온통 반투명한 물질, 아다마스에 집중되어 있었다. 마그달레나가 손가락으로 그것을 톡 건드렸다.

"알겠다. 그만 가라."

세바스찬이 고개를 끄덕이더니 한 걸음 뒤로 물러났다. 클라리는 언뜻 따라나설 수가 없었다. 철의 자매를 붙잡고 세바스찬이 무엇을 요구

했는지 묻고 싶었다. 애초에 왜 코브넌트의 법을 어기고 발렌타인 편에
서게 되었는지 묻고 싶었다. 주저하는 클라리의 마음을 알아차린 듯 마
그달레나가 고개를 들어 보일 듯 말 듯 미소를 지었다.

"그대 둘."

마그달레나가 말했다. 클라리는 왜 자신과 세바스찬이 같이 왔는지
모르겠다는 말을 하려는 거구나, 라고 생각했다. 조슬린의 딸은 섀도우
헌터이고 발렌타인의 아들은 범죄자라서 서로를 증오한다고 들었는데
왜 같이 왔느냐고 물으려는 거야. 하지만 마그달레나는 고개를 가로저
었다.

"Mon Dieu." 마그달레나가 말했다. "그대들의 부모와 똑같이 생겼
구나."

16
형제와 자매

클라리와 세바스찬이 돌아와 보니 거실은 비어 있었지만 싱크대에 아까는 없던 접시들이 쌓여 있었다.

"제이스가 자고 있다고 그랬잖아."

클라리가 비난하는 투로 세바스찬에게 말했다.

세바스찬은 대수롭지 않게 어깨를 으쓱했다.

"내기 그 말 할 때는 분명히 그랬어."

그의 목소리에 살짝 놀리는 기색이 스며 있었지만 정말로 무심하게 말하는 것은 아니었다. 둘은 마그달레나의 아파트에서 여기까지 오는 동안 거의 아무 말도 하지 않았다. 하지만 둘 다 화가 나서 그런 것은 아니었다. 클라리는 딴생각에 잠겨 있다가 같이 걷고 있는 사람이 세바스찬이라는 것을 깨닫고는 문득문득 놀랐다.

"이 녀석 어디 있는지 알 것 같아."

"자기 방에?"

클라리가 계단을 향해 달려갔다.

"아니." 세바스찬이 클라리의 앞으로 나섰다. "와봐. 내가 보여줄게."

그는 빠른 속도로 계단을 달려 올라가더니 주인용 침실로 들어갔고 클라리도 뒤를 따라갔다. 클라리가 어리둥절하는 사이 세바스찬이 옷장 옆을 두드렸다. 그러자 옷장 옆면이 미끄러지듯 밀리면서 그 뒤로 계단이 나타났다. 세바스찬이 클라리를 향해 어깨 너머로 짓궂은 미소를 지었다.

"장난하는 거야? 비밀 계단이야?"

클라리가 물었다.

"그동안 본 게 있는데 이 정도 가지고 신기하다고 하면 안 되지."

세바스찬이 한 번에 계단 두 개씩 밟고 내려갔다. 클라리도 기운 없이 뒤를 따랐다. 계단은 둥글게 휘면서 반짝반짝 윤이 나는 바닥과 높은 벽이 있는 넓은 방으로 이어졌다. 인스티튜트의 훈련실처럼 벽마다 온갖 종류의 무기들이 걸려 있었다. 킨잘, 차크람, 철퇴, 검, 단검, 석궁, 너클, 표창, 도끼, 사무라이 검까지 별의별 무기가 다 있었다.

바닥에는 훈련 공간을 표시하는 원이 여기저기 깔끔하게 그려져 있었다. 그 한가운데에 제이스가 누워 있었다. 그는 셔츠도 안 입고 맨발에 까만 추리닝 바지만 입은 채 양손에 칼을 하나씩 잡고 있었다. 순간 클라리의 머릿속을 스치는 모습이 있었다. 채찍 자국이 분명한 흉터가 여러 개 나 있던 세바스찬의 벗은 등. 제이스의 등은 섀도우 헌터 특유의 흉터들 말고는 매끈했다. 그리고 간밤에 클라리의 손이 할퀸 자국도 있었고. 순간 클라리는 얼굴이 화끈거렸지만 마음속에서 한 가지 질문이 떠나지 않았다. 왜 발렌타인은 한 아이한테만 채찍질을 하고 다른 아이한테는 채찍질을 하지 않았을까?

"제이스."

클라리가 불렀다.

그가 돌아보았다. 은빛 액체는 다 사라졌고 황금색 머리는 젖어서 머리에 찰싹 달라붙어 있었다. 피부도 땀으로 번들거렸다. 그의 표정에 경계하는 빛이 역력했다.

"어디 갔었어?"

세바스찬이 한쪽 벽으로 다가가더니 맨손으로 검의 날들을 만지며 걸려 있는 무기들을 살폈다.

"클라리가 파리 구경하고 싶어 하는 것 같아서."

"쪽지라도 남겼으면 좋잖아." 제이스가 말했다. "우리 상황이 안전한 것도 아니잖아, 조너선. 클라리 걱정하게 만들지 말았어야…"

"내가 미행한 거야."

클라리가 말했다.

제이스가 고개를 돌려 클라리를 보았다. 문득 클라리의 눈에, 이드리스에서 자신을 안전하게 지키기 위해 세운 계획을 모두 망쳤다며 소리를 지르던 소년의 모습이 스쳤다. 하지만 이 제이스는 달랐다. 그는 클라리를 보면서도 손을 떨지 않았고 목의 맥박도 고요히 뛰었다.

"네가 뭘 했다고?"

"내가 세바스찬을 몰래 따라간 거라고." 클라리가 말했다. "잠이 깼는데 세바스찬이 어디로 가는지 보고 싶었어."

클라리는 두 손을 청바지 호주머니에 쑤셔 넣고는 도전적으로 제이스를 보았다. 그의 두 눈이 삼킬 듯 자신을 훑어보자, 클라리는 피가 얼굴로 솟구쳐 오르는 듯한 느낌이 들었다. 그의 쇄골과 복근이 땀으로 번들거렸다. 클라리는 제이스의 두 팔이 자신을 끌어안던 느낌이, 그의 뼈와 근육 하나하나가 느껴질 정도로 몸이 밀착되었던 느낌이 떠올라….

너무도 당황스러워 머리가 빙빙 돌 지경이었다. 그런데 제이스는 조금도 어색해하는 것 같지 않았다. 그는 지난 밤 일에 대해 클라리만큼 신경 쓰지 않는 것 같았다. 제이스는 그저…짜증이 난 것처럼 보일 뿐이었다. 짜증나고, 땀나고, 뜨겁고.

"그래, 잘했다. 다음에 또 마법으로 보호받는 이 아파트에서 존재하지도 않는 문으로 나갈 때는 쪽지 한 장 남겨줘."

클라리가 눈썹을 추켜세웠다.

"지금 비꼬는 거야?"

제이스가 잡고 있던 칼 하나를 허공으로 던졌다 다시 받았다.

"그럴 수도 있지."

"클라리하고 같이 마그달레나 만나러 갔었어." 세바스찬이 말했다. 그는 벽에서 표창 하나를 꺼내 살펴보면서 말을 이었다. "아다마스를 가져다줬어."

제이스가 두 번째 칼을 던져 올렸는데 이번에는 제대로 받지 못해서 칼이 바닥에 푹 꽂혔다.

"정말?"

"응." 세바스찬이 대답했다. "그리고 클라리한테 계획을 말해줬어. 우리가 상위 악마들을 이리로 유인해서 파멸시킬 계획을 가지고 있다고 말했어."

"하지만 그 계획을 어떻게 실행할 건지에 대해서는 말 안 해줬잖아." 클라리가 끼어들었다. "그 부분에 대해서는 한마디도 안 했어."

"그건 여기서 제이스하고 같이 있을 때 이야기하는 게 나을 것 같아서 그랬어."

세바스찬이 말했다. 그가 갑자기 손목을 앞으로 홱 꺾자 표창이 제이스를 향해 날아갔다. 제이스가 칼을 재빨리 휘둘러 표창을 막았다. 표창은 챙그랑 소리를 내며 바닥으로 떨어졌다. 세바스찬이 휘파람을 불었다.

"빠른데."

그가 칭찬하듯 말했다. 클라리는 오빠를 돌아보았다.

"잘못하다 다치면 어떡하려고…"

"쟤가 다치면 나도 다쳐." 세바스찬이 말했다. "내가 저 녀석을 얼마나 믿는지 보여주려고 한 거야. 이제 네가 우리를 믿어줬으면 좋겠어."

그의 검은 눈이 클라리를 빤히 바라보았다.

"아다마스…. 내가 오늘 침묵의 자매한테 가져다준 물질 말이야. 그걸로 뭘 만드는지 알아?"

"잘 알지. 천사의 검을 만들잖아. 알리칸테에 있는 악마의 탑들도 만들고, 또 스텔레도…."

"그리고 죽음의 잔도 만들어."

클라리가 고개를 내저었다.

"죽음의 잔은 황금으로 만들었잖아. 나도 본 적 있어."

"아다마스를 황금에 담가서 만든 거야. 죽음의 검 역시 자루가 아다마스로 되어 있어. 천국의 궁전도 그것으로 지어졌다고들 해. 아다마스는 다루기 쉽지 않아. 오직 철의 자매들만이 그것을 다룰 수 있고 그들만이 접근할 수 있는 것으로 알려져 있지."

"그럼 왜 그걸 마그달레나한테 준 건데?"

"두 번째 죽음의 잔을 만들게 하려고."

제이스가 말했다.

"두 번째 죽음의 잔?" 클라리가 못 믿겠다는 얼굴로 둘을 번갈아 쳐다보았다. "하지만 마음대로 할 수 있는 게 아니잖아. 또 다른 죽음의 잔을 만드는 거 말이야. 만약 너희들이 마음대로 그걸 만들 수 있다면 진짜 죽음의 잔이 사라졌을 때 클레이브가 그렇게 놀랄 이유가 없잖아. 발렌타인이 그걸 그렇게 찾아다니지도 않았을 거고…."

"그건 이름 그대로 그냥 잔이야. 어떻게 만들었든, 천사가 자발적으로 자신의 피를 그 안에 담기 전까지는 그냥 평범한 잔에 지나지 않아. 처음부터 그 용도로 만들어진 거니까."

제이스가 말했다.

"그래서 라지엘로 하여금 너희가 만든 두 번째 죽음의 잔에 자발적으로 자신의 피를 담게 만들 수 있다는 거야?" 클라리의 목소리에는 불신이 역력했다. "잘들 해보셔."

"이건 일종의 속임수야, 클라리." 이번에는 세바스찬이 말했다. "모든 일에는 동맹이라는 것이 있기 마련이잖아? 천사들도 그렇고 악마들도 그렇고. 악마들은 우리가 라지엘에 대적할 만한 악마를 원한다고 믿고 있어. 그 정도로 막강한 악마의 피와 우리의 피를 섞어서 새로운 섀도우 헌터 종족을 만들어낸다고 믿고 있는 거지. 법이나 코브넌트 아니면 클레이브의 법에 얽매이지 않을 새로운 섀도우 헌터 종족 말이야."

"그들에게…적 섀도우 헌터를 만들겠다고 말한 거야?"

"뭐 그런 셈이지." 세바스찬이 손으로 고운 머리카락을 쓸어 넘기며 웃음을 터뜨렸다. "제이스, 설명하는 거 좀 도와줄래?"

"발렌타인은 광신자였어."

다시 제이스가 말을 받았다.

"그는 많은 것에 대해 그릇된 생각을 가지고 있었지. 섀도우 헌터들을 학살해야 한다는 것도 그랬고, 다운월드에 대해서도 잘못된 생각을 가지고 있었어. 하지만 클레이브나 위원회에 대한 생각은 틀리지 않았어. 우리가 만난 심문관들은 하나같이 부패했어. 천사들이 세운 법률들도 제멋대로에 터무니없고, 그들이 정한 처벌은 그보다 더 심하고 말이야. '악법도 법이다.' 우리가 그 말을 얼마나 많이 들었지? 왜 클레이브와 그들의 법을 구하려 애쓸 때조차 우리가 클레이브와 그들의 법을 피해 다녀야 하는 거냐고. 도대체 누가 우리를 감옥에 처넣었지? 바로 심문 관이야. 누가 사이먼을 감옥에 처넣었지? 클레이브야. 누가 그를 불태 우려 했지?"

클라리의 심장이 쿵쿵 뛰기 시작했다. 제이스의 목소리, 너무도 익숙한 그 목소리가 쏟아놓는 이야기에 온몸의 힘이 빠졌다. 제이스의 말은 옳으면서 동시에 틀렸다. 발렌타인이 그랬던 것처럼. 그러나 발렌타인의 말은 믿고 싶지 않았지만 제이스의 말은 믿고 싶었다.

"좋아." 클라리가 입을 열었다. "클레이브가 부패했다는 건 나도 알아. 그렇지만 그게 악마들과 거래하는 걸 정당화할 수 있다고는 생각하지 않아."

다시 세바스찬이 끼어들었다.

"우리는 악마를 죽일 권한을 부여받았어. 하지만 클레이브는 모든 힘을 다른 일에 쏟아 붓고 있어. 보호막이 약해지면서 더 많은 악마들이 인간 세계로 쏟아져 들어오고 있는데도 클레이브는 그런 현실에 눈을 감고 있어. 우리가 랭글 섬 북쪽 끝에 있는 문을 열었어. 그 문을 통해 악마들을 유인할 거야. 죽음의 잔을 준다고 약속하고서 말이야. 하지만 그 잔에 그들의 피가 담기는 순간, 그들은 죽게 될 거야. 나는 이미 여러 상위 악마들과 그렇게 거래를 했어. 제이스와 내가 그 악마들을 죽이면 클레이브는 우리가 무시할 수 없는 힘을 가지고 있다는 것을 알게 될 거야. 그럼 우리 말에 귀를 기울이게 되겠지."

클라리는 세바스찬을 뚫어지게 보았다.

"상위 악마를 죽이는 건 쉬운 일이 아니야."

"내가 오늘 아침에도 해냈잖아. 그래서 우리 둘 다 호위병 악마들을 해치우는 데 문제가 없었던 거야. 내가 그들의 우두머리를 죽였거든."

클라리가 제이스에게서 세바스찬으로 시선을 옮겼다가 다시 제이스를 보았다. 그의 눈은 냉정하면서도 호기심을 담고 있었다. 세바스찬의 눈은 더 강렬했다. 클라리의 머릿속을 들여다보기라도 할 것 같은 기세였다.

"좋아." 클라리가 천천히 말했다. "생각해봐야 할 게 많은 것 같네. 두 사람이 그런 위험에 나서는 건 마음에 안 들지만. 그래도 날 믿고 이야기해준 건 고마워."

"내가 말했잖아. 클라리도 우리를 이해할 거라고."

제이스가 말했다.

"나도 아니라고는 말 안 했어."

세바스찬이 클라리의 얼굴에 시선을 고정한 채 말했다.

클라리는 침을 꿀걱 삼켰다.

"나 어젯밤에 잠을 별로 못 잤거든. 그래서 좀 자야겠어."

클라리가 말했다.

"저런. 에펠탑 보러 가자고 하려던 참인데."

세바스찬의 눈은 어둡고 속을 알 수 없었다. 클라리는 지금 세바스찬이 농담을 하는 건지 아닌지 구분이 가지 않았다. 하지만 클라리가 뭐라고 대꾸하기 전에 제이스의 손이 그녀의 손 안으로 스르르 미끄러져 들어왔다.

"나랑 같이 가자. 나도 별로 못 잤어."

그렇게 말하고서 제이스는 세바스찬을 향해 고갯짓을 했다.

"저녁 식사 때 보자."

세바스찬은 아무 대답도 하지 않았다. 그러다 제이스와 클라리가 계단에 이르렀을 즈음에야 그가 큰소리로 불렀다.

"클라리."

클라리가 제이스에게 잡힌 손을 빼며 뒤를 돌아보았다.

"왜?"

"내 스카프."

세바스찬이 손을 내밀었다. 클라리는 불안한 손으로 목에 감아 묶은 스카프를 잡아당겼다. 잠시 그 모습을 지켜보던 세바스찬이 못 참겠다는 듯 신음 소리를 내더니 성큼성큼 클라리에게 다가왔다. 클라리가 긴장해서 뻣뻣하게 굳어 있는 사이 세바스찬이 그녀의 목에 손을 대고 쉽게 스카프의 매듭을 풀었다. 클라리는 그가 스카프를 완전히 풀어내기 전에 손가락을 자신의 목에 잠깐 댄 것처럼 느꼈는데….

불타고 남은 페어차일드 저택이 있는 언덕에서 세바스찬이 자신에게 키스했던 기억이 떠올랐다. 그때 마치 어둡고 외딴 곳으로 추락하는 듯 무섭고 놀랐던 것도 생각났다. 클라리가 황급히 뒤로 물러나 돌아서는 데 아직 목에 걸쳐져 있던 스카프가 떨어졌다.

"빌려줘서 고마워."

그렇게 말하고서 클라리는 뒤도 돌아보지 않고 곧장 제이스를 따라 계단을 내려갔다. 만약 돌아보았다면 오빠가 재미있다는 듯한 표정으로 스카프를 손에 쥔 채 자신을 계속 지켜보고 있는 것을 알아차렸을 것이다.

사이먼은 낙엽들 사이에 서서 길을 올려다보았다. 크게 숨을 들이마시고 싶은 인간의 욕구가 또 한 번 밀려왔다. 센트럴 파크의 나무들은 가을의 마지막 빛을 잃어버려 갈색과 검정색으로 변했다. 가지들도 거의 다 잎이 떨어져 헐벗은 채였다.

사이먼은 다시 한 번 손가락에 낀 반지를 만졌다.

클라리?

여전히 대답이 없었다. 온몸의 근육이 팽팽히 당긴 철사처럼 긴장했다. 마지막으로 대화를 나눈 후로 너무 긴 시간이 지났다. 클라리는 자고 있을 거라고 몇 번이고 스스로에게 말했지만 가슴속의 불안은 사라지지 않았다. 이 반지가 클라리와 자신을 연결해주는 유일한 수단인데 지금은 그저 생명 없는 금속 덩어리로밖에 보이지 않았다.

사이먼은 두 손을 양옆으로 늘어뜨리고 길을 따라 걸었다. 동상들을 지나고 셰익스피어의 희곡에 나온 대사들을 새겨 넣은 벤치들을 지났다. 길이 오른쪽으로 휘면서 앞에 있는 벤치에 앉아 있는 사람이 눈에 들어왔다. 검은 머리를 땋아 등 뒤로 늘어뜨린 여자였다. 그 사람은 지금도 기다리고 있었다. 사이먼을.

사이먼은 등을 곧게 펴고 걸어갔다. 하지만 납이라도 짊어진 듯 한 걸음 한 걸음이 무거웠다.

그가 걸어오는 소리에 그녀가 고개를 돌렸다. 그가 옆에 앉자 창백한 그녀의 얼굴이 더 창백해졌다.

"사이먼." 그녀가 숨을 내쉬며 말했다. "안 오는 줄 알았잖아."

"안녕, 레베카 누나."

사이먼이 말했다.

누나가 손을 내밀자 사이먼은 그 손을 잡았다. 그러고는 피부의 냉기를 누나가 알아차리지 못하게 장갑을 끼기를 잘했다고 생각했다. 누나를 마지막으로 본 것이 그리 오래되지는 않았다. 아마 4개월 정도 된 듯했다. 하지만 검은 머리, 갈색 눈동자, 자신과 닮은 모습, 콧등의 주근깨까지 모든 것이 눈에 익은데도 누나는 벌써 오래된 사진 속에 있는 사람처럼 낯설게 느껴졌다. 누나는 청바지에 노란색 파카 점퍼, 그리고 노란색 목화꽃이 큼직하게 그려진 초록색 스카프 차림이었다. 클라리는 레베카의 스타일을 '히피풍'이라고 불렀다. 누나의 옷들 중 반은 중고품 옷가게에서 산 것이고 나머지 반은 본인이 직접 만든 것이었다.

사이먼이 손을 꼭 쥐자 누나의 눈가에 눈물이 맺혔다.

"사이먼."

레베카가 두 팔로 동생을 껴안았다. 사이먼도 어색하게 누나의 팔을, 등을 다독였다. 레베카는 눈물을 훔치며 뒤로 물러나더니 얼굴을 찌푸렸다.

"세상에, 얼굴이 왜 이렇게 차. 스카프라도 좀 해라."

레베카는 나무라듯 동생을 보며 다시 말을 이었다.

"그건 그렇고, 너 어디서 지내는 거야?"

"내가 말했잖아. 친구 집에서 지낸다고."

레베카가 내뱉듯 짧게 웃음을 터뜨렸다.

"알았다, 사이먼. 그건 별로 마음에 안 드는데. 도대체 무슨 일이야?"

"베키 누나…."

"추수감사절 때 집에 전화했어." 레베카는 나무들을 빤히 바라보며 말했다. "있잖아, 어느 기차 탈 건가 뭐 그런 거 물으려고 말이야. 그런데 엄마가 뭐라 그랬는지 알아? 엄마가 나한테 집에 올 필요 없다는 거야. 추수감사절 행사 같은 거 안 할 거라고. 그래서 너한테 전화를 했지. 그런데 너는 아예 전화를 안 받는 거야. 너 어디 있는지 물으려고 다시 엄마한테 전화를 했지. 그랬더니 엄마가 끊어버리지 뭐야. 내 전화를 그냥 끊어버렸다고. 그래서 집에 왔어. 그런데 현관에 괴상한 게 잔뜩 있잖아. 엄마한테 고래고래 소리를 질렀더니 엄마가 나더러 네가 죽었대. 죽었다잖아, 내 동생이 말이야. 엄마는 네가 죽고 괴물이 네 자리를 차지했다고 하더라니까."

"그래서 누나는 어떻게 했는데?"

"거길 뛰쳐나왔지 뭐." 레베카가 말했다. 씩씩한 척 하려고 애쓰고 있지만 두려움이 살짝 느껴지는 목소리였다. "엄마가 이상해진 게 확실해."

"어."

사이먼이 말했다. 누나와 엄마는 늘 사이가 좋지 않았다. 레베카는 엄마를 '환자'라거나 '비정상 여사'라고 부르곤 했다. 하지만 누나가 진심으로 엄마를 이상하다고 말하는 것은 처음이었다.

"정말이라니까, 어휴." 레베카가 쏘아붙이듯 말했다. "나 미치는 줄 알았어. 너한테 5분마다 한 번씩 문자를 보냈어. 그러다 간신히 네가 친구랑 같이 지낸다는 말도 안 되는 답을 받았잖아. 그래서 이렇게 여기서 널 만나게 된 거고. 도대체 어떻게 된 거야, 사이먼? 이게 얼마나 오래된 거야?"

"뭐가 얼마나 오래되었냐는 건데?"

"너 지금 무슨 생각하는 거야? 엄마가 완전히 정신 나간 거 말이야." 레베카는 짧은 손가락으로 스카프를 잡으며 말했다. "우리가 무슨 수를 써야 돼. 상담을 받든지, 의사하고 말이야. 약을 복용하게 하든지. 어떻게 해야 할지 생각이 안 나더라고. 네가 없으니까. 든든한 남동생이 옆에 있어줘야지."

"안 돼. 그러니까 난 도와줄 수 없어."

사이먼이 말했다.

그러자 레베카가 부드러워진 목소리로 말했다.

"너도 많이 속상한 거 알아. 그리고 아직 고등학생이고. 하지만 사이먼, 이런 일은 우리가 같이 결정해야 돼."

"내 말은 엄마가 약을 복용하도록 할 수 없다는 거야." 사이먼이 말했다. "엄마를 병원에 데려가는 것도 그렇고. 왜냐하면 엄마 말이 맞으니까. 난 괴물이야."

레베카의 입이 딱 벌어졌다.

"엄마한테 세뇌당했니?"

"아니…"

레베카의 목소리가 불안하게 흔들렸다.

"저기, 엄마 때문에 상처 받았을 거라는 건 알아…. 엄마가 원래 말을 심하게 하잖아…. 하지만 아니야, 아무리 엄마라 해도 그런 짓까지 했을 리는 없어. 만약에 엄마가 정말로 그랬다면…. 만약에 엄마가 너한테 손가락 하나라도 댔다면, 사이먼, 그래서 나를 도와주는 게…."

사이먼은 더 이상 참을 수가 없었다. 장갑을 잡아 뜯듯 벗고 손을 누나에게 내밀었다. 바닷가에서 아직 걸음마도 못 할 만큼 어린 사이먼의 손을 잡고 바다로 데려가주었던 바로 그 누나에게. 축구 연습이 끝나면 상처의 피를 닦아주고, 아버지가 돌아가시고 엄마가 좀비처럼 천장만 쳐다보며 누워 있을 때 사이먼의 눈물을 닦아주었던 누나에게. 사이먼이 아직 발 달린 잠옷을 입고 레이싱카 모양의 침대에서 잘 때 책을 읽어주었던 누나. 엄마 노릇을 대신한다면서 사이먼의 옷을 모두 인형 옷처럼 줄어들게 만들었던 누나. 엄마가 시간이 없을 때 대신 도시락을 싸주던 누나. 레베카 누나. 이제 누나와의 인연을 끊어야 한다.

"내 손 잡아봐."

사이먼이 말했다. 레베카가 그의 손을 잡더니 얼굴을 찡그렸다.

"너 너무 차다. 아팠어?"

"틀린 말은 아니야."

사이먼은 누나를 바라보았다. 자신이 잘못되었다는 것을, 정말로 잘못되었다는 것을 누나가 알아차리기를 바랐지만 누나는 믿음이 가득한 눈으로 사이먼을 바라볼 뿐이었다. 사이먼은 조바심이 났지만 꾹 참았다. 이건 누나의 잘못이 아니다. 누나는 알 수 없었다.

"내 맥박 짚어봐."

사이먼이 말했다.

"난 맥박 짚을 줄 몰라, 사이먼. 난 예술사 전공이란 말이야."

사이먼이 손을 내밀어 누나의 손가락을 자신의 손목에 가져다 댔다.

"눌러봐. 뭐 느껴져?"

레베카는 잠시 가만히 있었다. 짧게 자른 앞머리가 이마 앞에서 살랑거렸다.

"아니, 뭐 느껴져야 돼?"

"베키 누나…."

사이먼이 절망한 듯 손목을 내렸다. 더 이상 어찌할 도리가 없다. 이제 남은 방법은 하나다.

"날 잘 봐."

사이먼의 말에 레베카가 그의 얼굴로 시선을 올리는 순간, 그의 송곳니가 길게 뻗어 나왔다.

레베카가 비명을 내질렀다.

비명을 지르며 벤치에서 땅바닥으로 굴러 떨어졌다. 지나가던 사람들이 호기심 어린 얼굴로 흘끗 쳐다보았지만 누구도 걸음을 멈추거나 오래 살펴보지 않고 무심히 지나쳤다.

사이먼은 비참했다. 예상하던 일이기는 했지만 누나가 창백해진 얼굴로 입을 막은 채 웅크리고 있는 모습을 실제로 보는 것은 느낌이 또 달랐다. 엄마한테 고백했을 때도 이랬다. 사이먼은 사랑하는 사람을 믿지 못하는 것보다 더 슬픈 것은 없다고 클라리한테 말한 적 있었다. 아니다, 그건 틀린 말이다. 그보다 사랑하는 사람이 자신을 두려워하는 것이 더 슬프다.

"누나." 사이먼이 끊어질 듯 쉰 목소리로 누나를 불렀다. "베키 누나…."

레베카는 여전히 손으로 입을 막은 채 고개를 내저었다. 누나는 스카프를 낙엽 위에 늘어뜨린 채 흙바닥에 주저앉아 있었다. 다른 상황이었다면 우스꽝스러워 보였을 텐데 지금은 전혀 그렇지 않았다.

사이먼이 벤치에서 일어나 누나 옆에 무릎을 꿇었다. 송곳니는 다시 들어갔지만 레베카는 아직도 송곳니가 돋아 있기라도 한 듯 동생을 겁에 질린 눈으로 쳐다보았다. 사이먼이 머뭇머뭇 손을 내밀어 레베카의 어깨를 툭 쳤다.

"베키 누나." 사이먼이 입을 열었다. "누나를 해치지는 않을 거야, 절대로. 엄마도 해치지 않을 거고. 난 그저 누나한테 내가 멀리 사라질 거고, 누나도 다시는 나를 만나지 않아도 된다는 말을 하려고 오늘 만나자고 한 거야. 엄마도 누나도 더 이상 찾아가지 않을게. 내가 없어도 추수감사절 잘 보내. 연락도 안 할 거야. 절대로…."

"사이먼."

레베카가 동생의 팔을 움켜잡더니 자신에게로 확 끌어당겼다. 사이먼이 반쯤 엎어지자 레베카가 두 팔로 그를 와락 껴안았다. 아버지 장례식 날 서럽게 우는 사이먼을 꼭 안아준 후로 레베카가 동생을 껴안은 것은 오늘이 처음이었다.

"널 더 이상 안 보는 건 싫어."

"안 돼."

사이먼은 너무 놀라 머리가 멍한 채로 흙바닥에 털썩 주저앉았다. 레베카가 다시 힘주어 그를 끌어안자 사이먼은 가냘픈 누나의 품에 순순히 기대 안겼다. 둘이 어렸을 때도 이렇게 안겼으니 지금도 안겨도 될 것 같았다.

"아마 생각이 달라질 거야."

"왜?"

레베카가 물었다.

"나는 뱀파이어잖아."

사이먼이 말했다. 이런 말을 직접 귀로 들으니 기분이 묘했다.

"세상에 정말 뱀파이어가 있는 거야?"

"늑대인간도 있어. 더 이상한 것도 많아. 이건 그냥…어쩌다 보니 이렇게 됐어. 내 말은 그러니까, 난 공격을 당했어. 내가 이렇게 되고 싶어서 된 건 아니야. 뭐 그래도 상관없어. 어쨌든 이게 지금 내 모습이야."

"너 혹시…." 레베카가 말을 잇지 못하고 머뭇거리자 사이먼은 중요한, 아주 중요한 질문을 하려는 것임을 눈치 챘다. "사람들 물어?"

사이먼은 이사벨을 떠올렸지만 얼른 머릿속에서 지워버렸다. 열세 살짜리 여자애도 물었잖아. 그리고 친구도 물고. 뭐 그렇게 괴상한 일도 아닌 것 같네. 하지만 굳이 누나가 알아야 할 일은 아닌 것 같았다.

"난 병에 든 피를 마셔. 동물 피. 사람 피는 안 먹어."

"좋아." 레베카는 깊이 숨을 들이마시고 같은 말을 되풀이했다. "좋아."

"그걸로 끝이야? 좋아, 그걸로 된 거야?"

"응. 사랑해."

레베카가 말했다. 그리고는 동생의 등을 어색하게 쓰다듬었다. 사이먼은 손이 축축한 느낌이 들어 아래를 내려다보았다. 누나가 울고 있었다. 눈물 한 방울이 그의 손가락으로 떨어진 것이다. 눈물방울이 하나 더 손에 떨어지자 사이먼은 주먹을 쥐었다. 몸이 떨렸지만 추위 때문은 아니었다. 그런데도 레베카는 스카프를 벗어 동생과 자신의 몸에 휘감왔다.

"방법을 찾을 수 있을 거야." 레베카가 말했다. "넌 내 동생이잖아, 이 바보 멍청아. 네가 뭐가 되건 난 널 사랑해."

둘은 어깨를 맞대고 나란히 앉아 어둑어둑한 나무들 사이를 가만히 바라보았다.

열린 창문들로 한낮의 햇살이 들어와 제이스의 침실은 환했다. 클라리가 안으로 들어서는 순간 제이스가 문을 닫아 잠갔다. 그러고는 침대 옆 협탁에 칼 여러 개를 내려놓았다. 괜찮은지 물어보려고 클라리가 돌아서는데 제이스가 그녀의 허리를 잡고 자신에게로 끌어당겼다.

부츠를 신어서 클라리의 키가 좀 커지기는 했지만 아직도 키스를 하려면 제이스가 허리를 구부려야 했다. 제이스가 클라리의 허리를 잡은 채 들어 올려 안자…둘의 입술이 포개지면서 클라리는 자신의 작은 체구도, 어색함도 모두 잊었다. 그에게서 짭짤한 맛과 불 냄새가 전해졌다. 클라리는 다른 건 모두 잊고 익숙한 제이스의 체취, 땀 냄새, 뺨에 와 닿는 축축한 머리카락, 자신의 손이 어루만지는 그의 어깨와 등, 블록처럼 꼭 들어맞는 서로의 몸에만 집중했다.

제이스가 클라리의 스웨터를 머리 위로 벗겨냈다. 스웨터 속에 짧은 소매 티셔츠를 입고 있어서 클라리는 제이스의 몸에서 나오는 열기를 고스란히 느낄 수 있었다. 그의 입술이 클라리의 입술을 벌렸다. 그의 손이 자신의 청바지 첫 번째 단추로 미끄러져 내려가자 클라리는 온몸이 산산조각 날 것만 같았다.

클라리는 간신히 감정을 억누르고 제이스의 손목을 붙잡아 움직이지 못하게 했다.

"제이스. 안 돼."

클라리가 말했다.

제이스가 뒤로 물러났다. 그제야 클라리의 눈에 그가 똑바로 보였다. 제이스의 두 눈은 멍해 보였다.

"왜?"

클라리는 두 눈을 질끈 감았다.

"어젯밤에…. 만약에 우리가…. 만약에 내가 기절하지 않았다면, 그랬다면 무슨 일이 있었을지 나도 몰라. 그런데 우린 사람들이 잔뜩 있는 클럽 한가운데에 있었어. 너 정말 내가 너하고 처음…. 아니 몇 번째가 되었든…. 모르는 사람들 앞에서 너하고 사랑을 나누길 바란다고 생각해?"

"그건 우리 잘못이 아니었잖아."

제이스가 클라리의 머리카락 사이로 부드럽게 손가락을 밀어 넣으며 말했다. 그의 손바닥에 있는 흉터가 클라리의 볼을 가볍게 스쳤다.

"그 은빛 액체는 요정의 약이야. 내가 말했잖아. 우리는 약에 취해 있었어. 그래도 나 지금은 멀쩡해. 너도 멀쩡하고…."

"세바스찬이 위층에 있어. 게다가 난 피곤하고 그리고…." 그리고 우리 둘 다 끔찍하게, 끔찍하게 후회하게 될 거야. "지금은 그러고 싶은 기분이 아니야."

클라리는 거짓말을 했다.

"그러고 싶은 기분이 아니라고?"

제이스가 믿을 수 없다는 듯 물었다.

"지금까지 너한테 그런 말 한 사람이 아무도 없었나 본데, 아무튼 지금 난 그래. 그리고 싶은 기분이 아니야." 클라리는 아직도 자신의 청바지 허리를 잡고 있는 제이스의 손을 내려다보며 말을 이었다. "그리고 점점 더 안 그러고 싶어지거든."

제이스가 두 눈썹을 모두 추켜세웠다. 하지만 다른 말 하지 않고 클라리를 놓아주었다.

"제이스…."

"나 가서 찬물에 샤워 좀 해야겠다."

클라리에게서 뒷걸음질 치며 제이스가 말했다. 무슨 생각을 하는지 알 수 없는 멍한 얼굴이었다. 제이스가 들어가고 욕실 문이 닫히자 클라리는 침대로 걸어갔다. 깔끔하게 정리된 침대에 털썩 주저앉아 두 손으로 머리를 감싸 쥐었다. 제이스와 싸운 게 이번이 처음은 아니다. 다른 연인들과 비슷하게 말다툼을 했지만 내개는 부드럽게 끝났지, 심각할 정도로 화를 낸 적은 한 번도 없었다. 그런데 이번에는 자신을 보는 제이스의 눈빛이 이상할 정도로 싸늘했다. 무슨 생각을 하는지도 알 수 없고, 너무도 먼 사람처럼 느껴지게 만드는 싸늘한 눈빛 때문에 애써 지우려 했던 의문이 다시 클라리의 머릿속을 파고들었다. 저 안에 진짜 제이스가 남아 있기는 한 걸까? 진짜 제이스를 되찾을 수 있기는 한 걸까?

＊＊＊＊

이는 정글의 법이니,

하늘처럼 오래되고 진실한 것이라,

이를 따르는 늑대는 번성할지나,

이를 어기는 늑대는 죽음을 맞으리.

나무둥치를 둘러싼 덩굴 줄기처럼,

정글의 법은 앞으로 또 뒤로 나아가리라.

늑대의 힘은 무리에서 나오며

무리의 힘은 늑대에게서 나오리라.

조던은 자신의 침실 벽에 걸린 시를 뚫어지게 쳐다보았다. 중고책방에서 찾아낸 오래된 인쇄물인데, 정교한 낙엽 무늬가 글자를 감싸고 있었다. 시의 저자는 러디어드 키플링인데, 늑대인간들의 강령을 너무도 간결하게 압축해놓아서 조던은 혹시 키플링이 다운월드 사람은 아니었을까, 아니면 적어도 다운월드 협정에 대해 알았던 게 아닐까 궁금해졌다. 그래서 시에는 조금도 관심을 가져본 적이 없는데도 이 인쇄물을 사서 벽에 붙여두었다.

지금 조던은 한 시간째 아파트 안을 서성거리며 이따금 휴대전화를 꺼내 마야가 문자를 보내지는 않았는지 확인하고, 냉장고를 열어 먹을 건 없는지 들여다보곤 했다. 먹을 게 눈에 띄지는 않았지만 자신이 나간 사이에 마야가 올까 봐 뭘 사러 나가고 싶지도 않았다. 샤워를 하고 부엌도 깨끗하게 치우고, TV를 보려고 했지만 집중을 할 수 없어 포기하고는 DVD를 색깔별로 정리하기 시작했다.

가만히 있을 수가 없었다. 보름달이 뜰 때처럼 초조하고 조바심이 났다. 변화가 다가온다는 것을 느낄 때, 온몸의 피가 썰물처럼 움직일 때와 같은 느낌이었다. 하지만 달은 차오르지 않고 기울고 있었다. 피가 살을 뚫고 나갈 것 같은 느낌이 드는 것은 변화의 때가 되어서가 아니었다. 마야 때문이었다. 이틀 내내 마야와 붙어 있다시피 하다가 그녀가 사라지자 이렇게 안절부절못하는 것이었다.

마야는 루크가 호전되고 있지만 아직 외부인을 데려가 무리를 자극할 때가 아니라는 말을 남기고 혼자서 자기네 본부로 갔다. 마야가 할 일은 루크에게 내일 사이먼과 매그너스가 그의 농장에 가도 되는지 묻고, 농장에 전화해서 거기 있을지 모를 무리의 일원에게 주변을 치워놓으라고 전하는 것뿐이니까 조던이 같이 갈 필요는 없다고 했다. 마야의 말이 옳다는 것은 조던도 잘 알았다. 하지만 마야가 떠나자마자 조던은 초조해서 견딜 수가 없었다. 나하고 같이 있는 게 지긋지긋해서 간 건가? 다시 생각해보니 역시 나와 헤어지는 게 낫다는 생각이 들었나? 그리고 지금 우리가 무슨 사이지? 사귀는 사이? 같이 자기 전에 그걸 분명히 물어봤어야지, 이 바보야.

조던은 자기가 또다시 냉장고 앞에 와 있다는 것을 깨달았다. 냉장고 안은 하나도 변하지 않았다. 피가 든 병들, 갈아놓은 쇠고기 해동한 것, 그리고 썩은 사과 한 알.

현관에서 열쇠 돌아가는 소리가 들리자 조던은 화들짝 놀라 홱 돌아서며 냉장고에서 물러났다. 그리고 자신을 내려다보았다. 맨발에 청바지, 낡은 티셔츠. 마야가 나간 사이에 면도도 하고 향수 같은 거라도 좀 뿌렸어야 되는 건데, 대체 뭘 한 거야? 허겁지겁 손가락으로 대충 머리를 쓸어 넘기는데 마야가 거실로 들어와 커피 탁자에 조던의 보조 열쇠 꾸러미를 툭 던졌다. 마야는 연한 분홍색 스웨터에 청바지로 갈아입고 왔다. 추위 때문에 볼과 입술이 빨갛게 달아올랐고 눈은 반짝거렸다. 조던은 당장이라도 키스하고 싶어 미칠 것 같았지만 침만 꿀꺽 삼켰다.

"어떻게 됐어?"

"잘 됐어. 매그너스가 농장을 쓸 수 있어. 벌써 문자 보냈어." 마야는 조던에게로 걸어와 조리대에 두 팔꿈치를 대고 기댔다. "라파엘이 모린에 대해서 한 이야기도 루크한테 말했어. 별 문제 안 되면 좋겠는데."

조던은 당황했다.

"왜 그걸 그 사람이 알아야 된다고 생각했어?"

마야는 기가 꺾인 듯 보였다.

"어, 어떡해. 비밀로 했어야 하는 거라고 말하지 마, 제발."

"아니…. 난 그냥 궁금해서…."

"음, 만약에 정말로 떠돌이 뱀파이어가 로어 맨해튼을 멋대로 쏘다닌다면 우리 무리 귀에 들어갔을 거야. 우리 영역이기도 하니까. 그리고 난 그 사실을 사이먼한테 말해야 할지 말아야 할지에 대해서 그분의 조언을 듣고 싶었어."

"내 조언은?"

조던은 마음이 썩 편하지만은 않았다. 조던과 마야는 모린 이야기를 사이먼한테 전하는 문제를 놓고 이미 의논을 했다. 조던이 사이먼을 담당하고 있으니 알려줘야 한다는 생각도 들었지만, 안 그래도 지금 많은 문제를 짊어지고 있는 사이먼한테 걱정거리를 하나 더 안겨주는 게 옳은 일인가 싶기도 해서였다. 조던은 사이먼한테 이야기하지 말자는 쪽이었다. 이야기해봤자 해결할 방법도 없잖아? 하지만 마야는 마음을 정하지 못했었다.

마야가 조리대 위로 펄쩍 뛰어 올라앉더니 몸을 확 돌렸다. 그러고는 갈색 눈을 반짝이며 조던의 눈을 들여다보았다.

"난 어른의 조언이 듣고 싶었어."

조던이 흔들거리는 마야의 두 다리를 잡고는 손가락으로 청바지 솔기를 훑어 올라갔다.

"나 이제 열여덟 살이야…. 이 정도면 너한테 어른 아니야?"

마야가 그의 두 어깨에 손을 올리더니 근육을 살펴보기라도 하듯 문질렀다.

"하긴, 너도 확실히 자라기는 했지…."

조던이 마야의 허리를 잡아 조리대에서 끌어내리더니 키스했다. 마야가 키스를 받아들이며 품 안으로 파고들자 조던의 혈관 속으로 불길이 이글이글 번져나가는 것 같았다. 조던이 마야의 머리로 손을 밀어 올려 쓰고 있던 니트 모자를 벗기자 곱슬머리가 출렁이며 흘러내렸다. 조던의 입술이 마야의 목을 더듬는 사이 그녀의 손이 그의 셔츠를 위로 올려 벗겨내고는 고양이처럼 가르릉거리는 신음을 토하며 그의 온몸을 쓸었다. 어깨, 등, 두 팔…. 키스에 취하고 안도감에 마음이 가벼워져 조던은 풍선처럼 둥둥 떠오를 것만 같았다. 그러니까 마야는 조던을 버린 게 아니었다.

"조디. 잠깐만."

마야가 말했다.

심각한 상황이 아니면 마야는 그런 식으로 조던을 부르지 않는다. 이미 거칠게 뛰던 조던의 심장이 더 빨리 뛰었다.

"뭐 잘못됐어?"

"그게…. 우리가 만날 때마다 침대로 가게 되면…. 물론 내가 먼저 시작한 건 아는데, 그러니까 너를 탓하는 건 아니고…. 아무튼 지금은 이야기를 좀 해야겠어."

조던이 마야를 빤히 바라보았다. 크고 검은 눈, 맥박이 팔딱이는 목, 빨간 볼. 조던은 간신히 흥분을 억누르고 침착하게 말했다.

"알았어. 하고 싶은 이야기가 뭔데?"

마야는 그저 조던을 빤히 보기만 했다. 그러더니 고개를 내젓고는 이렇게 말했다.

"아니야."

마야는 조던의 뒤통수에 대고 두 손을 깍지 끼고는 그를 끌어당겨 힘껏 키스하면서 그의 품으로 파고들었다.

"아무것도 아니야."

얼마나 시간이 지났는지 모르겠지만 제이스가 수건으로 젖은 머리를 닦으며 욕실에서 나왔다. 클라리는 침대 가장자리에 앉은 채로 그를 올려다보았다.

제이스가 셔츠를 입은 뒤 비누 냄새를 풍기며 옆에 앉자 클라리는 시선을 돌려 외면했다.

"미안해."

제이스가 말했다.

그러자 클라리가 놀라서 제이스를 돌아보았다. 지금 같은 상황에서 제이스가 미안하다는 말을 할 수 있다는 것이 놀라웠다. 진지하면서도 조금은 호기심 어린 표정이긴 했지만 거짓말을 하는 것처럼 보이지는 않았다.

"와. 찬물에 샤워하는 게 굉장히 끔찍했나 보네."

클라리의 말에 제이스의 한쪽 입꼬리가 씩 올라갔지만 금세 다시 얼굴이 심각해졌다. 제이스가 클라리의 턱을 한 손으로 받쳐 들었다.

"널 그렇게 밀어붙이는 게 아니었는데. 겨우…10주 전만 해도 서로 껴안는 것조차 상상할 수 없었는데."

"알아."

제이스가 두 손으로 클라리의 얼굴을 감싸고는 옆으로 살짝 기울였다. 그의 긴 손가락이 클라리의 볼에 차갑게 느껴졌다. 눈동자 속의 흐린 금빛 홍채, 뺨의 흉터, 도톰한 아랫입술, 짜증날 정도로 완벽한 미모를 조금 깎아내리는 살짝 깨진 이…. 모든 것이 눈에 익은 예전 모습 그대로였지만, 마치 어린 시절에 살던 집을 찾아왔는데 집은 변한 것이 없지만 다른 가족이 살고 있어서 옛날과는 다른 느낌이 드는 것 같은, 그런 기분이었다.

"난 상관없었어." 제이스가 말했다. "어쨌든 난 널 원했어. 항상 널 원했어. 너 말고 다른 건 다 상관없었어. 그 무엇도."

클라리는 침을 꿀꺽 삼켰다. 뱃속이 울렁거렸다. 평소에 제이스가 곁에 있을 때 느끼던 설렘이 아니라 정말 마음이 불편해서 일어나는 울렁거림이었다.

"하지만 제이스, 그건 사실이 아니잖아. 넌 가족도 소중하게 여기잖아. 그리고…난 네가 네피림이라는 사실을 자랑스럽게 여긴다고 생각했어. 천사의 피를 받았다는 걸 자랑스럽게 여긴다고 말이야."

"자랑스럽다고?"

제이스가 말했다.

"반은 천사, 반은 인간인 게…. 너도 항상 네가 부족하다는 생각에 사로잡혀 있잖아. 우린 천사가 아니야. 천국의 사랑을 받는 존재가 아니라고. 라지엘은 우리한테 관심 없어. 우리는 그에게 기도를 할 수도 없어. 우리는 그 무엇에도 기도를 할 수 없어. 기억나? 내 몸에 악마의 피가 흐른다고 얘기했던 거. 그래야 내가 너한테 느끼는 감정이 설명된다면서 말이야. 그걸 생각해보면 다행이다 싶어. 나는 천사가 아니었어. 천사 비슷한 것도 아니었어. 어쩌면…." 제이스는 이렇게 덧붙였다. "추락천사쯤 되려나."

"추락천사는 악마잖아."

"나는 네피림이 되고 싶지 않아. 난 다른 게 되고 싶어. 더 강하고, 더 빠르고, 인간보다 더 나은 존재 말이야. 하지만 인간하고는 달라야 돼. 우리를 전혀 사랑하지 않는 천사의 법에 굴복하지 않아도 되는 존재가 되고 싶어. 자유로운 존재 말이야."

제이스는 손가락으로 클라리의 곱슬머리 한 가닥을 빗어 내리며 말을 이었다.

"난 지금 행복해, 클라리. 이제 내가 이해가 돼?"

"난 우리가 함께 있을 때 네가 행복한 줄 알았어."

"너와 함께 있을 때는 항상 행복했어. 하지만 내게 그런 행복을 누릴 자격이 있다고는 한 번도 생각하지 않아."

제이스가 말했다.

"그래서 지금은 그럴 자격이 있고?"

"이제는 그런 생각 안 해. 지금은 그저 널 사랑한다는 생각뿐이야. 그리고 처음으로 그걸로 충분하다는 생각이 들어."

클라리는 눈을 감았다. 잠시 후 제이스가 다시 키스를 시작했다. 이번에는 아주 부드러웠다. 그의 입술이 클라리의 입술 윤곽을 따라 움직였다. 온몸이 나른해지는 것 같았다. 클라리는 점점 빨라지는 그의 숨소리에 맞춰 자신의 맥박도 빨라지는 것을 느꼈다. 제이스의 두 손이 클라리의 머리카락을 쓰다듬으며 허리까지 미끄러져 내려갔다. 그의 심장박동은 익숙한 음악처럼 느껴졌다. 실리코트의 요정 여왕이 말한 것처럼 둘의 몸속에 흐르는 피는 똑같다, 라고 클라리는 생각했다. 제이스의 심장이 뛰면 클라리의 심장도 뛰고, 그의 심장이 멈출 듯하면 클라리의 심장도 그러했다. 인정사정없는 라지엘 앞에서 다시 한 번 선택지가 주어진다 해도 같은 일을 되풀이하리라고 클라리는 생각했다.

이번에는 제이스가 뒤로 물러났다. 하지만 손가락은 클라리의 볼에 그리고 입술에 그대로 머물러 있었다.

"난 네가 원하는 걸 원해. 그게 뭐가 되었든."

제이스가 말했다.

순간 클라리는 등골이 서늘해졌다. 위험하면서도 유혹적인 목소리였다. 네가 무얼 원하든 언제 원하든. 클라리의 머리카락을 쓰다듬던 손이 다시 그녀의 등을 따라 내려가 허리에서 멈췄다. 클라리는 침을 꿀꺽 삼켰다. 참아내기가 너무 힘들었다.

"읽어줘."

갑자기 클라리가 말했다. 제이스는 눈을 껌벅이며 클라리를 내려다보았다.

"뭐?"

클라리는 그에게서 협탁 위에 있는 책들로 시선을 옮겼다.

"생각해봐야 할 게 너무 많아. 세바스찬이 한 말도 그렇고, 어젯밤에 있었던 일도 그렇고 다 말이야. 잠이 모자라긴 하지만 너무 흥분해서 잘 수가 없어. 어렸을 때는 잠을 못 자면 진정할 수 있게 엄마가 책을 읽어 줬어."

"그래서 지금 날 보니까 엄마 생각이 난다는 말이야? 야, 이거 남자용 향수를 더 많이 뿌려야겠는데."

"아니, 내 말은…. 그렇게 해주면 좋을 것 같다는 생각이 들었다고."

제이스가 베개들이 있는 쪽으로 몸을 눕히더니 침대 가에 있는 책더미로 손을 뻗었다.

"보고 싶은 책 있어?"

제이스가 유연한 동작으로 제일 위에 놓여 있던 책을 집어 들었다. 가죽 장정에 낡아 보이는 책은 표지에 금색으로《두 도시 이야기》라는 제목이 찍혀 있었다.

"디킨스 책은 다 괜찮은데…."

"전에 읽어봤어. 학교에서." 클라리가 말했다. 그리고는 미끄러지듯 움직여 제이스 옆 베개 위에 기댔다. "하지만 내용이 기억 안 나. 그러니까 읽어줘도 돼."

"잘됐네. 난 책 읽는 목소리가 아름답고 듣기 좋다는 말 많이 듣거든."

제이스가 책의 첫 장을 펼치자 장식체로 쓴 제목이 나타났다. 제목 옆에 헌사가 길게 적혀 있었는데 잉크가 바래서 거의 읽을 수 없었지만 서명은 똑똑히 알아볼 수 있었다.

마지막 희망을 품고, 윌리엄 헤런데일.

"네 조상이네."

클라리가 손가락으로 제목이 적힌 곳을 쓰다듬으며 말했다.

"맞아. 발렌타인이 이 책을 가지고 있었다는 게 이상해. 우리 아버지
가 그에게 줬나 봐."

제이스가 아무 쪽이나 펼쳐 읽기 시작했다.

"그는 잠시 후 얼굴에서 어두운 빛이 가시더니 침착하게 말했다. '두
려워 말고 내 말을 들으십시오. 내가 무슨 말을 하든 움츠러들지 마십시
오. 나는 어려서 죽은 사람이나 다름없습니다. 지금까지의 내 삶이 그러
했습니다.'

'아닙니다, 카튼 씨. 최고의 순간은 아직도 계속되고 있습니다. 당신
은 훨씬 더 가치 있는 분이라고 저는 확신합니다.'"

"아, 그 이야기 기억나." 클라리가 말했다. "삼각관계잖아. 여자가 지
루한 남자를 선택했지."

제이스가 나지막이 킥킥 웃었다.

"너한테나 지루하겠지. 빅토리아 시대 여자들 페티코트 속에 뜨거운
욕망이 숨어 있었다는 말이라도 하고 싶은 거야?"

"사실이네."

"뭐가, 페티코트 속 말이야?"

"아니. 네가 책 읽는 목소리가 아름답다는 거 말이야."

클라리는 제이스의 어깨에서 얼굴을 돌렸다. 제이스가 키스를 할 때
뿐만 아니라, 이럴 때도, 그가 여전히 자신의 제이스라는 느낌이 들 때
도 클라리는 마음이 아팠다. 눈을 감고 있는 한 자신의 제이스로 남아
있을 것 같은데.

"그뿐인가, 강철 같은 복근까지 있거든." 제이스는 책장을 하나 넘기
며 말을 이었다. "더 바랄 게 뭐 있어?"

17
고별

늦은 시각,

부두를 거닐 때

아리따운 아가씨 말하네.

'슬프도다, 연극을 볼 수 없으니.'

음유시인 청년이 그녀의 말 듣고

곧장 그녀를 도우러 달려가…

"이런 징징 짜는 노래 계속 들어야 돼요?"

부츠 신은 발로 조던의 트럭 계기판을 툭툭 차면서 이사벨이 물었다.

"이봐, 아가씨. 이 징징 짜는 노래, 내가 좋아하는 노래거든? 그리고 지금 운전대를 잡은 사람이 나니까 내 마음대로 들을 거야."

매그너스가 고자세로 말했다. 그 말대로 정말 매그너스가 운전을 하고 있었다. 사이먼은 매그너스가 운전을 할 줄 안다는 것에 놀랐다. 하기야 매그너스는 오랜 세월을 살아왔으니, 한두 주 정도 운전 교육 받을 시간쯤은 낼 수 있었겠지. 운전 면허증에 생년월일이 어떻게 기록되었을지는 상상이 가지 않지만.

이사벨이 눈을 부라렸다. 아마도 비좁은 트럭에서 네 명이 다닥다닥 붙어 앉아 있는 게 답답해서 그런 것 같았다. 솔직히 사이먼은 이사벨이 따라오리라고는 예상하지 못했다. 매그너스 말고는 아무도 농장으로 따라오지 않을 줄 알았는데 알렉도 같이 오겠다고 고집을 부렸고, 그 때문에 이 모든 일이 '너무 위험하다'고 생각하는 매그너스가 엄청나게 짜증을 냈다. 결국 알렉에게 꺾인 매그너스가 막 트럭의 시동을 거는데 이사벨이 계단을 쿵쿵 뛰어내려오더니 숨을 헐떡거리며 차 앞문을 확 열면서 말했다.

"나도 같이 갈래."

그것으로 결론이 났다. 아무도 이사벨의 마음을 바꿀 수 없었다. 왜 같이 가기로 했는지 설명하는 내내 이사벨은 사이먼을 쳐다보지 않았다. 지금 그녀는 차 문에 짓눌리다시피 하고 앉은 사이먼을 납작하게 만들려는 듯 그에게 바짝 붙어 있었다. 이사벨의 머리카락 한 가닥이 바람에 날려 사이먼의 얼굴을 간질였다.

"그런데 이건 뭐야?" 음악이 흘러나오는 CD 플레이어를 향해 얼굴을 찡그리며 알렉이 물었다. 사실 CD 플레이어 안에 CD는 없었다. 매그너스가 파란 매니큐어를 칠한 손가락으로 음향 설비를 탁 치자 음악이 나오기 시작했다. "요정 밴드라도 돼?"

매그너스는 대답하지 않았다. 대신 음악 소리가 더 커졌다.

그녀는 거울로 다가가

혹단 같은 머리 매만지고

드레스도 단장하네.

거리로 나가 걸음 옮기다

잘생긴 사내 만났다네.

새벽이 오고 그녀 발은 아프지만

사내들 모두 서로 즐기네.

이사벨이 콧방귀를 끼었다.

"사내들 모두 서로 즐기네? 그거 게이라는 말이잖아. 맞는 말이네, 이 트럭 안에서는. 넌 빼고, 사이먼."

"눈치 챘구나."

사이먼이 말했다.

"나는 자유분방한 바이섹슈얼인 것 같은데."

매그너스가 끼어들었다.

"제발 부탁이니까 우리 부모님 앞에서는 그런 말 하지 마. 특히 아버지 앞에서는 절대 안 돼."

알렉이 말했다.

"너희 부모님은 괜찮으신 거 같던데, 네가 커밍아웃한 거에 대해서 말이야."

사이먼이 이사벨 앞으로 몸을 숙여 알렉을 보고 말했다. 알렉은 언제나 그렇듯 얼굴을 찡그린 채 눈앞으로 축 흘러내린 검은 머리카락을 넘기고 있었다. 이따금 한두 마디 주고받는 것 외에 사이먼과 알렉 사이에는 거의 대화가 없었다. 알렉은 가까이하기 쉽지 않은 상대였다. 그런데 엄마와 멀어지면서 사이먼은 그 어느 때보다도 알렉의 대답이 궁금해졌다.

"어머니는 받아들이신 것 같아." 알렉이 말했다. "하지만 아버지는…. 아직 아니야. 한번은 나한테 뭐가 나를 게이로 만들었는지 아냐고 물으시더라니까."

사이먼은 옆에 앉은 이사벨의 몸이 굳는 것을 느꼈다.

"게이로 만들었냐고? 알렉, 그런 이야기는 안 했잖아."

이사벨이 기가 막히다는 듯 말했다.

"게이 거미한테 물려서 그렇게 됐다고 하지 그랬어."

사이먼도 한마디 했다.

매그너스가 콧방귀를 뀌었다. 이사벨은 어리둥절한 표정을 지었다.

"나, 매그너스가 숨겨둔 만화책 봤거든. 지금 네가 무슨 소리 하는지 알아." 알렉의 입가에 살짝 미소가 떠올랐다. "그래서 게이 거미의 게이 성향이 나한테 옮겨왔다, 뭐 그런 거지?"

"그건 그게 진짜 게이 거미일 때만 그런 거지." 매그너스가 말했다. 그러더니 알렉한테 팔을 한 대 얻어맞고 소리를 질렀다. "으악, 알았어. 못 들은 거로 해."

"아무튼, 됐고." 농담을 알아듣지 못해 짜증이 난 게 분명한 이사벨이 말을 끊었다. "아빠가 그렇다고 이드리스에서 영영 안 돌아오실 것도 아니잖아."

동생의 말에 알렉이 한숨을 내쉬었다.

"네가 꿈꾸는 행복한 가정을 깨뜨려서 미안하다. 내가 게이라는 사실을 아빠가 받아들이셨다고 생각했겠지만 그렇지 않아."

"남들이 오빠한테 그런 이야기를 하거나 오빠를 힘들게 하는 걸 나한테 말 안 해주면 내가 오빠를 도와줄 수 없잖아?" 이사벨의 몸이 자신에게 꼭 붙어 있어서 사이먼은 그녀가 얼마나 흥분했는지 느낄 수 있었다. "내가 어떻게…."

"이사벨."

알렉이 피곤한 듯 말을 이었다.

"뭐 그렇게 큰일도 아니야. 아주 사소한 일들 중의 하나일 뿐이라고. 매그너스하고 내가 같이 여행 갔을 때 도중에 전화를 드렸는데 아빠가 매그너스에 대해서는 한마디도 묻지 않으셨어. 클레이브 회의에 참석했을 때는 내가 이야기를 하는데 아무도 내 말을 안 들더라. 내가 어려서 그런 건지 아니면 다른 이유 때문인지는 모르겠어. 엄마는 친구와 친구 분 손자 이야기를 하고 계셨는데 내가 방에 들어가니까 두 분 다 입을 다물었어. 이리나 카트라이트는 이제 내 푸른 눈을 물려받을 사람이 없다는 게 너무 안타깝다고 말했어."

알렉은 별일 아니라는 듯 어깨를 으쓱하고 매그너스에게로 시선을 돌렸다. 매그너스는 잠시 한 손을 핸들에서 떼어 알렉의 손을 잡았다.

"이건 칼에 한 번 찔리고 마는 상처 같은 게 아니야. 날마다 수백만 장의 종이에 베이는 것 같은 거지."

"알렉."

이사벨이 입을 열었지만 미처 다른 말을 더 하기도 전에 갈림길을 알리는 표지판이 나타났다. 화살표 모양의 표지판에는 굵은 글씨로 쓰리 애로우 농장이라고 적혀 있었다. 사이먼은 루크가 농장 집 바닥에 무릎을 꿇고 앉아 검정 페인트로 힘들게 표지판에 글자를 써 넣던 것이 기억났다. 그사이 클라리는 이제는 비바람에 흐려져 제대로 알아볼 수 없게 된 꽃무늬를 표지판 아래쪽에 그려 넣었고.

"왼쪽이에요." 사이먼은 바깥쪽으로 손을 휘두르다 하마터면 알렉을 칠 뻔했다. "매그너스, 다 왔어요."

찰스 디킨스 책을 한참 듣고 나서야 클라리는 제이스의 어깨에 기대 잠이 들었다. 비몽사몽한 가운데 클라리는 제이스가 자신을 안고 아래 층으로 내려가 침대에 눕히는 것을 느꼈다. 그가 커튼을 닫고 나가면서 문도 꼭 닫아 방 안이 캄캄해졌다. 클라리는 복도로 나가 세바스찬을 부르는 제이스의 목소리를 들으며 잠에 빠졌다.

꿈에 또다시 얼어붙은 호수가 나타났다. 사이먼이 클라리를 목 놓아 불렀다. 알리칸테처럼 생긴 도시에 인간의 뼈로 만든 악마의 탑들이 솟아 있고 운하에서는 피가 흘렀다. 클라리는 침대 시트를 몸에 휘감은 채 잠에서 깼다. 머리는 헝클어졌고 창밖은 땅거미가 내린 듯 어두웠다. 처음에는 문 밖에서 들리는 소리가 꿈속에서 들리는 소리인 줄 알았다. 하지만 목소리들이 점점 커지자 클라리는 잠이 덜 깬 채 간신히 고개를 들어 귀를 기울였다.

"야, 형제." 세바스찬의 목소리가 거실에서 올라왔다. "다 됐어?"

한참 동안 침묵이 이어졌다. 그러더니 제이스가 이상할 정도로 감정도, 생기도 없는 목소리로 말했다.

"다 됐어."

세바스찬이 숨을 헉 들이마셨다.

"그 할망구가…우리가 요구한 대로 한 거야? 잔을 만들었어?"

"응."

"보여줘."

부스럭거리는 소리. 침묵. 다시 제이스의 목소리가 들렸다.

"자, 가져가도 돼."

"됐어." 세바스찬은 신중한 목소리로 말했다. "네가 잠시 가지고 있어. 이거 찾아오는 수고를 네가 했잖아. 안 그래?"

"하지만 이건 네 계획이잖아."

제이스의 목소리에서 뭔가 이상한 느낌이 들었다. 그 이상한 느낌 때문에 클라리는 갑자기 더 자세히 듣고 싶어져서 몸을 앞으로 숙여 벽에 귀를 붙였다.

"그리고 네가 바라는 대로 집행했어. 그러니까 너만 괜찮다면…."

"괜찮지 않아."

잠시 부스럭대는 소리가 들렸다. 클라리는 세바스찬이 자리에서 일어나 약간 키 차이가 나는 제이스를 내려다보고 있는 모습을 상상했다.

"뭔가 이상해. 확실히 느낄 수 있어. 난 네 마음을 읽을 수 있잖아."

"나 피곤해. 피도 많이 뒤집어썼고. 서기, 나 좀 씻고 샀으면 좋겠어. 그리고…."

제이스가 말꼬리를 흐렸다.

"내 여동생도 보고 싶고 말이지."

"그래, 그 애 봤으면 좋겠어."

"걔는 지금 자. 벌써 몇 시간째 계속."

"내가 네 허락을 받아야 하는 거야?"

제이스의 목소리가 날카로워졌다. 클라리는 언젠가 제이스가 발렌타인과 이야기할 때도 이렇게 날카롭게 말했던 것이 기억났다. 지금껏 세바스찬과 이야기할 때 이렇게 말한 적이 한 번도 없는데.

"아니." 세바스찬이 방심하다 당하기라도 한 듯 놀란 목소리로 대답했다. "불쑥 쳐들어가서 잠자는 그 애 얼굴을 아쉽게 바라보고 싶다면 마음대로 해. 난 절대 이해할 수 없겠지만…."

"그래. 넌 절대 이해할 수 없을 거야."

제이스가 말했다.

다시 침묵. 클라리는 세바스찬이 당혹스러운 표정으로 제이스의 등을 빤히 바라보는 모습을 머릿속에 그렸다. 그러다 제이스가 자신의 방으로 오고 있다는 생각이 번쩍 떠올랐다. 서둘러 침대에 몸을 던지고 눈을 감자마자 방문이 열리면서 한 줄기 빛이 들어왔다. 정말로 자다 깬 듯한 소리가 나기를 바라면서 클라리는 몸을 돌리고 손으로 얼굴을 가렸다.

"뭐…?"

문이 닫혔다. 방은 다시 어두워졌다. 침대로 다가오는 제이스의 윤곽만 어렴풋이 보였다. 그가 침대 바로 앞까지 와서 걸음을 멈췄다. 클라리는 자신이 자고 있는 사이에 제이스가 방으로 찾아왔던 그날 밤이 떠올랐다. 그때 제이스는 새하얀 예복 차림으로 가만히 자신을 내려다보았다. 밤새 돌아다녔어…. 도저히 잘 수가 없었어…. 그런데 정신을 차리고 보니까 여기로 오고 있더라. 너한테로.

"클라리."

제이스가 속삭여 불렀다. 쿵 소리가 났다. 그가 침대 옆에 무릎을 꿇는 소리였다. 클라리는 꼼짝도 하지 않았지만 온몸이 긴장해서 굳었다. 다시 그가 속삭이는 소리가 들렸다.

"클라리. 나야. 나라고."

클라리가 눈꺼풀을 파르르 떨다 눈을 번쩍 뜨자 둘의 시선이 마주쳤다. 클라리는 제이스를 빤히 바라보았다. 그가 침대 옆에 무릎을 꿇고 있어서 둘의 눈높이가 똑같았다. 그는 짙은색 울 코트를 목까지 단추를 채워 입고 있었고, 살짝 드러난 목 부분에는 고요함, 민첩함, 정확함을 나타내는 검은 룬들이 목걸이처럼 새겨져 있었다. 휘둥그렇게 뜬 그의 눈이 유난히 황금빛으로 빛났다. 그리고 마치 그 속을 들여다보기라도 한 듯, 제이스가, 진짜 제이스가 보였다. 래브너 악마에게 당해 죽어가던 클라리를 두 팔로 번쩍 안아 올리던 제이스, 햇빛을 막아주려 사이먼을 두 팔로 감싸 안은 클라리를 지켜보던 제이스, 아버지가 독수리를 죽여 슬퍼하던 어린 소년의 이야기를 해주던 제이스. 클라리가 사랑하던 바로 그 제이스.

클라리는 심장이 멈출 것만 같았다. 숨도 쉴 수 없었다.

제이스의 눈에 다급함과 고통스러운 빛이 가득했다.

"제발, 제발 날 좀 믿어줘."

그가 중얼거렸나.

클라리는 그를 믿었다. 둘은 같은 피가 흐르고, 같은 방식으로 사랑했다. 이 사람은 클라리의 제이스였다. 클라리의 손이 클라리 자신의 것이듯, 클라리의 심장이 클라리 자신의 것이듯. 하지만….

"어떻게?"

"클라리, 쉬잇…." 클라리가 몸을 비틀며 일어나 앉으려는데 제이스가 손을 뻗어 클라리의 어깨를 누르며 도로 침대에 눕혔다. "지금은 말 못 해. 나 가야 돼."

클라리가 그의 소매를 잡자 그가 움찔하는 것이 느껴졌다.

"가지 마."

제이스가 잠시 고개를 떨궜다. 그리고 다시 고개를 들었을 때 그의 눈에는 표정이 없었다.

"내가 간 다음에 잠깐 기다려. 그런 다음 네 방에서 빠져나와서 내 방으로 올라가. 세바스찬은 우리가 같이 있는 걸 몰라. 오늘 밤에는."

제이스는 애원하는 눈빛으로 발을 질질 끌고 가면서 말을 이었다.

"그가 네 말을 듣지 못하게 해."

클라리가 벌떡 일어나 앉았다.

"스텔레. 네 스텔레 주고 가."

제이스의 눈에 미심쩍은 빛이 스쳤다. 클라리는 그 눈빛을 감수하며 손을 내밀었다. 잠시 후 제이스가 호주머니에 손을 넣어 희미하게 빛나는 물건을 꺼냈다. 그리고 그것을 클라리의 손바닥에 내려놓았다. 서로의 살갗이 닿는 순간, 클라리는 몸이 부르르 떨렸다. 그저 손만 살짝 스친 것인데도 간밤에 나이트클럽에서 나눴던 키스만큼이나 뜨겁게 느껴졌다. 제이스도 똑같이 느꼈는지 손을 홱 떼더니 문을 향해 뒷걸음질을 쳤다. 클라리의 귀에 그의 거친 숨소리가 들렸다. 손을 뒤로 내밀어 더듬더듬 손잡이를 잡아 문을 열고 나가는 내내, 마지막으로 딸깍 소리를 내며 문이 닫히는 순간까지 그의 눈은 클라리에게서 떠나지 않았다.

클라리는 어둠 속에 멍하니 앉아 있었다. 피가 끈적끈적해져 심장이 두 배로 힘들게 뛰는 것 같은 느낌이었다. 제이스, 나의 제이스가 돌아왔어.

클라리가 스텔레를 꼭 쥐었다. 차갑고 단단한 것을 손에 쥐니 생각이 분명해지고 집중력이 생겼다. 자신을 내려다보았다. 탱크톱에 짧은 파자마 바지만 걸치고 있었다. 팔에 소름이 돋았다. 추워서 그런 것이 아니었다. 클라리는 스텔레 끝을 팔 안쪽에 대고 소리가 나지 않게 하는 룬을 나선 모양으로 천천히 그려 내려갔다.

문을 아주 조금 열었다. 세바스찬은 없었다. 자러 간 것 같았다. 텔레비전에서 작게 음악 소리가 들렸다. 제이스가 좋아하는 클래식 피아노 연주 같았다. 클라리는 문득 세바스찬도 음악을 좋아할까, 어떤 종류든 예술을 좋아할까, 하고 궁금해졌다. 예술을 좋아하는 것은 인간이나 할 수 있는 일인데.

클라리는 세바스찬이 어디 있는지 걱정하면서 걸음을 옮겼다. 거실을 지나 곧장 계단 꼭대기에 다다라 제이스의 침실로 달려가는 내내 두 발은 아무 소리도 내지 않았다. 방문을 확 열고 안으로 미끄러지듯 들어가 등 뒤로 딸깍 문을 닫았다.

창문들은 모두 열려 있었다. 마법의 불 룬스톤이 침대 옆 협탁에서 방 전체를 희미하게 밝히고 있었다. 그 정도 빛으로도 두 개의 기다란 창문 사이에 제이스가 서 있는 것이 보였다. 그는 긴 검정 코트를 벗어 발치에 떨어뜨려놓았다. 그를 보자마자 클라리는 그가 왜 집에 들어와서도 코트를 벗지 않았는지, 왜 목까지 단추를 채우고 있었는지 깨달았다. 제이스는 코트 속에 회색 셔츠와 청바지만 입고 있었는데 모두 피에 흠뻑 젖어 있었다. 셔츠는 날카로운 칼로 베인 듯 장식 끈처럼 길게 찢어져 너덜거렸다. 왼쪽 소매는 걷어 올렸는데 팔뚝에 하얀 붕대가 감겨 있었다. 자기 손으로 감은 듯한 붕대는 배어나온 피로 시커멓게 변해 있었다. 발은 맨발이었고 바닥에도 진홍색 눈물 자국처럼 군데군데 핏방울이 떨어져 있었다. 클라리는 들고 있던 스텔레를 협탁에 탁 내려놓았다.

"제이스."

클라리가 나지막이 불렀다.

둘 사이에 이만큼의 거리가 있다는 사실이 갑자기 너무도 견딜 수 없었다. 방을 가로질러 가면 제이스가 있는데 만질 수가 없다는 사실이 못 견디게 싫었다. 클라리가 막 다가가려는데 제이스가 가까이 오지 말라는 듯 한 손을 들었다.

"안 돼."

제이스가 쉰 목소리로 말했다. 그러더니 손을 들어 셔츠의 단추를 하나씩 풀었다. 제이스는 어깨를 흔들어 피에 젖은 셔츠를 바닥으로 떨구었다.

클라리는 그를 빤히 바라보았다. 릴리스의 룬이 아직 그 자리에, 그의 심장 위에 그려져 있었다. 하지만 이제는 붉은빛을 띤 은색으로 빛나는 게 아니라 불에 달군 부지깽이로 피부를 할퀸 듯 시커멓게 탄 자국만 남아 있었다. 클라리는 자기도 모르게 가슴 위로 손을 들어 심장이 있는 곳을 가렸다. 심장이 빠르고 강하게 뛰는 것이 느껴졌다.

"세상에."

"그래, 세상에." 제이스가 무덤덤하게 말했다. "이거 오래가지 않을 거야, 클라리. 내가 다시 나로 돌아가고 있다는 말이야. 이게 치유되는 대로."

"나…나 궁금했어." 클라리가 더듬거리며 말했다. "전에…네가 자고 있을 때…우리가 릴리스와 싸울 때처럼 그 룬을 잘라내면 어떻게 될까 하고. 하지만 세바스찬이 느낄 것 같아서 겁이 나서 못 했어."

"그랬다면 아마 그가 느꼈을 거야." 제이스의 황금빛 눈은 그의 목소리만큼이나 무표정했다. "이건 푸기오…. 그러니까 천사의 피에 담근 단검으로 낸 상처라서 그가 느끼지 못한 거야. 푸기오는 아주 희귀해. 나도 지금까지 한 번도 실제로 본 적 없었어. 내 몸에 닿자마자 검이 뜨거운 재로 변했지만 어쨌든 나한테 필요한 만큼의 상처는 입혔지."

"싸웠구나. 상대가 악마였어? 왜 세바스찬은 같이 안 가고…."

"클라리." 제이스가 들릴 듯 말 듯 작은 목소리로 속삭였다. "이건…보통의 상처보다는 치유되는 데 오래 걸릴 거야…. 그래도 언젠가 낫기는 나을 거야. 그러면 나는 다시 나로 돌아갈 거야."

"얼마나 걸리는데? 원래 너로 돌아가려면 얼마나 걸려야 하는데?"

"그건 나도 몰라. 하지만 난…너하고 같이 있고 싶었어. 최대한 오래 예전의 나로 돌아가서 너와 함께 있어야만 했어." 제이스가 마치 거절당하면 어쩌나 걱정하는 듯 어색하게 한 손을 내밀었다. "너 괜찮겠어, 이런 나라도…."

그 말이 채 끝나기도 전에 클라리는 방을 가로질러 제이스에게로 달려가고 있었다. 그리고 두 팔로 그의 목을 와락 껴안았다. 제이스도 그녀를 안아 번쩍 들어 올리고는 그녀의 목에 얼굴을 묻었다. 클라리는 제이스를 공기처럼 호흡했다. 피와 땀, 그리고 재와 마크의 냄새가 났다.

"맞네." 클라리가 속삭였다. "진짜 너 맞아."

제이스가 얼굴을 보기 위해 클라리를 뒤로 밀었다. 그리고 남은 한 손으로 그녀의 광대뼈 부근을 부드럽게 어루만졌다. 클라리는 그 부드러움이 너무도 그리웠다. 그 부드러움 때문에 그를 사랑하게 되었는데…. 상처 많고 비아냥대기 좋아하는 이 남자도 자신이 사랑하는 상대에게는 한없이 부드럽다는 것을 깨닫는 순간, 그를 사랑하게 되었던 것이다.

"정말 그리웠어. 얼마나 그리웠는지 몰라."

클라리가 말했다.

그 말이 상처가 되는 듯 제이스는 두 눈을 감았다. 클라리가 손으로 그의 볼을 감쌌다. 제이스는 그녀의 손바닥에 얼굴을 기댔다. 그의 머리카락이 손가락에 끈적끈적하게 느껴지자 그제야 클라리는 그의 얼굴이 젖었다는 것을 깨달았다.

한 번도 운 적 없는 사람인데.

"네 잘못이 아니야."

클라리가 말했다. 그러고는 그가 전해준 것만큼 부드럽게 그의 볼에 입을 맞췄다. 짠 맛이 났다. 피와 눈물 때문이었다. 그때까지도 제이스는 말이 없었지만 클라리는 자신의 가슴에 닿아 있는 그의 심장이 뜨겁게 고동치는 것을 느낄 수 있었다. 절대 놓아주지 않겠다는 듯 그의 두 팔이 클라리를 힘껏 껴안았다. 클라리는 그의 볼에, 턱에 입을 맞추고 마지막으로 그의 입술에 살짝 입술을 댔다.

전날 밤 나이트클럽에서 나눈 격렬한 키스가 아니었다. 마음을 위로하는, 그동안 하지 못한 말들을 주고받는, 그런 입맞춤이었다. 제이스도 클라리에게 키스를 했다. 처음에는 주저하더니 다급해진 듯 손이 클라리의 머리카락 속으로 미끄러지듯 올라가면서 땋은 머리를 손가락에 감았다. 천천히, 부드럽게 키스가 깊어지면서 둘의 마음도 점점 뜨거워졌다.

제이스가 자신을 안고 침대로 가서 살며시 눕히고는 미끄러지듯 부드럽게 자신의 위로 누울 때, 그 모든 동작이 힘들이지 않고 자연스럽게 이어지는 것에 클라리는 놀라지 않을 수 없었다. 긴 키스를 나누는 동안 제이스가 내쉬는 숨을 클라리가 들이마셨다. 클라리의 두 손이 제이스의 어깨, 팔의 근육, 등을 더듬었다. 손바닥에 와 닿는 그의 맨살이 뜨거운 실크처럼 느껴졌다.

그의 두 손이 탱크톱 아랫단에 와 닿자 클라리는 둘 사이를 가로막는 장벽을 모두 치워버리고 싶어서 허리를 뒤로 젖혔다. 탱크톱이 벗겨지는 순간 클라리는 다시 그를 자신에게로 끌어당겼다. 서로의 몸속 깊이 숨겨진 곳에 닿으려는 양 키스가 점점 깊어졌다. 어느새 둘은 섬세한 실이 얽히듯 하나로 얽혔다.

둘의 손이 빠르게 서로의 몸을 더듬다 서서히 느려졌다. 그의 입술이 목에, 쇄골에, 그리고 어깨에 있는 별 모양 마크에 와 닿자 클라리의 손가락이 그의 어깨를 파고들었다. 클라리는 손가락 관절로 제이스의 흉터를 문지르고는 릴리스가 새긴 마크에 입을 맞췄다. 제이스의 몸이 부르르 떨렸다. 그가 자신을 원하는 것을 클라리는 느낄 수 있었다. 더 이상은 되돌아갈 수 없다는 것도 깨달았지만 신경 쓰지 않았다. 이제는 제이스를 잃는 것이 어떤 것인지 잘 안다. 그를 잃고 겪었던 암흑 같은 공허함을 똑똑히 알고 있다. 만약 그를 또다시 잃는다면 이 순간을 기억하고 싶었다. 그래야 버틸 수 있을 것 같았다. 다른 사람으로 변해버릴 수 있는 그와 이렇게 가까이 있었다는 것을 기억하고 싶었다.

클라리는 두 다리로 그를 휘감아 그의 등 뒤에서 발목을 교차했다. 클라리의 입술에 와 닿은 그의 입술에서 신음이, 더 이상 참지 못하겠다는 신음이 나지막하고 부드럽게 새어나왔다. 그의 손가락이 클라리의 허리를 파고들었다.

"클라리." 제이스가 뒤로 물러났다. 그는 부들부들 떨고 있었다. "나 도저히…. 지금 멈추지 않으면 우리 멈출 수 없을 거야."

"하기 싫어?"

클라리가 놀란 얼굴로 그를 올려다보았다. 제이스의 얼굴이 붉게 달아올라 있었다. 땀에 젖은 금발이 이마와 관자놀이에 달라붙어 있었다.

"아니야, 원해. 하지만 난 아직 한 번도….."

"처음이야?" 클라리는 깜짝 놀랐다. "한 번도 안 해봤어?"

제이스가 깊이 숨을 들이마셨다.

"해봤지."

마치 비판을, 반감을, 역겨운 기색을 찾기라도 하는 듯 그의 두 눈이 클라리의 얼굴을 샅샅이 살폈다. 클라리는 동요하지 않고 그를 올려다보았다.

"하지만 정말 중요한 순간에 해본 적은 없어. 내가 모르는 건…."

클라리가 나지막이 웃었다.

"너는 당연히 다 아는 줄 알았는데."

"그런 말이 아니야."

제이스는 클라리의 손을 잡아 자신의 얼굴에 가져다 댔다.

"널 원해. 뭔가를 이렇게 간절하게 원해본 건 처음이야. 하지만 난…"

제이스는 침을 꿀꺽 삼키고 다시 말을 이었다.

"천사의 이름으로. 난 나중에 이 일을 미친 듯이 후회하게 될 거야."

"나를 보호하기 위해서라는 말 같은 건 하지 마. 왜냐하면 난…"

"그런 게 아니야." 제이스가 말을 잘랐다. "나도 그렇게 희생적인 사람은 아니야. 난 그저…질투가 나서 그런 거야."

"네가…질투를 한다고? 누구를?"

"나 자신."

제이스의 얼굴이 일그러졌다.

"그 자식이 너하고 같이 있다는 생각만 해도 미칠 것 같아. 그 자식 말이야. 다른 나. 세바스찬의 지배를 받는 또 다른 나 말이야."

클라리의 얼굴이 달아올랐다.

"나이트클럽에서… 어젯밤에…"

제이스가 클라리의 어깨로 고개를 숙였다. 조금 당황한 클라리가 그의 등을 쓰다듬었다. 나이트클럽에서 자신이 할퀸 자리가 손에 와 닿았다. 그 순간이 떠오르자 클라리는 얼굴이 더 화끈거렸다. 하려고만 든다면 이라체로 이 흉터들과 함께 어젯밤의 기억도 지울 수 있었을 텐데, 제이스는 그렇게 하지 않았다.

"어젯밤 일 다 기억해. 그것 때문에 미칠 것 같아. 너와 함께 있던 게 나였지만 내가 아니라는 것 때문에 미칠 것만 같아. 너와 함께 있을 때 진짜 나였으면 좋겠어. 진짜 나 말이야."

"지금은 그런 거 맞지?"

"맞아." 제이스가 고개를 들어 클라리에게 키스하고 말했다. "하지만 이런 상태가 얼마나 오래갈까? 난 언제 다시 그 자식으로 돌아갈지 몰라. 그렇기 때문에 할 수가 없는 거야. 너한테도, 나한테도 그런 짓은 절대 못 해."

제이스는 착잡한 목소리로 말을 이었다.

"네가 그걸 어떻게 견뎌내고 있는지도 난 모르겠어. 내가 아닌 그런 존재 옆에 있어야 한다는 게…."

"설령 5분 뒤에 네가 다시 그 상태로 돌아간대도…." 클라리가 말을 받았다. "난 이 순간을 소중하게 간직할 거야. 너와 다시 이렇게 함께할 수 있었던 순간을. 왜냐하면 이렇게 네가 돌아왔으니까. 그동안 난 뿌연 유리창을 통해 너를 보는 것 같았어. 하지만 그건 진짜 네가 아니었어. 적어도 이제는 그걸 구분할 수 있어."

"그게 무슨 뜻이야?" 제이스가 두 손으로 클라리의 어깨를 단단히 잡고 물었다. "적어도 이제는 구분할 수 있다는 게 무슨 뜻이냐고?"

클라리는 깊이 숨을 들이마셨다.

"제이스, 우리가 처음 사귀게 되었을 때, 그러니까 진짜로 연인이 되고 나서 처음 한 달은 너무도 행복했어. 우리가 함께 하는 모든 일이 즐겁고 재미있고 신났어. 그러다 갑자기 너에게서 완전히 빠져나가버린 것 같았어. 그 모든 행복이 말이야. 넌 나와 같이 있는 것도 싫어했고 나를 보는 것조차…."

"널 아프게 할까 봐 겁이 나서 그랬어. 내가 미쳐가는 줄만 알았어."

"넌 미소를 짓지도 않고 웃지도 않고 농담도 안 했어. 그리고 난 너를 탓할 수가 없었어. 릴리스가 네 마음에 숨어 들어가 너를 조종했기 때문이니까. 너를 바꿔놓았으니까. 하지만 너는 기억해야 해…. 이게 얼마나 우스운 소리로 들릴지는 나도 잘 아는데…. 나는 지금껏 남자친구가 없었어. 그래서 네가 나한테 질렸을 수도 있다고 생각했어."

"내가 어떻게…."

"확인을 하려고 이런 말 하는 거 아니야. 내 말 잘 들어. 너는 지금…. 그러니까 조종당하고 있을 때…. 행복해 보여. 내가 여기 온 건 널 구하고 싶어서였어." 클라리의 목소리에서 힘이 빠졌다. "그런데 무엇으로부터 널 구하려는 건가, 라는 의문이 들기 시작했어. 네가 행복하지 않아 보였던 예전의 삶으로 너를 다시 데려가는 게 과연 옳은 일일까 싶어."

"행복하지 않았다고?" 제이스가 고개를 내저었다. "난 행운아였어. 정말, 정말 말도 못 할 정도로. 그런데도 그때는 그걸 몰랐어."

제이스는 클라리와 눈을 맞췄다.

"사랑해. 네가 있어서 나는 사람이 이렇게 행복할 수도 있구나, 라는 생각이 들 정도로 행복했어. 그리고 지금 이렇게 다른 사람이 되고서야, 나 자신을 잃어버리고서야…내 삶을 되찾고 싶어졌어. 내 가족, 그리고 너 모두 다."

그의 눈빛이 어두워졌다.

"다 되찾고 싶어."

제이스의 입술이 클라리의 입술을 거세게 누르자 둘은 굶주린 듯 서로의 입술을 열었고, 그의 두 손이 클라리의 허리를 부여잡고…. 그러다 제이스가 숨을 헐떡이며 물러났다.

"우리 이러면…."

"그럼 키스하지 마!" 클라리는 숨이 턱 막혔다. 그러고는 제이스의 손에서 벗어나 탱크톱을 집어 들었다. "나 금방 다시 올게."

클라리는 제이스를 밀어내고 욕실로 달려가 문을 잠갔다. 불을 켜고 거울 속의 자신을 빤히 보았다. 눈은 이글이글 타오르고 머리는 엉망으로 헝클어져 있었다. 그리고 입술은 키스로 부풀어 있었다. 클라리는 탱크톱을 입고 머리를 뒤로 틀어 올린 다음 찬물로 세수를 했다. 더 이상 로맨스 소설 겉표지에 나오는 여자처럼 보이지 않는다는 판단이 서자 클라리는 작은 수건을 꺼내 물에 적시고 비누에 문질렀다.

다시 침실로 나갔다. 제이스는 청바지와 단추를 채우지 않은 셔츠를 입고 침대 가장자리에 앉아 있었다. 클라리가 다가가 그의 앞에 섰다.

"자, 셔츠 벗어."

클라리의 말에 제이스가 두 눈썹을 추켜세웠다.

"잡아먹지 않아. 너 벗은 몸 볼 때마다 내가 무조건 황홀해지는 거 아니거든."

"자신 있어?" 그렇게 물으면서도 제이스는 순순히 셔츠를 벗었다. "왜냐하면 내 벗은 몸 보고 나한테 다가오려고 몰려들다가 다친 여자들이 한둘이 아니거든."

"어이구 그러셔, 그런데 여긴 나 말고 다른 사람은 없거든. 그리고 난 지금 너한테 묻은 피를 닦아주려는 것뿐이야."

제이스는 얌전히 몸을 뒤로 기울였다. 그가 입고 있던 셔츠는 피에 푹 젖어 있었고 가슴과 배에도 핏자국이 여기저기 나 있었다. 하지만 클라리가 조심스럽게 손으로 만져보니 베인 상처는 내부분 깊지 않았다. 제이스가 그린 이라체 덕분에 상처들이 사라지고 있었다.

클라리가 젖은 수건으로 몸을 닦자 하얗던 면 수건이 피에 젖어 분홍색으로 변했다. 제이스는 눈을 감은 채 클라리를 향해 고개를 들었다. 클라리는 목에 말라붙은 핏자국을 문질러 닦고 수건을 짠 다음 협탁에 놓인 물잔에 수건을 담갔다가 이번에는 제이스의 가슴을 닦았다. 그는 고개를 뒤로 젖힌 채 자신의 몸을 닦는 클라리를 지켜보았다.

"클라리."

제이스가 불렀다. 장난기가 사라진 목소리였다.

"응?"

"내가 다시 돌아가면…. 다시 그가 조종하는 나로 돌아가면, 내가 나였던 때를 기억 못 할 거야. 너하고 이렇게 있었던 것도 기억 못 하고 무슨 대화를 나누었는지도 기억 못 할 거야. 그러니까 그냥 말해줘…. 다들 괜찮아? 내 가족은? 그들도 아는 거야…?"

"너한테 무슨 일이 일어났는지? 조금은. 그리고 다들 괜찮지 않아."

클라리의 대답에 제이스가 눈을 감았다.

"거짓말을 할 수도 있지만, 너도 알아야 돼. 그들이 너를 얼마나 사랑하는지 그리고 네가 돌아오기를 얼마나 간절히 바라는지를."

"이런 꼴로 돌아오기를 바라지는 않겠지."

제이스가 말했다.

클라리가 그의 어깨를 툭 쳤다.

"어떻게 된 건지 이야기해줄 수 있어? 어쩌다 이렇게 다친 거야?"

제이스가 깊이 숨을 들이마셨다. 그러자 가슴에 있는 흉터가 검푸르게 부풀어 올랐다.

"나 누구를 죽였어."

그 말이 총알처럼 클라리의 온몸을 뒤흔들었다. 클라리는 피에 젖은 수건을 떨어뜨렸다가 도로 주웠다. 고개를 들어보니 제이스가 내려다보고 있었다. 달빛에 비친 그의 얼굴이 날카롭고 또 슬퍼 보였다.

"누구를?"

"너도 만난 여자." 제이스는 한마디 한마디 무겁게 말을 이었다. "세바스찬하고 같이 가서 만났던 여자. 철의 자매. 마그달레나 말이야."

제이스가 몸을 비틀어 클라리에게서 물러나더니 뒤로 손을 뻗어 담요 더미에 묻혀 있던 무언가를 찾았다. 클라리에게로 다시 몸을 돌린 제이스의 손에 반짝거리는 것이 들려 있었다.

깨끗하고 반투명한 유리잔. 죽음의 잔과 똑같은 복제품이었다. 진짜 죽음의 잔은 황금으로 만들어졌지만 이것은 은빛 나는 백색의 아다마스로 만들어졌다는 점이 다를 뿐.

"세바스찬이 나를…. 아니 그 자식을 보냈어. 그 여자한테서 이걸 받아오라고." 제이스가 말했다. "그리고 그 여자를 죽이라는 명령도 같이 내렸어. 그 여자는 예상 못 했을 거야. 그저 정당한 대가만 받을 걸로 알고 있었겠지. 그 여자는 우리가 같은 편이라고 생각했어. 나는 이 잔을 건네받은 다음 단검을 꺼내…."

그 순간의 기억이 괴로운 듯 제이스는 숨을 헉 들이마셨다.

"찔렀어. 심장을 꿰뚫으려 했는데 그 여자가 돌아서는 바람에 몇 센티미터가 빗나갔어. 그 사람이 비틀거리며 뒷걸음질을 치더니 작업대를 붙잡았고…. 거기에 아다마스 가루가 있었는데…. 그걸 나한테 뿌렸어. 내 눈을 멀게 할 작정이었던 것 같아. 나는 고개를 돌렸어. 다시 그 여자를 보니 손에 이지스 방패를 들고 있었어. 방패에서 나오는 빛이 내 눈을 태울 것 같았어. 내가 비명을 지르는데 그 여자가 방패를 내 가슴으로 밀어붙였어…. 그러자 릴리스의 마크가 불에 타는 것 같더니 검이 산산조각 났어."

제이스는 고개를 숙여 전혀 즐겁게 들리지 않는 웃음을 토했다.

"웃기는 건, 만약에 내가 전투복을 입었더라면 이런 일이 일어나지 않았을 거라는 거야. 나는 귀찮게 그럴 필요 없다고 생각해서 안 입고 갔어. 그 여자가 나를 공격할 수 있다고는 생각도 못 했거든. 그런데 이지스가 마크를, 릴리스의 마크를 태워버리자…갑자기 나로 돌아왔는데, 내 앞에 이 여자가 죽은 채 쓰러져 있고 한 손에는 피로 물든 단검이, 다른 한 손에는 죽음의 잔이 들려 있는 거야."

"왜 세바스찬이 너한테 그 사람을 죽이라고 명령한 거지? 그 여자는 너희한테 순순히 죽음의 잔을 줄 예정이었잖아. 세바스찬한테 말이야. 그 여자가 말하기로…."

제이스가 거친 숨을 내뱉었다.

"세바스찬이 구시가 광장의 시계에 대해 했던 말 기억나? 프라하에서 말이야."

"시계공이 시계를 만들고 나자 왕이 그 시계공을 죽인 이야기 말이지? 그렇게 아름다운 시계를 더 이상 만들지 못하게 하려고 말이야."

"그래. 세바스찬은 더 이상 이런 걸 만들지 못하게 하려고 마그달레나를 죽이라고 한 거야. 죽여버리면 이야기도 못 할 테니까."

"무슨 이야기를 못 하는데?"

클라리가 손을 들어 제이스의 턱을 잡고는 아래로 끌어당겨 시선을 맞추었다.

"제이스, 세바스찬이 진짜로 계획하고 있는 일이 뭐야? 그가 훈련실에서 한 이야기, 악마들을 소환해서 그들을 물리치겠다는 이야기가 정말…."

"세바스찬은 정말로 악마를 소환하려고 하고 있어." 제이스는 암울한 목소리로 말했다. "특히 꼭 소환하고 싶어 하는 악마가 하나 있어. 바로 릴리스야."

"하지만 릴리스는 죽었잖아. 사이먼이 죽였는데."

"상위 악마는 죽지 않아. 실제로는 그렇게 되지 않아. 상위 악마들은 세계와 세계 사이의 영역에 있어. 거대한 공간이라고 하는, 텅 빈 곳이야. 사이먼은 릴리스의 힘을 산산조각 내고 처음 그가 온 무의 상태로 돌려보냈을 뿐이야. 하지만 그곳에서 릴리스는 서서히 다시 만들어지고 있어. 원래는 몇 세기가 걸리는 일인데, 세바스찬이 돕는다면 더 빨리 진행될 수도 있어."

클라리의 뱃속에 서늘한 기운이 퍼졌다.

"지금 릴리스를 돕고 있어?"

"릴리스를 이 세상으로 소환하는 것이 바로 돕는 거야. 세바스찬은 릴리스의 피와 자신의 피를 죽음의 잔에서 섞어 어둠의 네피림 군대를 만들려고 하고 있어. 조너선 섀도우 헌터의 환생을 원하는 거지. 그것도 천사의 편이 아니라 악마의 편에 설 조너선 섀도우 헌터를."

"어둠의 네피림 군대? 너희 둘이 강하긴 하지만 군대라고 할 정도는 아니잖아."

"과거에 발렌타인에게 충성을 바쳤거나 현재 클레이브에 반발해서 세바스찬의 주장에 귀를 기울이는 섀도우 헌터들이 40명에서 50명 정도 있어. 세바스찬은 그들과 접촉하고 있지. 그가 릴리스를 소환하면 그 섀도우 헌터들도 함께할 거야."

제이스는 깊이 숨을 들이마시고 다시 말을 이었다.

"그렇게 되면 어떤 일이 벌어질까? 릴리스의 힘을 등에 업게 되면? 그의 주장에 또 누가 공감하게 될까? 세바스찬은 전쟁을 원해. 그는 자신이 이길 것이라고 확신하고 있고, 그렇게 확신하지 않을 이유가 없어. 어둠의 네피림이 생겨날 때마다 그의 힘이 커질 거야. 거기다 이미 그와 동맹을 맺은 악마들까지 가세하게 된다면 클레이브가 그에게 맞설 수 있을지 모르겠어."

클라리가 손을 툭 떨구었다.

"세바스찬은 변한 게 아니었어. 네 피가 그를 바꾸지 못했어. 그는 예전 그대로야."

제이스를 향한 클라리의 눈이 파르르 떨렸다.

"그런데 너. 너도 나한테 거짓말했어."

"그 자식이 거짓말한 거지."

클라리의 마음이 휘휘 요동쳤다.

"알아. 그 제이스가 네가 아니라는 건 아는데…."

"그 자식은 이게 너를 위한 일이고 결국에는 너도 만족하게 될 거라고 생각하고 있어. 그렇지만 어쨌든 그 자식은 너한테 거짓말을 했어. 나는 절대 그런 짓 하지 않을 거야."

"이지스 말이야, 만약 그게 너에게 상처를 입혔는데 세바스찬은 느끼지 못했다면, 그걸로 너에게 해를 입히지 않으면서 세바스찬을 죽일 수 있는 거 아닐까?"

클라리의 물음에 제이스는 고개를 내저었다.

"난 그렇게 생각 안 해. 만약 나한테 이지스가 있다면 시도는 해보겠지만…. 아니야. 우리는 생명의 힘이 서로 묶여 있어. 상처는 다른 문제야. 그를 죽여야만 한다면…." 제이스는 힘겹게 말을 이었다. "제일 간단한 방법이 있잖아. 내 심장을 단검으로 찌르는 거. 내가 자는 동안에 네가 그렇게 하지 않은 게 오히려 이상하다."

"너라면 그렇게 할 수 있겠어? 네가 나라면?" 클라리가 떨리는 목소리로 말했다. "난 이 상황을 바로잡을 방법이 있다고 믿었어. 지금도 그렇게 믿고 있고. 네 스텔레를 줘. 그러면 내가 포털을 만들게."

"이 안에서는 포털을 만들 수 없어." 제이스가 말했다. "작동이 안 돼. 이 아파트를 드나들 수 있는 유일한 방법은 아래층 주방에 있는 벽을 통하는 거야. 거기가 이 아파트를 움직일 수 있는 유일한 곳이기도 하고."

"우리를 침묵의 도시로 데려갈 수 있어? 침묵의 형제들이 너와 세바스찬을 분리할 방법을 찾아낼 수 있을지도 몰라. 그러면 클레이브에 세바스찬의 계획을 알려서 대비를 시키고…."

"우리를 어느 한 입구로 옮길 수는 있어." 제이스가 말했다. "그리고 난 그렇게 할 거야. 내가 갈 거야. 우리가 같이 갈 거야. 그런데 우리 사이에 거짓이 있어서는 안 되니까 하는 말인데, 클라리, 그들이 나를 죽일 거라는 걸 알아야 돼. 내가 알고 있는 것을 말하고 나면 그들은 날 죽일 거야."

"널 죽인다고? 아니야. 절대 그럴 리가…."

"클라리." 제이스는 나지막이 말을 이었다. "징의로운 섀도우 헌터로서 나는 세바스찬이 하려는 일을 막을 수만 있다면 기꺼이 목숨을 내놓을 수 있어. 나는 섀도우 헌터니까 그렇게 할 거야."

"하지만 이건 네 잘못이 아니잖아." 클라리의 목소리가 높아졌다. 곧 세바스찬을 깨우지 않기 위해 억지로 목소리를 낮췄다. "너한테 일어난 일은 네가 어떻게 할 수 없는 일이었잖아. 넌 그냥 피해자일 뿐이야. 네가 한 짓이 아니잖아, 제이스. 너를 벌한다는 건 말도 안 되는…."

"처벌이 문제가 아니야. 나를 죽여야 세바스찬이 죽어. 이건 전투에서 자신을 희생하는 것과 다를 게 없어. 내가 선택한 일이 아니라고 말할 수는 있어. 하지만 어쨌든 벌어진 일이야. 그리고 지금의 나는, 진짜 나는 곧 다시 사라질 거야. 그러면 클라리, 말이 안 된다는 건 알지만 나는 기억할 거야…. 이 모든 걸 기억할 거야. 너와 함께 베네치아를 걸었던 거, 나이트클럽에서 일어난 일, 그리고 이 침대에서 너와 함께 잠들었던 거, 다 기억할 거야. 이해 못 하겠어? 이게 내가 원했던 거야. 이 모든 게, 너와 함께 이렇게 사는 거, 이렇게 네 곁에 있는 거, 이게 바로 내가 원했던 모든 거야. 상상할 수 있는 최악의 일이 내가 꿈꾸던 것을 실현시켜준다면 어떻게 될까? 아마 제이스 라이트우드는 그것이 잘못된 거라는 걸 알겠지. 하지만 발렌타인의 아들 제이스 웨이랜드라면…그런 삶을 좋아할 거야."

제이스의 눈이 커지고 더 선명한 금빛을 띠면서 클라리를 바라보았다. 이 세상 모든 지혜와 슬픔을 담은 듯한 그 눈을 보자 클라리는 라지엘의 눈빛이 떠올랐다.

"바로 그 때문에 내가 가려는 거야." 제이스가 말했다. "이게 없어지기 전에. 내가 그 자식으로 돌아가기 전에."

"어디로 간다는 건데?"

"침묵의 도시로. 내 자신과…죽음의 잔을 내놓으러."

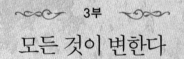

모든 것이 변한다

변한다, 모두 변한다.
끔찍한 아름다움이 탄생한다.

—윌리엄 버틀러 예이츠, 〈1916년 부활절〉

18
라지엘

클라리?

사이먼은 농장 집 뒷문 계단에 앉아 사과 과수원과 호수로 이어지는 길을 내려다보았다. 매그너스는 호수와 그 주위를 둘러싼 낮은 산들을 살펴보면서 작은 공책에 뭔가를 열심히 적고 있었다. 알렉은 그들에게서 조금 떨어진 곳에 서서 언덕 등성이에 줄지어 서 있는 나무들을 올려다보고 있었다. 그는 말소리가 들리는 범위 내에서 가급적 매그너스와 거리를 두려는 것처럼 보였다. 사이먼이 보기에—이런 일에 관해 눈치가 빠른 편이 아니라는 건 자신도 인정하는 바이지만—매그너스와 알렉이 요즘 눈에 띌 정도로 사이가 멀어졌다. 정확히 꼬집어 말할 수는 없지만 아무튼 그런 것이 확실했다.

사이먼의 오른손이 요정의 황금 반지를 낀 손가락을 감싸 쥐었다.

클라리, 제발 대답 좀 해.

사이먼은 마야한테서 루크 소식을 들은 후부터 한 시간마다 클라리에게 연락하려고 시도했다. 하지만 대답이 없었다. 대답을 하려는 시도도 없었다.

클라리, 나 지금 농장에 와 있어. 나 여기 너랑 같이 있었던 거 기억나.

이상할 정도로 더운 날씨였다. 약한 바람이 나뭇가지에 남은 잎들을 흔들었다. 천사를 만날 때 어떤 옷을 입어야 할지 고민하고 또 고민하다가…. 조슬린과 루크의 약혼 파티 때 입었던 양복이 하나 있긴 했지만 그걸 입는 것은 과하다는 생각이 들어서…. 그냥 청바지에 티셔츠를 선택했다.

이곳은, 이 농장 집에는 햇빛 아래서 행복했던 기억들이 너무도 많았다. 사이먼이 기억하는 한 조슬린은 해마다 여름이 되면 클라리와 그를 이 농장으로 데려왔다. 그리고 호수에서 수영을 했다. 사이먼은 새까맣게 탔고 클라리는 하얀 피부가 벌겋게 익어서 어깨와 팔에 주근깨가 잔뜩 생겼다. 둘은 과수원에서 '사과 야구'도 했다. 온몸이 사과로 엉망이 되었지만 정말 재미있었다. 집에서는 포커도 치고 단어 맞히기 게임도 했는데 항상 루크가 이겼다.

클라리, 나 지금 말도 안 되는 위험한 짓 하려고 하거든. 자살 행위나 다름없는 짓 같기도 한데. 너하고 마지막으로 한 번만 이야기했으면 좋겠다고 바라는 게 그렇게 터무니없는 소원이야? 널 지키기 위해서 이런 일을 하려는 건데 네가 살았는지 죽었는지도 모른다는 건 말이 안 되잖아. 하지만 만약에 네가 죽었다면 내가 느낄 수 있을 거야, 그렇지? 분명 느낄 수 있을 거야.

"됐다, 가자."

층계참으로 매그너스가 다가오며 말했다. 그는 사이먼의 손에 낀 반지를 보았지만 아무 말도 하지 않았다.

사이먼이 자리에서 일어나 청바지를 툭툭 털었다. 그러고는 과수원으로 향하는 길을 따라 걸었다. 저 앞에서 호수가 차가운 동전처럼 반짝거렸다. 호수 가까이 가자 예전에 카약을 묶어두곤 했던 선창이 부서져 떠내려가고 남은 일부가 수면에 삐죽이 솟아 있는 것이 사이먼의 눈에 들어왔다. 여유롭게 붕붕거리는 벌 소리가 들리고 여름 햇살이 어깨를 달굴 것만 같았다. 사이먼은 호수 가장자리에 다다르자 몸을 틀어 농장 집을 올려다보았다. 하얗게 페인트칠을 한 판잣집, 초록색 덧문, 지붕이 있고 낡은 흰색 고리버들 가구들이 놓인 현관 앞 베란다.

"너 여기를 정말 좋아하는구나, 그지?"

이사벨이 물었다. 그녀의 검은 머리카락이 호수에서 불어오는 산들바람에 깃발처럼 나부꼈다.

"어떻게 알았어?"

"네 얼굴 보고. 좋은 기억을 떠올리고 있는 표정이거든."

"정말 좋았어." 사이먼이 말했다. 안경을 콧등 위쪽으로 밀어 올리려고 손을 들다가 더 이상 안경을 끼지 않는다는 것을 기억하고는 손을 내리며 덧붙였다. "난 운이 좋았어."

이사벨이 호수를 내려다보았다. 그녀의 귀에 걸린 작은 링 모양 금귀걸이에 머리카락이 엉켰다. 사이먼은 손을 뻗어 귀걸이에서 머리카락을 빼주고 그녀의 볼을 쓰다듬고 싶었다.

"그런데 지금은 안 그래?"

사이먼이 어깨를 으쓱했다. 그는 막대기 같은 것으로 호수 가장자리 젖은 모래에 뭔가를 그리고 있는 매그너스를 쳐다보았다. 알렉도 낯선 사람을 보는 듯한 얼굴로 그를 지켜보고 있었다.

"무서워?"

이사벨이 사이먼 옆으로 살짝 다가오며 물었다. 사이먼은 그녀 팔의 온기를 느낄 수 있었다.

"모르겠어. 무서운 건 육체적인 느낌이 좌우하거든. 무서우면 심장이 빠르게 뛰고 땀이 나지. 그런데 난 그런 걸 느끼지 못하잖아."

"안됐다." 이사벨이 호수를 바라보며 중얼거렸다. "남자는 땀에 흠뻑 젖었을 때 정말 섹시한데."

사이먼은 웃는 듯 마는 듯한 얼굴로 이사벨을 흘끗 보았다. 생각한 것보다 더 어려웠다. 어쩌면 두려운 건지도 모르겠다 싶었다.

"이봐 아가씨, 쓸데없는 소리 그만하고 하던 이야기나 계속하시지."

잔뜩 내리깐 사이먼의 목소리에 이사벨의 입술이 미소를 지으려는 듯 떨렸다. 하지만 이내 한숨이 새어나왔다.

"내가 좋아하게 될 거라고 단 한 번도 생각해본 적 없는 남자가 어떤 남자인지 알아? 날 웃게 만드는 남자야."

이사벨의 말에 사이먼은 그녀를 향해 고개를 돌리고는 손을 잡았다. 그 순간만큼은 이사벨의 오빠가 보고 있다는 것도 신경 쓰이지 않았다.

"이사벨…."

"다 됐다." 매그너스가 소리쳤다. "나 다 했어. 사이먼, 이리 와."

사이먼과 이사벨이 돌아섰다. 매그너스는 원 안에 서 있었다. 그 원은 하얀 빛으로 희미하게 빛나고 있었다. 정확히 말하면 원은 두 개인데, 하나의 원 속에 약간 더 작은 원이 들어가 있고, 두 개의 원 사이에 수십 개의 그림들이 휘갈기듯 그려져 있었다. 호수에 비친 그림자처럼 차가운 푸른빛을 띤 흰색으로 빛나는 그림들이었다.

이사벨이 나지막이 숨을 들이마시는 소리가 사이먼의 귀에 들렸다.

그는 이사벨을 보지 않고 그대로 걸음을 내디뎠다. 그녀를 보면 더 힘들어질 것 같아서였다. 걸어갔다, 앞으로, 원의 경계선을 넘어, 그 중심으로, 매그너스 옆으로. 원의 중심에서 원 밖을 보니 물을 통해 보는 것 같았다. 세상이 출렁대는 것처럼 희미하게 보였다.

"여기."

매그너스가 들고 있던 주술서를 사이먼의 손으로 밀었다. 종이가 얇고 휘갈겨 쓴 듯한 룬들이 가득한 책인데, 매그너스가 주술들 위에 알파벳으로 발음을 표시한 종이를 테이프로 붙여놓았다.

"이걸 큰 소리로 읽으면 돼."

매그너스가 중얼거렸다. 사이먼은 주술서를 가슴에 꼭 끌어안고 클라리와 연결해주는 황금 반지를 빼서 매그너스에게 건넸다.

"혹시 잘못되면…." 사이먼은 자신이 이렇게 침착한 게 이상하기만 했다. "누가 이걸 맡아야 돼요. 이게 우리와 클라리를 이어주는 유일한 수단이니까요. 클라리가 아는 것들을 우리한테 알려줄 유일한 수단이기도 하고요."

매그너스가 고개를 끄덕이고는 반지를 자신의 손가락에 끼웠다.

"준비됐어, 사이먼?"

"와. 내 이름 기억하고 있었네요."

사이먼의 말에 매그너스가 의미를 알 수 없는 표정으로 사이먼을 흘끗 보고는 원 밖으로 나갔다. 그 즉시 매그너스도 희미해졌다. 알렉이 매그너스 옆으로 와 섰고, 이사벨은 매그너스를 사이에 두고 알렉 반대편에 섰다. 이사벨은 자신의 팔꿈치를 껴안고 있었는데 희미하게 보이는데도 불구하고 사이먼은 그녀가 얼마나 속이 상했는지 알 수 있을 것 같았다.

사이먼이 목청을 가다듬었다.

"여러분은 그만 가는 게 좋겠어요."

하지만 아무도 움직이지 않았다. 다들 사이먼이 뭔가 더 말하기를 기다리는 것 같았다.

"여기까지 같이 와줘서 고마워요."

한참 만에 사이먼이 입을 열었다. 뭔가 의미 있는 말을 더 하려고 머리를 이리저리 굴렸다. 다들 그걸 기대하고 있는 것 같아서였다. 하지만 사이먼은 멋진 이별을 장식할 만한 근사한 인사말과는 거리가 멀었다. 그는 먼저 알렉을 보았다.

"저기, 알렉. 난 항상 제이스보다는 너를 더 좋아했어."

그다음에는 매그너스에게로 시선을 옮겼다.

"매그너스, 당신이 입는 바지를 입을 만한 용기가 나한테도 있었으면 좋겠다고 생각했어요."

그리고 마지막으로 이사벨. 희뿌연 안개 너머, 흑교석처럼 새까만 눈으로 자신을 지켜보는 이사벨이 보였다.

"이사벨."

사이먼이 불렀다. 그녀의 눈이 뭔가를 묻고 있었지만 알렉과 매그너스 앞에서는 자신의 마음을 표현할 수 없을 것 같았다. 사이먼은 원의 중심을 향해 뒤로 물러나며 고개를 숙였다.

"안녕, 이라고 해야겠지."

원 밖에 있는 사람들이 뭐라고 대답을 한 것 같지만 일렁이는 안개에 목소리가 묻혀버렸다. 사이먼은 그들이 돌아서서 길을 따라 과수원을 지나 농장 집을 향해 걸어가는 것을, 작은 점으로 보일 만큼 멀어지는 것을 지켜보았다. 더 이상 보이지 않을 때까지 지켜보았다.

클라리와 마지막으로 이야기도 나누지 못하고 죽는다는 게 믿기지 않았다. 둘이 마지막으로 주고받은 말이 무엇인지도 기억나지 않았다. 그렇지만 최후의 순간이 오면 과수원에서 클라리의 웃음이 들릴 것 같았다. 모든 것이 지금과 달랐던 어린 시절이 떠오를 것 같았다. 여기서 죽는 것이 자신에게 제일 어울린다는 생각이 들었다. 이곳은 가장 행복한 기억들이 있는 곳이니까. 만약 라지엘 천사가 자신에게 불을 던진다면 육신이 타고 남은 재가 여기 사과 과수원과 호수에 내려앉겠지. 그렇게 생각하니까 어쩐지 마음이 평화로워졌다.

이사벨이 생각났다. 그리고 가족들도. 엄마, 아빠, 레베카 누나. 클라리, 클라리가 가장 마지막에 생각났다.

네가 어디 있든, 넌 내게 최고의 친구야. 앞으로도 언제까지나 나의 가장 좋은 친구로 남을 거야.

시이먼이 주술서를 들고 주술을 읊기 시작했다.

"안 돼!" 클라리가 젖은 수건을 떨어뜨리며 벌떡 일어났다. "제이스. 그러면 안 돼. 그들이 널 죽일 거야."

제이스가 새 셔츠를 몸에 걸치고는 클라리를 외면하고 단추를 채웠다.

"그들은 우선 나와 세바스찬을 갈라놓으려고 할 거야." 말은 그렇게 했지만 제이스 스스로도 그 말을 믿지 않는 것 같았다. "만약 그게 뜻대로 안 되면 그다음에 나를 죽이려고 할 거야."

"그걸로는 충분하지 않아."

클라리가 손을 뻗었지만 제이스가 몸을 돌려 피하며 부츠에 발을 쑤셔넣었다. 다시 돌아선 그의 얼굴은 딱딱하게 굳어 있었다.

"다른 선택은 없어, 클라리. 이게 옳은 선택이야."

"미쳤어. 여기선 안전하잖아. 일부러 목숨을 내던질 필요는…."

"나 자신을 지키는 건 반역이야. 적의 수중에 무기를 내어주는 거나 마찬가지라고."

"반역 좀 하면 어때? 그까짓 법 어기면 뭐 어떤데?" 클라리가 따졌다. "나는 너만 무사하면 돼. 우리가 같이 찾아보면 분명히 해결 방법이…."

"우리가 같이 해결 방법을 찾는 건 불가능해." 제이스는 협탁에 있던 스텔레를 호주머니에 넣고 죽음의 잔을 집어들었다. "내가 나 자신으로 존재할 수 있는 시간이 별로 길지 않으니까 말이야. 사랑해, 클라리."

제이스가 고개를 기울이더니 클라리에게 한참 동안 키스를 했다.

"날 위해서 하게 해줘."

제이스가 속삭였다.

"절대 못 해. 네가 죽도록 돕는 짓 같은 건 절대 안 할 거야."

클라리가 말했다.

하지만 제이스는 이미 문을 향해 걸음을 옮겼다. 비틀거리며 복도로 나간 둘은 속삭이듯 말을 이었다.

"제이스, 이건 미친 짓이야. 스스로 죽음의 길로 뛰어들면…."

제이스가 몹시 짜증난 듯 숨을 내뱉었다.

"너라도 이렇게 했을 거야."

"그래, 그리고 너는 불같이 화를 냈겠지."

제이스를 따라 계단을 달려 내려가며 클라리는 계속 속삭였다.

"알리칸테에서 나한테 한 말 기억해봐…."

둘은 주방에 다다랐다. 제이스가 죽음의 잔을 조리대에 내려놓고 스텔레를 꺼냈다.

"클라리, 우리는 섀도우 헌터야. 전투를 할 때가 아니라도 언제든 위험이 닥칠 수 있어."

클라리는 제이스의 두 손목을 부여잡고 고개를 내저었다.

"절대 못 보내."

제이스의 얼굴에 고통스러운 빛이 스쳤다.

"클라리사…."

클라리는 깊이 숨을 들이마셨다. 지금부터 하려는 일이 스스로도 믿기지 않아서였다. 하지만 침묵의 도시 영안실에, 섀도우 헌터들의 시체가 대리석 석판에 누워 있는 그곳에 제이스가 있는 것은 상상도 하고 싶지 않았다. 여기까지 오고, 지금껏 많은 일을 참아낸 것은 제이스의 목숨을 구하기 위해서였지, 자신을 위해서가 아니었다. 알렉과 이사벨, 메이리스가 떠올랐다. 그러자 자신이 무엇을 하는지 미처 생각하기도 전에 목소리가 먼저 튀어나왔다.

"조너선!" 클라리가 소리를 질렀다. "조너선 크리스토퍼 모겐스턴!"

제이스의 눈이 휘둥그레졌다.

"클라리…."

제이스가 그녀를 불렀지만 이미 늦었다. 클라리는 제이스를 놓고 뒤로 물러났다. 이제 곧 세바스찬이 올 것이다. 세바스찬을 믿기 때문이 아니라, 지금 당장은 제이스를 붙잡아두기 위해 쓸 수 있는 무기가 세바스찬뿐이라서 이런 방법을 택했다는 것을 설명할 시간이 없었다.

뭔가 휙 움직이는가 싶더니 세바스찬이 나타났다. 그는 난간 옆으로 풀쩍 뛰어 바닥에 착지했다. 자다 온 것처럼 머리가 헝클어져 있었다. 세바스찬이 클라리와 제이스를 번갈아 보았다. 그의 검은 눈이 상황을 파악하고 있었다.

"사랑싸움이야?"

세바스찬이 물었다. 그의 손에서 뭔가 번쩍거렸다. 칼인가?

클라리가 떨리는 목소리로 말했다.

"제이스의 룬이 손상되었어. 여기." 클라리가 손으로 자신의 가슴을 가리키며 말을 이었다. "제이스가 돌아가겠대. 클레이브로 돌아가서 자신을 고발하고…."

세바스찬의 손이 빠르게 튀어나가 제이스의 손에 있던 죽음의 잔을 낚아챘다. 그러더니 잔을 조리대 위에 쾅 내려놓았다. 아직도 충격 때문에 하얗게 질린 제이스는 세바스찬을 가만히 지켜보기만 했다. 세바스찬이 가까이 다가와 멱살을 쥘 때까지도 꼼짝하지 않았다. 제이스의 셔츠 위쪽 단추들이 열리자 세바스찬이 스텔레 끝을 쇄골에 대고 피부에 이라체를 그려 넣었다. 세바스찬이 멱살을 놓고 물러나자 제이스는 두 눈에 증오심이 가득한 채로 입술을 깨물었다.

"솔직히, 제이스." 세바스찬이 입을 열었다. "네가 이걸 가지고 도망칠 수 있다고 생각했다니 정말 기가 막히다."

제이스의 두 손이 주먹을 쥐었다. 그사이 석탄처럼 새까만 이라체가 그의 피부 속으로 스며들기 시작했다. 제이스는 숨도 쉬지 않고 힘겹게 한마디 한마디 뱉어냈다.

"다음에…맞고 싶으면…내가 기꺼이 도와주지. 벽돌로 갈겨줄 테니까."

세바스찬이 쯧, 하고 혀를 찼다.

"나중에 나한테 고마워하게 될 거야. 아무리 너라도 이런 미친 계획은 좀 지나치다는 거 인정해라."

클라리는 제이스가 세바스찬에게 다시 대들 줄 알았다. 하지만 그러지 않았다. 그의 시선이 서서히 세바스찬의 얼굴을 훑었다. 그 순간만큼은 그 자리에 제이스와 세바스찬 단 둘만 있는 것 같았다. 제이스가 다시 입을 열었을 때 그 목소리는 냉혹하면서도 또렷했다.

"나는 이 순간을 기억하지 못할 거야. 하지만 너는 기억하겠지. 친구인 줄 알았던 자가…." 제이스가 한 걸음 나아가 세바스찬과의 거리를 좁히며 말을 이었다. "너를 좋아하는 것처럼 굴었던 자가 사실은 진짜가 아니었다는 걸 말이야. 이게 진짜야. 이게 진짜 나라고. 그리고 나는 너를 증오해. 앞으로도 영원히 널 증오할 거야. 이 세상 그 어떤 마법이나 주술도 그 사실을 바꿔놓지는 못할 거야."

아주 잠깐이지만 세바스찬의 얼굴에 머물던 거만한 미소가 흔들렸다. 하지만 제이스는 그렇지 않았다. 대신 그는 클라리에게로 시선을 돌렸다.

"네가 알았으면 좋겠어." 제이스가 말했다. "진실을…. 난 너한테 진실을 모두 이야기하지 않았어."

"진실은 위험해." 스텔레를 칼처럼 들며 세바스찬이 끼어들었다. "그러니까 말 조심해."

제이스가 움찔했다. 그의 가슴이 빠르게 들썩거렸다. 가슴에 있는 룬이 치유되는 과정에서 통증이 발생하는 것이 확실해 보였다.

"계획 말이야." 제이스가 말했다. "릴리스를 소환해서 새로운 죽음의 잔을 만들고, 어둠의 군대를 만드는…. 그건 세바스찬이 만든 계획이 아니야. 내가 만든 거야."

클라리는 온몸이 굳어버렸다.

"뭐?"

"세바스찬은 자신이 무엇을 원하는지 알고 있었어. 하지만 그가 원하는 것을 실현할 수 있는 방법은 내가 생각해냈어. 새로운 죽음의 잔…. 내가 그걸 생각해내서 세바스찬에게 알려줬어."

고통 때문에 제이스가 몸을 확 비틀었다. 그의 셔츠 아래에서 무슨 일이 일어나고 있는지 클라리는 상상할 수 있었다. 피부가 서로 붙으며 치유되고 릴리스의 룬이 다시 온전히 빛나게 되겠지.

"아니, 그 자식이 했다고 말해야 되나? 나처럼 생겼지만 사실은 내가 아닌 그놈 말이야. 세바스찬이 시키면 그 자식은 이 세상을 불태워버릴 거야. 낄낄 웃어대면서 말이야. 네가 그렇게 되도록 한 거야, 클라리. 그렇게 되도록. 모르겠어? 나는 차라리 죽는 게 나아…."

제이스의 몸이 앞으로 고꾸라지면서 목소리가 끊겼다. 어깨 근육이 팽팽해지면서 고통 때문인지 몸이 부르르 떨렸다. 클라리는 침묵의 형제들이 제이스의 마음속으로 들어갔을 때 그를 안아주었던 일이 떠올랐다…. 다시 고개를 든 제이스는 어리둥절한 표정이었다.

그의 시선은 클라리가 아니라 먼저 세바스찬에게로 향했다. 자신이 한 짓이라는 걸 알면서도 클라리는 가슴이 철렁 내려앉았다.

"무슨 일 있었어?"

제이스가 물었다.

세바스찬이 그를 향해 씩 미소를 지었다.

"잘 돌아왔어."

제이스는 눈을 깜박거렸다. 잠시 혼란스러운 표정이었지만 그가 기억하지 못하는 수많은 일들, 맥스의 죽음, 알리칸테에서의 전쟁, 그가 가족에게 끼친 고통을 생각나게 하려고 클라리가 애쓸 때마다 그랬던 것처럼 그의 시선은 머릿속 어딘가로 숨어버린 것 같았다.

"시간 됐어?"

그가 물었다. 세바스찬이 과장된 몸짓으로 손목시계를 확인했다.

"거의 됐어. 너 먼저 가지그래, 우린 뒤따라 갈 테니까. 먼저 가서 준비해둬."

제이스가 주위를 둘러보았다.

"죽음의 잔은⋯어디 있지?"

세바스찬이 주방 조리대에 있던 죽음의 잔을 집어 들었다.

"여기 있어. 머리가 좀 멍하지?"

제이스는 입꼬리가 살짝 올라가더니 죽음의 잔을 받았다. 순순히. 조금 전까지 세바스찬에게 맞서고 그를 증오한다고 말하던 사람의 모습은 어디서도 찾아볼 수 없었다.

"알았어. 거기서 만나자." 제이스는 아직도 충격에 꼼짝 못 하고 있는 클라리에게로 돌아서서 그녀의 볼에 입을 맞췄다. "너도."

제이스가 뒤로 물러나며 윙크를 했다. 눈에는 애정이 듬뿍 담겨 있었지만 그런 것은 상관없었다. 이 사람은 클라리의 제이스가 아니다, 절대아니다. 멀어지는 그를 클라리는 빤히 지켜보았다. 제이스의 스텔레가 번쩍이자 벽에 문이 나타났다. 문 너머로 하늘과 바위투성이 평지가 언뜻 보였지만 제이스가 나가자 문은 곧 사라졌다.

클라리는 손톱이 손바닥을 파고들 만큼 꽉 주먹을 쥐었다.

나처럼 생겼지만 사실은 내가 아닌 그놈…. 세바스찬이 시키면 그 자식은 이 세상을 불태워버릴 거야. 낄낄 웃어대면서 말이야. 네가 그렇게 되도록 한 거야, 클라리. 그렇게. 모르겠어? 나는 차라리 죽는 게 나아.

숫구치는 눈물을 참느라 클라리는 목이 아팠다. 달리 방법이 없었어. 오빠가 돌아섰다. 그의 검은 두 눈이 번쩍번쩍 빛났다.

"네가 나를 부른 거야."

세바스찬이 말했다.

"클레이브에 자신을 내어주러 가겠다고 했단 말이야."

누구한테 변명을 하는 건지는 모르겠지만 클라리는 속삭이듯 말했다. 해야 할 일을 한 것뿐이다. 비록 경멸하는 대상이긴 하지만 지금 쓸 수 있는 무기가 세바스찬밖에 없어서 그에게 의지한 것뿐이다.

"클레이브가 제이스를 죽였을 거야."

"네가 나를 부른 거야."

세바스찬은 같은 말을 되풀이하더니 클라리에게 한 걸음 다가왔다. 그러고는 손을 내밀어 클라리의 얼굴로 내려온 긴 머리카락을 귀 뒤로 넘겨주었다.

"그럼 저 녀석이 말했어? 계획 말이야? 전부 다?"

클라리는 온몸을 전율시키는 두려움을 애써 참았다.

"전부는 아니야. 오늘 밤에 무슨 일이 벌어지는지는 몰라. 제이스가 '시간 됐어?'라고 물은 게 무슨 뜻이지?"

세바스찬이 고개를 숙여 클라리의 이마에 입을 맞췄다. 클라리는 그의 입술이 자신의 두 눈 사이에 뜨겁게 낙인을 찍는 것처럼 느꼈다.

"곧 알게 될 거야."

세바스찬이 말을 이었다.

"넌 여기 있을 권리를 얻어낸 거야, 클라리사. 오늘 밤, 내 옆에서 모든 것을 지켜보게 될 거야, 일곱 번째 성지에서. 마침내…발렌타인의 두 자녀가 함께."

사이먼은 주술서에 붙은 종이에 시선을 고정한 채 매그너스가 적어준 글자들을 읊었다. 음악처럼 가볍고 강렬하고 즐거운 리듬을 지닌 글자들이었다. 자신의 성인식인 바르미츠바에서 예언서 하프타라를 큰 소리로 낭독하던 때가 생각났다. 물론 그때는 예언서의 모든 말이 무슨 뜻인지 알았지만 지금은 입술에서 흘러나오는 이 말들이 무슨 소리인지 전혀 알 수가 없었다.

주술을 읊어갈수록 공기의 밀도가 높아지기라도 하는 듯 주위가 자신을 조여온다는 느낌이 들었다. 그리고 점점 더워졌다. 만약 사이먼이 인간이었다면 견딜 수 없었을 것이다. 열기에 눈썹이 타들어가고 셔츠가 타들어갔다. 그래도 사이먼은 주술서의 종이에서 눈을 떼지 않았다. 이마와 머리카락이 맞닿는 곳에서 피가 뚝뚝 떨어져 주술서의 종이를 적셨다.

그 순간 주술이 끝났다. 마지막 단어 '라지엘'까지 읽고서 사이먼이 고개를 들었다. 얼굴을 따라 흘러내리는 핏줄기가 느껴졌다. 안개가 낀 듯 뿌옇던 주위가 깨끗해지고 유리처럼 반짝이는 호수가 보였다.

갑자기 호수가 폭발했다.

호수 한가운데가 황금빛으로 변하더니 다시 검은색으로 변했다. 물이 호수 가장자리로 파도처럼 밀려나가더니 공중으로 솟아오르면서 반짝이는 물기둥이 위아래로 물을 뿜어냈다. 신기하고 아름다운 광경이었다. 물방울이 쏟아지면서 불에 타는 것 같던 사이먼의 피부를 식혀주었다. 고개를 젖혀 위를 올려다보니 하늘이 새카맣게 변해 있었다. 물이 다시 호수 속으로 돌아가고 그 한가운데에서, 번쩍거리는 은빛 속에서 황금빛 형체가 솟아올랐다.

사이먼은 입이 바짝 말랐다. 천사 그림은 수도 없이 보았다. 실제로 천사의 존재를 믿기도 하고, 매그너스의 경고도 들었다. 그런데도 눈앞에서 날개가 펼쳐지자 사이먼은 창에 맞은 듯한 충격에 빠졌다. 날개는 하늘을 온통 덮을 듯 거대했다. 흰색, 금색, 은색 깃털들이 달린 어마어마한 날개가 펼쳐지면서 불타는 듯한 황금빛 눈동자가 나타났다. 그 눈이 경멸하듯 사이먼을 노려보았다. 날개가 위로 솟구치며 구름을 흩어놓는가 싶더니 도로 접히면서 수십 층 높이의 건물만큼 어마어마하게 큰 남자가… 아니 남자 같은 형체가 몸을 펴며 우뚝 섰다.

사이먼은 이가 덜덜 떨렸다. 힘이, 아니 힘보다 더한 무언가가…. 우주의 근원적인 기운 같은 것이 천사에게서 파도처럼 거세게 밀려왔다. 사이먼의 머리에 제일 먼저 떠오른 생각은 천사가 제이스를 거대하게 부풀려놓은 것처럼 생겼다는 것이었다. 그렇다고 해서 천사가 제이스와 똑같이 생긴 것은 아니었다. 날개부터 피부, 눈까지 천사는 온통 황금빛이었다. 황금빛 머리카락은 구불구불한 연철 가닥들을 끊어놓은 것처럼 보였다. 너무도 이질적인 모습 때문에 섬뜩해 보이기까지 했다. 뭐든 너무 많으면 사람을 죽일 수도 있겠구나, 라고 사이먼은 생각했다. 어둠이 너무 많아도 사람을 죽일 수 있지만 빛이 너무 많아도 그럴 것 같았다.

감히 누가 나를 소환하였느냐?

사이먼의 머릿속에서 거대한 종이 울리듯 천사의 음성이 울렸다.

까다로운 질문이네요, 사이먼이 생각했다. 제이스였다면 '네피림 중의 하나입니다'라고 대답했을 테고, 매그너스였다면 '릴리스의 자식이자 마법사'라고 대답했을 것이다. 클라리와 라지엘은 일면식이 있는 사이니까 곧장 본론으로 들어갔을 테고. 하지만 사이먼은 특별히 내세울 신분이나 자격도 없고, 과거에 이룬 대단한 업적도 없었다.

"사이먼 루이스입니다." 한참 만에 주술서를 내려놓고 똑바로 서며 사이먼이 말했다. "밤의 자식이고, 그리고…당신의 종입니다."

나의 종? 라지엘의 목소리는 얼음처럼 싸늘했다. 나를 개처럼 함부로 불러놓고서 감히 나의 종이라 말하느냐? 너는 이 세상에서 불타 없어지리라. 너와 같이 하지 못하도록 다른 이들에게 경고하는 것이 너의 운명일지니. 나의 네피림들조차 나를 소환하는 것은 금지되어 있다. 그런데 어찌 너는 다르리라 생각하였느냐, 데이라이터여?

사이먼은 라지엘 천사가 자신이 누구인지 안다는 것에 놀랄 필요 없다는 것을 알면서도 깜짝 놀랐다.

"그게…."

내 후예의 피를 가지고 있기 때문에 내가 너에게 자비를 베풀어야 한다고 생각했느냐? 그리 생각했다면 너는 도박을 한 것이고 모든 것을 잃게 될 것이다. 천국의 자비는 그것을 받을 자격이 있는 자에게만 내려지는 것이다. 우리의 코브넌트 법을 어긴 자에게 주어질 것이 아니야.

천사가 한 손을 들어 올리더니 손가락으로 사이먼을 가리켰다.

사이먼은 마음을 단단히 먹었다. 이번에는 입 밖으로 말을 꺼내지 않고 속으로만 생각했다. 이스라엘아 들으라, 우리 하느님 야훼는 오직 하나인

야훼시니….

그 마크는 무엇이냐? 라지엘이 어리둥절한 듯한 목소리로 물었다. 네 이마에 있는 것 말이다.

"이건 마크입니다. 최초의 마크. 카인의 마크요."

사이먼이 더듬거리며 말했다.

라지엘이 거대한 팔을 천천히 내렸다.

내 너를 죽이려 하였으나 그 마크가 저지하였느니라. 그 마크는 천국의 손이 너의 두 미간에 새긴 것일 터이나, 그럴 리 없음을 내 안다. 대체 어떻게 그 마크가 그 자리에 새겨질 수 있는 것이지?

눈에 띄게 당황하는 라지엘의 모습에 사이먼은 용기가 생겼다.

"당신의 자녀인 네피림이 새겨준 것입니다. 특별한 축복을 받은 자녀입니다. 그녀가 저를 지켜주기 위해 여기에 새겨주었습니다."

사이먼은 원 가장자리에 한 걸음 다가가며 계속 말했다.

"라지엘이시여, 저는 네피림의 이름을 걸고 도움을 청하기 위해 여기 왔습니다. 지금 네피림들이 심각한 위험에 직면했습니다. 그들 중 하나가…어둠으로 돌아섰고, 그가 나머지 네피림들을 위협하고 있습니다. 그들은 당신의 도움을 필요로 하고 있습니다."

나는 개입하지 않는다.

"하지만 개입하셨잖아요. 제이스가 죽었을 때 그를 다시 살리셨잖아요. 우리 모두 그 일을 기쁘게 생각하는 것은 맞지만, 당신이 그렇게 하지 않으셨으면 지금 이런 일은 일어나지 않았을 겁니다. 그러니까 어떻게 보면 이 상황을 바로잡는 건 당신한테 달렸다고 할 수도 있다고요."

내 너를 죽이지 않을 수도 있다. 라지엘은 혼잣말하듯 말했다. 하지만 네가 원하는 것을 이루어주어야 할 이유는 없다.

"제가 뭘 원하는지는 아직 말씀 안 드렸거든요."

사이먼이 말했다.

너는 무기를 원하고 있지 않느냐. 조너선 모겐스턴을 조너선 헤런데일로부터 떼어낼 수 있는 무기 말이다. 한쪽은 죽이면서도 다른 한쪽은 살릴 수 있는 무기. 가장 쉬운 방법은 물론 둘 다 죽이는 것이다. 네가 살리고자 하는 조너선은 죽었다. 아마도 그는 죽음을 바랐을 것이고 지금도 바라고 있을지 모른다. 그런 생각은 한 번도 해보지 않았더냐?

"아니오." 사이먼이 말했다. "우리가 당신한테 비교할 수 없는 존재임은 압니다. 하지만 우리도 친구를 죽게 내버려두지는 않습니다. 우리는 그들을 구하려고 애쓰고 있어요. 만약 천국이 그런 걸 바라지 않았다면 애초에 우리한테 사랑하는 능력을 주지도 않았겠죠."

사이먼은 머리카락을 뒤로 넘겨 카인의 마크를 드러내면서 말을 이었다.

"맞아요, 당신이 우리를 도울 필요는 없어요. 하지만 당신이 우리를 돕지 않는다면 나는 여기서 계속해서 당신을 부르고 부르고 또 부를 거예요. 당신이 나를 죽일 수 없다는 걸 알게 됐으니까요. 당신이 있는 천국의 현관문 초인종을 내가 누르고 누르고 또 누른다고 보면 될 거예요…. 영원히 말이에요."

말도 안 되는 상상이지만 라지엘이 킥킥 웃는 것 같았다.

고집이 세구나. 네 민족의 진정한 용사이자 네가 이름을 따온 시몬 마카베오, 그와 같구나. 그가 자신의 형제 요나단에게 모든 것을 주었듯 너도 요나단에게 모든 것을 다 주려 하는구나. 아니면 그럴 뜻까지는 없는 게냐?

"그만을 위해 이러는 게 아닙니다." 사이먼은 조금 멍한 목소리로 말했다. "하지만, 물론이죠. 당신이 원하는 건 뭐든요. 뭐든 드릴 수 있습니다."

만약 네가 원하는 것을 준다면 앞으로 다시는 나를 귀찮게 하지 않겠다고 맹세할 수 있느냐?

"그 정도는 얼마든지 할 수 있습니다."

사이먼이 말했다.

알겠다. 내가 원하는 것을 말하마. 나는 네 이마에 있는 불경스러운 마크를 원한다. 너에게서 카인의 마크를 가져가겠다. 그것은 결코 그 자리에 있어야 할 것이 아니다.

"전⋯. 하지만 이걸 가져가버리면 당신이 절 죽일 수 있잖아요. 이거 때문에 당신이 절 죽이지 못하는 거라고 했잖아요?"

라지엘이 잠시 생각에 잠겼다.

절대 너를 해치지 않겠다고 맹세하마. 네가 그 마크를 가지고 있든 아니든.

사이먼은 잠시 주저했다. 그러자 천사의 얼굴에 노기가 어렸다.

천국에 있는 천사의 맹세는 가장 성스러운 것이다. 다운월드에 속한 자여, 네가 감히 나를 의심하는 것이냐?

"그게⋯"

잠시 사이먼은 고문을 받는 것처럼 괴로웠다. 까치발로 서서 스텔레로 마크를 그려주던 클라리의 모습이 눈앞에 떠올랐다. 마크가 힘을 발휘하는 것을 처음 본 순간, 자신에게서 번개가, 무시무시한 에너지가 뿜어져 나가는 것을 본 순간도 생각났다. 그것은 저주였다. 스스로를 두려워해야 하고, 남에게 동경과 두려움의 대상이 되는 저주였다. 사이먼은 그런 상황이 싫었다. 그럼에도 불구하고 저주라 생각했던 카인의 마크를, 자신을 특별하게 만들어주었던 마크를 포기해야 하는 순간이 오자 갈등이….

사이먼은 침을 꿀꺽 삼켰다,

"좋아요. 그렇게 해요."

라지엘이 미소를 지었다. 말이 미소였지, 태양을 똑바로 쳐다보는 것만큼 위압적인 모습이었다.

그렇다면 나도 너를 해치지 않는다고 맹세하마, 시몬 마카베오.

"루이스예요. 제 성은 루이스라구요."

사이먼이 말했다.

하지만 너에게는 마카베오의 피와 믿음이 흐르고 있다. 신의 손이 마카베오 가문에 직접 마크를 새겼다는 이야기가 전해지기도 하지. 둘 중 어떤 이야기가 맞든, 데이라이터, 너는 천국의 전사이다. 네가 원하건 원치 않건.

천사가 움직이기 시작했다. 사이먼의 눈에 눈물이 고였다. 라지엘이 천을 휘두르듯 하늘을 끌어당기자 검은색, 은색 그리고 하얀 구름이 뒤섞이며 밀려왔다. 주위의 공기가 부르르 진동했다. 머리 위에서 빛이 번쩍하더니 쨍그랑, 하는 금속성 소리와 함께 무언가가 사이먼 옆에 내리꽂혔다.

그것은 검이었다. 까만 손잡이가 달린 낡아 빠진 검이었다. 양쪽 날은 부식된 듯 이가 빠져 너덜너덜했지만 끝은 날카로웠다. 마치 유물 발굴 현장에서 파내 아직 깨끗이 닦지 않은 고대 유물처럼 보이는 검이었다.

라지엘 천사가 말했다.

여호수아가 예리고에 가까이 이르러 위를 올려다보니 한 사내가 검을 들고 앞에 서 있었다. 여호수아가 그에게 다가가 묻기를, '그대는 우리 중 하나인가 아니면 반대편의 하나인가?' 그러자 사내는 이리 답하였다. '둘 다 아니다. 나는 주님의 군대를 이끄는 지휘관으로서 여기 온 것이다.'

사이먼은 발치에 있는 볼품없는 물건을 빤히 내려다보았다.

"그럼 이게 바로 그 검이에요?"

이것은 천국의 군대를 이끄는 지휘관인 대천사장 미카엘의 검이다. 이 검에는 천국의 불이 지닌 힘이 있다. 이 검으로 적을 치면 그에게 깃든 악이 불타 없어질 것이다. 만약 적에게 선함보다 악함이 더 많다면, 천국의 마음보다 지옥의 마음이 더 많다면, 적의 생명 또한 불타 없어질 것이다. 네 친구와의 연결 고리는 완전히 절단될 것이며⋯둘 중 하나에게만 해를 가하게 될 것이다.

사이먼은 허리를 숙여 검을 집어 들었다. 순간 충격이 손을 통해 팔로, 그리고 이제는 뛰지 않는 그의 심장으로 전해졌다. 본능적으로 검을 들어 올리자 머리 위에 있던 구름이 갈라지며 한 줄기 빛이 내려와 검을 때렸다. 징, 하고 울리는 소리가 음악처럼 퍼졌다.

라지엘이 싸늘한 시선으로 사이먼을 내려다보았다.

검의 이름은 모자란 인간의 혀로는 말할 수 없다. 그러니 영광이 검이라고 불러라.

"저⋯." 사이먼이 겨우 입을 뗐다. "감사합니다."

나에게 감사할 것 없다. 데이라이터여, 나는 너를 죽이려 하였다. 하지만 너의 마크가, 그리고 이제는 나의 맹세가 그런 일이 일어나는 것을 막았느니라. 카인의 마크는 하느님께서 내려주시는 것인데, 네게 있던 마크는 그렇지 아니하였다. 그래서 네 미간에서 지워졌고, 마크가 지닌 보호의 힘도 사라졌다. 만약 또다시 네가 나를 소환한다면 그때는 너를 돕지 아니할 것이다.

별안간 구름 사이로 쏟아지던 빛이 더 강해지면서 불의 채찍처럼 검을 때리더니 밝고 뜨거운 빛의 감옥이 되어 사이먼을 둘러쌌다. 검이 불타올랐다. 사이먼은 비명을 내지르며 쓰러졌다. 끔찍한 고통이 머리 속을 파고들었다. 빨간색의 뜨거운 바늘로 눈을 찔러대는 것만 같았다. 사이먼은 아픔을 견딜 수가 없어서 얼굴을 가리고 팔로 머리를 감쌌다. 자신이 죽던 날 이후로 이렇게 끔찍한 고통은 처음이었다.

파도가 밀려가듯 아픔이 서서히 물러갔다. 사이먼은 몸을 굴려 등을 땅바닥에 대고 누워 위를 올려다보았다. 머리는 아직도 아팠다. 시커먼 구름이 물러가기 시작하면서 푸른 하늘이 나타났다. 천사는 사라졌고, 점점 밝아지는 하늘 밑에서 호수는 부글부글 끓는 듯 수위가 높아졌다.

사이먼은 천천히 일어나 앉았다. 태양을 똑바로 보지 않으려고 아픈 눈을 가늘게 떴다. 농장 쪽에서 누군가 달려오는 것이 보였다. 그 사람은 검은 머리와 자줏빛 재킷을 날개처럼 휘날리고 있었다. 길 끝에 이르자 모래를 흩날리며 호숫가로 풀쩍 뛰어와서는 온몸을 던져 사이먼을 두 팔로 감싸 안으며 속삭였다.

"사이먼."

사이먼은 힘차고 흔들림 없이 뛰는 이사벨의 맥박을 느꼈다.

"너 죽는 줄 알았어." 이사벨이 속삭였다. "네가 갑자기 쓰러지잖아. 그래서…네가 죽는 줄만 알았어."

사이먼은 이사벨의 품에 안긴 채 두 손으로 바닥을 짚으며 몸을 일으켰다. 그러다 구멍 난 배처럼 몸이 기울고 있다는 것을 깨닫고는 움직이지 않으려고 애썼다. 움직이면 그대로 쓰러질 것 같아서였다.

"나 원래 죽었잖아."

"그건 알아." 이사벨이 쏘아붙였다. "내 말은 그냥 죽는 게 아니라 완전히 끝나버리는 줄 알았다는 뜻이었어."

"이사벨."

사이먼이 이사벨을 향해 얼굴을 들었다. 그녀는 무릎을 꿇고 사이먼의 몸 위에 올라앉아 두 팔로 그의 목을 감싸 안고 있었다. 그 모습이 무척 어색했다. 그래서 사이먼은 그녀에게 안긴 채 도로 차가운 모래밭에 누웠다. 그리고 자신의 몸 위에 엎드린 이사벨의 검은 눈을 빤히 쳐다보았다. 두 눈 속에 하늘이 고스란히 담긴 것 같았다.

이사벨이 놀라며 사이먼의 이마를 살짝 만졌다.

"마크가 없어졌어."

"라지엘이 가져갔어. 검하고 바꿨어."

사이먼이 검을 가리켰다. 저 멀리 농장 집 베란다 앞에 검은 점 같은 형체 두 개가 서서 자신들을 바라보는 것이 사이먼의 눈에 들어왔다. 알렉과 매그너스였다.

"저거 대천사 미카엘의 검이야. 영광의 검이라고 부르면 된대."

"사이먼…" 이사벨이 그의 볼에 입을 맞췄다. "너 해냈구나. 전사를 설득했어. 검을 얻어낸 거야."

매그너스와 알렉이 길을 따라 다가왔다. 사이먼은 너무 힘이 들어 두 눈을 감았다. 이사벨이 그에게로 몸을 숙였다. 그녀의 긴 머리카락이 사이먼의 옆얼굴을 간질였다.

"아무 말 하지 마."

이사벨에게서 눈물 냄새가 났다.

"넌 더 이상 저주받은 존재가 아니야. 저주받은 존재가 아니라고."

사이먼은 이사벨과 손을 맞잡았다. 어두운 그림자가 밀려오는 검은 바다 위를 헤매는데 오직 이사벨의 손만이 자신을 지탱해주는 닻인 것 같았다.

"나도 알아."

19
사랑 그리고 피

차근차근 꼼꼼하게, 클라리는 제이스의 방을 뒤졌다. 침대 밑 서랍과 캐비닛을 뒤지고 옷장과 책상 밑으로도 기어 들어가 살피고, 제이스의 옷 호주머니란 호주머니는 죄다 뒤지며 또 다른 스텔레가 있나 보았지만 허탕이었다.

세바스찬한테는 기운이 다 빠져서 위층에 올라가 쉬고 싶다고 말해두었다. 그는 딴 생각에 빠진 듯 마음대로 하라며 손만 내저었다. 눈을 감을 때마다 제이스의 얼굴이 떠올랐다. 배신감에 사로잡힌 듯, 더 이상은 모르는 사람이라는 듯 자신을 바라보던 그의 얼굴이.

하지만 그런 생각에 빠져 있어봤자 아무 소용없었다. 침대에 주저앉아 자신이 한 일을 돌이켜보며 얼굴을 두 손에 묻고 엉엉 울 수도 있지만, 그런 건 누구한테도 도움이 안 된다. 제이스를 위해, 자신을 위해 움직여야 한다. 찾아야 한다. 스텔레를 찾아내지 못하면….

침대 매트리스를 들어 올려 아래쪽을 살피는데 문을 두드리는 소리가 들렸다. 클라리는 얼른 매트리스를 내려놓았다. 두 주먹을 단단히 쥐고 숨을 크게 들이마시고는 성큼성큼 문으로 걸어가 홱 열었다.

세바스찬이 문 앞에 서 있었다. 그는 처음으로 흑백에서 벗어난 옷차림을 하고 있었다. 바지와 부츠는 여전히 검정색이었지만 진홍색 가죽 튜닉을 덧입고 있었다. 튜닉에는 황금색과 은색 룬이 정교하게 새겨지고 금속 잠금쇠가 한 줄 달려 있었다. 양 손목에는 은색 팔찌를 차고 모겐스턴 반지도 끼고 있었다.

클라리가 눈을 깜박거렸다.

"웬 빨강?"

"예복이야." 세바스찬이 대답했다. "새도우 헌터들은 인간에 비해 색에 더 많은 의미를 부여하지."

세바스찬은 '인간'이라는 말을 경멸하듯 내뱉었다.

"옛날부터 전해오는 네피림 아이들의 노래도 있잖아, 몰라?"

검정은 밤 사냥을 나갈 때
하양은 죽음과 슬픔
금색은 결혼하는 신부
빨강은 주술을 걸 때

"새도우 헌터들은 결혼식 할 때 금색 입어?"

클라리가 물었다. 특별히 관심이 있어서가 아니라, 평상시에는 깔끔한 제이스의 방이 엉망으로 변해 있는 것을 세바스찬이 보지 못하도록 문틈을 막아서는 시간을 벌기 위해서였다.

"순백의 결혼식에 대한 꿈을 깨서 미안하네." 세바스찬은 기분 나쁘게 씩 미소를 지었다. "말이 나와서 말인데, 네가 입을 거 가져왔어."

세바스찬이 뒤에 감추고 있던 손을 내밀었다. 그의 손에는 개어둔 옷이 들려 있었다. 클라리는 그 옷을 받아 펼쳤다. 불꽃의 가장자리처럼 묘한 황금빛 광택이 나는, 진홍색의 치렁치렁하고 긴 드레스였다.

"우리 어머니는 우리 아버지를 배신하기 전에 서클 의식 때마다 이걸 입곤 했어. 이거 입어. 오늘 밤에 네가 이걸 입으면 좋겠다."

세바스찬이 말했다.

"오늘 밤?"

"그 꼴로 의식에 갈 수는 없잖아."

세바스찬의 시선이 클라리의 맨발부터 땀에 젖어 몸에 찰싹 달라붙은 탱크톱, 먼지투성이 청바지까지 슥 훑었다.

"오늘 밤 네가 어떻게 보이느냐…. 우리의 새로운 부하들에게 주는 네 인상이 말이야…. 그게 아주 중요하단 말이야. 그러니까 이거 입어."

클라리는 머릿속이 빙빙 돌았다. 오늘 밤 의식이 열린다. 우리의 새로운 부하들이 온다.

"시간이 얼마나 있는데…? 내가 준비할 수 있는 시간 말이야."

클라리가 물었다.

"한 시간쯤." 세바스찬이 말했다. "자정까지는 성지에 가야 돼. 나머지도 다 거기로 모일 거야. 늦으면 곤란해."

한 시간. 가슴이 쿵쿵 뛰었다. 클라리는 옷을 침대 위에 던졌다. 돌아서서 보니 세바스찬이 여전히 문가에서 보일 듯 말 듯 미소를 짓고 서 있었다.

클라리가 문을 닫으려고 움직였다. 그러자 세바스찬이 그녀의 손목을 붙잡았다.

"오늘 밤에는 나를 조너선이라고 불러." 세바스찬이 말했다. "조너선 모겐스턴. 네 오빠라고 말이야."

클라리는 온몸이 부르르 떨렸다. 자신의 두 눈에 가득할 증오심을 들키지 않으려고 클라리는 눈을 내리깔았다.

"알았어."

세바스찬이 가자마자 클라리는 제이스의 가죽 재킷 중 하나를 꺼내 입었다. 따뜻했다. 그리고 익숙한 제이스의 냄새가 났다. 신발을 신고 스텔레를 찾아 침묵의 룬을 그릴 수 있기를 바라며 복도로 살금살금 나갔다. 아래층에서 물 흐르는 소리와 음정도 맞지 않게 부는 세바스찬의 휘파람 소리가 들렸지만 자신의 걸음소리가 그 소리들을 압도하는 것처럼 들렸다. 클라리는 벽에 붙어 살금살금 세바스찬의 방까지 가서 몰래 안으로 들어갔다.

방은 어둡고 지저분했다. 클라리는 벽장부터 뒤지기 시작했다. 실크 셔츠, 가죽 재킷, 아르마니 수트, 브루노 말리 구두 등등 값비싼 명품들이 가득 들어 있었다. 벽장 바닥에는 피로 얼룩진 흰색 셔츠 한 장이 팽개쳐져 있었다. 셔츠의 피는 말라서 갈색으로 변해 있었다. 클라리는 그 셔츠를 한참 보다가 벽장 문을 닫았다.

클라리는 벽장 옆에 있는 책상에 앉아 서랍들을 열고 종이들을 뒤졌다. 한눈에 세바스찬의 계획을 파악할 수 있는 증거가 나왔으면 좋겠다고 생각했지만 그런 것은 눈에 띄지 않았다. 복잡한 숫자와 화학 기호가 적혀 있는 종이들이 수십 장 나왔다. 세바스찬이 알아보기 힘든 필체로 아름다운 이여, 라고 쓴 종이도 한 장 나왔다. 클라리는 대체 어떤 사람이 세바스찬한테 그런 말을 들을 수 있을까, 하고 잠시 생각해보았다. 세바스찬은 사랑 같은 감정은 전혀 느낄 줄 모를 텐데…. 거기까지 생각하다 클라리는 침대 옆 협탁으로 돌아섰다.

협탁 서랍을 열었다. 안에는 공책들이 잔뜩 쌓여 있었다. 맨 위에서 뭔가 반짝거렸다. 둥근 금속으로 된 것이었다.

바로 잃어버린 요정 반지였다.

브루클린으로 돌아오는 내내 이사벨은 사이먼에게 팔을 두르고 있었다. 사이먼은 너무 피곤했다. 머리는 쿵쿵 울렸고, 온몸이 쑤시고 아팠다. 매그너스가 호수에서 반지를 돌려주었지만 클라리에게 말을 걸어볼 힘이 남아 있지 않았다. 가장 견디기 힘든 것은 배가 고프다는 점이었다. 이사벨이 가까이 앉아 있는 것은 좋았다. 자신의 팔꿈치 안쪽에 이사벨의 손이 놓여 있고, 그 손이 살갗에 이리저리 그림을 그리다 이따금 팔목으로 미끄러져 내려가는 것도 좋았다. 하지만 그녀의 체취가…. 향수 그리고 피 냄새가…. 허기를 부채질했다.

바깥이 어두워지기 시작했다. 늦가을 석양은 한낮이 지나자마자 빠르게 찾아와 트럭의 운전석에 어둠을 드리웠다. 어둠 속에서 알렉과 매그너스의 목소리가 두런두런 들렸다. 사이먼은 파르르 떨리는 눈꺼풀을 감았다. 하지만 새하얀 빛 그리고 천사의 모습이 눈앞에서 사라지지 않았다.

사이먼! 머릿속에서 클라리의 목소리가 울려 퍼져 사이먼은 정신이 번쩍 들었다. 너 거기 있어?

사이먼의 입술에서 날카로운 숨소리가 새어나왔다.

클라리? 내가 얼마나 걱정했는데….

세바스찬이 내 반지를 훔쳐갔어. 사이먼, 시간이 별로 없을 것 같아. 할 이야기가 있어. 얘들이 두 번째 죽음의 잔을 가지고 있어. 릴리스를 소환해서 어둠의 섀도우 헌터 군대를 만들 계획을 세우고 있어…. 네피림과 똑같은 힘을 지녔지만 악마들과 손을 잡은 군대 말이야.

"말도 안 돼."

사이먼이 말했다. 문득 자신이 입 밖으로 소리를 내서 말했다는 것을 깨달았다. 이사벨이 몸을 기댄 채 움찔했고 매그너스가 호기심 어린 얼굴로 바라보았다.

"괜찮아, 뱀파이어?"

"클라리예요." 사이먼의 대답에 세 사람이 놀란 표정으로 사이먼을 바라보았다. "나한테 이야기하고 있는 중이에요."

사이먼은 두 손으로 귀를 막고 앉은 채 몸을 웅크려 클라리의 말에 집중했다.

언제 그 계획을 실행할 건데?

오늘 밤이야. 곧. 우리가 어디 있는지는 정확히 모르겠는데…. 여기는 밤 10시가 다 됐어.

그렇다면 우리보다 다섯 시간 빠르다는 얘기네. 유럽이야?

난 짐작도 못 하겠어. 세바스찬이 일곱 번째 성지라는 곳에 대해 이야기했어. 그게 뭔지는 모르겠지만, 걔 메모를 몇 개 찾아냈는데, 고대 무덤인 것 같아. 출입문처럼 생겼는데 그곳을 통해서 악마를 소환할 수 있나 봐.

클라리, 난 그런 건 한 번도 들어본 적이 없는데….

하지만 매그너스나 다른 사람들은 알지도 모르잖아. 제발, 사이먼. 최대한 빨리 그 사람들한테 이야기해. 세바스찬이 릴리스를 부활시킬 거야. 그는 전쟁을 일으키려고 해. 섀도우 헌터 전체와의 전쟁 말이야. 그를 따르는 네피림이 40명에서 50명 정도 돼. 그들 모두 올 거래. 사이먼, 세바스찬은 이 세상을 불태워 없애려고 해. 어떻게든 그를 막아야 돼.

그렇게 위험하다면 너부터 거기서 빨리 빠져나와야지.

클라리의 목소리는 지친 듯했다.

나도 노력 중이야. 그런데 아무래도 너무 늦은 것 같아.

사이먼은 트럭에 있는 세 사람이 자신을 빤히 바라보고 있음을 깨달았다. 모두들 걱정이 가득한 표정이었다. 그래도 사이먼은 신경 쓰지 않았다. 머릿속에서 들리는 클라리의 목소리가 계곡 아래로 던진 밧줄이라도 되는 양, 자신이 한쪽 끝을 잡고 있기만 하면 클라리를 안전하게 끌어 올릴 수 있을 것 같았다. 아니, 최소한 클라리가 흔적도 없이 사라지는 것만은 막을 수 있을 것 같았다.

클라리, 잘 들어. 어떻게 된 건지는 말 못 하겠어, 너무 긴 이야기라서. 아무튼 우리한테 무기가 있어. 이것만 있으면 제이스든 세바스찬이든 둘 중 하나만 해치울 수 있어. 다른 한쪽에는 아무 해도 끼치지 않고 말이야. 그리고 이걸 준···사람 말에 따르면, 이게 둘을 갈라놓을 수도 있대.

둘을 갈라놓는다고? 어떻게?

이걸 사용하는 상대에게 있는 악을 모두 불태울 수 있다고 했어. 그러니까 우리가 이걸 세바스찬에게 사용하면, 내 짐작이지만 이게 둘을 연결하는 끈을 불태워 없앨 거야. 그 끈이 악이니까. 사이먼은 머리가 쿵쿵 울렸다. 자신의 말이 실제보다 더 자신감 있게 들리기를 바랐다. 나도 잘은 모르겠지만, 아무튼 이건 굉장히 강력한 거야. 이름은 영광의 검이라고 해.

그래서 그걸 세바스찬한테 쓰겠다고? 그게 둘을 죽이지 않으면서 둘을 연결하는 끈만 불태울 수 있다는 거야?

그렇게 될 거야. 내 말은, 그게 세바스찬을 물리칠 가능성이 있다는 거야. 세바스찬한테 선함이 남아 있는지에 따라 달라질 수 있어. '만약 적에게 선함보다 악함이 더 많다면' 이라고 천사가 말한 게….

천사? 클라리가 놀란 것이 또렷이 전해졌다. 사이먼, 너 도대체….

클라리의 목소리가 끊겼다. 사이먼은 놀라면서 화가 나고 두려웠다. 그리고 괴로웠다. 온갖 감정이 폭발했다. 몸을 곧추세워 앉으며 사이먼이 울부짖었다.

클라리?

하지만 침묵만 이어질 뿐이었다.

클라리!

사이먼이 다시 소리쳐 불렀다. 그러고는 입 밖으로 말했다.

"빌어먹을. 다시 가버렸어."

"무슨 일인데?" 이시벨이 물었다. "클라리는 괜찮대? 뭐가 어떻게 된 건데?"

"우리 생각보다 시간이 얼마 없는 거 같아." 사이먼은 자기 마음보다 훨씬 차분한 목소리로 말했다. "매그너스, 트럭 저기 세워봐요. 할 이야기가 있어요."

"이런." 세바스찬이 문을 막고 서서 클라리를 내려다보았다. "내 방에서 뭐 하는 거냐고 묻는 거, 데자뷰 현상 같지 않아, 동생?"

클라리는 갑자기 말라붙은 목으로 침을 꿀꺽 삼켰다. 세바스찬은 역광을 받아 실루엣만 보일 뿐, 얼굴 표정은 보이지 않았다.

"널 찾고 있었는데?"

클라리는 아무렇게나 대답했다.

"너 지금 내 침대에 앉아 있잖아. 내가 그 밑에 있다고 생각한 거야?"

"그게…."

세바스찬이 방으로 걸어 들어왔다. 마치 클라리는 모르는 것을 알고 있다는 듯, 그 누구도 모르는 것을 혼자 알고 있다는 듯 여유롭게.

"그래서, 나를 왜 찾는 건데? 그리고 왜 아직 의식에 갈 준비를 안 한 건데?"

"드레스가…안 맞아."

클라리가 말했다.

"그게 왜 안 맞아." 클라리 옆에 와 앉으며 세바스찬이 말했다. "그 방에 있는 다른 옷은 다 너한테 맞잖아. 그러니까 그 드레스도 너한테 당연히 맞아야지."

"그건 실크하고 시폰이잖아. 늘어나지 않는단 말이야."

"넌 마르고 키도 작아. 그러니까 늘어나지 않아도 맞지."

세바스찬이 클라리의 오른손목을 잡았다. 클라리는 반지를 숨기기 위해 주먹을 꽉 쥐었다.

"봐, 내 손에 네 손목이 다 들어오잖아."

클라리의 손에 와 닿은 그의 손이 너무 뜨거워 날카로운 바늘로 신경을 쑤시는 것 같았다. 클라리는 이드리스에서 그의 손이 닿은 곳이 산에 덴 듯 타버렸던 것이 기억났다.

"일곱 번째 성지 말이야. 제이스가 거기 간 거야?"

클라리가 세바스찬을 보지도 않고 물었다.

"맞아. 내가 걜 먼저 보냈어. 우리가 갈 때까지 거기서 준비를 하고 있을 거야."

클라리는 심장이 쿵 내려앉았다.

"그럼 제이스가 여기로 다시 안 와?"

"의식이 끝나기 전까지는 안 올 거야." 미소를 짓는 듯 세바스찬의 입꼬리가 올라가는 것이 클라리의 눈에 언뜻 스쳤다. "다행이지. 왜냐하면 내가 이거 이야기를 했더니 그 녀석 굉장히 실망했거든."

세바스찬이 클라리의 손 위로 재빨리 자신의 손을 미끄러뜨리며 그녀의 손가락을 폈다. 그러자 클라리의 손에서 요정 반지가 봉화처럼 밝게 빛났다.

"넌 내가 요정의 물건도 못 알아볼 줄 알았어? 요정 여왕이 너한테 이 반지를 가져오라고 시키면서 네가 이걸 몰래 빼돌릴지도 모른다는 생각도 안 할 만큼 바보인 줄 알았어? 그 여자는 네가 이 반지를 이리로, 내가 찾을 수 있는 곳으로 가져오기를 바랐던 거야."

세바스찬이 능글맞은 미소를 지으며 클라리의 손에서 반지를 확 낚아챘다.

"그럼 넌 요정 여왕하고 계속 연락했던 거야? 어떻게?"

클라리가 물었다.

"이 반지로 했지."

세바스찬이 약 올리듯 나지막이 말했다. 클라리는 요정 여왕의 나긋나긋한 목소리를 떠올렸다. 내가 먼저 조너선 모겐스턴을 적으로 만들지 않는다면 그가 강력한 동맹이 될지도 모르지. 우리에게 아무런 이득도 없는데 굳이 그를 자극하거나 그의 분노를 살 필요가 있겠느냐? 요정들은 목숨이 길어. 그래서 성급한 판단을 내리지 않고 우선은 기다리며 지켜보는 법이다. 바람이 어느 방향으로 불지 말이야.

"요정 여왕이 엿들을 방법도 마련하지 않고서 네가 친구들과 연락할 수 있는 물건을 멋대로 가져가게 두었을 거라고 생각한 거야? 난 너한테서 이걸 빼앗은 다음부터 요정 여왕한테 말을 걸었고 그 여자도 나한테 말을 걸었어…. 요정 여왕을 믿다니, 너 정말 바보구나. 실리코트의 여왕은 언제나 이기는 쪽 편을 들어. 그리고 이번에는 우리가 이기는 쪽이야, 클라리. 우리가 이긴다고."

세바스찬은 나지막하고 부드러운 목소리로 말했다.

"네 섀도우 헌터 친구들은 잊어버려. 네가 있어야 할 곳은 여기 우리 옆이야. 내 옆이라고. 네 피는 힘을 원해. 내 피가 그런 것처럼. 네 엄마가 네 양심을 바꿔놓으려고 무슨 짓을 했는지는 모르겠지만, 네가 어떤 사람인지는 네가 잘 알 거야." 세바스찬은 다시 클라리의 손목을 잡아끌어당기며 말을 이었다. "조슬린은 잘못된 선택만 했어. 가족을 등지고 클레이브 편에 섰잖아. 그 여자의 잘못을 네가 바로잡을 기회가 왔어."

클라리는 세바스찬의 손에 잡힌 손목을 빼내려고 애썼다.

"놔줘, 세바스찬. 얼른."

클라리의 손목을 잡고 있던 손이 팔뚝으로 미끄러져 올라갔다.

"넌 정말 작아. 이런 네가 그렇게 뜨거울 줄 누가 상상이나 하겠어? 특히 침대에서 말이야."

클라리는 세바스찬에게서 확 물러나며 벌떡 일어났다.

"지금 뭐라 그랬어?"

세바스찬도 따라서 일어났다. 그의 입꼬리가 위로 올라갔다. 그는 클라리보다 훨씬 컸다. 세바스찬이 클라리를 향해 몸을 숙이며 낮고 거친 목소리로 말했다.

"제이스한테 표시를 남기는 것은 나한테도 표시를 남기게 되지. 네 손톱도 말이야."

세바스찬은 히죽히죽 미소를 지었다.

"내 등에 평행하게 이어지는 여덟 개의 상처가 나 있어, 동생. 그거 네가 만든 상처잖아, 아니야?"

분노가 불꽃처럼 머릿속에서 폭발했다. 클라리는 웃고 있는 세바스찬의 얼굴을 보면서 제이스를 생각했다. 사이먼도 생각했다. 그리고 그들과 나눈 대화를 생각했다. 만약 요정 여왕이 정말로 자신의 대화를 엿들었다면 영광의 검에 대해서도 이미 알고 있을 것이다. 하지만 세바스찬은 모른다. 알 수가 없다.

클라리가 세바스찬의 손에서 반지를 낚아채 바닥에 내동댕이쳤다. 세바스찬이 소리를 질렀지만 클라리는 반지를 짓밟아 산산조각 내버렸다.

"너…."

세바스찬이 기가 막히다는 듯 중얼거렸다.

클라리가 두 손 중에 힘이 더 센 오른손을 뒤로 뺐다가 세바스찬의 복부를 향해 힘껏 휘둘렀다. 그는 클라리보다 키도 몸집도 크고 힘도 더 셌다. 하지만 갑작스러운 공격은 당해내지 못했다. 세바스찬이 앞으로 고꾸라지며 캑캑대는 사이 클라리가 그의 무기 벨트에서 스텔레를 낚아채 내달렸다.

매그너스가 하도 급하게 핸들을 꺾는 바람에 타이어가 끼익 소리를 냈다. 이사벨이 비명을 질렀다. 트럭은 잎들이 반 넘게 떨어진 잡목림 그늘 아래 갓길에 덜컹거리며 멈춰 섰다.

곧이어 모두 차 문을 열어젖히고 뛰어내렸다. 해는 지고 있었고 트럭 전조등이 으스스한 빛을 뿜어내고 있었다.

"야, 뱀파이어 꼬마. 도대체 뭐가 어떻게 된 거야?"

매그너스가 세게 머리를 흔들며 물었다.

사이먼은 클라리와 나눈 대화를 잊어버리기 전에 최대한 정확하게 말했다.

"클라리가 제이스하고 같이 거기서 빠져나올 방법이 있다고 했어?"

사이먼이 이야기를 마치자 이사벨이 물었다. 노르스름한 전조등 불빛에 비친 얼굴이 창백해 보였다.

"아니." 사이먼이 말했다. "그리고 이사벨…. 제이스는 거기서 빠져나오고 싶어 할 것 같지 않아. 걔는 거기 있기를 원해."

이사벨이 팔짱을 끼며 부츠를 내려다보았다. 검은 머리카락이 이사벨의 얼굴을 스치며 흩날렸다.

"일곱 번째 성지에서 뭘 한다는 건데?" 알렉이 물었다. "세계 7대 불가사의는 알지만 세계 7대 성지는 대체 뭐야?"

"그건 네피림들보다는 마법사들한테 더 잘 알려진 거야."

매그너스가 설명했다.

"각각의 성지는 레이 선(선사시대나 고대의 길을 따라 나 있는 가상의 선으로 초자연적인 힘을 가지고 있다고 여겨짐—옮긴이)들이 모여서 매트릭스를 이루는…마법의 주술을 증폭시키는 일종의 그물망 같은 거라고 보면 돼. 일곱 번째는 아일랜드에 있는 돌무덤이야. 폴 나 므브론이라고, '슬픔의 동굴'이라는 뜻이지. 버른에 있는데, 사람이 살지 않는 황량한 지역이라 악마를 소환하기에 적당한 곳이지. 아주 큰 악마의 경우라면 말이야."

매그너스는 뾰족한 머리카락을 잡아당기며 말을 이었다.

"이거 안 좋은데. 아주 안 좋아."

"그가 할 수 있을 거라고 생각해요? 어둠의…섀도우 헌터들을 만드는 거 말이에요?"

사이먼이 물었다.

"모든 것에는 동맹이 있기 마련이야, 사이먼. 네피림의 동맹은 천사야. 하지만 악마와 동맹을 맺게 된다면, 그래도 여전히 지금과 마찬가지로 강하겠지. 대신 인류의 구원이 아닌 인류의 박멸에 헌신하게 될 거야."

"우리가 가야 돼요." 이사벨이 말했다. "가서 그들을 막아야 돼요."

"그들이 아니라 '그'겠지. 우리는 그를 막아야 돼, 세바스찬 말이야."

알렉이 말했다.

"이제는 제이스도 그의 동맹이야. 우린 그걸 받아들여야 돼, 알렉."

매그너스가 말했다. 안개 같은 보슬비가 내리기 시작했다. 전조등 빛에 빗방울이 황금색으로 반짝거렸다.

"아일랜드는 여기보다 다섯 시간 빨라. 의식은 자정에 열린다고 했어. 지금 여기는 다섯 시야. 그들을 막을 시간은 이제 한 시간 30분…. 많아 봤자 두 시간밖에 없어."

"그럼 꾸물거릴 시간 없잖아. 얼른 가야 되잖아요." 이사벨이 말했다. 목소리에서 당황한 기색을 느낄 수 있었다. "그를 막을 거라면…."

"이사벨, 우린 겨우 넷이야. 우리가 맞서야 할 상대 규모가 얼마나 되는지도 모르는데…."

알렉이 끼어들어 말했다.

사이먼이 매그너스를 흘끗 보았다. 그는 남의 일 보는 듯한 표정으로 알렉과 이사벨을 지켜보고 있었다.

"매그너스." 사이먼이 입을 열었다. "왜 농장으로 갈 때 포털 안 썼어요? 당신은 포털로 이드리스 절반을 브로슬린드 평원에 옮겨온 적도 있잖아요."

"너한테 마음을 바꿀 시간을 충분히 주려고 그랬지."

남자친구한테서 눈을 떼지 않은 채 매그너스가 대답했다.

"그럼 여기서 포털로 갈 수 있잖아요. 우리한테 그 정도는 해줄 수 있잖아요."

사이먼이 말했다.

"그래. 하지만 알렉이 말한 것처럼, 우리가 상대해야 할 적이 몇이나 되는지도 모르잖아. 내가 꽤 힘센 마법사이긴 하지만 조너선 모겐스턴은 평범한 섀도우 헌터가 아니야. 그런 면에서 보면 제이스도 마찬가지이고. 그리고 만약 그들이 릴리스를 소환하는 데 성공한다면…. 릴리스가 예전보다 많이 약해지긴 했겠지만 그래도 릴리스잖아."

"하지만 릴리스는 죽었잖아요. 사이먼이 죽였잖아요."

이사벨이 말했다.

"상위 악마는 죽지 않아." 매그너스가 말했다. "사이먼은…그녀를 세상 속에 흩어놓은 거야. 흩어진 릴리스가 다시 생성되기까지는 시간이 많이 걸리고, 힘을 되찾기까지도 많은 시간이 걸리게 되어 있어. 세바스찬이 그녀를 소환하지 않는 한은."

"우리한테는 검이 있잖아." 이사벨이 나섰다. "그 검으로 세바스찬을 물리치면 돼. 우리한테는 매그너스도 있고, 사이먼도 있고…."

"그 검이 진짜 되는지 안 되는지도 모르잖아." 알렉이 끼어들었다. "그리고 우리가 세바스찬을 찾아내지 못하면 그 검도 소용이 없어. 사이먼도 이제는 더 이상 천하무적이 아니잖아. 우리와 미찬가지로 죽을 수도 있어."

그 말에 모두의 시선이 사이먼에게로 향했다.

"그래도 노력은 해봐야지."

사이먼이 말을 이었다.

"저기…. 거기에 적이 얼마나 있을지는 모르지, 몰라. 시간도 얼마 없어. 하지만 포털로 간다면 시간이 많지는 않아도 충분할 거야. 지원군을 얻는 데는 말이야."

"지원군을 어디서 얻는데?"

이사벨이 물었다.

"내가 아파트로 가서 마야하고 조던을 만나볼게." 사이먼이 머릿속으로 재빨리 가능성을 따져보면서 말했다. "조던한테 프리터 루퍼스의 협조를 받아낼 수 있는지 물어봐야지. 매그너스는 경찰서 건물 본부로 가서 무리를 얼마나 소집할 수 있을지 파악해봐요. 그리고 이사벨과 알렉은…."

"넌 우리하고 같이 움직이지 않겠다는 거야?" 이사벨이 목소리를 높이며 물었다. "차라리 불꽃 메시지를 이용하든지, 아니면…."

"이런 일을 불꽃 메시지로 전하면 믿을 사람이 아무도 없을 거야." 매그너스가 끼어들었다. "그리고, 불꽃 메시지는 섀도우 헌터들을 위한 거야. 너 정말 이런 정보를 불꽃 메시지로 클레이브에 전하고 싶어? 직접 인스티튜트로 가지 않고?"

"알았어요."

이사벨은 성큼성큼 트럭 옆으로 걸어갔다. 그리고 차 문을 확 열었지만 차에 타지는 않았다. 대신 차 안에 손을 넣어 영광의 검을 꺼냈다. 희미한 빛에 검이 번개처럼 번뜩였다. 날에 새겨진, 누가 하느님 같으랴? 라는 뜻의 퀴스 우트 데우스(Quis ut Deus)? 라는 글귀가 자동차 불빛에 반짝거렸다.

비 때문에 이사벨의 검은 머리카락이 목에 들러붙기 시작했다. 다시 걸어오는 그녀는 여전사처럼 강인해 보였다.

"그럼 우리는 여기서 떠날게. 각자 일을 마치고 한 시간 뒤에 인스티튜트에서 만나. 거기서 누가 되었든 데리고 온 이들과 함께 출발하는 거야."

이사벨은 반대하고 싶으면 하라는 듯 세 사람과 눈을 마주쳤다.

"사이먼, 이거 받아."

이사벨이 손잡이를 앞으로 내밀며 영광의 검을 사이먼에게 건넸다.

"나?" 사이먼이 화들짝 놀랐다. "하지만 난…. 난 한 번도 검을 사용해 본 적 없어."

"이건 네가 얻어낸 거야." 이사벨의 검은 눈이 빗속에서 반짝거렸다. "천사가 너한테 준 거라고, 사이먼. 그러니까 가지고 가야 할 사람도 너야."

클라리는 곧장 복도를 달려 계단을 내려가 제이스가 이 아파트를 드나들 수 있는 유일한 곳이라고 말해준 벽으로 향했다.

달아날 수 있다는 망상은 품지 않았다. 지금 마음먹은 일을 하기에는 잠깐의 시간이면 충분했다. 뒤에서 유리 계단을 내려오는 세바스찬의 부츠 소리가 크게 들렸다. 클라리는 속력을 높여 부딪치듯 벽에 다다랐다. 스텔레의 끝을 벽에 대고 미친 듯 그리기 시작했다. 십자 표시처럼 간단한, 아주 새로운 패턴을….

세바스찬의 주먹이 클라리의 재킷을 움켜쥐고 뒤로 휙 잡아당기자 그녀의 손에서 스텔레가 날아갔다. 클라리는 발이 땅에서 붕 떨어지며 그대로 벽에 부딪쳤다. 숨이 턱 막혔다. 클라리가 벽에 그린 룬을 본 세바스찬이 비웃듯 미소를 지었다.

"문을 여는 룬이야?" 세바스찬이 물었다. 그러고는 앞으로 몸을 숙이며 클라리의 귀에 속삭였다. "미처 다 그리지도 못했잖아? 하긴 다 그렸어도 상관없어. 네가 이 세상 어딜 가든 내가 못 찾을 것 같아?"

클라리는 세인트 제이비어 학교 교실에서 했다면 당장 쫓겨났을 법한 욕설로 대꾸했다. 그리고 세바스찬이 막 웃음을 터뜨리려는 순간, 손을 들어 그의 얼굴을 갈겼다. 어찌나 세게 갈겼던지 손가락이 얼얼할 정도였다. 놀란 세바스찬의 손이 느슨해진 틈에 클라리는 그에게서 휙 물러나 탁자를 뛰어넘어 아래층 침실로 향했다. 적어도 거기는 문에 자물쇠가 있으니까….

그런데 어느새 세바스찬이 앞을 가로막고 클라리의 재킷 깃을 잡아 빙글 돌렸다. 발을 헛디뎌 넘어지려는 클라리를 세바스찬이 벽에 밀어붙이고 두 손으로 벽을 짚어 그녀를 팔 사이에 가뒀다.

세바스찬의 얼굴에는 악마의 미소가 떠올라 있었다. 센 강변을 함께 걷고 핫초콜릿을 마시며 가족에 대해 이야기하던 세련된 소년의 모습은 어디에도 없었다. 그의 두 눈은 동공도 없이 온통 새까매서 마치 터널 같았다.

"왜 이러실까, 귀여운 동생이? 화난 것 같은데."

클라리는 제대로 숨을 쉴 수가 없었다.

"네…쓸모없는 얼굴을…갈기느라 내 손톱이…부러졌거든. 보여?"

클라리는 그에게 자신의 손가락을 보여주었다…. 단 한 개만.

"그러셔." 세바스찬은 콧방귀를 뀌었다. "네가 날 배신할 거라는 걸 어떻게 알았는지 알아? 네가 날 배신하지 않고는 못 배길 거라는 걸 내가 어떻게 알았을까? 네가 나와 너무도 닮았기 때문에 넌 그럴 수밖에 없었어."

세바스찬이 클라리를 벽에 더 세게 밀어붙였다. 클라리는 자신의 가슴에 와 닿은 세바스찬의 가슴이 들썩이는 것을 느낄 수 있었다. 곧고 날카로운 그의 쇄골선이 클라리의 눈앞에 있었다. 그의 몸이 자신을 둘러싼 감옥처럼 느껴졌다.

"나는 너하고 조금도 안 닮았어. 놔줘…."

"넌 나와 똑같아." 세바스찬이 클라리의 귀에 대고 으르렁대듯 말했다. "너는 우리를 속였어. 우정과 사랑을 거짓으로 꾸몄어."

"제이스에 대한 사랑은 단 한순간도 거짓이 아니었어."

그 순간 클라리는 세바스찬의 눈빛이 흔들리는 것을 보았다. 질투였다. 하지만 그 질투가 누구를 향한 것인지는 알 수 없었다. 세바스찬이 클라리의 뺨에 입술을 들이댔다. 너무도 가까이 들이대서 그가 말을 할 때 입술의 움직임이 느껴질 정도였다.

"넌 우리를 가지고 놀았어." 세바스찬이 중얼거렸다. 그의 손이 클라리의 왼팔을 바이스처럼 죄었다. 그러더니 천천히 아래로 손을 내렸다.

"아마 제이스는 글자 그대로 진짜 가지고 놀았을지도…."

클라리는 더 이상 참을 수가 없어서 움찔했다. 세바스찬이 숨을 헉 들이쉬었다.

"너 했구나." 세바스찬이 말했다. "그 녀석하고 한 거야."

배신이라도 당한 듯한 목소리였다.

"네가 상관할 일이 아니거든."

세바스찬이 클라리의 얼굴을 잡아 자신에게 돌렸다. 그의 손가락이 클라리의 볼을 파고들었다. 그의 아름다운 입에 잔인한 미소가 떠올랐다.

"너도 알 거야, 그 녀석이 그걸 하나도 기억 못 한다는 거. 그렇지? 그나저나 걔가 좋은 시간은 만들어줬어? 나라면 그랬을 텐데."

클라리의 목구멍으로 쓴물이 넘어왔다.

"넌 내 오빠잖아."

"그건 지금 우리가 하는 이야기하고 아무 상관도 없거든. 우리는 인간이 아니야. 그러니까 인간의 법은 우리하고 상관이 없어. 어리석은 놈들이 DNA가 섞이면 어떻게 되네, 라고 떠들어대는데, 위선적인 소리 그만두라그래. 우린 이미 실험해봤어. 고대 이집트의 지배자들은 형제와 혼인을 했어. 너도 알 거야. 클레오파트라도 남동생과 결혼을 했어. 혈족을 강화하기 위해서."

클라리가 혐오스럽다는 얼굴로 세바스찬을 노려보았다.

"너 미친 건 알고 있었지만 이 정도로 완전히, 기가 막힐 정도로 빌어먹을 생각을 하는 줄은 몰랐네."

"아, 난 이게 미친 생각이라고 생각 안 해. 우리한테 우리 말고 또 누가 있겠어?"

"제이스. 나한테는 제이스가 있어."

클라리가 말했다. 그러자 세바스찬은 무시하는 듯한 소리를 냈다.

"너 제이스 가져도 돼."

"너, 제이스를 필요로 하는 줄 알았는데."

"물론 그렇지. 하지만 너하고 같은 이유로 필요로 하는 건 아니야."

세바스찬의 두 손이 갑자기 클라리의 허리를 잡았다.

"우리 둘이서 그를 나눠 가질 수 있어. 난 네가 무슨 짓을 하건 상관 안
해. 네가 내 것인 한은."

클라리는 세바스찬을 밀어낼 작정으로 손을 들어 올렸다.

"난 네 거가 아니야. 난 내 거야."

세바스찬의 표정을 보자 클라리는 꼼짝도 할 수 없었다.

"네가 그렇게 머리가 나쁜 줄 미처 몰랐네."

그렇게 말하더니 세바스찬의 입술이 클라리의 입술을 세게 눌렀다.

한순간 클라리는 이드리스로 돌아간 듯했다. 두 사람은 불타버린 페
어차일드 영지에 서 있고, 세바스찬이 자신에게 키스를 했다. 마치 어둠
속으로, 끝도 없는 터널 속으로 떨어지는 것만 같았다. 그때 뭔가 잘못
되었다는 생각이 들었다. 제이스 말고는 그 누구와도 키스할 수 없다는
생각. 자신이 부서져버렸다는 생각.

이제는 그때 왜 그런 생각이 들었는지 알 것 같았다. 세바스찬의 입술
이 클라리의 입술 위에서 거칠게, 매섭게 움직였다. 그 순간, 클라리가
발끝으로 서서 몸을 들어 올리며 그의 입술을 세게 깨물었다.

세바스찬이 비명을 내지르며 물러서서 손으로 입을 가렸다. 클라리의

입 안에 쓸쓸한 쇠 맛이 퍼졌다. 클라리를 노려보는 세바스찬의 턱으로 피가 흘러내렸다.

"감히…"

클라리는 아까 자신이 주먹을 날린 부위가 아직도 아프기를 바라며 세바스찬의 복부를 걷어찼다. 그가 앞으로 고꾸라지자 클라리는 계단을 향해 달렸다. 계단까지 절반쯤 갔을 때 세바스찬이 옷깃의 뒤쪽을 잡는 것이 느껴졌다. 그가 야구 방망이 휘두르듯 클라리를 확 돌려 벽으로 내던졌다. 클라리는 벽에 쿵 부딪치고는 무릎을 꿇으며 주저앉았다. 온몸의 숨이 다 빠져나간 듯 꼼짝할 수가 없었다.

세바스찬이 상어처럼 검은 눈을 번쩍이며 다가왔다. 그는 정말 무시무시해 보였다. 그 모습에 겁을 먹어야 하는데도 서늘한 무심함이 클라리를 휘감았다. 시간이 느리게 흐르는 것 같았다. 프라하 골동품 가게에서 벌어졌던 싸움이 생각났다. 자신만의 세계에 몰입해 모든 동작이 시계의 움직임처럼 정확했던 그때가. 세바스찬이 몸을 숙여 가까이 다가오는 순간, 클라리가 갑자기 몸을 일으키며 두 다리를 옆으로 휘둘러 세바스찬의 다리를 걷어찼다.

발을 헛디딘 세바스찬이 넘어지자 클라리는 옆으로 몸을 굴리며 벌떡 일어났다. 이번에는 달아나는 대신 탁자에 있던 도자기 꽃병을 집어서는 세바스찬의 머리를 내려쳤다. 꽃병이 산산조각 나면서 물과 나뭇잎들이 여기저기 흩어졌다. 세바스찬은 은빛 머리카락 사이로 피를 흘리며 뒷걸음질을 쳤다.

세바스찬이 괴성을 내지르며 클라리를 향해 돌진해 왔다. 마치 깨진 종에 부딪친 것 같았다. 클라리는 뒤로 날아가 유리 탁자를 깨뜨리며 바

닥으로 떨어졌다. 세바스찬이 클라리의 몸에 올라타 유리 조각 위로 짓
누르자 클라리는 비명을 질렀다. 세바스찬이 으르렁거리며 클라리의 얼
굴을 갈겼다. 피가 눈앞을 가렸다. 입 안 가득 자신의 피 맛이 느껴졌다.
무릎을 굽혀 그의 배를 차려 했지만 벽을 찬 것처럼 끄떡도 하지 않았
다. 세바스찬이 클라리의 두 손을 붙잡아 양옆으로 내렸다.

"클라리, 클라리, 클라리."

세바스찬이 불렀다. 그는 숨을 헐떡거렸다. 최소한 클라리가 그를 숨
차게 만들기는 한 것이다. 그의 이마 옆에 벌어진 상처에서 한 줄기 피
가 흘러내려 머리카락을 새빨갛게 물들였다.

"나쁘지 않은데. 이드리스에서는 이 정도로 싸움 잘하지 않던데 말
이야."

"놔줘…."

세바스찬이 클라리의 얼굴로 제 얼굴을 들이밀었다. 그의 혀가 쑥 튀
어나왔다. 클라리는 피하려 했지만 세바스찬이 그녀의 옆얼굴에 묻은
피를 핥고는 능글맞게 미소를 지었다.

"내가 누구 건지 물어봤었지." 세바스찬이 속삭였다. "난 네 거야. 네
피가 나의 피고, 네 뼈는 나의 뼈야. 네가 날 처음 봤을 때 낯설지 않았을
거야, 그지? 나도 널 처음 봤을 때 낯설지 않았거든."

클라리는 입이 딱 벌어졌다.

"너 완전히 미쳤어."

"이건 성경에 나오는 이야기야." 세바스찬이 말했다. "솔로몬의 노래
에 나와. '너는 나의 마음을 황홀케 하였네, 나의 누이, 나의 신부여. 너
의 눈 하나로, 너의 목에 걸린 목걸이 하나로 나를 황홀케 하였네.'"

세바스찬의 손이 클라리의 목을 스치며 모겐스턴 반지를 걸어둔 체인 목걸이를 손가락에 감았다. 클라리는 세바스찬이 자신의 목을 부러뜨리려는 건가, 라고 생각했다.

"'내가 잘지라도 내 마음은 깨었네. 내 사랑 문 두드리며 내게 말하네. 내게 문 열어다오, 나의 누이, 나의 사랑.'"

세바스찬의 피가 클라리의 얼굴로 방울방울 떨어졌다. 그의 손이 목에서 허리로 미끄러져 내려가는 사이 클라리는 꼼짝하지 않으려고 애썼다. 그의 손가락이 클라리의 청바지 허리밴드 속으로 미끄러져 들어갔다. 불타는 듯 뜨거운 감촉이었다. 그가 자신을 원한다는 것을 클라리는 느낄 수 있었다.

"넌 날 사랑하지 않아."

클라리가 말했다. 세바스찬 때문에 허파 속의 공기가 모두 빠져나가 목소리는 들릴 듯 말 듯 작았다. 언젠가 엄마가 해준 말이 기억났다. 세바스찬이 보여주는 감정은 모두가 거짓이라는 말. 클라리의 머릿속이 수정처럼 맑아졌다. 세바스찬의 역겨운 손길에도 정신을 집중하고 해야 할 일을 할 수 있게 해주는 전투의 희열감에 감사했다.

"어차피 넌 내가 네 친오빠라는 거 신경 안 쓰잖아." 세바스찬이 말했다. "제이스가 네 친오빠인 줄 알았을 때에도 네가 그에게 어떤 감정을 품고 있었는지 내가 다 알거든. 넌 나한테 거짓말 못 해."

"제이스가 너보다 훨씬 나으니까."

"그 누구도 나보다 나은 사람은 없어."

세바스찬이 능글맞게 미소를 짓자 피로 물든 하얀 이가 드러났다.

"'나의 누이는 잠근 동산이요.'" 세바스찬이 다시 말을 이었다. "'덮은 우물이요, 봉한 샘이로다.' 하지만 이제는 그렇지 않잖아, 그지? 제이스가 잘 보살펴줬으니까 말이야."

세바스찬이 청바지 단추를 얼른 풀지 못하고 더듬는 틈에 클라리가 바닥에 떨어져 있던 유리 조각을 집어 그의 어깨에 찔러 넣었다.

세바스찬이 소리를 지르며 몸을 뒤로 뺐지만 아파서라기보다는 놀라서였다. 전투복이 그를 보호해주었다. 클라리는 유리 조각을 더 힘껏 휘둘렀다. 이번에는 그의 허벅지를 노렸다. 그가 피하자 클라리는 다른 팔의 팔꿈치로 그의 목을 쳤다. 세바스찬이 캑캑거리며 비켜나는 순간 클라리가 몸을 굴려 그에게 올라앉아 그의 허벅지에 박힌 피투성이 유리 조각을 잡아 뺐다. 그리고 그 유리 조각을 그의 목에서 펄떡대는 정맥으로 내리꽂으려다…멈췄다.

세바스찬은 낄낄 웃고 있었다. 클라리 밑에 깔려 있는데도 웃음을 멈추지 않았다. 그의 웃음이 클라리의 온몸에 울렸다. 그의 몸은 뚝뚝 흘러내리는 클라리의 피와, 클라리가 낸 상처에서 흐르는 자신의 피로 범벅이 되었고, 은빛 머리카락도 붉게 물들었다. 그는 두 팔을 날개처럼 쫙 폈다. 하늘에서 추방당한 추락천사라도 되는 듯.

세바스찬이 입을 열었다.

"죽여, 죽여봐. 그럼 너의 제이스도 죽을 테니까."

클라리가 유리 조각을 내리꽂았다.

20
어둠으로 향하는 문

유리 조각을 세바스찬의 목에서 몇 센티미터 떨어지지 않은 나무 바닥에 내리꽂으며 클라리는 절망에 빠져 소리를 내질렀다. 자신의 밑에 깔린 세바스찬이 웃는 것이 느껴졌다.

"넌 못 해. 넌 날 못 죽여."

세바스찬이 말했다.

"입 닥쳐. 제이스를 못 죽이는 거지 널 못 죽이는 게 아니야."

클라리가 으르렁거리듯 말했다.

"그게 그거지."

세바스찬은 그렇게 말하더니 클라리가 그의 움직임을 눈치 채지도 못할 만큼 빠르게 일어나 동생의 얼굴을 갈겼다. 그 바람에 클라리는 유리 조각이 흩어진 바닥 위로 넘어지면서 쑥 밀려갔다. 벽까지 밀려간 클라리는 피 때문에 기침을 해댔다. 말이 나오지 않았다. 팔뚝에 머리를 묻었다. 잠시 후 세바스찬의 손이 클라리의 재킷을 움켜쥐고는 그녀를 벌떡 일으켜 세웠다.

클라리는 맞서지 않았다. 그래 봤자 무슨 소용인가? 죽일 수도, 상처를 입힐 수도 없는 상대와 싸우는 게 무슨 의미가 있을까? 세바스찬이 살펴보는 동안 클라리는 꼼짝도 하지 않았다.

"더 안 좋을 수도 있었어. 그나마 이 재킷이 널 살려준 줄 알아."

세바스찬이 말했다.

살려줬다고? 세바스찬이 자신을 번쩍 안아 올리자 클라리는 속눈썹 사이로 그를 노려보았다. 파리에서 세바스찬이 다학 악마들한테서 자신을 구해낼 때도 이랬다. 그때는 고마워하지는 않았지만 적어도 세바스찬에 대한 자신의 생각에 의심은 품었다. 하지만 이제는 오로지 그에 대한 증오심만 끓어오를 뿐이었다. 세바스찬이 유리 계단을 쿵쿵 울리며 위층으로 안고 가는 내내 클라리는 온몸의 긴장을 늦추지 않았다. 그리고 그의 몸이 자신에게 닿았음을, 그의 팔이 자신의 허벅지를 안고 있고, 그의 두 손이 자신의 등을 받치고 있음을 잊어버리려고 애썼다.

난 이놈을 죽일 거야. 클라리는 생각했다. 어떻게든 방법을 찾아내서 이놈을 죽일 거야.

세바스찬은 제이스의 방으로 들어가 클라리를 바닥에 털썩 떨어뜨렸다. 그러고는 그녀를 붙잡아 재킷을 벗겼다. 재킷 속에는 티셔츠 한 장뿐이었다. 치즈 강판에 몸을 비벼대기라도 한 듯 티셔츠는 너덜너덜 찢어졌고 온통 피로 물들어 있었다.

세바스찬이 휘파람을 불었다.

"동생, 너 꼴이 엉망이다. 얼른 욕실에 가서 피 좀 씻어내."

세바스찬이 말했다.

"싫어." 클라리가 말했다. "그들에게 이 모습을 보여줄 거야. 나를 데려가기 위해 네가 나한테 어떤 짓을 했는지 그들에게 똑똑히 보여줄 거야."

세바스찬의 손이 쓱 다가와 클라리의 턱을 잡더니 위로 쳐들었다. 둘의 얼굴이 가까워졌다. 클라리는 눈을 감고 싶었지만 그러면 세바스찬이 의기양양해질 것 같아서 애써 참고 그를 노려보았다. 그의 검은 눈동자 속에 있는 은빛 원, 자신이 깨문 입술 위 핏자국도 노려보았다.

"넌 내 거야." 세바스찬이 말했다. "그리고 난 무슨 수를 쓰더라도 니를 내 곁에 둘 거야."

"도대체 왜?" 클라리가 물었다. 피처럼 쓰디쓴 분노가 혀 끝에서 폭발했다. "왜 그렇게 날 신경 쓰는데? 넌 제이스는 못 죽이지만 나는 얼마든지 죽일 수 있잖아? 날 그냥 죽여버리면 되잖아?"

한순간 세바스찬의 눈빛이 클라리에게는 보이지 않는 무언가를 보는 듯 멍해졌다.

"이 세상은 지옥불로 소멸될 거야." 세바스찬이 말했다. "하지만 내가 요구하는 것을 네가 들어주기만 한다면 나는 너와 제이스를 지옥불에서 안전하게 구해줄 거야. 그건 내가 다른 누구에게도 베풀지 않는 영광이야. 그걸 거부하는 게 얼마나 어리석은 짓인지 모르겠어?"

"조너선, 이 세상을 불태워 없애겠다면서 나더러 네 옆에서 같이 싸워달라고 요구하는 게 얼마나 말도 안 되는 일인지 모르겠어?"

클라리가 물었다. 그러자 세바스찬의 눈이 클라리를 뚫어지게 들여다보았다.

"왜 안 되는데?" 그의 목소리는 애처롭기까지 했다. "이 세상이 너한테는 왜 그렇게 소중한 건데? 다른 선택지가 있잖아."

기분 나쁠 정도로 하얀 피부 때문에 세바스찬의 몸에 흐르는 피가 더 새빨갛게 보였다.

"날 사랑한다고 말해. 날 사랑하고 나와 함께 싸우겠다고 말해."

"난 절대 널 사랑하지 않을 거야. 우리가 같은 피를 가지고 있다는 네 말은 틀렸어. 네 피는 독이야. 악마의 독."

클라리는 마지막 말을 내뱉듯 쏘아붙였다.

하지만 세바스찬은 미소만 지을 뿐이었다. 그의 눈이 검게 빛났다. 클라리는 팔뚝이 타는 느낌이 들었다. 벌떡 일어나고서야 스텔레 때문이라는 것을 깨달았다. 세바스찬이 클라리의 피부에 이라체를 그려 넣고 있었던 것이다. 아픔이 서서히 사라지는데도 클라리는 세바스찬이 증오스러웠다. 그는 손목에 찬 팔찌를 챙그랑거리며 솜씨 좋게 손을 움직여 룬을 완성했다.

"네가 거짓말한 거 알았어."

클라리가 갑자기 세바스찬에게 말했다.

"내가 거짓말을 하도 많이 해서 말이야. 정확히 어떤 거짓말을 말하는 건데?" 세바스찬이 물었다.

"네 팔찌." 클라리가 말을 이었다. "'아케론타 모베보(Acheronta movebo).' 그건 '폭군에게는 언제나 이와 같이 하라'라는 뜻이 아니야. 그건 '시크 셈페르 티라니스(Sic semper tyrannis)'야. 베르길리우스의 시에 나온 말이지. '플렉테레 시 네퀘오 수페로스, 아케론타 모베보(Flectere si nequeo superos, Aceronta movebo).' '내가 만약 천상을 꺾을 수 없다면, 나는 지옥을 해방시킬 것이다'라는 말이잖아."

"내 생각보다 라틴어 실력이 좋은데."

"난 빨리 배우거든."

"더 빨리 배웠어야지."

세바스찬은 쥐고 있던 클라리의 턱을 놓았다.

"당장 욕실로 들어가서 깨끗하게 씻어."

세바스찬은 클라리를 뒤로 밀치며 말했다. 그리고는 침대에 있던 어머니의 의식용 드레스를 집어 들어 클라리의 품에 던졌다.

"시간 없어, 내 인내심도 줄어들고 있고. 10분 안에 안 나오면 내가 데리러 들어갈 거야. 그리고 내 말 명심해, 내가 들어가는 거 넌 절대 마음에 안 들 거야."

"나 배고파." 마야가 말했다. "며칠 동안 굶은 거 같아."

마야는 냉장고 문을 활짝 열고 안을 들여다보았다.

"어휴, 우웩."

조던이 마야를 뒤로 끌어당겨 끌어안고는 그녀의 목덜미에 얼굴을 묻었다.

"배달시키자. 피자, 태국 음식, 멕시코 음식, 뭐든 너 먹고 싶은 거 시켜. 25달러만 안 넘으면 돼."

마야는 그의 품에 안긴 채 웃으며 빙글 돌아섰다. 그녀는 조던의 셔츠를 입고 있었는데 그에게도 조금 헐렁한 셔츠여서 거의 마야의 무릎까지 내려왔다. 머리는 목덜미로 끌어 올려 둥글게 묶었다.

"자비롭기도 해라."

마야가 말했다.

"널 위해서라면 아무것도 아깝지 않아." 조던이 마야를 번쩍 들어 올려 조리대 앞에 있는 의자에 앉혔다. "타코도 괜찮아."

조던이 마야에게 키스했다. 그의 입술은 달콤하고 치약의 박하 향이 살짝 풍겼다. 마야는 두 팔로 조던의 목을 감싸 안으며 킥킥 웃었다. 웅웅대는 혈관의 전율을 끊고 날카롭게 벨소리가 울렸다. 조던이 얼굴을 찡그리며 물러섰다.

"내 전화야."

조던은 한 손으로 마야를 안은 채 뒤로 손을 뻗어 조리대를 더듬어 휴대전화를 찾았다. 벨소리는 그쳤지만 조던은 얼굴을 찡그린 채 휴대전화를 집어 들었다.

"프리터야."

프리터는 웬만해서는 전화를 하지 않는다. 정말 심각하게 중요한 일이 있을 경우에만 한다. 마야가 한숨을 내쉬며 뒤로 기댔다.

"받아."

이미 휴대전화를 귀에 댄 조던이 고개를 끄덕였다. 조리대에서 뛰어내려 배달 음식 메뉴들이 붙어 있는 냉장고로 가는 마야의 귀에 웅얼거리는 조던의 목소리가 들렸다. 마야는 메뉴들을 뒤적이다 자신이 좋아하는 태국 음식점 메뉴판을 찾아내서 손에 들고 빙글 돌아섰다.

조던이 휴대전화를 든 채 하얗게 질린 얼굴로 거실 한복판에 서 있었다. 휴대전화에서 조던의 이름을 부르는 소리가 작게 들렸다.

마야는 들고 있던 메뉴판을 떨어뜨리고 서둘러 조던에게로 달려갔다. 그리고 그의 손에서 휴대전화를 받아 통화를 끊고 조리대 위에 내려놓았다.

"조던? 무슨 일이야?"

"내 룸메이트…. 닉…. 기억나?"

녹갈색 눈에 믿지 못하는 기색이 역력한 채로 조던이 물었다.

"사진은 봤어. 무슨 일 생겼대?"

마야가 물었다.

"죽었대."

"어쩌다?"

"목이 잘려서 온몸의 피가 다 쏟아져 나왔대. 자기한테 배정된 피보호자를 쫓다가 살해당한 거라고 보고 있어."

"모린 말이야?" 마야는 충격을 받았다. "하지만 걘 아직 어린애잖아."

"이제는 뱀파이어야." 조던이 거친 숨을 헐떡거렸다. "마야…"

마야는 조던을 빤히 바라보았다. 그의 두 눈은 멍했다. 마야는 갑자기 두려워졌다. 키스하고, 껴안고, 사랑을 나누는 것은 쉽게 할 수 있다. 하지만 상실감에 시달리는 사람을 위로하는 것은 결코 쉬운 일이 아니다. 그럴 때는 진심을 다해 헌신해야 한다. 아끼고 다독여줘야 한다. 하지만 상대의 고통을 덜어주기 위해 애쓰면서도 마음속으로는 지금 벌어진 끔찍한 일이 상대에게 일어나지 않은 것에 감사하게 된다.

"조던." 마야가 나직이 그를 부르며 발끝으로 서서 조던을 감싸 안았다. "어떡하면 좋아."

조던의 거친 심장박동이 마야에게 전해졌다.

"닉은 겨우 열일곱 살이었어."

"그래도 너처럼 프리터였잖아." 마야는 부드럽게 말했다. "이 일이 위험하다는 건 닉도 알고 있었을 거야. 그리고 너도 이제 겨우 열여덟 살밖에 안 됐잖아."

마야를 안은 조던의 손에 힘이 들어갔지만 그는 아무 말도 하지 않았다.

"조던. 사랑해. 사랑해. 그리고 정말 유감이야."

마야는 조던의 몸이 굳는 것을 느낄 수 있었다. 사랑한다는 말은 마야가 그에게 물리기 1, 2주 전에 하고 처음이었다. 조던은 숨도 쉬지 않는 것 같았다. 한참 만에 그는 헉 소리를 내며 숨을 내뱉었다.

"마야."

조던이 쉰 목소리로 이름을 불렀다. 그러고 나서 뭔가 다른 말을 하려는데…. 뜻밖에도 마야의 휴대전화가 울렸다.

"신경 쓰지 마. 안 받을래."

마야가 말했다.

하지만 조던은 마야를 놓아주었다. 슬픔과 충격 때문에 그의 얼굴은 어리벙벙해 보였다.

"아니야, 그러지 마. 중요한 전화일지도 모르잖아. 얼른 받아."

마야는 한숨을 내쉬고 조리대로 갔다. 전화벨은 멈췄지만 문자가 왔다는 표시가 화면에서 깜박거렸다. 마야는 뱃속이 단단히 뭉치는 것 같았다.

"무슨 일이야?"

마야의 긴장을 감지한 듯 조던이 물었다.

"911이야. 응급신호야."

마야가 휴대전화를 들고 조던을 향해 돌아섰다.

"전투 경보야. 무리 모두에게 연락이 갔어. 루크…그리고 매그너스한테서 온 거야. 우리 당장 가야 돼."

****

　클라리는 제이스의 욕실 욕조에 등을 기댄 채 다리를 쭉 뻗고 바닥에 앉았다. 얼굴과 몸에 묻은 피는 다 씻었고 세면대에서 머리도 감았다. 그리고 엄마의 의식용 드레스를 입었는데 드레스 자락이 허벅지까지 말려 올라가 타일 바닥에 닿은 맨발과 발목이 차가웠다.

　클라리는 자신의 두 손을 내려다보았다. 오늘따라 손이 다르게 보인다는 생각이 들었다. 하지만 언제나 보던 손이었다. 가는 손가락, 짧게 깎은 손톱…. 그림을 그리는 사람은 손톱을 길게 기르지 않는다…. 그리고 손가락 관절 위에 가득한 주근깨까지 예전 그대로였다. 얼굴도 예전 그대로 같았다. 자신의 모든 것이 예전 그대로 같았지만 그렇지가 않았다. 며칠 사이 클라리는 이해할 수 없는 방식으로 달라졌다.

　벌떡 일어나 거울에 비친 자신을 보았다. 불타는 듯한 머리카락과 드레스 색깔 때문에 얼굴이 창백해 보였다. 어깨와 목은 멍으로 얼룩덜룩했다.

　"자기 모습에 도취된 거야?"

　문 여는 소리도 못 들었는데 어느새 세바스찬이 들어와 미소를 머금고 문에 기대서 있었다. 그는 클라리가 한 번도 본 적 없는 전투복을 입고 있었다. 재질은 평소 입던 전투복과 같았지만 신선한 피처럼 새빨간 색이었다. 그리고 뒤로 흰 석궁을 들고 있었다. 꽤 무거울 텐데도 세바스찬은 석궁을 한 손으로 여유롭게 들고 있었다.

　"예뻐 보이네. 나한테 딱 맞는 짝이야."

　클라리는 아직도 입 안에 남아 있는 피 맛과 함께 내뱉고 싶은 말을 꾹 참았다. 그리고 그의 곁으로 걸어갔다. 옆으로 몸을 피해 욕실을 빠져나가려는 클라리의 팔을 세바스찬이 붙잡았다. 그의 손이 맨살이 드러난 클라리의 어깨를 쓰다듬었다.

"좋은데." 세바스찬이 말했다. "넌 여기 룬이 없네. 난 여자들이 룬으로 피부를 망치는 게 정말 싫어. 룬은 팔과 다리에만 그리도록 해."

"네 손길을 피할 수만 있다면 어디든 그릴 거야."

세바스찬이 콧방귀를 뀌며 석궁을 빙글 들어 올렸다. 금방이라도 발사할 듯 화살이 메겨져 있었다.

"걸어. 내가 바로 뒤에 있다는 거 명심해."

세바스찬이 말했다.

뛰어 달아나지 않으려고 클라리는 참고 또 참았다. 돌아서서 문을 향해 걸어갔다. 석궁이 겨누고 있을 양 어깨 가운데가 불에 타는 듯했다. 두 사람은 유리 계단을 내려가 주방을 통과해 거실로 들어섰다. 클라리가 벽에 휘갈겨놓은 룬을 보고 세바스찬이 투덜거리더니 옆으로 다가왔다. 그러자 그의 손 밑에서 문이 나타났다. 문이 저절로 열렸다. 밖이 온통 깜깜해 문이 새까만 네모처럼 보였다.

석궁이 클라리의 등을 거세게 찔렀다.

"나가."

클라리는 크게 숨을 들이마시고 어둠 속으로 발을 내디뎠다.

알렉이 작은 엘리베이터 버튼을 쿵 치고는 벽에 털썩 기댔다.

"시간 얼마나 남았어?"

아사벨이 휴대전화 화면을 살폈다.

"40분 정도."

엘리베이터가 위로 올라갔다. 이사벨이 몰래 오빠를 훔쳐보았다. 오빠는 지쳐 보였다. 눈밑에는 다크서클도 있었다. 키도 크고 힘도 세지만 알렉은 푸른 눈과 칼라까지 닿을 만큼 길고 부드러운 머리카락 때문에 실제보다 훨씬 연약해 보였다.

"난 괜찮아." 이사벨의 말 없는 질문을 알아차린 듯 알렉이 말했다. "집에 안 들어와서 문제가 생길 사람은 너야. 난 열여덟 살도 넘었잖아. 하고 싶은 대로 할 수 있어."

"난 매일 밤 엄마한테 문자해서 오빠하고 매그너스하고 같이 있다고 알렸어." 이사벨이 말을 하는데 엘리베이터가 멈췄다. "엄마는 내가 어디 있는지 다 알아. 그리고 매그너스 이야기가 나와서 말인데…"

알렉이 이사벨 앞을 지나 엘리베이터의 탑승 칸 문을 밀어 열었다.

"뭐?"

"두 사람 괜찮은 거야? 내 말은, 아무 문제 없이 잘 지내고 있는 거야?"

알렉이 미심쩍은 표정으로 여동생을 쏘아보았다.

"모든 게 엉망진창인 이 상황에 지금 너는 나하고 매그너스 사이가 궁금하다는 거야?"

"난 항상 그 표현이 이상했어." 이사벨은 허겁지겁 오빠 뒤를 따라 복도를 걸어가며 말했다. 알렉은 다리가 정말 길었다. 그래서 이사벨이 빠른 편인데도 오빠와 같이 가려면 힘겹게 쫓아가야 했다. "왜 진창이라는 말을 쓰는 걸까. 진창이면 진흙탕이라는 말이잖아. 다른 말도 있는데 왜 하필 진창이라는 말을 쓰는 거지?"

오랫동안 제이스의 파라바타이였기에 알렉은 갑자기 옆길로 새는 대화를 능숙하게 무시할 줄 알았다.

"매그너스하고 나는 괜찮아. 아마 그럴 거야."

"오호라." 이사벨이 말했다. "아마 그럴 거라고? 그렇게 말하는 게 무슨 뜻인지 내가 잘 알지. 무슨 일인데 그래? 둘이 싸웠어?"

알렉은 벽을 손가락으로 탁탁 두드리며 걸었다. 마음이 편치 않다는 신호였다.

"내 연애에 끼어들 생각하지 마, 이사벨. 그러는 넌 어떤데? 왜 사이먼하고 안 사귀어? 너 그 녀석 되게 좋아하잖아."

이사벨이 꺅꺅 소리를 질렀다.

"되게 좋아하는 건 아니거든."

"맞거든." 생각하고 보니 놀랍다는 투로 알렉이 말했다. "넋을 놓고 그 녀석만 쳐다보잖아. 호수에서 천사가 나타났을 때 네가 기겁을 한 것도 그렇고…."

"사이먼이 죽은 줄 알았으니까 그런 거지!"

"뭐, 이미 죽은 녀석이 또 죽을까 봐?"

알렉이 심술궂게 말했다. 하지만 여동생의 얼굴을 보고는 어깨를 으쓱했다.

"저기, 그 녀석 좋아하는 건 괜찮아. 난 왜 네가 그 녀석하고 데이트를 안 하는지 그게 이상한 것뿐이야."

"왜냐하면 걔가 나를 안 좋아하거든."

"말도 안 되는 소리 하네. 남자라면 당연히 널 좋아하지."

"내 오빠라서 그런 편견 가지고 있는 거야."

"이사벨."

알렉이 동생을 불렀다. 부드러우면서 사랑과 짜증이 뒤섞인 목소리였다.

"넌 정말 예뻐. 항상 남자애들이 널 쫓아다녔잖아…. 옛날부터. 사이먼이라고 다를 이유가 뭔데?"

이사벨은 어깨를 으쓱했다.

"모르겠어. 하지만 사이먼은 확실히 달라. 공은 걔한테 넘어갔어. 걔는 내 마음 다 알아. 그런데도 아무것도 할 생각이 없는 거 같아."

"그 녀석도 너한테 전혀 마음이 없는 것 같지는 않던데."

"나도 알아. 하지만…걔는 늘 그랬어. 클라리는….."

"너 아직도 그 녀석이 클라리 좋아한다고 생각해?"

이사벨이 입술을 깨물었다.

"나도…딱히 그런 건 아니야. 클라리는 사이먼이 인간이었음을 상기시켜주는 존재야. 그래서 놓지 못하는 것 같아. 그리고 사이먼이 클라리를 놓지 못하는 한 내가 들어갈 자리는 없을 거야."

둘은 도서관에 거의 다다랐다. 알렉은 속눈썹 사이로 여동생을 흘끗 곁눈질했다.

"하지만 만약 그 둘이 그냥 친구라면…."

"알렉."

조용히 하라는 듯 이사벨이 손을 들었다. 도서관 안에서 목소리들이 들렸다. 단호한 첫 번째 목소리를 듣는 순간 엄마라는 것을 알아차릴 수 있었다.

"그 사람이 사라졌다는 게 무슨 뜻이지?"

"지난 이틀 동안 아무도 그분을 보지 못했습니다."

또 다른 목소리가 말했다. 부드럽고 여성스럽고, 조금 미안해하는 듯한 목소리였다.

"그분은 혼자 조용히 살았기 때문에 사람들이 확신을 하지 못하지만…. 하지만 저희 생각에는, 아시다시피 그분 오빠가…."

알렉이 도서관 문을 밀어 열었다. 이사벨은 오빠 뒤에 숨어 엄마를 보았다. 엄마는 도서관 한가운데에 있는 거대한 마호가니 책상 뒤에 앉아 있었다. 엄마 앞에는 낯익은 두 사람이 서 있었다. 전투복 차림의 알린 펜할로우와 그녀의 애인 헬렌 블랙손이었다. 두 사람 다 문이 열리자 놀란 얼굴로 돌아섰다. 헬렌 역시 전투복 차림이었는데 그 때문에 창백한 피부가 더 하얗게 보였다.

"이사벨." 메이리스가 벌떡 일어났다. "알렉산더, 무슨 일이니?"

알린이 헬렌의 손을 잡았다. 두 사람 모두 손에 은반지를 끼고 있었다. 헬렌의 손에는 산이 그려진 펜할로우 반지가, 알린의 손에는 꼬여 있는 가시나무가 그려진 블랙손 반지가 끼워져 있었다. 이사벨은 눈썹을 추켜세웠다. 가문의 반지를 주고받는다는 것은 엄청난 의미를 지닌 행동이었다.

"우리 때문에 방해가 된다면 우리는 이만…."

알린이 입을 열었다.

"아니, 그대로 있어." 이사벨이 앞으로 저벅저벅 걸어갔다. "너희가 필요할지도 몰라."

메이리스는 의자 등받이에 몸을 기댔다.

"그래, 내 아이들이 나를 빛내주려고 찾아왔나 보구나. 너희 둘 도대체 어디 가 있었던 거니?"

"말씀드렸잖아요. 매그너스 집에 있었어요."

이사벨이 말했다.

"왜?" 메이리스가 따지듯 물었다. "이건 알렉산더 너한테 하는 질문이 아니다. 내 딸에게 묻는 거야."

"클레이브가 제이스를 찾는 일을 그만두었으니까요. 하지만 우리는 그만두지 않았어요."

이사벨이 말했다.

"그리고 매그너스는 우리를 도와줘요." 알렉이 거들고 나섰다. "그는 요즘 계속해서 밤을 새우며 주술서를 뒤지고 제이스가 있는 곳을 찾아내려고 애쓰고 있어요. 심지어는 소환도…."

"됐다." 메이리스가 한 손을 들어 아들의 말을 막았다. "더 말하지 마. 알고 싶지 않아."

책상 위에 있던 검은색 전화가 울리기 시작했다. 모두의 시선이 집중되었다. 검은색 전화기로 오는 연락은 이드리스에서 오는 것이다. 아무도 전화를 받을 생각을 하지 않았다. 잠시 후 전화기는 조용해졌다.

"너희 여기 왜 온 거니?"

다시 아이들에게로 시선을 돌리며 메이리스가 물었다.

"우리는 제이스를 찾으려고…."

이사벨이 대답을 시작했다.

"그건 클레이브가 할 일이야. 너희들이 할 일이 아니야."

메이리스가 무섭게 쏘아붙였다. 이사벨이 보기에 엄마는 눈 밑에 주름이 질 정도로 지쳐 보였다. 게다가 너무 말라서 손목뼈가 튀어나올 것만 같았다.

알렉이 손으로 책상을 내리쳤다. 어찌나 세게 쳤는지 서랍이 덜컥거릴 정도였다.

"제발 저희 말 좀 들어주실래요? 클레이브는 제이스를 찾지 않았지만 저희가 찾아냈어요. 세바스찬이 지금 제이스와 같이 있어요. 우리는 그들이 어떤 계획을 가지고 있는지도 알고 있는데 우리한테는…" 알렉은 벽에 걸린 시계를 흘끗 보고 말을 이었다. "그들을 막을 시간이 별로 없어요. 도와주실 거예요, 말 거예요?"

검은색 전화가 다시 울렸다. 메이리스는 이번에도 전화를 받지 않았다. 충격으로 새하얗게 질린 채 아들만 빤히 바라보았다.

"너희가 뭘 어쨌다고?"

"제이스가 어디 있는지 우리가 알아냈다고요, 엄마."

이사벨이 끼어들었다.

"아니, 적어도 어디에 있을지는 알아요. 그리고 무엇을 하려는지도 알고. 우린 세바스찬의 계획도 알아냈는데, 당장 그를 막아야 해요. 참, 그리고 제이스한테 해를 끼치지 않으면서 세바스찬을 죽일 수 있는 방법도 찾아냈는데…"

"그만." 메이리스가 고개를 가로저으며 말을 막았다. "알렉산더, 네가 설명해봐. 성질부리지 말고 간결하게. 고맙구나."

알렉이 설명을 시작했다…. 이사벨이 생각하기에 좋은 부분은 모두 뺐는데, 덕분에 이야기가 한결 간결해졌다. 알렉이 최대한 줄여 설명하는데도 알린과 헬렌 둘 다 마지막에는 입이 딱 벌어졌다. 메이리스는 선 채로 미동도 하지 않았다. 얼굴도 전혀 움직이지 않았다. 알렉이 이야기를 마치자 메이리스가 쉰 목소리로 물었다.

"왜 그런 짓을 한 거니?"

그러자 알렉이 깜짝 놀랐다.

"제이스를 위해서죠. 제이스를 찾아오려고요."

이사벨이 대답했다.

"나를 이 자리에 앉혀놓은 이상 나는 모든 것을 클레이브에 알려야만 한다." 메이리스는 검은색 전화기에 손을 올리며 말했다. "너희가 여기 오지 않았으면 좋았을걸."

이사벨은 입이 바짝 말랐다.

"지금 벌어지고 있는 일을 엄마한테 제일 마지막에 말했다고 화나신 거예요?"

"내가 클레이브에 이 사실을 보고하면 그들은 동원할 수 있는 병력을 모두 출동시킬 거야. 지아도 그들에게 제이스를 보는 즉시 죽이라는 명령을 내릴 수밖에 없을 테고. 발렌타인의 아들을 추종하는 새도우 헌터가 얼마나 되는지는 알고 있니?"

알렉은 고개를 내저었다.

"아마 40명 정도 되는 것 같았어요."

"우리가 그보다 두 배는 되는 병력을 출동시킨다고 치자. 그럼 발렌타인의 아들이 거느린 세력은 물리칠 수 있겠지. 하지만 제이스는 어떻게 되겠니? 그 아이가 살아날 수 있는 가능성은 전무해. 그들은 만일의 경우에 대비해 그 아이를 죽일 거야."

"그렇다면 그들에게 보고하면 안 되겠네요." 이사벨이 말했다. "우리가 직접 가겠어요. 클레이브의 도움 없이 우리가 직접 해결하면 되잖아요."

하지만 메이리스는 딸을 바라보며 도리질을 했다.

"법은 반드시 보고를 하도록 규정하고 있어."

"법이 뭐라 하건 난 상관없으니까…."

이사벨이 화를 내기 시작했다. 하지만 오빠가 자신을 보는 것을 알아차리고는 입을 꾹 다물었다.

"걱정 마." 알린이 끼어들었다. "우리 엄마한테는 말 안 할게. 너희한테 빚진 게 있잖아. 특히, 이사벨 너한테."

이사벨은 이드리스의 다리 밑에서 알린을 붙잡고 있던 악마한테 채찍을 휘둘렀던 일이 기억났다.

"게다가 세바스찬은 내 사촌을 죽였어. 진짜 세바스찬 벌락 말이야. 그러니까 나한테도 그를 증오할 이유가 있어."

"아무리 그렇다 해도 우리가 보고를 하지 않으면 법을 어기는 짓이 되는 거야. 그러면 우리는 처벌을 받거나 더한 일을 당할 수도 있어."

다시 메이리스가 말했다.

"더한 일이라고요? 그게 뭔데요? 추방이라도 당해요?"

알렉이 물었다.

"그건 나도 몰라, 알렉산더." 메이리스가 말했다. "지아 펜할로우, 그리고 누가 되었든 심문관 자리에 오르는 사람이 우리에게 내려질 처벌을 결정하게 될 거야."

"아빠가 심문관이 될지도 모르잖아. 그럼 아빠가 가벼운 벌을 내릴 수도 있어."

이사벨이 중얼거렸다.

"이사벨, 우리가 지금 상황에 대해 보고를 하지 않는다면 너희 아버지는 심문관에 오를 기회를 영원히 얻지 못하게 될 거야. 영원히."

메이리스가 말했다.

그러자 이사벨이 크게 숨을 들이마셨다.

"룬을 완전히 잃어버릴 수도 있나요?" 이사벨이 물었다. "인스티튜트를…잃을 수도 있어요?"

"이사벨. 우린 모든 걸 다 잃을 수도 있어."

메이리스가 말했다.

클라리는 눈을 깜박거려 어둠에 시력을 적응시켰다. 그녀가 서 있는 곳은 바위투성이 평원이었다. 채찍처럼 매서운 바람이 몰아쳤다. 바람을 막아줄 것은 아무것도 보이지 않았다. 평평하고 넓은 바위들 사이사이에 풀이 조금씩 돋아 있었다. 저 멀리, 자갈로 덮인 석회암 언덕들이 으스스하게 솟아 있었다. 밤하늘을 등지고 있어서 언덕들은 검은 쇳덩이처럼 보였다. 그리고 그 언덕 위에서 불빛이 반짝거렸다. 뒤에서 아파트 문이 닫히는 순간 클라리는 그 불빛이 하얗게 깜박이는 마법의 불이라는 것을 알아차렸다.

둔탁한 폭발음이 들렸다. 클라리가 홱 돌아서자 문이 사라졌다. 까맣게 타버린 흙과 풀에서 연기가 피어올랐다. 세바스찬이 깜짝 놀란 얼굴로 연기가 나는 곳을 노려보았다.

"대체…."

클라리가 웃음을 터뜨렸다. 세바스찬의 얼굴을 보니 고소하다는 생각이 들면서 신이 났다. 지금껏 세바스찬이 이렇게 놀라는 모습은 처음 봤다. 가식적인 표정은 사라지고 당황한 속마음이 고스란히 얼굴에 드러났다.

세바스찬이 빙글 석궁을 들어 올려 클라리의 가슴 바로 앞을 겨누었다. 이 거리에서 석궁을 발사하면 화살이 클라리의 심장을 찢어 즉사할 게 분명했다.

"무슨 짓을 한 거야?"

클라리가 의기양양한 얼굴로 세바스찬을 노려보았다.

"그 룬 말이야. 내가 미처 완성하지 못했다고 네가 생각했던 룬. 그게 실은 문을 여는 룬이 아니었어. 그건 네가 지금껏 한 번도 본 적 없는 룬이었어. 내가 창조해낸 룬이거든."

"무슨 룬인데?"

"누군가 문을 여는 순간 아파트를 파괴하는 룬이었어. 이제 아파트는 사라졌어. 넌 다시는 그 아파트로 돌아갈 수 없어. 아무도 못 돌아가."

"사라졌다고?" 석궁이 흔들렸다. 세바스찬의 입술이 뒤틀리고 눈은 이글이글 타올랐다. "나쁜 년. 못된…."

"날 죽여." 클라리가 말했다. "어서 죽여. 그리고 나중에 제이스한테 설명해. 한번 해봐."

세바스찬이 클라리를 빤히 바라보았다. 그의 가슴이 들썩거렸다. 석궁의 방아쇠를 쥔 손가락들도 바들바들 떨렸다. 그의 손가락들이 천천히 방아쇠를 놓았다. 가늘게 뜬 그의 두 눈이 분노로 이글거렸다.

"죽는 것보다 더 나쁜 것도 있지." 세바스찬이 말했다. "그 모든 걸 너에게 해줄게. 일단 네가 죽음의 잔을 마시고 나면 말이야. 그러면 너도 그걸 좋아하게 될 거야."

클라리가 그에게 침을 뱉었다. 세바스찬은 석궁 끝으로 클라리의 손을 그녀의 가슴으로 쑤셔 박듯 아프게 밀어붙였다.

"돌아서."

세바스찬이 으르렁거리듯 말하자 클라리는 그 말대로 했다. 그에게 떠밀려 바위투성이 비탈을 내려가는 내내 두려움과 승리했다는 기쁨이 뒤섞여 머리가 어지러웠다. 마법의 불 가까이 가자 앞에 펼쳐진 광경이 클라리의 눈에 들어왔다.

클라리 앞의 바닥은 낮은 언덕으로 이어져 있었다. 언덕 꼭대기에는 거대한 고대의 돌무덤이 북쪽을 향해 자리하고 있었다. 스톤헨지를 닮은 것 같기도 한 풍경이었다. 무덤 앞에는 무대처럼 보이는 평평한 바위가 놓여 있었다. 그 평평한 바위 앞에 마흔 명가량의 네피림들이 빨간 예복 차림으로 횃불을 들고 반원을 이루며 서 있었다. 반원 안에서는 푸르스름한 빛을 띤 펜타그램이 활활 타오르고 있었다.

무대처럼 생긴 평평한 돌 위에 제이스가 서 있었다. 세바스찬과 똑같은 진홍색 전투복을 입어서 둘은 완전히 똑같아 보였다. 세바스찬에게 떠밀려 걸음을 옮기는 동안 점차 클라리의 귀에 제이스의 말소리가 선명하게 들렸다.

"힘들었던 지난 수년 동안에도 지속된 그대들의 충성에 감사하며, 우리 아버지 그리고 이제는 그의 아들들과 딸에게로 이어지는 그대들의 믿음에 감사한다."

반원을 그리고 있는 이들 사이에서 중얼거리는 소리가 들렸다. 세바스찬이 클라리를 앞으로 밀치며 나아가 제이스 뒤에 있는 바위로 올라갔다. 두 사람을 본 제이스가 고개를 숙이더니 다시 군중을 향해 돌아섰다. 그는 미소를 지으며 계속했다.

"그대들은 구원받을 것이다. 천 년 전, 천사가 우리에게 자신의 피를 주어 우리를 특별한 존재로, 전사로 만들었다. 하지만 그것으로는 충분치 않았다. 천 년의 세월이 흐른 지금도 우리는 여전히 어둠 속에 숨어 지내야 한다. 우리는 우리가 사랑하지도 않는 먼데인을 그들이 모르는 힘으로부터 보호해야만 한다. 그런데도 고대로부터 전해 내려오는 고루한 법은 우리가 먼데인의 구원자임을 밝히는 것을 금하고 있다. 수많은 섀도우 헌터들이 목숨을 잃어도 우리 자신 이외에는 고마워하는 이도 없고, 슬퍼해주는 이도 없으며, 우리를 창조한 천사조차 우리에게 의지가 되어주지 않고 있다."

제이스는 바위 가장자리로 더 바짝 다가갔다. 제이스의 머리카락이 희미한 불빛처럼 보였다.

"그렇다, 나는 감히 말한다. 우리를 창조한 천사는 우리에게 의지가 되지 않을 것이다. 우리는 외톨이다. 먼데인보다도 더 외톨이다. 그들의 위대한 과학자들 중 하나가 언젠가 이렇게 말했다. 먼데인은 거대한 진실의 바다 앞에서 돌맹이를 가지고 노는 어린아이와 같다고. 하지만 우리는 그 바다에 숨은 진실을 알고 있다. 우리는 이 지구의 구원자이니 우리가 이 세계를 지배해야 마땅하다."

제이스는 훌륭한 연설가야. 발렌타인과 같은 면에서. 클라리는 마음이 아팠다. 이제 클라리와 세바스찬은 제이스의 뒤에서 평원과 그 위에 있는 사람들을 바라보며 서 있었다. 모여 있는 섀도우 헌터들의 시선이 자신과 세바스찬에게로 집중되는 것을 클라리는 느낄 수 있었다.

"그렇다, 이 세계를 지배하는 것이다."

제이스가 미소를 지었다. 사랑스럽고 상대를 편하게 해주는 미소, 매력이 가득 담긴 미소였지만 사악함이 배어 있었다.

"라지엘은 잔혹하며 우리의 고통에 무관심하다. 이제 그에게 등을 돌릴 때가 되었다. 우리는 릴리스에게로, 우리에게 벌 대신 힘을 주고, 법을 따를 의무 없이 지도력을 주는 위대한 어머니에게로 돌아서야 한다. 힘은 우리의 생득권이다. 이제 그것을 요구할 때가 도래하였다."

세바스찬이 다가가자 제이스가 미소 띤 얼굴로 좌우를 둘러보았다.

"이제부터 나머지 이야기는 이 모든 일을 꿈꾸어온 조녀선이 계속할 것이다."

제이스는 차분하게 말하고는 뒤로 물러나 자연스럽게 세바스찬과 자리를 바꾸었다. 그러고는 다시 한 걸음 더 뒤로 물러나 클라리 옆에 와 서서는 그녀의 손가락에 자신의 손을 깍지 끼웠다.

"훌륭한 연설이었어." 클라리가 중얼거리듯 말했다. 세바스찬이 연설을 시작했지만 그녀는 제이스만 바라보았다. "아주 자신에 차 있는 것 같았어."

"그렇게 생각해? 처음엔 '친구들, 로마인들, 악인들이여…'라고 시작할까 했는데 저 사람들이 유머를 이해할 것 같지 않더라고."

"저들이 악인이라고 생각하는 거야?"

제이스가 어깨를 으쓱했다.

"클레이브는 그렇게 생각하겠지."

제이스는 세바스찬에게서 시선을 돌려 클라리를 내려다보았다.

"너 아름답다." 말은 그렇게 했지만 그의 목소리는 기묘하게 무덤덤했다. "무슨 일 있었지?"

클라리는 당황했다.

"무슨 뜻이야?"

제이스가 재킷을 열었다. 그는 재킷 속에 하얀 셔츠를 입고 있었다. 그런데 셔츠 옆구리와 소매가 빨갛게 얼룩져 있었다. 제이스는 사람들 눈에 띄지 않도록 그들을 등진 채로 클라리에게 셔츠를 보여주었다.

"쟤가 느끼는 건 나도 느껴." 제이스가 말했다. "아니면 네가 잊어버린 건가? 다른 사람들이 눈치 채지 못하게 나한테 이라체를 그려야 했어. 누군가가 면도날로 내 피부를 도려내는 것 같았거든."

클라리는 제이스의 눈을 똑바로 쳐다보았다. 거짓말할 필요가 있을까? 어차피 돌이킬 수 없다. 비유적으로든, 말 그대로든.

"세바스찬하고 나 싸웠어."

제이스의 두 눈이 클라리의 얼굴을 살폈다.

"그랬구나." 제이스는 재킷을 도로 닫았다. "둘이 잘 해결했기를 바란다. 문제가 뭐였든 간에."

"제이스…"

클라리가 입을 열었지만 그는 다시 세바스찬에게로 시선을 돌렸다. 그의 옆얼굴이 검은 종이를 잘라 만든 실루엣처럼 달빛 속에서 서늘하면서도 또렷하게 보였다. 두 사람 앞에는 석궁을 내려놓은 세바스찬이 팔을 들어 올리고 서 있었다.

"나와 함께하겠느냐?"

세바스찬이 소리쳤다.

광장에 웅성거리는 소리가 퍼졌다. 클라리는 긴장했다. 네피림들 사이에서 나이가 많은 남자가 후드를 벗어젖히며 소리쳤다.

"네 아버지가 우리에게 많은 약속을 했다. 하지만 그중 하나도 이루어지지 않았다. 그런데 왜 우리가 너를 신뢰해야 하는 건가?"

"왜냐하면 나는 지금, 바로 오늘 밤 내 약속들을 지킬 것이기 때문이다."

세바스찬은 그렇게 말하더니 튜닉에서 복제품 죽음의 잔을 꺼냈다. 잔은 달빛을 받아 부드러운 흰빛으로 반짝거렸다.

웅성거림이 더 커졌다. 그 소리를 방패 삼아 제이스가 나직이 말했다.

"순조롭게 끝났으면 좋겠어. 간밤에 한숨도 못 잔 것 같거든."

섀도우 헌터들과 펜타그램을 바라보는 제이스의 얼굴이 열정으로 빛났다. 마법의 불빛에 그의 얼굴 선 하나하나가 선명하게 보였다. 그의 뺨에 있는 흉터, 움푹 팬 관자놀이, 사랑스러운 입매도 또렷이 보였다. 나 이건 기억 못 할 거야. 내가 다시 돌아가면…. 다시 그가 조종하는 나로 돌아가면, 내가 나였던 때를 기억 못 할 거야. 그 말은 사실이었다. 그는 사소한 것까지도 전부 잊어버렸다. 그렇게 되리라는 것을 이미 알고 있었음에도 모든 것을 망각한 그를 보는 것은 말할 수 없이 고통스러웠다.

세바스찬이 바위에서 내려와 펜타그램을 향해 걸어갔다. 펜타그램 가장자리에 다다르자 그가 주술을 외우기 시작했다.

"아비숨 인보코. 릴리스 인보코. 마테르 메아, 인보코(Abyssum invoco. Lilith invoco. Mater mea, invoco)."

세바스찬이 벨트에서 얇은 단검을 꺼냈다. 죽음의 잔을 팔꿈치 안쪽에 끼우고 칼날 가장자리로 자신의 손바닥을 벴다. 피가 솟구쳤다. 달빛 아래에서 피는 검게 보였다. 세바스찬은 여전히 라틴어 주술을 암송하면서 단검을 다시 벨트에 끼워 넣고 피가 흐르는 손을 죽음의 잔 위로 올렸다.

지금 아니면 기회가 없다.

"제이스." 클라리가 속삭였다. "이게 진짜 네가 아니라는 건 나도 알아. 그래도 이 상황을 받아들일 수 없는 마음이 네 안에 아주 조금은 남아 있을 거야. 네가 누구인지 기억해봐, 제이스 라이트우드."

제이스가 이리저리 고개를 돌리더니 놀란 얼굴로 클라리를 보았다.

"너 지금 무슨 소리 하는 거야?"

"제발 기억해, 제이스. 난 널 사랑해. 너도 날 사랑하고…."

"물론 난 널 사랑해, 클라리." 제이스가 말했다. 날이 선 목소리였다. "하지만 네가 이해한다고 말했잖아. 이제 다 됐어. 우리가 노력해온 모든 것이 이제 이루어지려 하고 있단 말이야."

세바스찬이 죽음의 잔에 든 것을 펜타그램 가운데에 확 쏟았다.

"히크 에스트 에님 칼릭스 산구이니스 메이(Hic est enim calix sanguinis mei)."

"우린 아니야." 클라리가 속삭였다. "난 이런 걸 원하지 않았어. 너도 마찬가지이고….."

갑자기 제이스가 숨을 헉 들이마셨다. 잠시 클라리는 자신이 제이스를 감싼 껍데기를 뚫었다고 생각했다. 하지만 그의 시선을 따라가 보니 펜타그램 한가운데에 불덩어리가 나타나 빙빙 돌고 있었다. 처음에는 야구공 크기였는데, 클라리가 보는 앞에서 점점 커지고 길어지더니 마지막에는 온통 불꽃으로 이루어진 여인의 모습으로 변했다.

"릴리스여." 세바스찬이 쩌렁쩌렁 울리는 목소리로 말했다. "당신이 나를 불러냈듯이 이제 내가 당신을 불러냅니다. 당신이 내게 생명을 주었듯 이제 내가 당신에게 생명을 주려 합니다."

불꽃이 서서히 어두워졌다. 그러더니 보통 사람의 절반쯤 되는 크기에 옷이라고는 하나도 걸치지 않고 검은 머리카락을 발목까지 늘어뜨린 릴리스가 나타났다. 몸은 재처럼 회색이었고 온몸에 화산 용암처럼 검은 균열이 나 있었다. 릴리스가 세바스찬에게로 고개를 돌리자 둘의 시선이 검은 뱀처럼 뒤엉켰다.

"나의 아이야."

릴리스가 나직이 말했다. 세바스찬은 마법의 불처럼 불타오르는 것 같았다.

"어머니시여, 당신이 내게 바랐듯 이렇게 당신을 소환하였습니다. 오늘 밤 당신은 나만의 어머니가 아니라 새로운 종족의 어머니가 될 것입니다."

세바스찬이 충격에 빠진 듯 얼어붙은 새도우 헌터들을 가리켰다. 상위 악마를 소환한다는 것을 알고는 있었지만 실제로 눈앞에 나타난 악마를 마주하는 것은 또 다른 일이었다.

"죽음의 잔입니다."

세바스찬이 자신의 피로 가장자리가 붉게 물든 잔을 릴리스에게 내밀었다.

릴리스가 낮은 소리로 웃었다. 거대한 바위를 맞대고 가는 것 같은 소리였다. 릴리스가 죽음의 잔을 건네받더니 잿빛 손목을 이로 물어뜯어 찢었다. 서서히, 아주 서서히 끈적끈적하고 검은 피가 흘러내려 죽음의 잔으로 떨어졌다. 릴리스의 손이 닿은 죽음의 잔은 투명하던 모습에서 진흙처럼 검게 변했다.

"죽음의 잔이 새도우 헌터에게 행운의 부적이자 변신의 수단이듯, 이

지옥의 잔도 너희에게 그와 똑같은 것이 되리라."

릴리스가 휘몰아치는 바람 같은 목소리로 말했다. 그러더니 무릎을 꿇고 죽음의 잔을 세바스찬에게 내밀었다.

"나의 피를 받아 마시거라."

세바스찬이 릴리스의 손에서 죽음의 잔을 받았다. 이제 잔은 적철석처럼 검은 빛을 뿜었다.

"너의 군대가 커지면 나의 힘도 커지리라." 릴리스가 쉭쉭대는 소리로 말했다. "머지않아 내가 힘을 얻어 진실로 되돌아오게 되면…. 우리는 불의 힘을 나누게 되리라, 나의 아들아."

세바스찬이 고개를 숙였다.

"우리는 당신을 죽음이라 선포합니다, 나의 어머니시여. 그리고 당신의 부활을 천명합니다."

릴리스가 두 팔을 들어 올리며 큰 소리로 웃었다. 온몸에서 불꽃이 솟아오르며 공중으로 떠오르더니 펑 터지면서 수십 개의 불덩어리로 갈라져 빙글빙글 돌다가 서서히 사라졌다. 불씨들이 전부 사라지자 세바스찬이 펜타그램을 발로 차 군데군데 끊어놓고는 고개를 들었다. 그의 얼굴에는 무시무시한 미소가 어려 있었다.

"카트라이트. 최초로 영광을 누릴 자를 데리고 나오라."

세바스찬의 말에 사람들이 양쪽으로 갈라졌다. 예복을 입은 남자가 비틀거리는 여자를 데리고 앞으로 나왔다. 여자는 쇠사슬에 묶여 있었고 그 쇠사슬은 다시 남자의 팔에 매여 있었다. 긴 곱슬머리가 여자의 얼굴을 가리고 있었다. 클라리의 온몸이 긴장했다.

"제이스, 이건 뭐야? 뭘 하려는 건데?"

"아무것도 아니야." 제이스는 멍하니 앞만 바라보며 말했다. "아무도 다치지 않을 거야. 그냥 변하는 거야. 잘 봐."

이드리스에서 이름을 들은 기억이 얼핏 나는 카트라이트가 여자의 머리를 한 손으로 확 밀어 무릎을 꿇게 만들었다. 그러더니 여자의 머리채를 잡아 얼굴을 홱 들어 올렸다. 여자는 겁에 질린 채로도 저항하려는 듯 눈을 깜박이며 세바스찬을 올려다보았다. 달빛에 여자의 얼굴이 선명하게 보였다.

클라리는 놀라서 숨을 헉 들이마셨다.

"아마티스."

21
지옥이 되리라

루크의 여동생이 고개를 들었다. 루크와 너무도 닮은 푸른 눈이 클라리에게서 떠나지 않았다. 어리둥절하고, 충격을 받은 것 같았다. 약에 취한 듯 멍한 얼굴이었다. 자기 발로 일어나려고 했지만 카트라이트가 다시 그녀를 밀어 무릎 꿇게 했다. 세바스찬이 죽음의 잔을 들고 두 사람에게로 다가갔다.

클라리가 앞으로 나서려 했지만 제이스가 그녀의 팔을 잡아 뒤로 끌어당겼다. 클라리가 발길질을 했지만 제이스가 그녀의 입을 막으며 두 팔로 그녀를 안아 올렸다. 세바스찬이 아마티스에게 나지막하고 나른한 목소리로 뭐라 말했다. 아마티스가 거세게 고개를 내저었지만 카트라이트가 그녀의 머리채를 잡아당겨 고개를 들게 만들었다. 바람 사이로 그녀가 울부짖는 소리가 클라리의 귀에 들렸다.

클라리는 잠든 제이스를 지켜보며 한 번만 칼을 휘두르면 모든 것을 끝낼 수 있다고 생각했던 그날 밤을 떠올렸다. 그때 이 '모든 것'의 구체적인 형태는 상상하지 않았다. 그런데 지금 눈앞에서 루크의 여동생이 울부짖고 있고 세바스찬이 어떤 계획을 가지고 있는지도 알게 되었지만 클라리는 아무것도 할 수 없었다. 너무 늦었다.

세바스찬이 아마티스의 뒷머리를 움켜잡더니 죽음의 잔을 그녀의 입에 들이밀었다. 그가 억지로 잔에 든 것을 입에 부어넣자 아마티스가 구역질을 하고 기침을 하느라 시커먼 액체가 그녀의 턱을 따라 주르르 흘러내렸다.

세바스찬이 죽음의 잔을 아마티스의 입에서 홱 떼어냈지만 잔은 이미 힘을 발휘했다. 아마티스가 끔찍한 비명을 내지르며 벌떡 일어났다. 눈이 튀어나올 듯 커지면서 세바스찬처럼 새까맣게 변했다. 아마티스는 두 손으로 자신의 얼굴을 철썩철썩 때리고 울부짖었다. 클라리가 경악한 채 바라보는 앞에서 아마티스의 손에 있던 천리안 룬이 서서히 희미해지더니 완전히 사라져버렸다.

아마티스가 두 손을 툭 내렸다. 표정은 부드러워졌고 눈도 다시 푸른색으로 돌아왔다. 그 두 눈이 세바스찬에게 고정되었다.

"여자를 놓아주어라." 클라리의 오빠가 아마티스를 바라보며 카트라이트에게 명령했다. "내게 오게 하여라."

카트라이트가 자신과 아마티스를 연결한 쇠사슬을 끊고 두려움과 매혹이 역력한 얼굴로 뒤로 물러났다.

아마티스는 두 손을 양옆으로 내린 채 잠시 가만히 있었다. 그러더니 일어나서 세바스찬에게로 걸어갔다. 아마티스는 그의 앞에 무릎을 꿇었다. 그녀의 긴 머리카락에 땅에 닿았다.

"주인이시여. 분부를 내리소서."

아마티스가 말했다.

"일어나라."

세바스찬이 말하자 아마티스가 우아한 동작으로 일어섰다. 갑자기 몸의 움직임이 달라진 것 같았다. 섀도우 헌터라면 누구나 움직임이 유려하지만 지금 아마티스의 몸동작은 어딘가 으스스한 느낌을 풍겼다. 그때 처음으로 클라리는 아마티스가 입고 있는 하얀 드레스가 잠옷이라는 것을 알아차렸다. 침실에 있다 자기도 모르는 사이에 여기까지 끌려온 것 같았다. 잠에서 깨어 보니 후드를 뒤집어쓴 사람들이 모여 있는, 이런 황량한 곳에 와 있다니, 이보다 더한 악몽은 없을 것 같았다.

"내게로 오라."

세바스찬이 명령하자 아마티스가 그에게로 다가갔다. 세바스찬을 올려다보는 그녀의 얼굴에 싸늘한 미소가 번졌다.

세바스찬이 손을 들었다.

"카트라이트와 싸우겠느냐?"

카트라이트가 쇠사슬을 떨어뜨리고 벌어진 망토 사이로 손을 넣어 무기 벨트를 더듬었다.

"하지만 저는…."

"이 여자의 힘을 보여줄 차례다." 세바스찬이 말했다. "오너라, 카트라이트. 이 사람은 여자다. 그리고 너보다 나이도 많다. 설마 겁이 나는 것은 아니겠지?"

카트라이트는 당황한 표정이었지만 무기 벨트에서 긴 단검을 뽑았다. 세바스찬의 눈이 번뜩였다.

"저자와 싸워라, 아마티스."

아마티스의 입술에 미소가 스몄다.

"기꺼이 그리하겠습니다."

말이 끝나자마자 아마티스가 껑충 뛰어올랐다. 놀라울 정도로 빨랐다. 아마티스는 공중으로 뛰어오르더니 발길질을 해 카트라이트의 손에 든 단검을 걷어차 멀리 날렸다. 클라리가 놀라 지켜보는 가운데 아마티스는 곧장 카트라이트에게 돌진해 무릎으로 그의 복부를 강타했다. 카트라이트가 비틀거리며 뒷걸음질을 치자 아마티스가 그의 머리에 박치기를 하더니 그의 몸 옆으로 휙 돌아가 예복 뒷자락을 잡아 땅바닥에 패대기쳤다. 카트라이트는 끔찍한 소리와 함께 아마티스의 발치에 떨어지며 고통스러운 신음을 토했다.

"한밤중에 나를 침대에서 끌고 나온 대가다."

아마티스는 그렇게 말하더니 입술에 밴 피를 손등으로 훔쳤다. 사람들 사이에서 억지웃음과 웅성거리는 소리가 나지막이 들렸다.

"보았느냐." 세바스찬이 말했다. "특별한 기술이나 힘이 없는 새도우 헌터라도…. 실례되는 말을 했군, 아마티스…. 천사와 동맹을 맺은 적보다 더 강하고 빨라질 수 있다."

세바스찬은 반대쪽 손바닥을 주먹으로 철썩 때리며 말을 이었다.

"힘을 얻을 수 있다. 진짜 힘. 또 누가 준비되었느냐?"

모두들 주저하는 사이 카트라이트가 한 손으로 배를 감싼 채 비틀거리며 일어났다.

"제가 하겠습니다." 카트라이트는 미소 짓고 있는 아마티스를 앙심에 찬 얼굴로 쏘아보며 말했다. 세바스찬이 지옥의 잔을 들어올렸다.

"그렇다면 앞으로 나오라."

카트라이트가 세바스찬에게로 다가갔다. 그러자 다른 새도우 헌터들도 대형에서 벗어나 세바스찬을 향해 비뚤비뚤 줄을 지어 다가갔다. 아마티스는 두 손을 포개 잡고 조용히 옆에 서 있었다. 클라리는 자신을 봐주기를 바라면서 아마티스를 빤히 바라보았다. 이 사람은 루크의 여동생이다. 모든 일이 계획대로 되었다면 지금은 클라리의 고모가 되었을 사람이다.

아마티스. 클라리는 이드리스에 있는 자그마한 운하 옆 집을 떠올렸다. 아마티스는 정말 다정했고, 제이스의 아버지를 너무도 사랑했다. 제발 날 좀 봐요. 아직 진짜 모습이 남아 있다는 걸 보여줘요. 소리 없는 클라리의 애원을 듣기라도 한 듯 아마티스가 고개를 들어 클라리를 똑바로 바라보았다.

그리고 미소를 지었다. 하지만 다정하거나 안심시켜주는 미소가 아니었다. 어둡고 냉정하고 즐기는 듯한 미소였다. 물에 빠진 사람을 도와줄 생각도 하지 않고 그저 구경만 하는 이의 미소였다. 그것은 진짜 아마티스의 미소가 아니었다. 그녀는 아마티스가 아니었다. 진짜 아마티스는 사라졌다.

제이스가 클라리의 입을 막고 있던 손을 뗐지만 클라리는 더 이상 소리를 지를 생각이 없었다. 여기 있는 누구도 아마티스를 도와줄 수 없다. 그리고 지금 자신을 꼼짝 못 하게 붙들고 있는 사람은 제이스가 아니다. 오랫동안 입지 않은 옷에도 옷 주인의 흔적이 남아 있고 주인이 죽은 뒤에도 그가 베던 베개에 두상의 윤곽이 남아 있는 것처럼, 제이스도 그저 껍데기일 뿐이었다. 속이 빈 조개 껍데기 같은 제이스에게 클라리가 자신의 바람과 사랑, 꿈을 채워 넣었던 것이다.

그런데 자신의 바람, 사랑, 꿈을 채워 넣다가 진짜 제이스에게 해서는 안 될 끔찍한 잘못을 저지르고 말았다. 그저 제이스의 목숨을 살리겠다는 욕심에 클라리는 자신이 누구를 구하려고 했는지를 잊고 만 것이다. 제이스가 잠시 본모습으로 돌아와 했던 말들을 클라리는 기억해냈다. 그 자식이 너하고 같이 있다는 생각만 해도 미칠 것 같아. 그 자식 말이야. 다른 나. 제이스는 진짜 자신과 또 다른 자신이 서로 다른 존재라는 것을 알고 있었다. 영혼이 사라져버린 자신은 빈껍데기일 뿐, 진짜 자신이 아니라는 것을 똑똑히 알고 있었다.

제이스는 자신을 클레이브에 고발하려고 했지만 클라리가 그대로 놔두지 않았다. 그의 바람에 귀를 기울이지 않았다. 클라리는 그의 선택을 배신했다. 두려워서 달아나야 하는 절박한 순간이기는 했지만 어쨌든 자기 마음대로 해버렸다. 진짜 제이스가 이렇게 살아갈 바에는 그냥 죽어버리고 싶어 한다는 것을 직시하지 못하고, 그가 그토록 경멸하던 모습으로 살아가게 만드는 것이 결코 그를 구하는 일이 아니라는 것을 미처 깨닫지 못한 채.

클라리가 쓰러질 듯 제이스에게 기댔다. 제이스는 그것을 클라리에게 더 이상 싸울 의사가 없다는 신호로 받아들이고 그녀를 잡고 있던 손에서 힘을 뺐다. 마지막 섀도우 헌터가 세바스찬 앞으로 가서 죽음의 잔에 손을 뻗었다.

"클라리…."

제이스가 입을 열었다.

하지만 클라리는 그가 무슨 말을 하려고 했는지 영원히 알 수 없게 되었다. 죽음의 잔으로 손을 내밀던 섀도우 헌터가 외마디 비명과 함께 목에 화살이 꽂힌 채 뒷걸음질 쳤다. 믿을 수 없는 광경에 클라리가 주위를 돌아보니 전투복 차림의 알렉이 고인돌 위에 활을 들고 서 있었다. 그는 만족한 듯 미소를 짓더니 화살을 꺼내려고 어깨 뒤로 손을 뻗었다.

바로 그때 그의 뒤에서 지원군이 몰려왔다. 한 무리의 늑대인간들이 땅에 몸을 바짝 붙이고 달려왔다. 그들의 얼룩무늬 털이 알록달록한 빛에 반짝거렸다. 마야와 조던도 그 속에 끼어 있는 것 같았다. 그들 뒤로 눈에 익은 새도우 헌터들이 대열을 지어 나타났다. 이사벨과 메이리스 라이트우드, 헬렌 블랙손, 알린 펜할로우, 그리고 멀리서도 붉은 머리를 알아볼 수 있는 엄마. 그들과 함께 사이먼이 어깨에 은빛 검의 손잡이를 걸치고 나타났고, 매그너스가 두 손으로 파란 불꽃을 일으키며 다가왔다.

클라리의 심장이 쿵 뛰었다.

"여기예요!"

클라리가 그들을 향해 소리 질렀다.

"나 여기 있어!"

"클라리 보이니?" 조슬린이 물었다. "클라리 저기 있어?"

사이먼은 저 앞에서 밀려오는 어둠에 집중했다. 그의 뱀파이어 감각이 먼 곳에서 풍겨오는 피 냄새를 예민하게 포착했다. 서로 다른 피 냄새가 섞여서 풍겼다. 새도우 헌터의 피, 악마의 피, 그리고 씁쓸한 세바스찬의 피.

"보여요. 제이스가 클라리를 붙잡고 있어요. 저기 줄지어 있는 새도우 헌터들 뒤에서 제이스가 클라리를 끌고 가고 있어요."

"만약 저들이 서클이 발렌타인한테 했듯이 조녀선에게 충성한다면 조녀선을 지키기 위해 시체의 벽이라도 만들 거야. 그리고 클라리와 제이스도 그와 함께 있을 거고." 조슬린은 딸을 빼앗긴 엄마의 분노로 초록빛 눈이 이글이글 타오르고 있었다. "시체의 벽을 뚫고라도 그 아이들을 구해내야 돼."

"걔들을 구하려면 세바스찬부터 잡아야 돼요." 이사벨이 말했다. "사이먼, 우리가 엄호해줄게. 세바스찬을 찾아서 영광의 검으로 끝장 내. 일단 그 자식이 쓰러지면…."

"나머지는 아마 흩어질 거야." 매그너스가 말을 받았다. "아니면 저들이 세바스찬에게 바치는 충성도에 따라 그와 함께 죽거나 붕괴하거나 하겠지. 어쨌든 희망을 가져보자."

매그너스가 뒤로 고개를 돌리며 다시 말을 이었다.

"희망 이야기가 나왔으니 말인데, 알렉이 활 쏘는 거 봤어? 역시 내 애인이라니까."

매그너스가 활짝 웃으며 손가락들을 움직였다. 그러자 그의 손에서 파란 불꽃이 뿜어져 나오더니 그의 온몸을 휘감으며 빛났다. 매그너스 혼자 근사한 전투복 차림이겠구나, 라고 사이먼은 생각했다.

이사벨이 허리에 감았던 채찍을 풀었다. 채찍이 황금 불꽃처럼 그녀 앞에서 춤췄다.

"좋아, 사이먼. 준비됐지?"

이사벨이 물었다.

사이먼은 어깨에 힘이 들어갔다. 붉은 예복과 전투복 차림에 무기로 무장한 적의 대열과는 아직 어느 정도 거리가 있었다. 적은 당황해서 소리를 내지르기도 했다. 사이먼은 자기도 모르게 미소를 지었다.

"천사의 이름으로, 사이먼. 지금 뭘 보고 웃는 거야?"

이사벨이 물었다.

"저들이 가지고 있는 천사의 검이 말을 안 들어. 왜 그런지 알아내려고 난리가 났네. 세바스찬이 방금 다른 무기를 쓰라고 소리쳤어."

또 하나의 화살이 고인돌에서 날아가 덩치 큰 섀도우 헌터 등에 꽂히자 적의 대열에서 다시 비명이 솟았다. 화살을 맞은 자는 앞으로 고꾸라졌다. 적의 대열이 동요하더니 벽에 금이 가듯 살짝 갈라졌다. 그 틈을 노려 사이먼이 앞으로 내달리자 다른 사람들도 보조를 맞추었다.

한밤중에 검은 바다로, 상어와 무시무시한 이빨을 지닌 바다 괴물들이 뒤엉켜 있는 바다로 뛰어드는 것 같았다. 사이먼에게 이번이 첫 전투는 아니었지만 죽음의 전쟁을 치를 때는 카인의 마크를 몸에 지니고 있었다. 그때는 카인의 마크를 제대로 활용할 줄 몰랐는데도 많은 악마들이 그 마크를 보자마자 꽁무니를 뺐다. 지금 이 순간, 빽빽하게 대열을 이루며 검을 휘두르는 섀도우 헌터들 사이를 뚫고 가려니 사이먼은 카인의 마크를 내준 것이 못내 아쉬웠다. 이사벨과 매그너스가 양쪽에서 사이먼을…영광의 검을 엄호해주었다. 이사벨의 채찍이 강하고 정확하게 날아갔다. 매그너스의 손에서도 색색의 불꽃이 날아가 적을 불태웠다. 다른 섀도우 헌터들도 루크의 늑대인간들이 할퀴고 목을 물어뜯고 찢어발기자 비명을 질렀다.

단검 하나가 무서운 속도로 날아와 사이먼의 옆구리를 베었다. 사이먼의 입에서 비명이 터져 나왔지만, 몇 초 후면 상처가 아물 거라는 것을 알기에 속도를 늦추지 않았다.

그러다 갑자기 멈춰 섰다. 낯익은 얼굴이 앞에 나타났다. 루크의 여동생 아마티스였다. 사이먼은 그녀의 두 눈에서 자신을 알아차리는 기색을 보았다.

저분이 여기서 뭐하는 거지? 저들하고 같이 싸우고 있잖아? 하지만….

아마티스가 검게 빛나는 단검을 손에 들고 사이먼을 향해 돌진했다. 그녀는 빨랐다…. 하지만 뱀파이어의 반사 신경보다 빠르지는 않았다. 그러나 사이먼은 너무 놀라서 꼼짝도 할 수 없었다. 아마티스는 루크의 여동생인데, 내가 아는 사람인데…. 믿을 수 없는 광경에 어리둥절한 사이 사이먼은 끝장날 수도 있었다. 매그너스가 펄쩍 뛰어 앞을 가로막으며 그를 뒤로 밀쳐내지만 않았다면.

파란 불길이 매그너스의 손에서 발사되었다. 하지만 아마티스는 마법사보다도 빨랐다. 빙글 돌아 불길을 피하더니 매그너스의 팔 밑으로 몸을 숙였다. 달빛에 번뜩이는 아마티스의 검이 사이먼의 눈에 들어왔다. 검이 허공을 가르며 내려와 매그너스의 갑옷을 베자 그의 눈이 충격으로 휘둥그레졌다. 아마티스가 뒤로 물러났다. 매그너스가 무릎을 꿇고 주저앉자 이사벨이 비명을 질렀다. 사이먼이 그를 향해 돌아서려 했지만 밀려드는 적들의 기세에 뜻대로 할 수가 없었다. 아마티스가 주저앉은 마법사 위로 몸을 숙이며 그의 심장을 향해 단검을 치켜드는 순간 사이먼이 비명을 질렀다.

"이거 놔!"

클라리가 제이스의 손아귀에서 벗어나려고 필사적으로 반항했다. 클라리와 제이스, 그리고 세바스찬은 전선에서 불과 두세 걸음 뒤에 있었다. 제이스는 몸부림치는 클라리를 단단히 붙잡고 있었고, 그 옆에 있는 세바스찬은 분노 가득한 얼굴로 전투를 지켜보고 있었다. 그의 입술이 움직이고 있었다. 욕을 하는지 기도를 하는지 아니면 주술을 읊조리는 건지 클라리로서는 알 수가 없었다.

"봐달라니까, 이…."

세바스찬이 클라리를 무서운 표정으로 돌아보았다.

"걔 입 막아, 제이스."

세바스찬의 말에 제이스가 클라리를 붙잡은 채로 물었다.

"여기서 계속 저들의 보호만 받고 있을 거야?"

제이스가 턱으로 앞에서 싸우는 섀도우 헌터들을 가리켰다.

"당연하지. 너하고 나, 우리는 중요한 존재라 다쳐서는 안 되거든."

"난 이런 거 싫어. 상대가 수적으로 너무 우세하잖아." 제이스가 고개를 쭉 빼서 섀도우 헌터 무리 너머를 살펴보았다. "릴리스를 부르면 안 돼? 다시 소환해서 도와달라고 할 수 없어?"

"뭐, 지금 여기로?"

세바스찬의 목소리에 비웃는 기색이 역력했다.

"안 돼. 그리고 그녀는 지금 너무 약해서 도움이 안 돼. 카인의 마크를 지닌 빌어먹을 다운월드 자식이 릴리스의 힘을 흩어놓았잖아. 그래서 지금은 고작해야 우리 앞에 나타나 피를 내어주는 정도가 그녀가 할 수 있는 전부야."

"겁쟁이." 클라리가 내뱉듯 말했다. "저들을 네 노예로 만들어놓고는 저들을 위해 맞서 싸울 생각도 안 하다니…."

세바스찬이 클라리의 얼굴을 갈기려는 듯 한 손을 쳐들었다. 클라리는 세바스찬이 자기를 때리기를, 제이스가 보는 앞에서 그런 짓을 하길 바랐다. 하지만 세바스찬은 그저 악마 같은 미소만 짓고는 손을 내렸다.

"만약에 제이스가 너를 놔주면 넌 싸우겠지?"

"물론 나는…."

"어느 편에서 말이지?"

세바스찬이 재빨리 한 걸음 다가와 죽음의 잔을 들어 올렸다. 그 안에 든 것이 클라리의 눈에 보였다. 많은 새도우 헌터들이 마셨지만 죽음의 잔 안에는 여전히 처음과 같은 양의 피가 들어 있었다.

"얘 얼굴 들어 올려, 제이스."

"안 돼!"

클라리는 아까보다 세게 몸부림을 쳤다. 제이스의 손이 클라리의 턱 밑으로 미끄러져 내려갔다. 그런데 클라리는 그 손이 주저한다고 느꼈다.

"세바스찬." 제이스가 입을 열었다. "하지만…."

"당장." 세바스찬이 명령했다. "우린 여기 더 머물 필요가 없어. 저런 총알받이들과 달라. 우리는 중요한 존재라고. 우리는 죽음의 잔이 힘을 발휘한다는 것을 증명했어. 그기면 된 거야."

그렇게 말하며 세바스찬이 클라리의 드레스 앞섶을 틀어쥐었다.

"그런데 이 녀석이 발로 차고 소리 지르고 주먹질을 해대지만 않는다면 빠져나가기가 한결 쉬워지겠지."

세바스찬이 말했다.

"얘는 나중에 마시게 해도 되는데…."

"안 돼." 세바스찬이 잡아먹을 듯 무섭게 말했다. "꼼짝 못 하게 붙잡아."

세바스찬이 잔을 들어 클라리의 입술에 밀어붙였다. 클라리는 이를 악물고 버텼다.

"마셔." 세바스찬이 사악한 목소리로 속삭였다. 너무 작게 말해 제이스의 귀에는 들리지 않을 것 같았다. "오늘 밤이 끝날 즈음이면 넌 내가 원하는 것은 무엇이든 하게 될 거야. 마셔."

그의 검은 눈이 한층 어두워지면서 잔을 더 세게 밀어붙였다.잔에 짓눌린 클라리의 아랫입술이 찢어졌다.

클라리는 피 맛을 느끼며 뒤로 손을 뻗어 제이스의 양 어깨를 잡았다. 그러고는 그의 몸을 지지대 삼아 세바스찬을 힘껏 찼다. 드레스 솔기가 뜯어지면서 두 발이 세바스찬의 갈비뼈를 정확히 가격했다. 세바스찬이 숨 막히는 소리를 내지르며 뒷걸음치자 클라리가 고개를 홱 젖혔다. 뒤통수를 제이스의 얼굴에 세게 부딪치자 클라리를 잡고 있던 제이스의 손에서 힘이 빠졌다. 클라리는 제이스의 손아귀에서 빠져나와 뒤도 돌아보지 않고 전투가 벌어지는 곳으로 내달렸다.

마야는 바위투성이 평원을 질주했다. 피, 땀, 그리고 고무 타는 냄새 같은 흑마술의 악취까지, 전투의 냄새가 코를 찔렀다.

늑대인간 무리는 들판 전체로 퍼져 나가 무시무시한 이빨과 발톱으로 적들을 죽였다. 마야는 조던의 곁을 떠나지 않았다. 보호가 필요해서가 아니라 그와 나란히 있으면 더 효과적으로 싸울 수 있기 때문이었다. 지금껏 경험한 전투는 브로슬린드 숲에서 악마들에게 맞섰던 전투가 전부였다. 지금은 그때보다 싸우는 인원이 적었지만 어둠의 섀도우 헌터들은 강력했다. 조금 전 호리호리한 남자가 풀쩍 뛰어오르는 늑대인간의 머리를 짧은 단검으로 날려버리는 것을 마야는 목격했다. 머리를 잃어 누군지 알아볼 수 없는 몸뚱이가 피칠갑을 한 채 털썩 떨어졌다.

그 모습을 떠올리는데 새빨간 예복 차림의 네피림 사내가 두 손에 양날 검을 들고 앞을 가로막았다. 조던이 먼저 으르렁거렸지만 덤벼든 것은 마야였다. 남자가 몸을 숙여 피하며 검을 휘둘렀다. 어깨에 날카로운 통증을 느끼며 마야는 네 발로 땅바닥에 내려앉았다. 고통이 온몸으로 퍼져갔다. 하지만 이내 챙그렁, 소리가 들렸다. 마야는 자신이 남자가 들고 있던 검을 떨어뜨린 것을 알아차렸다. 만족스럽게 울부짖으며 휙 돌아서는데 조던이 그 네피림의 목으로 뛰어들어….

하지만 네피림이 말썽 부리는 강아지를 낚아채듯 조던의 목덜미를 붙잡아 허공으로 휙 들어올렸다.

"쓰레기 같은 다운월드 놈. 가죽을 벗겨 코트로 만들어주마."

남자가 내뱉듯 말했다. 그런 욕을 들은 것이 처음은 아니었지만 얼음처럼 차가운 증오가 가득한 목소리에 마야는 온몸이 부르르 떨렸다. 마야는 남자에게 달려들어 다리를 물었다. 피가 입 안 가득 퍼지자 남자가 뒷걸음치며 발길질을 하다 조던을 잡은 손을 놓쳤다. 마야는 조던이 다시 덤벼들 때까지 물고 있던 다리를 놓지 않았다. 늑대인간의 발톱이 목을 찢는 순간, 분노한 섀도우 헌터의 비명도 끝났다.

아마티스가 매그너스의 심장을 향해 칼을 내리꽂는 순간…. 화살이 바람을 가르고 날아와 그녀의 어깨에 꽂혔다. 화살의 엄청난 힘에 아마티스는 옆으로 쓰러지더니 반 바퀴를 굴러 얼굴을 바위투성이 바닥으로 향한 채 엎어졌다. 아사벨이 매그너스 옆에 무릎을 꿇고 앉았다. 사이먼이 위를 올려다보니 알렉이 활을 든 채 고인돌 위에 얼어붙어 있었다. 그는 너무 멀리 있어서 매그너스가 정확히 보이지 않는 듯했다. 이사벨이 마법사의 가슴에 손을 얹었지만 매그너스는…언제나 힘이 넘치던, 지나칠 정도로 힘이 넘치던 매그너스는 꼼짝하지 않았다. 이사벨이 고개를 드니 사이먼이 둘을 빤히 내려다보고 있었다. 이사벨은 사이먼을 향해 세차게 도리질했다.

"어서 가!" 이사벨이 소리 질렀다. "세바스찬을 찾아!"

가슴이 찢어질 것 같았지만 사이먼은 홱 돌아서 다시 전투가 벌어지는 곳으로 달려갔다. 빨간 예복의 섀도우 헌터들이 흩어지기 시작했다. 늑대인간들이 여기저기 뛰어다니며 섀도우 헌터들을 흩어놓았다. 조슬린은 한쪽 팔에서 피가 질질 흐르는 남자와 검으로 맞서 싸우고 있었는데…. 비틀비틀 다가오는 남자를 보던 사이먼은 뭔가 이상하다는 것을 깨달았다. 빨간 예복의 네피림들은 몸에 룬이 없었다. 그들 모두 피부에서 룬이 사라지고 없었다.

그뿐 아니라, 철퇴를 휘두르며 알린에게 덤벼들던 어둠의 섀도우 헌터는 비록 헬렌에게 당해 내장을 쏟으며 죽긴 했지만 지금껏 사이먼이 본 그 어떤 네피림보다 빨랐다. 제이스나 세바스찬보다도 빨랐다. 뛰어오르는 늑대인간의 배를 갈라 죽이는 네피림을 보며 사이먼은 뱀파이어만큼이나 민첩하게 움직인다고 생각했다. 죽은 늑대인간은 땅바닥에 털썩 쓰러지더니 다부진 몸매의 금발 남자로 변했다. 마야도 조던도 아니구나. 사이먼은 안도했지만 이내 죄책감이 그 뒤를 따랐다. 다시 앞으로 나아갔다. 카인의 마크가 없는 것이 다시 아쉽게 느껴졌다. 카인의 마크만 있다면 어둠의 네피림 모두를 불태워 죽일 수 있을 텐데….

느닷없이 어둠의 네피림 하나가 넓적한 단날검을 휘두르며 불쑥 나타났다. 사이먼은 얼른 몸을 숙였지만 굳이 그럴 필요가 없었다. 상대가 검을 반도 휘두르기 전에 화살이 날아와 목에 꽂혀 피를 토하며 쓰러졌기 때문이다. 사이먼이 고개를 홱 쳐들자 아직도 고인돌 위에 서 있는 알렉이 보였다. 돌처럼 굳은 얼굴로 기계처럼 정확하게 화살을 쏘고는 다시 기계적으로 화살을 뽑아 활에 메기고 또 쐈다. 화살 하나하나가 모두 목표물에 정확히 명중했지만 알렉은 그 사실을 알아차리지 못하는 것 같았다. 화살이 시위를 떠나면 그는 곧바로 새 화살을 뽑아들었다. 또 하나의 화살이 쌩 날아가 누군가의 몸에 꽂히는 소리를 들으며 사이먼은 앞으로 달려 나가다가….

얼어붙은 듯 멈춰 섰다. 거기에 있었다. 클라리가, 맨손으로 적들을 헤치며 앞으로 나아가고 있었다. 클라리의 눈이 사이먼을 발견한 순간, 얼굴에 못 믿겠다는 표정이 스쳤다. 클라리의 입술이 소리 없이 움직여 사이먼의 이름을 불렀다.

클라리 바로 뒤에 제이스가 있었다. 그의 얼굴은 피범벅이었다. 그가 클라리를 뒤쫓자 주위 사람들이 비켜서며 길을 내주었다. 제이스 바로 뒤로, 그가 지나온 공간을 사이에 두고 빨간색과 은색이 희미하게 빛나는 것이 사이먼의 눈에 보였다. 그 빛은 발렌타인처럼 머리가 새하얀, 눈에 익은 사람에게서 나오는 것이었다.

세바스찬. 그는 아직도 어둠의 섀도우 헌터 군단의 방어선 뒤에 숨어 있었다. 그를 보자 사이먼은 어깨 너머로 손을 뻗어 칼집에서 영광의 검을 뽑았다. 클라리가 사람들에게 떠밀리다시피 사이먼 앞으로 다가왔다. 흥분해 있었지만 사이먼을 만난 반가움이 두 눈에 역력히 나타났다. 마음속으로 안도감이 밀려오면서 사이먼은 클라리가 여전히 예전 그대로인지, 혹시 아마티스처럼 변한 것은 아닌지 걱정하고 있었다는 것을 깨달았다.

"검 이리 줘!"

쇠와 쇠가 부딪치는 소리에 반쯤 묻힌 클라리의 목소리가 들렸다. 검을 향해 손을 뻗는 순간 클라리는 사이먼이 알던 소꿉친구가 아닌 섀도우 헌터로, 영광의 검과 하나인 복수의 천사로 변했다.

사이먼이 검 손잡이를 클라리에게 내밀었다.

밀려드는 적 속에서 빨간색만 보이면 루크의 킨잘 검을 휘두르던 조슬린은 전투가 소용돌이 같다, 라고 생각했다. 모든 것이 다가왔다가는 너무 빨리 물러가버려, 죽지 말고 살아남아야 한다는 절박함 말고는 아무것도 생각할 수가 없었다.

조슬린은 눈을 깜박이며 딸을 찾았다. 빨간 머리가 보이지 않는지, 아니면 제이스라도 보이지 않는지 살폈다. 제이스가 있는 곳에 클라리도 있을 것 같아서였다. 흐르지 않는 바다 위에 빙산이 떠 있는 것처럼 평원 여기저기에 바위가 널려 있었다. 조슬린은 전투 현상을 제대로 살펴보기 위해 바위 위로 기어 올라갔지만 보이는 것이라고는 납작하게 뭉개진 시체, 번뜩이는 무기들, 그리고 섀도우 헌터들 사이로 웅크린 채 달려가는 늑대인간들뿐이었다.

바위에서 기어 내려가려고 뒤로 돌아서는데….

바닥에서 누군가 조슬린을 기다리고 서 있었다. 조슬린은 더 이상 내려가지 못하고 그를 빤히 노려보았다.

남자는 새빨간 예복 차림에 한쪽 뺨에는 거무죽죽한 흉터가 나 있었다. 그가 얼굴을 찡그렸다. 더 이상은 어린아이가 아니었지만 조슬린은 그를 똑똑히 알아볼 수 있었다.

"제레미." 조슬린이 천천히 말했다. 하지만 전투의 소음에 목소리가 묻혀 거의 들리지 않았다. "제레미 폰트머시."

한때 서클의 가장 어린 회원이었던 그가 핏발 선 눈으로 조슬린을 노려보고 있었다.

"조슬린 모겐스턴. 우리와 함께하겠는가?"

"함께한다고? 제레미, 안 돼…."

"당신도 한때는 서클에 몸담았잖아." 제레미가 다가오며 말했다. 오른손에 긴 단검을 들고 있었다. "우린 같은 편이었잖아. 이제는 당신 아들을 따를 차례야."

"네가 내 남편을 따르면서부터 나는 너와 갈라섰다. 어째서 내 아들이 너를 이끄는 지금 내가 너와 함께할 거라고 생각하지?"

조슬린이 물었다.

"우리와 함께하지 않는다면 우리의 적이 될 수밖에 없다, 조슬린." 제레미가 굳은 얼굴로 말했다. "당신은 이들과 적이 될 수 없다."

"조너선은 발렌타인이 만들어낸 최고의 악마야. 나는 결코 그 아이와 함께할 수 없어. 나는 결국에는 발렌타인과도 함께하지 않았다. 그러니 지금 네가 설득한다고 해서 내가 너와 함께할 가능성은 없는 것 아닐까?"

제레미가 고개를 가로저었다.

"내 말을 못 알아들었군. 내 말은 당신이 당신 아들은 물론, 우리의 적이 될 수 없다는 뜻이었다. 클레이브도 우리의 적이 될 수 없다. 그들은 준비가 되지 않았다. 우리가 하려고 하고 할 수 있는 그 어떤 일에도 준비가 되지 않았다. 모든 도시의 거리마다 피가 흘러내릴 것이다. 세상은 불에 타버릴 것이다. 당신이 아는 모든 것이 파괴될 것이다. 그러면 우리는 패배의 잿더미 속에서 불사조가 되어 날아오르리라. 기회는 지금뿐이다. 당신 아들도 더 이상의 기회는 주지 않을 것이다."

"제레미, 발렌타인이 너를 데려왔을 때 넌 어린아이였어. 지금이라도 돌아올 수 있어. 클레이브로 다시 돌아올 수 있어. 그들이 관대하게…."

"나는 절대 클레이브로 돌아갈 수 없다." 제레미가 당당히 자랑하듯 말했다. "모르겠나? 당신 아들과 함께한 우리들 모두 더 이상 네피림이 아니다."

더 이상 네피림이 아니다. 조슬린이 대꾸하려는데 채 입을 벌리기도 전에 제레미가 피를 토했다. 그러더니 털썩 주저앉았고, 그의 뒤에 메이리스가 넓은 검을 들고 서 있었다.

두 여인은 잠깐 동안 제레미의 시체를 내려다보았다. 메이리스가 다시 전투 현장으로 뚜벅뚜벅 걸어갔다.

클라리의 손이 손잡이에 닿는 순간, 황금빛을 뿜으며 검이 폭발했다. 검 끝에서부터 불길이 타올라 옆에 새겨진 '퀴스 우트 데우스(Quis ut Deus)?'라는 글귀가 번쩍거리며 손잡이가 태양의 빛을 담은 듯 빛났다. 클라리는 하마터면 검을 떨어뜨릴 뻔했지만 불길은 검 안에 담겨 있는 듯 손바닥에 닿는 부분은 차가웠다.

클라리는 불타는 검을 손에 쥐고 돌아섰다. 두 눈이 바쁘게 세바스찬을 찾았다. 그가 눈에 보이지는 않았지만 자신이 뚫고 나온 섀도우 헌터들의 대열 뒤에 숨어 있는 것은 확실했다. 클라리는 검을 단단히 그러쥐고 그들을 향해 나아갔지만 누군가가 앞을 막았다.

제이스.

"클라리."

제이스가 불렀다. 비명, 함성, 쇠와 쇠가 부딪히는 소리에 귀가 멀 것 같은 그곳에서 그의 목소리를 듣는다는 것은 불가능했다. 그런데 마치 홍해가 갈라지듯 수많은 사람들이 옆으로 물러나며 클라리와 제이스에게 자리를 내어주는 것만 같았다.

"제이스. 비켜."

뒤에서 사이먼이 외치는 소리가 클라리의 귀에 들렸다. 제이스는 고개를 가로저었다. 황금빛 눈은 무표정해서 속마음을 알 수가 없었다. 그의 얼굴은 피투성이였다. 아까 클라리가 뒤통수로 들이받은 탓에 그의 얼굴은 부풀어 오르고 시커멓게 멍이 들어 있었다.

"그 검 내놔, 클라리."

"싫어."

클라리가 뒤로 한 걸음 물러나며 고개를 기로저었다. 영광의 검이 짓밟히고 피로 얼룩진 풀밭과 그녀에게로 다가오는 제이스를 밝게 비춰주었다.

"제이스, 난 너와 세바스찬을 분리할 수 있어. 너를 해치지 않고도 그를 죽일 수 있단 말이야…."

제이스의 얼굴이 일그러졌다. 그의 눈동자는 클라리가 들고 있는 검과 똑같은 색이었다. 아니, 검의 불꽃이 비쳐서 그렇게 보이는 건지도 몰랐다. 하지만 그런 것은 상관없었다. 클라리 앞에 제이스가 서 있지만 이 사람은 제이스가 아니다. 그에 대한 기억들이 떠올랐다. 클럽에서 처음 만난 순간. 남들은 물론 자기 자신도 함부로 대했지만 클라리를 통해 사랑하고 아끼는 법을 배우게 된 소년. 좁은 침대에서 손을 맞잡고 둘이 함께 보냈던 이드리스에서의 밤. 피투성이가 된 채 홀린 듯 자신을 바라보며 파리에서 살인을 저질렀다고 고백하던 제이스.

"그를 죽여?" 제이스이지만 제이스가 아닌 그가 따지듯 물었다. "너 미쳤어?"

클라리는 린 호수에서 발렌타인이 검을 들고 제이스에게 덤벼들던 순간을 떠올렸다. 흘러내리는 제이스의 피와 함께 자신의 삶이 끝난 것 같았다.

그 뒤로 그를 다시 살려냈을 때, 제이스는 클라리에게 다가와 지금 이 검처럼 불타는 눈으로, 천사의 피처럼 빛나는 눈으로 클라리를 내려다보았다.

나는 어둠 속에 있었어. 어둠뿐인 그곳에서 나 역시 어둠이었어. 그런데 네 목소리가 들렸지.

그 목소리가 다른 목소리로, 최근에 들은 목소리로 바뀌었다. 발렌타인의 아파트 거실에서 세바스찬을 바라보던 제이스의 목소리로, 이렇게 살 바에는 차라리 죽는 게 낫다고 말하던 그 목소리로 변했다. 그리고 지금 눈앞의 제이스는 검을 내놓으라고, 그러지 않으면 강제로 빼앗겠다고 말하고 있다. 그의 목소리는 거칠고 짜증난 목소리, 어린아이에게 말하는 듯한 목소리였다. 그 순간 클라리는 눈앞의 사람이 자신이 사랑하던 제이스가 아니듯, 자신도 지금 눈앞의 제이스가 사랑하는 클라리가 아니라는 것을 깨달았다. 눈앞의 제이스가 사랑하는 클라리는 고분고분 순종하는, 자유의지나 진심에서 우러나지 않은 사랑은 결코 사랑이 아님을 이해하지 못하는 거짓된 제이스의 머릿속에 희미하게 존재하는 왜곡된 기억일 뿐이었다.

"그 검 내놔." 제이스가 턱을 쳐들고 거만한 목소리로 말하며 손을 내밀었다. "내놓으라니까, 클라리."

"이걸 갖고 싶어?"

클라리가 영광의 검을 들어 올렸다. 검이 뿜어내는 빛이 점점 더 밝아지더니 하늘의 별까지 닿을 듯 강렬해졌다. 제이스의 황금빛 눈에 놀란 기색이 역력했다. 하지만 지금도 그는 클라리가 자신을 해칠지도 모른다는 생각은 하지 못하는 것 같았다. 지금 이 순간까지도.

클라리는 깊이 숨을 들이마셨다.

"간다."

그날 호숫가에서 본 것처럼 제이스의 눈이 타올랐다. 클라리는 발렌타인이 했듯이 제이스에게 검을 내리쳤다. 진작 이랬어야 했다고 클라리는 생각했다. 제이스는 전에도 이렇게 죽었고, 죽은 그를 클라리가 되살려냈다. 그리고 그때와 똑같은 일이 다시 벌어졌다.

거짓으로 죽을 수는 없어. 결국에는 죽음이 찾아올 거야.

영광의 검이 제이스의 가슴에 박혔다. 검은 그의 갈비뼈를 가르며 깊이 더 깊이 찔러 들어갔다. 마침내 주먹이 그의 몸에 닿자 클라리는 더 이상 움직일 수가 없었다. 제이스는 꼼짝도 하지 않았다. 클라리는 영광의 검을 쥔 채 그의 몸에 기대서 있었다. 제이스의 상처에서 피가 흘러내리기 시작했다.

외마디 비명이 터져 나왔다. 분노, 고통, 그리고 두려움이 뒤섞인, 처참하게 갈가리 찢긴 자의 입에서 터져 나오는 비명이었다. 세바스찬이구

나. 클라리는 생각했다. 제이스와 자신을 결합하는 끈이 끊어져 세바스찬이 내지르는 비명이었다.

하지만 제이스, 그는 아무 소리도 내지 않았다. 엄청난 일이 벌어졌는데도 그의 얼굴은 동상처럼 고요하고 평화로웠다. 그의 얼굴은 클라리를 내려다보고 있었고 눈은 밝게 빛났다.

그러더니 그의 몸이 불타기 시작했다.

알렉은 하나도 기억나지 않았다. 고인돌에서 허겁지겁 뛰어내려 시체가 널린 바위투성이 평원을 가로지른 것이 전혀 기억나지 않았다. 그의 눈은 오로지 한 사람만을 향해 있었다. 비틀거리다 하마터면 넘어질 뻔했다. 고개를 들어 앞을 보니 이사벨이 돌바닥에 쓰러진 매그너스 옆에 무릎을 꿇고 앉아 있었다.

허파 속의 공기가 모두 빠져 나간 것 같았다. 그렇게 창백하고 꼼짝 않는 매그너스는 처음 보았다. 그의 가죽 갑옷에 피가 묻어 있었다. 그가 누워 있는 땅바닥에도 피가 고여 있었다. 하지만 그건 불가능한 일이다. 매그너스는 오래 살아왔다. 불멸의 존재다. 죽음이 범접할 수 없는 존재다. 알렉은 매그너스가 자신보다 먼저 죽는다는 것은 상상조차 해본 적 없었다.

"알렉." 이사벨의 목소리가 마치 물속에서 들리는 것 같았다. "알렉, 매그너스가 숨은 쉬고 있어."

그제야 알렉도 떨리는 숨을 내뱉었다. 그러고는 한 손을 누이에게 내밀었다.

"단검 줘."

이사벨이 말없이 단검 하나를 건넸다. 알렉이 매그너스의 가죽 갑옷 앞부분을 잘라내고 그 안에 입은 셔츠도 잘랐다. 알렉은 이를 악물었다. 이 가죽 갑옷이 아니었다면 매그너스는 산산조각이 났을지도 모른다는 생각이 들어서였다.

알렉은 매그너스의 가죽 갑옷을 조심스럽게 벗겨냈다. 자신의 두 손이 너무도 침착한 것에 알렉 스스로도 놀랐다. 엄청난 양의 출혈이었다. 오른쪽 갈비뼈 아래에 큰 상처가 나 있었다. 그래도 규칙적으로 숨을 쉬는 것을 보니 허파는 찔리지 않은 것이 확실했다. 알렉이 서둘러 재킷을 벗어 둘둘 말아 아직도 피가 흐르는 상처에 대고 눌렀다.

눈꺼풀이 파르르 떨리더니 매그너스가 눈을 떴다.

"아야." 매그너스가 약하게 신음 소리를 흘렸다. "나한테 기대지 마."

"라지엘이여." 알렉은 마음이 놓인 듯 숨을 토해냈다. "괜찮을 거야."

알렉이 남은 한 손으로 매그너스의 머리를 받치며 엄지로 피 묻은 그의 뺨을 어루만졌다.

"난 당신이…." 장피한 말이 나오기 전에 알렉이 얼른 고개를 들어 주위를 살폈지만 이사벨은 조용히 곁에서 물러나고 없었다. "당신이 쓰러지는 걸 봤어."

알렉이 나지막이 말했다. 그러고는 몸을 숙여 아프지 않도록 살짝 매그너스의 입술에 입을 맞췄다.

"당신이 죽는 줄 알았어."

매그너스가 비웃듯 미소를 지었다.

"겨우 살짝 긁힌 것 때문에?"

매그너스는 알렉의 손에 있는 피 묻은 재킷을 흘끗 내려다보고는 다시 말을 이었다.

"그래, 꽤 많이 긁혔네. 무지 무지 큰 고양이가 할퀸 것처럼 말이야."

"지금 제정신 맞아?"

"맞거든."

매그너스는 이마를 찡그리며 말했다.

"아마티스가 내 심장을 겨누고 공격했지만 치명상은 피했어. 문제는 출혈 때문에 에너지가 빠져나가면서 나 자신을 치유할 수 있는 능력도 같이 빠져 나가고 있다는 거야."

매그너스는 크게 숨을 들이마시다 기침을 해댔다.

"저기, 손 좀 잡아 줘."

매그너스가 손을 내밀자 알렉이 깍지를 끼면서 손바닥을 꼭 맞대 손을 잡았다.

"발렌타인의 배에서 전투가 벌어졌던 날 기억나? 내가 네 힘을 필요로 했던 날 말이야."

"지금 내 힘이 다시 필요해?" 알렉이 물었다. "언제든 말만 해."

"난 언제나 네 힘이 필요해, 알렉."

매그너스는 그렇게 말하고 눈을 감았다. 그러자 꼭 맞잡은 두 사람의 손이 별을 쥐고 있기라도 한 듯 빛을 뿜어내기 시작했다.

천사의 검 손잡이에서 불길이 치솟더니 검 전체로 번져 나갔다. 불길은 전기처럼 클라리의 팔을 관통하며 그녀를 쓰러뜨렸다. 뜨거운 빛이 온몸의 혈관을 따라 질주하면서 클라리는 고통에 몸을 웅크렸다. 금방이라도 몸이 터져버릴 것 같아서 자신의 몸을 꼭 끌어안았다.

제이스가 무릎을 꿇고 주저앉았다. 검은 여전히 그의 몸에 꽂힌 채 백금 같은 불길을 뿜어내며 타올랐다. 불길에 휩싸인 제이스는 알록달록한 물을 담아놓은 유리병처럼 화려해 보였다. 몸속의 불길 때문에 그의 피부가 투명해 보였다. 머리카락은 구릿빛으로 빛났고 온몸의 뼈는 단단한 불쏘시개처럼 보였다. 영광의 검도 도가니에서 녹는 황금처럼 금빛 액체로 녹아내리고 있었다.

몸속에서 더 큰 불길이 솟구쳐 나오자 제이스의 고개가 뒤로 젖혀지고 몸이 활처럼 휘었다. 클라리가 그에게 다가가려 했지만 그의 몸에서 뿜어져 나오는 열기가 너무 뜨거워 가까이 갈 수가 없었다. 그의 두 손이 가슴을 잡아 뜯자 황금색 피가 손가락 사이로 새어 나왔다. 제이스의 무릎 아래 있는 바위가 시커멓게 변해 쪼개지면서 재로 변했다. 영광의 검이 모닥불의 남은 불꽃처럼 타오르면서 폭발하더니 제이스가 돌바닥으로 고꾸라졌다.

클라리는 일어서려고 했지만 다리가 후들거려 설 수가 없었다. 아직도 온몸의 혈관이 불길에 휩싸인 듯 고통스러웠고 피부도 뜨거운 부지깽이로 찌르는 것처럼 아팠다. 그래도 앞으로 기어갔다. 손가락에 피가 나고 드레스가 찢기는 소리가 들렸지만 제이스가 있는 곳까지 기어갔다.

제이스는 한쪽 팔을 베고 다른 팔은 옆으로 길게 뻗은 채 모로 누워 있었다. 클라리는 그의 옆에 엎드리듯 쓰러졌다. 그의 몸에서 아직도 열기가 뿜어져 나왔지만 클라리는 개의치 않았다. 영광의 검이 관통한 전투복 등 부분으로 갈비뼈가 드러나 보였다. 재와 황금빛 머리카락 그리고 피가 뒤엉켜 있었다.

클라리는 천천히 움직였지만 갑자기 늙어버린 것처럼, 제이스가 불에 타는 일 초 일 초가 일 년이 되어 나이를 먹은 것처럼 움직임 하나하나가 고통스러웠다. 그래도 제이스를 자신에게로 끌어당겨 돌바닥에 똑바로 눕혔다. 클라리는 그의 얼굴을 보았다. 더 이상 황금빛은 아니었지만 여전히 아름다웠다.

클라리는 그의 가슴에 한 손을 올렸다. 제이스의 몸을 벨 때 칼날이 그의 갈비뼈를 가르는 것을 생생히 느꼈다. 그의 손가락 사이사이로 피가 새어 나오는 것도 똑똑히 봤다. 그가 누워 있는 바닥을 검게 물들이고 머리카락을 뻣뻣하게 만들 정도로 엄청난 양의 피였다.

하지만 만약…악함보다 선함이 더 많다면.

"제이스."

클라리가 속삭여 불렀다. 발소리가 주위를 울렸다. 뿔뿔이 흩어진 세바스찬의 전사들이 무기를 내던지며 달아나고 있었다. 하지만 클라리는 그런 것은 신경 쓰지 않았다.

"제이스."

그는 움직이지 않았다. 달빛을 받은 얼굴은 고요하고 평화로워 보였다. 긴 속눈썹이 광대뼈 위로 그림자를 드리웠다.

"제발."

클라리가 말했다. 목구멍에서 간신히 새어나온 듯 쉰 목소리였다. 숨을 쉬자 폐가 타들어가는 것 같았다.

"눈 좀 떠봐."

클라리가 눈을 감았다. 다시 눈을 떴을 때 엄마가 옆에 무릎을 꿇고 앉아 클라리의 어깨에 손을 얹었다. 엄마의 눈에서 눈물이 흘러내렸다. 하지만…엄마가 왜 우는 거지?

"클라리."

엄마가 조용히 말했다.

"보내주렴. 그 아이는 죽었어."

저 멀리 매그너스 옆에 무릎 꿇고 있는 알렉이 보였다.

"아니야." 클라리가 말했다. "그 검이…악을 불태워버리는 거라고요. 그러니까 제이스가 살아날 수도 있어."

조슬린이 딸의 등을 쓸어내리며 지저분해진 곱슬머리를 손가락에 감았다.

"클라리, 더 이상…."

제이스. 그의 두 팔을 감싸 쥐며 클라리가 마음속으로 미친 듯이 소리쳤다. 이 정도는 이겨낼 수 있을 만큼 강하잖아. 이게 너라면, 진짜 너라면 제발 눈을 뜨고 날 좀 봐.

어디선가 사이먼이 다가와 클라리 맞은편에 무릎을 꿇었다. 그의 얼굴도 피와 먼지로 얼룩져 있었다. 사이먼이 클라리에게 손을 내밀었다. 클라리가 고개를 홱 쳐들어 그를 노려보았다. 그리고 엄마를 노려보다가 그들 뒤에서 눈이 휘둥그레진 채 천천히 다가오는 이사벨을 보았다. 이사벨을 똑바로 볼 수 없어서 클라리는 고개를 돌려 제이스의 황금색 머리카락을 내려다보았다.

"세바스찬은…." 클라리가 말했다. 아니, 말하려고 애썼다. 목에서는 끽끽대는 소리만 간신히 새어나왔다. "누구든 그를 뒤쫓아야지."

그리고 다들 날 좀 내버려둬.

"다들 그를 찾고 있어." 엄마가 눈을 둥그렇게 뜬 채 걱정스러운 듯 말했다. "클라리, 이제 그만 보내주렴. 클라리야, 제발…."

"클라리 그냥 내버려두세요."

클라리의 귀에 이사벨이 날카롭게 말하는 소리가 들렸다. 엄마가 뭐라 대꾸하는 소리도 들렸지만 아주 멀리서 나는 것처럼 희미하게 들릴 뿐이었다. 마치 맨 뒷자리에서 연극을 보고 있는 것 같았다. 지금은 제이스 말고는 아무것도 생각나지 않았다. 제이스가 불에 타버렸다. 뜨거운 눈물이 솟구쳤다.

"제이스, 빌어먹을." 갈라지는 목소리로 클라리가 말했다. "넌 안 죽었어."

"클라리." 사이먼이 부드럽게 말했다. "이제 그만…"

그를 놓아주자. 사이먼은 그렇게 말하고 있었지만 클라리는 그렇게 할 수 없었다. 그렇게 하고 싶지 않았다.

"제이스."

클라리가 다시 속삭여 불렀다. 렌윅에서 제이스가 자신을 붙잡고 자신의 이름을 부르고 또 불렀던 것처럼, 주문을 읊듯이 그의 이름을 불렀다.

"제이스 라이트우드…"

클라리는 그대로 얼어붙었다. 분명히 봤다. 아주 살짝, 움직였다고도 할 수 없을 정도로 살짝 제이스가 움직였다. 한쪽 눈썹이 파르르 떨린 것이다.

클라리는 허겁지겁 앞으로 몸을 숙이다 중심을 잃어 제이스의 가슴을 손으로 탁 짚었다. 너무 놀라 믿을 수가 없었다. 불가능할 거라 생각했는데…. 손가락 끝으로 그의 심장박동이 전해졌다.

에필로그

　처음에는 아무것도 느낄 수 없었다. 그러다 어둠이 보였고, 그 속에서 불타는 고통이 느껴졌다. 마치 불을 삼킨 것 같았다. 불은 호흡을 막고 목구멍을 태웠다. 숨을 쉬려고, 불길을 식히려고 헐떡거리다 눈을 번쩍 떴다.

　어둠과 그림자들이 보였다. 흐리게 불을 밝힌 방이었다. 침대들이 줄지어 놓여 있고 창문이 하나 있었다. 그 창문으로 푸르스름한 빛이 들어왔다. 제이스는 침대에 누워 있었다. 담요와 시트가 밧줄처럼 온몸을 휘감고 있었다. 엄청난 무게가 짓누르는 듯 가슴이 아파 무엇인지 알아보려고 손으로 긁어보니 맨살에 두껍게 감긴 붕대만 닿을 뿐이었다. 제이스는 시원한 공기를 마시려고 다시 숨을 헐떡거렸다.

　"제이스."

　자신의 것처럼 익숙한 목소리가 들리더니 손이 다가와 제이스의 손을 잡았다. 오랜 세월 쌓아온 사랑과 친숙함에서 우러난 반사작용으로 제이스도 그 손을 마주 잡았다.

"알렉."

이름을 부른 순간 귀에 들리는 자신의 목소리에 제이스는 충격을 받았다. 목소리는 변함이 없었다. 자신이 불에 타고 녹아서 도가니 속에 든 황금처럼 새롭게 태어난 느낌이었다. 그런데 무엇으로 새로 태어난 거지? 다시 자신으로 돌아가는 것이 가능할까? 시선을 들어 걱정 어린 알렉의 푸른 눈을 보니 자신이 어디 있는지 알 것 같았다. 이곳은 인스티튜트의 의무실이었다.

집에 왔다.

"미안해…."

갸름하고 거친 손이 제이스의 뺨을 톡 치더니 또 다른 익숙한 목소리가 들렸다.

"사과하지 마. 넌 사과할 일 한 거 없어."

제이스는 눈을 반쯤 감았다. 여전히 묵직한 것이 가슴을 짓눌렀다. 절반은 상처 때문이지만 나머지 절반은 죄책감 때문이었다.

"이사벨."

이사벨이 숨을 돌렸다.

"진짜 너 맞는 거야?"

"이사벨."

알렉이 제이스를 자극하지 말라고 경고하듯 입을 열었지만 제이스는 이사벨의 손을 살짝 건드렸다. 새벽빛에 이사벨의 검은 눈이 반짝거리면서 얼굴 가득 희망의 빛이 떠오르는 것이 보였다. 오직 가족만 아는 이사벨의 사랑스럽고 걱정 가득한 표정이었다.

"나 맞아." 제이스가 말했다. 그는 헛기침을 하고 다시 말을 이었다.

"나를 못 믿어도 이해할 수는 있는데, 천사의 이름으로 맹세해, 이지. 진짜 나 맞아."

제이스의 손을 잡은 알렉의 손에 힘이 들어갔다.

"맹세 같은 거 안 해도 돼." 알렉은 그렇게 말하고서 다른 손으로 자신의 쇄골 근처에 새겨진 파라바타이 룬을 만졌다. "난 알아. 느낄 수 있어. 더 이상 나의 일부를 잃어버린 느낌이 들지 않아."

"나도 똑같이 느꼈어." 제이스는 헐떡이듯 숨을 들이마셨다. "뭔가 잃어버린 것 같았어. 그런 느낌이 들었어. 세바스찬이 같이 있는데도. 하지만 내가 뭘 잃어버렸는지 몰랐어. 그런데 그게 바로 너였어. 나의 파라바타이."

제이스는 이사벨에게로 시선을 옮겼다.

"그리고 너. 내 누이. 그리고…."

갑자기 찌를 듯한 불빛에 눈꺼풀이 타는 것 같았다. 가슴의 상처가 쿵쿵 울리면서 불타는 검이 내뿜는 빛에 그녀의 얼굴이 보였다. 새하얀 불길에 온몸이 타들어가는 것 같았다.

"클라리. 제발 누가 말 좀 해줘…."

"클라리는 아주 무사해."

이사벨이 서둘러 말했다. 그런데 그 목소리에는 뭔가 다른 느낌이, 놀라움과 불편함이 스며 있었다.

"맹세해. 날 놀라게 하지 않으려고 그렇게 말하는 거 아니라고 맹세하란 말이야."

"클라리가 널 찔렀어."

이사벨이 정확하게 말했다

제이스가 쿨룩거리며 웃음을 터뜨렸다. 목이 아팠다.

"걔가 날 구한 거야."

"맞아."

알렉도 동의했다.

"언제 만날 수 있지?"

제이스가 너무 서두르는 티를 내지 않으려 애쓰며 물었다.

"진짜 너 맞구나."

이사벨이 기쁜 듯 말했다.

"침묵의 형제들이 드나들면서 너를 살펴봤어. 이것도 확인하고…."
알렉이 제이스의 가슴에 감은 붕대를 툭 건드리며 말했다. "네가 깨어났
는지도 확인하려고 말이야. 네가 깨어난 걸 알면 일단 자기들과 이야기
를 한 후에 클라리를 만나게 해줄 거야."

"내가 얼마나 오랫동안 정신을 잃었는데?"

"이틀 정도 됐어." 알렉이 답했다. "버른에서 널 데려올 때 우리는 네
가 죽지 않을 거라고 확신했어. 그런데 대천사의 검에 찔린 상처는 완전
히 치유되기 어렵대."

"그래서 내 몸에 흉터가 남게 될 거라고?"

"아주 크고 흉측해. 네 가슴 바로 위야."

이사벨이 말했다.

"쳇, 망했네. 상반신 누드 속옷 패션쇼로 돈 좀 벌어볼까 했는데."

속상한 척하긴 했지만 제이스는 흉터가 생기는 것이 맞다고 생각했
다. 자신에게 일어난 일을 정신뿐 아니라 몸도 기억하려면 그래야 했다.
가슴의 흉터는 앞으로 의지란 게 얼마나 깨어지기 쉬운지, 그리고 선함

을 지키는 것이 얼마나 어려운지를 일깨워줄 것이다.

그리고 어둠의 세력에 대해서도 일깨워줄 것이다. 앞으로 어떤 일이 닥칠 수 있는지, 그리고 어떤 일을 막아야 하는지를 일깨워줄 것이다. 제이스의 힘이 돌아오고 있었다. 스스로 느낄 수 있었다. 이제 그 힘을 모두 세바스찬에게 대항하는 데 쏟을 것이다. 그런 생각이 들자 갑자기 몸이 가벼워지는 느낌이 들었다. 제이스는 알렉의 눈을 바라볼 수 있을 만큼 고개를 돌렸다.

"전장에서 너와 반대편에서 싸우는 일이 일어날 줄은 정말 상상도 못 했어."

제이스가 쉰 목소리로 말했다.

"제이스."

이사벨이 끼어들었다.

"진정해. 알겠지? 이건 그냥…."

이게 뭐지?

"또 뭐 잘못된 거 있어?"

"그게, 너한테서 빛이 좀 나. 그러니까 내 말은, 아주 조금 그렇다고. 조금 반짝거려."

"반짝거려?"

알렉이 제이스와 맞잡은 손을 들어 올렸다. 어둠 속에서도 팔뚝이 희미하게 빛나는 것이 제이스의 눈에 보였다.

"우리 생각에는 대천사의 검으로 인한 영향이 남아서 이런 것 같아." 알렉이 말했다. "아마 곧 사라질 거야. 하지만 침묵의 형제들이 관심을 가질 것 같아. 당연한 일이지만."

제이스는 한숨을 내쉬고 다시 베개에 머리를 푹 묻었다. 너무 지쳐서 자신의 새로운 몸 상태에 대해 깊이 생각할 여유가 없었다.

"그럼 너 가야 돼?" 제이스가 물었다. "네가 침묵의 형제들 데리러 가야 되는 거야?"

"네가 깨어나면 알려달라고 그들이 지시했어. 하지만 네가 싫다면 안 갈게."

"나 피곤해. 조금만 더 잤으면 좋겠는데…."

"알았어, 그래야지."

이사벨의 손이 제이스의 머리카락을 뒤로 넘겨 눈이 드러나게 했다. 이사벨의 목소리는 단호했다. 새끼를 지키려는 어미처럼.

제이스의 눈이 스르르 감겼다.

"그럼 너희들 내 옆에 있을 거지?"

"그럼." 알렉이 말했다. "절대 널 떠나지 않을 거야. 안심해."

"절대 안 가."

이사벨이 제이스의 남은 손을 힘껏 잡았다.

"라이트우드, 흩어지지 말자."

이사벨이 속삭였다. 제이스는 이사벨의 손이 닿은 부분이 축축해지는 것을 느꼈다. 그제야 이사벨이 울고 있다는 것을 깨달았다. 모든 일이 있고 난 지금도 여전히 자신을 사랑하기 때문에, 자신을 위해 울고 있음을 깨달았다.

알렉도 이사벨과 같은 마음이었다.

그렇게 한쪽에서는 이사벨이, 다른 한쪽에서는 알렉이 지켜보는 가운데 제이스는 동이 틀 무렵 잠이 들었다.

"도대체 무슨 말이야, 아직도 걔를 만나선 안 된다는 게?"

클라리가 따졌다. 루크의 거실 소파 가장자리에 걸터앉은 채 전화선을 손가락에 하도 팽팽히 감아 손가락 끝이 새하얗게 질렸다.

"아직 사흘밖에 안 지났잖아. 그리고 그중에 이틀은 의식 불명 상태였고."

이사벨이 말했다. 수화기 너머에서 여러 사람의 목소리가 들려 클라리는 누가 같이 있는지 알아내려고 귀를 쫑긋 세웠다. 메이리스의 목소리는 알아들을 수 있었다. 그럼 메이리스 아줌마가 제이스와 이야기를 하는 건가? 아니면 알렉하고?

"침묵의 형제들이 제이스를 살피고 있어. 그들이 아직 방문객은 금지라고 했어."

"침묵의 형제들, 개한테나 줘버려."

"난 싫어. 그들은 조용하지만 힘도 세거든. 그리고 무시무시하고."

"이사벨! 농담하지 마."

클라리는 푹신한 쿠션에 등을 푹 기댔다. 청명한 가을날이었다. 거실 창문들로 햇빛이 쏟아져 들어왔다. 하지만 클라리의 기분을 밝게 하는 데는 전혀 도움이 되지 않았다.

"난 그냥 제이스가 괜찮은지만 알고 싶은 거야. 영구적으로 다친 게 아니라는 걸 알고 싶은 거라고. 그리고 멜론처럼 붓지 않았는지도 보고 싶고…."

"당연히 멜론처럼 붓지 않았지. 말도 안 되는 소리 좀 하지 마."

"내가 그걸 어떻게 알아. 나한테 아무도 말을 안 해주는데 내가 뭘 알겠어."

"제이스는 괜찮아."

그러나 클라리는 이사벨의 목소리에서 뭔가 숨기는 것이 있음을 감지할 수 있었다.

"알렉이 제이스 침대 옆에서 같이 자고, 엄마하고 내가 종일 번갈아가며 곁에 있어. 침묵의 형제들도 제이스를 고문하는 건 아니야. 그냥 제이스가 아는 걸 알아내야 하기 때문에 그러는 거야. 세바스찬과 그의 아파트까지 모두 다 말이야."

"하지만 제이스가 나한테 연락할 수 있는데도 안 한다는 게 믿기지 않아. 나를 만나고 싶어 하지 않는 거라면 또 모르지만."

"그럴지도 모르지. 네가 자기를 칼로 찔렀으니까."

"이사벨…."

"농담이야, 믿거나 말거나. 천사의 이름으로, 클라리, 좀 참고 있으면 안 돼?"

이사벨은 한숨을 내쉬고 말을 이었다.

"됐어. 내가 누구랑 통화하고 있는지 잊었네. 저기, 제이스 말이…. 미리 말하는데, 걔가 한 말을 똑같이 전할 생각은 없어…. 아무튼, 너하고 직접 만나 이야기하고 싶대. 네가 기다려줄 수만 있다면…."

"내가 지금껏 계속한 게 바로 그거잖아, 기다리는 거."

클라리가 말했다. 틀린 말이 아니었다. 이틀 내내 루크의 집에서 제이스의 연락을 기다리며, 지난 일주일간 일어난 일을 사소한 것 하나까지 되짚어보았다. 유령 사냥꾼, 프라하의 골동품 가게들, 피로 가득 찬 분수, 터널 같던 세바스찬의 눈동자, 자신을 안은 제이스의 몸, 세바스찬이 자신의 입술에 죽음의 잔을 들이밀던 순간, 악마의 이코르에서 풍기던 쓰디쓴 악취. 불타는 영광의 검이 제이스를 찌르던 순간, 손끝에 전해지던 제이스의 맥박.

"지금까지 머릿속으로 지난 일들을 생각하고 또 생각했어. 그러느라 미칠 것만 같단 말이야."

"그래서 우리가 결정을 내렸어. 그게 뭔지 알아, 클라리?"

"뭔데?"

잠시 침묵이 흘렀다.

"네가 여기 와서 제이스를 만나는 데 내 허락은 필요 없어."

이사벨이 말했다.

"네가 무엇을 하든 허락은 필요 없어. 넌 클라리 프레이야. 넌 어떤 결과가 벌어질지 생각도 하지 않고 일단 뛰어들고 보잖아. 그리고 배짱만 가지고 미친 듯이 헤쳐 나가잖아."

"사생활에서도 그런 건 아니거든, 이사벨."

"행여나."

이사벨이 내꾸했다.

"어쨌든 그러는 게 좋을 것 같은데."

그러더니 이사벨은 전화를 끊었다.

클라리는 수화기를 빤히 노려보았다. 그러다 한숨을 내쉬며 수화기를 내려놓고 침실로 향했다.

사이먼이 두 발은 베개에 올려놓고 턱은 손 위에 올려놓은 채 사지를 쭉 펴고 침대에 엎드려 있었다. 침대 발치에는 노트북 컴퓨터가 화면에 영화 〈매트릭스〉의 한 장면을 띄운 채 놓여 있었다. 클라리가 들어가자 사이먼이 고개를 들었다.

"좋은 소식 있어?"

"없어."

클라리는 벽장으로 향했다. 오늘 제이스를 만나러 갈 수 있을지도 모른다는 생각에 이미 청바지와 제이스가 좋아하는 푸른색 스웨터로 갈아입은 상태였다. 그 위에 코듀로이 재킷을 걸치고 사이먼 옆에 앉아 부츠를 신었다.

"이사벨은 아무 말도 안 해줄 거야. 침묵의 형제들은 제이스가 외부인을 만나는 걸 싫어하지만 뭐, 상관없어. 난 갈 거니까."

사이먼이 노트북 컴퓨터를 닫고 몸을 굴려 침대에 등을 대고 누웠다.

"그래, 이게 용감한 스토커 클라리의 참모습이지."

"됐거든." 클라리가 말했다. "나랑 같이 갈 거야? 이사벨 보러 안 가?"

"나 누나 만나야 돼. 우리 아파트에서."

사이먼이 대답했다.

"잘됐네. 안부 전해줘."

클라리는 부츠 끈을 다 매고서 손을 뻗어 이마로 흘러내린 사이먼의 머리를 넘겨주었다.

"전에는 네 이마에 카인의 마크가 있는 것에 적응해야 했는데, 이제는 카인의 마크가 없는 것에 새로 적응해야 되네."

사이먼의 짙은 갈색 눈이 클라리의 얼굴을 훑었다.

"그게 있든 없든 난 나야."

"사이먼, 그 검에 뭐라고 적혀 있었는지 기억나? 영광의 검 말이야."

"퀴스 우트 데우스(Quis ut Deus)."

"그거 라틴어잖아." 클라리가 말했다. "무슨 말인지 찾아봤거든. '누가 하느님 같으랴'라는 뜻이었어. 함정이 있는 질문이지. 답은 '아무도 없다'야…. 하느님 같은 사람은 없으니까. 모르겠어?"

사이먼이 클라리를 빤히 바라보았다.

"뭘 몰라?"

"네가 말했잖아. 데우스. 하느님 말이야."

사이먼이 입을 벌렸다가 다시 다물었다.

"내가…."

"카밀이 자기는 하느님을 믿지 않기 때문에 하느님의 이름을 입에 올릴 수 있다고 말한 건 나도 알아. 하지만 내 생각에 이건 네가 너 자신에 대해 어떻게 생각하느냐와 관련이 있는 것 같아. 네가 스스로를 신의 저주를 받은 존재라고 생각하면 넌 진짜로 그렇게 되는 거야. 하지만 그렇게 생각하지 않는다면…."

클라리가 사이먼의 손을 톡 쳤다. 사이먼은 그녀의 손가락을 살짝 쥐었다가 놓아주었다. 그의 얼굴에 근심이 어렸다.

"이건 생각할 시간이 좀 필요한 것 같네."

"마음대로 해. 아무튼 네가 이야기하고 싶을 때 내가 항상 곁에 있다는 것만 알아둬."

"그리고 나도 네가 이야기하고 싶을 때 항상 곁에 있을 거야. 인스티튜트에서 너하고 제이스한테 무슨 일이 벌어지든…. 이야기할 상대가 필요하면 언제든 내 아파트로 와."

"조던은 어떻게 지내?"

"꽤 잘 지내. 그 자식하고 마야하고 드디어 맺어졌거든. 요즘은 내가 항상 자리를 피해줘야겠다는 생각이 들 정도로 둘이 얼마나 뜨거운지 몰라." 사이먼이 콧등을 찡그렸다. "마야가 옆에 없으면 조던은 불안해 죽겠다고 난리야. 자기가 프리터에서 군인처럼 훈련받으며 돌부처처럼 지낸 3년 동안 마야는 여러 남자들하고 데이트를 했거든."

"저런. 마야는 그런 것은 신경 쓰지 않을 것 같은데."

"남자들이 원래 그렇잖아. 우리는 섬세한 자아를 가지고 있거든."

"제이스의 자아는 그다지 섬세한 것 같지 않은데."

"그래, 제이스의 자아는 일종의 대공포 탱크라고 볼 수 있지."

사이먼이 말했다. 이제 그는 오른손을 배 위에 얹고 누워 있었다. 그래서 손가락에 낀 요정의 황금 반지가 눈에 잘 띄었다. 클라리의 반지가 부서져버려서 그 반지는 더 이상 아무 쓸모없을 것 같은데도 사이먼은 반지를 계속 끼고 다녔다. 클라리가 갑자기 허리를 숙여 그의 이마에 입을 맞췄다.

"넌 세상에서 제일 좋은 친구야. 그거 알아?"

클라리가 말했다.

"그거야 진작부터 알고 있었지. 그래도 들을 때마다 기분은 좋네."

클라리가 웃음을 터뜨리며 일어섰다.

"지하철역까지 걸어가는 게 좋겠어. 시내에 있는 근사한 싱글남 아파트에 가는 대신 여기 남아서 집주인들하고 노닥거릴 생각이라면 할 수 없지만."

"까짓 거. 사랑에 우는 룸메이트와 누나하고 같이 놀아야지." 사이먼은 침대에서 미끄러지듯 내려와 클라리를 따라 거실로 나왔다. "포털로 가는 거 아니었어?"

클라리가 어깨를 으쓱했다.

"모르겠어. 그게…. 괜한 낭비 같아서."

클라리는 복도를 지나 루크의 방 앞에서 빠르게 노크를 하고는 안으로 고개만 쑥 밀어 넣었다.

"루크?"

"들어와."

클라리와 사이먼이 같이 안으로 들어갔다. 루크는 침대에 앉아 있었다. 가슴에 붕대를 어찌나 두껍게 감았는지 플란넬 셔츠 위로 불룩하게 튀어나올 정도였다. 루크 앞에는 잡지가 잔뜩 쌓여 있었다. 사이먼이 그 중 하나를 집어 들었다.

"〈얼음 공주처럼 빛나는 겨울의 신부 되기〉." 사이먼이 기사 제목을 큰 소리로 읽었다. "난 정말 모르겠는데. 눈송이 모양의 티아라가 그렇게 중요한 문제인지 말이야."

루크가 침대 주변을 둘러보더니 한숨을 내쉬었다.

"조슬린은 결혼 계획을 세우는 게 우리한테 좋다고 생각해. 일상으로 돌아왔다는 생각을 하게 한다나."

그의 푸른 눈 밑에 그림자가 드리워져 있었다. 루크가 아직 경찰서 건물 본부에 있을 때 엄마가 그에게 아마티스에 대한 이야기를 해버렸다. 집에 돌아온 루크는 여동생에 대해 한 번도 말하지 않았고 그것은 클라리도 마찬가지였다.

"내 마음대로 정할 수 있다면 우리 둘만 라스베가스로 날아가서 엘비스 프레슬리 닮은꼴이 주례를 서는 50달러짜리 해적 테마 결혼식을 할 텐데."

"그럼 내가 신부 들러리 해줄 수 있는데." 클라리가 한마디 거들었다. 그러고는 기대에 찬 얼굴로 사이먼을 보았다. "그리고 너도…."

"아냐, 됐어." 사이먼이 말했다. "난 유행을 선도하는 사람이거든. 나 같은 패션 리더는 테마 결혼식에 어울리지 않아."

"보복이 두려워 묵비권을 행사하겠다 이거지. 넌 패션 리더가 아니라 오타쿠지."

클라리가 애정 어린 목소리로 사이먼을 놀렸다.

"오타쿠가 짱이거든. 여자들이 얼마나 좋아한다구."

사이먼이 우겼다.

그때 루크가 헛기침을 하며 끼어들었다.

"너희들, 나한테 할 이야기가 있어서 온 걸로 아는데?"

"저 지금 제이스 만나러 인스티튜트로 가는 길이거든요. 올 때 뭐 사 다드릴 거 없어요?"

클라리가 물었다.

하지만 루크는 고개를 내저었다.

"네 엄마도 지금 가게에 갔어. 아마 잔뜩 사고 있을 거야."

루크는 앞으로 몸을 숙여 클라리의 머리를 헝클어뜨리다 얼굴을 찡그렸다. 낫고 있는 중이기는 했지만 더뎠다.

"재미있는 시간 보내라."

클라리는 인스티튜트에 가서 만나게 될 사람들을 떠올렸다. 화난 메이리스, 지쳐 있는 이사벨, 정신이 딴 데 가 있는 알렉, 그리고 자신을 만나고 싶어 하지 않는 제이스…. 클라리는 한숨이 나왔다.

"당연히 그래야죠."

지하철 터널 안에서는 드디어 찾아온 도시의 겨울 냄새가 났다. 철로를 따라 걷던 알렉은 하얀 구름처럼 입김이 나오는 것을 보고는 남은 한 손을 따뜻하게 하려고 파란 피코트 호주머니 속에 쑤셔 넣었다. 다른 손에 들고 있던 마법의 불이 터널 안을 밝혔다. 초록색과 아이보리색 타일들은 오랜 세월에 색이 바랬고 벽에는 튀어나온 배선 장치들이 거미줄처럼 매달려 있었다. 이 터널은 지하철이 끊긴 지 한참 되었다.

알렉은 또다시 매그너스가 깨기 전에 일어났다. 매그너스는 요즘 늦게까지 잔다. 버른 전투로 인해 아직도 지쳐 있었다. 스스로를 치유하는 데에 엄청난 에너지를 쏟아 붓고 있지만 회복 속도가 더뎠다. 마법사들이 불멸의 존재이기는 하지만 무적은 아니었다. 매그너스는 찔린 상처를 살피면서 "몇 센티미터만 더 높이 찔렸다면 난 끝장났을 거야"라고 말했다. "아마 내 심장이 멈췄을 거야."

알렉은 잠깐 동안…아마 몇 분은 되었을 것이다…매그너스가 정말로 죽었다고 생각했다. 자신이 늙어 매그너스보다 먼저 죽으면 어떡하나, 라는 걱정을 얼마나 많이 했는데. 그것은 정말 대단한 모순이었다. 카밀의 제안을 아주 잠깐이지만 진지하게 생각했기에 그런 일을 당해도 싸다는 생각이 들었다.

저 위에서 빛이 보였다. 시청역이었다. 샹들리에와 채광창 빛이었다. 마법의 불을 끄려는데 귀에 익은 목소리가 뒤에서 들렸다.

"알렉. 알렉산더 기드온 라이트우드."

알렉은 심장이 쿵 내려앉았다. 천천히 돌아섰다.

"매그너스?"

매그너스가 앞으로, 알렉이 들고 있는 마법의 불이 이루는 빛의 원 안으로 다가왔다. 그는 평소답지 않게 침울한 표정에 눈빛도 어두웠다. 뾰족뾰족한 머리도 헝클어져 있었다. 티셔츠 위에 정장 재킷 하나만 걸치고 있어서 알렉은 그가 춥지 않을까, 라는 생각이 들었다.

"매그너스. 자는 줄 알았는데."

알렉이 말했다.

"보면 알잖아."

매그너스가 말했다.

알렉은 침을 꿀꺽 삼켰다. 지금껏 매그너스가 화난 것은, 진짜로 화난 것은 한 번도 본 적이 없었다. 이런 식으로 화가 난 것은 정말 처음이었다. 고양이 같은 매그너스의 눈이 먼 곳을 보는 듯 멍해서 무슨 생각을 하고 있는지 알 수가 없었다.

"내 뒤 따라온 거야?"

알렉이 물었다.

"그랬지. 덕분에 네가 어디 가는지 알 수 있게 됐어."

매그너스는 뻣뻣하게 몸을 움직여 호주머니에서 네모로 접힌 종이 한 장을 꺼냈다. 흐릿한 불빛 때문에 알렉은 그 종이에 섬세한 손글씨가 적혀 있다는 것밖에 보이지 않았다.

"있잖아, 그 여자한테서 네가 여기 다녀갔다는 이야기를 들었을 때…. 그 여자가 제안한 거래에 대해 들었을 때…. 난 그 여자 말을 믿지 않았어. 믿고 싶지 않았다고. 그런데 네가 정말로 여기 왔네."

"카밀이 당신한테 말하다니…."

매그너스가 한 손을 들어 알렉의 말을 막았다.

"그만해."

매그너스는 지친 듯 말했다.

"물론 그 여자가 말해줬지. 그 여자가 이간질과 음모를 꾸미는 데 천재라고 내가 말했잖아. 하지만 넌 내 말을 귀담아 듣지 않았어. 그 여자가 누구 편일 거라고 생각했어…. 너 아니면 나? 넌 이제 겨우 열여덟 살이야, 알렉산더. 넌 힘 있는 동맹이 못 돼."

"나 이미 그 여자한테 말했어." 알렉이 속삭였다. "라파엘 못 죽인다고 말했단 말이야. 내가 여기 왔던 건 그 여자한테 거래를 없던 걸로 하자는 말 하려고 그런 거였어. 난 그런 짓 안 할 거니까…."

"그 말 하나 전하려고 폐허가 된 이 지하철역까지, 그 먼 길을 왔단 말이야?" 매그너스가 두 눈썹을 추켜세웠다. "그런 생각을 다른 방법으로 전할 수는 없었을까. 예를 들면 그냥 그 여자를 안 만난다거나 하는 방법도 있잖아?"

"그게…."

"그리고 네 말대로 거래를 끊자는 말을 하려고 여기 왔었다고 치더라도…." 매그너스는 무서울 정도로 침착하게 말을 이었다. "지금은 대체 왜 온 건데? 안부 인사 하러? 그냥 얼굴이나 보려고? 어디 한번 설명해봐, 알렉산더. 내가 모르는 게 또 있는지."

알렉은 침을 꿀꺽 삼켰다. 설명할 방법은 있다. 여기 온 건, 카밀을 만나러 온 건 매그너스에 대해 이야기할 수 있는 상대가 그 여자뿐이기 때문이었다. 매그너스에 대해 제대로 아는 사람은, 브루클린의 마법사가 아닌, 사랑할 줄 알고 또 사랑받을 줄도 알고, 인간의 나약한 모습과 유별난 모습을 함께 지녔고, 걷잡을 수 없는 변덕 때문에 누군가의 조언을 받지 않고는 도저히 맞춰줄 수 없을 것 같은, 매그너스의 감춰진 모습에 대해 알고 있는 사람이 카밀뿐이기 때문이다.

"매그너스…."

알렉은 남자친구를 향해 한 걸음 다가갔다. 그런데 그가 기억하는 한 처음으로 매그너스가 그에게서 뒷걸음질을 쳤다. 그는 냉정해 보였고 긴장한 것 같았다. 매그너스는 낯선 사람을 보듯, 그것도 아주 싫어하는 낯선 사람을 보듯 알렉을 바라보고 있었다.

"미안해요." 알렉이 말했다. 자신의 귀에도 목소리가 흔들리고 쉰 것처럼 들렸다. "난 절대 다른 뜻이…."

"내가 생각해봤는데…." 매그너스가 말했다. "이래서 내가 화이트북을 좋아한다니까. 영생의 존재라는 게 짐이 될 수도 있어. 앞으로 계속될 날들을 생각해봐. 어디든 갈 수 있고, 세상 모든 것을 볼 수 있겠지. 하지만 내가 경험할 수 없는 게 하나 있어. 내가…사랑하는 사람과 함께 늙어가는 것. 난 그 상대가 너일지도 모른다고 생각했어. 하지만 그렇다고 해서 내 선택이 아니라 네 선택에 따라 내 수명을 조절해도 된다는 뜻은 절대 아니야."

"나도 알아." 알렉은 심장이 빠르게 뛰었다. "안다고. 그리고 그런 짓할 생각 절대 없으니까…."

"나 하루 종일 나가 있을 거야." 매그너스가 말을 막았다. "아파트에 와서 네 짐 다 가지고 가. 네가 가지고 있던 열쇠는 식탁에 놔두고."

매그너스의 눈이 알렉의 얼굴을 살폈다.

"끝났어. 다시는 보고 싶지 않아, 알렉. 네 친구들도 마찬가지고. 너희들 꽁무니 쫓아다니는 마법사 노릇 이제 지겹다."

알렉의 손이 바들바들 떨리기 시작했다. 너무 심하게 떨려서 마법의 불을 놓쳐버렸다. 불이 꺼지자 알렉은 무릎을 꿇고 쓰레기와 먼지가 쌓인 바닥을 뒤졌다. 한참 만에 빛이 보였다. 일어나서 보니 매그너스가 마법의 불을 들고 앞에 서 있었다. 마법의 불은 묘한 색으로 깜박깜박 빛났다.

"그게 그렇게 빛날 리가 없는데." 알렉이 기계적으로 말했다. "섀도우 헌터만 그게 빛나도록 할 수 있는데."

매그너스가 마법의 불을 내밀었다. 마법의 불빛 한가운데가 불붙은 석탄처럼 검붉게 빛나고 있었다.

"당신 아버지 때문인가?"

알렉이 물었다.

하지만 매그너스는 대답하지 않고 룬스톤을 알렉의 손바닥에 툭 내려놓았다. 둘의 손이 닿자 매그너스의 얼굴빛이 변했다.

"너 얼음처럼 차다."

"내가?"

"알렉산더…."

매그너스가 그를 가까이 끌어당겼다. 둘 사이에서 마법의 불이 깜박거리며 빠르게 색이 변했다. 알렉은 마법의 불 룬스톤이 이런 식으로 작동하는 것을 한 번도 본 적 없었다. 알렉은 매그너스의 어깨에 머리를 기대고 그의 팔에 몸을 맡겼다. 매그너스의 심장은 인간의 심장처럼 뛰지 않는다. 더 느리지만 한결같이 안정적으로 뛴다. 이따금 알렉은 매그너스의 심장 소리가 자신의 삶에서 가장 안정적인 것이라는 생각을 하곤 했다.

"키스해줘."

알렉이 말했다.

매그너스가 한 손을 알렉의 볼에 대고 부드럽게, 거의 닿을 듯 말 듯 가볍게 엄지로 그의 광대를 어루만졌다. 키스를 하려고 몸을 숙이는 매그너스에게서 샌들우드 향이 났다. 알렉이 매그너스의 재킷 소매를 움켜잡았다. 마법의 불이 두 사람의 몸 가운데로 들어오면서 장밋빛과 푸른빛 그리고 초록빛으로 타올랐다.

둘은 천천히 키스했다. 슬픈 키스였다. 매그너스가 뒤로 물러나자 알렉은 자기 혼자 마법의 불을 들고 있음을 알아차렸다. 매그너스의 손은 곁에 없었다. 불꽃이 부드러운 흰색으로 변했다.

매그너스가 나지막이 말했다.

"Aku cinta kamu."

"그게 무슨 뜻이야?"

매그너스가 알렉의 손에서 빠져나갔다.

"너를 사랑해, 라는 뜻이야. 그렇다고 해서 변하는 건 없어."

"하지만 날 사랑한다면…."

"물론 난 널 사랑해. 내가 그럴 수 있으리라고 생각한 것보다 훨씬 많이. 하지만 그래도 우리는 끝났어. 그렇다고 해서 네가 한 짓이 달라지지는 않으니까."

매그너스가 말했다.

"하지만 한 번 실수한 거잖아." 알렉이 속삭이듯 말했다. "겨우 한 번 실수한 건데…."

매그너스가 냉혹하게 웃음을 터뜨렸다.

"한 번 실수? 이 일을 그렇게 부르는 건, 타이타닉 호의 출항을 사소한 보트 사고라고 부르는 거나 마찬가지야. 알렉, 너는 내 수명을 줄이려고 했어."

"그건 그냥…그 여자가 먼저 제안한 거야. 하지만 내가 생각해보니까 도저히 그렇게 할 수가 없었어…. 당신한테 그런 짓을 할 수가 없었다고."

"그래도 어쨌든 생각해보긴 한 거잖아. 그러면서 나한테는 한마디 말도 하지 않았고."

매그너스는 고개를 가로저으며 말했다.

"넌 날 믿지 않았어. 단 한순간도."

"믿어."

알렉이 말했다.

"믿을게…. 노력할게. 제발 한 번만 더 기회를 줘…."

"안 돼."

매그너스가 말했다.

"마지막으로 충고 한마디 할게. 카밀을 가까이하지 마. 전쟁이 다가오고 있어, 알렉산더. 신뢰를 의심받을 짓은 절대 하지 마. 알겠어?"

그 말을 남기고 매그너스는 돌아서 두 손을 호주머니에 꽂은 채 걸어 갔다. 아주 천천히, 옆구리의 상처 말고 또 다른 상처를 입은 것처럼. 그래도 계속 걸어서 가버렸다. 알렉은 매그너스가 마법의 불빛 밖으로 나가 눈에 보이지 않을 때까지 그를 지켜보았다.

여름에는 시원하던 인스티튜트 안은 겨울이 완연해지니 무척 따뜻하게 느껴졌다. 중앙의 신도석은 나뭇가지 모양 촛대들이 줄지어 서 있어

환했고, 스테인드글라스 창으로 은은한 빛이 들어왔다. 클라리는 정문 안으로 들어가자마자 엘리베이터로 향했다. 중앙 복도를 반쯤 가로질렀을 때쯤 웃음소리가 들렸다.

돌아서서 보니 이사벨이 다리를 앞에 있는 의자 등받이에 올린 채 긴 나무 의자에 앉아 있었다. 허벅지까지 올라오는 부츠에 스키니 청바지, 그리고 한쪽 어깨가 드러난 빨간 스웨터 차림의 이사벨은 피부에 검은 룬이 여기저기 새겨져 있었다. 클라리는 여자들이 몸에 함부로 룬을 새겨서 아름다움을 망치는 게 싫다던 세바스찬의 말이 생각났다

"너 부르는 소리 못 들었어?" 이사벨이 물었다. "생각에 빠지면 아무것도 못 듣는 거 보면 정말 신기하다니까."

"일부러 못 들은 척한 건 아니야."

클라리가 말했다.

이사벨이 다리를 빙글 돌려 내려 일어섰다. 부츠 굽이 높아서 클라리보다 훨씬 더 키가 커 보였다.

"됐어, 나도 알아. 그래서 내가 '무례하다'라고 안 하고 '생각에 빠지면'이라고 한 거잖아."

"나한테 가라고 말하려고 온 거야?"

클라리는 목소리가 떨리지 않아서 다행이라고 생각했다. 정말 제이스가 보고 싶었다. 그 누구보다도 간절히 그가 보고 싶었다. 하지만 지난 한 달간 벌어진 일들을 겪고 나니 제이스가 살아 있는 것, 그리고 제이스가 진짜 제이스인 것이 가장 중요하다는 생각이 들었다. 나머지는 중요하지 않았다.

"아니."

이사벨은 그렇게 대답하고서 엘리베이터를 향해 걸어갔다. 클라리도 그 뒤를 따라갔다.

"이런 상황이 너무 웃긴 거 같아. 넌 개 목숨을 구한 장본인이잖아."

클라리는 차가워진 목구멍으로 억지로 침을 삼켰다.

"네가 그랬잖아, 내가 이해 못 할 일들이 있다고."

"있지." 이사벨이 엘리베이터 버튼을 누르고 말을 이었다. "제이스가 너한테 설명해줄 거야. 내가 여기 내려온 건 그것 말고도 네가 알아야 할 게 몇 가지 더 있어서야."

감옥처럼 생긴 구식 엘리베이터의 덜컹거리고 끽끽대는 소리가 클라리의 귀에 들렸다.

"예를 들면 어떤 거?"

"우리 아빠가 돌아오셨어."

이사벨이 클라리와 눈을 마주하지 않은 채 말했다.

"잠깐 다니러 오신 거야, 아니면 아주 오신 거야?"

"아주 오신 거야."

이사벨은 침착하게 말했지만 클라리는 로버트가 심문관에 도전했다는 사실을 알고 이사벨이 얼마나 상처 받았던가를 기억하고 있었다.

"우선, 알린과 헬렌이 아일랜드에서 벌어진 일 때문에 진짜 곤란해질 뻔한 우리를 구해줬어. 우리가 너를 도와주러 갔을 때 클레이브에 보고하지 않았거든. 우리 엄마는 클레이브가 알면 제이스를 죽일 거라고 말씀하셨어. 그래서 엄마가 클레이브에 보고를 못 하신 거야. 우리는 가족이니까."

클라리가 뭐라 말도 하기 전에 엘리베이터가 철커덩거리며 내려왔다.

클라리는 이사벨을 꼭 껴안아주고 싶은 충동을 억지로 참았다. 아무래도 이사벨이 그런 것을 좋아하지 않을 것 같아서였다.

"그래서 알린이 영사한테…그게 걔네 엄마거든…클레이브에 보고할 시간 여유가 없었다고, 자신은 뒤에 남아서 당장 영사한테 연락하라는 지시를 받는데 전화에 문제가 생겨서 연락을 할 수 없었다고 말한 거야. 정확히 따지자면 거짓말을 한 거지. 어쨌든, 우리는 말을 맞췄고 앞으로도 계속 그렇게 말할 거야. 지아가 알린 말을 믿는 것 같지는 않지만 상관없어. 지아도 엄마를 처벌하고 싶어 하는 것 같지는 않으니까. 다만 우리를 처벌하지 않아도 될 만한 핑계는 필요했던 거지. 결과적으로 작전이 완전히 망한 것 같지도 않고. 우리가 거기 가서 제이스를 데리고 왔고, 어둠의 네피림들은 거의 다 죽였고, 하지만 세바스찬은 달아나버렸고."

엘리베이터가 올라가기를 멈추고 철커덩거리며 멈췄다.

"세바스찬은 달아나버렸고." 클라리가 같은 말을 되풀이했다. "그러니까 그가 어디 있는지 전혀 모르는 거야? 내가 그의 아파트를 없애버렸으니까…. 차원 사이의 공간에 있던…. 그러니까 그를 추적할 수 있잖아."

"해봤지." 이사벨이 말했다. "어디에 있는지는 몰라도 여전히 추적을 차단하는 힘을 가지고 있는 것 같아. 그리고 침묵의 형제들에 따르면, 릴리스가 사용한 마법은…. 아무튼 그는 강해, 클라리. 정말 강해. 지금으로서는 그가 어딘가에서 죽음의 잔을 가지고 다음 움직임을 계획하고 있다는 정도만 짐작할 수 있을 뿐이야."

이사벨은 엘리베이터 문을 열고 밖으로 나갔다.

"그가 너를 찾으러 다시 올 것 같아? 아니면 제이스를 찾으러?"

클라리는 잠시 머뭇거렸다.

"당장은 아닐 거야." 한참 만에 클라리가 입을 열었다. "그에게는 우리가 퍼즐의 마지막 조각이야. 그러니까 먼저 다른 조각들을 맞추고 싶어 할 거야. 군대도 만들고 싶어 할 테고. 준비할 시간이 필요하겠지. 우리는…그가 승리의 대가로 얻는 트로피 같은 존재야. 그리고 우리가 곁에 있어야 외톨이 신세도 면하게 되는 거지."

"걔 진짜 외롭겠다."

이사벨이 말했다. 하지만 단순히 사실을 말한 것일 뿐, 동정심 같은 것은 느껴지지 않았다.

클라리는 세바스찬을 생각했다. 잊으려고 그토록 애썼던 그의 얼굴을, 밤마다 악몽 속에 나타나 잠을 깨우고 마는 그 얼굴을. 내가 누구 것인지 물었잖아.

"넌 상상도 못 할 거야."

두 사람은 의무실로 이어지는 계단에 이르렀다. 이사벨이 걸음을 멈추더니 목을 만졌다. 이사벨의 스웨터 밑에 숨어 있는 루비 목걸이의 네모난 윤곽이 클라리의 눈에 들어왔다.

"어때?"

이사벨이 갑자기 물었다.

"뭐가 어때?"

"사랑에 빠지는 거 말이야." 이사벨이 말을 이었다. "자기가 사랑에 빠진 걸 어떻게 알아? 그리고 상대가 너를 사랑하는 건 어떻게 알 수 있지?"

"어…"

"사이먼처럼 말이야. 걔가 널 사랑하는 건 어떻게 알았어?"

"그게…걔가 그렇다고 말을 했거든."

클라리가 말했다.

"직접 말을 했구나."

클라리는 어깨를 으쓱했다.

"그럼 그 전에는 너 전혀 몰랐어?"

"응, 전혀 몰랐어."

고백을 듣던 순간을 떠올리며 클라리가 말했다.

"이사벨…. 사이먼한테 마음이 있거나 사이먼이 너한테 마음이 있는
지 알고 싶으면…. 그냥 걔한테 직접 말해."

이사벨은 깨끗한 소맷부리를 괜히 털었다.

"걔한테 뭐라고 말하는데?"

"네가 걔한테 어떤 감정을 가지고 있는지 말하면 되지."

이사벨이 반발하는 듯한 표정을 지었다.

"난 그런 거 안 해도 돼."

클라리가 고개를 내저었다.

"휴우. 아무튼, 너나 알렉이나 둘 다 똑같이…"

이사벨이 눈을 부라렸다.

"우리 똑같지 않거든! 오빠하고 나는 하나도 안 닮았어. 난 이 사람 저
사람 수도 없이 만나봤어. 하지만 오빠는 매그너스를 만나기 전에는 연
애라는 걸 한 번도 안 해봤단 말이야. 오빠는 질투가 심하지만 나는 전
혀…"

"질투는 누구나 하는 거야." 클라리가 단정 짓듯 말했다. "그리고 너나 알렉이나 똑같이 금욕주의자야. 우린 지금 사랑 이야기를 하고 있는 거야, 테르모필레 전투 이야기를 하는 게 아니라. 모든 일에 최후의 결전 치르듯 나서지 않아도 된다는 말이야. 그렇게 철저하게 감정을 숨기지 않아도 돼."

이사벨이 두 손을 번쩍 들었다.

"갑자기 사랑 전문가라도 된 거야?"

"나도 사랑에 대해서는 잘 몰라." 클라리가 말했다. "하지만 사이먼에 대해서는 잘 알아. 네가 걔한테 아무 말도 안 하면 걔는 네가 자기한테 관심이 없어서 그런 거라고 결론 내리고 포기하고 말 거야. 사이먼한테는 이사벨, 네가 필요해. 그리고 너한테도 사이먼이 필요하고. 그리고 걔는 그 말을 너한테서 들어야만 해."

이사벨이 한숨을 내쉬더니 빙글 돌아서 계단을 오르기 시작했다. 클라리는 이사벨이 중얼거리는 소리를 들었다.

"알겠지만 이건 네 잘못이야. 네가 걜 차버리지만 않았어도…"

"이사벨!"

"어쨌든 네가 그런 건 맞잖아."

"그래, 그리고 사이먼이 쥐로 변했을 때 걔를 내버려두자고 했던 게 너라는 거 나 똑똑히 기억하고 있거든."

"나 안 그랬거든."

"그랬거든…"

클라리가 갑자기 입을 다물었다. 어느새 둘은 위층에 다다랐고, 양 방향으로 긴 복도가 이어져 있었다. 의무실의 여닫이문 앞에 담황색 법복을 걸친 침묵의 형제 한 사람이 얼굴을 아래로 한 채 두 손을 맞잡고 서 있었다.

이사벨이 과장되게 손을 흔들며 그를 가리켰다.

"가보시지." 이사벨이 말했다. "저 사람 통과해서 제이스 만나길 빌어."

그러더니 이사벨은 부츠로 나무 바닥을 또각또각 울리며 복도 반대편으로 가버렸다.

클라리는 속으로 한숨을 내쉬고는 벨트에 찬 스텔레로 손을 가져갔다. 침묵의 형제를 속일 수 있는 글래머 룬은 없을까, 잠시 생각했다. 침묵의 형제한테 최대한 가까이 다가가 그의 피부에 잠이 드는 룬을 그릴 수만 있다면….

클라리 프레이. 머릿속에서 익숙한 목소리가 재미있다는 투로 말을 걸어왔다. 클라리는 이내 상대가 누구인지 알아차릴 수 있었다.

"재커라이어 형제였군요."

클라리는 체념한 듯 스텔레를 도로 벨트에 밀어 넣고 이사벨이 옆에 있었으면 좋았을걸, 이라고 생각하며 그의 곁으로 가까이 갔다.

조너선을 만나러 찾아올 줄 알았다. 명상을 하듯 숙이고 있던 얼굴을 들며 재커라이어 형제가 말했다. 그의 얼굴은 여전히 어두운 후드 속에 감춰져 있었지만 각진 광대뼈의 윤곽이 클라리의 눈에 보였다.

"제발 조너선 말고 제이스라고 불러주세요. 너무 헷갈리잖아요."

'조너선'은 위대한 섀도우 헌터의 이름, 최고의 이름이다. 헤런데일 가문에서는 항상 최고의 이름을 지켜나가는….

"헤런데일 가문에서 지어준 이름이 아니거든요. 제이스가 자기 아버지의 단검을 가지고 있긴 하지만요. 날에 S.W.H.라고 새겨져 있는…."

스티븐 윌리엄 헤런데일이다.

클라리는 재커라이어 형제 쪽으로 한 걸음 더 다가갔다.

"헤런데일 가문에 대해 많이 아시네요." 클라리가 말을 이었다. "침묵의 형제들 중에서는 당신이 가장 인간적인 것 같아요. 다른 형제들은 전혀 감정을 드러내지 않잖아요. 다들 동상 같아요. 하지만 당신은 느낄 줄 아는 것 같아요. 삶을 기억하고 있잖아요."

침묵의 형제로 사는 것이 삶이다, 클라리 프레이. 하지만 네가 한 말이 침묵의 형제로 살기 전의 삶을 의미하는 것이라면, 그 말이 맞다.

클라리는 크게 숨을 들이마셨다.

"사랑해보신 적 있어요? 침묵의 형제가 되기 전에 말이에요. 목숨을 걸고 지키고 싶었던 사람이 있으세요?"

긴 침묵이 이어졌다. 그런 후에 이런 답이 들렸다.

두 사람 있다. 시간도 지우지 못하는 기억이 있다, 클라리사. 내 말을 믿지 못하겠다면 네 친구 매그너스 베인에게 물어보아라. 영원히 산다고 해서 상실감이 잊혀지는 것은 아니다. 다만 견딜 수 있게 될 뿐이지.

"뭐, 전 어차피 영원히 살 거 아니잖아요." 클라리는 작은 소리로 말했다. "제발 제이스 좀 만나게 해주세요."

재커라이어 형제는 꼼짝도 하지 않았다. 여전히 그의 얼굴은 보이지 않았다. 법복의 후드 아래로 그림자와 윤곽만 언뜻 보일 뿐이었다. 제대로 보이는 것이라고는 앞으로 맞잡은 손뿐이었다.

"제발요."

클라리가 다시 애원했다.

알렉은 시청 지하철역 플랫폼으로 뛰어올라 계단을 향해 터벅터벅 걸어갔다. 자신에게서 멀어져가던 매그너스의 모습은 이제 떨쳐버리고 오직 한 가지 생각만 했다.

그것은 카밀 벨코트를 죽여버리겠다는 생각이었다.

알렉은 계단을 성큼성큼 올라가면서 벨트에서 천사의 검을 뽑았다. 여기 불빛은 깜박거리고 어두웠다. 시청 공원 아래 메자닌(1층 바닥과 2층 바닥 사이에 기준층보다 낮게 만든 층—옮긴이)으로 들어서니 채광창으로 겨울 햇빛이 들어왔다. 알렉은 마법의 불을 호주머니에 집어넣고 천사의 검을 높이 쳐들었다.

"암리엘."

그의 손에서 번개가 솟구치듯 검이 불타올랐다. 알렉은 턱을 쳐들고 로비를 훑어보았다. 등받이가 높은 의자가 있었지만 카밀은 거기 없었다. 그녀를 찾아가겠다는 전갈을 보냈었지만 그 여자가 자신을 배신한 것으로 보아 여기서 자신을 기다리지 않은 것이 그리 놀랄 일은 아니었다. 알렉은 화가 나서 이리저리 돌아다니다 소파를 세게 걷어찼다. 그러자 먼지가 피어오르면서 의자 다리 하나가 부러졌다.

방구석에서 종소리 같은 웃음소리가 터져 나왔다.

알렉이 홱 돌아섰다. 그의 손에 들린 천사의 검이 이글이글 타올랐다. 구석마다 그림자가 짙게 깔려 있었다. 암리엘의 빛도 그 어둠을 밝히지 못했다.

"카밀?"

섬뜩할 만큼 가라앉은 목소리로 알렉이 물었다.

"카밀 벨코트. 당장 이리 나와."

또다시 낄낄거리는 웃음소리가 들리더니 누군가 어둠 속에서 나왔다. 하지만 카밀이 아니었다.

그것은 여자아이였다. 비쩍 마른 몸에 낡은 청바지와 반짝이는 유니콘 그림이 있는 분홍색 반팔 티셔츠를 입은, 열두 살이나 열세 살 정도밖에 안 되어 보이는 어린아이였다. 목에는 분홍색의 긴 스카프를 두르고 있었는데 양 끝에 피가 묻어 있었다. 아이의 얼굴 아랫부분과 셔츠자락도 피로 물들어 있었다. 아이는 기쁜 듯 눈을 휘둥그렇게 뜨고 알렉을 쳐다보았다.

"너 알아."

아이는 작은 소리로 말했다. 아이가 말을 할 때 바늘처럼 날카로운 앞니들이 알렉의 눈에 띄었다. 뱀파이어.

"알렉 라이트우드. 너, 사이먼의 친구지. 콘서트에서 너 봤어."

알렉은 아이를 빤히 보았다. 내가 본 적 있었던가? 이사벨에게 이끌려 마지못해 갔던 공연장 중 한 곳에서 스치듯 본 얼굴 하나가 어뜻 떠오르기는 했지만 확신이 서지는 않았다. 그렇다고 해서 이 아이가 누구인지 모른다는 뜻은 아니었다.

"모린, 네가 사이먼이 말한 모린이구나."

알렉이 말했다. 그러자 아이는 기쁜 표정을 지었다.

"맞아, 나야. 내가 사이먼이 말한 모린이야."

아이는 자신의 두 손을 내려다보았다. 핏물에 담그기라도 한 듯 손은 피범벅이 되어 있었다. 게다가 사람 피도 아닌 것 같았다. 검으면서 동시에 루비처럼 새빨간 그것은 뱀파이어의 피였다.

"카밀 찾아왔구나." 아이는 노래하듯 말했다. "하지만 그 여자는 더 이상 여기 없어. 떠났어."

"떠났다고?" 알렉이 물었다. "떠났다는 게 무슨 소리야?"

모린이 키득키득 웃었다.

"뱀파이어의 법이 어떤지 너도 알지? 누구든 뱀파이어 무리의 지도자를 죽이는 자가 그 무리의 지도자가 된다는 법 말이야. 그리고 카밀이 뉴욕 뱀파이어 무리의 지도자잖아. 아니 틀렸다, 지도자였잖아."

"그렇다면…누군가 그 여자를 죽였다는 거야?"

모린이 행복한 종소리 같은 웃음을 터뜨렸다.

"멍청하기는." 모린이 말했다. "누군가가 아니라 바로 내가 죽였어."

의무실의 아치형 천장은 귀여운 사내아이 모습의 천사들과 하얀 구름들이 그려진 로코코풍이었다. 왼쪽과 오른쪽 벽에 철제 침대가 줄지어 놓여 있고 방 한가운데는 넓은 복도처럼 비어 있었다. 높이 있는 두 개의 채광창으로 맑은 겨울 햇빛이 들어오고 있었지만 썰렁한 실내를 데우는 데에는 별 도움이 되지 않았다.

제이스는 침대 위에다 다른 침대들에서 가져온 베개들을 한아름 쌓아놓고 거기에 기대 앉아 있었다. 낡은 청바지에 회색 티셔츠를 입고 무릎에는 책 하나를 올려놓고 있었다. 클라리가 의무실로 들어가자 그가 고개를 들었다. 하지만 클라리가 침대로 다가가는데도 그는 입을 열지 않았다.

클라리의 심장이 쿵쿵 뛰었다. 침묵이 무겁게 짓누르는 것 같았다. 클라리가 침대 발치로 다가와 멈춰 서서 두 손을 난간에 올릴 때까지 제이스의 시선이 계속 따라다녔다. 클라리는 제이스의 얼굴을 살폈다. 몇 번이고 그의 얼굴을 그려보려고 했었다. 제이스를 제이스답게 하는, 말로 표현할 수 없는 특징을 표현해보려고 애썼지만 클라리의 손은 눈으로 본 것들을 종이에 옮기지 못했다. 그런데 종이에 옮기려고 했던 그것이 바로 지금 여기 있다. 세바스찬에게 조종당할 때는 없던…. 그것을 영혼이라 부르든, 정신이라 부르든, 아무튼 그것이 지금 그의 눈 속에 깃들어 있다.

클라리는 침대 난간을 잡은 두 손에 힘을 주었다.

"제이스…."

그가 흐린 황금색 머리카락을 귀 뒤로 넘겼다.

"저기…. 침묵의 형제가 너 여기 들어와도 괜찮대?"

"정확히 말하자면 그건 아니야."

그의 입꼬리가 씰룩거렸다.

"그럼 각목으로 그들을 쓰러뜨리고 쳐들어온 거야? 클레이브가 그런 거 좋게 보지 않는다는 거 알잖아."

"와. 너 정말 내가 그런 짓 할 사람이라고 생각하는구나, 그지?"

클라리는 제이스 옆으로 가서 앉았다. 그와 눈높이를 맞추기 위해서이기도 했지만 무릎이 떨리는 것을 숨기기 위해서이기도 했다.

"그러면 안 된다는 거 배웠어."

제이스는 그렇게 말하고서 책을 옆으로 치웠다. 그 말에 클라리는 뺨을 한 대 얻어맞은 느낌이 들었다.

"널 해칠 생각 없었어." 클라리가 말했다. 속삭이듯 작은 목소리만 간신히 나왔다. "미안해."

제이스는 몸을 곧추세우고 앉아 침대 옆으로 내린 다리를 흔들었다.

둘은 별로 떨어져 있지 않았다. 그런데도 제이스가 스스로를 억제하고 있다는 것을 클라리는 느낄 수 있었다. 그의 밝은 눈동자 속에 비밀이 숨겨져 있음을, 그가 망설이고 있음을 클라리는 느낄 수 있었다. 클라리는 손을 내밀고 싶었지만 꼼짝하지 않고 침착하게 말했다.

"널 해칠 생각은 절대 없었어. 버른에서의 일만이 아니야. 네가… 진짜 네가…. 나한테 무엇을 원하는지 말할 때부터 그랬어. 네 말을 들었어야 하는데 내 머릿속에는 너를 살려야 한다는 생각뿐이었어. 널 구해내야 한다는 생각뿐이었단 말이야. 그래서 네가 클레이브에 자진해서 가겠다고 했을 때 네 말을 듣지 않았던 거야. 그것 때문에 우리 둘 다 세바스찬처럼 될 뻔했어. 그리고 내가 영광의 검을 휘두른 건…. 알렉과 이사벨, 걔네가 너한테 말해줬을 거야. 그 검은 세바스찬을 처치하기 위한 것이었다고. 하지만 사람들 때문에 세바스찬한테 접근할 수가 없었어. 그런데 네가 나한테 해준 말이 생각났어. 세바스찬에게 조종당할 바에는 차라리 죽는 게 낫다던 말 말이야."

클라리는 꽉 잠긴 목소리로 말을 이었다.

"진짜 너 말이야, 내 말은. 너한테 물어볼 수가 없었어. 나 혼자 짐작으로 알아내야 했단 말이야. 너한테 그런 짓 하는 게 얼마나 끔찍했는지 너도 알아야 돼. 네가 죽을 수 있다는 걸 알면서도 내 손으로 그 검을 휘두르는 게 얼마나 무서웠는지 너도 알아야 돼. 나도 죽고 싶었어. 하지만 그게 네가 나한테 부탁했던 일이라고 생각했기 때문에, 그리고 내가 이미 한 번 너를 배신했기 때문에 너를 위해서, 네 목숨을 걸고 그 일을 한 거야. 하지만 만약 내가 잘못한 거라면…."

클라리가 말꼬리를 흐렸다. 제이스는 여전히 아무 말도 하지 않았다.

클라리는 뱃속이 뒤틀리면서 속이 울렁거렸다.

"그랬다면 미안해. 그 일을 보상할 방법은 없어. 하지만 이거 하나는 알아줘. 정말 미안해."

클라리가 다시 말을 멈췄다. 이번에는 두 사람 다 아무 말도 하지 않았다. 침묵이 길게, 실처럼 길게 계속 늘어났다.

"이제 네가 말해." 클라리가 불쑥 말했다. "솔직히, 그렇게 해주면 정말 고맙겠어."

제이스가 신기하다는 듯 클라리의 얼굴을 바라보았다.

"우선 분명히 할 게 있어." 제이스가 입을 열었다. "너, 나한테 사과하려고 여기 온 거야?"

클라리는 깜짝 놀랐다.

"당연하지."

"클라리. 넌 내 생명을 구했어."

제이스가 말했다.

"내가 널 찔렀잖아. 어마어마하게 큰 칼로. 네 몸에 불까지 났잖아."

제이스의 입술이 보일 듯 말 듯 씰룩거렸다.

"알아."

제이스가 다시 말을 이었다.

"우리 문제는 다른 커플들하고는 완전히 다르구나."

제이스가 클라리의 얼굴을 만지려는 듯 한 손을 들더니 서둘러 다시 내렸다.

"네가 하는 말 다 들었어. 내가 죽지 않았다고 말했던 거. 나한테 눈 뜨라고 말했던 거 다 들었어."

둘은 말없이 서로를 바라보았다. 짧은 순간이었지만 클라리에게는 몇 시간이나 되는 것처럼 느껴졌다. 이렇게 진짜 제이스로 돌아온 그를 보는 게 너무 좋아서 잠시 후에 끔찍한 일이 벌어질지도 모른다는 두려움 같은 것은 완전히 잊어버렸다. 한참 만에 제이스가 입을 열었다.

"왜 내가 너를 사랑한다고 생각해?"

클라리는 제이스의 입에서 이런 말이 나오리라고는 상상도 못 했다.

"그걸 내가 어떻게…. 그런 말은 묻는 거 아니야."

"내 생각에는 당연히 물어도 될 만한 말 같은데." 제이스가 말했다. "내가 널 모른다고 생각해, 클라리? 넌 가장 친한 친구를 구하기 위해 뱀파이어들이 득실대는 호텔로 걸어 들어가는 애잖아. 혼자만 아무것도 안 하고 가만히 있는 게 죽기보다 싫어서 포털을 만들어 이드리스로 찾아오는 애잖아, 넌. 안 그래?"

"그거 때문에 너, 나한테 소리 지르고…."

"나 자신한테 소리 질렀던 거야."

제이스가 다시 말을 이었다.

"우린 여러 면에서 많이 닮았어. 무모하고, 생각보다 행동이 앞서지. 사랑하는 사람을 위해서는 무슨 일이든 하고. 그런데 너에게서 그런 내 모습을 발견하기 전까지는 나의 그런 모습이 날 사랑하는 사람들을 얼마나 두렵게 만드는지 전혀 몰랐어. 내가 널 지켜주고 싶어도 네가 받아들이지 않으면 지켜줄 수가 없잖아?"

"잘됐네. 왜냐하면 난 보호 같은 거 필요 없거든."

"그렇게 말할 줄 알았어. 그런데 말이야, 가끔은 보호가 필요할 때도 있어. 나도 가끔은 그래. 우리는 서로를 지켜주고 보호해줘야 돼. 하지만 모든 것으로부터 보호해야 한다는 말은 아니야. 진실로부터 보호해야 하는 것도 아니고. 그래서 사랑하는 사람이 원하는 대로 하게 내버려두라는 말이 있는 거야."

클라리는 자신의 두 손을 내려다보았다. 당장이라도 손을 뻗어 제이스를 만지고 싶었다. 마치 감옥에 갇힌 사람을 만나러 온 것 같았다. 바로 눈앞에, 너무도 가까이 있는데도 두꺼운 유리벽 때문에 서로를 만질 수 없는 처지가 된 것 같았다.

"내가 널 사랑하는 건 네가 지금껏 내가 본 중에 제일 용감한 사람 중 하나이기 때문이야. 그러니 널 사랑한다는 이유로 내가 어떻게 너한테 용감하게 굴지 말라고 말할 수 있겠어?"

제이스는 두 손으로 머리를 쓸어 올렸다. 클라리는 당장이라도 그 머리카락을 쓰다듬고 싶어 손이 근질거렸다.

"넌 날 찾아왔어. 거의 모두가 포기했고 또 포기하지 않은 사람들도 뭘 어떻게 해야 할지 모를 때 네가 날 구해냈어. 네가 어떤 일을 겪었는지 내가 모를 것 같아?"

제이스의 눈빛이 어두워졌다.

"어떻게 내가 그런 너한테 화를 낼 수 있다고 생각한 거야?"

"그럼, 왜 날 부르지 않았어?"

"그건…."

제이스는 크게 숨을 토해내고 다시 말을 이었다.

"좋아, 그게 궁금할 거야. 그런데 네가 모르는 게 있어. 네가 사용한 검 말이야, 라지엘이 사이먼한테 준 그거…."

"영광의 검 말이지. 대천사 미카엘의 검. 그건 파괴되었잖아."

"정말로 파괴된 건 아니야. 천국의 불길에 타버리고 나서 제자리로 돌아간 것뿐이야."

제이스는 보일 듯 말 듯 미소를 지었다.

"안 그러면 자기가 제일 아끼는 검을 절친 라지엘이 조심성 없는 인간들한테 빌려줬다는 걸 미카엘이 알게 되었을 때 라지엘의 입장이 많이 곤란해지지 않겠어? 얘기가 딴 데로 샜네. 아무튼 그 검이…불타올랐을 때…그 불은 보통 불이 아니었어."

"그건 나도 짐작했어."

클라리는 제이스가 팔을 뻗어 자신을 끌어안아주기를 바랐다. 하지만 그가 둘 사이의 거리를 유지하고 싶어 하는 것 같아서 클라리는 꼼짝하지 않았다. 이렇게 가까이 있는데도 그를 만질 수 없다고 생각하니 클라리는 온몸이 쑤시고 아팠다.

"너 그 스웨터 입지 마."

제이스가 중얼거렸다.

"왜?" 클라리는 입고 있는 스웨터를 내려다보며 말했다. "너 이 스웨터 좋아하는 줄 알았는데."

"좋아하지."

그렇게 말하고서 제이스는 고개를 설레설레 내저었다.

"신경 쓰지 마. 아무튼 그 불은…천국의 불이었어. 불붙은 떨기나무, 불과 유황, 유대인들 앞에 떨어진 불기둥…. 뭐 그럴 때 말하는 천국의 불 말이야. '내 진노 중에 불이 붙어서 가장 낮은 지옥까지 사를 것이며, 땅을 그 소산과 더불어 소멸할 것이며, 산들의 기초에도 불을 놓으리라.' 바로 그 불이 릴리스가 나한테 한 짓을 태워 없애버린 거야."

제이스가 셔츠 아랫단을 잡고 들어 올렸다. 클라리는 숨이 턱 막혔다. 그의 심장 위쪽 피부가 룬 하나 없이 깨끗했다. 영광의 검이 지나간 자리에만 하얀 흉터가 남아 있을 뿐이었다.

클라리가 손을 내뻗었다. 제이스를 만지고 싶었지만 그가 뒤로 물러나며 고개를 내저었다. 클라리는 괴로운 표정을 미처 감추지 못한 것을 깨달았다. 제이스가 티셔츠를 내렸다.

"클라리." 제이스가 다시 입을 열었다. "그 불이…아직도 내 안에 있어."

클라리가 그를 빤히 바라보았다.

"그게 무슨 뜻이야?"

제이스가 크게 심호흡을 하고 손바닥을 아래로 한 채 두 손을 내밀었다. 오른손에 하얀 흉터들 밑으로 천리안 룬이 희미하게 자리하고 있었다. 두 사람이 지켜보는 가운데 그의 두 손이 살짝 떨리기 시작하더니… 투명해졌다. 제이스의 피부가 검게 타버린 황금을 속에 품은 유리처럼 변했다. 영광의 검이 불타오르기 시작할 때 같았다. 투명해진 피부 속으로 그의 두개골과 불타오르는 힘줄로 연결된 황금 뼈들의 윤곽이 보였다.

제이스가 고개를 들고는 클라리의 눈을 바라보았다. 그의 눈동자는 황금색이었다. 늘 같은 색이었지만 클라리가 보기에 이제는 눈동자마저 살아서 불타오르는 것 같았다. 제이스의 호흡이 거칠어지면서 그의 뺨과 쇄골이 땀으로 번들거렸다.

"네 말이 맞아." 클라리가 말했다. "우리 문제는 다른 커플들 문제하고 완전히 다르네."

제이스가 놀랍다는 얼굴로 클라리를 보았다. 그러더니 두 손을 천천히 틀어 쥐었다. 그러자 불길이 사라지면서 평범한, 눈에 익은, 정상적인 손으로 돌아갔다. 웃느라 숨이 막혀 캑캑대면서 제이스가 말했다.

"겨우 그 말밖에 할 말이 없어?"

"아니, 그것 말고도 할 말 많거든. 도대체 뭐가 어떻게 된 거야? 그럼 이제 네 손이 무기가 되는 거야? 횃불맨이라도 된 거야? 세상에 어떻게…."

"횃불맨이라는 게 뭔지 모르겠는데, 아무튼…. 그래 좋아, 침묵의 형제들이 내 몸 안에 천국의 불이 깃들어 있다고 했어. 내 혈관 속, 내 영혼 속에 말이야. 처음 정신이 들었을 땐 불 속에서 숨을 쉬는 느낌이었어. 알렉하고 이사벨은 검으로 인한 일시적인 현상이라고 생각했지만 증상이 사라지지 않자 침묵의 형제들을 불렀고, 재커라이어 형제는 이런 상태가 얼마나 오래갈지 알 수 없다고 말했어. 그래서 내가 그를 불태워버렸지…. 그 말을 할 때 그가 내 손을 건드렸는데 갑자기 내 몸에서 에너지가 발사되는 느낌이 들었어."

"심하게 데었어?"

"아니. 조금. 하지만 그래도…."

"그래서 내 몸에 손을 안 대려고 한 거구나." 클라리가 이제야 깨달은 듯 큰소리로 말했다. "내가 불에 탈까 봐 겁나서 말이야."

제이스가 고개를 끄덕였다.

"다들 이런 건 처음 봤대, 클라리. 지금껏 본 적 없대. 단 한 번도. 영광의 검이 나를 죽이지는 않았어. 하지만 날 이렇게 만들어놨어…. 무시무시한 뭔가를 내 몸 안에 남긴 거야. 평범한 인간은 죽어버릴 수도 있을 만

큰 강력한 뭔가를. 어쩌면 평범한 섀도우 헌터도 죽일 수 있을지도 모르고." 제이스는 깊이 심호흡을 하고 다시 입을 열었다. "침묵의 형제들이 내가 이걸 조종할 수 있을지 아니면 제거할 수 있을지 알아보고 있는 중이야. 하지만 너도 짐작하다시피 내가 그들의 우선순위 1번은 아니야."

"당연히 세바스찬이 1순위겠지. 내가 그 아파트를 없애버렸다는 거 들었을 거야. 걔가 숨을 방법이 또 있긴 하겠지만…."

"이래서 내가 널 좋아한다니까. 하지만 그 자식한테는 다른 대안들이 있어. 다른 은신처들이 있단 말이야. 그게 어딘지는 모르겠어. 나한테 말 안 해줬거든."

제이스가 앞으로 몸을 숙였다. 이제는 그의 눈동자 색이 변하는 것까지 또렷이 보일 정도로 둘 사이가 가까워졌다.

"내가 깨어난 후로 침묵의 형제들이 말 그대로 1분마다 한 번씩 나를 찾아오고 있어. 날 위해 의식도 치렀어. 섀도우 헌터가 태어날 때 안전하게 지켜주기 위해 치르는 의식 말이야. 그런 다음에는 내 머릿속으로 들어왔어. 세바스찬에 대해 남아 있는 티끌만 한 정보라도 찾아내려고. 내가 알고 있기는 하지만 기억하지 못하는 것이 있는지 알아내기 위해서. 하지만…."

제이스는 고개를 내저었다.

"아무것도 찾지 못했어. 버튼에서 치른 의식을 통해 그의 계획이 무엇인지는 알아냈어. 그런데 그것 말고는 그가 다음에 무엇을 할 생각인지 전혀 아는 게 없어. 악마들과 손을 잡았다는 건 그들도 알고 있어서 보호막을 점검하고 있어. 특히 이드리스 주위의 보호막을 집중적으로 살피고 있지. 그런데 난 이 모든 일로부터 한 가지 유용한 것을 얻어낼 수 있을 것 같은 느낌이 들어…. 나에 대한 어떤 비밀인데…. 우린 그게 뭔지 전혀 모르니까."

"하지만 만약 네가 뭐라도 아는 게 있다면, 세바스찬이 계획을 바꿀 거야. 그는 네가 변한 걸 알아. 너희 둘이 서로 연결되어 있었잖아. 내가 널 찔렀을 때 그가 비명을 지르는 걸 들었어."

클라리는 몸을 부르르 떨며 다시 말을 이었다.

"그건 중요한 것을 잃어버려서 내지르는 소리였어. 그는 좀 이상한 면에서 너를 굉장히 아꼈던 것 같아. 그리고 그런 일들이 끔찍하기는 했지만 우리 둘 다 아주 유용하게 활용할 수 있는 무언가를 얻어냈어."

"그게 뭔데…?"

"우리 둘 다 그를 이해하게 됐잖아. 내 말은, 그에 대해서 우리만큼 이해하는 사람은 어디에도 없어. 그리고 그건 세바스찬이 아무리 계획을 바꾼다고 해도 없어지지 않는 거잖아."

제이스가 천천히 고개를 끄덕였다.

"내가 또 누구를 이해할 수 있게 되었는지 알아? 우리 아버지야."

"발렌타…. 아니다." 클라리는 제이스의 표정을 살피며 고쳐 말했다. "스티븐 말이구나."

"그가 쓴 편지들을 봤어. 아마티스가 내게 준 상자 안에 있었거든. 거기에 나한테 쓴 편지도 있었는데, 자신이 죽고 나면 내가 읽어주기를 바라며 쓴 편지였어. 그는 내게 자신보다 나은 사람이 되라고 했어."

"그 말대로 됐네. 그 아파트에서 네가 진짜 너로 돌아왔을 때, 넌 네 목숨보다 옳은 일을 하는 것을 더 중요하게 생각했어."

"알아."

흉터로 얼룩진 손등 관절을 내려다보며 제이스가 말했다.

"그게 이상해. 내가 안다는 게 말이야. 난 항상 나 자신에 대해 의심이 많았는데, 이제는 다른 점을 알겠어. 나와 세바스찬의 다른 점. 나와 발렌타인의 다른 점. 심지어는 그들 둘의 다른 점도 알아. 발렌타인은 자신이 옳은 일을 한다고 진심으로 믿었어. 그리고 악마를 증오했지. 하지만 세바스찬은 바로 그 악마를 자신의 어머니라고 생각하고 있어. 그는 악마와 거래하는 어둠의 섀도우 헌터 종족을 지배하기를 원하고, 이 세상의 평범한 인간들은 악마의 쾌락을 위해 살육해도 된다고 생각해. 발렌타인은 인간을 보호하는 것이 섀도우 헌터의 의무라고 믿었어. 반면에 세바스찬은 인간을 바퀴벌레 취급해. 그리고 그 누구도 지키기를 원치 않아. 그는 바로 그 순간 원하는 것만 원해. 그가 진심으로 느낄 수 있는 감정은 자기 뜻대로 안 될 때 치미는 짜증밖에 없어."

클라리는 생각했다. 세바스찬이 제이스를 보는 모습도 본 적 있고, 자신을 보는 모습을 본 적도 있다. 그래서 그에게 검고 검은 우주 공간처럼 한없는 외로움이 숨어 있다는 것을 알고 있다. 권력을 향한 야욕만큼이나 외로움도 그를 움직이는 동력이었다. 그리고 사랑도 노력해야 얻을 수 있다는 상식 없이 그저 사랑만 받고 싶다는 욕구 역시 그를 움직이는 동력이었다. 하지만 세바스찬의 그런 모습을 알면서도 클라리는 이렇게 말했다.

"그럼 일이 뜻대로 안 되게 만들어버리자."

제이스의 얼굴에 미소가 번졌다.

"내가 너한테 제발 나서지 말라고 빌고 싶어 한다는 거 알지? 이건 끔찍한 전투가 될 거야. 클레이브가 이제야 겨우 이해하는 것보다도 훨씬 더 끔찍할 거야."

"하지만 넌 그렇게 하지 않을 거잖아. 그러면 너만 바보가 될 테니까."

클라리가 말했다.

"룬을 만드는 너의 능력이 우리한테 필요하기 때문에?"

"뭐, 그것도 그렇고…. 방금 전에 네가 말하고서도 생각 안 나? 서로 보호해주어야 한다 어쩐다 했던 거 말이야."

"그 말을 내가 얼마나 연습했는지 알려줘야겠네. 너 여기 오기 전에 거울 앞에서 연습한 거란 말이야."

"그래서 그런 말을 왜 한 건데?"

"나도 잘 모르겠어." 제이스가 순순히 인정했다. "하지만 그 말을 할 때 내가 끝내주게 근사했다는 건 알아."

"잘났어, 정말. 정상일 때의 네가 얼마나 사람을 짜증나게 하는지 내가 잊어버리고 있었네."

클라리는 중얼거렸다.

"모든 것으로부터 날 보호할 수는 없다는 것을 인정한다고 했던 네 말을 다시 상기시켜줘야 돼? 우리가 서로를 보호할 수 있는 방법은 우리가 함께하는 것뿐이야. 우리가 함께 맞서고 서로를 신뢰해야 가능한 일이란 말이야."

클라리는 제이스의 눈을 똑바로 바라보며 말을 이었다.

"세바스찬을 데리고 클레이브에 가겠다던 널 막지 말았어야 했어. 네가 한 선택을 존중하지 않은 거 후회하고 있어. 그러니까 너도 내 결정을 존중해줘야 돼. 왜냐하면 우리는 앞으로 오랜 시간을 함께할 텐데, 그렇게 해야만 서로 잘 지낼 수 있을 테니까 말이야."

그의 손이 담요 위에서 클라리를 향해 조금 더 다가왔다.

"세바스찬한테 조종당한 건 지금 생각해보면 그냥 악몽 같아. 그 미친 곳에서…. 네 엄마를 위해 준비해두었던 옷들로 가득 찬 벽장 하며…."

"그러니까 너도 기억하고 있구나."

클라리가 속삭이듯 말했다.

순간 제이스의 손끝이 와 닿자 클라리는 하마터면 벌떡 일어날 뻔했다. 제이스가 클라리에게 손을 댈 때 둘 다 숨도 쉬지 못했다. 클라리는 그의 어깨에서 서서히 긴장이 풀리고 얼굴에서 근심이 사라지는 것을 지켜보았다.

"나 다 기억해. 베네치아에서 같이 보트를 탔던 것도 기억해. 프라하의 클럽에 갔던 것도. 파리에서 내가 나로 돌아왔던 그날 밤도."

클라리의 몸속에서 피가 빠르게 움직이면서 얼굴이 달아오르게 만들었다.

"우리는 우리 말고 남들은 전혀 이해할 수 없는 일을 함께 겪었어." 제이스가 말했다. "그래서 난 깨달았어. 우리는 언제나 그리고 반드시 함께할 거라는 걸 말이야."

제이스가 얼굴을 들어 클라리를 보았다. 얼굴은 창백했지만 눈동자는 반짝거렸다.

"난 세바스찬을 죽일 거야."

제이스가 말을 이었다.

"그 자식이 나한테 한 짓, 너한테 한 짓, 그리고 맥스한테 한 짓을 갚아주기 위해 그 자식을 죽일 거야. 그가 지금껏 한 일 그리고 앞으로 할 일 때문에 그를 죽일 거야. 클레이브도 그의 죽음을 바라기 때문에 그를 쫓을 거야. 하지만 나는 내 손으로 그 자식을 베고 싶어."

클라리가 손을 뻗어 그의 뺨을 만졌다. 제이스는 부르르 떨더니 눈을 반쯤 감았다. 클라리는 그의 피부가 따뜻할 거라 예상했는데 뜻밖에 서늘했다.

"만약에 내가 그를 죽이게 되면 어쩌지?"

"내 마음이 네 마음이듯 내 손이 바로 네 손이야."

제이스가 말했다.

그의 눈동자는 이제 꿀색으로 보였다. 꿀색 눈동자가 흘러내리듯 천천히 클라리를 위아래로 훑어보았다. 마치 클라리가 방에 들어온 후로 처음 본다는 듯, 바람에 헝클어진 머리카락부터 부츠 신은 발까지 훑어보고 다시 위로 시선이 올라갔다. 둘의 시선이 마주치자 클라리는 입이 바짝 말랐다.

"기억나? 우리 처음 만났을 때 내가 네 몸에 룬을 새겨도 네가 죽지 않을 거라고 90퍼센트 확신한다고 말했던 거… 그리고 넌 내 뺨을 갈기고는 나머지 10퍼센트 때문이라고 말했던 거 말이야."

클라리가 고개를 끄덕였다.

"난 항상 악마가 날 죽일 거라고 생각했어. 아니면 떠돌이 다운월드 사람한테 죽거나. 아무튼 전투에서 죽을 거라고. 그런데 그때 난 깨달았어. 너한테 키스하지 않으면, 당장 하지 않으면 죽을 거라는 걸."

클라리는 바짝 말라버린 입술을 핥았다.

"그래서 했잖아." 클라리가 말했다. "키스 말이야."

제이스가 손을 들어 클라리의 곱슬머리 한 가닥을 쥐었다. 그의 몸에서 스며 나오는 따스함을 느끼고 비누 냄새 그리고 피부와 머리카락 냄새를 맡을 수 있을 만큼 그가 가까이 다가왔다.

"충분하지 않았어." 쥐고 있던 머리카락이 손가락 사이로 빠져나가도록 둔 채 제이스가 말했다. "남은 평생 매일 하루 종일 너와 키스한다 해도 충분하지 않을 거야."

제이스가 고개를 숙였다. 클라리는 자기도 모르게 얼굴을 들었다. 마음속에 온통 파리에서의 기억만 가득했다. 그날 그에게서 느껴졌던 맛, 촉감, 호흡이 생각났다. 그리고 이제 그의 숨소리가 들린다. 그의 속눈썹이 클라리의 뺨을 간질였다. 둘의 입술이 닿을 듯 말 듯 가까워지다 가볍게 스치듯 맞닿더니 서로에게 더 깊이 다가갔다. 둘은 서로에게 파고들며….

그 순간 클라리는 둘 사이에 이는 불꽃을 느꼈다. 아프지는 않았다. 약한 정전기 정도였다. 제이스가 서둘러 물러났다. 그의 얼굴이 빨갛게 달아올랐다.

"이걸 해결할 방법을 찾아야겠어."

"그러게."

클라리는 아직도 흥분이 가라앉지 않은 상태였다. 제이스도 가쁜 숨을 내쉬며 앞을 빤히 바라보았다.

"너한테 주고 싶은 게 있어."

"난 이미 받았는데."

그 말에 제이스가 다시 클라리의 눈을 보더니…억지로 활짝 웃었다.

"그거 말고."

제이스는 셔츠 칼라 속으로 손을 집어넣더니 모겐스턴 반지가 달린 체인 목걸이를 꺼냈다. 머리 위로 목걸이를 빼내서는 클라리의 손에 가볍게 떨어뜨렸다. 그의 온기 때문에 목걸이는 따뜻했다.

"알렉이 매그너스한테서 받아서 갖다줬어. 다시 네가 할래?"

클라리는 목걸이를 꼭 쥐었다.

"항상 할게."

제이스의 얼굴에 떠올라 있던 억지웃음이 미소로 바뀌자 클라리는 그의 어깨에 머리를 기댔다. 그의 호흡이 거칠어지는 것이 느껴졌다. 처음에는 그가 뻣뻣하게 앉아 있었지만 서서히 몸에서 긴장이 풀리면서 둘은 서로에게 기댔다. 열정적이진 않았지만 다정하고 달콤한 기분이 전해졌다.

제이스가 헛기침을 하고 말을 꺼냈다.

"저기, 그러니까 우리가 한 게…. 파리에서 할 뻔한 일이…."

"에펠탑에 가려고 했던 거?"

제이스가 클라리의 귀 뒤로 머리카락을 넘겨주었다.

"넌 절대 나한테 틈을 내주지 않는단 말이야, 안 그래? 됐어. 그래서 내가 널 사랑하는 거니까. 어쨌든, 우리가 파리에서 거의 할 뻔했던 다른 일 말인데…. 그건 잠시 접어두기로 하자. 네가 '자기야, 우리 키스하니까 온몸이 달아올라'라면서 나를 덮치기 전까지는."

"키스도 안 돼?"

"키스…정도는 괜찮아. 하지만 그 나머지는…."

클라리가 제 뺨을 제이스의 뺨에 대고 가볍게 비볐다.

"너만 괜찮다면 나도 괜찮아."

"물론 난 괜찮지 않아. 나는 신체 건강한 십대 청소년이니까. 내가 아는 한 이건 매그너스가 페루에서 추방당한 이유를 알게 된 이후로 가장 최악의 일이야.”

제이스의 눈빛이 부드러워졌다.

“하지만 그렇다고 해서 서로의 의미가 달라지는 건 아니야. 항상 내 영혼의 한 조각이 비어 있는 것 같았는데, 그 조각이 클라리, 네 안에 있었어. 언젠가 신이 존재하든 하지 않든 우리는 독립적인 존재라고 말한 적 있을 거야. 그런데 난 너하고 있으면 그런 존재가 될 수 없어.”

클라리는 제이스에게 눈물을 들키지 않으려고 눈을 감았다. 정말 오랜만에 흘리는 행복한 눈물이었다. 클라리는 밀려오는 안도감에 세바스찬의 행방에 대한 걱정도, 불확실한 미래에 대한 두려움도…. 모두 잊어버렸다. 그 무엇도 중요하지 않았다. 제이스가 진짜 제이스로 돌아왔고, 그런 제이스와 함께 있다. 그가 고개를 돌려 자신의 머리카락에 살짝 입맞추는 것이 느껴졌다.

“나 진짜 네가 그 스웨터 안 입기를 바랐는데.”

제이스가 클라리의 귀에 대고 중얼거렸다.

“너한테 좋은 훈련이 될 거야.”

제이스의 살갗에 입술을 대고 클라리가 말했다.

“내일은 망사 입고 와야지.”

옆에서 따뜻하고 익숙한 그가 웃는 것이 몸으로 느껴졌다.

✻✻✻✻✻

“에녹 형제.”

메이리스가 책상에서 일어나며 인사했다.

"급하게 연락을 드렸음에도 여기까지 저와 재커라이어 형제를 찾아와주셔서 감사합니다."

제이스와 관련된 일입니까? 재커라이어 형제가 물었다. 메이리스가 침묵의 형제들에 대해 몰랐다면 그 정신의 목소리에 불안감이 스며 있다고 상상했을지도 모른다. 오늘도 여러 번 그를 확인했습니다. 그의 상태에 아무 변화도 없습니다.

에녹 형제가 법복으로 감싼 몸을 살짝 움직였다. 나는 천국의 불에 대해 기록 보관소를 뒤지고 고대 문서들을 살펴보았습니다. 그것이 사라지는 방식에 대한 정보가 다소 있기는 하나 인내심을 가져야 합니다. 우리에게 연락할 필요 없습니다. 새 소식이 생기면 우리가 연락을 하겠습니다.

"제이스 때문이 아닙니다. 완전히 다른 일 때문입니다."

메이리스는 그렇게 말하더니 도서관의 돌바닥에 또각또각 구두 소리를 내며 책상을 돌아 나갔다. 그러고는 아래를 내려다보았다. 평소에는 뭔가를 깔아두지 않는 바닥에 양탄자 하나가 놓여 있었다. 평평하게 펼쳐놓은 것이 아니라 아무렇게나 뭉쳐져 있었다. 메이리스가 손을 내려 양탄자 귀퉁이를 잡고는 옆으로 휙 치웠다.

침묵의 형제들은 물론 헉, 하고 놀라지 않았다. 그들은 소리를 낼 수 없다. 하지만 메이리스의 머릿속에 불협화음이 울려 퍼졌다. 침묵의 형제들이 소리 없이 내지르는 충격과 공포의 울림이었다. 에녹 형제는 한 걸음 뒤로 물러났고, 재커라이어 형제는 손가락이 긴 손을 들어 얼굴을 가렸다. 눈앞에 있는 것으로부터 이미 파괴된 자신의 눈을 보호하기라도 하려는 듯.

"아침에는 여기 없었습니다." 메이리스가 말했다. "그런데 오후에 제가 돌아와 보니 이것이 절 기다리고 있었습니다."

처음 이것을 얼핏 보았을 때 메이리스는 커다란 새가 길을 잘못 찾아 도서관으로 들어왔다가 높은 유리창에 부딪혀 목이 부러져 죽었다고 생각했다. 하지만 가까이 다가가 보고서야 자신이 무엇을 보고 있는지 깨달았다. 메이리스는 침묵의 형제들에게 화살처럼 자신을 관통한 절망적인 충격에 대해서는 한마디도 하지 않았다. 눈앞에 있는 것이 무엇인지 깨달은 순간 비틀거리며 창가로 다가가 구토를 했다는 것 역시 말하지 않았다.

그것은 하얀 날개 한 쌍이었다. 정확히 말하자면 완전히 하얀 것이 아니라, 계속 변하면서 반짝거리는 여러 색이 섞인 것이었다. 연한 은색도 있고 보라색 줄무늬, 어두운 푸른색도 있었다. 깃털 하나하나는 가장자리가 모두 금색이었다. 그리고 뿌리 쪽에는 잘린 뼈와 힘줄이 흉하게 드러나 있었다. 천사의 날개였다. 살아 있는 천사의 몸에서 잘라낸 날개. 천사의 황금색 이코르가 바닥에 스며 있었다.

날개 위에는 뉴욕 인스티튜트의 주소가 적힌 종이 한 장이 접혀 있었다. 메이리스는 찬물로 세수를 하고서 편지를 읽었다. 한 문장뿐인 짧은 편지에 이상하게 낯익은 손 글씨로 된 서명이 있었다. 힘 있고 안정된 발렌타인의 필체를 생각나게 하는 서명이었다. 하지만 적힌 것은 발렌타인의 이름이 아니었다. 그의 아들 이름이었다.

조너선 크리스토퍼 모겐스턴.

메이리스는 그 편지를 재커라이어 형제에게 건넸다. 그가 편지를 받아 펼치고는 메이리스가 그랬듯 종이 맨 위에 정교한 필체로 쓴 고대 로마 단어 하나를 읽었다.

에르코마이(Erchomai). 그것은,

내가 간다. 라는 뜻이었다.

*《섀도우 헌터스 6 : 천국불의 도시》에서 계속됩니다.

옮긴이 서현정

이화여자대학교를 졸업하고 명지대학교 사회교육원 번역작가 양성과정 수료 후 현재 전문번역가로 활동 중이다. 옮긴 책으로 《백 걸음의 여행》《꿈을 파는 빈티지샵》《줄리엣》《서른 살의 키친》《똑똑하게 사랑하라》《이기적인 여자가 행복한 가정을 만든다》《여자는 차마 말 못 하고 남자는 전혀 모르는 것들》《나는 왜 내 편이 아닌가》《굿바이 작심삼일》등이 있다.

섀도우 헌터스
5. 혼령들의 도시

초판 1쇄 발행 2015년 8월 14일
초판 8쇄 발행 2021년 9월 6일

지은이 카산드라 클레어 **옮긴이** 서현정

발행인 이재진 **단행본사업본부장** 신동해
표지디자인 최보나 **국제업무** 김은정
마케팅 문혜원 **홍보** 최새롬 **제작** 정석훈

브랜드 노블마인 **주소** 경기도 파주시 회동길20
문의전화 031-956-7358(편집) 02-3670-1024(마케팅)

홈페이지 www.wjbooks.co.kr
페이스북 www.facebook.com/wjbook
포스트 post.naver.com/wj_booking

발행처 ㈜웅진씽크빅 **출판신고** 1980년 3월 29일 제406-2007-000046호

한국어판 출판권 ⓒ 웅진씽크빅, 2015
ISBN 978-89-01-20496-3 04800
　　　978-89-01-10688-5(세트)